孔庆东解读鲁迅小说

地狱彷徨

解读鲁迅《彷徨》

孔庆东 著

北京大学出版社
PEKING UNIVERSITY PRESS

图书在版编目(CIP)数据

地狱彷徨：解读鲁迅《彷徨》/ 孔庆东著 . — 北京：北京大学出版社，2021.6
ISBN 978-7-301-32141-6

Ⅰ.①地… Ⅱ.①孔… Ⅲ.①鲁迅小说 – 小说研究 Ⅳ.① I210.97

中国版本图书馆 CIP 数据核字 (2021) 第 067924 号

书　　名	地狱彷徨：解读鲁迅《彷徨》 DIYU PANGHUANG：JIEDU LUXUN《PANGHUANG》
著作责任者	孔庆东 著
责 任 编 辑	李书雅
标 准 书 号	ISBN 978-7-301-32141-6
出 版 发 行	北京大学出版社
地　　址	北京市海淀区成府路205号　100871
网　　址	http://www.pup.cn　新浪微博：@北京大学出版社 @阅读培文
电 子 邮 箱	编辑部 pkupw@pup.cn　总编室 zpup@pup.cn
电　　话	邮购部010-62752015　发行部010-62750672　编辑部010-62750883
印 刷 者	天津光之彩印刷有限公司
经 销 者	新华书店
	660 毫米 ×960 毫米　16 开本　30.5 印张　406 千字 2021 年 6 月第 1 版　2024 年 3 月第 3 次印刷
定　　价	79.00 元

未经许可，不得以任何方式复制或抄袭本书之部分或全部内容。
版权所有，侵权必究
举报电话：010-62752024　电子邮箱：fd@pup.cn
图书如有印装质量问题，请与出版部联系，电话：010-62756370

目录

1　从《祝福》看《彷徨》——在《百家讲坛》解读《祝福》

14　愤怒而且傲慢——解读《在酒楼上》

41　稿费与劈柴——解读《幸福的家庭》（上）

73　平戎策与种树书——解读《幸福的家庭》（下）

109　伪士与恶毒妇——解读《肥皂》

136　里面没有氧气——解读《长明灯》

171　看与被看的国度——解读《示众》

194　最大的力量是黄三——解读《高老夫子》（上）

224　鲁迅真有闲心——解读《高老夫子》（中）

254　黯淡的辉煌——解读《高老夫子》（下）

284　守礼教的新党——解读《孤独者》（上）

313　一匹受伤的狼——解读《孤独者》（下）

343　我是我自己的吗——解读《伤逝》（上）

372　逝去的是什么——解读《伤逝》（下）

404　哪一个是我——解读《弟兄》

444　奇异的上访——解读《离婚》

从《祝福》看《彷徨》

——在《百家讲坛》解读《祝福》

旁白：《祝福》是鲁迅《彷徨》小说集当中最著名的小说，写于1924年。它反映的是在半殖民地半封建的中国，农村妇女的悲惨命运。在一个偏僻的小山村里，守寡的祥林嫂听说婆婆要把她卖掉，便连夜跑到鲁镇，来到鲁四老爷家帮佣，因为不惜力气，得到了太太的欢心。不料，祥林嫂又被婆婆抢走，与贺老六成亲。贺老六忠厚善良，却不幸累病而死，儿子阿毛也被狼叼走，大伯要来收房，于是祥林嫂又回到了鲁镇，来到鲁四老爷家，遭到了老爷、太太的歧视。后来，祥林嫂怕死后被阎王分尸，便把工钱拿去捐了土地庙门槛，以洗刷自己的罪过。当她在冬至的祭祖时节兴冲冲地去拿酒杯和筷子时，遭到了主人的禁止。后来，她被赶出家门。在一个临近"祝福"的日子里，她死了。

对于祥林嫂的死，人们有种种说法。有人说，祥林嫂是被地主鲁四老爷害死的，因为他剥削了祥林嫂。也有人说，祥林嫂是她的婆婆害死的，因为她拐卖了祥林嫂。还有人说，祥林嫂是小说中的"我"害死的，因为"我"的无能导致了祥林嫂的死亡。小说中,还有一个重要人物,那就是鲁四老爷家的帮佣——柳妈。有人说,柳妈也是杀害祥林嫂的凶手。那么,祥林嫂到底是谁害死的呢?北京大学孔庆东教授将为您解读祥林嫂之死。

孔庆东:《祝福》大概是最著名的鲁迅小说了,长期收录于中学语文教科书,的确是好作品。我们一般来讲《祝福》,来理解《祝福》,首先是把《祝福》和《呐喊》中的小说联系起来看,我们讲《祝福》,还是讲一个封建礼教吃人的问题,还是讲一个吃人主题的延续,这是没错的,祥林嫂当然也是被那样的一个社会给吃掉的,祥林嫂之死是很悲惨的。但是当我们仔细去分析的时候,当我们问祥林嫂是被谁害死的时候,这个问题就显得比较复杂。我也知道很多中学里的语文老师,现在也开始学会从这样的一个角度去讲《祝福》。我十几年前,当过一段时间的中学老师,我在那个时候讲《祝福》首先就这样讲,先让学生预习《祝福》,然后问学生:祥林嫂是谁害死的?我把《祝福》当成一个侦探小说来讲,当成一个破案的故事来讲,最后企图找出凶手。那么我们看看,祥林嫂是被谁害死的?

旁白:祥林嫂生活在一个贫穷落后的小镇——鲁镇,这个鲁镇是当时中国农村的缩影。压在祥林嫂头上的,首先是鲁镇的地主鲁四老爷,鲁四老爷作为鲁镇的知识分子,他象征着鲁镇的思想文化状态。鲁镇有一个风俗,就是在"祝福"之日迎接福神,以拜求来年一年中的好运气。鲁四老爷家里最重大的事情就是祭祀。当第一次见到祥林嫂头上扎着白头绳时,鲁四老爷"皱一皱眉",说明鲁四老爷在讨厌祥林嫂是一个寡妇。后来,当祥林嫂再次守寡又回到鲁家时,鲁四老爷暗暗告诫四姑:

"这种人虽然似乎很可怜，但是败坏风俗的，用她帮忙还可以，祭祀时候可用不着她沾手……否则，不干不净，祖宗是不吃的。"一直到后来，祥林嫂死后，他还大骂祥林嫂："不早不迟，偏偏要在这时候，——这就可见是一个谬种！"鲁四老爷在精神上摧残了祥林嫂，对祥林嫂的迫害，大都是他授意或得到他默许的，那么，鲁四老爷对祥林嫂的精神摧残，是否是导致祥林嫂最终死亡的原因呢？

孔庆东：我们以前，特别是几十年以前，讲《祝福》的时候，很容易把它简单化为一个简单的阶级斗争的故事，说："祥林嫂是劳动人民嘛，劳动妇女嘛，你看她给地主干活，给鲁四老爷干活。鲁四老爷夫妇对她都很不好，过年的时候，不让她参与过年的活动。祥林嫂后来就死了，又穷又病，这就是阶级斗争嘛！血淋淋的阶级斗争，万恶的旧社会！"我们过去是很容易这样简单化地理解问题的。这样的理解，并没有什么错误，但它太简单了，太粗糙了。难道说，所有的地主和劳动人民，都是这种关系吗？具体到《祝福》这篇小说，难道鲁迅写的就是一个地主对劳动人民的压迫吗？如果是这样一个立意的话，为什么不把这个压迫写得更残酷些呢？我们在小说中明明看到，祥林嫂之死其直接原因，不是鲁四老爷他们家，间接原因跟鲁四老爷家也不能说有多么大的关系，只能说它在其中发挥了一定的作用。

鲁四老爷对祥林嫂到底好不好，不能简单地从阶级观念的角度去分析。一个地主家里雇来一个仆人，给她吃、给她穿、给她工资，那不能说对她不好，怎么叫对她好？难道说不让她干活，把她养起来才叫好吗？那不成养老院了吗？小说里明明白白地写道，祥林嫂来到鲁四老爷家之后，心情很愉快，而且"白胖了"。这是小说里明明白白的描写，就是说，她到鲁四老爷家过得很好，比在她自己家过得好多了。就像我们现在城里有很多小保姆,她到城里来打工,觉得这样比她在家里生活得好多了。你不能说,她当保姆,你们家就欺负她了,不是这样的。所以我们在小说里,没有看见很不像话的额外的地主对祥林嫂的欺压。但是有一点,鲁四老爷看不起她。但是也不能说鲁四老爷就有什么不对,他就是一个读书人,他是一个书香门第的地主,他看不起祥林嫂这样一个人也是很正常的,我们不能要求鲁四老爷就得看得起祥林嫂,跟她谈一谈《呐喊》和《彷徨》,这是不可能的。所以说鲁四老爷跟祥林嫂之死有关系,但也不是主要的关系。

旁白:小说中把祥林嫂推向深渊的还有一个人物,那就是祥林嫂的婆婆。祥林嫂逃出婆家来到鲁镇,在鲁四老爷家帮佣。由于祥林嫂在鲁家勤快能干,得到了老爷和太太的欢心。年底准备福礼时,"全是一人担当,竟没有添短工。然而她反满足,口角边逐渐的有了笑影,脸上也白胖了"。可以说这时的祥林嫂生活得很好,后来如果不是发生了婆婆绑架祥林嫂,强行把她卖给深山坳里的贺老六当媳妇的事情,祥林嫂也不会再次守寡,她也不会沦为乞丐,更不至于惨死。所以,人们说祥林嫂的婆婆是杀害祥林嫂的凶手。难道祥林嫂真的是死于她婆婆的手里吗?

孔庆东:祥林嫂命不好,首先,她作为一个妇女,没有自己的名字,祥林是她的第一个丈夫,可是早就死了,此后人们一直叫她祥林嫂。她到了鲁四老爷家打工,本来命运发生了变化,没想到她的婆婆把她抢回去,又把她卖了。我们说,她的婆婆是凶手吧?她的婆婆是害死她的重要的原因之一。你看这个婆婆这么不讲理,儿子死了,儿媳妇去给人家打工,她还把儿媳妇抓回来,再捆起来卖掉!

但是我们看,她的婆婆卖掉她,并没有导致她生活得不好。婆婆把她嫁到山里贺老六家,她虽然反抗,可是到了贺老六家怎么样呢?一开始反抗,后来不反抗了,为什么不反抗了?她发现丈夫很好,很能做,年轻有力,又没有小叔子。家里边夫妻两个都是勤劳能干的人。就像现在一对打工夫妻一样,两个人感情很好,又都很能工作,很能赚钱,房子是自己的,然后又生了一个孩子,很可爱。祥林嫂的生活好起来啦,虽然她婆婆那样做不对,可是没有导致祥林嫂的生活不好,相反,"天有不测风云",这使她的生活好起来了。可是,她好像命不好,这么好的丈夫,竟然得了伤寒,又吃了一碗冷饭,死去了,这是谁也料不到的。丈夫死去后,因为他们住在山里边,祥林嫂的小孩子有一天在门槛上剥豆子,没想到春天,村子里来了狼,把小孩子叼走了。

所以祥林嫂遇到了一个生活中偶然的打击,迫不得已又回到鲁镇,到鲁四老爷家当仆人。这一次,她不像先前那么勤快了,但是应该说还能过下去,还不错。可是周围的人对她的看法变了。周围是些什么人呢?主要不是地主,是镇上普通的老百姓,这些普通的老百姓,看不起她,而且把她的痛苦,当成自己赏玩的材料,不断地勾引她,强迫她讲述自己悲惨的经历。祥林嫂一开始讲的时候——"我真傻,真的"——人们听着有意思,有味道。后来呢,他们就听烦了,不要听了,好像把这当成一个节目,看腻了一样,祥林嫂一说人们就跑了。后来他们又找到一个新的节目,发现她额头上的伤疤,这个伤疤跟她的第二次婚姻有关系,他们又来勾引她讲这个伤疤。在这里,鲁迅写出了人与人之间真实的关系。人与人之间好像互相关心,在一块儿洗衣服,一块儿淘米,一块儿洗菜,谈谈你们家,谈谈我们家,好像挺亲密。在内心深处,人们有这样可怕的意识,就是把别人的命运当节目来看,赏玩别人的苦痛。鲁迅在平常人的生活中,发现了这一点,真是很了不得的!

旁白：小说中鲁迅除了描写鲁四老爷、祥林嫂、婆婆等人之外，还写了一个关键人物，那就是作者"我"。这个"我"是具有反封建思想倾向的，他憎恶鲁四老爷，同情祥林嫂。祥林嫂一生的悲惨遭遇，都是通过"我"的所见所闻来展现的，"我"是事件的见证人，当祥林嫂临死之前，问"我"："一个人死了之后，究竟有没有魂灵的？""我"面对她的提问，不知如何回答，最后只好逃避。那么，"我"的无能是不是导致了祥林嫂的死亡？"我"是杀害祥林嫂的凶手吗？

孔庆东：《祝福》这个小说中，还有一个叙事者"我"，作者以第一人称写的小说。这个"我"回到故乡，遇到了祥林嫂，这里边有一段内容很重要，就是祥林嫂问"我"关于灵魂的问题的时候，"我"的回答。"我"这个人物，是一个知识分子，是经过五四洗礼的，身上带着德先生（民主）、赛先生（科学）的，是要改变天下的这样一个知识分子。可是当"我"遇到祥林嫂之后，我们看看结果是什么，就知道小说的寓意何在了。"我"看见祥林嫂了，祥林嫂说：

"你回来了？"她先这样问。

"是的。"

"这正好。你是识字的，又是出门人，见识得多。我正要问你一件事——"她那没有精采的眼睛忽然发光了。

我万料不到她却说出这样的话来，诧异的站着。

"就是——"她走近两步，放低了声音，极秘密似的切切的说，"一个人死了之后，究竟有没有魂灵的？"

祥林嫂提出了一个重大的问题。我们觉得这好像是一个迷信的问题吧，不重要吧？这是重大的问题，这是20世纪以来全人类的重大的问题——人有没有魂灵？这不是一个关于科学或迷信的问题，是我们靠什么活着的问题。我们靠汽车、电脑能活着吗？人需不需要魂灵？祥林嫂提出这样一个问题。"我"怎么样呢？"我很悚然。"我不知道大家如果在街上遇见有人问这样一个问题会怎么办。你遇到这样一个乞丐，他问你有没有魂灵。我们很多人——特别是中学生、大学生——会告诉他："你这是封建迷信！哪儿有魂灵啊？人死了就死了，什么都没有了，就是火葬场爬烟囱了，就没有了。"但是这个"我"，是个很有良心的"我"。

我很悚然，一见她的眼钉着我的，背上也就遭了芒刺一般……对于魂灵的有无，我自己是向来毫不介意的；但在此刻，怎样回答她好呢？我在极短期的踌躇中，想，这里的人照例相信鬼，然而她，却疑惑了，——或者不如说希望：希望其有，又希望其无……人何必增添末路的人的苦恼，为她起见，不如说有罢。

我们看，这样一个问题，鲁迅是这样犹豫来犹豫去，不知道怎么回答才好，最后想到这一点，他才说：

"也许有罢，——我想。"我于是吞吞吐吐的说。

祥林嫂接着就说：

"那么，也就有地狱了？"

"阿！地狱？"我很吃惊，只得支梧着，"地狱？——论理，就该也有。——然而也未必……谁来管这等事……"

"那么，死掉的一家的人，都能见面的？"

祥林嫂是不断地追问。

我即刻胆怯起来了，便想全翻过先前的话来，"那是……实在，我说不清……其实，究竟有没有魂灵，我也说不清。"

这个知识分子，就迅速地逃跑了，逃回到鲁四老爷的家中。这个"我"，就代表着不可一世的，想启蒙人民的所谓现代知识分子。但是当他遇到劳动人民真正的问题的时候，他不能给她解决，他只有逃跑。好在这个"我",是有自我反省能力的,他知道了自己的无能为力,知道了自己解决不了祥林嫂的问题,他苦闷了。

所以说鲁迅的勇敢,表现在哪里?就表现在这里,他不是大包大揽,说:"我能够解决你们的问题,跟着我来吧,咱们一块儿奔向好莱坞吧,那里是我们的天堂!"他绝不是这样浅薄的一个知识分子,不是!这里表现了鲁迅对启蒙者的自我审视。从鲁迅起,这个问题就被提出了:你要启蒙人民,你凭什么启蒙,你怎么启蒙?到底怎样才能救祥林嫂?科学能救祥林嫂吗?迷信能救祥林嫂吗?所以这是《祝福》中的几个重大问题。

旁白:从鲁迅创作的《祝福》这篇小说当中,可以看出鲁迅对社会现实的思考。祥林嫂还在遭受着不幸,中国社会的缩影——鲁镇,还处于黑暗之中,而作为小资产阶级知识分子的"我",面对这一切无能为力,最后,只有妥协、逃避。

小说中还有一个关键人物,那就是鲁四老爷家的帮佣——柳妈。柳妈是一个"善女人",吃素,不杀生,与人为善,但是她对待祥林嫂却没有像对待其他生命那样有同情心。这个人物在小说中虽然出场不多,但是,祥林嫂生前的恐惧和死亡,都跟她有关。当祥林嫂在生死的道路上处于迷茫时,她向祥林嫂提出了一个"地狱之说",她的地狱之说加重了祥林嫂的精神负担。所以有人说,柳妈的出现,是在祥林嫂走向死亡的道路上,又狠狠地推上了一把。那么,柳妈是不是杀害祥林嫂的凶手呢?

孔庆东:我们看看,导致祥林嫂死亡的,有一个重要人物,柳妈,就是跟祥林嫂一块儿在鲁四老爷家干活的女仆,是跟祥林嫂同阶级的一个女仆,而且这个柳妈还是吃素的、很善良的一个人,是祥林嫂善良的阶级姐妹（我们用过去的话说叫阶级姐妹）。她跟祥林嫂之死有什么关系呢？她在赏玩了祥林嫂的悲剧之后，觉得没什么节目可看了，于是她自己策划、导演了一个节目——新的节目——来看。

"祥林嫂，你实在不合算。"柳妈诡秘的说。"再一强，或者索性撞一个死，就好了。现在呢，你和你的第二个男人过活不到两年，倒落了一件大罪名。你想，你将来到阴司去，那两个死鬼的男人还要争，你给了谁好呢？阎罗大王只好把你锯开来，分给他们。我想，这真是……"

这是在山村里所未曾知道的。虽然人民都同样迷信，但是迷信的程度是不一样的。祥林嫂在山里边，没听过这样的"精彩"的地狱场面，她到鲁镇，鲁镇是个有文化的地方，所以鲁镇的劳动人民比她还要"高级"，就像你在一个县城打工和在北京打工听到的故事会不一样，你看北京的的哥讲的故事都很精彩。这个柳妈，就讲出了一个祥林嫂没听过的场面。

"我想，你不如及早抵当。你到土地庙里去捐一条门槛，当作你的替身，给千人踏，万人跨，赎了这一世的罪名，免得死了去受苦。"

我们不再去分析她的话，我们直接想鲁迅为什么要这么写。鲁迅的深刻之处，就是他不像很多一般的作家那样，写地主怎么欺负劳动人民，让他干活，不给他饭吃，把他吊起来打，把他害死了，把他抓壮丁……鲁迅从来不写这些故事，鲁迅不这样写。鲁迅写出了同一阶级成员之间的隔膜，不仅地主和劳动人民是有隔膜的，知识分子跟劳动人民是有隔膜的，知识分子跟地主是有隔膜的（在鲁四老爷家，"我"跟四叔是有隔膜的）；最奇怪的是，祥林嫂跟柳妈是有隔膜的，这一点最厉害。

从这一点我们才看出劳动人民翻身的困难。如果劳动人民团结起来，打倒地主老财，那这革命很容易。革命为什么很难？难在哪儿？同一阶级的成员团结非常困难。我们知道过去像《资本论》《共产党宣言》，很多马列主义的书，前面都印着："全世界无产者联合起来！"为什么说"全世界无产者联合起来"？就因为无产者不容易联合，而人家资产阶级早都联合起来了，大款和大款是勾结的，有钱人和有钱人早都达成了联盟，早都签订了各种各样的合同，一块儿来收拾打工仔。而打工仔之间是不联合的，无产者从来不懂得联合，只懂得互相钩心斗角。在美国，一个刷盘子的工人，手指头受了伤，不能上班了，广告一贴出来，门口排了一大队人，这些人不是来看望他的，是等着顶替他那个空缺的。为什么说启蒙无产者很难？因为他们不懂得联合，反而互相挤压、迫害。所以我们看，革命的艰难首先在于要动员民众，给人民把道理讲清楚，这是非常非常困难的一件事。鲁迅在那个时候，不是共产党，他就深刻地懂得了这个道理，他知道解决柳妈和祥林嫂之间的关系，是这个国家的大事，它比解决鲁四老爷的问题要重要得多。

旁白：从鲁四老爷、祥林嫂的婆婆、柳妈还有作者"我"的行为，可以看出，他们对待祥林嫂在精神以及灵魂方面的态度。我们是否可以这样说，他们从精神上、灵魂上残酷地虐杀了祥林嫂，他们的行为都是自觉或不自觉地受封建观念的驱使？祥林嫂是封建思想的牺牲品，鲁镇上的人，包括鲁四老爷，也都是封建思想的牺牲品，如果不是这样的话，那么到底是谁杀害了祥林嫂呢？

孔庆东：所以我们看，祥林嫂之死，我们找不到具体的"责任就在他身上"这样一个明确的凶手，我们找一个能够承担百分之五十罪名的凶手恐怕都找不到。祥林嫂反映了中国文化的整体性问题，是中国文化的整体——当时的文化整体——杀害了祥林嫂。而祥林嫂在那个整体中，她非死不可。而且祥林嫂主要不是肉体上受到迫害，是灵魂，是灵魂的问题。鲁迅写的都是人民的灵魂被残害。尽管她在地主家里吃得白胖了,但这没有用,最后过年祝福的时候,地主家不让她参与。一般人都写劳动人民在地主家里拼死拼活工作,鲁迅不是写这个,是写想工作而不得,是写不许你参与这个祭祀活动,祥林嫂在灵魂上就死了,捐了门槛也没有用,这是《祝福》的一个深刻之处。

旁白:《祝福》出自鲁迅的小说集《彷徨》,鲁迅以悲愤的心情和凝重的笔墨,描写了祥林嫂的悲惨命运,诉说了旧中国吃人的礼教。而小说集《彷徨》写于1924年至1925年,当时正是五四运动高潮之后,这部小说集中表现了鲁迅在五四退潮时期思想的苦闷与寂寞,也就是说,鲁迅在思想上陷入彷徨期。那么,鲁迅为什么彷徨?当时的中国到底发生了什么?

孔庆东:我们讲鲁迅的《彷徨》,还是要回到鲁迅的《呐喊》。《呐喊》是鲁迅的第一本小说集,"呐喊"这个词,就可以概括鲁迅在五四时期的总体精神姿态。鲁迅那个时候就是一个呐喊的姿态,可以说五四时期的鲁迅,就是一个呐喊的鲁迅。当然,这个呐喊不见得内容都是正确的,不见得呐喊就没有问题。正因为呐喊的时候,用了很大的力量,所以当呐喊过去之后,你会发现可能因为喊得太厉害了,把嗓子喊哑了。喊得太激情了,忽然你会觉得非常安静。呐喊的声音还绕梁三日、久久盘旋在空中的时候,你低头一看,哎,好像没有听众了。这个时候,鲁迅和他周围的很多同行、同仁,都不由自主地意识到,好像不像刚才那么热闹了,他们忽然感到了一阵寂寞,一阵寂静。那么,应该怎么办呢?鲁迅,和整个时代一起陷入新的思维的一种缓慢的甚至停滞的状态。但是他跟别人不一样的地方就是,鲁迅有巨大的反思能力,他能够迅速地把握这种状态，并且找到了一个很准确的词，用这个词来概括这个时代，他找到的这个词就叫"彷徨"。

鲁迅在前几年杀声震天地呐喊了一阵之后，怎么突然就彷徨了呢？中国出什么事了？他自己出什么事了呢？鲁迅在未投身《新青年》阵营中的时候，虽然表示过：我这个呐喊就是一个助威，我不想当什么主将。可是我们看看鲁迅在五四新文化运动中的那些实际的表现，他实际发挥的作用，可不仅仅是助威，他事实上已经成了一个主将，一员力敌千人的所向披靡的大将。在五四文化运动中，他所发挥的作用是一流的。那么，他本来是一员大将，不仅仅是个助威的人，可是这员大将，现在突然不是高歌猛进了，不是"宜将剩勇追穷寇"了，而是突然回到自己的帐中，喝起小闷酒来了。这是怎么回事？是不是他革命意志衰退了？是不是"半截子革命"？

我们看看五四之后的中国社会，政治混乱，经济混乱，文化、教育都是一片混乱，政府像走马灯一样地换人，可见当时的社会是很混乱的。所以在这种情况下，鲁迅马上就意识到，一个黑暗的时代降临了。什么中华民国，都是胡扯！所以你看鲁迅的文章中经常大书中华民国哪一年、什么时候发生了什么事，这都是讽刺。

那么应该怎么办呢？他要选择什么道路呢？他想不清楚，他也没想清楚，而且也没有人、也不可能有人帮助他想清楚。天下没有人能够为他指出一条适合于他的道路。古往今来，圣贤的道路不是别人能指出来的，没有人能够给圣贤指出道路，圣贤的道路都是自己想出来的。鲁迅也是这样。鲁迅这个时候，不知道中国要怎么办，只有彷徨，最后剩下的是彷徨。所以彷徨是他迫不得已的然而又是非常清醒的一种自我选择。他就认定了彷徨。

我们看彷徨，它不是动摇变节。我们长期的革命教育，使我们觉得

"彷徨"好像是一个坏词，使我们会怀疑这个人怎么革命不坚定啊，一彷徨是不是要叛变啊。所以我们对"彷徨"这个词容易不理解。我们得这样来分析鲁迅的彷徨，彷徨不是动摇变节，不是后悔、背叛，它是一场战役结束之后的清醒的自我反思。正因为鲁迅有了这一次长期的认真的彷徨，所以当他结束彷徨之后，决定再一次起来战斗的时候，那一次战斗就所向无敌了。那一次战斗就不是为了胜利而战斗，而是为了反抗绝望而战斗，因为关于为什么战斗，他已经考虑得清清楚楚了。结束了这次彷徨，鲁迅就义无反顾地战斗到生命的最后一息。

——本篇根据CCTV10《百家讲坛》"孔庆东讲鲁迅"
《祥林嫂之死》整理

愤怒而且傲慢

——解读《在酒楼上》

好，我们准备上课，大家都找好自己的座位。虽然说天气暖和了，春暖花未开，还是要注意防寒，特别是坐在地板上的同学，每隔五分钟要运动一次，防止春寒。我看好像很多同学都开始脱衣服了，每个同学脱一件，我们这个教室里就显得开阔了许多，前两周看这屋里面，太拥挤了。

今天我也没带什么书来给大家介绍，顺便到系里拿了几本书。一本是我们现代文学的著名学者樊骏先生的《中国现代文学论集》。我们中国现代文学学科开山的祖师——如果说第一个人的话——那是朱自清先生，朱自清先生下来就是王瑶先生，王瑶先生建立了"中国现代文学"这门学科。王瑶先生那一代的学者中几个大师——王瑶、唐弢、李何林——都已经去世了。他们下一茬儿就是樊骏先生、严家炎先生这一拨人。我们现代文学的很多重要的观念、思想、研究方法，都是这一代学者所奠定的。樊骏先生的《中国现代文学论集》是他多少年来，在这个学科里辛勤耕耘的精华，很多文章都在发表的时候指导过这个学科的发展。特别是在我们国家20世纪70年代末80年代初，开始走向思想解放的时候，中国现代文学这门学科，可以说是起到了火车头的作用。那个时候，我们最早是从这个学科里打破坚冰，找到新的思想资源的，然后，我们开始用自己的脑袋去思考。那个时候，樊骏先生和严家炎先生他们所做的工作是非常多的。他们一辈子写的文章并不多，加起来可能也就几本书。真正的学术文章是不可能写得很多的，他们也不像我这样，没事儿写点儿无聊的散文什么的，他们只是老老实实写学术文章，但是都是大师级别的。对现代文学感兴趣的同学，可以去看一下。这是我顺便说一下的樊骏先生的论集。

我今天还顺便拿了两本武侠小说——我这个人是很乱的，一会儿说特严肃的，一会儿又说不严肃的——是台湾作家司马翎的作品。司马翎，大家可能知道吧？说到新派武侠小说，大家一般都知道香港以梁羽生、金庸为代表，说到台湾，很多人就说古龙是第一个——古龙的影响是非常大的——但是也有很多人不这么认为，有很多人认为司马翎才是台湾武侠第一人。司马翎的作品非常有特点，作品写得非常多，水平不一致，但是非常有特点。特别是推理、悬念，这一方面他可以说做得登峰造极，没有人能够超过他。他的作品太多，我今天拿了两本，一个叫《纤手驭龙》，一个叫《关洛风云录》，都是值得一看的作品，是他比较成熟的作品。司马翎的全集现在准备在大陆出版（现已出版——编辑注），但是出版方面有一些困难，因为作品太多，遇到盗版怎么办？现在盗版确实很令人头疼。好吧，先介绍这两本书。

给大家看看杂志吧。每天我都收到很多杂志，有一本杂志叫《海内与海外》，里面有很多回忆性的历史——当代史和现代史——方面的文章，由于都是请的各个方面的有一定权威性的作者来写，还是比较有意思的。像这里面介绍的芭蕾巨星乌兰诺娃、周恩来与齐白石的交往、王洛宾、曹雪芹等这些文章，都比较有意思。我们除了学习自己的专业知识之外，免不了要看许多杂书，要看一些杂志，看哪些杂志，这是需要经验的。你看多了之后，会感到有的杂志虽然也很杂，但是它在每一类里边，品位可能是比较高的，要挑选这样的杂志来看。有一本杂志叫《中国新书》，介绍每个月的出版界的动态，对于我们今天这个图书泛滥的时代，有一定的指导意义。还有一个刊物叫《聊吧》，聊bā，这个刊物名字很时髦，很时尚，里面是一些短小的文章，有什么酒令啊，烟灰啊，雪茄啊，讲故事的啊，都是一些短小的东西。它也经常转载一些最近的热点，比如转载韩寒的文章《我们一直错怪了张艺谋——无极观后感》，转载一些这样的文章，比较新锐吧。像这样的刊物可以浏览一下，不必去细读。

好，我们介绍了一些图书和期刊，然后开始我们今天讲课的内容，上次已经预告过了，今天来讲《在酒楼上》这篇作品。好，如果带来《在酒楼上》这篇文章的同学，可以打开这篇文章，我来读一下。

我从北地向东南旅行，这写得很真实，鲁迅的作品，小说和散文分不太清楚，你可以说它是散文。比如说我们都学过《一件小事》。《一件小事》到底是小说还是散文？好像很真，像真的一样，但是到底是不是真的发生了那么一回事，又没有证据。《在酒楼上》，还是这个风格，"我从北地向东南旅行"，**绕道访了我的家乡**，这样开头，你也可以说它是散文，回忆性散文就是这样写的。不但鲁迅可以这样写，余秋雨也可以这样写：我从埃及去突尼斯，绕道访问了什么什么地方。都可以这样写。而我们查鲁迅的生平，知道他的确是从北京回家乡去。去干吗？因为在北京钱挣得多了，回家"搬取"老母，和李逵是一样的。李逵在梁山泊混好了，看宋江把宋江他爹搬来了，李逵号啕大哭，说"这个也去取爷,那个也去望娘,偏铁牛是土掘坑里钻出来的",李逵也要回家把娘搬来,一块儿到梁山泊快活。人同此心,鲁迅也是这样,在北京混得好了,回家把什么都搬来,在北京买了一所大宅子,全家在这里其乐融融。当然后面发生的悲剧是他没有预料到的。"向东南旅行,绕道访了我的家乡",而且说,**就到S城**。他老提他那个破S城,恐怕别人认为他是虚构的。【众笑】真和假的关系是异常复杂的。**这城离我的故乡不过三十里**,说得都很真。看了开头,我们可以这样讲,这是一种散文化的小说。鲁迅的小说是具有多种风格的,有情节比较紧张的,但是更多的是散文化的,还有一部分是充满了诗情画意的,是诗化小说,它既是散文化的也是诗化的,像这篇就有点儿——开头就是散文。**坐了小船,小半天可到**,我曾在这里的学校里当过一年的教员。有的时候我在琢磨,当一个人在写这种散文化小说的时候,他的创作心态是什么样的,他在开始写的时候,是在想"我在写一个小说",还是在想"我在写一件往事"?我自己有时候写一件往事时,写到某个地方,忽然觉得这里似乎写得夸张一点儿比较好,这时就面临一个真实性的拷问:如果写得不太真实的话,这就成了小说了。但有时候又想,小说又如何呢?我觉得这里是我们可以思考问题的地方。**深冬雪后,风景凄清,懒散和怀旧的心绪联结起来**,你看鲁迅写小说,天气的渲染也好,心理的渲染也好,从来就没有什么好心情,从来没写过:我到我的故乡去,那一天,晴空万里,阳光灿烂,红旗招展,锣鼓喧天……【众笑】从来就没有这样的情景,他一写就是"风景凄清,懒散和怀旧的心绪联结起来"。这很不像五四啊,我们今天学历史学到的五四运动,好像朝气蓬勃、意气风发,都是一群北大清华学生的那种场面,但是被鲁迅一写,好像那时代并不怎么好。由于有这种心绪,他说,**我竟暂寓在S城的洛思旅馆里了**;他就住在小城的一个旅馆里了,这个旅馆的名字叫"洛思",很奇怪,洛阳的"洛",思想的"思",好像是个外国名字,这么奇怪的一个名字,是新名字。下面就说了,**这旅馆是先前所没有的。**这是新东西。**城圈本不大,寻访了几个以为可以会见的旧同事,一个也不在,**当然这种写法我们知道是俗套了,小说也好、散文也好,要去访问谁,一般都是不在。比如我们看杨朔写日出,他肯定没看着日出,最后看见的是社会主义的日出;写《荔枝蜜》也好,《茶花赋》也好,写什么也好,都是一个套路,一定是写什么、要去看什么,看不着,最后一转,看见了社会主义日出。鲁迅也不能免俗,访问的几个朋友,一个也不在。**早不知散到那里去了;经过学校的门口,也改换了名称和模样,于我很生疏。不到两个时辰,我的意兴早已索然,颇悔此来为多事了。**回故乡的好处就在于去访问故人,可是冬来故乡无故人,访问故乡时没有故人,好像让人很失望,但有时候是不是也会别有一番情趣呢?有时候我就想,假如我回故乡的话,同学们每天轮番地请我吃饭,到这儿玩到那儿玩固然很好,很热情、很怀旧,大家都洒下激动的热泪,这也挺好,但有时候我又有一种想法,假如我谁也不告诉,我悄悄地回去,我自己,就我一个人,在我童年、少年所走过的地方转一圈,是不是也挺好的,也别有一番情调?或者我抽出一天两天自己去转一转,可能会很好。真的脱离开现在这个时空。你看不管是小说也好,还是散文也好,他通过这样一段,就把一般的访故乡的情怀给割断了,有意制造这样一个在故乡,但是没有故乡之情的气氛。下面看他到这干什么。**我所住的旅馆是租房不卖饭的,饭菜必须另外叫来,由住谈到吃了,但又无味,入口如嚼泥土。**鲁迅一般不专门写吃的,不像梁实秋等人会专门去写吃的,写某一个菜怎么做,鲁迅只是随笔寥寥地涉及吃,但是他涉及的时候,你能够看到他的人生的品位、情趣、爱吃什么。我发现鲁迅的口味比较重,他老说什么东西没味道,周作人好像也是这样的,他们对吃其实是很懂或者说很讲究,很挑剔的。周作人有一篇著名的文章叫《北京的茶食》，说在北京住了十来年，就没什么好吃的，我觉得这是对北京这个城市很大的打击。我发现不是周作人一个人这么说，首先是很多南方人都这么说，后来很多东北的、西北的、华北的也这么说，这就值得研究，这样就不是说对一个城市的"褒"还是"贬"的问题，而是这背后会有问题，为什么会这样。鲁迅先说故人不在，现在说吃得不好，不是故意要写吃。**窗外只有渍痕斑驳的墙壁，贴着枯死的莓苔；上面是铅色的天，**铅笔的"铅"，铅色的天，**白皑皑的绝无精采，**他写的是一片没有生机的景象。**而且微雪又飞舞起来了。我午餐本没有饱，又没有可以消遣的事情，**鲁迅小说里写的叙事者"我"，在讲故事的这个"我"，是一个很凡庸的人，他一点什么雄才大略、高尚的情操也没有。他想的就是这儿吃得不好，没什么意思，无聊，他每天都是这样。他给自己的定位并不高，这个时候他已经很有名气了，已经被认为是青年导师、学界领袖了，已经是这样的一个人物了，你看他给自己的定位从来是很低的，但不是特别低，是凡庸。他不是把自己定位到王朔那么低，不是那样的，而就是一般人，用一般人这个视角来看。因为没吃饱，又没有消遣，**便很自然的想到先前有一家很熟识的小酒楼，叫一石居的，**一块石头，"一石居"，可见是个小酒馆儿，**算来离旅馆并不远。我于是立即锁了房门，出街向那酒楼去。**开始扣题"在酒楼上"，酒楼在这里出现。我们知道前面是铺垫，可能在酒楼上要有故事。但是酒楼上会发生什么故事呢？大家想一想，假如同样一篇小说也叫《在酒楼上》，但是是武侠小说，【众笑】那会怎么样？我读武侠小说，只要读到在酒楼上，就知道这酒楼要倒霉了，一会儿就给它砸得粉碎，给钱不给钱还不一定。你看，题目并不重要，关键是怎么写。酒楼上在武侠小说里就是精彩纷呈，打得不亦乐乎，当然，在鲁迅这种人笔下，在酒楼上会出现什么情况？那估计不会是"武松大闹狮子楼"吧。**其实也无非**

| 愤怒而且傲慢——解读《在酒楼上》 | 19

想姑且逃避客中的无聊,并不专为买醉。鲁迅的一句话里面,意思是多层次的,"并不专为买醉"——并不否定说"我"是去买醉,其实也是为买醉,买醉和逃避都有。而这两个又是有关系的,通过买醉来逃避。买醉本身可以有快感,也是一种快乐,但同时也可以是逃避。男人为什么要喝酒?有的人很能喝酒,有的人不能喝酒,但是都爱喝酒,为什么要喝酒?只从生理上解释肯定是浅薄的,主要是心理原因。还有,男人为什么要抽烟?当然不光是男人,现在越来越多的初中女生开始抽烟。为什么要抽烟?人人都知道吸烟有害健康,这个不需要再讲,为什么人要付出生命的代价去吸烟?这用医学、用科学都是解释不了的,这是人的精神需求。**一石居是在的,狭小阴湿的店面和破旧的招牌都依旧;但从掌柜以至堂倌却已没有一个熟人,我在这一石居中也完全成了生客。**"生客"这个概念,是鲁迅作品中经常出现的,他经常写生客,写自己对世界的陌生感。还不仅鲁迅一个人,一些别的作家也写过。你们想艾青的"大堰河",当他父母接他回家,他成了他自己家中的生客,成了他父母家中的生客。这些敏锐的、敏感的文人,他们感受到了自己跟这个世界的异质、不同,他们是异类。**然而我终于跨上那走熟的屋角的扶梯去了,**还是很熟悉,陌生与熟悉。**由此径到小楼上。上面也依然是五张小板桌;独有原是木棂的后窗却换嵌了玻璃。**鲁迅、周作人他们非常注意这个世界的"变"和"不变"。其实整个中国文化都是关注"变"与"不变"的问题,从《易经》开始,中国文化就注意"变"中的"不变"和"不变"中的"变"。当别人都说变的时候,鲁迅盯着不变的东西。大家都说辛亥革命了,中华民国了,鲁迅说,一样没变,跟以前一样。你要再强调,说变化很大,他就说:还不如以前呢!【众笑】所以我们很容易认为鲁迅是偏激的人,凡是我们认为一个人偏激的时候,我们要反思一下,他真的偏激吗?他是无缘无故地说出一句偏激的话来,还是他有一个对立面呢？如果他的对立面和他是旗鼓相当的，那他就不是偏激的，他恰好是中庸之道。如果他没有来由地说一句偏激的话，那他才是偏激的。就好像是在苦水里面放糖一样，因为先有了苦水才放了糖，你不能说他是偏激的。鲁迅很注意变和不变的问题。

然后"我"上来就叫菜说："**一斤绍酒。——菜？十个油豆腐，辣酱要多！**"鲁迅淡淡地写这么一句话，写得很诱人，让人觉得这是世界上最绝妙的搭配。我上中学的时候读《在酒楼上》，那时候不知道他说的绍酒是什么酒，我说鲁迅酒量这么大啊，开口就要一斤酒，我以为是白酒，后来才知道是绍兴黄酒，但是喝一斤绍兴黄酒也不少了。

菜呢，真正喝酒的人不是要很多菜，而是要最适合喝酒的菜，你看他要十个油豆腐，上面要放辣酱，辣酱要多。我们从"一斤绍酒""十个油豆腐，辣酱要多"这样一个酒菜搭配中，看到的不仅仅是酒菜吧？这里面有没有一点鲁迅的人（格）在里头？鲁迅这个人像不像一斤绍酒加十个油豆腐，抹了很多辣酱？【众笑】这样说是调侃的说法，不能写到学术文章里，这样写别人会说我不严肃，说你这有什么证据啊。所以我只能在别的场合来发表我的这种感觉，我的感触。我感觉鲁迅写的很多东西是他自己。很多作家不经意写到的外物，外在的事物，是他自己。我们想象的鲁迅，只能喝绍兴黄酒；我们不能想象鲁迅喝啤酒："来两瓶'纯生'！"不可能；不能想象他："来'长城干白'！"都不可能；"'长城干红'！"不可能。好像绍兴黄酒是最适合鲁迅的，他的文章是要这样在吃喝的状态中写出来。

我一面说给跟我上来的堂倌听，一面向后窗走，就在靠窗的一张桌旁坐下了。楼上"空空如也"，任我拣得最好的坐位：可以眺望楼下的废园。废园是废弃的园子。我以前在北大后湖散步，那里就有废园的气息。有的时候我想，这里弄一座酒楼多好，弄一座三层酒楼，弄得破旧一点，没什么人来最好，然后我坐在那上面，看着下面的废园，特别是荷花败了以后，别有情调！如果下面再徘徊着几个失恋的学生就更好了。【众笑】人有时候要消费的是一种情调。这园大概是不属于酒家的，我先前也曾眺望过许多回，有时也在雪天里。但现在从惯于北方的眼睛看来，他承认自己的眼睛已经是北方的了，惯于北方的眼睛，却很值得惊异了：下面写这个废园，是一段景物描写：**几株老梅竟斗雪开着满树的繁花，仿佛毫不以深冬为意；倒塌的亭子边还有一株山茶树，从暗绿的密叶里显出十几朵红花来，赫赫的在雪中明得如火，愤怒而且傲慢，如蔑视游人的甘心于远行。**这几句话描绘的是一幅多么漂亮的画儿啊！画家应该把它画下来，他们能够画出那个花的"愤怒而且傲慢"来吗？我觉得鲁迅是一个高明的画家，他使用颜色、线条使用得极其高妙。**我这时又忽地想到这里积雪的滋润，著物不去，晶莹有光，不比朔雪的粉一般干，大风一吹，便飞得满空如烟雾。**这在他另一篇作品《雪》里已经写过了，两篇作品写的时间是差不多的。他比较了南方的雪和北方的雪的不一样，南方的雪是滋润的。这个时候他可能心绪稍好了点儿吧？他坐下来。

"客人，酒……"

堂倌懒懒的说着，放下杯，筷，酒壶和碗碟，酒到了。我转脸向了板桌，排好器具，斟出酒来。觉得北方固不是我的旧乡，但南来又只能算一个客子，这是一个真正的漂泊者的心态。五四的时候，像郁达夫他们经常写一种人叫"零余者"，就是好像天下没有一个地方对"我"来说是合适的，能够容得下我。鲁迅也有这种感触，但是他并不叫喊出来。北方当然不是他的故乡，但是他回到南方，对于南方好像你还是外人。**无论那边的干雪怎样纷飞，这里的柔雪又怎样的依恋，于我都没有什么关系了。**鲁迅没有说过"我"是孤独者，但是你能感到他有真正的孤独的情怀，这是一种客观事实。**我略带些哀愁，然而很舒服的呷一口酒。**

酒味很纯正；油豆腐也煮得十分好；可惜辣酱太淡薄，本来S城人是不懂得吃辣的。未必是S城人不懂得吃辣，是因为他在北方混的年头儿多了，他自己"中毒"更深了，更能够吃辣了，所以他觉得那里的辣酱比较淡薄了，这是他个人的感觉。除了这里写菜本身、他的口味本身之外，它另外给人带来一种味道，什么味道呢？就是这个人，小说里这个"我"此时特别的无聊，需要更深的刺激，所以他渴望有更辣的东西来。

　　大概是因为正在下午的缘故罢，这虽说是酒楼，却毫无酒楼气，这个话写得很好，酒楼是要有酒楼气的，这里没有。酒楼气是什么？我一想酒楼气就是要打架，可能想起"江南七怪"来了，因为这种场合很容易说，"一会儿楼梯上上来七个奇形怪状的人"，我老这么想。**我已经喝下三杯酒去了，而我以外还是四张空板桌。我看着废园，渐渐的感到孤独，但又不愿有别的酒客上来。**你看他写得毫无情节、毫无意思吧？但是，有味道，这个味道就在字里行间。他说他到底觉得很孤独，孤独又不愿意别的人来。有时候孤独者，并不希望走出孤独，他在咂摸、体味孤独本身。**偶然听得楼梯上脚步响，便不由的有些懊恼，待到看见是堂倌，才又安心了，这样的又喝了两杯酒。**这有一种王维写的"独坐幽篁里"的感觉，听到脚步响是堂倌上来，毫无新鲜事发生——很像过去说评书的卖关子。过去那个说评书的，每天结束的时候他要卖个关子："忽听噔噔噔一阵脚步响，上来一个人，这人是谁呢？明天咱们接着说。"然后第二天说："昨天说到，上来一个人，抬头一看，原来是堂倌。"这是说书的经常卖关子、"骗人"的办法，但是鲁迅用起来不是作为悬念，他就真的这样平铺直叙地写下来，竟然也有吸引人的魅力。

　　我想，这回定是酒客了，因为听得那脚步声比堂倌的要缓得多。你看他没有情节，其实他也很懂得调动这些悬念，懂得信息什么时候出来，前面先用堂倌来铺垫。**约略料他走完了楼梯的时候，我便害怕似的抬头**

去看这无干的同伴,没关系的同伴,同时也就吃惊的站起来。果然有事情发生了,我竟不料——鲁迅老写"竟不料",在这里意外的遇见朋友了,——假如他现在还许我称他为朋友。那上来的分明是我的旧同窗,也是做教员时代的旧同事,面貌虽然颇有些改变,但一见也就认识,独有行动却变得格外迂缓,很不像当年敏捷精悍的吕纬甫了。人名出来了,姓吕的"吕",经纬的"纬",杜甫的"甫",吕纬甫,人名出现。人名又编得很像,我觉得鲁迅编人名编得很高明,真像世界上有这么一个人似的,他特别会取名。一般你看了这个名字会知道,应该好像是个知识分子的名字。

"阿,——纬甫,是你么?我万想不到会在这里遇见你。"

"阿阿,是你?我也万想不到……"这就是两个人见面说的话。

我就邀他同坐,但他似乎略略踌躇之后,方才坐下来。这个人踌躇、迂缓,从小说开篇到现在作者都强调节奏的慢,这个人来得也慢,见面之后的行动还是慢。我起先很以为奇,接着便有些悲伤,而且不快了。鲁迅并没有因为遇见老朋友而高兴起来。细看他相貌,也还是乱蓬蓬的须发;苍白的长方脸,然而衰瘦了。精神很沉静,或者却是颓唐,沉静与颓唐能连在一起,又浓又黑的眉毛底下的眼睛也失了精采,他描写的这个相貌很像孔乙己,有兴趣你去翻翻鲁迅怎么描写孔乙己的相貌的,很像。但当他缓缓的四顾的时候,却对废园忽地闪出我在学校时代常常看见的射人的光来。这人内在还有一种精神,看见那些花,"我"也觉得很好的花的图像的时候,他高兴,他有神采。

"我们,"我高兴的,然而颇不自然的说,"我们这一别,怕有十年了罢。我早知道你在济南,可是实在懒得太难,终于没有写一封信……"这是"我"说的,下面是吕纬甫说的:

"彼此都一样。可是现在我在太原了,"从山东跑到山西,"已经两年多,和我的母亲。我回来接她的时候,知道你早搬走了,搬得很干净。"

"你在太原做什么呢?"我问。

"教书,在一个同乡的家里。"

"这以前呢?"

"这以前么?"他从衣袋里掏出一支烟卷来,点了火衔在嘴里,看着喷出的烟雾,沉思似的说,"无非做了些无聊的事情,等于什么也没有做。"一种虚无的感觉出来了。有一些学者认为,鲁迅是有严重的虚无主义的,或者说虚无主义倾向起码是有的,尤其是在他写《彷徨》和《野草》的阶段。

他也问我别后的景况;我一面告诉他一个大概,一面叫堂倌先取杯筷来,使他先喝着我的酒,然后再去添二斤。鲁迅的酒量确实厉害,刚才自己一个人喝一斤,然后来了一个朋友,又添二斤。**其间还点菜,我们先前原是毫不客气的,但此刻却推让起来了,终于说不清那一样是谁点的,从点菜的过程中发现生疏了,但是还没有生疏到"我"和闰土的那样的关系,毕竟都是知识分子,是同事、同学,我们就从堂倌的口头报告上指定了四样菜:茴香豆,冻肉,油豆腐,青鱼干。**这四样菜都是适合下酒的菜。你要是理性地想,这有什么呀,很简单的菜嘛,但是似乎很有魅力,你读了之后,假如去绍兴,到绍兴酒店,你可能下意识地也要点这几种菜,这就是它的魅力。我看梁实秋写了那么多的菜,写得都不错,但是生活中遇到的时候,没一样是我愿意吃的。你写得越热闹,花团锦簇,未必就有那么大的魅力。

"我——回来,就想到我可笑。"他一手擎着烟卷,一只手扶着酒杯,似笑非笑的向我说。"我在少年时,看见蜂子"——蜜蜂的蜂,"或蝇子"——苍蝇,"停在一个地方,给什么来一吓,即刻飞去了,但是飞了一个小圈子,便又回来停在原地点,"这个比喻是很妙的,鲁迅有很多这样的比喻，非常经典，最经典是铁屋子的比喻。这个比喻也非常经典，有一个小虫子飞一圈又飞回来了。"便以为这实在很可笑，也可怜。可不料现在我自己也飞回来了，不过绕了一点小圈子。又不料你也回来了。你不能飞得更远些么？"老同学聚会这个话非常平淡，但是这个平淡中有深情。他到底对自己飞回来的状态满意不满意呢？他说："你不能飞得更远些么？"他希望别人飞得更远些。

大家现在还都在上学，可能还没有到很希望同学聚会的时候。十年八年以后，你们那个时候同学聚会，会有很多感触的。你会发现同学们有的飞黄腾达，有的混得不好、沦落了，有的飞了一圈又回来了。那个时候会有各种互相的希望，有攀比，有失望，有失落。

"这难说，大约也不外乎绕点小圈子罢。"我也似笑非笑的说。"但是你为什么飞回来的呢？"

"也还是为了无聊的事。"他一口喝干了一杯酒，吸几口烟，眼睛略为张大了。"无聊的。——但是我们就谈谈罢。"无聊的事还要谈一谈，在这里就透出这样一种不做"无聊之事，何遣有涯之生"的心情。人总是要活的，无聊也要活下去。用无聊也能填充人生。

堂倌搬上新添的酒菜来，排满了一桌，楼上又添了烟气和油豆腐的热气，仿佛热闹起来了；这个热闹是自欺欺人的热闹。好像帮着凑趣，其实这都是虚幻的。楼外的雪也越加纷纷的下。

"你也许本来知道，"他接着说，"我曾经有一个小兄弟，是三岁上死掉的，就葬在这乡下。我连他的模样都记不清楚了，但听母亲说，是一个很可爱念的孩子，和我也很相投，至今她提起来还似乎要下泪。今年春天，一个堂兄就来了一封信，说他的坟边已经渐渐的浸了水，不久怕要陷入河里去了，须得赶紧去设法。母亲一知道就很着急，几乎几夜睡不着，——她又自己能看信的。然而我能有什么法子呢？没有钱，没有

工夫：当时什么法也没有。"

你看他说的这个事情很细、很小。一般男人之间说话很少说这么细，男人说话都是概括的："干吗来了？""我回来给我家搬家来了！"——就完了。不会说，哪一天我接到一封信，我的母亲说什么——男人很少这样说话，都是女同志这样讲，这是男女说话的差别。但是男的有时候会这样说，没有那么多可概括的东西的时候他会说，就是把概括性的语言打散了说。

前不久跟同学聚会，我还嘲笑我们班的女同学，嘲笑她当年说的全是琐碎的话。她都忘了，我就给她复述，说当年你是怎么说的，"那天嘛，我就回家取趟苹果，那苹果嘛，有的大有的小"，我一说她就想起来了。我说的这个话在男生看来是没有什么可说的，任何一句话都不值得说，但是她们说得那么兴高采烈。【众笑】吕纬甫现在就是这样，就把这个话说得这么细。

"一直挨到现在，趁着年假的闲空，我才得回南给他来迁葬。"他又喝干一杯酒，看着窗外，说，"这在那边那里能如此呢？积雪里会有花，雪地下会不冻。"在吕纬甫和"我"对话的过程中，我们似乎感到时间好像在停滞，时间没有变化。"就在前天，我在城里买了一口小棺材，——因为我豫料那地下的应该早已朽烂了，——带着棉絮和被褥，雇了四个土工，下乡迁葬去。我当时忽而很高兴，愿意掘一回坟，愿意一见我那曾经和我很亲睦的小兄弟的骨殖：这些事我生平都没有经历过。到得坟地，果然，河水只是咬进来，""只是"，是"一个劲儿"的意思，一个劲儿地咬进来。"离坟已不到二尺远。可怜的坟，两年没有培土，也平下去了。我站在雪中，决然的指着他对土工说，'掘开来！'我实在是一个庸人，我这时觉得我的声音有些希奇，这命令也是一个在我一生中最为伟大的命令。但土工们却毫不骇怪，就动手掘下去了。待到掘着圹穴，我便过去看,果然,棺木已经快要烂尽了,只剩下一堆木丝和小木片。我的心颤动着,自去拨开这些,很小心的,要看一看我的小兄弟。然而出乎意外!被褥,衣服,骨骼,什么也没有。我想,这些都消尽了,向来听说最难烂的是头发,也许还有罢。我便伏下去,在该是枕头所在的泥土里仔仔细细的看,也没有。踪影全无!"

江南的土地是很厉害的,腐蚀性特别强,但是这里,我们主要不是说南方土地潮湿不潮湿的问题,是说把这么一件事能这么细致地讲起来。我不知道大家假如是自己在宿舍里,自己阅读这个小说的时候,会是一种什么感觉。你会觉得有一种无聊,有一种没劲;但又同时,这个无聊、没劲的语言里有一种味道,这个味道本身是吸引人的。他说的这个事不吸引人,尽管好像很可怜、很悲惨,因为是讲他的兄弟之情,但是兄弟之情并不吸引人,而是这个表达本身在吸引人,吸引人的是这个叙述方式。

我忽而看见他眼圈微红了,但立即知道是有了酒意。我们觉得这个人像一个五四青年吗?像一个五四时期的知识分子吗?这和我们脑海中的那个五四距离太远了,这样的人能成什么事啊?但是恰恰是由这样的描写我们知道了,五四为什么不能成事。我们从来没有说五四运动是失败的运动,因为五四运动在当时是胜利了。政府官员跑到北京大学,亲自向我们北大学生道歉,说学生是对的,政府错了,把抓去的北大学生一个一个地放出来。然后北大学生还摆谱:"我们不走,我们就在这儿待着!"【众笑】警察连连鞠躬,"请各位大人回校吧,回去吧",把北大学生请出来。表面上好像是学生胜利了,但是胜利以后怎么样呢?社会并没有改变,那些胜利的学生过了三年五年之后,就到"酒楼上"去了,这才是真正的结局,鲁迅要探讨的是这个问题。在这里说着这些絮絮叨叨话的人,他五六年前说的可能是另外一番慷慨激昂的东西,这些事情他一句话就概括了,甚至都不会提,不会说。在湖南省立第一师范读书期间,毛泽东给自己规定了"三不谈":"不谈金钱,不谈男女之间的问题,不谈家庭琐事。"[1]这是那个时候青年人的那种气儿,志向。这些事有什么可说的?不说!一说都是国家大事,天下兴亡什么的,怎么会把一个棺材描写得这么细致?**他总不很吃菜,单是把酒不停的喝,早喝了一斤多**,这哥们也挺能喝,早喝了一斤多,神情和举动都活泼起来,渐近于先前所见的吕纬甫了。我叫堂倌再添二斤酒,已经五斤酒了——我愿意注意这些事。然后回转身,也拿着酒杯,正对面默默的听着。

"其实,这本已可以不必再迁,只要平了土,卖掉棺材,就此完事了的。我去卖棺材虽然有些离奇,但只要价钱极便宜,原铺子就许要,至少总可以捞回几文酒钱来。但我不这样,我仍然铺好被褥,用棉花裹了些他先前身体所在的地方的泥土,包起来,装在新棺材里,运到我父亲埋着的坟地上,在他坟旁埋掉了。"吕纬甫是这么的柔情,像一个慈祥的母亲一样,像一个姐姐一样做事。"因为外面用砖墩,昨天又忙了我大半天:监工。但这样总算完结了一件事,足够去骗骗我的母亲,使她安心些。"这样做是为了骗自己的母亲,让母亲安心。我们看这里鲁迅对他的态度,也没有表示出决然的否定,说这样不对,鲁迅对他好像并没有嘲弄,没有讽刺他,只是冷静地写出来。鲁迅写得最好的东西是冷静的,不是去夸张地讽刺他,说这样就是迂腐的。应该说吕纬甫的举动是有动人之处的,对兄弟的感情这么深,包括对母亲的感情。"——阿阿,你这样的看我,你怪我何以和先前太不相同了么?是的,我也还记得我们同到城隍庙里去拔掉神像的胡子的时候,连日议论些改革中国的方法以至于打起来的时候。"他们曾经有这样的时候,为了讨论改革的问题能够讨

---

[1]《毛泽东大辞典》,何平主编,中国国际广播出版社1992年版,第119页。

论得打起来,但是那样的学生会变成这样。所以我们今天在宿舍里面争论得打起来的那些时刻,大家也不要太当真,认为一辈子就是这样,谁知道五六年后会怎么样呢?

"但我现在就是这样子,敷敷衍衍,模模胡胡。我有时自己也想到,倘若先前的朋友看见我,怕会不认我做朋友了。——然而我现在就是这样。"

他又掏出一支烟卷来,衔在嘴里,点了火。读大学的时候,看吕纬甫说的这些话,我也跟同学们说,咱们五六年以后说不定也这样,我跟同学们这样讨论过的。过了五六年以后呢,果然是这样的。所以才知道鲁迅了不起,鲁迅确实很厉害。

"看你的神情,你似乎还有些期望我,——我现在自然麻木得多了,但是有些事也还看得出。这使我很感激,然而也使我很不安:怕我终于辜负了至今还对我怀着好意的老朋友……"他忽而停住了,吸几口烟,才又慢慢的说,"正在今天,刚在我到这一石居来之前,也就做了一件无聊事,然而也是我自己愿意做的。"一件事你愿意做,对于你自己来说可能就不全是无聊的,对于自己来说是充实的。他下面又讲了另外一件事。看到这里,我们可以估计到这个小说是不是就这样写下去了,就是通篇是两个人的对话,吕纬甫在这儿絮絮叨叨地讲下去,就这样可以构成一篇小说,这在中国古代是没有的,这样的写作方法是鲁迅那个时候开创的。为什么后人评价鲁迅,说鲁迅小说一篇有一篇的样式?他这样写了,别人就知道可以这样写小说,别人就会也这样写。"我先前的东边的邻居叫长富,是一个船户。他有一个女儿叫阿顺,你那时到我家里来,也许见过的,但你一定没有留心,因为那时她还小。后来她也长得并不好看,不过是平常的瘦瘦的瓜子脸,黄脸皮;独有眼睛非常大,睫毛也很长,眼白又青得如夜的晴天,而且是北方的无风的晴天,这里的就没有那么明净了。"他好像对北方评价比较高，说北方的晴天更明净，用此来形容他邻居家的一个女儿，而且说那女儿并不是特别好看，但是竟然用这样美丽的比喻来形容她。"她很能干，十多岁没了母亲，招呼两个小弟妹都靠她；又得服侍父亲，事事都周到；也经济，家计倒渐渐的稳当起来了。邻居几乎没有一个不夸奖她，连长富也时常说些感激的话。这一次我动身回来的时候，我的母亲又记得她了，老年人记性真长久。她说她曾经知道顺姑因为看见谁的头上戴着红的剪绒花，自己也想有一朵，弄不到，哭了，哭了小半夜，就挨了她父亲的一顿打，后来眼眶还红肿了两三天。这种剪绒花是外省的东西，S城里尚且买不出，她那里想得到手呢？趁我这一次回南的便，便叫我买两朵去送她。"这里写得比刚才那件事还要琐屑，说"我们邻居家有个女儿，想要两朵花"，就行了，其实就是这样的一件事，鲁迅却把它写得这么琐屑。这是叙述家长里短的姑嫂之间的对话才会这样写的，这一段话好像是姑嫂的对话。

"我对于这差使倒并不以为烦厌，反而很喜欢；为阿顺，我实在还有些愿意出力的意思的。前年，我回来接我母亲的时候，有一天，长富正在家，不知怎的我和他闲谈起来了。他便要请我吃点心，荞麦粉，并且告诉我所加的是白糖。"这是好吃的，对劳动人民来说。"你想，家里能有白糖的船户，可见决不是一个穷船户了，所以他也吃得很阔绰。"这个词用得很好，吃得很"阔绰"，档次很高了。"我被劝不过，答应了，但要求只要用小碗。他也很识世故，便嘱咐阿顺说，'他们文人，是不会吃东西的。你就用小碗，多加糖！'然而等到调好端来的时候，仍然使我吃一吓，是一大碗，足够我吃一天。但是和长富吃的一碗比起来，我的也确乎算小碗。"

所以说人和人之间的隔膜是很大的。不知道大家有没有从农村来的同学，或者你到农村去过，到用大碗吃饭的地方去过，确实差距很大，对于我们城里人来说那大碗是很恐怖的。我小的时候饭量就已经很大了,但是回到山东老家,他们拿一个盆一样的大碗给我吃饺子,上尖儿的一大碗饺子,这个"尖儿"还没有吃下去,后面一勺子飞快地补上来了。【众笑】那真是恐怖,不吃又不行。所以我读到这一段的时候非常有感觉。"我生平没有吃过荞麦粉,这回一尝,实在不可口,却是非常甜。我漫然的吃了几口,"漫不经心,"就想不吃了,然而无意中,忽然间看见阿顺远远的站在屋角里,就使我立刻消失了放下碗筷的勇气。我看她的神情,是害怕而且希望,大约怕自己调得不好,愿我们吃得有味。"非常善解人意,"我知道如果剩下大半碗来,一定要使她很失望,而且很抱歉。我于是同时决心,放开喉咙灌下去了,几乎吃得和长富一样快。"他"灌"下去了,不是吃下去,等于是装进去了。在这一段里,我们看到了吕纬甫的另一面。他一面说自己无聊,的确也过得无聊,我们觉得他已经不是一个五四青年了。但是我们现在不用五四青年的标准去看他,他就是一个普通的知识分子,我们看到,他仍然是非常善良的,是具有人道主义情怀的这样一个知识分子。他做违心的事是为了别人,只是为了不让别人失望。我们为了不让别人失望,会做一些对自己没有太大害处的事情,这其实就是道德比较高尚。我们不要把自己要求得太高,学雷锋不要学那个起点太高的事情,这样就可以学雷锋,不一定要故意地牺牲自己去给别人做好事,不用牺牲自己。比如说你跟别人一块儿坐公共汽车,别人热情地给你介绍坐这一路汽车很好,但是你心里知道这路汽车并不好,坐另一路正好到北大门口下,坐这个可能还差半站,但是那个人介绍得那么热情,你就坐那一路吧,多走半站不要紧,成全别人的热情。人的善良是应该从这些细节做起的。我有一个叔叔,坐火车的时候,跟对面一个小姑娘聊天,聊得很热闹。那个小姑娘说:"叔叔,您是蒙古人吧?"叔叔说:"啊,对对对,你真聪明,我就是蒙古人。"下车之后我就说:"你怎么说你是蒙古人啊,你也不是蒙古人啊!"但是那个叔叔说:"咳,人家好不容易猜出来的!"【众笑】这个话对我教育意义非常大。因为我知道,在火车上萍水相逢,你是哪里人并不重要,关键重要的是"人家好不容易猜出来的",这才是重要的。从这些话里我就知道,什么是善良的人,什么是对别人好的人:在无关紧要的问题上,要成全别人的愿望。从这里也看到吕纬甫是好人,是善良的人。那么,是不是可能因为恰恰他是这样的好人,恰恰五四运动由很多这样的好人组成,它才会失败呢?它才会转了一圈又回来,才一事无成的呢?"我由此才知道硬吃的苦痛,我只记得还做孩子时候的吃尽一碗拌着驱除蛔虫药粉的沙糖才有这样难。然而我毫不抱怨,因为她过来收拾空碗时候的忍着的得意的笑容,已尽够赔偿我的苦痛而有余了。所以我这一夜虽然饱胀得睡不稳,又做了一大串恶梦,也还是祝赞她一生幸福,愿世界为她变好。"这人不能够去关心天下了,但是还关心一个人,愿这个人幸福。"然而这些意思也不过是我的那些旧日的梦的痕迹,"这说得很好,跟旧日别的梦是一体的,救国的梦和救一个人的梦是一回事。"即刻就自笑,接着也就忘却了。"

"我先前并不知道她曾经为了一朵剪绒花挨打,但因为母亲一说起,便也记得了荞麦粉的事,意外的勤快起来了。我先在太原城里搜求了一遍,都没有;一直到济南……"

当鲁迅啰啰唆唆写着吕纬甫的这些话的时候,我们仿佛也看见坐在对面的这个"我"。我们想,这个"我"是怎么听他这番话的呢?是聚精会神的呢,还是漫不经心的呢,还是在想着自己的心事?于是这里又出现了一个问题,"我"和吕纬甫是什么关系的问题。

窗外沙沙的一阵声响,许多积雪从被他压弯了的一枝山茶树上滑下去了,这句话写得这么细,没有仔细观察过生活的人是写不出来的。你看过雪从树枝上滑下去的那个场面没有？**树枝笔挺的伸直，更显出乌油油的肥叶和血红的花来。乌油油的肥叶，写得多好！天空的铅色来得更浓，小鸟雀啾唧的叫着，大概黄昏将近，地面又全罩了雪，寻不出什么食粮，都赶早回巢来休息了。**

"一直到了济南，"他向窗外看了一回，转身喝干一杯酒，又吸几口烟，接着说。"我才买到剪绒花。"一个没有什么意思的故事，就这样慢慢地讲下去。"我也不知道使她挨打的是不是这一种，总之是绒做的罢了。我也不知道她喜欢深色还是浅色，就买了一朵大红的，一朵粉红的，都带到这里来。"从他的啰唆中，我们感到了他的真挚，他唯恐对方不满意，不知道她喜欢的是深是浅，所以就买了一朵深的，买了一朵浅的，"总有一朵是你喜欢的吧"。

这里边好像有一种对女孩的异样的感情。"画眉深浅入时无"，这多多少少使人感到他对她不是简简单单的人道主义情怀。还有，也许是不是由于自己沦落了——因为从一部文学史中我们知道，知识分子凡是倒霉的时候，总要想起劳动人民的女儿。【众笑】这是一部文学史上屡见不鲜的例子，这不是我的发明，已经有著名学者写了文章。"同是天涯沦落人"，什么叫"同是天涯沦落人"？知识分子春风得意的时候，他不说这个话。"同是天涯沦落人"是谁说的呢？是一个倒霉的知识分子叫白居易的说的，他自己倒霉的时候，对琵琶女"江州司马青衫湿""同是天涯沦落人"了。

我建议大家去读一篇郁达夫的小说叫《春风沉醉的晚上》，也是他自己倒霉的时候，住在亭子间阁楼上，和一个女工人的故事。他觉得这个女工人很好，觉得很温暖，但他们是不是谈恋爱的感情，这不好说。这个时候郁达夫注意到劳动女子的价值。古代是这样，现代是这样，到了当代也还是这样。有个叫张贤亮的作家，写过《绿化树》，还写过《男人的一半是女人》，是在知识分子被打成右派的时候，被弄到底层的时候，有一个善良美丽的劳动人民的姑娘来关心他，爱护他。若干年以后他重新走上了人民大会堂的台阶，那个女子还在远方默默地惦念他，然后怎么办呢？那就是"村里有个姑娘叫小芳"，就进入了这样一个时代。这是一个永远可以讲下去的模式，一个男女模式。吕纬甫也是这样，他格外地对阿顺姑娘倾注他的感情。

"就是今天午后，我一吃完饭，便去看长富，我为此特地耽搁了一天。他的家倒还在，只是看去很有些晦气色了，但这恐怕不过是我自己的感觉。他的儿子和第二个女儿——阿昭，都站在门口，大了。阿昭长得全不像她姊姊，简直像一个鬼，"他讨厌这个二女儿，"但是看见我走向她家，便飞奔的逃进屋里去。我就问那小子，知道长富不在家。'你的大姊呢？'他立刻瞪起眼睛，连声问我寻她什么事，而且恶狠狠的似乎就要扑过来，咬我。"鲁迅小说里少年儿童的形象经常是不好的，写得像小野兽一样，"我支吾着退走了，我现在是敷敷衍衍……"一种畏惧的心理。

"你不知道，我可是比先前更怕去访人了。因为我已经深知道自己之讨厌，连自己也讨厌，又何必明知故犯的去使人暗暗地不快呢？然而这回的差使是不能不办妥的，所以想了一想，终于回到就在斜对门的柴店里。店主的母亲，老发奶奶，倒也还在，而且也还认识我，居然将我邀进店里坐去了。我们寒暄几句之后，我就说明了回到S城和寻长富的缘故。不料她叹息说："

"'可惜顺姑没有福气戴这剪绒花了。'"

"她于是详细的告诉我，说是"——本来这个小说就是在转述吕纬甫的话，然后吕纬甫在这里又转述别人的话，双引号里面要放单引号，"'大约从去年春天以来，她就见得黄瘦，后来忽而常常下泪了，问她缘故又不说;有时还整夜的哭,哭得长富也忍不住生气,骂她年纪大了,发了疯。可是一到秋初,起先不过小伤风,终于躺倒了,从此就起不来。直到咽气的前几天,才肯对长富说,她早就像她母亲一样,不时的吐红和流夜汗。'"她这是痨病,旧社会痨病差不多就是不治之症,大量中国人得痨病死去,旧社会平均寿命只有三四十岁。新中国成立以后我国大规模地建立了合作医疗网,中国人平均寿命才提高到六十多岁。"'但是瞒着,怕他因此要担心。有一夜,她的伯伯长庚又来硬借钱,——这是常有的事,——她不给,长庚就冷笑着说:你不要骄气,你的男人比我还不如!她从此就发了愁,又怕羞,不好问,只好哭。长富赶紧将她的男人怎样的挣气的话说给她听,那里还来得及?况且她也不信,反而说:好在我已经这样,什么也不要紧了。'"原来她是身体上有病,再加上心理上的打击。

"她还说,'如果她的男人真比长庚不如,那就真可怕呵!比不上一个偷鸡贼,那是什么东西呢?'"看来她的伯父长庚是个偷鸡贼,"'然而他来送殓的时候,我是亲眼看见他的,'"指她的"没过门"的男人,"'衣服很干净,人也体面;还眼泪汪汪的说,自己撑了半世小船,苦熬苦省的积起钱来聘了一个女人,偏偏又死掉了。'"其实穷困的地方,男人对妻子都是很好的,因为是好不容易攒了很多钱才娶进门儿来的,西北还有一些山区,男人对女人都特别好,用半辈子挣的钱娶了一个媳妇儿。"'可见他实在是一个好人,长庚说的全是诳。只可惜顺姑竟会相信那样的贼骨头的诳话,白送了性命。——但这也不能去怪谁,只能怪顺姑自己没有这一份好福气。'"

"那倒也罢,我的事情又完了。但是带在身边的两朵剪绒花怎么办呢?好,我就托她送了阿昭。"我们看,这个世界是变了呢,还是没变呢?在他的叙述中,世界处在这样一种不确定的模糊的状态中。"这阿昭一见我就飞跑，大约将我当作一只狼或是什么，我实在不愿意去送她。——但是我也就送她了，"自己愿意做的事情没做好，做不到；做了的呢，是自己未必愿意做的，模模糊糊，难得糊涂。"对母亲只要说阿顺见了喜欢的了不得就是。这些无聊的事算什么？只要模模胡胡。模模胡胡的过了新年，仍旧教我的'子曰诗云'去。"

"你教的是'子曰诗云'么？"我觉得奇异，便问。现在我们国家掀起所谓的国学热——其实也并没有真的热，只不过有些人说，现在大家觉得我们离传统文化远了，开始回去重新捡起"子曰诗云"来了。但是在那个时候，去教"子曰诗云"本来是一种倒退。因为废科举兴学校了，要讲新的科学知识，讲数理化，讲天文学、地理学、世界历史，讲拿破仑、华盛顿，要讲那些了，现在吕纬甫讲"子曰诗云"，所以"我"奇怪。

"自然。你还以为教的是ABCD么？"这样一个五四的教师，会去教这个。"我先是两个学生，一个读《诗经》，一个读《孟子》。新近又添了一个，女的，读《女儿经》。"完全复旧了。"连算学也不教，不是我不教，他们不要教。"学生、家长要学什么，是受社会风气影响的。家长选择这个，说明这个有用，不选择你那个什么算学，你那个什么高斯定理，说明社会不需要这个东西。五四过去没有几年，鲁迅就感到了失败，所以，他有一首诗叫《题〈彷徨〉》，他就说，"寂寞新文苑，平安旧战场"，这个旧战场，好像很平安，其实已经寂寞了，好像什么也没发生一样；"两间余一卒，荷戟独彷徨"，就剩我一个人，扛着兵器在这里彷徨着。他是这样一种心情。在鲁迅看来，对于中国，很多事情只能说是有过了，没有什么效果，好像雨下过了，像北京的雨一样下过了，但是地并没有湿，地下水并没有增长。下过了之后还是旱，跟原来一样，但是已经下过了。在中国，很多革命、很多改革，都是表面的，在当时好像暴风骤雨，很吓人，但是用不了多久，就干干净净……这是鲁迅最关心的事情。

"我实在料不到你倒去教这类的书……"

"他们的老子要他们读这些;我是别人,无乎不可的。这些无聊的事算什么?只要随随便便……"所以这样的人他自己都不去争了。这让我们想起老舍写的《茶馆》里那个曾经闹过革命的崔先生,"我干过革命",那个崔先生后来就随便随便了,只为了生存。

他满脸已经通红,似乎很有些醉,但眼光却又消沉下去了。我微微的叹息,一时没有话可说。好像吕纬甫把自己的故事已经讲完了。《在酒楼上》主要的篇幅是吕纬甫在说,这个叙事者"我"没有说什么,好像在叹息,"我"好像不同意吕纬甫的说法,不同意吕纬甫的做法。吕纬甫说,"你不能飞得更远些么",那么叙事者"我"又飞得多远呢?鲁迅又在做什么呢?鲁迅在五四落潮以后,也没有什么效率,写作没什么效率,写的东西很少,一面仍然在当着他那个官儿,每月拿着几百大洋,每天无聊,还在继续弄点古物,当然这已经是用了新的眼光,跟胡适一样叫"整理国故"。大家都在做着很多模模糊糊、随随便便的事,只不过有的人自觉、反省,有的人不自觉、不反省而已。鲁迅也是,一面做着,一面在反省着。人要反省自己,就必须把自己分开,把自己分成"我"和"非我",有一个"我"在看着另外的一个"我",这叫自我分析。比如我白天做了一件不好的事,我晚上会说,老孔啊,你白天怎么那么做呢?这个时候是一个"我"在对另外一个"我"说话。如果我把它写下来,我未必是这么写,我可能把另外一个老孔取成别的名字,叫作吕纬甫。所以大家要明白,小说有这样的可能性。

楼梯上一阵乱响,拥上几个酒客来:你看,两个人对话的环境被打破了,拥上几个酒客来,他们终于上来了,不说完他们也不来,专门等说完了上来,都埋伏好了。**当头的是矮子,拥肿的圆脸;第二个是长的,在脸上很惹眼的显出一个红鼻子**;这个描写很像武侠小说吧,好像上来几个侠客。**此后还有人，一叠连的走得小楼都发抖。**以后我会告诉大家，鲁迅小说里经常描写红鼻子的人，鲁迅是不喜欢红鼻子的人的，因为有一个鲁迅讨厌的家伙是红鼻子。**我转眼去看吕纬甫，他也正转眼来看我，我就叫堂倌算酒账。**

"你借此还可以支持生活么？"我一面准备走，一面问。

"是的。——我每月有二十元，也不大能够敷衍。"二十元是不多的，二十元相当于不到现在的两千块钱，勉勉强强够活着。

"那么，你以后豫备怎么办呢？"

"以后？——我不知道。你看我们那时豫想的事可有一件如意？"这句话是警句，平常的一句话里有警句——"你看我们那时豫想的事可有一件如意？"你记住这句话，以后就会少很多失望和愤怒，你要知道预想的事大多是不能如意的。"我现在什么也不知道，连明天怎样也不知道，连后一分……"很像随风飘逝的心态。

堂倌送上账来，交给我；他也不像初到时候的谦虚了，只向我看了一眼，便吸烟，听凭我付了账。一开始点菜两个人还争执，现在吕纬甫也不争执了，回到真实的生活中，开始的时候他还要作一作，现在不作了。

小说最后一段，写得很好：

我们一同走出店门，他所住的旅馆和我的方向正相反，就在门口分别了。我们注意，他俩出了酒楼，走的方向不一样，是不同方向。**我独自向着自己的旅馆走，寒风和雪片扑在脸上，倒觉得很爽快。见天色已是黄昏，和屋宇和街道都织在密雪的纯白而不定的罗网里。**

一九二四年二月一六日。

小说是这样结尾的。大家看看这个结尾和《孤独者》的意境是否相似？它们很像，很相似，这两篇小说有差不多相同的结构。《在酒楼上》很像是一个梦，因为"我"和吕纬甫这段对话，很像是在梦里发生的，因为基本上没有证明人,"我"不知不觉地好像做梦一样就来到这个酒楼上,铺垫了一番环境之后,吕纬甫来了,跟我说了这番话。该说的说完了,现实生活中的人上来了,红鼻子上来了,生活的颜色上来了,生活的麻烦上来了,梦结束了。好像是梦一样。凡是没有证据显示这个故事是真实发生的,一般来说它就是梦的结构。不但小说如此,散文也如此。我们都读过朱自清的《荷塘月色》,谁能证明朱自清真的去过那个荷塘呢?哪个清华大学校史专家能证明,某天晚上朱自清去了这个荷塘,写了那篇文章呢?朱自清可能去过,也可能没去过,无所谓,那是一个梦的结构。他心里苦闷,所以他故意写"妻在屋里拍着闰儿,迷迷糊糊地哼着眠歌",他才出去,而回来之后"妻已睡熟好久了",这散文完全是一个梦。

《在酒楼上》又是如此,鲁迅写了这样一个梦。梦里面"我"跟吕纬甫的对话,其实是"我"和另外一个"我"的思想交锋,自我的剖析,自我的挣扎。但是像《孤独者》一样,最后"我"挣扎出来了。吕纬甫是往那个方向走的,"我"是往这个方向走的,世界还织在这个罗网中。正因为"我"跟吕纬甫走的方向不一样,雪片落在脸上的时候,"我"觉得爽快,告别了吕纬甫,我才重新认识了"我",正像给魏连殳送了葬,"我"获得了新生。

所以说《在酒楼上》虽然没有刀光剑影,其实一样是惊心动魄的。它关系着鲁迅,这个叫周树人的人,此后的人生选择,他的人生走向。在那个年代里,在1923年、1924年、1925年的时候,有很多中国知识分子,在大大小小的"酒楼上"徘徊过,思考过,他们选择了不同的方向,他们的选择一直影响到我们的今天。我们今天可能还有很多的人要继续到"酒楼上"去进行自己的选择,这决定着新世纪中国的走向。

好,我们今天就讲到这儿。【掌声】

稿费与劈柴

——解读《幸福的家庭》(上)

今天是小雪,不过阳光灿烂、秋光浩荡,没有冬天的感觉。还有一些同学坐在地上,给这个季节来助威。今天我们怀着幸福的心情,来解读鲁迅的《幸福的家庭》。

我们之前解读过鲁迅《呐喊》这本小说集中的几篇不太著名的作品,我想通过学习那几篇作品,大家合起来,一定会对鲁迅的形象有新的认识。和我们以前只学习了《狂人日记》《阿Q正传》《孔乙己》《药》等所加起来的鲁迅形象相比,你一定得知了鲁迅另外的一些侧面。还不仅仅是侧面的问题,而是更深层的一些东西,你所领会的这些东西在你心里聚集着,当你遇到人生中的一些问题时,它会自然地发散出一些力量。就像我们吃了你并不知道会产生什么样的后果的药,在你吃药以后的一段时间里,你遇到什么事情了,药力会发作。其实阅读作品就相当于服用东西,有些东西你读了是饭,有些东西你读了是酒,有些你读了是药。今天大多数人读的东西都是鸡汤,鸡汤还不错,鸡汤没有什么大的害处,可有很多作品是有害的那种垃圾食品。你能够读的作品,如果至少都是鸡汤,说明你很有修养了。我读的最差的不过是鸡汤。如何超越鸡汤?如何鉴别什么是鸡汤?你心里得装着一些人参、灵芝,得有这些东西。

而鲁迅就是这样的千年人参。但是千年人参很容易被人误以为是萝卜,因为它跟萝卜很像。高级的东西跟低级的东西往往在外形上是酷似的,只有半高不高的东西正好达到鸡汤水准,它才能够唬人。它看上去水准很高,因为它外表就跟别人不一样,所以我们要真正掌握活的辩证法,一定要从反面去看事物,这也是鲁迅的精神之一。鲁迅告诉我们得从天上看见深渊,你看见天,要知道这不是高的地方,这是低的地方,是深渊。你凭什么认为抬头看到的东西是高的呢?你不要学了天文、物理才知道地球是圆的,这个"天"白天在你上面,晚上在你下面——不用通过科学去得出结论,而是直接通过哲学去判断清楚。当你看见一个人说话特别温文尔雅的时候,你要想到他很可能是一个残忍的人,你什么时候训练到这一步,你的人生就成功一半了。你看见一个人大大咧咧的,说话很不文明,他百分之九十九是一个非常温柔的人,他的心非常软。我举这样的例子,特别是想告诫一些年轻人,如何在人生中少吃亏。满嘴文明用语的人,见人就说您好、对不起、再见的人,往往不是人——人不那么说话。你记住这些,受益无穷。我也不是很年轻就知道这些道理,但是幸亏我从小就读鲁迅,虽然当时那个意识形态告诉我们,读鲁迅是为了批判资产阶级之类的,但你只要读了,你就会觉得这味药太浓了,就扎根在你的心里,就像金庸写爱情一样,动不动就用一些词叫"情根深种"。你读了之后,这个"毒药"就放在了你身体里边,没有解药,随着你的成长、你的阅历的增加,你就会发现,鲁迅太伟大了!到处都能碰到鲁迅说的人和事。

今天我们要一块儿来学的已经是鲁迅的第二本小说集《彷徨》中的

作品，《呐喊》是鲁迅在五四时期创作的，当然五四时期那时都快过去了，而《彷徨》，从这个题目就可以看出，鲁迅处在他人生的另一个阶段，"两间余一卒，荷戟独彷徨"，人家闹革命的去闹革命了，反革命的去反革命了，中间剩下一个鲁迅，扛着一个方天画戟，游来游去，找不着敌人。但是四面都是枪林弹雨，他找不着敌人，不知道谁打的。就好像你一上网突然来五百个人骂你，全是用的小号。历史根本就没有变化。有的人会觉得茫然无措，你要是读过鲁迅就知道，历史根本就没有进步过，还是鲁迅时代，只不过从报纸变成了网络而已，是一样的。谁知道那些骂鲁迅的都是谁啊，现在是因为鲁迅把自己的名气搞大了，我们要编《鲁迅全集》，只好去找这些骂鲁迅的人都是谁，一个一个找出来，结果都帮助他们成名了，他们伴随着鲁迅名垂青史。可是当他们伤害鲁迅的时候，鲁迅被他们咬得遍体鳞伤的时候，鲁迅哪知道都是谁在害他啊，不知道。而且那时还不像今天过不多久我们可以抓起几个大汉奸来，鲁迅就活在遍地是汉奸的时代，鲁迅还得跟汉奸们保持一定的关系，因为他也要吃饭，他在教育部里当官。所以鲁迅是具有多重身份的，我们以前老觉得鲁迅是个战士，这是个抽象的身份，他主要的身份是什么？主要身份不是老师，不是大学里的正式的老师，鲁迅真正的身份是官僚，尽管他天天骂官僚。

因为他骂官僚，我们老觉得他跟官僚是两伙人，这不对。他要是自己不是官僚，天天骂官僚，这还不能说明他太伟大。我们今天就有很多人自己站着说话不腰疼，自己不是什么，然后去骂什么，这不算英雄。什么叫英雄？作为中国人你批评中国，作为北大人你批评北大，这才是英雄。鲁迅自己就是中华民国教育部的官吏，他对中华民国及其整个体制采取了那样的一种态度，他为了这个态度，必然要付出从精神到物质上的多重牺牲。他自己也要去讨薪，因为讨薪还要挨揍。可是他又不能完全反对这个体制，这个体制的很多事他是参与的。就像我说的，他反对尊孔，可是他要参加祭孔大典，他要组织祭孔大典。所以，我们除了要更多地去了解那些被解读为战斗性的鲁迅的文字之外，还要发现那些以前不太被人重视的鲁迅作品，其中蕴含着可能是更重要的鲁迅精神密码。

像《幸福的家庭》这样的作品，也是在所有鲁迅作品中不太受重视的，它短小，它简单。可是经历了岁月的洗礼之后，我们发现，这样的作品的主题竟然是永恒的。甚至在今天，又一次鲁迅时代来临的时候，这个问题同样横亘在我们每个人的面前。别看你从小就学习好，一路杀进北大，你将来人生中的一个最重要的问题，不也是企图有一个幸福的家庭吗？谁能摆脱这个问题？你能说因为学习好，你就能有幸福的家庭？在这个问题面前，你作为一个学霸，和你们班的学渣是平等的，毫无优势可言。你说你怎么能获得一个幸福的家庭？当我把这个问题一说，你马上就蒙了，马上就变成陈士诚了，已经想好的人生前途，像受潮的糖塔顿时倒塌，你啥优势都没有。你原来看好的那个心中的偶像，正好被你们班的学渣娶走了；或者，你终于娶到了你心中的偶像，然后建立起一个毫不幸福的家庭，天天吵架，有一天她自杀了。这才是人生的真问题。

什么是幸福？具体点，什么是幸福的家庭？大家不一定读过托尔斯泰的书，但一定知道托尔斯泰《安娜·卡列尼娜》第一部的第一句话："幸福的家庭是相似的，不幸的家庭各有各的不幸。"托尔斯泰的这句话不能用科学来论证，它可能经不起科学的论证，它说的是个大概意思，意思是，幸福好像有一个标准，不幸没有标准，各有各的苦难。我们今天的媒体，天天都在展示各种人的不幸，要是大家都真幸福了，媒体就没法活了。媒体一定要展示，没法展示就捏造，然后供给大家去欣赏、咀嚼别人的痛苦，谁跟谁劈腿了，分手了，复合了，曝光了，等等，每天都是这些事，好像人的幸福要建立在别人的不幸之上。

而这个问题从五四以来，就始终是中国人，特别是中国青年生活中的关键词。古代好像不太关注这个问题。我们自以为比古代幸福，真的比古代幸福吗？自由恋爱真的要比包办婚姻好吗？咋论证的呢？其实没有经过论证，而是灌输，从小就告诉你自由恋爱是好的。既然自由恋爱是好的，为什么离婚率这么高呢？像北京这样被人认为是最文明的地方，首善之区，2018年离婚率竟高达48.3%[1]，差不多每两对新人结婚就有一对人离婚。那有一天我们只好认为，离婚才是幸福的，"哥儿们，你牛啥啊，你才离过几回啊""我才离过十六回"。也许有一天，我们的标准要变。不管变不变，"什么是幸福的家庭"作为一个问题，它比革命、比战争、比解决贫困人口，比那些问题好像更持久。这样的问题看上去好像是很平和的问题，它不会一下子让人死，但会纠结你一辈子。而鲁迅不小心也触及了一下这样的题材。

我们下面来看看《幸福的家庭》。在接触正文之前，先要讲一些其他的东西，先简单地看看发表情况，由发表情况我们去讲背景。这时已经是明确的五四运动落潮之后的整个中国文化的寂寞期。由于我们对现代文学研究得比较细，所以我们就能把几年划分为一个期。也许后人研究今天也是一样的，认为党的十八大之后是一个阶段，十九大之后又是一个阶段。这篇作品发表于一九二四年三月一日，春天，发表在《妇女杂志》上。鲁迅也会对症下药，肯定是《妇女杂志》向他约稿，那他就写个跟家庭有关的题材给了《妇女杂志》，这说明鲁迅也很考虑投稿的对象。我年轻的时候，就不太在乎这个问题，也有一个妇女杂志向我约稿，

---

[1] 《离婚大数据曝光：北京离婚率接近50%！》，新浪网，http://k.sina.com.cn/article_2160994315_80ce280b00100e0fn.html（访问时间：2021年1月12日）

我就写了一篇抨击女士的文章，结果被迅速退稿，说我的作品不宜在他们的刊物上发表。后来我一想，不怨人家，怨我，自己上门找揍去——我写了一篇论悍妇的文章。这篇《幸福的家庭》后来收到鲁迅这一时期的作品集《彷徨》中。其实，"彷徨"是个很不常用的词，如果没有鲁迅，中国大多数人可能不知道这个词，我们一般使用"犹豫"就行了。跟"犹豫"有关的有一系列词，比如"踟蹰"等。但是，鲁迅使用了"彷徨"之后，这个词就成了常用词，特有名，大家都知道"彷徨"了。

作品在发表的时候有一个"附记"，为什么有附记呢？这个作品有一个独特的情况，题目叫《幸福的家庭》，题目下有一个破折号，叫"——拟许钦文"。这样的标题在整个人类小说史中都是罕见的。我不敢说外国没有，反正我在中国没看见过。就好比，莫言写个小说《丰乳肥臀——拟王某》，没听说过，余华写一篇小说《细雨中的呼喊——拟贾平凹》，没有这样写标题的。如果有这样写标题的，应该出于什么心理呢？比如说，我写一篇小说，投了两家刊物都被退回来了——哦，他们原来嫌我名气不够，对我没有信心——我第三次投稿，题目叫"×××——拟莫言"，别人一看，哦，"原来跟莫言是一伙的"，可能就给我发表了——也就是我借一个名气比我大的人来提高我的地位。可是鲁迅不然，1924年的鲁迅是如日中天，中国第一小说家，他竟然写一篇作品叫"拟许钦文"，许钦文是谁啊？不但今天我们大多数人闻所未闻，而且我试了几个输入法，输入"许钦文"，输入法中都没有现成的这个词。许钦文，按照我们专业的说法，已经是非常有名的作家了，可是输入法里没有。我们判断一个人有没有名，一个很简单的办法就是看输入法里有没有。因为输入法都是"棒槌"编的，编输入法的都是没有文化的专业的人，所以那个专业的人如果都知道，就说明这个人真的有名，那个专业的不知道，那就真的没名。有些事情要问外行，你不能问研究文学的，它里面肯定有许多是知道许钦文的。你问编输入法的人，那个是客观标准。所以谁跟我说"这个人可有名了，书法界或什么界有名"，我就去把那人名字在输入法里一打，看看有没有这个人现成的名字。没有，那就不必考虑，连输入法都没有，有啥可考虑的。能进入输入法，是同学们这辈子的奋斗目标，争取进入输入法，就行了。许钦文是谁，大家都不知道，不但今天的输入法里没有，就是当年也是一样的。当年的排字工人排这几个字得现找，"许"还好找，"钦"得找半天，"钦"不是常用字。鲁迅自己写一篇小说，在题目上嵌入了另一个人的名字，这是为什么？这就好比，我今天写一篇论文，题目里加上"——拟×××"，后面写上我某个学生的名字——所以这是非常独特的。为了这个独特性，鲁迅还专门写了一篇附记，这又是鲁迅所有小说中非常独特的。我们来看附记是怎么写的。

我于去年在《晨报副刊》上，《晨报副镌》是当时一个著名的文学阵地，副刊是专门发表文学作品的。**看见许钦文君的**，称他为君，**《理想的伴侣》的时候，顺便把许钦文一个作品的名字写在这里了。就忽而想到这一篇的大意，且以为倘用了他的笔法来写，倒是很合式的；看见他的一个作品，自己触发灵感，以为可以用这种方法来写作。然而也不过单是这样想。到昨天，又忽而想起来，又适值没有别的事**，鲁迅总是把一个很庄重的事写得很自然很随便。**于是就这样的写下来了。**从这来看，鲁迅受人家启发，用人家的笔法，写了一个这样的作品。**只是到末后，又似乎渐渐的出了轨**，这里的"出轨"不是今天的"出轨"的意思，鲁迅这个时候也没什么轨可出，他说的意思是不合原来的原意、原来的格式，所以他说出轨。**因为过于沉闷些。**从这句话可以看到，许钦文的原作不那么沉闷，是比较明快一点的。**我觉得他的作品的收束，大抵是不至于如此沉闷的。但就大体而言，也仍然不能说不是"拟"。**其实有了这样一个附记，题目中不必再写什么"拟许钦文"，这显然是前后呼应，不光前面要说他,后面还专门解释一段。不论这个作品如何,我们已经知道这个作品的发表,鲁迅心里面装着许钦文这个人,是一定要把他推出去的。许钦文这个人想不出名都不可能了。而且不用我们去各地挖材料,去各地找谁跟鲁迅发生了什么关系,只要鲁迅日记里出现的人,我们都要把他挖出来。**二月十八日灯下,在北京记**。这是二月十八日写完的,三月一日就发表了,可见鲁迅的作品是到了就发表,二月十八日写完,再快也得二月十九日寄出去吧,那时北京的信到上海得一个礼拜,可见鲁迅的作品之抢手,到了马上就发表。以上说的是附记。

由附记我们就得研究一下许钦文,所以我们先讲一下许钦文的问题。如果是讲现代文学史,我会用一节课的时间,来讲一个专题叫"乡土文学"。讲20世纪20年代小说的时候,我会很重点地讲乡土文学的流派,在乡土文学流派里,有一个重要作家叫许钦文。这个乡土文学不是我们今天理解的写农村的就叫乡土文学,不是那样的。今天我们很多人不懂,望文生义,一看,以为写农村的就是乡土文学,不对。乡土文学是鲁迅发明的一个词,它又叫"寄寓文学"。怎么解释呢?乡土文学的作者必须是住在城市里,回忆他出生的农村,以现在住的城市为背景,去描写他以前居住的农村风貌,这才叫乡土文学,特指20世纪20年代受鲁迅影响的那一批年轻的作者。乡土文学最早的作者就是鲁迅自己,《故乡》就是,《孔乙己》也是,鲁迅大部分作品都符合这个定义,不是非要写农村才是乡土文学。许钦文是乡土文学的一个重要作家,我如果讲文学史,会从这个角度来讲。

那么我们今天回到许钦文本人,先看一般材料上对许钦文最简单的介绍。"许钦文",1897年出生,活到20世纪80年代,是很长寿的人,活了将近九十岁。"乡土型作家,原名许绳尧,笔名钦文、蜀宾、田耳、湖山客等。"注意,他是绍兴人,和鲁迅是老乡,可见在五四时期,整个中华民国时期，老乡的关系是很重要的。老乡关系重要，这好不好是另一回事。"1917年毕业于浙江省立第五师范学校"，这个学校很重要，鲁迅等人都在这个学校的前身工作过，鲁迅还当过监督，也就是校长，"后来留校当附小老师，1920年到北京。在北大旁听过鲁迅的《中国小说史》"，也就是说他是北大校友。不一定非要是北大正经学生，很多北大的旁听生都是北大精神的传承者。他不光在北大旁听课，还参加了北大的学生社团。北大有个学生社团叫春光社，他参加了。"并因乡谊与鲁迅先生过从甚密"，他就认识鲁迅了，跟鲁迅关系非常好，鲁迅的作品中出现许钦文这个名字的次数是三位数的，不得了。"自称是鲁迅的'私淑弟子'，1922年发表第一篇短篇小说《晕》"，许钦文到北京本来不想学文学，人家是想学天文学的，后来天文学没学成，就被鲁迅忽悠学文学了。其实挺好，学天文学不知道能不能学出来，学文学成就了他此后的人生道路。"此后经常在《晨报副镌》发表小说和散文，受到鲁迅的扶植与指导。1926年由鲁迅选校资助的短篇小说集《故乡》出版。"

你看，鲁迅有篇小说叫《故乡》，人家许钦文是小说集叫《故乡》，从这名字里也可以看出两个人的关系。"鲁迅把他列入乡土作家。1927年他离开北京到杭州，抗战期间辗转福建各地，抗战胜利后复回杭州，前后二十余年，一面教书一面写作。"这中间写得比较简略，中间有重要的事一会儿再说。新中国成立前他一面教书一面写作，后来生活一直不好。幸亏新中国成立了，新中国成立的时候他过得很惨。"新中国成立后"，党中央派人去找他——许钦文，鲁迅的学生嘛，新中国文化建设需要鲁迅的学生——找到他的时候他穿着补丁摞补丁的衣服，他说，"你们找我干吗"，来找他的人说"党中央任命你为浙江省文化局副局长"。所以他后来的生活，除了教书就是研究鲁迅著作。人非常好，非常勤奋，写了好多小说，作为一个作家，在现代文学史上也是比较重要的。后来他做一个研究者，文化界的领导，回忆起他的人都说这个人如何如何好，人品是没说的。但是他曾经经历过重大的事件，我们下面就换一个角度来讲他跟鲁迅的关系。

第一，我们知道他们是同乡，同乡关系非常重要，特别是在中华民国，从晚清起同乡就很重要。康有为为什么找梁启超当他的助手？他们是同乡。孙中山的手下一开始是些什么人？同乡，都是同乡。国民党、北洋军阀的人际关系主要是同乡关系，论关系主要看说的是不是一个地方的话。比如说阎锡山任命干部，主要任命五台县人，他自己是五台县的，所以这就叫"学会五台话，就把洋刀挎"，会说五台话就可以了。那到山东，你会说山东话就行了。打破同乡的这种割据的观念，是从共产党开始的。但是共产党也不能完全超越这个。又经过漫长的几十年，我觉得我们今天的同乡关系是比较正常的，因为是同乡所以有天然的亲密感，但是不因为是同乡就一定要徇私舞弊，就一定要任人唯亲。到今天我们才形成这个格局，才能做到你最好的朋友不一定是你的老乡。可是在那个时候不行。鲁迅自己为什么能从浙江跑到北京来当官？很重要的原因就是同乡，蔡元培是他的老乡，蔡元培需要自己的死党，那就弄一批绍兴人来，这批人就叫绍兴帮。那是不是他这么做就不对呢？也不是，别人都这么做，所有人都是这么做的。同乡之间有亲密感，互相帮助这是正常的，特别是在传统社会，一个人到了一个城市首先住在同乡会里，各个地方都有会馆。绍兴很厉害，有绍兴会馆，鲁迅也在那住。

鲁迅最早认识的还不是许钦文，而是一个叫许羡苏的人，许羡苏是许钦文的妹妹。许羡苏是什么人呢？她是鲁迅三弟周建人先生的学生。周建人介绍他的学生到北京来投学、来考试，可是许羡苏考试遇到了麻烦，因为她的头发问题。她是五四青年，剪了短发，学校不要她。所以大家不要认为一过了五四运动，妇女就都解放了，不是那么回事。人家一看你梳的头发认为你不老实，认为你是——我们今天叫——"时髦青年"。其实每个时髦都是有意识形态的，没有无缘无故的时髦，你的时髦或者是要"时"革命之"髦"，或者是要"时"反革命之"髦"。不分析也就稀里糊涂过去了，一分析，每个人的穿着打扮全都是政治立场的表现，没有人能逃脱。人家一看许羡苏这头发："不要！"所以她求学受到了阻碍。

就因为她的头发问题，又激发了鲁迅的灵感，鲁迅写了一篇小说叫《头发的故事》，单看那小说是很有艺术性的，小说的艺术价值很高，触发鲁迅创作的灵感也是一个姓许的人，只不过她当时不知道。许羡苏的哥哥当时还没来，她哥来了，鲁迅又写一篇小说。这是许羡苏，鲁迅后来帮助她上了学。因为这个关系，许羡苏就长期住在周家，周家当时是兄弟几个一个大家族，他们哥儿仨住在一块儿，鲁迅三兄弟，加上老二老三的两个日本媳妇，加上鲁迅家的老太太，一大家子人住在这儿，许羡苏以学生的身份也长期住在这儿。后来鲁迅兄弟失和，房子就给了周作人，鲁迅自己又另外买了房，到新的地方去住。许羡苏是跟着鲁迅走的，她以鲁迅学生的身份，又以帮助他们家处理一些杂务的生活助理的这个身份，跟着鲁迅走的。今天有许多人认为许羡苏是鲁迅的情人，最早这么说的是曹聚仁先生，他找了一些材料证明许羡苏是鲁迅的情人，但是我们看，所有这样写的文字，其实都是缺乏关键证据的。他们说鲁迅一共给许羡苏写了二百多封信等，其实是鲁迅到了上海之后，他写信给他妈妈，收信人是许羡苏，许羡苏在老太太身边，她给老太太读，负责处理他们周家的很多事情。

许羡苏有一个同学，一说大家就知道了，这个同学的名字叫许广平，所以说鲁迅一生跟老许家关系好，跟姓许的关系这么好。许广平后来跟鲁迅共同生活了，所以由许广平这个线索，有一些人就查，说许羡苏原来是鲁迅的情人，后来鲁迅被许广平抢走了。这个故事听起来很好玩、很八卦，人们喜欢听这样的故事，其实不是那么回事，有关的鉴别的文章都有，有兴趣大家可以去查。总之鲁迅是先认识许羡苏，后来许钦文也到了北京，也到了鲁迅家，这样他跟鲁迅就认识了。鲁迅并不是只对哪个人好，你要查，鲁迅对谁好。鲁迅对很多人都好，你不能说鲁迅对谁好，谁就是他的情人，那这样的话，我们能找出鲁迅十几个情人，那太多了。不能只要鲁迅跟某个年轻女士通信一多，说一点亲近的话——人相处时间长了，会说一些亲密的话，包括自己家的事都会说——就说人家关系不正常。

许钦文跟鲁迅交往的时候谈文学，鲁迅鼓励他写作。鲁迅发现许钦文的生活很贫困，他没有吃过包子，不要说庆丰包子了，一般的包子都没有吃过。有次鲁迅就请许钦文吃饭，特地叫了一盘包子，自己只吃了一个，说，"剩下这些就由你包办啦"。许钦文后来回忆得非常仔细，他讲他一生跟鲁迅的关系，说："鲁迅先生给我的温暖，好像是春天的和风，渐渐地，把我心底里的冰块吹烊了，也把我满脑子的愤懑吹散了。使我觉得，我已不再处于绝境，并非手无寸铁；我有笔，也是可以有所作为的。"这是许钦文后来写的文章。许钦文走上文学道路，包括他生活的改变，鲁迅都起了关键的作用。我们知道鲁迅收入很多，但是很多钱都用在帮助这些文学青年了，不光是物质上的帮助，鲁迅帮助人一般都特别到位。比如许钦文这样的人，鲁迅只要发现他有才华，就一直帮助他成名，成为著名文学家。但是鲁迅也不是做好事老有好报，其中总有一些人是恩将仇报的。因为你对别人的好永远摆不平，当你对十个人都好的时候，里边就会有三个人认为你不公平，认为你应该对他最好，怎么对别人好呢！帮助人也会得罪人，所以鲁迅也受到一些他帮助过的青年人的反噬，青年人反过来去伤害鲁迅也是有的。鲁迅一般是帮助完了就算了，不然这帮助就会变成一种恩情，解不开的恩情的纠结。许钦文已经出了名，那就算了。可是后来许钦文又出了重大的事件，别看许钦文现在在输入法中没有，他在现代史上曾经闹过很轰动的事件。我们为了讲鲁迅的一篇小说，得讲半天许钦文的八卦，不过这些八卦都是真实的，不是捏造的，都是有据可查的。

现在讲讲许钦文事件。很复杂，简单地说一下。许钦文有个同学叫陶元庆，研究鲁迅的人，都知道这是一个很有名的人。陶元庆是著名的美术家，许钦文的小说集《故乡》是他设计的封面，鲁迅的《彷徨》是他设计的封面。由于他很有成就，鲁迅也同样帮助他。鲁迅也是一个美术水平非常高的大艺术家，专门帮助陶元庆举办了画展。鲁迅不但使许钦文成名了，也使陶元庆成名了，成为著名的美术家。今天有很多人画画想出名很难，如果没办过画展怎么出名啊？你办画展要没有人来怎么办哪？现在很多人办画展，都来请我去出席，其实我不会画画，我最笨的就是美术，但是人家非要请我出席。也就是说什么人出席他的画展，关系到他的名望。所以鲁迅是一手把陶元庆扶植成功了。当然，陶元庆后来英年早逝，可是他的名字已经留在中国美术史上了，也留在鲁迅研究史上了。

陶元庆跟许钦文是好朋友、好同学，来往非常密切。下面这关系就复杂了，陶元庆有个妹妹叫陶思瑾，陶思瑾又是老乡，又是好朋友的妹妹，许钦文就很照顾陶思瑾。许钦文后来在杭州的时候，生活还不错，自己有住宅。陶思瑾来求学，投奔他，他就让陶思瑾住在自己家里，和自己家的女用人住在一起。这样说下去就开始八卦了。陶思瑾有一个好同学叫刘梦莹，刘梦莹是湖南人，两个人形影不离，出来进去都是手拉着手。刘梦莹来投奔陶思瑾，陶思瑾就跟许钦文说了，许钦文说，"那我一个人也是帮，两个人也是帮，你俩是同学，那你俩就都住在这吧"，就让她们一起住在自己家里。许钦文有一天回家，他的女用人告诉他，说两个姑娘锁在屋子里面，不知道在干什么，不出来。结果许钦文破门进去一看，两个人鲜血淋漓地躺在地上，许钦文马上报警。刘梦莹身中十六刀，已经死了，陶思瑾还活着，抢救过来了。警察来了，一看："你一个单身男人，家里住着两个姑娘，而且发生了这么大的案子，你也脱不了干系，都一起抓走！"就把许钦文也抓走了。许钦文觉得这是小事嘛，心想"我进去一说就行了，我是房东，跟我没什么关系"。但是法律很荒谬，法律很有意思，人家是依法办事，说"这肯定跟你有关系，你说你，没有老婆，一个男的，家里住着两个女学生，还说跟你没关系？你还不承认？你是不是先奸后杀呀，或者是强奸未遂呀"，等等，给许钦文扣罪名。他火冒三丈不认罪。结果一查，情况很复杂，原来这两个女同学是同性恋。

在五四时期，由于中国的妇女解放来得太迅猛，最激进的思想都在中国有试验场，当时的女同学同性恋是密度很高的。本来上学的人当中，就男生多女生非常少，女生不够分的，女生里边再有一批同性恋，所以当时的男生是很讨厌女生同性恋的。她俩就是那种同性恋，而且是那种感情非常深的，生生死死一辈子那种的。不管同性恋还是异性恋，感情太深未必是好事，感情太深就要完全占有对方，而且会事事怀疑。她俩一方面觉得对方把自己绑得太紧，一方面又拼命地怀疑对方。幸亏当时的人都有日记——写日记这事儿很好，是吧，她们都留下了详细的记载——从日记里我们知道，她俩一方面爱得要死要活，一方面都在日记里怀疑对方，而且越怀疑就越会出事，陶思瑾还真的有了另外的恋人，然后刘梦莹在日记里发出要杀人的那种决心——"我要把你所爱的刘先生杀死"。后来终于发生了情杀。她们的情杀跟许钦文没有关系。

一开始陶思瑾还不承认自己是杀人者，她说是刘梦莹变态了自己杀自己，说刘梦莹拿菜刀砍自己。但是陶思瑾说刘梦莹自己砍自己，那陶思瑾身上的伤是怎么来的呢？这个女生比较幼稚，不会撒谎。因为这个事情，不论怎么样，反正许钦文要被判刑。这很奇怪，不知道怎么回事，法律是怎么说的，许钦文一定要被判刑。许钦文就托了很多人给自己辩护，光辩护没用，要有关系去疏通。我们知道刘梦莹是有关系的，同乡会很厉害，刘梦莹是湖南人，一个湖南姑娘在浙江被杀害了，在浙江的湖南人就不干了。我们想想今天的网络情况，如果一个上海姑娘在北京死了，上海人这边会使劲抗议，说北京人迫害外地人，刘梦莹这事儿和这个情况一样。当年，湖南一个姑娘竟然在浙江被害了，巧就巧在当时浙江省主席鲁涤平是湖南人，在浙江的湖南人一起上书鲁涤平主席，要为我们湖南人报仇。所以有时候网络上一旦闹起来是不可收拾的，完全陷入非理性。许钦文这边也找人去疏通，一开始给他判了一年徒刑，我都不知道为什么判他，反正就是因为这事儿跟你有关系，你家里窝藏俩女学生，她俩死了你就得判刑。判刑的罪名叫什么？大致就是涉嫌窝藏并有什么邪念——这都是罪，有邪念也是罪。我们想，他也许真有过邪念，那怎么能是罪呢？可是它是罪。一开始许钦文被判了一年，他上诉，上诉之后改成两年——中华民国真是乱七八糟。再加上鲁省长要在这给湖南人撑腰，鲁主席一介入，又要判五年，把这许钦文害得要死。最后弄来弄去，终于说许钦文跟这事情无关，在法律上找着律师给他辩护了。可是对方不干，死活要害许钦文。这个时候情况又发生了变化。发生什么变化呢？去查这死者的遗物，不查不要紧，刘梦莹竟然是中国共产主义青年团团员。那这就叫"窝藏共党"，罪过更大了！前边只是一个情杀或者你对女学生动了邪念，现在是政治犯，竟然"窝藏共党"，这不得了！"共党"还在你家里边杀人，这一条太严重了。本来这个事情有转机的，结果在政治运作之下，许钦文要被判大罪。

本来鲁迅一直关注着许钦文的案件，前边鲁迅就托人帮过他的忙，这个时候事情闹得更大，一般的人这个忙已经帮不上了，花钱没用了。从这里我们可以看到鲁迅的复杂的人际关系。鲁迅想托蔡元培办这个事，一般事情不能动用蔡元培的，蔡元培是国家领导人级别的人，不能随便动用，鲁迅因为一个学生去求这么大的人物。那么通过蔡元培求的是谁呢？陈仪。陈仪，国民党大佬，福建省政府主席。原来鲁迅竟然还认识陈仪。鲁迅跟国民党上层的关系是非常密切的，所以他为什么能救很多共产党，能救很多进步的青年。这个时候他就动用了跟陈仪的关系。鲁迅给许寿裳的信里边有一段话是这么说的，"钦文一事已了，而另一事又发生，似有仇家，"你看鲁迅的文笔，有没有仇家他不管，说"似有仇家"，那个"似有"用得非常妙，使对方联想到情况很复杂，许钦文是冤的，但是又不坐实。"必欲苦之而后快者，新闻上纪事简略，殊难知其内情，真是无法。"我们看这几句话，就显出这鲁迅人情之老道！怎么把事儿办成？全靠语文功夫。一个字说得不对，这事就办不了了。怎样求一个当时的很有威望的人来救你的学生？然后写的是，"蔡公生病，"说蔡元培生病，"不能相渎，但未知公侠"——公侠就指的是陈仪，他字公侠，"有法可想否？"最后通过蔡元培、陈仪的关系，给许钦文改判一年有期徒刑，缓刑二年。判的刑已经是不能再少了，只判了一年，许钦文是双重罪，又"窝藏共党"，又有"桃色"事件，然后就给他判了一年。这一年还不实际关押，缓刑两年，这等于是真正地把许钦文救了。这是鲁迅在帮助许钦文成为著名作家之后又一次救他。

所以许钦文才有这样一句话："生我者父母，教我者鲁迅先生也。从监牢里营救我脱离虎口者，亦鲁迅先生也。"许钦文和鲁迅的关系是如此之紧密，如此之复杂，也不枉鲁迅救他一场。他说的话句句都不是吹捧鲁迅，而是实情。他能够走上文学道路，能够成名，能够摆脱这么大的苦难，都是因为鲁迅。但是也因此他受了人生重大的打击，后来鲁迅去世了，就没人再帮助他了。他在鲁迅去世之后那十几年，过得很不好。但是他毕竟闹了这么一场轩然大波，全中国都知道许钦文是鲁迅最爱的学生，所以新中国成立后党马上去找他，党知道这个人肯定可靠，这个人藏过共产党。我们看到的"拟许钦文"这几个字，这么平常的几个字，原来是这么沉重。我们也可以看到鲁迅"拟许钦文"这几个字没有白写，这个青年人没有辜负他的希望。

我们再介绍一下鲁迅为什么"拟许钦文"呢，许钦文曾经写过一篇小说，叫《理想的伴侣》。1923年8月《妇女杂志》刊出一个"我之理想的配偶"征文，我们现在的刊物也常搞这事，这是永恒的题材——我的理想配偶是什么样的。许钦文就写了《理想的伴侣》，发表在《晨报副镌》上。这也是当时青年人普遍的一种幻想，理想伴侣应该是什么样的呢？当时都是公式化、模式化的，无非那么几条：得认字，不缠足，这是两个最基本的要求；然后是夫妻平等；最好是会说洋文；两个人结婚要定一些条约，什么民主啊、人权啊、自由啊，这些都得有。今天看来是很可笑的，可是当时的人都是很认真的，觉得这样才能幸福。一个是北大的，伴侣得是南大的，才行。每天想着两个人怎么怎么样，这本身就带有讽刺性，这样的一个组合跟幸福有什么关系吗？一个博士和一个文盲就不能幸福？一定要俩博士才幸福，俩文盲才幸福？这个问题往往是局中人不容易想明白的，我们看看局外人是怎么想的。鲁迅就拟许钦文《理想的伴侣》写了《幸福的家庭》。

下面我们看作品的正文。

《幸福的家庭》开头很独特。前几篇作品的开头，或者是"我"怎么样，或者是作品中的人直接蹦出来，这个小说一开头，是引号。引号里是人说的话吗？引号接着是省略号，"……**做不做全由自己的便；**"这说的是什么？"做"什么呀？不知道，没头没脑。鲁迅那个时候不知道世界上有一种创作方法叫意识流，但是他不知不觉就写出人意识的自然流露，他也不是要创作什么意识流小说，他本能地就知道小说可以这么写，也不知道他从哪儿学的。小说的开头不再是时间、地点、人物，不再是背景，也不是风景，连一句话都不是。这好像是说话？"……做不做全由自己的便"，"做"什么呢？"**那作品，像太阳的光一样，从无量的光源中涌出来，**"看到这才知道，"做"的是作品，原来这个"做"是创作的意思，这作品像太阳光一样，是自己出来的。"**不像石火，用铁和石敲出来，这才是真艺术。那作者，也才是真的艺术家。**"我们不往下看，就看到这，这是一种艺术观。说这个话，或者"做"这种思想、这种意识，它表现的是一种艺术观念，也就是什么是真艺术。他认为真艺术得从无量的光源中涌出来，而用铁和石敲出来的，不是真艺术。你同意这种观点吗？鲁迅的作品，是从无量的光源中涌出来的，还是用铁和石敲出来的？鲁迅的作品不是真艺术吗？这种观念本身有问题，但是它很可能是受了某一种思潮的影响，有人这样认为。这是当时的两种艺术观。

鲁迅的作品正是"用铁和石敲出来"的，鲁迅的作品是敲打出来的，是磨炼出来的，不是随便写出来就卖出去的。他写得再快也是敲打出来的。但是我们可不可以这样说，鲁迅这样的才是真艺术，涌出来的不是真艺术？能不能反过来说？反过来是什么样的艺术呢？是郭沫若的艺术。郭沫若的作品，就像太阳的光一样，是从无量的光源中涌出来的。这世界上就有一种像郭沫若那样伟大的作家，他的创作基本上来源于灵感，灵感背后是他无限的生命力。他不用去精细地敲打，说出来的就是艺术。当下有郭沫若，前面有李白。李白的诗，是经过仔细的推敲而成的吗？不是。李白的作品，就像太阳光一样放出来，张口一喊就是艺术，"仰天大笑出门去"，哪一个字经过推敲？没有，张口就喊，张口就千古不朽。李白的作品是真艺术。那用铁和石敲打出来的是谁呢？是杜甫，杜甫的诗无一字无来处。所以这两种其实都是真艺术。而在这两种之间做抉择、做选择，境界就差了，你可能哪一种都达不到。

接下来是破折号，"——而我……这算是什么？……"也就是"做"这种想法的人，他自己的作品既不是涌出来的，也不是敲出来的。人物出场，**他想到这里，**"他"是谁，鲁迅没有说，但是从这个人称我们知道，"他"是个男性。既不用女字旁的"她"，也不用"伊"，男性出来了。"他想到这里"，**忽然从床上跳起来了。**原来这是一个人躺在床上的思索。一个人躺在床上思索艺术的问题。

下面要破题了。**以先他早已想过，**刚才想这个问题的人"早已想过"，**须得捞几文稿费维持生活了；**一是他能够写作，能够挣稿费，二是他要用稿费来维持生活，可见生活水平不高，生活水平高的人都不需要用稿费维持生活。很多人以为写书、写文章可以挣很多稿费，但靠挣稿费能够发财的人，在作家里边不到万分之一，数来数去只有金庸等几个人。莫言获了诺贝尔文学奖，那个奖金在北京连半套房都买不了。莫言这样的人不可能靠写作来改善自己的生活。贾平凹也不行，贾平凹早就想好了，现在主要是卖字，早晨起来写几幅字，把钱先挣了。写小说是赔钱的，写一部长篇小说得好几年，小说卖得再好也就挣个几十万，三年的工夫挣三十万，那这收入多低，著名作家也不过如此，何况一般的写作者呢。所以凡是有文学青年因为生活困难，想走文学道路，我都给以无情的打击。我说，不可能，干什么都比写作要挣钱。当然这不等于说中文系的人穷，中文系的人都很富，因为都不是靠写作挣的钱，这是另外的道理，另外再说。从这里我们就知道，这都是可怜的小文人才有这种想法。"捞几文稿费"，一个"捞"字写出可怜，拿着笊篱去捞。捞稿费就得投稿，现在好多青年人都有"投稿困难"这一说，我每天老收到这样的私信、短信。**投稿的地方，**投哪儿呢？**先定为幸福月报社，**自己定要往幸福月报社去，**因为润笔似乎比较的丰。**说得很好听，其实就是给的钱多点。**但作品就须有范围，否则，恐怕要不收的。**在座的不知有没有投过稿的文学青年，不同的媒体，稿费标准是不一样的。稿费有开得很高的，很高的地方就要按照它的要求去写作。

我们国家现在稿费最高的刊物有哪些，同学们知道吗？你们最常看的是什么？大家看过《知音》吧，《知音》曾经要给我开专栏，稿费是非常非常高的，不可想象的高，一个字十块钱，只要写一千字就是一万块钱。干不干？那像孔老师，是绝对不会干的，因为不是你写什么都行的，你只是它写作的工具。怎么写，写什么，都有另外的一堆小年轻来指挥你，有几个二十多岁的毛孩子当你的领导，告诉你怎么写。他们随意改你的作品，最后其实也不是你的作品，是挂着你的名的作品。这个作品怎么写？一定要挣回来比一个字十块钱更多的利润才行。所以它的问题就在这，像孔老师是不会写的，但是很多人、千千万万人想写，但人家不会找你。

稿费制度在一百多年前就建立起来了。现代文学跟古代文学有一个重大的差别，是稿费制度的问题。从屈原、李白到曹雪芹，都没有稿费，古代跟现代比，那才叫自由创作。我们现在有了稿费，有稿费好，可以专心创作，因为创作就有钱。可是创作有钱，天然地就使你的创作不自由了，你的作品先要通过编辑这一关，编辑代表着社会，当然还不代表全社会，而是代表某一阶层、某一阶级、某一集团，你要过了这个集团的关。资本的那双魔掌，扼住了所有写作者的脖子。刚才我说的那么高的稿费，是一个张开的血盆大口，要吞噬你自由的灵魂。

他知道那里润笔比较丰，但是作品有范围要求，这个范围不是指题材的范围，**范围就范围……现在的青年的脑里的大问题是？……大概很不少，或者有许多是恋爱，婚姻，家庭之类罢。这是永恒的问题……是的，他们确有许多人烦闷着，正在讨论这些事。那么，就来做家庭。想了一圈，想做家庭。然而怎么做做呢？……否则，恐怕要不收的，他本来想"做"什么，又想到人家收不收稿的问题，何必说些背时的话，然**

而……这是乱七八糟的意识流，好像有逻辑，但是随时又被打乱。

他跳下卧床之后，四五步就走到书桌面前，坐下去，抽出一张绿格纸，毫不迟疑，但又自暴自弃似的，这两个词连在一起用得很独特，"毫不迟疑"应该是满怀信心的一种状态，毫不迟疑地干一件事，毫不迟疑地写，毫不迟疑地说。可是，"毫不迟疑"加上一个"自暴自弃"，到底是什么态度？能够捕捉到这样一个独特的心灵状态，这才是大作家。有时候我们感觉到了，表达不好。鲁迅的厉害就在于他想表达什么，基本上就能找到那样的词，就能写出来。写下一行题目道：到底要不要写？《幸福的家庭》。题目出来了，幸福的家庭。原来这篇小说叫《幸福的家庭》，小说里的人物正在写一篇小说，小说的名字叫《幸福的家庭》。这种结构我们可以把它叫作嵌套式的结构。就像我们在看电影，电影里的人在看电影；我们看戏，戏里的人物在演戏。我看过那样的先锋电影，把观众的脑子搞乱了，我们在看电影的时候，电影里边的人在看电影，他们看的电影里的人还在看电影，观众脑子就乱了。它在这几个中来回搞几个回合，观众就会走掉很多，真的看不懂了。当然这是作为一种形式的试验。这种嵌套结构在美学上是可以进行很深的探讨的。这两个结构套在一起，它有一个互相映照的作用。作者在想幸福家庭的问题，作品里的人也在想幸福家庭的问题，这两个视角是个什么关系？就像我们最古老的童谣："从前有座山，山里有座庙，庙里有个老和尚讲故事，讲的什么呢？'从前有座山，山里有座庙，庙里有个老和尚讲故事，讲的什么呢？'"不断地循环。这种嵌套为什么千古都有魅力？每一代的父母都可以给孩子这么讲，小孩子觉得这很有意思，很快学会这几句话，到处去说。小孩为什么会对这个感兴趣？他们感兴趣的是这个没完没了、首尾相环的结构，它打破了我们现实中的时空，一环一环地套进去。小说里的人在写《幸福的家庭》，和这个题目是一样的。它起码可以提示我们，这个问题是带有永恒性的，带有普世性的。

幸福的家庭怎么写？他的笔立刻停滞了；他仰了头，两眼瞪着房顶，正在安排那安置这"幸福的家庭"的地方。他觉得写小说很容易，可是自己真写的时候，就会发现处处都是问题，从一开始就有问题。**他想："北京？不行，死气沉沉，连空气也是死的。"**北京当时已经作为老北京的传统文化的所在地，是死气沉沉的地方的象征了，北京不行。**"假如在这家庭的周围筑一道高墙，难道空气也就隔断了么？简直不行！"**北京不行了，否定了。**"江苏浙江天天防要开仗；福建更无须说。四川，广东？都正在打。"**从这个简单的联想中可以看出，所谓中华民国没有一天安稳过，都在打仗。我们今天把新中国成立前的中国分为几个时期，从1937年开始，我们说进入战争阶段了。战时指的是1937年之后，先是抗战，接着是国共内战。我们把这个时期叫战争时期。其实1937年之前，中国可有一年不打仗？1937年之前不是战时吗？且不说在南昌起义之后，共产党和国民党就打了十年，就说省和省之间，不打吗？省内不打吗？从中华民国建立那天起，这个国家就没一年不打仗，而且不是小规模的打仗，百万人的厮杀都有。只不过因为那些仗打得都不正义，我们不怎么说它们。我们都说什么平型关战役、台儿庄战役、三大战役之类的，因为它们有伟大的历史意义。可是要单讲战争的规模，军阀混战也是非常精彩的，很多几十万人的大厮杀，当时世界上所有的先进武器都在这片土地上试验过，所有的军火商都把他们发明的最先进的武器拿到中国来试验，看看性能如何，机关枪一小时之内到底能杀多少人。当时这个国家没有一天不打仗。赞美中华民国的人真是无知，不说他道德如何，绝对是无知的。就这么一个小青年，虚构性不佳的小青年，他都知道，哪都不行，都在打。

"山东河南之类？——阿阿，要绑票的，"这地方不但有军阀打仗，还有土匪要绑票的，绑票的程度这么高。"倘使绑去一个，那就成为不幸的家庭了。"两个人中被绑走一个那就不幸了。"上海天津的租界上房租贵；"上海天津这种大城市不会打仗，有租界呀。"……假如在外国，笑话。"你写中国的事，不能跑到外国去。"云南贵州不知道怎样，但交通也太不便……"强调交通不便，不等于那里就不打仗。云南贵州一样打仗，一样有军阀，全国没有一个好地方。你们可以随便找出一个当时的大事记来，一个省志来，看看各省是什么情况。他想来想去，想不出好地方，便要假定为A了。实在找不出地方就假定为A。但又想，"现有不少的人是反对用西洋字母来代人地名的，说是要减少读者的兴味。我这回的投稿，似乎也不如不用，安全些。"他反复想。"那么，在那里好呢？——湖南也打仗；大连仍然房租贵；察哈尔，吉林，黑龙江罢，——听说有马贼，也不行！……"通过他的胡思乱想，鲁迅已经向大家介绍了，"伟大"的中华民国没一个好地方，在这样的国家，谁能过得好？我们是怎么从那样一个破国家变成今天这样的？我们今天担忧的是什么问题？都是高层次的问题。跟中华民国比，不是天堂跟地狱之比吗？可是还有人要赞美这样的一个中华民国。他又想来想去，又想不出好地方，于是终于决心，假定这"幸福的家庭"所在的地方叫作A。

  小说一开始写了胡思乱想，写了想靠写小说捞稿费的这样一个作者的思绪，可是通过这个思绪，这个作者还没想好，鲁迅已经把中华民国骂了一遍。就这个国家，不可能有幸福的家庭的所在地。如果你的环境都不好，你的家庭怎么能好呢？今天可能有很多人觉得自己的家庭还不错，房子很大，小区很安静，停车位很宽敞，但是我问一句，你家里有没有防盗门？有防盗门吧。为啥有防盗门呢？有防盗门的家庭能算幸福的家庭吗？只要有防盗门，你家就不能算幸福，不然你为啥安防盗门？中国有没有一个家庭可以不安防盗门，可以不上门锁，可以想出门就出门，可以想回来就回来？你出远门不愿带孩子，你敢跟邻居说一声"老王我出门了，一个月以后回来，孩子给我照看着"吗？那么放心老王啊？我们今天生活水平绝对提高了，跟那个时候不可同日而语，但是现在你敢说你就是幸福的吗？有防盗门，这说明你知道社会上都是不可靠的人，外面就是危险，外面就是贼，你的同胞里有贼，你要防他们。所以这个地方只能叫A，叫A就等于叫虚无，没有。幻想有一个地方，有幸福的家庭，这是环境，我们现在买房子先要买环境，先看环境好不好。

"**总之，这幸福的家庭一定须在A，无可磋商。**"终于定下一件事了，其实跟没定一样，A地方有幸福家庭。"**家庭中自然是两夫妇，就是主人和主妇，**"家庭原来是什么概念？家庭原来是一个大家族，住在一起，至少得三代人，过去理想的家庭得四世同堂。老舍的长篇小说《四世同堂》，代表中国人的重要观念。过去中国人结婚早，要是真有一个大家族活得很幸福，一般来说应该是五世同堂。人们十六岁就生孩子，晚点十七八也生了，三十六岁就当爷爷，五十四岁就四世同堂了，要活到七八十岁，那是五世同堂，那才叫真正幸福的家庭。当然，这样的家庭必然矛盾多，要六世同堂，家里得有一百口人，像山西哪家的大院一样，几进大院，六世在一块儿住着，那就需要像治理一个小国家一样治理。所以中国的礼乐制度非常发达，就是为了管理大家族的。

到了现代社会、新文化运动，一个重要的指向就是要摧毁大家庭，许多作品都在描写大家庭的罪恶，特别是以巴金先生的《家》《春》《秋》为代表。多少青年人都是读了《家》被忽悠得走出了家，家是罪恶，家里太沉闷了，"我要出去闹革命"，出去一看，没地儿去，走来走去，最后就走到延安去了。延安的很多革命青年，一开始不是为了革命去延安的。巴金不是共产党，他只是使劲儿说大家庭不好。大家认为大家庭不好，就背着一本《家》出来了，出来之后，绕来绕去最后就绕到革命那儿去了。革命那儿其实还是个家，是个更大的大家庭。这是革命与家庭的关系。反正现在社会都认为大家庭不好，都流行小家庭，这是我们现代社会的结构，年轻人即使跟父母住在一起，也要保持一定的距离，夫妇两个人具有绝对的独立性，一般说的家最主要的结构是主人和主妇。如果是古人说主人和主妇，一定是在说四五十岁以上的人，他们才能叫主人和主妇。年轻人即使结了婚，在家里也是没地位的，小两口二十多岁，这在家里是孙子辈的，他们的孩子是重孙子辈的，在家里是没地位的。

可是现代家庭观念变了，家庭中的骨干是主人和主妇，而且要强调一句，是"**自由结婚的。**"你看看这观念，就认为包办的肯定是罪恶的，包办的没有自由。我都不认识，结婚那天才认识，晚上揭盖头才认识，不揭盖头以前没见过，这怎么能行呢？一定得自由恋爱，不揭盖头的。这个观念一直持续至今，都认为自由结婚好。光自由结婚不行，还不像美国，我们想象的美国，这个自由民主的国家得怎么办呢？得依法治婚，依法治家。依法，就得有合同，就得有条文，"**他们订有四十多条条约，**"夫妇俩之间得订条约，"**非常详细，所以非常平等，十分自由。**"

我年轻的时候读这样的文字，也知道鲁迅这是在讽刺平等自由，但是不能深刻体会他为什么这么恨平等自由，在我们看来，平等自由不是好的吗？平等有什么错呢？我们自由恋爱，我们自己订条约，自己严格遵守，多伟大，多高尚啊，这不是真理吗？怎么鲁迅还要调侃这东西呢？所以阅读文本，只看文字本身，你是看不明白其内涵的，因为它的内涵所指是生活，你要把它跟生活结合在一起思考。

不是说"平等""自由"这样的字样不好，谁不喜欢这样的字样呢？可是我们想，订了四十多条条约，是平等吗？是自由吗？自由要靠条约吗？而且我们中国人看见"条约"俩字，格外反感，条约之下是什么？条约之后是什么？维护条约的一定是暴力，所有的条约订立之前一定是杀人放火，杀人放火之后才有条约。如果想推翻条约，还要杀人放火。订了条约还是爱情吗？爱情需要条约来维护吗？假如你们订个条约：今天早晨起来八点钟吵了架，晚上五点钟之前一定要和好。还有的条约说：不论多么严重的吵架，一定要在晚上睡觉之前和好。结果呢？结果两人都三天没睡觉。条约有用吗？条约能不能通向平等、自由、幸福？

这些人受过高等教育，我们可以看见当时人的误区是多么深。我们一想到五四青年，就觉得他们很高尚，今天看来五四青年其实很浅薄。"**而且受过高等教育，优美高尚……**"受了高等教育就优美高尚了？受什么高等教育呢？"**东洋留学生已经不通行，**"在日本留学已经不行了。从这个话里我们看出鲁迅的心情，鲁迅就是东洋留学生，已经不流行了。"**——那么假定为西洋留学生罢。**"必须得是西洋留学生，最好是哈佛、剑桥之类的。"**主人始终穿洋服，**"他的自由，穿衣服都得规定好。"**硬领始终雪白；**"硬领，天天得干干净净的，硬领雪白得靠什么做到啊？钱嘛。没有钱能硬领天天雪白吗？当时上海的男人，早晨起来穿的裤子必须是裤线笔挺，直的，怎么做到呢？晚上睡觉的时候压在枕头底下，因为没有钱去熨，但是要做出熨过的样子，所以晚上叠得整整齐齐地放在枕头底下压着。像我这样的人是压不住的，因为我睡觉不老实，来回来去乱翻，一会儿裤线就搞乱了。所以这不是自由，这是自己给自己找罪受。这是主人，主妇呢？"**主妇是前头的头发始终烫得蓬蓬松松像一个麻雀窠，牙齿是始终雪白的露着，但衣服却是中国装……**"鲁迅不动声色中有一个很坏的童心，他特别会嘲讽各种虚妄的生活，这种青年人那点小心思，都被鲁迅观察得清清楚楚，虽然鲁迅才四十多岁。头发烫的样子，我们分明在老舍笔下也看到了这样的讽刺。老舍不是五四的人，所以老舍站在老百姓的角度能看穿五四青年的虚伪。而鲁迅是五四的主将，五四学生应该是他所爱护的这些人，可是鲁迅一样无情地讽刺。为什么头发非得那样呢？鲁迅说得还很客气，到了老舍的笔下，就变成了鸡窝。老舍、沈从文也是无情地讽刺这些青年的，但因为他们是局外人，他们的讽刺比较轻松，鲁迅的讽刺就比较沉重，因为他还要爱护这些青年。

小说中的那个人正在想着他的那个幸福家庭，主人和主妇是什么样的，"**不行不行，那不行！二十五斤！**"

他听得窗外一个男人的声音，正在构思，"大作家"听见声音了，**不由的回过头去看，窗幔垂着，日光照着，明得眩目，他的眼睛昏花了；接着是小木片撒在地上的声响**。这个镜头没有摇出去，视角没有变，视角还是这个主人的视角，并没有把镜头移到外面去。"**不相干，**"他又回**过头来想，"什么'二十五斤'？——他们是优美高尚，很爱文艺的。但因为都从小生长在幸福里，所以不爱俄国的小说……**"鲁迅的这个话都是有所指的，当时中国有一些学者作家不宣传俄国的小说，因为俄国的小说往往是为下层人说话的，他们不知道俄国文学按照西方标准才是世界上最伟大的文学。不论按照无产阶级标准还是资产阶级标准，还是封建社会标准，俄国文学是这个世界上最伟大的，可是这帮中国的"公知"竟然都不爱。这个作者也受了他们的影响，这个作者显然是一个一知半解的意志薄弱的"文青"。为什么呢？"**俄国小说多描写下等人，实在和这样的家庭也不合。**"他认为自己是上等人，所以不能写那样的生活。可是这个上等人的家中却老来这么一声——"'**二十五斤**'？"二十五斤写得太传神了。他这么优美的幻想，来一个"二十五斤"给他挑破了。"**不管他。那么，他们看看什么书呢？——裴伦的诗？**"裴伦就是拜伦。"**吉支的？**"吉支就是济慈，都是五四时期有名的。看到这，有没有同学会想起《伤逝》来？你会联想到《伤逝》。《伤逝》前边写子君和涓生谈恋爱的时候，那种情景是不是在建立幸福的家庭？他们有共同的文学爱好，也读拜伦、济慈这样的西方文学作品，只是没有订条约，他们最后走到了一起。后来由于涓生的失业，两个人又分手，子君最后死去了，涓生去投入另一种生活。假如涓生没有失业，半死不活地生活着、工作着，拿着一份菲薄的工资，两个人过着比较贫困的日子，但是还能过下去，有一天涓生会不会就是这样，总得给家里多挣点钱？怎么办呢？捞几文稿费，构思一篇小说吧。他在这边构思小说，那边"二十五斤"来了。读到这里我们会忽然发现，这个幸福的家庭好像跟《伤逝》有关系，只不过是两种结局，两种命运。

"不行，都不稳当。——哦，有了，他们都爱看《理想之良人》。"《理想之良人》是王尔德的作品，当时很流行。每个时代都有每个时代流行的作品，一会儿流行沈从文，一会儿流行张爱玲等。那个时候，这个流行作品就来了，《理想之良人》。"我虽然没有见过这部书，"他连这本书都还没读过，可见文学的连锁影响，很多人口口声声赞美的东西其实他没有接触过。比如之前有人拿着《劳动法》要去告南街村，要打官司，说南街村违反《中华人民共和国劳动法》，剥削他们，要用《劳动法》为劳动者打官司。我问那些年轻人，你读过《劳动法》吗？《劳动法》是怎么出台的你知道吗？连《劳动法》都没读过，那怪不得你吃亏、你倒霉呢。所以你说什么，要自己做到知道什么。

幻想《理想之良人》的这些青年人没有读过这本书，那他怎么认为这书好呢？"但既然连大学教授也那么称赞他，"原来是因为大学教授说这本书好。大学教授这四个字在鲁迅笔下是贬义词。大家要知道，鲁迅自己不是大学教授，这倒不是职称的问题，因为鲁迅不是学校里的正式老师，他是教育部的官员，他在大学里可以有课，大学在外面请的人来上课，这叫讲师。讲师并不是低于教授、副教授的一个职称，这是一种身份的专称，"讲师"这一称呼是比较高级的。就是说，不是我们学校的，专门请来讲课的老师，叫讲师。鲁迅是看不起在学校里真正当教授的那些人的,所以当他笔下出现"大学教授"这四个字的时候,一般都不是什么好事。可是这些教授也那么称赞他。"**想来他们也一定都爱看,你也看,我也看,——他们一人一本,这家庭里一共有两本……**"这家庭多平等,一本书得买两本,夫妇俩各拿一本看。**他觉得胃里有点空虚了**,这写得很好,肚子饿这是实在的。**放下笔,用两只手支着头,教自己的头像地球仪似的在两个柱子间挂着。**

  这种描写是鲁迅天才的表现,他特别会写一个镜头、一个场面。这个场面其实写出了,头是精神的代表,精神是需要支撑的,拿什么支撑精神?正是在这个问题上,鲁迅表现出了和无产阶级作家、资产阶级作家都不同的一点——不论无产阶级作家还是资产阶级作家,容易犯的一个最大的毛病就是脱离现实,空谈精神,不论你谈的是革命还是反革命,都是不靠谱的,所以我们说鲁迅才是真正的马克思主义者。很多共产党员只是组织上入了党,他们并不懂马列主义。马列主义说复杂非常复杂,说简单非常简单,最简单的一点是马列主义认为人首先要吃饭,千言万语都从这一个基本事实出发,人要吃饭,饭需钱买。这是鲁迅最勇敢无畏地大声喊出来的声音,"少给我谈那些虚的,年轻人首先要解决的是吃饭问题,谁解决了年轻人吃饭问题,谁就赢得了未来"。所以鲁迅本能地就把握住了马列主义。书里的作者想得再好,突然一个真实的感觉来了,"胃里有点空虚了"这句话超越一切。

  当年我们上大学的时候,下了晚自习回到宿舍高谈阔论,谈将来怎么改革中国,谈到十二点半,大家全饿了,肚子里空虚了,这才是真的。怎么办呢?谁请客啊?谁有方便面啊?这才是真事儿。你连今天晚上大家饿得睡不着觉都解决不了,还谈什么改革啊。鲁迅始终把握住这个问题了。我们在很多鲁迅的作品里发现,他写着写着就跟吃挂上钩了。所以我很强调鲁迅是"吃货",这个吃货不是只说他馋,爱吃好吃的,他非常敏锐地把所有事情都跟吃联系在一起。比如,《社戏》说来说去不就是说吃吗?鲁迅说,再也没有看过像那天晚上那么好的戏了,他看什么戏了?什么戏都没看,那天晚上跟人家偷豆子去了,偷得那个豆子吃得无比好,一辈子难忘,所以说那天晚上看见最好的戏了,他们看的戏不过是暴力殴打,弄了半天就是偷人家豆子难忘。在《幸福的家庭》这里,"他"无意中写的还是吃饭问题最为重要。正因为胃里空虚,联系到吃饭问题了,"他"开始构思到吃饭,这都不是凭空而来的,有自然的发展逻辑。

"……他们两人正在用午餐,"他想,"桌上铺了雪白的布;"用午餐得铺上布。"厨子送上菜来,——中国菜。什么'二十五斤'?不管他。为什么倒是中国菜?西洋人说,中国菜最进步,最好吃,最合于卫生:"这不是他认为中国菜好,证据是"西洋人说"。也就是这个小伙子满脑子崇洋媚外,就连中国菜好这个事实也得西洋人说。"所以他们采用中国菜。送来的是第一碗,但这第一碗是什么呢?……"

"劈柴……"这个接得特别荒谬,第一碗是劈柴。

他吃惊的回过头去看,靠左肩,便立着他自己家里的主妇,非要加这个定语不可,因为他幻想的是另一个主妇,现在眼前的是他自个儿的主妇。**两只阴凄凄的眼睛恰恰钉住他的脸**。他自己家的主妇来了,这个主妇是这样的。

"什么?"他以为她来搅扰了他的创作,在这里使用的女性第三人称,是女字旁的"她"。这是《彷徨》和《呐喊》的区别。在《呐喊》时代,鲁迅作品里女性第三人称用的是"伊",到了《彷徨》时代才改为"她",这是一个标志。颇有些愤怒了。

"劈柴,都用完了,今天买了些。前一回还是十斤两吊四,今天就要两吊六。我想给他两吊五,好不好?"

写得不动声色,完全是生活语言,但是它为什么可乐呢?读了之后是这么可乐。这个可乐完全不是曲艺作品中的调侃，不是相声语言，不是二人转语言，不是小品语言，它就是朴素的生活用语，放到这里就这么可乐。所以鲁迅说讽刺的生命来源于真实，把生活的真事写得越逼真越自然，它就越可乐。生活本来就是可乐的，只不过我们没发现。你把任何话重复说一遍，就会发现有新的意义出来。鲁迅只不过把真实写出来了。一个人在那里幻想着西洋人说的最好的中国菜，他自个儿的主妇来跟他说劈柴的事。劈柴是北京地区的土话，很多地方可能叫柴火，就是家里面取暖做饭的燃料，是木柴，劈完的木柴。东北叫桦子，一块一块的桦子。我们可以知道，当时北京的价钱是十斤两吊四，一般人是十斤十斤地买，买了十斤一捆要两吊四。文中说上次两吊四，今天要两吊六，"他"的主妇主张给两吊五。这些价格在我们看来是差不多的，价格差距只有二十五分之一嘛，二十五分之一在他家看来是个大事，他的主妇要进来跟他商量，从两吊五与两吊六的差别，可见他的日子确实是不宽裕，同时我们又知道了当时的物价。一般调查历史物价，从饮食角度入手比较方便，因为记载比较多，很多人记载自己吃饭，某个菜多少钱。鲁迅又提供了一种生活燃料的价钱，也就是当时的劈柴的价钱，十斤是两吊五钱左右。我们可以换算，今天要买十斤劈柴得多少钱？三十块钱能买到吗？我们也可以知道当时的钱怎么换算成今天的钱，也就是说，当时钱的购买力是今天的一百倍以上，一百倍到二百倍之间，是这样一个价钱。同时也可以知道当时的城市小家庭取暖做饭用的燃料是什么，以用劈柴为尚。一般的老百姓家里用煤饼，要拍煤饼，这是北京地区的情况。

反正"他"正在想第一碗中国菜是什么的时候，就上来了劈柴问题。这里就凸显了在创作中一个最大的矛盾，创作与生计的关系。创作与作者的生计，这是一个研究文学史、研究文学理论史都要面对的问题。我们评价杜甫的时候，说杜甫的诗叫穷而后工，说杜甫诗为什么写得那么好呢，穷而后工啊。因为杜甫有生活的颠沛流离，他写的是什么"三吏"啊、"三别"啊，拿这来概括杜甫的创作是有道理的。但是所有的作家都穷而后工吗？你生活痛苦、困顿、不幸，你就能写出好作品吗？鲁迅也说了，当人正在穷的时候，当人正在经历痛苦的时候，是写不出好作品的。你正被严刑拷打，你正饿得四处找地瓜皮的时候，不可能写得出好的作品来。鲁迅说，一定是穷的时候已经过去了，痛定思痛——痛已经过去了，痛定了，你没有忘记前面的痛，去思那个痛——才可能工，才可能写出好作品来。所以写作的时候的生活要相对安定才能写好。当然，为了工而去体验穷，这可能是有用的，有道理的，我们叫体验生活。你要写工农生活，你得去工农中生活生活，但是不能保证你就能写好，你必须体验了之后再回来才能写好。所以鲁迅在这里也对这个问题给出了自己的思考，你正在受苦，正活在劈柴是两吊六还是两吊五的纠结中，你去幻想雪白的桌布上会送上来什么美味的菜肴，恐怕都是虚幻的，恐怕都是不靠谱的。可是《幸福的家庭》又必须从这样的细节出发，去建构，去摧毁，去戳穿，这是鲁迅写《幸福的家庭》写到此处，已经跟许钦文不一样的地方。

好，我们今天就讲到这里，下次把它继续欣赏完。下课。

——本课为2017年北大通选课《鲁迅小说研究》第十课

平戎策与种树书

——解读《幸福的家庭》（下）

上课之前推荐一本书，是温儒敏老师写的《书香五院》，这个书出版很长时间了，是北大校庆一百一十周年的时候出版的。因为很多听课的同学对北大感兴趣，对北大中文系感兴趣。温老师写的《书香五院》里边内容很杂，但是主题是跟北大中文系有关的，抒发温老师对中文系的一些感情。北大中文系原来不在现在这个地方，原来在五院。这几年新入学的同学没有赶上五院时代，我曾经有一个讲座专门讲北大这个园子的，讲北大五院那个园子和整个北大燕园的关系。我把2013年以后的北大中文系叫作后静园时代，原来北大中文系是在静园那里，也可以叫后五院时代。北大迁到这个地方以后，北大中文系很长时间都在五院那个地方，但是以后，现在中文系所在地恐怕也会成为历史，成为现在就读的同学们的美好回忆。

我推荐一下这本书，其实一个系，一个学校，也应该是一个幸福的家庭，我们同样对这样的家庭有自己的期待，有自己的幻想。在我们还在读中学的时候，如果你想考北大，你一定对北大有这样那样的幻想，有这样那样的想法。有一朝你梦想成真了，来到北大上学，一定会发现你的理想太美好了，现实中的北大有种种的不尽如人意，甚至有不能容忍的地方。我以前常跟同学说，如果你过不了这一关，那不是北大有毛病，那是你有毛病。我们不能按照自己的设想，更不能按照自己的梦想去要求现实，我们只能根据现实来调整自己的梦想。这样说不等于我们不跟现实斗争，我们跟现实斗争的前提仍然是要承认现实，认清现实，不能抱着一种"怎么会这样"的情绪去接触现实。应该认识到现实就是这样的，其他的一切都要从这句话开始，现实就这样。不要说这个人怎么会那样呢，应该认识到这人就那德行，从这里出发，再想我是迁就他，还是视而不见，还是改造他、温暖他等。不论你学了儒释道没有，是信基督教还是信马列，还是信伊斯兰教，你是一个成熟的人之后，就会意识到认清现实乃是最重要的。可是现实是变动的，是不断向前发展的，我们一生中要有很多次经历转折。前面本来已经认清了，在经历转折的时候，又出现了新的梦想、新的幻想。

五四时期就是这样，鲁迅先生所写的拟许钦文的《幸福的家庭》，写的就是那个新时代青年人认为以前的家庭不对，应该建立新的家庭。新的家庭是什么样的呢？我们这一百年来，每一代青少年都被培养出一种思维习惯，认为新的就是好的。"注意新"，是一个无法遏制的坏习惯。明明苹果6用得挺好，你非要买苹果7，你真的需要苹果7吗？其实你不需要。原来的那件衣服穿得好好的，非要买一件新衣服。物质方面的追新尚可理解，在思想方面也是要不断地用新词、新术语，不论是高雅的学术术语还是市井土话，一定要说最新的。这种冲动、这种习惯是怎么被教育出来的？古人好像不这样，古人对新旧很淡然，新旧就是一个变化而已，"这个是新的""新来了一家人""他新娶了一个媳妇"，无非如此。

古人也不是反对新，新是新，旧是旧，叫"衣不如新，人不如旧"。可是我们现在是什么都要新，人也要新的。在这里我们不是说它的好和坏，我们不进行价值判断，而是要去想我们是怎么被培养出来这种习惯的？这种习惯怎么影响了我们的历史，怎么左右了我们的历史？当我们把它作为一种现实认清的时候，也不是要推翻它，而是想整个民族都追新了，那怎么办呢？

所以我们看，很多人也都在巧妙地运用"新"来引导人民。其实他们未必认为新就是好，比如蒋介石发起新生活运动，他真的认为新的就好吗？未必。他的新生活运动的中心思想是什么？是礼义廉耻。礼义廉耻不是旧的吗？礼义廉耻明明是旧的，蒋介石却说是新生活运动，可见他并不是真的认为新好，他是知道老百姓认为新好，那就搞一个新的。后来日本人占领了中国的很多地方，他们要对中国人民进行思想统治，也用这个新，日本统治当局就在他们的占领区搞"新国民运动"，就是想培养它的顺民，忠于日本的中国人。有些青年人以为旧的想法是不对的，现在都更新了，最时髦的是说日语，效忠天皇，这叫"新国民运动"。后来日本战败退出中国，但是不要认为它的"新国民运动"就一点痕迹都没有留下。在台湾地区，"新国民运动"就制造了一代又一代的汉奸、哈日族。而且随着时代的变化他们会变形，不要以为他是国民党或民进党他就不是汉奸。这是蒋介石、日本人用新。

共产党也用新，1949年成立的中华人民共和国就被叫作新中国。有一首歌叫《没有共产党就没有新中国》，这首歌原来的词写的是"没有共产党就没有中国"，这首歌被毛泽东听到之后，毛泽东说不对，谁说没有共产党就没有中国，中国早都有了，这个逻辑不通，他说我给你加一个字，"没有共产党就没有新中国"。这个字加得非常重要，这一加这首歌就传唱到全国各地。当时全国还没有全部解放，这首歌流传到国民党统治区，国统区的青年都喜欢唱这首歌。还在国民党统治之下呢，学生都在校园里唱"没有共产党就没有新中国"。国民党的领导人听了心里是什么滋味？这首歌里面当然有对共产党真诚的感情，但是很重要的一个因素是新。谁都盼着新，共产党来了要建立一个新中国。从那个时候到现在，我们多少改革都以新的名目出现，语言文字的力量是怎么估量都不为过的。能够事后看清的人就不错了，事后回过头来看清楚是这么回事，这已经是很有思想水平了。能够事先看清的人，万分之一都不到。

我们知道，鲁迅先生是五四新文化运动的主将，他是带领大家求新的，为了将来的新中国，大家不惜牺牲、前仆后继地奋斗着。可是就在他奋斗的同时，他知道新未必就是好的，这是鲁迅与众不同的地方。他为之而奋斗的东西未必好，但是未必好也要奋斗，这是我们大多数人都做不到，甚至想不到的吧。既然这东西不怎么好，我干吗要奋斗呢？如果当你读中学的时候，就有人告诉你，北大其实乱七八糟的，北大很多老师是不学无术的，还有一部分老师是"汉奸"，食堂啊、浴室啊、礼堂啊，都各有各的问题，你还想不想上北大？这才是问题。你说"我还想上北大"，那你一定另有一番理由，另有一个境界。

就在鲁迅创作力最旺盛的时候，他为之奋斗的目标其实还很远，还需要艰苦奋斗才能实现的时候，他提前就对那个结果有了负面的评价。但是，他又不是用论文的方式、用报告的方式直接去论证，而是隐含在他充满忧伤的文学的笔调中。就拿这篇小说《幸福的家庭》来看，我们上次讲了一半，前面还讲了好多许钦文跟鲁迅的八卦，从这些作家之间的关系、生平中，我们也知道，历史从来不是干干净净的，真实的历史和我们书上学的历史之间，还有许多的材料被抹掉了。我们学历史只能学一个线条，学一个大概，有很多人说："这些东西，我们学历史的时候怎么没学呢？"那是不可能学的，那不等于我们的老师不对，我们的教育不对？学校的历史教育只能是粗线条的教育，你不要以为你毕业了就了解历史了，那只是大概地告诉你，有个历史这样的东西。要真正了解历史，你需要不断地去填充，并且在生活中有机会就去验证，就去对照，就去思考。比如说，我用我的亲身经历反过去想，什么是五四运动，什么是"一二·九"运动，我就知道，当时的各种学生运动一定有乱七八糟的，但是我们不因为那些乱七八糟的方面，就否定它的主流，否定它的中心的性质。

鲁迅拟了许钦文，写了这篇小说，可是许钦文原来的那篇小说并没有因此就成为文学史上的经典，许钦文本人倒是成为重要作家了，鲁迅虽然这么低调地写一个"拟"他，可是鲁迅的这篇小说显然是更加有分量，更加深刻。上一次课，我们从一开始就分析了，这个小说在形式上非常有现代小说的特点，有一些地方带有意识流的痕迹，其实没有什么惊人的情节，就是写一个小文人在家里构思一个小说，这样的题材一般人没法写得好，这怎么写？就写一个人坐那想怎么写小说。鲁迅就会写出无趣生活中的有趣来，这生活是很平常的，很常见的，完全无趣的，在他的笔下，就能写出无趣之趣。

上一次我们已经分析了，"他"在写作过程中的痛苦，通过"他"的痛苦折射出当时的广阔的写作环境，折射出中华民国多么"繁荣、富强、安乐、祥和"。由那个现实环境，我们也可以想一想今天的中国。《幸福的家庭》的作者，找不到一个合适的、能让他编造幸福家庭的所在地，只好把这个地方命名为"A"，就是"乌有之乡"，就是没有这样一个地方。一个"A"就把中华民国都给否定掉了。

鲁迅也有一句诗叫"吟罢低眉无写处"，"无写处"，中华民国是没有写作的地方的。再过若干年，"一二·九"运动中，学生们就喊出一句口号，"华北之大，放不下一张安静的书桌了"。这个话之所以那么有名，并不是它的修辞手法好，是因为它说出了真实。

上次我们阅读了不长的文本，当时主人公正在构思，被一个让人哭笑不得的"二十五斤"打断，然后"二十五斤"就长在他的脑海中了。"二十五斤"跟人的吃饭有关系，"他"正在想小说里吃什么饭好，"二十五斤""劈柴"打断了他。他家的主妇就跟他商量两吊五、两吊六的问题。事情就是刚才我们讲的无趣，极其无趣。可是，无趣的事情被写出来，就变成了有趣，这就是写作的意义。生活中的东西，它被写出来，就具有了不同的意义。别人说的一句话，你重复说了一遍，马上意义就变了。这就是语言和文字的厉害。语言和文字为什么能够杀人，为什么能够改造世界，这很值得从哲学的角度去琢磨。世界上没有两片相同的树叶，一句话只要一被重复，马上就不一样了。比如说，你讲了一句话，你宿舍里有一个同学不断地重复你的这句话，你很快就愤怒了，肯定马上就愤怒。同理，你要想激怒一个人，也这么做。你在机场坐着无聊，在火车站坐着无聊，等公共汽车站着无聊，旁边有个人说了一句话，你就不断地重复他这句话，很快他就会跟你打起来。为什么？重复就是颠覆，重复就是否定，重复就是再造，重复就是对抗，重复就是想杀死你重复的那个对象。这是你重复别人的话，别人不能忍受的原因。所以，要有基本的现代社会的文明礼貌，在公共场合，第一，不要重复别人的话，第二，不要盯着别人看。它的哲学的道理在此。

两吊五与两吊六，打断了他的写作，于是，他就说："*好好，就是两吊五。*"其实他脑袋里想都没想，就是想把这个事推过去。可是不行，既然按两吊五的价钱来算，下面就有更细致的数学问题。

"*称得太吃亏了。他一定只肯算二十四斤半；我想就算他二十三斤半，好不好？*"二十四斤半和二十三斤半，有多大差距？如此琐细的差距，鲁迅却一定要"斤斤计较"地写出来，我们发现这样写不精练，但是谁告诉你，优秀的文学作品一定要精练呢？好的文学作品往往体现在不精练上，就要纠缠于一些啰唆的细节。二十四斤半和二十三斤半的差别，体现出了他们夫妇生活的窘迫，一斤都要计较——不是一斤和二斤的计较，是二十多斤里面一斤的计较，计较百分之五，他的夫人既然计较这个，他只好应付。

"好好，就算他二十三斤半。"

"那么，五五二十五，三五一十五……"生活窘迫到这个地步。今天大多数中国人，不论官员、老板、学生、家长、学者、市民，好像一般不会计较这么点的差距。比如我们打车到了目的地，司机说"二十三块钱"，你说"给你二十五，甭找了"，这是很常见的事情。也可能司机没有零钱找，说"算了，你给二十吧"。普通人已经不计较这一点差别了。从这个角度看，党的十九大报告说的是对的，对于当下的大多数中国人来说，计较的是更美好的生活，美好生活愿望，而不是说一块钱都能关系到我生活的质量。这很不容易啊！因为我们长时间以为中国人很穷，外国都比我们好，其实不然，一对美国教授年薪十万美元以上，他的孩子要买一部手机，他们都拿不出钱来，必须精打细算，最后说："孩子，这个月没有钱，等到下个月才能有钱。"我们知道在美国买一部最新的手机，也不过是几百美元的事，你能想到他们教授的生活跟我们比是紧张得多的吗？可是中华民国有过知识分子都活不下去的时候。这个作者可能写小说不怎么样，但他肯定是那个时候受过高等教育的，从知识结构上讲，他无疑是中华民国精英队伍里的。可是这个精英队伍里的人，是不是像"国粉"所鼓吹的生活得那么好呢？不，他的小说写不下去，他必须回到他夫人的思维框架中，去计算"五五二十五"。所以可笑与可悲就是这样巧妙地结合在一起。

"唔唔，五五二十五，三五一十五……"他也说不下去了，停了一会，忽而奋然的抓起笔来，就在写着一行"幸福的家庭"的绿格纸上起算草，我小的时候写语文作业要用语文作业本，写数学作业要用数学作业本，数学作业本上边就印着"算草"两个字，所以我看见"算草"很亲切。问题是他这个"算草"就写在刚才的《幸福的家庭》的绿格纸上，这就像电影里的叠印镜头一样，这是叠印的效果，叠印在一起荒谬感就出来了。幸福的家庭——五五二十五，他的黑色幽默就这样突出来了。起了好久，这才扬起头来说道：

"五吊八！"大家可以替他算一下，每十斤两吊六，或者两吊五，二十三斤半，应该是多少钱。我粗略算了一下，五吊八，好像他们家还占了点便宜，把零头都抹掉了。就说明五吊八、六吊对他们家来说，都是很关键、很重要的。

"那是，我这里不够了，还差八九个……"读到这里，我有时候觉得好笑，又不忍心笑出来，怎么能笑得出来呢？很心酸，非常心酸。因为这可不是祥林嫂她们家啊，这是大都市受过高等教育的一对夫妇，过的是这样的日子。

他抽开书桌的抽屉，一把抓起所有的铜元，铜元在抽屉里面，不下二三十，放在她摊开的手掌上，"摊开"两个字用得很好，主妇也应该是有尊严的，但是为了钱，"摊开"手掌，可见这个时候她急迫的心情；"摊开"写出了一个穷的境况。看她出了房，才又回过头来转向书桌。要继续写作了。他觉得头里边很胀满，似乎桠桠叉叉的全被木柴填满了，现在脑子里都是木柴，五五二十五，脑皮质上还印着许多散乱的亚剌伯数目字。说明刚才算术是用阿拉伯数字列的算式写的，和我们小时候学的数学是一样的，是现代数学教育；而且鲁迅还故意用新词"脑皮质"，他很深的吸一口气，又用力的呼出，仿佛要借此赶出脑里的劈柴，五五二十五和亚剌伯数字来。到底在什么情况下适合创作？我上次讲了杜甫的穷而后工，穷的时候没有办法工，所以"穷而后"说的是准确的，正在忙乎"五五二十五"的时候，是不可能写出好作品的，**果然，吁气之后，心地也就轻松不少了，于是仍复恍恍忽忽的想——**

现代文学史中有很多好作品，写出那些特别好的作品的人，他的生活情况是什么样的？以鲁迅为例，鲁迅是最优秀的现代作家，他的写作情况是非常幸福和稳定的，尽管他的作品的内容是不幸的，可是他写作品的时候，他的生活在中华民国，在全世界来说，都是超一流的。住着深宅大院，或者三层洋楼，每个月的收入是普通人的一百倍以上，不但衣食无忧温饱无忧，还可以随便地进行最高档次的消费，买昂贵的古董，可以支持帮助数以十计的文学青年、学生，他是在这种情况下写作的。其余那些作家在写作的时候也都很有钱，郭沫若、茅盾、郁达夫、钱锺书、老舍，可以想出很多，尽管他们自己还不满，他们自己总要把自己写得穷一点——知识分子的一个特点就是善于哭穷，如果不把自己说得惨一点，怎么证明社会黑暗呢？他们自己按照他们的理想来说，确实可能生活得还不够好，但是跟普通人比，他们的生活够好了。你如果看郁达夫，会觉得他马上就活不下去了，明天就要自杀，其实郁达夫是稿费非常多的作家。年纪轻轻就出了全集，市场上甚至有人为了赚钱盗印他的书。蒋光慈是革命作家，更不得了，那是第一等的畅销书作家，因为普通读者都爱读革命文学作品，那些出版社、书商都盗印他的书。并不是资本家要革命，资本家不要革命，但资本家知道革命可以赚钱。鲁迅因为有自己的切身的感受，他格外知道这些文学青年为什么不能成功，其中有一个原因，是没有一张安静的书桌。当然有了安静的书桌不一定就能写出好作品来。

"他"继续构思小说中的夫妇过的幸福生活。幸福生活必须包括吃喝，包括菜肴，下面就先写菜。**"什么菜？菜倒不妨奇特点。"** 开始幻想空中楼阁了,"滑溜里脊,虾子海参,实在太凡庸。"这已经是一般人不可能吃到的美味了。今天倒是可以不费力气地吃到,但是我们今天吃到的,都是假的,都是养殖的,今天谁能吃到野生海参吗?你能吃到绿色猪肉做的里脊吗?你一样吃不起。有人说我们今天可以天天吃肉,你是能天天吃肉,你吃的全是"假肉",都是饲料激素弄出来的,越吃越毒。要按照毛泽东时代的那个环境、那个标准养一口猪,你能吃得起那个猪肉?你吃不起,而我有幸吃了二十多年。哪个时代是幸福的,是要全面地系统地去衡量。

可是这已经是非常好的菜了,在作者看来还凡庸,不行,不能凸显幸福。"**我偏要说他们吃的是'龙虎斗'。**"这名好,这名多霸气啊!"龙虎斗"这才证明家庭幸福。"**但'龙虎斗'又是什么呢?**"可见他也没吃过。人越穷的时候越幻想好吃的。我虽然刚才说,我小的时候吃的肉是好肉,但毕竟是定量的,不可能天天吃肉,每个礼拜多数时候是吃素的,只有周末可以吃肉。我上中学的时候,经常跟同学一块儿来幻想吃什么好,在那大摆口头筵席。我记得我跟我后面的男生说,这肘子怎么吃,这羊腿怎么吃,成天说,把旁边的女同学都气得火冒三丈,说:"人家还学习呢!"可见用语言文字描绘吃的东西是格外具有魅力的,一般人都抵御不了这个诱惑。你跟别人在一起大讲吃的,是很讨厌的一件事,就相当于半夜在微博上晒美食,导致很多人睡不着觉。

这个作者也有这个习惯,越穷越想吃高级的东西,要描写他自己也没吃过的"龙虎斗"。什么是龙虎斗呢?"**有人说是蛇和猫,是广东的贵重菜,**"确实"龙虎斗"在各地有不同的做法,广东人既吃蛇又吃猫,我是最敬重广东人的,不过我是爱猫的,猫,我是打死都不会吃的;蛇本来我也是不吃的,但不幸有一次就着了广东朋友的道,被他们欺骗得破了戒,我就成了广东朋友招数之下的虚竹了。他们请我吃非常好的鱼,我吃完之后，他们问我好吃不好吃，我说好吃，——"我告诉你，刚才你吃的是蛇。"我估计很多北方人吃蛇都是被引诱拉下水的。

广东人吃蛇和猫，这是广东的贵重菜，"非大宴会不吃的。"要大宴会才做，"但我在江苏饭馆的菜单上就见过这名目，江苏人似乎不吃蛇和猫，"可能把蛇和猫当"龙虎斗"的也只有广东，福建有没有，不知道，江苏不吃，那"龙虎斗"是什么呢？"恐怕就如谁所说，是蛙和鳝鱼了。"蛙，今天我们叫田鸡，田鸡鳝鱼也能做成"龙虎斗"的样子，那也是一味高档的佳肴。"现在假定这主人和主妇为那里人呢？"这一想又是一篇大文章，不想了，"——不管他，总而言之，无论那里人吃一碗蛇和猫或者蛙和鳝鱼，于幸福的家庭是决不会有损伤的。总之这第一碗一定是'龙虎斗'，无可磋商。"

这小说写得这个艰难！写到现在决定上一碗什么菜？龙虎斗。写出了这种不太会创作的文学生手写作的艰难，这是一重意义。第二重是社会意义。我前边讲过，鲁迅自己是一个吃货，他把北京大小名馆子都吃遍了。他到其他地方去，也不能例外，不论到厦门到广州，还是后来到上海，他把最好的饭馆都吃了，而跟他好像是同行的这个作者的生活水平，跟他的相差太大。可是偏偏生活水平那么高的鲁迅，却是否定中华民国的，差别在这。而许多当牛做马的奴隶，却没准儿是拥护中华民国的，甚至可能帮着统治者去迫害鲁迅这样的人，去用馒头蘸他的鲜血。这是非常可能的。

"龙虎斗"已经构思清楚，下面就要吃饭。"于是一碗'龙虎斗'摆在桌子中央了，他们两人同时捏起筷子，"为什么要同时捏起筷子呢？平等，男女平等，得同时捏起筷子，不能有早晚。"指着碗沿，笑迷迷的你看我，我看你……"

"'My dear, please.'"

"'Please you eat first, my dear.'"

"'Oh no, please you!'"

这个读了要让人喷饭的，实在忍受不了这样的对话。可是这么荒谬的对话，却真是很多幼稚的青年心目中所谓的爱情。不但是很多青年人、少年人心目中的所谓爱情，甚至很多老年人都着了道儿。我自己的一些亲人，他们本来过了一辈子很好的中国人民的生活，当他们晚年的时候，忽然电视上每天都演这些东西，连篇累牍地演琼瑶式的电视连续剧，像室内剧、宫廷剧等。在那些作品里边所谓的幸福家庭，就经常是以中华民国为背景的，大宅门、大宅院，小青年、新青年之间的生活就是这样的，相敬如宾，客客气气，说话文明极了，爱人之间经常是"my dear""my darling"这样称呼，全是这样的。这些可怜的观众，我的这些亲人，就认为："哦！这才是幸福的生活，你看看人家过的。"我的妈妈就经常指责我不像北大教授，说："你看人电视上的北大教授，人家怎么说话，人家一回家就说：'亲爱的妈妈，我回来啦！'"我妈妈认为那是北大教授。我告诉她那是王八蛋，我妈不信，坚持认为我在北大一定是很差的老师，怎么回家都不说礼貌用语呢？每天早晨我走的时候，我妈妈看着我，希望我说，"亲爱的妈妈，再见"，我从来都说，"妈呀，你都被电视剧给害啦"，我说，"您看电视剧把您都坑成什么样啦，害成这样啦"，所以我们不要低估那些庸俗的文学作品的毒害，毒害非常深远。因为人民群众失去了思想文化的保护，就裸露在这些毒品之下，他们明明过了一辈子幸福生活，竟然就因为这些破电视剧，认为自己过了六十年不幸的日子。她甚至认为自己的儿子都白养了，连一句人话都不会说。"你看人电视里说的，你看人家电视里的教授，全都系着领带，你怎么不系领带呢？"我告诉她系领带的都是"畜生"。我越这么说我妈就越认为，"你看，学坏了，完全学坏了"，特别伤心。

而这种事情鲁迅多少年前都看透了。我想鲁迅心里跟我的想法是一样的,这样吃饭、这样说话的,这还算人吗?人怎么能这样生活呢?起码说,这还算两口子吗?两口子能这么过日子?这是再夸大不过的动漫效果。可是你如果不写出来,就有人认为这是真的幸福。我们之所以笑了,我们看透了,是因为鲁迅写出来了。一个东西只要被写出来,它就被否定了。鲁迅没有像我刚才那样说,说这是虚伪的,这是可笑的,这是荒谬的,没有说这些话。这是我为了讲课说的。鲁迅不用说,只把它重复地写出来,它本身就不攻自破。就像我刚才说的,重复就是颠覆。假如真有这么一对夫妻在这样说话,你现场模仿一下,他们一定会脸红。真正相爱的人,不会没事儿说"我爱你,我爱你,亲爱的,我爱你",咋那么心虚呢?一定是不爱。要求对方说爱你的,要求对方早请示晚汇报的,也正好证明了两个人没有真情。你干吗要求你说的每句话对方都要点赞呢?点赞的频率证明着你们关系的牢固度、亲密度,但是,那是成反比的,都是在企图靠近的阶段,才点赞得比较多。这是鲁迅看穿洋文背后的猫腻儿、洋文背后的小把戏。

下面就是吃饭啦。"**于是他们同时伸下筷子去,同时夹出一块蛇肉来,**"无聊的生活被他这么一写,就处处是趣味。"**——不不,蛇肉究竟太奇怪,还不如说是鳝鱼罢。**"其实对我这样的北方人来说,夹出什么来我也不知道,我看着鳝鱼、蛇都差不多。我现在是不吃鳝鱼的,因为有人告诉我,鳝鱼是避孕药喂出来的,一面袋一面袋地往池子里撒避孕药,鳝鱼很快就长大了,吃鳝鱼对身体有极大的危害。但是那个时候不至于,这是真鳝鱼。"**那么,这碗'龙虎斗'是蛙和鳝鱼所做的了。他们同时夹出一块鳝鱼来,一样大小,**"本来说得挺好的,吃"龙虎斗",突然"**五五二十五,三五……**",所以鲁迅特别会败兴,总是在你要笑的时候,让你严肃、让你哭,你真的悲伤的时候,他又逗你乐。"**不管他,同时放进嘴里去……"他不能自制的只想回过头去看,因为他觉得背后很热闹,有人来来往往的走了两三回。他知道背后有人活动,可是因为要创作,他还要沉住气。

但他还熬着,乱嘈嘈的接着想,"这似乎有点肉麻,那有这样的家庭?唉唉,我的思路怎么会这样乱,这好题目怕是做不完篇的了。"鲁迅自己写小说经常很快,甚至有的一天就写完了,这说明鲁迅没有人打搅,可以专心地写作。好在那个时候不用发微博,也不用接电话,能够安心写作。现在"龙虎斗"的问题,总算解决了。可是别的问题又来了。"——**或者不必定用留学生,**"前面讲了东洋留学、西洋留学的差别,鲁迅讽刺了对西洋留学生的崇拜。"就在国内受了高等教育的也可以。"国内高等教育,"**他们都是大学毕业的,高尚优美,高尚……**"我们今天想的什么高大上啊、什么白富美啊之类的。"**男的是文学家;女的也是文学家,或者文学崇拜家。**"文学还有崇拜家,专业崇拜文学的,这很有意思,可见当时的时代风气,同时也可见这个风气的可笑之处。我们会发现在每个重大历史转折关头,都会产生文学崇拜现象。五四运动的时候是这样,新中国成立之初是这样,20世纪80年代是这样。20世纪80年代的时候最难考的就是北大中文系,也就是说全国学习最好的孩子要考北大中文系。所以我们一个班就有省级状元九个,剩下的都是其他级的状元,市的、地区的,至少可能是县的状元。这就是时代的一个证明。"**或者女的是诗人;男的是诗人崇拜者,女性尊重者。或者……**"他沉浸在一个柏拉图式的纯洁的美梦中。

写到这儿,我们也已经可以想见,这个小说即使让他安静地写下去,写出来一定是个很可笑的稀奇古怪的作品,肯定比琼瑶的还要糟糕,还要烂。琼瑶小说里边,也不光是这些纯粹虚幻的东西,琼瑶小说毕竟还在一定程度上涉及了现实。尽管大家最后都忍不住了,说琼瑶小说是毒药,但起码它影响很大吧,还有很多正面的价值吧。这个小说如果写下去,是很可怕的。**他终于忍耐不住,回过头去了**。这种闭门造车的创作,每个文学崇拜的时代都有。五四的时候很突出。我的同事姜涛老师,专门研究过当时的一个现象,叫室内作者,一些年轻人,梦想依靠文学成名,依靠文学获得人生成功,把自己关在斗室之内,企图写出优秀的作品,甚至伟大的作品来。这是当时一个普遍的社会现象。

到了20世纪80年代,就是我长大了的那个时代,这种室内作者又一次遍布全国。全国的城市、县城乃至农村,有成千上万的青年人要写小说,要成名。当时各地的文学刊物的编辑部里,雪片般地飞来各种作品。也是从那个时候起,编辑们再也看不过来了,所以多数的投稿都被扔到一边去。也不能说这些编辑不负责任,真的投稿太多了。在毛泽东时代,也有很多投稿的,但是数量没有那么多,所以编辑们很认真。加上那是一个为人民服务的时代,即使一个农民写了一个错别字连篇的作品,编辑都会给他回信,耐心地指导他怎么提高。20世纪80年代,再也来不及了,室内作者层出不穷。我1983年上北大来读书,三天两头接待这样的文学青年。那时候北大随便进,很多人到北大来,打听到中文系的宿舍,就扑上门来。"我是一个作家。看,这是我的长篇小说。你看我能不能获诺贝尔文学奖?"我们自己刚上一年级、二年级,我们有什么水平啊,硬着头皮给他看。这样的人很多,到中午还要请他吃饭,中午过了还不走,还要请他吃晚饭。所以那个时候是文学年代。

那个时候就有好多这样的室内作者,他以为自己来自社会,他就了解社会,其实不然。是不是农村青年就了解农村,工厂的青年就了解工厂?这是两回事。这样说就等于谁都了解生活,谁都有生活嘛。一个农民,不能说就了解农业,这是两回事,否则要农学家干什么。你只能说你了解你家,了解你们家那块地。你要了解农业,就不需要农学院了。

今天仍然有很多人这么想，由于他从事某种职业，他就了解那个职业的领域，这是不对的。在网上经常有人教训孔老师，"你不懂的呀""你不知道农村哪""你不知道学校什么样啊"，这都是胡说。我不敢说我什么都了解，但是我每天接触的任何人、任何领域、任何地区，我都是用心去研究的。所以到任何一个领域，我虽然不是这个领域的一流专家，可我比这个领域的大多数人都更了解这个领域。我比多数学建筑的学生了解建筑，我比多数军人了解军事。了解的话语权属于调查研究过的人，而不属于天然地生长在这个领域的人。这也是很多文学创作者的误区。我从20世纪80年代到20世纪90年代，接待了许许多多的文学作者，接到了许许多多的文学作品。当然我也把这当成自己了解社会、了解文学的一个途径。世纪之交以来，从我自己的经历来看，喜欢文学的人果然大幅度减少。后来我仍然每个礼拜、每个月收到很多来信，但是基本上都跟文学没关系了，都变成其他学科的问题了，基本上是法律问题为主。这也促使我研究法律问题，研究文学与法律的问题，特别是促使我从法律的角度看文学。这样一看不得了，原来许多重要的文学作品，竟然都跟法律有关系，促使我从根儿上去想法理问题。比如《三国演义》跟法律是什么关系，《水浒传》跟法律是什么关系，《西游记》跟法律是什么关系。你这样去想，就从根儿上明白了什么叫法律。

但是这样的室内作者多，到底好不好，不是鲁迅所关心的问题。鲁迅首先是如实地写出了这种现象。那么多的文学家、文学崇拜家，那么多的诗人和诗人崇拜者，如果我们不去过多地想那些沉重的社会问题的话，你会觉得很有趣。20世纪80年代的时候，北大校园里到处是诗人，这是北大当年的一景。我前天又在三角地转了一圈，物是人非，我们当年的三角地已经不存在了。就是百年纪念讲堂南边那一块空地，完全改变了。三角地首先是当代中国许多政治事件的发源地。当代中国很多重大的事件，不是从中南海发源的，而是从北大三角地发源的。这个地方20世纪90年代慢慢地被变成一个商业化的地方，贴满了小广告，考托福的、考雅思的，直到今天，什么都没有地方可贴——吟罢低眉无贴处，变成这样一个地方。当年那里除了酝酿政治事件之外，就是酝酿文学事件。那里是文学的一个伊甸园，每天在那里坐着一些很像诗人的人。怎么叫很像诗人呢？一定是头发很长，胡子拉碴，衣服一看至少十五天没洗，坐到那里很忧郁地思考人生。你说，这人谁理？不，他们有很多诗人崇拜者，你早晨起来往往看到一个长头发、长胡子的人坐在那，中午你再看，一定有一个女生拿着饭盆请他吃饭了。我这样说有几分可笑，同时有几分留恋，那样一个时代今天也没有了。今天哪个女同学会请那样的人吃饭呢？女同学会说"你傻帽吗"，会说"那是个骗子"，可是当年这是很常见的事情，有大量的诗人，大量的诗人崇拜者。从文学角度看，又是很好玩的，很耐人寻味的。如果作者真的能沉浸在，甚至生活在这样的环境里，该是多么好啊。可是这样的梦想不能持续。"他终于忍耐不住，回过头去了。"现实的力量之强大，不允许文学青年有这样美好的幻想。

回过头一看，**就在他背后的书架的旁边**，先说那书架，有书架，**已经出现了一座白菜堆，下层三株，中层两株，顶上一株，向他叠成一个很大的A字**。这段话写得很刻毒，我们也可以知道鲁迅的文学功夫。很多人都举鲁迅的那个例子——"在我的后园，可以看见墙外的两株树，一株是枣树，还有一株也是枣树"，这是我们常举的例子。鲁迅故意写得这么啰唆，但它要有魅力就必须这样写，能这样写才是大师。在白菜堆这里，鲁迅又一次展现了他的魔力。不就六棵白菜堆在那儿嘛，被他这么一写，还一层一层的，"下层三株，中层两株，顶上一株"，六棵白菜，还弄成一座白菜堆。不知道这是鲁迅自己的感觉，还是所有南方人的感觉，这在北方是再常见不过的了，而且这根本就不叫堆。华北一带，还有我们东北一带，每到秋天，必须储存过冬的大白菜。因为冬天一般人家买不到新鲜菜，新鲜菜很贵，暖窖里有新鲜菜，有黄瓜、茄子、豆角、韭菜、蒜苗，都有，那是很贵的。普通老百姓冬天主要吃白菜、土豆、萝卜、大葱这几种。所以秋天必须储存大量的大白菜。新中国成立以后党和政府把这当成一项政治任务来做，保证老百姓冬天都有大白菜，非常便宜，基本上不到一分钱一斤，你花很少的钱一冬的大白菜都有了，家里人口多的可能要买上百斤大白菜。每到秋天的时候我们都运大白菜，哪有运六棵的，六棵怎么够吃呢？至少得六十棵呀，六十棵堆的大白菜。那时候一景就是楼外边、楼道里，到处都是大白菜。当然也有人不买大白菜，就专门偷别人家。因为那么大一堆，你偷一棵他不知道，每隔三天偷一家，别可着一家偷，那是没有问题的。我还记得我爸爸单位有一对南方夫妻，南方叔叔阿姨调到东北来，不知道要买大白菜。秋天的时候厂子里分大白菜，人家就问"你要多少"，他说"我也吃不了多少"，他说"我要四斤"。南方人普通话不好，那个分大白菜的人以为他说的是十斤，便说干脆不要钱了，就给了他好几棵大白菜。结果他很快吃完了，他家就没有白菜了，只好别人支援他，这个给他两棵，那个给他三棵。可见鲁迅的眼里把六棵白菜写成一座白菜堆，本身就带有可笑的一面。更巧妙的是，他把这个白菜堆故意写成一个"A"字，这是神来之笔。因为刚才定的幸福的家庭的所在地是A，那个A我还特意用了一个比喻叫乌有之乡。可是现在乌有之乡被填满了，乌有之乡变成实在之乡了。现实中的A是白菜堆，鲁迅用白菜代表现实中的凡庸生活，凡庸生活跟前面的"龙虎斗"，形成了多么可笑的对比。"龙虎斗"连吃都没吃过，"他"还在想是蛇和猫还是蛙和鳝鱼，可是眼前只有白菜。眼前是这样的现实。

"唉唉！"他吃惊的叹息，同时觉得脸上骤然发热了，脊梁上还有许多针轻轻的刺着。鲁迅很善于写生理感受，用来代表心理反应。"吁……"他很长的嘘一口气，**先斥退了脊梁上的针**，仍然想，"**幸福的家庭的房子要宽绰。有一间堆积房**，""他"又想到住房的问题了，这是因为白菜堆所产生的。"**白菜之类都到那边去。主人的书房另一间，靠壁满排着书架，那旁边自然决没有什么白菜堆；**"读到这里我们都觉得"他"心酸得可怜。"**架上满是中国书，外国书，《理想之良人》自然也在内，**"他这点小天地就这点事，《理想之良人》还得"**——一共有两部。**"一人读一部。"**卧室又一间；**"卧室什么样的呢？"**黄铜床，**"这是当时理想的高级的床，要黄铜的，"**或者质朴点，**"如果买不起黄铜，就要质朴点，质朴点是什么的呢，"**第一监狱工场做的榆木床也就够，**"这是当时有名的一种床，第一监狱做的。关键是"**床底下很干净……**"，为什么床底下很干净呢？因为"他"现在的床底下是什么样的呢 ——**他当即一瞥自己的床下，劈柴已经用完了**，原来自己的床底下是放劈柴的，劈柴用完了之后，怎么表现这个可怜的场景呢？鲁迅写得非常棒，**只有一条稻草绳，却还死蛇似的懒懒的躺着**。"龙虎斗"里的蛇他是没吃着，但是眼前有稻草绳是"死蛇"，描写一根绳子，有千万种写法，这里非要把它形容成死蛇，"懒懒的躺着"，就好像那根绳子都在嘲笑他。

在这里我们是不是看到一点陈世成的影子？陈世成是科举时代可怜的读书人，他读书，一年一年地考，不过是为了"白光"。他们真的有孔孟之道那种浩然之气吗？是读了书要救万民于水火吗？显然不是。那么我们不要以为否定了陈世成，办了新的学校，有了新的教育，知识分子就变了。我们在《幸福的家庭》可怜的作者身上，看见有没有陈世成的影子呢？你受的是新式教育，你会写阿拉伯数字，你会算五五二十五，三五十五，有什么用呢？他要解决的还是一个生计问题。但是不幸的是，他想的是一个普世价值问题，他想的是一个放之四海而皆准的

"A"——幸福的家庭，可是现实中的"A"是白菜堆，是六棵白菜。

"二十三斤半……"我们可以体会到鲁迅非常善于使用重复和啰唆。大家在读中学的时候，语文老师有没有讲过这一点，文学语言要精练，这是千古一致的法则。鲁迅在这一方面也是一流的，但是鲁迅和那些一流作家还有许多绝招，其中之一就是善于用重复。重复有许许多多的作用，不要低估了重复，宇宙中之所以有生命，全在于重复，我们每个人都是DNA伟大重复的结果，DNA不断地重复，就重复出了我们一个一个生命。鲁迅就非常善于使用重复。有时候你看见他的作品出现了一个意象，出现一个句子，出现一个词语，他非常高效地使用这些意象、词汇，经常在后文还会再点出来，每点出一次，它的意义就被强化一次。比如说"二十三斤半"，在前面既然把它写出来了，作为一个情节，后面再重复它，有的时候就被重复到一种经典的意义之上。这个时候说到二十三斤半我们已经知道说的是什么了。

他觉得劈柴就要向床下"川流不息"的进来，现在床底下没有劈柴，所以买了二十三斤半新的劈柴。其实本来是二十四斤半，是他们两口子给人家压到二十三斤半。**头里面又有些桠桠叉叉了，便急忙起立，走向门口去想关门。但两手刚触着门，却又觉得未免太暴躁了**，小知识分子、小资产阶级，这种软弱性、脆弱性、犹豫不决性，在这里都分毫毕现。鲁迅这个时候还没有学马列主义，他并不会用阶级分析的手法去思考小资产阶级是什么样子。而不久后，毛泽东写出了《中国社会各阶级的分析》，已经很清楚地站在哲学高度，知道小资产阶级就这德行，所有小资产阶级都这样，甭管北大毕业南大毕业，都一样。鲁迅虽然没有学马列主义，但是鲁迅以他丰富的历史见识、历史高度，加上他自己的人生体会，就能够准确地写出一个具体的小资产阶级。所以走向真理的道路不一定是一致的，最后谁能走向真理？1922年前后，有许多先觉青年读了马列主义的书，读了马列主义的书，未必能成为真正的马克思主义者。这些先读了马列主义书的人，过几年就要对鲁迅发起猛烈的围剿，因为他们发现鲁迅没有读过马列，他们就把鲁迅骂得狗血喷头。但是到头来证明他们是假马列主义者，鲁迅才是真马列主义者。鲁迅不是共产党员，却是最伟大的共产党人。这是他们之间的区别。所以鲁迅写一个形象能写到典型的意义，这个人既是一个具体的个体，同时又代表着他这一类人。**就歇了手，只放下那积着许多灰尘的门幕。他一面想，这既无闭关自守之操切，也没有开放门户之不安：是很合于"中庸之道"的。**小知识分子要给自己找一个安心之道，能解释、能自圆其说。

"……所以主人的书房门永远是关起来的。"对于一个想安心创作的人来说，有一间安静的书房是很重要的。我们现在多数家庭居住条件都很好，很多孩子从小就有自己单独的房间，这样好不好？从小就有自己单独的房间的小孩，是不是就更聪明，学习更好，更有创造性？我看过教育局的调查，结论不是这样。孩子在十五岁之前就有自己单独的房间，从统计学的意义上看来，是不利于孩子的教育成长的。这样的孩子往往学习不好，达不到应该达到的程度，其他素质也都比较差。即使孩子有自己的房间，也应该只用来睡觉。这个展开是另一个教育学的话题。反正人呢，就有这毛病，当你没有自己独立的房间的时候，希望有；有了自己独立房间的时候，又不在里面好好待着，非得出去不可。就好像小的时候，我们家里没有洗澡的地方，大家都到公共浴池去洗澡，那个时候很希望家里头能洗澡。后来家里都有卫生间了，家里都能洗澡了，又不愿意洗了，非要去洗浴中心。这是永恒的一个围城的情节。

他走回来，坐下，想，"有事要商量先敲门，得了许可才能进来，这办法实在对。"跟前面"my dear"联系起来看，夫妻俩到底应该是一个什么关系？夫妻俩要有爱情，应该无话不谈，应该无所顾忌，可是进对方的房间要敲门才能进来。一种资本主义的契约放在这里了。既然是契约，那感情放在什么地方？契约之下的爱情还是爱情吗？我们现在很多人都支持婚前进行财产公证，结婚的时候就规定好了股份，将来离婚的时候哪一部分财产归谁就先想好了，那婚姻的性质是什么？细思恐极。细想下去很有意思，可是这些问题早都存在。这个作者这样想有他的道理，它之所以有典型意义，是因为我们并不能一笑了之。我们还要想，小两口子结婚了，假如有单独的房间，他在写作，他在弹琴，他在画画，对方进来要不要敲门，征得许可？还是推门就进？哪一个是对的？作者因为现在受了俗世的干扰，所以他说得了许可才能进来，他要的是这个。

"**现在假如主人坐在自己的书房里，主妇来谈文艺了，也就先敲门。——这可以放心，她必不至于捧着白菜的。**"夫妻两个整天谈文艺，可是你们毕竟要吃白菜吧，吃白菜这个事谁来管呢？谁来买劈柴？谁来买白菜呢？一个不可避免的问题就来了，家里一定要有用人，要有仆人。既然主人都要谈文艺，那就要有不谈文艺的人为你们服务。不管你付给他多少工资，这都是剥削，都是不平等。为什么不是人家谈文艺，不是你给人家买劈柴、买白菜呢？为什么你要坐在房里谈文艺，而另外有和你一样有血有肉、有父母的人，帮你买白菜呢？所以小资产阶级的一面，必然通向大资产阶级。小资产阶级由于受着大资产阶级的剥削，所以他有同情草民的一面，因为自己随时会沦落为草民。但是另一面，他幻想着成为骑在草民头上的人，幻想着成为有钱人，可以雇用人的人，雇一个不够雇十个，十个不够雇一百个，这是残酷的真实。你对你的仆人好，你俩可以称姐道妹，称兄道弟，这都只是对这种实际关系的掩盖。所以一个敲不敲门的问题，是不好深入下去的。怎么解决这个问题？这就需要大政治家来思考。

我小时候读了一个小说，写共产党向农民宣传社会主义好：楼上电灯楼下电话，耕地不用牛，出门就坐汽车。农民说："人人出门都坐汽车吗？""对！人人出门都坐汽车。"农民就问了："那谁开汽车呢？"共产党没有想过这个问题。是啊，人人出门都坐汽车，那谁开汽车？这个问题，那个党员没法回答。那么我去想了，像我这样纯洁的青年，我一想，哦，也就是说，到了他们说的美好的社会主义实现的时候，仍然有不平等。谁都不想开汽车，谁都想别人开你坐着，还是有不平等。那不平等的性质是什么？这些问题是我认为的真正的中文系问题，其他的问题是为了思考这样的问题做知识基础的。我们学语言学知识、文学史知识，是为了我们思考这些问题垫底的。所以这个无聊的想法——敲不敲门，不是贾岛意义上的推敲。纯技术性的推敲，是僧推月下门，还是僧敲月下门，那只是一个文学技术的问题，哪个更好地体现当时的意境。而这个主妇到她老公的房间来，要不要敲门，其实关系很重大。鲁迅在这种冷静的创作状态中，写出了严肃的喜剧。所以鲁迅的幽默和老舍的、和赵树理的、和钱锺书的都不一样，有他自己的深刻，有他自己的锋利。

主妇来谈文艺了。"'Come in, please, my dear.'"仍然是说洋文。

"然而主人没有工夫谈文艺的时候怎么办呢？""他"的思想中隐隐约约的，主妇和主人还是不平等，标榜的是平等，想的还是不平等。

"那么，不理她，听她站在外面老是剥剥的敲？这大约不行罢。"这个无聊无趣的问题想下去，永远是没有答案的，"或者《理想之良人》里面都写着，"他幻想着一个标准的伟大的小说家，给他们提供标准答案。"——那恐怕确是一部好小说，我如果有了稿费，也得去买他一部来看看……"他不但没有吃过"龙虎斗"，连小说也没有看，他崇拜的作品，他并没有看。当年假如有网络，他恐怕会在网上以假装看过的口吻去当一个"喷子"，这是完全可能的。我们今天网上就有千万个文学青年，标举着自己根本没有读过的理论、没有读过的书籍，去打击别人。比如有人说:"孔老师,你为什么要研究金庸,金庸有托尔斯泰好吗?"这人十有八成根本没读过托尔斯泰,因为读过托尔斯泰的人一定不会如此狂妄。

他正在想夫妇之道如何才能够最理想,夫妇之道理想了,家庭才能幸福。可是,他如果这么想来想去,永远没有答案,小说恐怕会越来越无趣。在这个时候,外界的声音又一次打断了他的思维。

拍!

他腰骨笔直了。说明刚才他陷入幻想中的时候,腰骨不直。这一声,**因为他根据经验,知道这一声"拍"是主妇的手掌打在他们的三岁的女儿的头上的声音。**那个时候的人结婚早、生育早,女儿才三岁,恐怕作者也就是二十多岁的小青年,夫妇两个肯定都是二十出头,多点也就是二十五岁。这样的一个青年人,却做着这样的作家梦。而鲁迅自己的很多学生出道的时候,也就是这个年纪。有更多的青年得不到鲁迅或者其他前辈作家的支持,恐怕也就像这个作者这样,过着艰辛的日子,还要在外面撑着知识分子的架子。其实家里是劈柴、白菜和孩子的哭闹。

下面是孩子问题,**"幸福的家庭……"**他前面光想到夫妻问题了,我们想象中那是一个没有孩子的家庭,可是现在现实中出现问题了,结婚就有孩子。**他听到孩子的呜咽了,但还是腰骨笔直的想,"孩子是生得迟的,生得迟。"**也就是,他也认为幸福的家庭应该晚婚晚育,孩子要生得迟。这个晚育的观念,今天也是很时髦的。当我们给以前的中国社会提问题、提毛病、提缺陷的时候,有一个问题我们认为以前人做得不对,就是早婚早育。为了跟以前对抗,为了刚才我说的这个"新"字,我们就要晚婚晚育。可是自从我们提倡晚婚晚育以来,社会上却出现了另一个现象,被我们叫作早恋。这个现象不有趣吗,它不值得深思吗?到底什么叫早,什么叫晚?我二十多年前在中学当老师,有一次学校的书记让我给全校同学做报告,让我劝全校的同学不要早恋。因为他发现有些中学生谈恋爱了,想让他们不要早恋。我呢,一方面这是书记交给我的任务,我应该去做,另外我也愿意给同学做报告,但是我的想法不是这样的。首先我认为中学生谈恋爱不叫早恋。什么叫早,这个标准是怎么定的?比如说一个同学初三了或者是高一了,他已经长到一米八了或者一米七五了,这叫"早长"吗?这不叫"早长"吧,他自然地长那么高。和那一样,你心里自然萌发出对一个异性的特殊感情,这怎么叫早呢?突然有一天你就觉得那个异性吸引你,你就老愿意看他,他上学来了你就高兴,放学的时候你尾随着他,这是自然产生的,这怎么叫早呢?并没有别人教唆你,它不是一个理性行为,它是一根草冒出了地面,一棵小树长大了,这是自然现象。你越说不要早恋,就越没有效果,你越说,他越恋,顶多由明的变成暗的。因为它具有合理性,它是天生的。我从来没有早恋过,晚恋都没有,因为我没有这个感觉。我上了大学才知道,人和人之间有这么一种感情,我原来以为那都是纯洁的革命友谊。但是我一旦发现了这个问题,就补课,我发现原来还有这样一种感情,也挺好的。所以我就知道,中学生发生这种感情不能叫早恋。那么由此我们想,什么是早婚?什么是晚婚?难道只能做一个数学上的比较吗?它是不是应该有一个科学的东西存在?先从自然科学角度衡量,然后再纳入社会科学。比如说人十四岁就结婚,那我认为是早了,十五岁十六岁可能都早。但是如果在旧社会,男十八、女十六可能就不早,在今天绝对是早了。不同的时代,人在相同的年龄段能做的事完全不一样。林彪二十多岁就是红一军团的军团长了,指挥千军万马。肖华十七岁就是师政委了,他的警卫员比他大一岁多,是他大哥。人和人能比吗?红军时期的那些领导人都很年轻,毛泽东三十多岁就被人叫老毛,德高望重了。所以什么叫早婚,什么叫晚婚,这个事情就是朦胧的、模糊的。这个作者,他认为晚生好。晚生孩子好在哪?

"或者不如没有，"想得多绝，不如没有，"两个人干干净净。"钱理群老师愤怒地批判精致的利己主义者，"他"这种想法是不是利己主义？这种利己主义是否精致？在我看来，一点都不精致，是非常愚蠢的、鼠目寸光的利己主义，为了自己一时所谓的自由简单，而断绝自己的未来，从而也就断绝了人类的未来。连动物繁衍后代的本能都要自我阉割掉。"——或者不如住在客店里，"住家里还麻烦，住客店算了。"什么都包给他们，一个人干干……"鲁迅写的这个人绝不是坏人，是个好人，可是他的这种思想发展下去就很危险，孩子都不想要，家都不想要，竟然想两个人住店，这是什么行为？这不成了长期一夜情了吗？好在这只是他创作文学作品时的构思，他眼前的现实不是这样的，眼前的现实也不允许他过那样的日子。他听得呜咽声高了起来，也就站了起来，钻过门幕，想着，"马克思在儿女的啼哭声中还会做《资本论》，"他们虽然没有读过马克思，但是知道马克思的很多轶事，当成名人轶事来了解的，他听说马克思在儿女啼哭声中写《资本论》。"所以他是伟人……"走出外间，开了风门，闻得一阵煤油气。生活气息扑面而来。孩子就躺倒在门的右边，脸向着地，孩子被打倒了，倒在地上，脸冲着地。这在今天会被指责为虐童，如果幼儿园这样做肯定不行，即使母亲这样做，可能仍然被无聊记者说成是虐童。什么叫虐？过去打孩子打成这样是很常见的，即使在我小时候，也是这样的。不要说我们楼里那些淘气的孩子，经常一脚被父亲踢出老远，就是我这样的德智体全优的，这么好的孩子，我那老八路的父亲打我，用这么粗的棍子，棍子打在我肩膀上，就打折了，你看孔老师今天肩膀为什么这么结实，全是老八路殴打出来的，【众笑】我们有谁说这是虐童？有谁说这样打孩子不对？这打出了多么健康的正常的智勇双全的一代人。我这么说是不是就是鼓励打孩子、支持打孩子？在打孩子的问题上，我们受了多少误导，看看我们今天的孩子能干什么？鲁迅很随便地就写出来孩子被打完之后的景，鲁迅这样写只是为了可怜孩子，衬托这个家庭的窘迫，但不是说孩子被这样打了就是受虐待了。这是常态，一个知识分子家庭的孩子，淘了气，就被她母亲打倒了。这个细节，过去的人是看不出问题来的，只有我们这个时代，动不动就要保护孩子人权的时代，问题突然出来了。这孩子**一见他，便"哇"的哭出来了**。

"阿阿，好好，莫哭莫哭，我的好孩子。"他弯下腰去抱她。本能的，父亲的爱。刚才他想得很绝，有法西斯思想，最好不要孩子，干干净净，是绝对的利己主义，可是一看到孩子，怎么能不爱呢？天然的父女之情。所以看见孩子他就弯腰去抱她，这完全是本能的，不用再做其他的乱七八糟的思想。

他抱了她回转身，看见门左边还站着主妇，也是腰骨笔直，这个笔直和他的原因是不一样的。**然而两手插腰，怒气冲冲的似乎豫备开始练体操**。这是夸张的写法，写出在生活的折磨之下，不可能有琼瑶式的虚伪的夫妇生活，真实的生活恰恰是这样的，不管主妇是女师大毕业的也好，是女师范毕业的也好，这个时候没有什么温柔的母爱体现出来。

"连你也来欺侮我！不会帮忙，只会捣乱，——连油灯也要翻了他。晚上点什么？……" 虽然语言里没有粗俗的骂人话，但是也很暴力，这是一个忙于生活、被物质生活压迫得手忙脚乱的母亲对孩子很正常的生气，如果被今天的无良媒体看见，他们会说："呀，对孩子怎么能这样说话呀，孩子是祖国的花朵，你这样说，她心里会有阴影的，影响她一辈子，长大之后会心理变态，会得抑郁症。"今天是有很多孩子有抑郁症，这种抑郁症的来源恰恰是这种无耻的媒体，如果所有的媒体都说这是正常的，就不会有这种抑郁症，是你说她要有抑郁症，于是她便有了抑郁症。你认为这个事情不对，是伤害她的自尊了，这是被说出来的，这是另外的语言学问题。家里往往是这样，父母一个人打孩子，一个人护孩子，一个唱红脸一个唱白脸。

"阿阿，好好，莫哭莫哭，"他把那些发抖的声音放在脑后，抱她进房，这个时候他就忘了创作，你看劈柴、白菜等等烦心事，那么打扰他，他还努力摆脱，要去创作，可是现在孩子的事情，使他真的忘了创作。这是爱心的巨大的力量。摩着她的头，说，"我的好孩子。"于是放下她，拖开椅子，坐下去，使她站在两膝的中间，擎起手来道，"莫哭了呵，好孩子。爹爹做'猫洗脸'给你看。"他同时伸长颈子，伸出舌头，远远的对着手掌舔了两舔，就用这手掌向了自己的脸上画圆圈。

这一段写得格外细致，写得如画一样，一个生动的画面，一个非常善良的温厚的父亲。家里生活乱七八糟，他想给家里多挣点钱，其实他是个好丈夫，尽管陷入创作之后思想就被带歪了，可是回到现实中，他是好丈夫，是好父亲。看见孩子这么可怜，被她的母亲在盛怒之下打了，他也没有去责备母亲，没有说："你怎么这么没人性，这么打孩子。"他只能用父爱来哄孩子，哄孩子其实也是把家庭生活气氛搞好，也是为了自己，也是为了整个家庭好。从他给孩子做猫洗脸这个动作，我们又非常地同情他，多可怜的年轻人，二十多岁就生了孩子，陷入这种情况。

所以我们看到现代社会为什么提倡晚婚晚育，有一个原因，是生活更艰难了，现代社会比古代社会更不容易活着。你们为什么要用十多年的时间读书？如果读完了博士，是用二十多年时间读书。人一辈子有几个二十年，中小学十二年，本科硕士博士加起来至少十年，再读个博士后，一生用二十二年到二十五年的时间去读书，然后还未必能找个理想的工作，幸福的家庭在哪儿呢？现代人活着更不易，所以怎么敢早婚早育，不是早婚早育不对，是不能。如果从人的一生来衡量，十八岁生了孩子是最理想的，因为孩子长大再结婚，你还不到四十岁，到六十岁的时候就四世同堂，有幸福的晚年，那才是共产主义。可是现代社会不允许这样，二十八岁结婚就不错了，越读书就越要晚婚晚育，这不是什么道德高尚，这是迫不得已。北京、上海、巴黎、纽约这样的城市，四十岁没结婚的比比皆是，多数人赶紧在三十多岁把这个问题解决了，四十岁解决也不奇怪，还有很多人熬到五十多岁，就算了，就真的为社会做贡献了。

我们看看这个作者，这一份父爱。"呵呵呵，花儿。"她就笑起来了。**"是的是的，花儿。"他又连画上几个圆圈，这才歇了手，只见她还是笑迷迷的挂着眼泪对他看。**

孩子是可爱的，孩子一定不是第一次挨揍，可能是经常挨揍，可是她幼小的心灵受到伤害了吗？有什么心理阴影了吗？只要没有缺德的记者，孩子就是健康的，因为所有的邻居亲戚都认为这是很正常的事情，你淘气就应该挨揍。我天天打我家那只淘气的猫，从来没看到它心灵受到伤害，永远淘气、永远偷东西、永远祸祸东西、永远把我桌子上的东西推下去，它推你打就是了，它不断地推，你要不断地打，这就是宇宙规律，怎么能说谁伤害谁呢？它把东西推下去，我的心灵也没有受到伤害，我也认为这是正常的，它就是畜生嘛。所以人和人，大人和孩子，都存在着一些更深层的道理。

他忽而觉得，她那可爱的天真的脸，正像五年前的她的母亲，通红的嘴唇尤其像，不过缩小了轮廓。这一段是神来之笔。鲁迅肯定不是事先构思好的，而是他写到这里突然灵感来了，进入创作情景，一个年轻的父亲看着可爱的女儿，那时正在哄着她，她脸上挂着泪，又笑了，忽然，小女儿的脸是她母亲的脸，五年前她的母亲的脸，孩子现在三岁，五年前正是他们恋爱的时候，热恋快结婚的时候。下面写得非常有诗意，非常感人，这么一个幽默的小说，竟然有这么纯情的场面。

那时也是晴朗的冬天，她听得他说决计反抗一切阻碍，为她牺牲的时候，也就这样笑迷迷的挂着眼泪对他看。多感人的一个场面，使我们阅读的时候，用很多画面去填充这个空间。当然我们也知道很多姑娘就是这样被忽悠到手的，男的一时冲动，说"我为你牺牲一切""我这一辈子都为你反抗"，于是感动了对方，两个人就结合了。鲁迅特别说那个时候是晴朗的冬天，就像今天这个日子，这样的日子经过我研究，特别容易发生爱情。十一月底十二月初是爱情的高发阶段，并不是人们说的春天。你想想你自己的周围，如果你没有发现，就是你粗心，这个时候，特别在校园里，是爱情频发阶段。这个时候人特别容易发誓，特别容易忽悠和被忽悠，我说的话是调侃，当主人公这样说的时候是真诚的，而对方笑眯眯地挂着眼泪看他，也是真诚的。正因为真诚，在心里留下了最难忘的美好的印象，所以他看见孩子的一刹那，就看见了自己五年前的爱人，如果真的是好的社会、幸福的家庭，五年之后应该是何其美好的一种生活氛围。可是不幸，五年之后他们面对的是劈柴、"五五二十五"和白菜堆成的A，这两个对比和撞击，格外令人心酸，而心酸就凝聚在这个可爱的孩子的脸上。所以我们读这个小说，是一会儿想笑，一会儿生气，一会儿心里又无比温柔。**他惘然的坐着，仿佛有些醉了。**

十年前我在日本东京大学任教，我看到日本的大学生是很有斗争精神的。大学生经常游行、示威抗议军国主义，抗议他们的政府，为无产阶级说话。因为日本的大学生大多数都打工，不论家里有钱没钱，自己的生活费都是自己挣的。韩国的学生很少打工，中国的学生是半打工半不打工，最能吃苦的是日本学生。要不人家怎么能成为帝国主义去侵略你们呢，帝国主义不是喊口号喊出来的。我教的学生中，有几个我估计他们是日本共产党，日本共产党是坚决走草根路线的，大街小巷挨家挨户地对群众进行革命宣传、革命动员。我在一篇文章中说这还保留着真正共产党人的色彩，可是大学生这么革命、这么激越，一毕业进入各个公司，原来的革命团体就不存在了。他们分散到各个公司里面去，在那样一个资本主义体制下，大多数人就变了，这个变并不是所谓思想上的背叛，而是生活中的一种软实力使人在谋生的路途上，自然而然地就消磨了勇气，消磨了志气。他们可能还记得当初说的决计反抗一切障碍，他们可能还记得当初说的种种的牺牲，他们可能没有背叛初心，可是我们眼前首先要解决的是"五五二十五"的问题，谁都要先解决这个问题。

不承认这个就不是真正的马克思主义者，可能就会走向极"左"。我们讲的人性，讲的所有生命的意义，要奠基在一个最庸俗的词叫"过日子"之上。由于我们大家现在都是小知识分子，过着不接地气的日子，大多数同学的钱不是自己挣来的，所以你对过日子的体会只是抽象的，当你真正面对过日子的时候，你才真的能够懂得文学。中文系毕业的人不一定文学造诣高，文学创作这个事情跟中文系的关系不是那么密切，不像数学系毕业的人数学水平一定高，一定比一般非数学系的人水平高。中文系不是这样，就是因为文学这个东西，更直接面对、更直接来自生活本身，来自过日子。这是《幸福的家庭》的深刻所在。

"阿阿，可爱的嘴唇……"他想。

正在想的时候，门幕忽然挂起，劈柴运进来了。 总是一个美好的幻境被现实中琐碎的生活细节粗暴地打断。这时候劈柴就变成一种暴力武器，他是多么讨厌这个劈柴，可是没有劈柴怎么过日子？怎么生活？所以我们越往后读就越笑不起来。

他也忽然惊醒，一定睛，只见孩子还是挂着眼泪，而且张开了通红的嘴唇对他看。"嘴唇……"他还在想嘴唇，可是生活终止了他的幻想。他向旁边一瞥，劈柴正在进来，"……恐怕将来也就是

五五二十五,九九八十一! ……而且两只眼睛阴凄凄的……"他本来由孩子的面孔想到五年前孩子母亲的面孔,可是现在生活让他倒过来想,将来这个可爱的孩子,会像她的母亲一样,也是满嘴五五二十五,也是两只眼睛阴凄凄的。想到这里,一般的作文可能就会展开议论,像我刚才说很多废话一样,可是好的小说是不议论的。好的小说是直接用形象来展示真理。**他想着,随即粗暴的抓起那写着一行题目,题目就是幸福的家庭,和一堆算草的绿格纸来,揉了几揉,又展开来给她拭去了眼泪和鼻涕。**这样一堆描写理想境界的纸现在用来干什么了呢?给孩子擦眼泪鼻涕。**"好孩子,自己玩去罢。"他一面推开她,说;一面就将纸团用力的掷在纸篓里。**这个细节写得非常好,这纸上曾经承载着他美好的梦想,现在就这么用了,让我想到辛弃疾的词:

鹧鸪天·有客慨然谈功名,因追念少年时事戏作

> 壮岁旌旗拥万夫,锦襜突骑渡江初。
> 燕兵夜娖银胡䩮,汉箭朝飞金仆姑。
> 追往事,叹今吾,春风不染白髭须。
> 却将万字平戎策,换得东家种树书。

在座很多同学尽管处在这样一个世俗的年头,但我想大家胸中大大小小都有一些平戎策吧,你们未必像孔老师少年时代那样,决心长大以后解放全人类,不会像我这么狂妄,但是你们有你们的平戎策,或者想当个科学家,当个马云,再没出息的窝囊废也想当个王思聪吧——有各种各样安邦治国平天下的幻想。可是很多人往往到了三四十岁,更早一点过了二十五岁,就将平戎策换成种树书了,就把你少年时代用压岁钱

买的二十四史换了托福几级、雅思几级了，这是没有办法的事情。

有时候我也到一些青年人、中年人家里去，他号称爱读书，家里摆了几百上千本书，我看了一圈，没有一本是书，都不是书，除了鸡汤就是手册。英语书那能叫书吗？英语书不叫书。美容书那叫书吗？不叫书啊。所有那些劝善的、营销的、告诉你某种生活技巧的书，各种菜谱，那怎么叫书呢？所以很多人家里其实一本书都没有。这些书从印刷的意义上讲叫书，叫作种树书。辛弃疾是大词人，他居然把"种树书"这样一个名词留下来了，使我们知道宋朝的时候农业生产技术很发达，都有了专业的教科书了，种树都有书的。辛弃疾中年之后知道自己壮志难酬，可是他少年时代曾经伟大过、英勇过、风光过——他亲自率领五十名骑兵夜闯敌帐，擒获敌人首领，有过那样辉煌的青年时代，中年时看着国家如此腐败，也只能种花、种草、养猫、养狗，掩盖自己的雄心壮志。可是有时候又掩盖不了。辛弃疾是大英雄，写《幸福的家庭》的这个青年人不是英雄，只是有着美好愿望的普通知识分子，可是他连这么一个幼稚的梦都做不下去，尽管我们看他不能成为好作家，可是应该允许他做一点幼稚的梦，这个梦被劈柴给轻轻地刺破了。那张纸就揉了，扔了。

但他又立刻觉得对于孩子有些抱歉了，重复回头，目送着她独自茕茕的出去；这个时候我们看这个孩子真是可怜，幸好孩子自己很健康，孩子小时候家里生活艰难一点，对孩子倒可能很好，孩子心里边不会有阴影，尽管她爸爸在骗她，她妈妈动不动把她打倒在地，但我们看这孩子很好。真正心里有阴影的是她的父亲，**耳朵里听得木片声。他想要定一定神，便又回转头，闭了眼睛，息了杂念，平心静气的坐着**。他心里是一种交战状态，不愿面对现实，可又要面对，没有办法继续做梦，还要拼命做梦，所以最后这个画面就把他的心境呈现得非常具象。**他看见眼前浮出一朵扁圆的乌花**，鲁迅非常会写别人没写过的画面，而且能写得很生动、鲜明。**橙黄心，从左眼的左角漂到右，消失了；接着一朵明绿花，墨绿色的心**；模模糊糊，要是没有下文，你不知道他写的是什么。最后我们知道他写的是什么了，也知道这个青年人看到的是什么了。**接着一座六株的白菜堆，屹然的向他叠成一个很大的A字。**

一九二四年二月一八日。

鲁迅用屹然造成一种暗喻，把它比喻成山，山才屹立。六棵白菜就用"屹然"这样的词，当然是比喻这白菜像一座山一样压在他的心头，只不过是六棵菜。我们现在一般老百姓家怎么也得买六十棵，他只买了六棵白菜，就把他压成这个样子，这就是"伟大"的中华民国，这就是辛亥革命已经过去十几年之后的非常"民主"的中华民国。民国的政府由许许多多的政党组成，人人都有选票，政府是民主选举的。今天很多向往中华民国的"国粉"，向往其他民主国家的高级的、高尚的那些人士，幻想的中华民国就是这个样子，而"他"过得还不算太惨，还很平和，还能过下去，还有白菜吃，老婆孩子没被绑票，不是挺好吗？！

所以，最后我们从一开始的嘲笑、耻笑、微笑，慢慢地就不笑了，最后留下的是伤痛，会偷偷地想我们自己，我们这一代人。我年轻的时候读这篇，想到的是我的老师一辈，后来想到的变成我这一辈，现在想到的是我的学生一辈，看来还要持续下去，尽管我们在进步，但是，我们大量的进步都是物质生活的变化，你今天可能不用买六棵白菜堆在那，可你桌子上可能堆着六个破手机。你现在还有Iphone 2、Ipad 3都堆在那儿了，都不能升级使用了，还不如白菜能吃呢。它可以使我们想，今天的幸福的家庭应该是什么样的，也许还没等我们讨论好，连家庭都难以存在了。一百年前，人们讨论的还是幸福的家庭，也许再过些年，人们就该讨论家庭还能存在吗，家庭都可能不存在了。可能二十年内，智能机器人的发展，使人可以跟机器人结婚了，那个时候，家庭的意义是什么？孩子的意义又是什么？那是新的问题。

1924年写这个作品时，鲁迅四十多岁，已经被归入老年了。那个时候，五六十岁去世是很平常的。人，首先得活到十岁才算安全地活下来了，很多人不是老年死的，是小时候死的，十岁以下死的人口非常多。人活到十岁总算熬下来了，一般来说，十岁到二十岁不会出什么事，活到三十岁可能也很容易，三十岁以后又开始进入死亡高峰阶段，所以活到四十岁算老年，一点都不奇怪。五十岁，那就得大大地庆贺，谁活到五十岁都要办大寿。六十岁不得了。所以这个时候，鲁迅在当时算中老年的人。可是，他关心的是青年人幸福的家庭，写得这么感同身受。这个作品不光推出了他的学生许钦文，为许钦文做广告，作品本身还触及了既是时代的又是超越时代的重大问题，本身又有很多艺术上的特色，这种幽默，这种不动声色的幽默，在作品里是从头到尾的。鲁迅没有对人物进行直接的评论、评点，我陪大家读这个小说，一路上有我的评论，有我的评点，同学们也不一定同意我说的，你根据自己的生活感悟，想想你自己的家庭，你一定还有自己独特的感悟。

在这里我们还能看到，鲁迅作为"作者"的作者，他好像并没有一个固定的声音要传达。鲁迅是一个了不起的思想家类型的作家，就在于他的声音中经常有犹豫，鲁迅自己叫彷徨，我们用一般的词叫犹豫。鲁迅是经常犹豫的，这种犹豫发生的根基是什么？一般人的犹豫，往往是由于看不清，没看清，所以犹豫。比如说，你买不买这只股票；那个小区的房子降价了要不要买；听说这个专业的研究生比较好考，你考不考。我们犹豫，是因为我们知道的信息少，判断不清楚而形成的。而鲁迅的犹豫不一样，鲁迅的犹豫和我们相反，恰恰是因为他知道得太多，他看得太清，早都看清了，随时可以决定，随时可以出手。正是因为他随时可以决定，随时可以出手，他反而不出手。"这个小区房子很便宜，快买吧。"他说："我买这一套来干什么？"他想的是这个，我买它干什么？我为什么要考研究生？我为什么要出国？他想的是更高端的问题。他的犹豫中包含着向四面八方出击的可能性，犹豫中包含着一个大全。他的犹豫不是因为不能做什么，而是因为什么都能做而控制自己。就像在武打中，他手里拿着兵刃，并不向某一个具体的方向杀出，拿着刀也好，拿着剑也好，刀或剑拿在一个随时可向任何方向出击的位置。所以你看上去他好像是犹豫，而这犹豫不是我们一般人的那种不了解信息的犹豫。

在《幸福的家庭》中，我们仍然能够感受到鲁迅的不轻易下判断、不把话说死、保留着生活的无限可能性的这样一种艺术风格。这也是他的一个价值所在。一般的作家太容易去下断语，太容易去评判。这样一个题材，换成一个革命的作家来写，就会被用来愤怒地批判旧社会不好。"你看，旧社会这么黑暗，知识分子活不下去。"最后，作者甚至会引导主人公去参加革命。他会写，最后在白菜堆里、在劈柴堆里正麻烦的时候，突然来了一封老同学的信，鼓励主人公去参加革命，去参加北伐。革命作家会那样写。如果是一个反革命作家，会给它写成鸡汤式的，粉饰太平——"只要内心安定，世界就是灿烂的。"我们今天听惯了这种鸡汤——谁都没有毛病，政府是好的，社会是好的，就是你没想明白，白菜不挺好的吗，做个香菇菜心嘛——反革命作家会引导人这样想。也许他们各有各的道理，各有各的出发点。尽管《幸福的家庭》在鲁迅的作品中，并不属于最著名的行列，但是在中国现代文学的大的园林中，它是一个很有分量的好作品。好，《幸福的家庭》我们结束到这里。

——本课为2017年北大通选课《鲁迅小说研究》第十一课

伪士与恶毒妇

——解读《肥皂》

我们今天来读鲁迅《彷徨》中的《肥皂》这部小说。

《肥皂》这部小说在鲁迅所有的作品中，被研究得是不够多的，很长时间也不太受重视。我们很长时间都是重视鲁迅《呐喊》中的作品，《狂人日记》《阿Q正传》这些作品。我们重视鲁迅《彷徨》中的作品，也是主要注意《祝福》，而且长期把《祝福》只解读为阶级压迫、阶级斗争，从这个层面来解读的。从小说技巧上说，鲁迅《彷徨》里的作品可能写得更好。

对于《肥皂》这篇小说，温儒敏老师有一篇文章解读得非常好，文章写得很早，他没写之前，有一次给我们讲课的时候，平时讲座的时候他就说了，《肥皂》这篇小说应该从性心理的角度去解读。温老师说这句话的时候很早。我很早就读过这篇小说，但是没从这个角度去想，没有觉得它有太深的意思，或者说自己阅历不够，没有想得很深。后来就会发现，真正好的作品，它会留在你心里，你只要认真地读过它，它不时地就会跳出来，你就会想起它。比如《肥皂》这篇小说里就有很多语言，像我讲的《高老夫子》一样，它有很多意象，会在合适的场合就跳出来，那个时候你会知道这是一个好作品。我讲《高老夫子》时说过，里面的"赐了一个荸荠……红袖拂天河……"不知道什么意思，没事儿我就老说这些没意思的话，说个十年八年，关于这话的想法忽然就凑成一篇论文出来了，一下就豁然开朗了，有一天忽然就想明白了，原来是这么回事！先前的很多片段就联系在一起了。

我们一起来读一下《肥皂》。小说不长，很便于我们在一节课的时间里来解读。其实大家真正锻炼自己解读文学作品的能力，应该像小森阳一一样去读长篇小说。《肥皂》最早发表在1924年3月北京的《晨报副镌》上。像鲁迅这样我们看起来很高大庄严的作家的作品，当时都是发表在大众媒体上，就像我们今天，你发表在《新京报》《北京晚报》上的一篇小说，谁会想到它几十年后能成经典呢？

我来读它的开头，开头第一句话说**四铭太太**，有一个人名叫四铭。你有没有发现，鲁迅作品里边行四的人比较多——你如果读文学作品能敏感到这个程度，你就够段位了。"四铭"，怎么不叫"三铭"呢？你说你这不是无聊吗？这不是无聊，这就叫功夫。那你怎么就想到这个问题，他怎么没想到？你发现鲁迅作品里边，基本上都是行四，为什么不行二行三，这是一个问题，大家自己去想。为什么是"鲁四老爷"，鲁迅怎么不讽刺"鲁二老爷"？

我们知道有一个人叫四铭，他的太太是四铭太太，鲁迅作品很精练，他不说有个人叫四铭，四铭有个太太，那多啰唆啊，他说四铭太太，两个人你都知道了，而且既然叫四铭太太，可见这个太太独立性不够强，她怎么不叫张柏芝呢？她如果是个独立女性应该要有自己的名字让别人称呼她，可她叫四铭太太。这就叫小说家的天才。小说家没有一个字可以随便的,其实写论文倒可以糊弄,有些地方可以随便,好的小说不能随便。

四铭太太正在斜日光中背着北窗和她八岁的女儿秀儿糊纸锭,这一句话写得特别好,我们如果像讲作文似的那样讲这一句话,可以说时间、地点、人物、行动,都在一句描写性的开头里交代出来了,这是现代小说的特点。现代小说就是快刀,"啪"一刀就切开了生活,就把你摁到生活的一个点上,"就在这儿,看吧",这就叫现代小说。我们想,如果是古代小说讲到一个太太和她的女儿在这儿糊纸锭,得有多少字才能讲到这儿啊,用北京话说——且说呢,得说很久很久才能说到这儿,这一句话就说到这儿了。而且我们看这句话里,注意时间——鲁迅的时间感,是艺术家的时间感,他不说几点钟,但是你知道时间,而且时间又很精确,"斜日光中背着北窗",你得有地理知识,"斜日光",从北窗能够看见斜日光,人还得背着北窗,我们这就知道了,这是非常准确的黄昏时刻。还有个八岁的女儿糊纸锭。既然母亲和女儿糊纸锭,说明这家里不太富裕,可能是个一般的人家,一般市民家庭。

忽听得又重又缓的布鞋底声响,开头那句,当叙事者说四铭太太的时候,这个叙事者控制着故事的角度,下面说"忽听得又重又缓的布鞋底声响",角度就悄悄地变了,不再是叙事者角度了,这时候叙事者钻进了四铭太太心里,是四铭太太听见走路声。我们可以用拍电影的方法来想这个小说的开头,这实际上是个电影的开头,走路的声音是画外音,这个人还没有出现在画面里,四铭太太忽听得布鞋的声响,**知道四铭进来了,并不去看他,只是糊纸锭**。鲁迅小说开篇很平淡,但是绝对有吸引力,因为它平淡得有点怪,里面的话、情节都是很平常的,但是她为什么不看四铭呢?就这样,鲁迅在平淡的叙事中制造了悬念。

但那布鞋底声却愈响愈逼近,越来越近了,这完全是电影的叙事手法。觉得终于停在她的身边了，脚步声停在身边了，不能不看了，**于是不免转过眼去看**，我们想假如你是导演或者摄像的话，这个镜头应该怎么运动呢？一定是从四铭太太的肩后摇一下，来看发出走路声音的这个人。**只见四铭就在她面前耸肩曲背的狠命掏着布马挂底下的袍子的大襟后面的口袋**。鲁迅很"坏"，鲁迅属于那种蔫儿坏的人，这个蔫儿坏的人不动声色，他并不像钱锺书那样挖苦人、讽刺人。钱锺书的"坏"是用自己的知识去损人，弄一个特别形象的比喻来挖苦人。比如钱锺书说人在外边走了一天，回来鞋上都是土，他说好像"贪官刮的地皮"一样。这样的讽刺我也会，只要有点聪明有点学问就行了，顺便批评一下社会，这也挺好。鲁迅这种"坏"更"坏"，他更蔫儿，好像没说什么，故意造了这么长一个大句子，让这个人物刚一出场，第一次出场，就不是一个正面形象。他对这个人一句评价都没有，就让他第一次出场这么出，用了多少个定语，其实就是说一个人在那儿掏口袋。他用了一个"狠命"掏口袋，掏口袋而至于"狠命"，这就是一个可笑的组合。口袋又加了这么多定语，可见这个镜头是在一个人身上慢慢地反复地摇。镜头在一个人身上反复摇的时候，说明被镜头拍摄着的形象是不被尊重的。当你的目光在另外一个人身上肆无忌惮地咂摸的时候，那个人是不被你尊重的，你想怎么看就怎么看一个人的时候，你是不尊重他的。比如说我站在这儿，既然当老师就有被你们看的义务，但是你们仍然不能说想怎么看就怎么看吧，因为我们之间是有一种默契的，这种默契是师生之间的一种默契。可是这个镜头是这么看人家——"狠命掏"，布马褂底下还不行，还有个袍子，袍子有大襟，大襟有后边，后边有个口袋，可见这个事本身是可笑的。

第二段，**他好容易曲曲折折的汇出手来**，我不知道鲁迅为什么要用这么一个"汇"字，我怀疑是第一次出版的时候印错了，不管怎么样，**他手里就有一个小小的长方包**，鲁迅为什么不说他手里拿着一个包，拿着一个什么什么东西呢？一般应该这么说。鲁迅用了一个动词叫"有"，把手拿出来之后，他的手里"有"一个包。用"有"这个动词感觉有什么不一样？他强调那个东西的存在感。如果是"拿"，那个东西是一个纯粹的宾语，被一个主语拿着，那个东西的存在感不突出，而用"有"，好像不管拿不拿，那个东西都存在，呈现在那里。我这样来分析，其实是容易的，因为我们只要学过一点文学理论知识就可以这样分析，但是作为一个作家能够本能地这样写，这就叫天才。他知道这时候用"有"，不用别的词，他可能脑子里没有经过这么一番分析，本能地写出"有"来，这就叫了不起。四铭"手里就有一个小小的长方包"，**葵绿色的**，"葵绿色"是什么色我也搞不清楚，不敢断定只能想象。**一径递给四太太**。刚才说"四铭太太"，这里省略了一个"铭"，直接就叫"四太太"，可见他这个名字还不是随便取的，说明上边的确有老大老二老三，他就是老四。也就是说鲁迅写小说尽量避免触及老大老二老三，直接从老四讲起，不知道鲁迅是有意的还是无意的，反正他不触及老二老三，只写老四。

她刚接到手，就闻到一阵似橄榄非橄榄的说不清的香味，还看见葵绿色的纸包上有一个金光灿烂的印子和许多细簇簇的花纹。鲁迅很仔细地描写这个东西。我们读小说之前先看了题目，所以我们容易判断，这就是小说题目所写的那块肥皂。我们现在的东西越做越好，但是我们越来越没有耐心去观察玩味我们买到手的东西。我们现在可能也去买香皂，谁买了香皂打开之后反复地欣赏？谁现在还有这种耐心或者有这种工夫？内心浮躁了。其实这是一种功夫，你随便买一个东西你能够赏玩一阵吗？比如一个老师上课欣赏一会儿粉笔。我们现在都没有这种能力了，不要说自己没时间，实际上是没能力，你能欣赏出什么来？但是鲁迅既然这么写，我相信他自己就这样欣赏过一块肥皂，这么仔细地去观察过一块肥皂，它的色、形、香味，他才能写得这么有感觉。而且因为这么写，也突出了这是一件稀罕之物，那是那个时代非常时髦的高级的洗浴用品。

秀儿即刻跳过来要抢着看，四太太赶忙推开她。孩子要看大人不让看，可见这东西挺稀罕，不能随便乱动。现在大人买了一瓶洗发液，孩子要看，看就看吧，没什么，不太稀罕。那时候买了一块肥皂不能随便看。

"上了街？……"她一面看，一面问。这是四太太的问话。

"唔唔。"他看着她手里的纸包，说。鲁迅写对话非常传神。我觉得写对话好的有几个人，几个小说大师写对话都写得很好——写对话最好的当然是戏剧家，当然是曹禺了，但就小说家来说，老舍写对话写得好，赵树理也写得好。但是他们的好跟鲁迅不一样，老舍的好是能够原汁原味儿，鲁迅写的对话好，主要是传神，它未必原来就是那样的，但是时间越久，它就超越了一切方言、地域、时代。那个神韵出来了，你也不管他是哪儿的人，他是上了街，然后说"唔唔"的那男的。"唔唔"很有意思，为什么说"唔唔"呢？为什么不说"是的""上了"等等？他就说个"唔唔"。

于是这葵绿色的纸包被打开了，里面还有一层很薄的纸，鲁迅不嫌麻烦，我们想这是一个镜头，这个镜头是多么烦人的镜头，鲁迅看着这个静物，像法国新小说那样来描写，这是自然科学的描写方式。**也是葵绿色，揭开薄纸，才露出那东西的本身来，光滑坚致，**用了一个很感性的词来描写这个东西——"光滑坚致"，**也是葵绿色，上面还有细簇簇的花纹，**描写得这么细致，**而薄纸原来却是米色的，似橄榄非橄榄的说不清的香味也来得更浓了。**把一块肥皂写得如此细致，这里就是可以做心理分析的所在。因为这样描写一个东西，显然不是为了让读者知道这是什么东西，也不是在传播一种科普常识，说当时的香皂是这样的，这显然是要传递给读者一种感觉，要从某个角度影响你的阅读状态。他到底要影响你什么感觉？读了这段之后，你感觉到这绝不是普通的一块肥皂。

你心里的某个地方已经被它煽情了一下,一定被它煽情了一下。这个东西已经被写得很可爱,或者不仅可爱,其实多多少少已经有了一点性意识在里面。这块肥皂写到这里,它不知不觉地就把人往这个领域里边去引。当然鲁迅自己未必有这样的意识,未必是这样想的。

"咦咦,这实在是好肥皂。"她捧孩子似的将那葵绿色的东西送到鼻子下面去,嗅着说。现在可能没有人买香皂回来再闻一闻吧?我记得我小的时候还是习惯于这样,家里买一块香皂,使劲闻一会儿,"真好闻、真好闻",闻一会儿,有的还抢过去,"给我闻闻"。那个时候觉得这个味儿确实很好,现在就没有这个兴致了。那么这里不是简单地写一种当时的习惯,说当时人民生活的水平就是这样。这有一种隐约的拟人的东西在里边。

"唔唔,你以后就用这个……"这是四铭说的话,还是接着刚才的"唔唔",后面说"你以后就用这个……"。鲁迅笔下人物说的话经常是莫名其妙,没有前言没有后语的,这正符合现代小说的特性。古代小说不会这样写人物对话,没头没尾来这么一句。什么叫"你以后就用这个……"?他就把最关键的那句话写出来,让你去想它还有多么大的空间。

下面写得很好,这个四太太,**她看见他嘴里这么说,眼光却射在她的脖子上,便觉得颧骨以下的脸上似乎有些热。**这写法太奇妙了,就说脸上有些热就完了嘛,为什么是"颧骨以下的脸上似乎有些热"?他写得这么具体。人对自己的身体感觉越具体、越细微的时候,说明越走神儿。你只有对你应该关注的事情把握不定的时候,你才会突然意识到自己身体的某个局部。你突然想自己的腰带系得不合适、硌得慌的时候,往往是你忽略了眼前正要做的事。四太太忽然觉得颧骨以下的脸上——就是脸蛋儿——格外明显地有些热。为什么呢?其实是被那个目光给灼热

| 伪士与恶毒妇——解读《肥皂》 |

了。也就是说，四铭看她的目光此时一定是不一样的。但是鲁迅不肯写出来，写出来就俗了，不能写出来，就要写四太太的感觉。四铭买回一块肥皂来，你看到此，隐秘的性心理开始展露出来，但是作者可没有说一句话，什么都没有说。这很像《高老夫子》中的一些妙语。

她有时自己偶然摸到脖子上，尤其是耳朵后，指面上总感着些粗糙，本来早就知道是积年的老泥，但向来倒也并不很介意。现在在他的注视之下，对着这葵绿异香的洋肥皂，可不禁脸上有些发热了，而且这热又不绝的蔓延开去，即刻一径到耳根。她于是就决定晚饭后要用这肥皂来拼命的洗一洗。鲁迅又用了一次"拼命的"。第一次是四铭"狠命"地掏出这个东西来，"狠命"说明这个东西很重要。然后，现在她决定晚饭后用这东西"拼命的洗一洗"，可见这件事也很重要。所以我说，鲁迅观察生活的眼光确实很"坏"，他能够注意到人的这些隐幽的地方。

"有些地方，本来单用皂荚子是洗不干净的。"她自对自的说。她为什么要辩解这么一句呢？没有人责怪她，没有人说她什么，她就自己说了这么一句，说有些地方"用皂荚子是洗不干净的"，自己辩解这么一句，这个心理很好玩。

"妈，这给我！"秀儿伸手来抢葵绿纸；在外面玩耍的小女儿招儿也跑到了，四太太赶忙推开她们，裹好薄纸，又照旧包上葵绿纸，欠过身去搁在洗脸台上最高的一层格子上，可见是一个奢侈品，很珍贵。看一看，翻身仍然糊纸锭。

"学程！"四铭记起了一件事似的，忽而拖长了声音叫，就在她对面的一把高背椅子上坐下了。

"学程！"她也帮着叫。夫唱妇随，她跟着他叫。

她停下糊纸锭，侧耳一听，什么响应也没有，又见他仰着头焦急的等着，不禁很有些抱歉了，便尽力提高了喉咙，尖利的叫：

"绘儿呀!"刚才叫的是学名,学程听不见,现在叫小名。

这一叫确乎有效,就听到皮鞋声橐橐的近来,不一会,绘儿已站在她面前了,只穿短衣,肥胖的圆脸上亮晶晶的流着油汗。由他孩子穿的皮鞋和胖脸可以知道他家里还不错,不是穷人之家,虽然糊纸锭表明他们是个中产之家,是普通市民。

"你在做什么,怎么爹叫也不听见?"她谴责的说。

"我刚在练八卦拳……"他立即转身向了四铭,笔挺的站着,这孩子为什么练八卦拳?因为在五四落潮的时候——这是1924年——很多人呼吁要"整理国故",包括武术,那个时候武术热,很多人练武术。所以你通过学程练八卦拳知道这是一个什么样的家庭,知道他父亲的文化立场。鲁迅是不会让海婴练八卦拳的吧,让孩子练八卦拳的一定是另一种知识分子。看着他,意思是问他什么事。

"学程,我就要问你:'恶毒妇'是什么?"这是小说中很搞笑的一段,是一个线索。他问他孩子,"恶毒妇"是什么。

"'恶毒妇'?……那是,'很凶的女人'罢?……"

"胡说!胡闹!"四铭忽而怒得可观。"我是'女人'么!?"

学程吓得倒退了两步,站得更挺了。他虽然有时觉得他走路很像上台的老生,却从没有将他当作女人看待,他知道自己答的很错了。

"'恶毒妇'是'很凶的女人',我倒不懂,得来请教你?——这不是中国话,是鬼子话,我对你说。这是什么意思,你懂么?"

"我……我不懂。"学程更加局促起来。

"吓,我白化钱送你进学堂,连这一点也不懂。亏煞你的学堂还夸什么'口耳并重',"我们现在很多的外语补习班就是这样,强调口语听说能力,"倒教得什么也没有。说这鬼话的人至多不过十四五岁,比你还小些呢,"从这句话里我们知道学程可能是一个中学生,十五岁左右,"已经叽叽咕咕的能说了,你却连意思也说不出,还有这脸说'我不懂'!——现在就给我去查出来!"听他这话的意思好像他自己很懂的样子。

学程在喉咙底里答应了一声"是",恭恭敬敬的退出去了。这段父子对话,很有点像《红楼梦》里边贾政跟贾宝玉的父子对话,"这真叫作不成样子,"过了一会,四铭又慷慨的说,"现在的学生是。其实,在光绪年间,我就是最提倡开学堂的,可万料不到学堂的流弊竟至于如此之大:"可见四铭原来也是个新党,并不是老顽固。鲁迅很少批判讽刺老封建,鲁迅基本上不讽刺老封建、不讽刺坏人、不直接讽刺国家领导人,他认为这些人都是不值得批判的,不需要批判的,鲁迅讽刺的是知识分子、曾经革命过的人、曾经进步过的人,讽刺的是那些通过讽刺有可能使他改变的这些人。鲁迅也很少直接骂日本人,有人说鲁迅不抗日,他很少骂日本人,在鲁迅看来你骂他有什么用啊,狼就是要吃羊,没必要骂狼,要骂的是羊,要骂的是羊里面把狼勾来的那几只羊。

四铭就说学堂流弊如此之大,"什么解放哟,自由哟,没有实学,只会胡闹。学程呢,为他化了的钱也不少了,都白化。好容易给他进了中西折中的学堂,"这里面有一个词叫"折中",原来四铭是个折中党,他不是老顽固,而是曾经的新党,现在是折中党,我们可以看鲁迅主要批判的是这种折中的人。我们现在讲弘扬传统文化,要继承孔孟之道,发扬中庸之道的精神,但是有些概念是有差别的,折中可并不等于中庸之道,中庸之道是一种活的东西,或者说像马克思主义讲的具体问题具体分析的马克思主义的活的灵魂,折中之道是死的,是各打五十大板,一半这个,一半那个,放一块儿叫折中,保证不犯错误。

"好容易给他进了中西折中的学堂","英文又专是'口耳并重'的,你以为这该好了罢,哼,可是读了一年,连'恶毒妇'也不懂,大约仍然是念死书。吓,什么学堂,造就了些什么?我简直说:应该统统关掉!"

"对咧,真不如统统关掉的好。"四太太糊着纸锭,同情的说。四太太就是四铭的一个应声虫,通过从小说开篇到现在的几次对话,我们发现她是一个应声虫,四铭说什么,四太太就呼应他,他叫学程,她就叫学程,帮他叫绖儿,这会儿他说学堂要关掉,她说"对咧,真不如统统关掉的好",她没有自己的思想。我们再往下看,看这发展。

"秀儿她们也不必进什么学堂了。'女孩子,念什么书?'九公公先前这样说,反对女学的时候,我还攻击他呢;可是现在看起来,究竟是老年人的话对。你想,女人一阵一阵的在街上走,已经很不雅观的了,她们却还要剪头发。我最恨的就是那些剪了头发的女学生,我简直说,军人土匪倒还情有可原,搅乱天下的就是她们,应该很严的办一办……"四铭慷慨激昂起来了,什么时候激昂起来?他本来开始是缓慢的,穿着布鞋慢慢进来的,在那掏半天,半天不说话,忽然激动起来了,怎么激动呢?他是提到女学生开始激动,而且是提到剪了头发的女学生开始激动。这个情节是不知不觉地进入一个妙境,我们不知不觉被作者带到一个情境中去的。

"对咧,男人都像了和尚还不够,女人又来学尼姑了。"这是四铭太太的说法,刚才我说她是应声虫,现在可以加个定语,添油加醋的应声虫。这是一对很好的夫妻,老公说什么,太太及时地呼应,而且有时候添油加醋,这很好,他俩是绝配。

"学程!"

学程正捧着一本小而且厚的金边书快步进来,鲁迅为什么不说学桯捧着本字典进来?他捧的就是字典,但是说字典就俗了,没有形象,小而厚的金边书,你同样知道是字典,你也知道了字典的形象,那时候字

典是金边的。便呈给四铭,指着一处说:

"这倒有点像。这个……"

四铭接来看时,知道是字典,但文字非常小,又是横行的。为什么强调横行呢?说明他连这个都看不惯了,他看惯了竖排的,横行看不惯。他眉头一皱,擎向窗口,细着眼睛,细在这里做动词,把眼睛眯起来,叫"细着眼睛"。就学程所指的一行念过去:

"'第十八世纪创立之共济讲社之称'。——唔,不对。——这声音是怎么念的?"他指着前面的"鬼子"字,问。

"恶特拂罗斯(Oddfellows)。"

"不对,不对,不是这个。"四铭又忽而愤怒起来了。"我对你说:那是一句坏话,骂人的话,骂我这样的人的。"他承认自己是被骂的人。鲁迅《肥皂》的这种幽默,是这种蔫坏的、不动声色的幽默,你可以想象鲁迅自己绷着脸一笑不笑,他心里还是很坏的感觉,他已经把这个人物都解剖得透透的了,但他假装给他穿得很好。"懂了吗?查去!"

学程看了他几眼,没有动。

"这是什么闷胡卢,没头没脑的?你也先得说说清,教他好用心的查去。"她看见学程为难,觉得可怜,便排解而且不满似的说。我们看她不是一个简单的应声虫了,又进了一步,已经是一个能提点合理化建议的应声虫,家庭秩序还没有变,还是这样的,但是她能在不同的情况下及时配合她的老公,现在能提点合理化建议。

"就是我在大街上广润祥买肥皂的时候,"四铭呼出了一口气,这个时候开始倒叙,向她转过脸去,说。"店里又有三个学生在那里买东西。我呢,从他们看起来,自然也怕太噜苏一点了罢。我一气看了六七样,"哪有男的这么买东西的,男的买东西看了六七样。"都要四角多,没有买;看一角一块的,又太坏,没有什么香。我想,不如中通的好,"他买肥皂也是折中的,太贵的不买,太便宜了不好,要折中。"便挑定了那绿的一块,两角四分。伙计本来是势利鬼,眼睛生在额角上的,早就撅着狗嘴的了;可恨那学生这坏小子又都挤眉弄眼的说着鬼话笑。后来,我要打开来看一看才付钱:洋纸包着,怎么断得定货色的好坏呢。谁知道那势利鬼不但不依,还蛮不讲理,说了许多可恶的废话;坏小子们又附和着说笑。那一句是顶小的一个说的,而且眼睛看着我,他们就都笑起来了:可见一定是一句坏话。"他于是转脸对着学程道,"你只要在'坏话类'里去查去!"我们大家由此知道,原来他认为字典是按着好话坏话编的,这句话得到坏话类里边去找,可见他根本不知道字典是什么样的,得让孩子到坏话类里查。这句话我也是经常用的,"到坏话类里查去",讽刺某个人听不懂。

学程在喉咙里答应了一声"是",恭恭敬敬的退去了。

"他们还嚷什么'新文化新文化','化'成这样了,还不够?"他两眼钉着屋梁,尽自说下去。"学生也没有道德,社会上也没有道德,再不想点法子来挽救,中国这才真个要亡了。——你想,那多么可叹?……"我们可见这个论调自古至今都是有的。

"什么?"她随口的问,并不惊奇。

"孝女。"这里破天荒地出现了这么一个新词儿,跟肥皂没关系,本来他一直讲着肥皂,讲着恶毒妇,突然讲出来了一个"孝女"。他转眼对着她,郑重的说。"就在大街上,有两个讨饭的。一个是姑娘,看去该有十八九岁了。——其实这样的年纪,讨饭是很不相宜的了,可是她还讨饭。"为什么这个年纪讨饭不相宜?不知道。"——和一个六七十岁的老的,白头发,眼睛是瞎的,坐在布店的檐下求乞。大家多说她是孝女,那老的是祖母。她只要讨得一点什么,便都献给祖母吃,自己情愿饿肚皮。可是这样的孝女,有人肯布施么?"他射出眼光来钉住她,钉住四太太，似乎要试验她的识见。

她不答话，也只将眼光钉住他，似乎倒是专等他来说明。这两个"钉"很有意思。

"哼，没有。"他终于自己回答说。"我看了好半天，只见一个人给了一文小钱；其余的围了一大圈，倒反去打趣。还有两个光棍，竟肆无忌惮的说：'阿发，你不要看得这货色脏。你只要去买两块肥皂来，咯支咯支遍身洗一洗，好得很哩！'哪，你想，这成什么话？"这是《肥皂》里最有名的一句话："咯支咯支"。所以说鲁迅的眼睛很厉害，能看那么大的问题，还能看这么细微的小问题。

"哼，"她低下头去了，久之，才又懒懒的问，"你给了钱么？"她问四铭给了钱没有，她为什么要问这一句呢？

"我么？——没有。一两个钱，是不好意思拿出去的。她不是平常的讨饭，总得……"

"嗡。"她不等说完话，便慢慢地站起来，走到厨下去。昏黄只显得浓密，已经是晚饭时候了。从开头起，四太太一直是一个应声虫，可是出现了孝女之后，两个人的关系似乎发生了微妙的变化。孝女并没有出现在面前，他在叙述买肥皂的过程中，讲了孝女，还说了"咯支咯支"几个字，这还不是他说的，他是引用了光棍的话，引用了坏人的话，也就是说他在叙述的时候，并不赞同说这个话的人的立场。可是，即使是这样，说话的结果已经使夫妻关系发生了微妙的改变，她不再做他的应声虫了，不再陪他说了，自己走了，不想继续跟他展开讨论。

四铭也站起身，走出院子去。天色比屋里还明亮，学程就在墙角落上练习八卦拳：这是他的"庭训"，这就是他父亲教给他的。利用昼夜之交的时间的经济法，学程奉行了将近大半年了。他赞许似的微微点一点头，便反背着两手在空院子里来回的踱方步。不多久，那惟一的盆景

万年青的阔叶又已消失在昏暗中,这是鲁迅写时间的手法,鲁迅不直接写时间几点,他写的是盆景的阔叶消失在黑暗中,鲁迅的时间都是活的。你说现在八点二十,这是死的时间,鲁迅的时间是有生命的。

破絮一般的白云间闪出星点,黑夜就从此开头。四铭当这时候,便也不由的感奋起来,仿佛就要大有所为,与周围的坏学生以及恶社会宣战。他意气渐渐勇猛,脚步愈跨愈大,布鞋底声也愈走愈响,吓得早已睡在笼子里的母鸡和小鸡也都唧唧足足的叫起来了。鸡叫的声音可以用各种象声词来形容,他为什么用"唧唧足足"呢?他说四铭家养的鸡,母鸡跟小鸡叫唤的声音都是这样,为什么用这两个象声词呢?我一直认为鲁迅有坏心眼,所以读鲁迅作品的时候我不得不动一点坏心眼,我也老这么揣摩他。我就想到郭沫若先生著名的长诗《凤凰涅槃》中,写凤凰的声音恰恰用的是"即即""足足",我不得不做一点坏的联想,就是说,在郭沫若笔下的凤凰叫的声音,鲁迅用来给母鸡叫。假如不幸被我言中的话,这又是我一大发现,原来这是郭沫若《凤凰涅槃》里的声音。鲁迅要打击人,那是绝妙,你不知道他什么时候给你一棍子,而且你也说不出什么来。假使郭沫若读到这里,也说不出什么来,鲁迅也没说讽刺你呀,巧合嘛,鸡就不能这么叫吗?鸡可以这么叫嘛。

堂前有了灯光,就是号召晚餐的烽火,有了灯光就是要吃饭,为什么要叫"号召晚餐的烽火"?大词小用,这是一种幽默方式,这种幽默是要讲出他们家里面的秩序。**合家的人们便都齐集在中央的桌子周围。灯在下横;上首是四铭一人居中,也是学程一般肥胖的圆脸,但多两撇细胡子。在菜汤的热气里,独据一面,很像庙里的财神。**这种描写到底是恭敬他还是骂他?这里面还有一种可怜,他只能在他家里这样威风,像个财神一样。**左横是四太太带着招儿;右横是学程和秀儿一列。碗筷声雨点似的响,虽然大家不言语,也就是很热闹的晚餐。**晚餐的场面写得这么搞笑，表面好像很威严的一个仪式，谁坐在哪里都不是随便的，像朝廷里上朝一样文东武西，两厢排列，然后就胡噜胡噜地一顿吃，把这个颠覆掉。

招儿带翻了饭碗了，菜汤流得小半桌。四铭尽量的睁大了细眼睛瞪着看得她要哭，一个女儿把菜汤弄洒了，他使劲儿盯着她看，把女儿看得要哭，把女儿吓住了。这才收回眼光，伸筷自去夹那早先看中了的一个菜心去。可是菜心已经不见了，他左右一瞥，就发见学程刚刚夹着塞进他张得很大的嘴里去，他于是只好无聊的吃了一筷黄菜叶。这又是《肥皂》这篇小说里经典的神来之笔，写人的心理是这样的细致入微。四铭自己其实未必能感觉到，就是他想吃的菜心被他儿子夹去了，于是心理就会产生变化。

"学程，"他表面不好发作，他看着他的脸说，"那一句查出了没有？"

"那一句？——那还没有。"

"哼，你看，也没有学问，"这是说学程没查出来，没学问，"也不懂道理，单知道吃！"他要这么发挥下去就显得没有风度了，必须上升到大道理。"学学那个孝女罢，做了乞丐，还是一味孝顺祖母，自己情愿饿肚子。"其实他就是说那孝女没有抢祖母的菜心。"但是你们这些学生那里知道这些，肆无忌惮，将来只好像那光棍……"他明明是在训儿子，由于吃不着菜心训儿子，但是他不知不觉、鬼使神差地就要提到那个孝女。

"想倒想着了一个，但不知可是。——我想，他们说的也许是'阿尔特肤尔'。"

"哦哦，是的！就是这个！他们说的就是这样一个声音：'恶毒夫咧。'这是什么意思？你也就是他们这一党：你知道的。"Old fool，老傻瓜。

"意思，——意思我不很明白。"他不敢告诉他爸。

"胡说！瞒我。你们都是坏种！"

"'天不打吃饭人'，你今天怎么尽闹脾气，连吃饭时候也是打鸡骂狗的。他们小孩子们知道什么。"四太太忽而说。四太太变化了，刚才是不配合，现在是开始反抗了，由一个应声虫变得开始不配合他了，也就是说四太太的心理也发生了变化，但是叙事者没有说一句为什么发生那变化。

"什么？"四铭正想发话，但一回头，看见她陷下的两颊已经鼓起，而且很变了颜色，三角形的眼里也发着可怕的光，便赶紧改口说，"我也没有闹什么脾气，我不过教学程应该懂事些。"你看阴长阳消，她厉害他就软一点，关键还不是阴阳消长的问题，是他自己有点心虚，他才有点老实。下面看攻守形势开始转变，四太太开始说了：

"他那里懂得你心里的事呢。"她可是更气忿了。"他如果能懂事，早就点了灯笼火把，寻了那孝女来了。好在你已经给她买好了一块肥皂在这里，只要再去买一块……"我们看这个女人厉害吧？她虽然没有学问，四铭是知识分子，她是个家庭妇女，在家里糊纸锭，平时当应声虫，可是关键时刻这语言多锐利，这简直是最前卫的批评家，一句话指到要害上，"只要再去买一块"，马上把几个意象联系起来，其实就这几个意象，肥皂、孝女、"恶毒妇"，很快就联系起来。

"胡说！那话是那光棍说的。"

"不见得。只要再去买一块，给她咯支咯支的遍身洗一洗，供起来，天下也就太平了。"所以说知识分子最怕遇到这样的妇女，因为她一针见血，你什么逻辑、理论，她都给你推翻，一针见血地指到你心里的要害。她虽说没有文化，但是她有敏锐的一个人的本能，她知道四铭心里的潜意识是什么，这个潜意识四铭自己可能都未必意识到，但是他的太太一下子就给他戳穿了。所以这个小说的水平是非常高的，拿到任何时代、任何国家都是一流的小说。

"什么话？那有什么相干？我因为记起了你没有肥皂……"你看，他完全处在守势，他在辩解，四铭开始辩解了。

"怎么不相干？你是特诚买给孝女的，你咯支咯支的去洗去。我不配，我不要，我也不要沾孝女的光。"你看她这个时候语言非常犀利，像机关枪一样。

"这真是什么话？你们女人……"四铭支吾着，脸上也像学程练了八卦拳之后似的流出油汗来，但大约大半也因为吃了太热的饭。鲁迅又要讽刺他又为他"辩解"。

"我们女人怎么样？我们女人，比你们男人好得多。你们男人不是骂十八九岁的女学生，就是称赞十八九岁的女讨饭："你看她直接抓住问题的关键，她不管女学生还是女讨饭，就抓住"十八九岁"这个词，这个女的没文化，她要有文化，她要上了中文系、读了研究生的话，那不得了，那绝对不得了，我们可以想象她是张爱玲一样的人才。"都不是什么好心思。'咯支咯支'，简直是不要脸！"她骂得非常精彩。这是这个小说里的一个小高潮。

"我不是已经说过了？那是一个光棍……"其实四铭可能真的不是辩解，他觉得自己就是冤枉，因为人的潜意识自己并不知道，他可能就是觉得自己在维持正义，但是他下意识地老提那个孝女，老提这个肥皂"咯支咯支"，他不知道自己在想什么，这是这个小说的心理学意义。

"四翁！"外面的暗中忽然起了极响的叫喊。

"道翁么？我就来！"四铭知道那是高声有名的何道统，便遇赦似的，也高兴的大声说。"学程，你快点灯照何老伯到书房去！"

学程点了烛，引着道统走进西边的厢房里，后面还跟着卜薇园。

"失迎失迎，对不起。"四铭还嚼着饭，出来拱一拱手，说。"就在舍间用便饭，何如？……"

"已经偏过了。"薇园迎上去，也拱一拱手，说。"我们连夜赶来，就为了那移风文社的第十八届征文题目，明天不是'逢七'么？"

"哦！今天十六？"四铭恍然的说。

"你看，多么胡涂！"道统大嚷道。

"那么，就得连夜送到报馆去，要他明天一准登出来。"

"文题我已经拟下了。你看怎样，用得用不得？"道统说着，就从手巾包里挖出一张纸条来交给他。

四铭踱到烛台面前，展开纸条，一字一字的读下去：

来了一群他的文友，一个叫道翁，一个叫薇园，他们跟他一块儿商量一些雅事，给移风文社征文拟题目的事情，他们成立了一个移风文社，就和《高老夫子》中来找高老夫子的那群人差不多，但是他们比那些人要高贵一些，这些人是要扶乩的，他们要上的表呈是，"'恭拟全国人民合词吁请贵大总统特颁明令专重圣经崇祀孟母以挽颓风而存国粹文'——好极好极。可是字数太多了罢？"

"不要紧的！"道统大声说。"我算过了，还无须乎多加广告费。但是诗题呢？"

"诗题么？"四铭忽而恭敬之状可掬了。"我倒有一个在这里：孝女行。那是实事，应该表彰表彰她。我今天在大街上……"

就是一群老新党，当时的国粹派，问他取一个诗题，他要取这个孝女作诗题，就可见四铭现在是中了邪了，什么事情都要联系到这个孝女，本来是纪念孟母，他就想起白天看到的孝女了，结果薇园也看见了。

"哦哦，那不行。"薇园连忙摇手，打断他的话。"那是我也看见的。她大概是'外路人'，我不懂她的话，她也不懂我的话，不知道她究竟是那里人。大家倒都说她是孝女；然而我问她可能做诗，她摇摇头。要是能做诗,那就好了。"我们看在这些酸腐文人的眼中,这个女性是一个什么形象?这个女性完全是一个被支配的个体——这个女性能不能作诗呢?他并不是从女性解放、自身独立、女性主体的角度来想,女人如果能作诗,那是他们的一个高级观赏品,他是从这个角度来看的。我写过一本书叫《青楼文化》,就是说古代的知识分子到青楼里去,他主要是要欣赏她的才艺,比如说有一个妓女会背《孟子》,这些知识分子趋之若鹜,每天都去,其实他们自己就会背《孟子》,自己在家里背不行吗?为什么跑去听人家背《孟子》呢?这是一种什么心理啊?这并不是从提高妇女文化水平的角度来看这个问题的。那么到了五四以后,1924年,还有很多文人是这样,他并不是说一个女的会作诗,咱们一块儿平等地讨论,做学术上的朋友,并不是那个意思。所以这几个人吵来吵去,为什么呢?

"然而忠孝是大节,不会做诗也可以将就……"

"那倒不然,而孰知不然!"薇园摊开手掌,向四铭连摇带推的奔过去,力争说。"要会做诗,然后有趣。"这些人的文化观是"有趣"的文化观,有趣本来不是个坏事,是个好事,但是他这个"有趣"是舍弃了意义的有趣,不管社会责任感的这样一种有趣。

"我们,"四铭推开他,"就用这个题目,加上说明,登报去。一来可以表彰表彰她;二来可以借此针砭社会。现在的社会还成个什么样子,我从旁考察了好半天,竟不见有什么人给一个钱,这岂不是全无心肝……"

"阿呀,四翁!"薇园又奔过来,"你简直是在'对着和尚骂贼秃'了。我就没有给钱,我那时恰恰身边没有带着。"

"不要多心,薇翁。"四铭又推开他,"你自然在外,又作别论。你听我讲下去:她们面前围了一大群人,毫无敬意,只是打趣。还有两个光棍,那是更其肆无忌惮了,有一个简直说,"然后他又讲了那个光棍说的一句话,"'阿发,你去买两块肥皂来,咯支咯支遍身洗一洗,好得很哩。'你想,这……"

"哈哈哈!两块肥皂!"道统的响亮的笑声突然发作了,震得人耳朵喤喤的叫。"你买,哈哈,哈哈!"

"道翁,道翁,你不要这么嚷。"四铭吃了一惊,慌张的说。四铭装得很沉着,这是尽量地维持道貌岸然的表现,但是他的朋友道翁这一笑,把这个奥秘给他笑翻了,就好像这两人虽然是一伙的,但是一个是宋江一个是李逵一样,李逵把他心里的奥秘给说出来了。

"咯支咯支,哈哈!"

"道翁!"四铭沉下脸来了,"我们讲正经事,你怎么只胡闹,闹得人头昏。你听,我们就用这两个题目,即刻送到报馆去,要他明天一准登出来。这事只好偏劳你们两位了。"

"可以可以,那自然。"薇园极口应承说。

"呵呵,洗一洗,咯支……唏唏……"

"道翁!!!"四铭愤愤的叫。

道统给这一喝,不笑了。他们拟好了说明,薇园誊在信笺上,就和道统跑往报馆去。四铭拿着烛台,送出门口,回到堂屋的外面,心里就有些不安逸,但略一踌躇,也终于跨进门槛去了。他一进门,迎头就看见中央的方桌中间放着那肥皂的葵绿色的小小的长方包,包中央的金印子在灯光下明晃晃的发闪,周围还有细小的花纹。

秀儿和招儿都蹲在桌子下横的地上玩;学程坐在右横查字典。最后在离灯最远的阴影里的高背椅子上发见了四太太,灯光照处,见她死板板的脸上并不显出什么喜怒,眼睛也并不看着什么东西。

所以送走了这些朋友,他看见桌子中间摆的那个肥皂,鲁迅重新描

| 伪士与恶毒妇——解读《肥皂》 | 129

写了一遍那个花纹、那个金印，女儿在那里玩，夫妻两个也不再吵架，可是他这个女儿在那里重复她说的话"咯支咯支，不要脸不要脸……"这是她母亲骂的话。

四铭微微的听得秀儿在他背后说，回头看时，什么动作也没有了，只有招儿还用了她两只小手的指头在自己脸上抓。

他觉得存身不住，"存身不住"这句话写得很好，他作为一个生命存在，感到不自在了，其实那是他自己的家，他愿意在哪就在哪，为什么"存身不住"呢？他对自己那个本我有所意识，但是不能直面。如果是一个真正的现代知识分子，当你觉得自己有存身不住的感觉的时候，用我刚才说的方法，你直面自己：我这是怎么啦？可以把今天的过程回忆一下，马上就能够把这个心理情结解开——"哦，原来我有那样的心理"等，解开了就没什么。但他不能直面自己，鲁迅要批判的就是这一群不敢直面自己也不敢直面人生的知识分子。这样的知识分子是没有担当的，他也不是坏人，他也挺好，你可以跟他做很好的朋友，但是他们是不能担当改造中国的社会责任的。便熄了烛，踱出院子去。他来回的踱，一不小心，母鸡和小鸡又唧唧足足的叫了起来，他立即放轻脚步，并且走远些。经过许多时，堂屋里的灯移到卧室里去了。他看见一地月光，仿佛满铺了无缝的白纱，玉盘似的月亮现在白云间，看不出一点缺。

他很有些悲伤，似乎也像孝女一样，成了"无告之民"，孤苦零丁了。他这一夜睡得非常晚。

鲁迅就又写了一遍院子里母鸡和小鸡唧唧足足的叫声，月亮很好看，哪里都很圆满。鲁迅越写环境美好，世界圆满，就越显得四铭的心灵是空虚的，他看着月亮也很好，云彩也很好，这心里没着没落的。非常可笑的是小说最后一段。

但到第二天的早晨，肥皂就被录用了。这日他比平日起得迟，看见她已经伏在洗脸台上擦脖子，肥皂的泡沫就如大螃蟹嘴上的水泡一般，高高的堆在两个耳朵后，比起先前用皂荚时候的只有一层极薄的白沫来，那高低真有霄壤之别了。从此之后，四太太的身上便总带着些似橄榄非橄榄的说不清的香味；几乎小半年，这才忽而换了样，凡有闻到的都说那可似乎是檀香。我们今天很多檀香皂，就是檀香。

鲁迅很善于在小说的结尾再起一个小高峰，他的太太原来是一个应声虫，后来因为识破了他说孝女的心思，愤怒了，开始骂他，骂他不要脸，等等。可是，骂了之后，到了第二天，肥皂被录用了，也就是说她再次屈服于这个制度，她又回去了，骂完了也就完了，还能怎么样。所以这里鲁迅用一个被动的手法，也就是四太太终于完成了四铭的心愿，做了孝女的替身，这就是小说尖锐的结尾。

这个小说的意义是多层面的，我们以前只说这个小说是写知识分子没有革新精神，只是注重给移风文社征文拟题目的那一段。在我们的温老师明确地指出这个小说更重要的意义在于它的性心理之后，我们发现从这个角度去解读它，更能表现出那一代知识分子不敢直面人生，连自己的性心理都不敢直面的、没有担当的、懦弱的特性。其实四铭的这种心理，把它说明白了也没什么，因为街上流氓说的那几句话带有性意识，带有性挑逗，它会引起别人的联想，让他由此想到自己的太太，然后买了香皂来等，这个东西没有什么不可以直面的。这些其实说开了也没什么，我们现代人不会觉得有什么可笑，或觉得他人格有什么不好。不好的是他不肯直面，不好的是他在这上面弄了很多虚伪的道德的屏障，把这上升到什么孟母那里去，还要给大总统写什么呈文呼吁道德问题，把自己打扮成道德好人，这才是要害。我们联系鲁迅其他的论著来看，鲁迅批评了一群伪士，四铭就是鲁迅要讲的伪士，通过解剖他可笑的"咯支咯支"的性心理，能够看出鲁迅批评的是这种伪士。这和小森阳一从村上春树的《海边的卡夫卡》，解读出当前弥漫西方世界的世界末日的恐惧感，可以说具有一样的解读深度。

【编者注：本段为课前孔老师向学生推荐阅读书目。】我们抛开纵向的分析，只是横向来看，(小森阳一在《村上春树论——精读〈海边的卡夫卡〉》中)非常精细地指出，小说的主人公个人和日本作为一个现代化国家所面临的一个困境。那么，思考日本文化的时候我也经常想，大家都是一样的人，为什么日本在战争中表现得那么变态？如果说只是一场战争，你侵略了我的国土，我反抗你，把你打跑了，这是一个很简单的事情，但中日两国之间的事情不是这回事。主要不是军事的问题，而是一个人类最深刻的人性的问题。

我所接触的每一个日本人可以说都是彬彬有礼，做人没有问题，可以说比我们中国人好多了，日常你随便接触一个日本人，比我们中国人好得多，那社会公德是世界一流的，无论是上车、买东西、跟人交谈。我这样说有很多人会骂我，你怎么说日本这么好呢，对日本这么有感情啊？不是对它有感情，人家表现得就是这样的好。可表现得这样好的人为什么会在那样的时刻做那样的事？这是一个必须要直面的问题，必须要反复去思考、读很多很多的书去想的问题。其实这里面就有日本作为一个民族的身份认同的焦虑。

就在千千万万个日军的士兵到中国的土地上杀人放火、奸淫烧杀的时候，作为这个集体它都有一个焦虑——我是谁、它是谁的问题，日本和中国是什么关系的问题。根据小森阳一尖锐的解剖，其实这里就有一种深深的弑父的情结存在。我在去年的时候曾经写了一篇博客，里面涉及弑父的问题，日本作为中国旁边的儒家文化圈里的一个特殊的岛国，当它看到了东亚朝贡体制的崩溃，看到了汹涌而来的西方文明，它如果继续绑在中国这艘大船上，它也将跟中国一样，沦为半殖民地，甚至是殖民地。它在旁边看得比较清楚，所以日本的有识之士就为这个民族制定了脱亚入欧的战略。今天我们回过头来看，这个战略取得了伟大的成功，日本基本上在经济、社会体制上完成了脱亚入欧，虽然地理上算亚洲国家，其实说它是欧洲国家也一样，它考虑问题并不站在亚洲的立场，当然它可以打着亚洲的旗帜，说我们"大东亚共荣"，它可以打着这面旗帜，实际上它是欧洲列强，它完成了这个使命。

但这只是在器物层面上的完成，并不是在精神上完成。在精神上，它要想完成脱亚入欧，就必须解决跟中国的关系问题。它跟美国的关系好解决，就是你打得过我的时候我就听你的，我服从你，然后我慢慢地跟你竞争，在经济上超越你等，这是一个简单的问题。日本跟中国的关系是复杂的，它必须经过这样的一个弑父的过程才能完成自己生命的再生，才能重新成为一个现代的好像凤凰再生的民族国家。那么当这种民族心理成为它大部分社会成员的潜意识的时候，就会指导这个群体的行动，这个行动就使它彻底地洗掉了自己的起源。

近代民族国家的建立过程也是每个国家重新想象自己起源的过程。比如我们现在说中国人是怎么来的，我们有一套说法，三皇五帝什么的，一代代排下来，我们排了一个家谱。这个家谱是自古就这么排的吗？不是。

日本人想象他们的民族是那样创造出来的。当这种说法不合理的时候，要换一种说法，换一种说法是非常痛苦的，不是仅仅换一种说法，可能要死很多人，自己的人不死就要死别人的人，通过暴力的行为来完成。这个暴力的行为在战争的进程中，经常与性问题结合在一起，这是我们面对的最复杂的战争的难题。为什么它不是一个简单的军事行动呢？在战争中的性暴力问题最能够说明这个战争的性质，这个战争是要干什么。战争可以从很多层面来解释，比如我们说日本侵华战争是由于日本的资产阶级压迫它的劳动人民，由于经济危机爆发等，这是从经济层面来解释，还可以从别的层面来解释。所以日本在第二次世界大战中犯下的罪行，犯下的这个弑父的罪行是日本国民心中一块永远解不开的疙瘩，这个情结日本永远解不开，没有办法直面，一说就火，就像我们中国人一听日本参拜靖国神社也很激动，我们是愤怒。日本人的这个东西也不能碰，一碰它更难受，它只不过装得不难受，日本人只不过是修养好而已，其实心里更痛苦。所以在日本你一说慰安妇问题，一说劳工问题等，都是敏感的话题，他们的左派右派打得一塌糊涂，这是他们民族一个沉重的话题。

那么村上春树的小说，通过一个十五岁的少年的性暴力幻想及其完成，把这个包袱完全卸掉了。小说的情节讲这个叫卡夫卡的少年所犯下的罪行，尽管在进行过程中有种种阐释的可能性，但是到了小说的最后，这些都以一种无可奈何的态度被原谅了，所有的事情都是合理的，都是有理由的，都是没什么的，都是可以被原谅的，都是由于某种心理原因可以被解释的。我上次讲文学作品，包括电影，有一个功能，读者、接受者可以把自己代入，大众文艺更具有这种特性，流行文学作品，流行书、畅销书的一个作用就是让读者把自己代进去。每一个日本国民读了村上春树的这个小说，都会觉得弑父娶母、强奸姐姐这些事情固然是不对的，但都有原因啊，都迫不得已啊，都无可奈何啊。我伤害了甲，是因为乙伤害了我；乙伤害了我，又是因为他受了丙的辱骂。每个事都找到一个原因，所以一切都被原谅，怎么着都行！这从日本右派的角度来说，是让日本国民放下包袱轻装前进——我们大家都没有罪，我们的父亲也都没有罪，我们的爷爷也都没有罪——因为每个事情都有原因，每个事情都有原因就是一切都可以发生的，都无所谓。所以大家这样就化解了自己的焦虑。美国说我们为什么要打伊拉克呢？因为伊拉克不老实，它不听话，它很危险，它有核武器，只要找到一个解说，一切伦理的道德的谴责就都不存在了。

《海边的卡夫卡》是村上春树从1995年以后，时隔七年再次出版的一部力作。本来小森阳一对他的这部作品期待是很高的，但是看见他写了这样一部作品，并且被这样利用，所以小森阳一用了两年的时间，写了《村上春树论——精读〈海边的卡夫卡〉》这本书来解读他的作品。我只能简单地介绍一下这本书，希望大家有空去读一读，这是一个很好的解读文学作品的范本。小森阳一在他的中文版序中讲：

> 《海边的卡夫卡》将帝国主义侵略战争与基于性欲望的强奸及弑父行为毫无媒介地结合起来。为什么这样的小说文本能够为2002年后的日本读者带来疗愈呢？其原因正在于瞬间唤起战争与强奸记忆后，随即将其全部作为无奈之举予以容忍和勾销的这部小说的文本策略。

小森阳一动用了他丰厚的学识和理论修养，用他非常精确的批判技巧，解读了这本书。这本书在日本的大学生中、日本的文化界影响很大。希望大家能够有空去读一读。

里面没有氧气

——解读《长明灯》

今天天气还是不太好，最近不知道怎么回事，好像我得罪老天爷了，一上课天气就比较阴沉，老天爷对我好像有点意见，仓颉造字鬼夜哭，老孔上课天神怒。我近年来出门活动，经常造成天气预报不准，天气预报失灵，有时候我越来越背叛北大的科学精神，走向迷信，经常反躬自省，是不是我哪里做得不对了，什么话说错了。比如说上课来的路上，一看天气这么阴沉，我就想这是让我上课呢，还是不让我上课呢？上课好像不能半途而废。那是让我讲得深一点，还是浅一点？讲得专业一点，还是江湖一点？讲得宽一点，还是窄一点？这些有时候是在我讲的内容中所体现不出来的。

"君子慎其独"，君子要日日三省自己。三省自己不一定非是规定到了睡觉之前扪心自问，不是到了写日记的时候才非要自省，应该随时随地地自省，就像下棋的棋手一样，每走几步要判断一下形势，分析一下优劣。人小的时候，有大人指点你，有家长老师，不行还可以读书，看一看伟人的教导、圣贤的教导。而随着你不断地往前走，越走越远，有时候你发现，你把整个人类都丢在后面很远了，前边已经没有人了。有时候你影影绰绰看见前面有个人，你追上去一看，已经不是活人了。当前面不再有引路人的时候怎么办？这个时候我很理解样板戏中的那些英雄人物，遇到困难的时候，多么希望心头有一盏明灯指引。为了找一盏不犯错误的明灯，人们就发明一些宗教，宗教被规定是永恒正确的，不犯错误的，上帝和真主永远是不犯错误的，佛祖是不犯错误的。可是中国人好像对于这个总是不能百分之百诚心诚意地接受。你看《西游记》，《西游记》里把所有的上帝都调侃了，看了《西游记》你就知道，天上那些家伙也不是东西，比地上还乱呢，因为他们有法力，他们有更大的权力，所以他们腐败的程度更加严重。他们手下随便一个坐骑、一个畜生出来为害人间，最后好不容易把它打倒了，他把它收回去就完了，简单地就把它收回去了，这事就算没做。而那些孽畜所犯的罪行没有办法去补偿。这个宇宙中到底有没有一盏永恒的明灯？这还真是一个问题。

我们今天来探讨鲁迅的小说《长明灯》，毛泽东也有一句词"长夜难明赤县天"，可见这个"明"永远是一个人类的关键词，无论中国还是西方，"明"是个关键词。"明"是很早很早就有的词，我讲《明天》的时候，专门分析过这个"明"，一日一月叫"明"，分析过它在汉字中的奥妙。我们还专门有个朝代就叫大明朝，明朝跟明教有关系，而明教却不完全是中土文化，明教是从波斯来的，是和整个西亚乃至亚非拉交界那一片、地中海那一片的文明有关系。盼望明亮、盼望光，这才是一种人类的普世价值。《圣经》第一句就说："上帝说要有光，于是便有了光。"上帝才是真正的大"明"朝的开国君主，他说要有光，这个光就来了。可是毛泽东说"长夜难明赤县天"，过去黑暗的中国是漫漫长夜，想要"明"但是"难明",它就"明"不了。古人形容孔夫子的伟大,说"天不生仲尼,万古如长夜",这老天爷要是不生下一个孔仲尼先生,人们活着就跟活在黑夜里一样,万古如长夜那么黑。毛泽东自己还有一句词"一唱雄鸡天下白",当然这是借用、化用李贺的典故,"天下白","明""白"是一个意思。北京、上海等各大城市刚解放的时候,学生上街游行,北大学生举个牌子,上面写着"天亮了",可能游行是在晚上进行的,他们也写"天亮了"。这个"明"是超越了自然现象的一种人类的价值。

现在我们到很多地方去旅游,也许会遇见导游给你介绍一种文物叫长明灯。我们现在被科学给俘虏了许多年,很多人不知道什么叫长明灯,顶多觉得这就是一个封建迷信的玩意儿,看一看而已。但是过去,一百多年前的时候,在各地都有这种长明灯,不过鲁迅写《长明灯》这篇小说,并不是为了介绍一种文物、一种风俗习惯,他另有他的文化指向。我们就来欣赏一下《长明灯》。

《长明灯》发表的时候已经是1925年3月5日至8日了。鲁迅写了没几天,作品就发表了,大家看那个时候发表作品多快,写完了大概他就投出去了,迅速就发表了。那时候没有那么方便的电话和网络,他写完装进信封送进邮筒,邮到编辑部,等于是编辑部当场就决定发表了,所以印出来只有不到一个礼拜的时间——几天的时间,边写就边发表。当然这是因为作者是鲁迅,鲁迅太牛了,换别的作者没有这么快的速度。

1925年已经是鲁迅的彷徨期,他已经越过了呐喊期,彷徨期是他生命中又一个阶段。轰轰烈烈的五四过去了,鲁迅一辈子经过许多轰轰烈烈,他为什么那么沉着冷静,不是五分钟热血呢?因为他经过了太多的五分钟热血:革命、造反、起来……轰轰烈烈,很快热情过去,开始倒退,开始逆反,很多革命青年开始叛变,开始告密,开始杀害自己的同学……一而再，再而三，这才是历史。鲁迅看得太多，这离五四运动才几年啊，没几年。所以首先《长明灯》的写作日期我们留心一下，下面我们就来看《长明灯》小说的正文。我说过鲁迅的每一篇小说有每一篇的样式，《长明灯》作为一篇小说，除了思想不同之外形式也不同。我们来看小说的开头：

春阴的下午，他在《鸭的喜剧》里还说北京没有春天和秋天，北京只有夏末冬初、冬末夏初，那是故意地讽刺地挖苦北京，怎么可能没有春天和秋天呢？他还是很敏感于四季的。"春阴的下午"，但是地点不是北京，是"吉光屯"，这地名起得很绝，是个北方地名，不再是鲁镇，他喜欢写鲁镇，可是这写的是吉光屯。我看这吉光屯好像是我们东北的屯子。**吉光屯唯一的茶馆子里，**茶馆就是茶馆，鲁迅专门加了一个"子"，可能想把它写成北方的茶馆，他一定听北方人说过"茶馆子"，北方人愿意加个"子"，茶馆子、饭馆子。"茶馆子里"的空气又有些紧张了，小说开头，鲁迅要想加快节奏是很快的，一句话就把一个画面展开。**人们的耳朵里，仿佛还留着一种微细沉实的声息——**这个声息的定语很重要，"微细"好像没有力量，但是又很"沉实"，"微细"和"沉实"是矛盾的，鲁迅把这组合在一起。这个声息是什么呢？是一句话：

"熄掉他罢！"

声音不大，但是很沉实，"熄掉他"。我们中国人看见汉字都会望文生义，一看"熄掉他"的这个"熄"是带火字旁的，马上就会想到熄掉的一定是跟火有关的东西，不是熄灭火就是熄灭灯。中国人有时候通过一个动词就能得到许许多多的信息。

我记得我上大学的时候，我们系著名的语言学大师朱德熙老先生给我们上课，他举的一个例子对我很有启发。他说他家的小孙女刚会说话不久，看见他们家窗台上养的花，有一朵花掉下来了，我们大人一般会说什么呢？说"花掉下来了，花谢了"，这小孩不懂得这些词，但小孩要表达，小孩跟爷爷说："爷爷，花灭了。"朱德熙老先生非常激动，他是世界汉语权威呀，因为他小孙女的一句话有了无穷的联想：人的语言是怎么产生的？没有人教她怎么表达这个场景，但她看见了心里想要表达，她能够运用她已知的那些词准确地表达，而且一表达之后你觉得她说得更好，比我们说"花谢了"要好。我们说"花谢了、花掉了"就是普通的描述，她说"花灭了"，里面充满了生命的悲哀。她说这东西和灯灭了是一样的，这东西没了，黑暗了，陷入一个黑暗的世界，叫"花灭了"。所以我觉得这个世界上最快乐的事情就是去琢磨语言，最高级的享受是享受语言。你看小说开头没头没尾的，没来由的一句话——"熄掉他罢！"会引人联想。

但当然并不是全屯的人们都如此。是人们，但不是全体人们。这屯上的居民是不大出行的，我们想一想《明天》，《明天》里也说了这里的人是什么什么样的，颇"有些古风"。那么这个屯上的人好像也有些古风，古风是"不大出行"。**动一动就须查黄历，看那上面是否写着"不宜出行"**；看到这一句我想起赵树理的《小二黑结婚》，赵树理塑造的人物二诸葛首先当然是来源于他生活中熟悉的他的父亲，但我不知道他是不是受了鲁迅的影响。《小二黑结婚》开头就写"不宜栽种"，二诸葛"忌讳'不宜栽种'"。小说中说，春旱中的一天终于下了雨，人们第二天都抢着种地，二诸葛查了皇历，皇历说不宜栽种，结果他等到黄道吉日，地干了。

倘没有写，出去也须先走喜神方，迎吉利。这是中国古老的传统文化，我们现在不是都要弘扬传统文化吗？这些要不要弘扬？这在不在我们党中央要弘扬的传统文化范围内？比如我今天下午有课，我早上起来一查皇历：不宜出行。这怎么办啊？或者今天宜出行，但是我一看往北大那方向不是喜神方，怎么办？我先到清华转一圈，完了再溜达过来？

哪些是我们该继承、该弘扬的传统文化？哪些是必须批判、必须抛弃的？有的人说要弘扬，有的人说不要弘扬，就互相吵，那个吵是空吵，只是为了表明自己是"左"派或者是右派而已，他们觉得自己属于哪一派就光荣了，就代表着真理了，代表着人类前进方向了，其实在我看都是流氓。无数的微信群里边充满了千千万万的流氓，只是为了要压过别人的声音，证明自己比别人强，觉得自己占领了真理好去侮辱别人、好去骂别人。鲁迅没有明确地说他弘扬还是反对，但是在他那个时代，他重点要鞭挞的东西，我们通过他一篇篇的作品能够看得很清晰。这吉光屯的人是这样安排自己行动的。**不拘禁忌地坐在茶馆里的不过几个以豁达自居的青年人，**但总是还有坐茶馆的，总有不信这一套的，他们认为自己这样做是豁达。**但在蛰居人的意中却以为个个都是败家子。**鲁迅把那些不出来的人叫"蛰居人"，翻译成今天的话就叫宅男、宅女，就是说大部分人是宅着的，宅男宅女觉得随便出行的人是败家子。

这一个短短的开头，没头没尾地只留给我们一个声音，这个声音对很多人造成了影响，使人们紧张。这个声音好像是上帝的声音，天上来的一个声音，只不过《圣经》里的上帝说的跟他说的相反，《圣经》说的是要亮起来，要有光，这光就有了。现在来的是一个跟上帝相反的人，他说要把光去掉，要"熄掉他"。这种声音一般是听不见的，小说写的就是这样一种特殊的声音。我们现在看的小说都是有题目的，题目叫《长明灯》，开头说"熄掉他"，读者自然会联想：要熄掉的是长明灯。于是，一开始就有一个戏剧式的冲突，戏剧式的冲突摆在这里，下面展开。

现在也无非就是这茶馆里的空气有些紧张。鲁迅说了全屯并不一定都紧张，现在这个紧张主要集中在茶馆里，所以小说的第一个空间就是茶馆。

"还是这样么？"三角脸的拿起茶碗，问。

这个开头就相当于一个电影的开头。我们假设电影一开始是那个片头、字幕、演员表什么的，然后就有一个声音："熄掉他罢"，接着就有一个特写——随着"还是这样么？"有一个特写镜头：一个三角脸的人拿着茶碗……按照小说的写法，一般来说要介绍某人，介绍他的环境、他的身份，比如说"张大明长着一张三角脸，他坐在桌子后面说"，这样是小说。而三角脸"啪"的一个形象直接出来了，这是电影。我们看电影的时候没有人给我们介绍这是谁，迎面扑来的是一个形象，这个形象其实很重要，导演选的这个形象，传递给我们的是导演对这个形象的看法，所以他叫"三角脸"。鲁迅很会写人的外貌，抓住他要捕捉的特征来写。

"听说，还是这样，"方头说，三角脸跟方头构成一个画面。人有很多特征，鲁迅现在要写的都是一个个几何图形，这个时候鲁迅为什么要突出人的几何图形来说呢？"还是尽说'熄掉他熄掉他'。眼光也越加发闪了。见鬼！这是我们屯上的一个大害，你不要看得微细。我们倒应该想个法子来除掉他！"

一开始看吉光屯的时候，还有茶馆子，我疑心鲁迅是要努力摆脱鲁镇的环境写一个北方的空间，可是一写到人物语言，你就发现鲁迅不会写北方人，鲁迅是不熟悉北方人的，他一写还是南方话，努力把南方人的口语写成普通话、写成官话，北方人说话没有这么麻烦的，尽管他加上了"我们屯上的一个大害"，但不论东北、华北、西北，都没有这样说话的，"你不要看得微细"，这明显是南方话，北方口语里没有"微细"这个词。当然南方北方不要紧，不影响传递主要的信息。看到这里，我们知道那个说要"熄掉他"的人，被认为是屯上的一个大害，那个方头主张要"想个法子来除掉他"，可见要熄长明灯的这个人、这个声音带有一种邪，在茶馆里的人看来他是鬼魅。

我们近年流行的文艺理论里，有一个常用词叫"去魅"，"去"也经常写成祛除的"祛",现在很多学者都假模假式地赶时髦,动不动研究什么什么作品的去魅。那么什么是"魅"呢?我们每个人心中也有各种各样的"魅",什么"魅"需要去掉?现在是有个人要"熄灯",方头和三角脸这些人认为这样不好,认为他是害,要除掉他,要除害。

"除掉他,算什么一回事。他不过是一个……什么东西!造庙的时候,他的祖宗就捐过钱,现在他却要来吹熄长明灯。这不是不肖子孙?我们上县去,送他忤逆!"阔亭捏了拳头,在桌上一击,慷慨地说。一只斜盖着的茶碗盖子也噫的一声,翻了身。

"不成。要送忤逆,须是他的父母,母舅……"方头说。

"可惜他只有一个伯父……"阔亭立刻颓唐了。

前面说要除掉他,下面就开始讨论这个事情。这个发言的人叫阔亭,这名字鲁迅在另一个场合讽刺过,"草字阔亭"。通过他的话,证实了确实有一个人要吹熄长明灯,这个人是什么人呢?"造庙的时候,他的祖宗就捐过钱",这个人不是外来人,他们家族跟这个庙有关系,他们家给这个庙是捐过钱的,"体制内"的人。真正对体制构成威胁的是体制内的人,不管是好体制还是坏体制。他祖宗是捐过钱的,可是到了他,他跟他祖宗不一样了,所以说这是不肖子孙。对待不肖子孙怎么办呢?"上县去,送他忤逆!"

那时候法律掌握在县级那里,县以下乡、村并不归国法管,乡、村归地方民俗乡约管。基层的法律、基层的秩序掌握在绅士手里,掌握在所谓良绅手里。如果基层烂了,基层就变成土豪劣绅统治,土豪劣绅统治,这个国家就完了,只有出了大事才往县里送。所以一个好的国家不是到处都是警察,到处都是法庭,到处都是法官、律师,那一定是个坏国家。大多数事情不由法律来处理,如果是有大的忤逆——杀害父母这样的事情,才要送到县里去。

看阔亭在桌上一击，打翻茶碗盖子，这写的是北方的风俗，北方的喝茶，我们要注意这细节。鲁迅在北京住了多年，发现最具标志性的是北京的喝茶方式，下面有个托，上面有个盖，这是封建社会发展到最成熟阶段喝茶的一种规矩。喝茶是从天到地都有了，这喝茶都有讲究的，这是茶文化。

可是，方头说不能送他忤逆，因为送忤逆要有资格，不是说大家想送就能送。父母可以送，还有母舅可以送。大家可能不知道，传统社会中舅舅的权力是很大的，我们虽然活在父系社会，但父系社会里有很多母系社会的残留，舅舅的权力很大。如果舅舅来做客，那要以贵宾的待遇来接待他，舅舅代表了母家的权威，所以母舅有资格送他忤逆。可惜他只有一个伯父，看来送他忤逆这一条不行。

忤逆是在孝文化里的一种背叛，背叛也是非常值得研究的一种人类现象。我小时候受革命文化教育，叛徒是个贬义词，叛徒是最为人所不齿的，叛徒好像比鬼子、伪军都要坏，最可恨的就是叛徒，叛徒前面经常要加上"无耻"两个字。《红灯记》里面的李玉和，看见叛徒来劝他的时候，用手一指："无耻叛徒！"那个时候那个人也没法做人了，恨不得有个缝钻进去。可是我长大了之后读鲁迅，发现鲁迅被命名为叛徒，当然前面有定语，说他是封建阶级的叛徒，封建阶级的逆子贰臣。这个时候我马上知识增长一倍，原来叛徒还可以这样用——不能当无产阶级的叛徒，可以当封建阶级的叛徒，可以当资产阶级的叛徒。原来你是坏的那边的，然后变成好的这边的，这个叛徒是可以的。于是这样就增加了我对背叛的理解。再长大，我听到一个段子，说赫鲁晓夫讽刺周恩来，赫鲁晓夫说，听说您是资本家出身的，我可是正宗的工人阶级出身。周恩来应声答道，不错，我们都背叛了自己的阶级！哦，原来"背叛"一词有这样丰富的含义。原来做人的道德不能以背叛与不背叛来理解，关键要看背叛的是什么，背叛的是哪个阵营。那么这个忤逆是一种特殊的背叛，专门指对于孝文化的背叛。可是什么是背叛？谁来界定？谁来判罪？这是更深一层的问题。

"阔亭！"方头突然叫道。"你昨天的牌风可好？"鲁迅的人物对话，经常在紧张的主要矛盾中宕开一笔，说两句闲话。它很逼真，日常生活中人们说话就是这样，不是一句赶一句地说，经常有很多闲话，另外它还有调节气氛的作用。

阔亭睁着眼看了他一会，没有便答；其实主要的话题还是刚才的吹熄灯的问题，送忤逆的问题。**胖脸的庄七光已经放开喉咙嚷起来了**：一个三角脸，一个方头，一个阔亭，一个胖脸的庄七光。

"吹熄了灯，我们的吉光屯还成什么吉光屯，不就完了么？老年人不都说么：这灯还是梁武帝点起的，"这够久远的，"一直传下来，没有熄过；连长毛造反的时候也没有熄过……你看，啧，那火光不是绿莹莹的么？外路人经过这里的都要看一看，都称赞……啧，多么好……他现在这么胡闹，什么意思？……"

这一段话，似乎说明这个地方又不在北方，虽然南方北方不是这篇小说的核心，但我看小说喜欢去考虑所有它透露出来的信息。吉光屯是北方，可是梁武帝和长毛都管不着北方。鲁迅写着写着没太注意这事，他写的还是自己熟悉的生活。可是他故意把这个地方起名为"吉光屯"，除了想转移地点，把地点扩大之外，"吉光"二字恐怕是有所讽喻。吉光一是扣那个长明灯，长明灯的光是吉利的光，另外大家考虑过没有，我们中国号称华夏，华夏是什么意思？华夏其实就是吉光的意思。"华"就是光彩，后来"华"通"花"，"华"本来就是"花"，"华夏"就是美丽的光芒，这才是华夏的本意。所以在这里，吉光屯其实也是华夏的隐喻，中国的隐喻。

传说这个长明灯是一直亮着不会灭，后面我们再探讨这个长明灯为什么不会灭。我们现在很多地方的长明灯，是因为不断地去添油，使它不灭，要不灭得有燃料啊。但是据说也有一些长明灯是不用添油，永远亮着的，这需要在科学上给予解释。老人就愿意相信这个灯从来没有灭过。因为中国是崇拜历史的国家，历史越久远越好。中国千百年间，"老"是一个好词。我们今天已经受了上百年的西方科学教育了，自从有了《新青年》之后，我们都认为"新"是好词，我们把老和新的观念都已经颠倒了，可是我们传统文化的影响还是很深，我们对老还是比较尊重的。比如说我们要开一个报告会，主持人说某某是一位老教授，大家都鼓掌；说这位孔先生是刚毕业的博士，大家一般稀稀拉拉随便鼓几下掌，大家都觉得这老教授是有学问的。这在美国可能完全相反，这位老教授大家可以不理，这位刚毕业的博士代表了世界上最先进的科技，大家一定热烈鼓掌，最有学问的人一定是刚毕业的博士。我们一般还是尊老的。所以大家喜欢这个灯点得比较早，传说是梁武帝的时候点起来的，这就很神圣，还特别指出连长毛造反的时候都没有熄过。也就是说长毛就代表着有灾难，有灾难的时候都毁不掉。

为什么这一段我要加一个眉批叫"破四旧"呢？旧的东西能不能破？我们人类是不是要把生活中的所有用品都保留下去？你们家现在卫生间的手纸如果不扔掉，过一百年就是文物，过一万年了不得，为什么没有人保留？你随便穿的这件衣服，你保留五百年，是非常值钱的，既有商业价值还有文化价值，后人可以据此研究今天的许许多多生活。我们今天懂这个道理，古人应该比我们更明白，为什么不留下来？这是一个问题。我们今天看见的那些保留下来的，比如说半坡氏族的、河姆渡的、红山文化的那些贵得不得了的文物，天价都买不起的，在当初不过是普通的生活用品，一把梳子、一个瓦罐，而且也不是故意保留下来的，只不过是没有被故意毁掉，被我们偶然发现而已。我们发现历史事实，好像不是历朝历代都保留东西，而是历朝历代都毁灭东西。但是不是把所有东西都毁掉？又不是。现在我们照相非常方便，你随便到一个地方去可能照上百张照片，时间长了你的电脑里存了几万张照片，怎么办？所以我们现在主要的工作是去删除照片，哗哗地删，大量的都没用，都删掉了。这个存和删、保和毁中间的平衡点在哪里？这是一个问题。还有就是太平天国那个时候毁了很多东西，你凭什么说它就是长毛毁的，你有什么证据说它不是曾国藩毁的，不是李鸿章毁的，而是洪秀全毁的呢？在这里面，鲁迅其实已经提出一个对"破四旧"问题的质疑。

"他不是发了疯吗？你还没有知道？"方头带些蔑视的神气说。这里提出一个问题，就是这个人现在不是忤逆不忤逆的问题了，也不是除掉的问题了，是发了疯了。疯是文学家喜欢写的一个题目，就是人的一种非正常状态。文学家喜欢涉猎，这个人发了疯。

"哼，你聪明！"庄七光的脸上就走了油。鲁迅好像特别不喜欢油光满面的人，我看他经常讽刺胖子、脸上冒油的人。

"我想：还不如用老法子骗他一骗，"灰五婶，这个名字也很好，灰五婶。**本店的主人兼工人**，也就是这个店的老板娘，茶馆的老板娘，不革命的阿庆嫂。**本来是旁听着的，看见形势有些离了她专注的本题了，便赶忙来岔开纷争，拉到正经事上去**。前面提出疯，下面就提出一个骗。

"什么老法子？"庄七光诧异地问。我们看，"疯"有个"骗"和它对应。人类对待疯子都采取哪些手段？一般情况下是不杀掉。如果他不疯而是大害，一般要杀掉。虽然是大害，但是发现他疯，一般是不杀掉的。但是不杀他，又阻止他继续为害，那么有很多办法：一种是限制他行动的自由，一种是骗他。两种手段的目的一样，就是不能使他实施那个疯狂的行动。我们现在经常看见一些精神病题材的段子，网上有很多精神病院的医生和病人之间的对话，那些对话告诉我们医生对疯子经常采取的是骗的态度，当然有些笑话编得比较好玩，是疯子反过来把大夫给骗了。比如说在精神病院里，一个疯子每天在院子的池子里钓鱼，护士过来问他："你今天钓了几条鱼了？"疯子说："你傻啊，没看见这里没水吗？！"疯子反过来训斥这个护士是傻子，其实除了表面的笑料之外，这里面其实都包含哲理，都是可以深入探讨的。好，继续说疯的问题。

"他不是先就发过一回疯么，和现在一模一样。那时他的父亲还在，骗了他一骗，就治好了。"如果大家读过《狂人日记》，读到这里马上就会联想：哦？这不又是《狂人日记》来了吗？这是《狂人日记2》。你读过《狂人日记》就知道，这个狂人是个象征，狂人就是革命者，革命者被老百姓和统治阶级联合污蔑为疯子。当然，不是生活中所有的疯子都是革命者，但是革命者经常被看成疯子，所以疯狂是一个哲学命题。我记得我专门讲过福柯的精神病学原理，疯、狂、精神病，它到底是一种客观存在还是人为规定的呢？我说这上面点着很多灯，有一个人非说这上面点的都是火把，我俩谁说得对？要看我俩谁的支持者多，还有谁的支持者更有权力。如果支持我的人不但多，而且都是所谓的学者、教授、官员、法官、律师，他们和我说的一样，说这上边是灯，有几个无权无势的人跟他一块儿说这是火把，然后我们这些人，互相一递眼色："他们疯了！"我们就可以用权力剥夺他们的自由："再说，再说就把你们关起来！"于是我们真的把他们关起来，给他们灌药，用电棍殴打他们，不许他们随便出去，我们还有合法的理由：是为了他好啊！直到有一天他承认这是灯，还要再观察一年，再把他放出去。这就是精神病学原理，没有道理可讲，多数人用暴力剥夺少数人言论自由，而我们认为我们是科学，是真理。那么反过来，如果多数人认为这是火把，被关进去的是我。这不是科学能处理的问题，只有文学才能处理这类问题，才能处理这些人类的高级问题。这个家伙以前发过一回疯，也就是说曾经闹过革命，但那次是怎么收拾他的呢？因为他父亲还在，老爹还在，有一个旧有的权威在，那时候用什么办法呢？是"骗了他一骗，就治好了"。那次很简单，以骗治疯。

"怎么骗？我怎么不知道？"庄七光更其诧异地问。

"你怎么会知道？那时你们都还是小把戏呢，单知道喝奶拉矢。便是我，那时也不这样。你看我那时的一双手呵，真是粉嫩粉嫩……"

"你现在也还是粉嫩粉嫩……"方头说。

鲁迅特别会穿插这些插科打诨的地方，写出真的人性，好像在探讨正经问题，但是随时随地都有自由的人性溜达出来：人到中年的茶馆老板娘和这些茶客随时来打趣一下。这里告诉我们，当年他们是这样对待狂人的。我们想一想《狂人日记》，《狂人日记》里对付他的办法也有骗，他的大哥和其他的人都在骗他，当然从他大哥角度说，那是正常的，该哄就哄。我们在这里深刻地挖掘这个疯狂问题，可是当我们在生活中遇到了我们真的认为他是疯子的人的时候，我们经常也是采取骗的办法，往往是"你看错了""不要紧""回去吧""没事了"，经常这样去哄他。或者我们同学中偶尔出现了精神不正常的人，我们也是这么哄他的。我上大学的时候，在中文系当学生会主席，有一个年级的一个同学，就有了精神幻想，他有很多不正常的举动。大家都是同学，那我得管这个事，就对他采取哄骗的态度，他非要到某个女生的宿舍去找人家，那怎么办？我只好说："人家回家了，真的，回家了。"我领他去看看："你看，不在吧？回家了，下个礼拜就来了，别着急。"过一个礼拜，他好了，这事儿就过去了。有时候，或者说不是有时候，是多数时候，我们采取骗的办法把这个事拖过去。但这是小事，如果是矛盾尖锐到非革命不可，就是我说的这个是"灯"还是"火把"的矛盾尖锐到关系这个教室的存亡的时候，就是不可调和了。然后，方头说她"粉嫩粉嫩……"灰五婶急了。

"放你妈的屁！"灰五婶怒目地笑了起来，我们看这句粗俗的骂人话是北方人常说的，是北方话。可是接着是："莫胡说了。"鲁迅这篇小说在语言上有问题，语言上不够统一，北方人绝不会讲"莫胡说了"，这不是北方话。前一句是北方话，后一句又回到他熟悉的南方话上去了，鲁迅这一篇小说的人物语言不太成功。"我们讲正经话。他那时也还年青哩；他的老子也就有些疯的。"原来他家有遗传史，他老子也有些疯。"听说：有一天他的祖父带他进社庙去，教他拜社老爷，瘟将军，王灵官老爷，他就害怕了，硬不拜，跑了出来，从此便有些怪。后来就像现在一样，一见人总和他们商量吹熄正殿上的长明灯。他说熄了便再不会有蝗虫和病痛，真是像一件天大的正事似的。大约那是邪祟附了体，怕见正路神道了。要是我们，会怕见社老爷么？你们的茶不冷了么？对一点热水罢。"她还不忘自己的本职工作。"好，他后来就自己闯进去，要去吹。他的老子又太疼爱他，不肯将他锁起来。呵，后来不是全屯动了公愤，和他老子去吵闹了么？可是，没有办法，——幸亏我家的死鬼那时还在，"我们看这还是灰五婶说话，"死鬼"，"给想了一个法：将长明灯用厚棉被一围，漆漆黑黑地，领他去看，说是已经吹熄了。"

这一段讲了这个疯子发疯的历史。老子就不太正常，他也不是从小就这样，是有一天到庙里，看了这些神像开始的，从不拜神像变成要吹熄长明灯。为什么吹熄呢？他说吹熄了之后，没有蝗虫和病痛。读到这里，我们就明确地感到这个长明灯不是那盏灯，长明灯是一个象征。千万年来多少改革者、革命者都是这样讲：去掉某个东西，我们的生活就好了。比如我们过去说：打倒国民党反动派，我们就能过上好日子。每个时期都有人告诉我们——去魅！去掉这个东西，我们就不会有蝗虫和病痛。政治家是这么说的，气功大师也是这么说的，信法轮功的也这么说的，都是告诉你：去个东西，然后就好了，这是大事！相信的人会跟着他们走，不相信的人会认为他们有病，"邪祟附了体"。这个事情真是不好断然下结论。

我们读鲁迅的小说，很容易不自觉地站在鲁迅的立场，我们都知道鲁迅的立场是什么。但是我们今天来读鲁迅的小说，恐怕还要有更复杂一点的立场，就是不把这些愚众简单地看成负能量，看成恶势力，这些所谓的愚众有他们的哲学。而鲁迅小说高就高在他写的生活是原貌，是原生态，并不简单，他有他的倾向性，但是他不用他的倾向性去篡改生活的原貌。

所以我们看鲁迅写的他"发疯"的历史很真实：他要去吹，他老子没有办法，怎么办呢？全屯动了公愤，大家都生气了。公愤是一种力量。所以在公愤之下，他的老子觉得要采取什么办法了。可是采取什么办法呢？打不得，杀不得。那时候有人出了一个高明的主意、高明的骗术：这个长明灯，你不是要吹掉吗？看不见不就等于吹掉了吗？于是用一个东西一围，黑漆漆的，领他去看，说：你看，没了，看不见了，不亮了，已经吹熄了。

这种骗术也是在历史上经常出现的，比如某个时代的标语，到了下一个时代，有人要铲除它们，不想铲除的人怎么办？就要想办法把它保卫起来。当年在红色根据地，红军写了很多标语，"打土豪、分田地""打倒国民党反动派"。红军长征以后，国民党来了，怎么办呢？国民党肯定命令老百姓把标语铲掉，如果老百姓不想铲掉，老百姓心里还想着红军，怎么办？那就再刷上一层油漆，外边再写上新的口号，"新生活运动""礼义廉耻"，写上别的标语之后，也许有的老人知道后面还有别的标语，也许年轻人不知道了。那解放了怎么办呢？解放的时候再写上新的。所以有些地方的墙，村里的那堵老墙，可能有厚厚的历史积累，可能有好几层。我就在一个村里发现过三层标语。第一层是"计划生育好"这类东西,旁边还有农药广告;后边我看见露出几个字来,我判断是"无产阶级文化大革命胜利万岁",这已经是隔代了。这种办法其实就是用厚棉被把长明灯围起来,告诉别人这已经不在了,已经没有了,改作其他形式。前几天我又到白家大院去吃饭,白家大院那个王府怎么保留下来的呢?它原来在八一中学校园内,由学校使用就没人去管它,红卫兵不会把自己的学校砸了吧?还有很多庙宇,是被什么机关、什么部队所使用。北京西边还发现了非常宝贵的壁画,原来是在一个解放军驻扎的地方。所以历史经常是通过藏匿保持了原貌,当然这个原貌经过不同的解读又会有不同的意义。

"唉唉,这真亏他想得出。"三角脸吐一口气,三角脸半天没发言了,吐一口气。说,不胜感服之至似的。

"费什么这样的手脚,"阔亭愤愤地说,"这样的东西,打死了就完了,吓!"阔亭看来比较简单,要简单处理。

"那怎么行?"她吃惊地看着他,连忙摇手道,"那怎么行!他的祖父不是捏过印靶子的么?"

阔亭们立刻面面相觑,觉得除了"死鬼"的妙法以外,也委实无法可想了。

如果是一般的造反者,可能打死就完了,也许他们会同意阔亭的办法,可是这里有一个特殊原因,就是他祖父是"捏过印靶子的"。到这儿我们看到要吹熄长明灯的这个人,第一,他是体制内的人;第二,他还不是一般的体制内的人,他是我们今天说的"官二代",他的祖上是参与过文化传统的维护、捍卫的,可是他偏偏要当逆子贰臣,要当叛徒。这正是一部真实的历史。

近现代以来,率先起来革命的,革命中最英勇的,领导千百万人革命的，恰恰是原来体制中的人，甚至是原来体制中很重要的人。他们如果按照原来体制的游戏规则去生活，尽管那个体制在衰落，他们仍然在那个体制中，是能够比较安稳地获得个人的幸福生活的。鲁迅自己是一个例子，毛泽东也是，他们随时可以停下来，可以不革命，可以革百分之三十、百分之五十，获得自己的一点利益就可以了。比如说毛泽东已经在国民党里当了中央宣传部代理部长、中央农民运动委员会委员，他如果就跟着蒋介石先生混下去，一起参加四·一二反革命政变，国民党里的那些人能竞争得过他？他至少当个副总统是没问题的，但那就不是毛泽东了。

今天也是一样，今天大家在网上把"官二代"说成一个贬义词，"官二代"一定腐败等。其实"官二代"分成许多种，许许多多的人是"官二代"，他们一样吗？所以不能拿出身来简单地看一个人，用出身来看人太粗糙了。在任何时代，中国人都是不赞成血统论的，不要简单地以为，他出身什么家庭就一定有什么样的立场。出身可以参考，只是参考的一个维度，而不能以此随便下结论。吹熄长明灯的人，他祖父是拿"印靶子"的，他祖上捐了钱建这个庙，可是他要吹熄长明灯。

"后来就好了的！"她又用手背抹去一些嘴角上的白沫，更快地说，"后来全好了的！他从此也就不再走进庙门去，也不再提起什么来，许多年。不知道怎么这回看了赛会之后不多几天，又疯了起来了。哦，同先前一模一样。午后他就走过这里，一定又上庙里去了。你们和四爷商量商量去，还是再骗他一骗好。那灯不是梁五弟点起来的么？不是说，那灯一灭，这里就要变海，我们就都要变泥鳅么？你们快去和四爷商量商量罢，要不……"

这个写得挺好，灰五婶以为自己是五婶，就一定有个五弟——梁五弟，所以她虽然说梁武帝，可她以为长明灯是姓梁的五弟，也就是"梁五弟"点起来的,但是大道理她是懂的,就是这个灯不能灭,灭了之后我们都会变泥鳅了,这个观念是根深蒂固的,有些灯是不能灭的。有些灯不能灭是从根本立场上不能灭,有些是从策略上不能灭。

"我们还是先到庙前去看一看,"方头说着,便轩昂地出了门。

阔亭和庄七光也跟着出去了。三角脸走得最后,将到门口,回过头来说道:

"这回就记了我的账!入他……"本来说的都是正经事,但是一涉及个人利益,公与私是这么分明。三角脸是不是很仗义呢?并不是很仗义,他是没办法,他一不小心就被大事给耽误了,没想到那几个率先离场了,留下他买单。他又没钱,只好说"这回就记了我的账"。

灰五婶答应着,走到东墙下拾起一块木炭来,就在墙上画有一个小三角形和一串短短的细线的下面,划添了两条线。就算三角脸的。灰五婶没有文化,不会写字,但她知道谁是谁,对应这个人就画个小三角形,她看人跟鲁迅是一样的,都是以貌取人。这些细节好像无关紧要,好像不写也行,但是写和不写对于艺术价值的影响却是很大的——不写就是论文,写了才是丰富的小说。而写了之后更传达出一些反讽的效果,这些人道貌岸然好像是为屯里着想,可是涉及个人这么点儿钱的事,他们一点儿都不含糊。

这又换了一个场景,第二个场景是在社庙前边。

他们望见社庙的时候,果然一并看到了几个人:一个正是他,鲁迅还没说这人是什么人,就是"他",用"他"来说的。两个是闲看的,三个是孩子。一共六个人,一个主角,两个看客,三个孩子,没有一个正经人。

但庙门却紧紧地关着。

"好!庙门还关着。"阔亭高兴地说。

他们一走近，孩子们似乎也都胆壮，围近去了。本来对了庙门立着的他，也转过脸来对他们看。

文艺理论中有一个重要的词叫"他者"，研究小说，人称是非常重要的一个问题。他者是一个闯入者，他者可以是一个观看者，可以是一个破坏者，没名没姓突然来了一个他，这个他是一个外部力量，这个他对于非他构成一个映照。而这个他"转过脸来对他们看"——他者之看，很多东西是怕看的，不看，模模糊糊的世界就这么维持着，有时候一看，这个世界就被看破了。看，从理论上讲是一种暴力。你和一个朋友特别好，你们住在一个宿舍里一块儿上课，你们轻易不能够仔细地互相看，有一天你对着你好朋友仔细看就要出事了。比如宿舍某个同学从外边回来，宿舍其他几个同学同时盯着他的脸仔细看，不说话，他马上自信就崩溃掉了。看上三天他就要得病，人能把人看死的。特别是这种陌生的看，他者之看，是一种强大的力量。有权力的人都是看别人，不被别人看。这是讲看的权力。

他也还如平常一样，黄的方脸和蓝布破大衫，我们看这个人的形象，黄的方脸，蓝布破大衫。**只在浓眉底下的大而且长的眼睛中，略带些异样的光闪，看人就许多工夫不眨眼，并且总含着悲愤疑惧的神情**。这种相貌、这种气质的人物形象，我们在鲁迅笔下好像不止一次看见，鲁迅《孤独者》里的主人公，《在酒楼上》里的主人公，包括孔乙己，好像长得都跟他是一族的。鲁迅很喜欢写这类人。这人第一不是三角脸，第二不是肥头大耳。**短的头发上粘着两片稻草叶，那该是孩子暗暗地从背后给他放上去的，因为他们向他头上一看之后，就都缩了颈子，笑着将舌头很快地一伸。**

他们站定了，各人都互看着别个的脸。鲁迅很注重写谁看谁，往哪儿看。

"你干什么?"但三角脸终于走上一步,诘问了。这是两个势力对阵。

"我叫老黑开门,"他低声、温和地说。他声音并不高,低声、温和。小说一开头说的那个声音不大,微细但是很沉实。"就因为那一盏灯必须吹熄。你看,三头六臂的蓝脸,三只眼睛,长帽,半个的头,牛头和猪牙齿,都应该吹熄……吹熄。吹熄,我们就不会有蝗虫,不会有猪嘴瘟……"

这是疯话,但是我们想想,去掉具体的言辞,我们把距离拉得模糊一点儿看,这不就是革命者在进行革命宣传吗?这就是革命者在宣传革命,说某个东西必须打掉,必须打倒,必须推翻:你看看它什么样子啊,把这些东西推翻了之后,我们就不会有那些坏事。

"唏唏,胡闹!"阔亭轻蔑地笑了出来,"你吹熄了灯,蝗虫会还要多,你就要生猪嘴瘟!"阔亭性格很耿直,他也不去想,就是你说什么他跟你相反就是了。过去我们分析这篇小说,觉得阔亭就是粗鲁的、没文化的、被统治阶级洗了脑的这么一个人,你说他是粗人也对,可是他无意中随口胡说的话,有没有道理?好像有道理。革命者的宣传固然是有道理的,打倒一切旧势力,迎来一个新世界,是有道理的,可是阔亭说的话没道理吗?你打倒了旧世界之后蝗虫就没有了吗?猪嘴瘟就没有了吗?我们想一想新中国成立后,固然改天换地有了很多好事,社会主义事业蓬勃前进,经过六十多年的发展我们今天是世界第二强国,很快变成第一强国,可是我们很多坏事真的彻底消灭了吗?有些坏事是不是还更多了?好像不是那么简单,我们今天没有蝗虫吗?今天党中央说"老虎""苍蝇"一起打,这里边包不包括蝗虫?吃掉人民血汗的蝗虫有多少?猪瘟更不用说了。所以阔亭的话倒是值得思考的。

"唏唏!"庄七光也陪着笑。但是他们不是真的跟他讲道理,是革命者想讲道理。

一个赤膊孩子擎起他玩弄着的苇子，对他瞄准着，将樱桃似的小口一张，道——

"吧！"

小孩欺负疯子，这是常见的景象，我经常看见小孩欺负疯子，欺负弱者。但是鲁迅对这样的事情非常上心，他故意写这孩子形象很可爱，"樱桃似的小口"。我们一般人写孩子、写妇女一定往好了写，我们真的是那么爱妇女、爱孩子吗？其实是为了表现自己善良而已，不敢说真心话，其实是虚伪的。我们必须这样虚伪地活着，我们不敢说真话。其实最善良的人，就是那些长得特别粗俗的中年男人。【众笑】

"你还是回去罢！倘不，你的伯伯会打断你的骨头！灯么，我替你吹。你过几天来看就知道。"阔亭大声说。既然说要骗他，阔亭就赶紧骗，阔亭性情比较急。

他两眼更发出闪闪的光来，钉一般看定阔亭的眼，使阔亭的眼光赶紧辟易了。这个眼光是有力量的，好像不太容易被骗，已经被骗过一次了，第二次不太容易。

"你吹？"他嘲笑似的微笑，但接着坚定地说，"不能！不要你们。我自己去熄，此刻去熄！"被骗过一次的革命者，这一次决心不再被骗。不被骗怎么办呢，两个决定：第一是自己熄，第二是此刻熄。我觉得这对于那些有革命意志、革命理想的人真的有启发，不要成天老忽悠别人去革命，不要成天在微信群里指责别人不革命，不要拿着放大镜在微博上，看今天谁的发言又没喊毛主席万岁，又没讲阶级斗争，你有点廉耻看看自己，你干了什么？你自己去"熄"了吗？你此刻去"熄"了吗？这才是革命者。

阔亭便立刻颓唐得酒醒之后似的无力；方头却已站上去了，慢慢地说道：

"你是一向懂事的,这一回可是太胡涂了。让我来开导你罢,你也许能够明白。就是吹熄了灯,那些东西不是还在么?不要这么傻头傻脑了,还是回去!睡觉去!"我们如果不把这个吹熄灯的青年看成疯子,看成革命者的话,我们会觉得两个人好像都有道理。

"我知道的,熄了也还在。"他忽又现出阴鸷的笑容,但是立即收敛了,沉实地说道,"然而我只能姑且这么办。我先来这么办,容易些。我就要吹熄他,自己熄!"他说着,一面就转过身去竭力地推庙门。

"喂!"阔亭生气了,"你不是这里的人吗?你一定要我们大家变泥鳅吗?回去!你推不开的,你没有法子开的!吹不熄的!还是回去好!"

上面这一段话非常重要,这段话其实就是鲁迅自己的革命哲学。我讲现代文学史时,讲鲁迅的绝望精神的时候讲过,鲁迅对革命也好、对变革也好,从来不抱希望,鲁迅革命不是因为革命要胜利,凡是因为革命要胜利而参加革命的人,在鲁迅看来都不可靠。现在我告诉你革命不会胜利,革命要失败,你还革命不革命?这才是对革命者的考验。鲁迅革命并不因为革命要胜利,而是因为革命是正义的!有一个坏蛋欺负你,你反抗,他会更重地打你、骂你,你反抗不反抗?你反抗激烈,他还会打死你。那么人有各种选择:你可以选择不反抗,选择少反抗,选择顺从,选择当牛做马,都可以。并不是说你反抗之后一定要把他打死,你才反抗,如果有那样的把握的话,你也不会被欺负了。所以,"我知道的,熄了也还在",这是鲁迅的清醒,他并不认为革命会解决所有的社会问题,甚至连主要的社会问题可能都解决不了。

那么就不革命了吗?鲁迅说:"然而我只能姑且这么办。""姑且"是一个鲁迅喜欢用的词。没有十全十美的道路可走,怎么办?姑且选一条路走一走,这是鲁迅的选择。我不能不走啊,第一我不愿意投降,第二我不愿意留在旧世界,前面没有十全十美的路,那我就姑且走一走,路上有狗就打，打不过就爬到树上，这就是鲁迅的办法。这其实就是从鲁迅到毛泽东一贯的实践哲学：并不设想有一个空洞的、华美的理论，在这理论指导下去做事；而是先去实践，姑且去实践，这个实践不是为了检验真理，实践是产生真理，实践与真理共存共生。所以鲁迅重视路，鲁迅不重视彼岸，他重视的是此岸到彼岸的路。"姑且"这个词看上去很模糊，却恰恰表达了他的坚定。那些说话特别斩钉截铁的、特别坚定的革命者都是尿包，几乎没有例外。你看看那些在网上张牙舞爪骂别人不革命的，骂别人不普世的、不民主的，不管左派右派，都一样，言辞激烈、慷慨激昂，不过都是三角脸、方头之辈。而用"姑且"的人，这么谨谨慎慎的人，他才是坚定的。

"我不回去！我要吹熄他！"

"不成！你没法开！"

"……………"

"你没法开！"

"那么，就用别的法子来。"他转脸向他们一瞥，沉静地说。

越沉静才越有力量，他一定要吹熄这个灯，这事没商量！

"哼，看你有什么别的法。"

"……………"

"看你有什么别的法！"

"我放火。"

"什么？"阔亭疑心自己没有听清楚。

"我放火！"

石破天惊的一句话出来了——火。很多人批判革命者采用暴力手段，可是革命者不是没先讲道理呀，每一次革命者都先讲道理，先呼喊、哭泣、上访、闹访、掰开揉碎讲道理，被打得遍体鳞伤，不是没有讲过，讲道理还被杀。跟你们说好听的不干，那怎么办？那只好采取暴力手段来硬的。你看看中国这一百年的革命都是被逼出来的。

沉默像一声清磬，摇曳着尾声，周围的活物都在其中凝结了。

鲁迅不写大白话，一写，写得非常诗情画意，那真是太绝了。"沉默"，沉默是没声的，可是他把这个沉默写活了，沉默像一声磬音，磬音是敲磬的声音，它带尾声的，"周围的活物都在其中凝结了"。这个沉默写得太好了。

但不一会，就有几个人交头接耳，不一会，又都退了开去；两三人又在略远的地方站住了。庙后门的墙外就有庄七光的声音喊道：

"老黑呀，不对了！你庙门要关得紧！老黑呀，你听清了吗？关得紧！我们去想了法子就来！"先把门关上。

但他似乎并不留心别的事，只闪烁着狂热的眼光，在地上，在空中，在人身上，迅速地搜查，仿佛想要寻火种。

要放火，就要寻火种，火种在哪里？他在找。但是在这里恐怕很难找到他要找的火种，现在只有他一个人。

方头和阔亭在几家的大门里穿梭一般出入了一通之后，吉光屯全局顿然扰动了。革命的声音传开了。许多人们的耳朵里，心里，都有了一个可怕的声音："放火！"但自然还有多少更深的蛰居人的耳朵里心里是全没有。然而全屯的空气也就紧张起来，凡有感得这紧张的人们，都很不安，仿佛自己就要变成泥鳅，天下从此毁灭。他们自然也隐约知道毁灭的不过是吉光屯，但也觉得吉光屯似乎就是天下。

从经历过革命历史的人看来，这个革命太简单、太幼稚了，而且只有他一个人单枪匹马，可是就一个人单枪匹马，都足以造成这么大的紧张。就因为只要有一个人发出革命的声音，要发展起来是非常快的，这就是毛泽东说的"星星之火，可以燎原"。所以反革命的人一定要在火还是星星的时候把它扑灭，等燎原的时候就扑灭不了了。所以"防火防盗防疯子"是统治者的任务。

这事件的中枢，不久就凑在四爷的客厅上了。画面一转，第三场，你要是把它看成小话剧，这就是第三场，"四爷的客厅"。坐在首座上的是年高德韶的郭老娃，郭老娃好像是个山西人，郭老娃是山西、陕西一带的名字。脸上已经皱得如风干的香橙，还要用手捋着下颏上的白胡须，似乎想将他们拨下。

"上半天，"他放松了胡子，慢慢地说，"西头，老富的中风，他的儿子，就说是：因为，社神不安，之故。这样一来，将来，万一有，什么，鸡犬不宁，的事，就难免要到，府上……是的，都要来到府上，麻烦。"鲁迅一个是会写，一个是心里边很"坏"，鲁迅要想恶心一个人，太厉害了，也不用说这是什么人，感情已经种在读者的心里了。

"是么，"四爷也捋着上唇的花白的鲇鱼须，却悠悠然，仿佛全不在意模样，说，"这也是他父亲的报应呵。他自己在世的时候，不就是不相信菩萨么？我那时就和他不合，可是一点也奈何他不得。现在，叫我还有什么法？"可见他的父亲确实有点问题，主要问题是不相信菩萨，从他父亲开始有点对传统文化的背叛，还不那么决断，所以到他这儿，产生了报应。下面郭老娃继续说了：

"我想，只有，一个。是的，有一个。明天，捆上城去，给他在那个，那个城隍庙里，搁一夜，是的，搁一夜，赶一赶，邪祟。"他终于想办法要到城隍庙去赶邪祟。赶邪祟，其实是传统社会的意识形态手段，他们用意识形态手法解决。城隍庙其实就是各地的"宣传部门"的分会，城隍庙是办这事的。

阔亭和方头以守护全屯的劳绩，不但第一次走进这一个不易瞻仰的客厅，并且还坐在老娃之下和四爷之上，而且还有茶喝。他们跟着老娃进来，报告之后，就只是喝茶，喝干之后，也不开口，但此时阔亭忽然发表意见了：

"这办法太慢！他们两个还管着呢。最要紧的是马上怎么办。如果真是烧将起来……"

郭老娃吓了一跳，下巴有些发抖。

鲁迅写的这一伙人，客厅的这一伙人，其实是不同阶级的人。阔亭和方头其实是草根阶级。"二流子"也是草根阶级，他们平时是到不了这个客厅的，这个客厅里的人是看不起他们的，但是他们因为为统治阶级立了汗马功劳，也就是出卖了自己同阶级的或者要保护他们阶级利益的一个人，他们以这个功劳跑到这个客厅上来，他们要跟这个客厅的人站在一个立场。所以说同一阶级的人不见得有同一立场，标榜自己是什么阶级是没用的，无论你说自己是无产阶级还是我们家祖祖辈辈都是大宅门，都没用，这不能代表你的立场，更不能代表你的品质。阔亭说这事太着急了，火烧眉毛了。

"如果真是烧将起来……"方头抢着说。

"那么，"阔亭大声道，"就糟了！"

一个黄头发的女孩子又来冲上茶。阔亭便不再说话，立即拿起茶来喝。浑身一抖，放下了，伸出舌尖来舐了一舐上嘴唇，揭去碗盖嘘嘘地吹着。

同是喝茶的动作，显出他是很穷的人，这么好的茶没喝过，而且不要钱，端起来使劲喝，他这么巴结这个阶级。

"真是拖累煞人！"四爷将手在桌上轻轻一拍，"这种子孙，真该死呵！唉！"这话其实是他的心里话，他们认为这个人该死，恨不得这个人死。

"的确，该死的。"阔亭抬起头来了，"去年，连各庄就打死一个："

这是北方地名，什么各庄，连各庄。"这种子孙。大家一口咬定，说是同时同刻，大家一齐动手，分不出打第一下的是谁，后来什么事也没有。"这是中国传统社会法不责众的一个妙法——怎么逃避法律的审判？就是大家商量好，用什么办法一块儿把一个人打死，这样就找不出凶手来，死了也就白死。这是中国古代法律的一个漏洞。

"那又是一回事。"方头说，"这回，他们管着呢。我们得赶紧想法子。我想……"

老娃和四爷都肃然地看着他的脸。这是在客厅里想办法。

"我想：倒不如姑且将他关起来。"

"那倒也是一个妥当的办法。"四爷微微地点一点头。

"妥当！"阔亭说。

"那倒，确是，一个妥当的，办法。"老娃说，"我们，现在，就将他，拖到府上来。府上，就赶快，收拾出，一间屋子来。还，准备着，锁。"

老娃好像是结巴。文学作品里描写的结巴都不可小看，结结巴巴的人往往很有城府，他故意这样说话或者加重自己的结巴，实际上是给自己赢得更多的思考时间，让自己少犯错误，结巴很少吃亏。像巴尔扎克描写的葛朗台之类，都是说话好像不太便捷之人，当你跟他谈判说的话对他不利的时候，他老听不清楚，表达也不清楚，一旦说到他心里去了，条件符合他的想法时，他马上说，就这样，就这样。鲁迅也很会描写这种口吃之人。

"屋子？"四爷仰了脸，想了一会，说，"舍间可是没有这样的闲房。他也说不定什么时候才会好……"统治阶级内部的矛盾开始了，谁也不愿意吃亏。

"就用，他，自己的……"老娃说。

"我家的六顺，"四爷忽然严肃而且悲哀地说，声音也有些发抖了。"秋天就要娶亲……你看，他年纪这么大了，单知道发疯，不肯成家立业。舍弟也做了一世人，虽然也不大安分，可是香火总归是绝不得的……"

他们不肯弄死他，现在想找个法子把他关起来，关就关吧，可是扯出这么多事来。这里说到香火的问题，香火绝不得，好像是很有人道主义，好像很同情他。我们看下文，这个香火涉及什么事。

"那自然！"三个人异口同音地说。

"六顺生了儿子，我想第二个就可以过继给他。但是，——别人的儿子，可以白要的么？"

"那不能！"三个人异口同音地说。

"这一间破屋，和我是不相干；六顺也不在乎此。可是，将亲生的孩子白白给人，做母亲的怕不能就这么松爽罢？"

我们看看这些统治阶级的人道貌岸然，好像都很有人道主义，什么伦理道德都考虑了，他们的核心目的是什么呢？那个人固然疯了，就即使这个人真是疯子，他们不打死他难道真是因为他们有同情心吗？不是，他们想的是他的房子，怎么把这个疯子的房子弄到手。鲁迅写的几篇小说都跟房子有关，比如《孤独者》。人可以不要，可以弄死，房子怎么办？怎么想办法把房子弄到手？这些统治者想得多好，假装把儿子的儿子过继给他，他儿子还没结婚呢，他现在想的是把儿子的第二个儿子过继给他，你怎么知道你儿子能生俩儿子呢？他先取一个名目，把儿子的第二个儿子过继给他，但是说了：儿子不能白给。人家要你儿子了吗？人家还没要呢。他规定好了要过继给人家一个孩子，但他的目的是霸占人家的房子，霸占之前先说好了，"这一间破屋"——大家明白了，这里面全是算计，要算计人家的房产。

"那自然！"三个人异口同音地说。

他们在客厅里已经决定了一个密谋,要霸占这家伙的房子。

四爷沉默了。三个人交互看着别人的脸。

"我是天天盼望他好起来,"四爷在暂时静穆之后,这才缓缓地说,"可是他总不好。也不是不好,是他自己不要好。无法可想,就照这一位所说似的关起来,免得害人,出他父亲的丑,也许反倒好,倒是对得起他的父亲……"

"那自然,"阔亭感动的说,"可是,房子……"

"庙里就没有闲房?……"四爷慢腾腾地问道。

他们想得多周密,自己的房子不能动,还得想着霸占人家的房子。他们要关起他,在哪儿关呢?他们想到了庙里,用公家的房子来关,自己一点亏都不吃。所以到这就知道,我们的传统社会为什么会出问题,这些人还算是孔孟的后代吗?还算是执行孔孟之道的人吗?到底是我们的传统文化本身不好,是孔孟之道不好,还是这些人所行所言并非孔孟之道?孔孟之道是教育人这样吗?所以说,这是鲁迅所熟悉的孔孟之道的末路,遇到的这些子孙,到底谁是不肖子孙。

"有!"阔亭恍然道,"有!进大门的西边那一间就空着,又只有一个小方窗,粗木直栅的,决计挖不开。好极了!"

听他这么一描述,这是庙里吗?你看这房子是庙里吗?"只有一个小方窗",粗木栅栏的,还挖不开的,这哪儿是庙啊?

老娃和方头也顿然都显了欢喜的神色;阔亭吐一口气,尖着嘴唇就喝茶。那茶现在大概凉了,可以喝了。

未到黄昏时分,天下已经泰平,或者竟是全都忘却了,人们的脸上不特已不紧张,并且早褪尽了先前的喜悦的痕迹。在庙前,人们的足迹自然比平日多,但不久也就稀少了。只因为关了几天门,孩子们不能进去玩,便觉得这一天在院子里格外玩得有趣,吃过了晚饭,还有几个跑

里面没有氧气——解读《长明灯》 | 165

到庙里去游戏，猜谜。

这是最后一个场景，又到了庙里。庙前庙里，这个事情已经妥当了，具体怎么做的，鲁迅省略了，只说结果。

"你猜。"一个最大的说，"我再说一遍：白篷船，红划楫，摇到对岸歇一歇，点心吃一些，戏文唱一出。"这是绍兴的谜语，话是绍兴的，不用江南话读都不押韵。

"那是什么呢？'红划楫'的。"一个女孩说。

"我说出来罢，那是……"

"慢一慢！"生癞头疮的说，生癞头疮也是江南一带的孩子多，北方孩子很少生癞头疮，这跟天气潮湿有关系。"我猜着了：航船。"

"航船。"赤膊的也道。

"哈，航船？"最大的道，"航船是摇橹的。他会唱戏文么？你们猜不着。我说出来罢……"

"慢一慢，"癞头疮还说。

"哼，你猜不着。我说出来罢，那是：鹅。"

"鹅！"女孩笑着说，"红划楫的。"

"怎么又是白篷船呢？"赤膊的问。

这一段写得很有童趣，同时"鹅"也是"呆"的意思，呆鹅。鲁迅写到孩子可爱的游戏的一面，制造了一个轻松的气氛，衬托出前面说的天下太平。可是，突然传来一声：

"我放火！"

孩子们都吃惊，立时记起他来，一齐注视西厢房，又看见一只手扳着木栅，一只手撕着木皮，其间有两只眼睛闪闪地发亮。我们看这是一个什么形象，这是一只困在笼中的老虎，这是里尔克写的那只豹子，"我好比笼中鸟，有翅难展"。

沉默只一瞬间，癞头疮忽而发一声喊，拔步就跑；其余的也都笑着嚷着跑出去了。赤膊的还将苇子向后一指，从喘吁吁的樱桃似的小嘴唇里吐出清脆的一声道：

"吧！"

可爱的孩子瞬间变成可恶，瞬间变成残忍。

从此完全静寂了，暮色下来，绿莹莹的长明灯更其分明地照出神殿，神龛，而且照到院子，照到木栅里的昏暗。注意这个光，长明灯照的是"昏暗"。

孩子们跑出庙外也就立定，牵着手，慢慢地向自己的家走去，都笑吟吟地，合唱着随口编派的歌：

"白篷船，对岸歇一歇。

此刻熄，自己熄。

戏文唱一出。

我放火！哈哈哈！

火火火，点心吃一些。

戏文唱一出。

……"

我们知道历朝历代农民起义都先有童谣，但我们读下来之后发现，那个童谣好像不是小孩自己编的，但是又分明是童谣，有时我们会奇怪怎么会有这样的童谣呢。你通过这个就知道了，本来那个童谣是无害的，是个谜语，是个简单的儿歌，可是孩子随便听了革命者的一些话之后，他就把革命者的口号语言编到了童谣里面，把它加进来了。假如这个童谣流传下去，它就成了一个革命的寓言、革命的预兆，那些革命的警句是这样出来的。前面已经写得很详细，本来这就是一个纯粹的谜语，猜鹅的，可是这里加了"此刻熄，自己熄""我放火""火火火"，这是革命的自然传播。

鲁迅是1925年2月28日写成《长明灯》，3月1日写完，所以小说最后署的是**一九二五年三月一日**。

我们简单地看一下长明灯。世界各地都有长明灯，长明灯为什么能长明？根据我们学的物理知识，火要老着着，必须得有燃料，有人给它续。现在的长明灯，我们雨花台的长明灯，还有莫斯科的长明灯，那肯定有工作人员往里面续燃料。可是古代在很多帝王的墓穴里面放的长明灯，过了几百年、上千年，最长的过了两千年，还一直亮着。有盗墓者或者考古工作者打开墓之后，看灯亮着，一看下葬的时间，已经过了几百年了，上千年了，两千多年了，这是怎么回事？这是一个长明灯之谜，为什么有些长明灯能够烧那么长时间？据有的科学家研究，它那个燃料其实不是燃料，是一种发电的汞，古人已经掌握了化学发电。但是电也是能量，电是不是也有发完的时候呢？所以长明灯是个谜。还有一种解释，说长明灯的灯芯是一种涂满了白磷的灯芯。盗墓的人或考古工作者把墓门打开，进去的时候要很长时间，那里边本来缺氧，当氧气进去的时候，那个灯芯会自燃，也就是说它平时并没有长明，它是灭着的，只在墓门打开的时候它才着了。所以我家第一次买冰箱的时候，我就老想着我关上门的时候，里面的灯亮不亮。我老琢磨这事，开门时是亮的，关了还亮不亮？

关于《长明灯》，李大钊当年有过评价：鲁迅先生发表《长明灯》，这是他继续《狂人日记》的精神，已经挺身出来了，你们可以去看看他，请他多多指导青年工作。李大钊是站在一个革命者的立场上，简单地提出了《长明灯》的精神，他看得很准。李大钊指出，《长明灯》就是《狂人日记》，写的就是一个疯子，这个疯子就是个战士。李大钊看得很准，但是他并不做过多的分析，他让鲁迅指导青年工作，但是青年们如果找鲁迅指导工作，鲁迅就会指导得很复杂。鲁迅主要是一个学者、老师。配合鲁迅对革命的认识，我们看这句话，还是1925年的时候，写了这篇小说不久，鲁迅给许广平写了一封信。鲁迅很多真的思想、深刻的思想，不是跟谁都说的，他只跟最能了解他的学生说，他跟许广平说，这时候他俩还没有结合，刚谈恋爱，他跟她说："无论如何，总要改革才好，但改革最快的还是火与剑。"用火与剑的改革，那不就是革命吗？用了火与剑，用暴力手段，那就是革命。所以这个思想能够证实《长明灯》的思想，真的要改革就要放火，不放火没法改革。放火固然要烧掉很多有价值的东西，很可惜都要烧掉，但是迫不得已，只好放火。

这篇小说的人物，第一，可以跟《狂人日记》中的狂人进行对比。《狂人日记》固然是鲁迅的代表作之一，非常深刻，揭露出吃人问题，但是《狂人日记》里的狂人，被完全地束缚住了，连骗带关，特别是小序说那个狂人最后好了，又重新回到体制里当官了。《长明灯》里的疯子往前走了一步，他决断地宣布要放火，先是要自己熄，此刻熄，你们不让我熄掉我就放火，是一种牢笼中还要挣扎还要战斗的"老虎"形象。但他们共同的一点是，都是孤独的战斗者，周围没有同志，没人理解，特别是孩子不理解，孩子要杀他。第二，出身问题，这个人出生于体制内，是"官二代"，这是值得注意的。这个小说里的阶级问题，跟革命作家处理的都不一样，草根阶级的人，并不理解革命，并不赞赏革命；恰恰是他这样"官二代"出身的人，从里边看清了长明灯要熄。

这篇小说可以跟俄国作家迦尔洵的《红花》进行对比。鲁迅是早年受俄国作家影响很深的，1921年，鲁迅在翻译《红花》的时候讲，迦尔洵的"杰作《红花》，叙一半狂人物"，也是个疯子，"以红花为世界上一切恶的象征，在医院中拼命撷取而死，论者或以为便在描写陷于发狂状态的他自己"。要摘掉红花，和这里要吹灭那个长明灯，是有相似之处。

场景不用说了，刚刚我们分析过了，茶馆、庙前、客厅、庙内，可以改编成一个小话剧。这里边的很多描写都是带有象征性的。"灯"显然是个象征，一开始我们就重点分析了；"疯子"是某一种先觉者、觉悟者；"吉光"，刚才讲过是中国的象征；"庙"，意识形态阵地；"火"，指革命。还有好多，这里的孩子、四爷这些人，都是具有典型意义的。

　　最后，由这篇小说我们谈一下鲁迅的斗争策略。左翼作家号称革命，但是怎么革命，他们经常要听鲁迅的教导。鲁迅对这帮革命者是又耐心地教育，生气了又骂他们。他在《对于左翼作家联盟的意见》中说："对于旧社会和旧势力的斗争，必须坚决，持久不断，而且注重实力。旧社会的根底原是非常坚固的，新运动非有更大的力不能动摇它什么。并且旧社会还有它使新势力妥协的好办法，但它自己是决不妥协的。"每个时代在向前走的时候，都可以看成现在是旧的，还要迎接更新的社会。但是你要想迎接更新的社会，那些有志于改造中国的青年，希望中国和人类越走越好的青年，你们应该记着鲁迅的这段话。旧社会是不妥协的，它的力量特别大，你不要企图五分钟把它干掉，你十年能取得一点儿进步就不错了，所以需要这几个词：坚决、持久、实力。一时的坚决可以做得到，坚持十年二十年的坚决那就要持久，很难做到。怎么做到？要有实力，要读书，要了解社会，要肚子里装满了东西。你装的那些知识、理论，就是你的实力。有这些东西在，你才谈得上斗争，你才能真的在你一辈子中给这个世界留下点什么，无论你是要吹灭某个长明灯，还是要点亮某个长明灯，都需要先在你自己的心里点亮一盏灯。

　　好，我们今天就讲到这里。【掌声】

　　　　　　　　　　——本课为2014年北大鲁迅小说研究选修课第九课

看与被看的国度

——解读《示众》

《示众》这篇小说历来研究得很少，也不很著名。而且这个小说从样式上看也很不像小说，我们之前讲过的《幸福的家庭》，虽然没有起伏跌宕的情节，但好歹有人物有故事，记叙文的几要素都是清晰的。而《示众》不然，《示众》这样的作品很不适合放在语文教科书里边，唯一适合放在教科书里的是它的篇幅，篇幅短小，还不到三千字，这么短，现在基本上没有人写这么短的作品。随便你打开一本文学刊物，短篇小说都是上万字，几万字。

可是这篇小说却被钱理群先生评价为鲁迅最优秀的作品，当然文学作品优秀不优秀没有一个固定的标准，钱老师也好，哪位老师也好，认为哪个作品最好，这是没有办法辩论的，因为大家标准不一样。钱老师作为资深的鲁迅研究权威，他这样说，我们只能去想他为什么这样说，钱老师这样说的道理何在，而不是要去计较，难道它有《阿Q正传》好吗，难道它有《狂人日记》好吗，那不是研究文学的思路，我们要想钱老师为什么说《示众》最好。明明我们读了之后，经常读得一头雾水，那是不是就要从我们的一头雾水出发：为什么很多人没有觉得这小说有什么了不起？它是不是鲁迅随便写的一个随笔、一个草稿，甚至是不是某个更大作品的一部分，是不是可以扩展成一个更长的结构？好，作品不长，我们就沿着这样的思路来去阅读它。

首先我很喜欢这个题目，我喜欢这个题目是出自我喜欢这两个字的搭配。这两个字的字形放在一块儿非常匀称，这可能是我的职业病，我看字都是从音形义的角度先看。我有时候装神弄鬼帮人家算命、给人家测字，其实我没有专门学过算命，我就是跟中文系老师学的算命，因为我们中文系老师的一个职业病就是研究字，会研究字就能够研究一切。当年大军阀吴佩孚，年轻的时候是个秀才，穷困潦倒在街上给人测字。他也不过就是对文字研究得比较深，有一个人来测字，就写了一个字"姑"，根据这个字，吴佩孚就研究出来，这个人是什么人，将来要干什么，吴佩孚说他是吃开口饭的，是站在舞台上唱戏的，唱的是旦角，但他本人是男人，将来要出很大的名。吴佩孚每一条都说中了，那个人很吃惊，但是又不太相信。那个被吴佩孚算中的人大家知道是谁吗？那个人就是梅兰芳，来给梅兰芳算命的人就写了一个姑娘的"姑"，吴佩孚就算中了此人的一生。这个另说，这属于文化掌故。

"示众"这两个字很好看，包括你把"众"写成繁体字仍然很好看。"示众"这两个字有魅力，这两个字本身就便于展示。过去的文学作品都很讲究标题，都很凝练，字数很少，耐人琢磨。今天产生了标题党，标题党好像更重视标题，但其实标题党恰好破坏了标题之美，都是希望在标题里面放进去更加耸人听闻的信息，勾引人来看，恰恰破坏了标题本身那种应该具有的深邃之美、含蓄之美。大家如果读过这篇小说，你想想按照标题党的编辑思路，这小说的题目应该是什么，题目可以弄出二十个字来。

我们往下看，讲这篇小说之前，我们还是先讲讲它发表的时空——1925年4月13日北京《语丝》周刊22期。鲁迅也属于语丝派，《语丝》是鲁迅、周作人、林语堂一些人办的一个刊物，抨击现实，文字精练，也有幽默，所以和一些其他的流派产生过矛盾对立。比如说陈西滢的现代评论派，陈西滢的那个派用我们今天的标准看来，既是公知又是美粉，就是认为政府做的都是对的，美国做的都是对的。《语丝》存在了相当长一段时间，产生了很大的影响，也产生了一种叫"语丝体"的文字，"语丝体"，鲁迅说就是打击旧的黑暗的事物，催促新的事物的产生。《示众》这个小说后来收入鲁迅的《彷徨》。

这个小说我也很欣赏，我也认为很重要，不过这个小说确实很难讲，不怪学术界对它的研究不多。因为懂的人一看就懂了，不需要讲得太多，就像最好的诗词一样，懂了就懂了，会然于心。它特别不适合在语文课上讲。我已经说过，我们语文课最大的弊病之一就是老师讲得太多，老师太会讲，正是讲，毁了语文。好的老师要少讲，可是少讲又评不了职称，显得你没学问。我们上个礼拜刚开了一个语文大会，汇集天下语文精英，纪念恢复高考四十年、北京高考阅卷十六年，在会上我也讲了这个问题。这些来开会的语文老师——中学语文界精英，都会说大学老师那套术语，都在讲语文什么什么的生产、语文文本的解读，都在讲这些话，都把大学课堂搬到中学去了。这也是语文这个行业的两难：为了上课我们不得不讲，但是我又认为讲得太多不好。所以我们怎么掌握讲与不讲之间的关系，更主要的需要听讲者自己的悟性。讲得少了，需要你自己去想那个多；讲得多了，需要你自己去裁剪。

这个作品我觉得好，我从这么几个角度来理解。《示众》这篇作品可以让我们凝神去想鲁迅的几个关键词，鲁迅是有很多关键词的，我们可以找出几十个鲁迅的关键词。这个作品可以让我们看到鲁迅的三个关键词，有两个是题目中已经呈现出来的，就是"示"和"众"，除了这两个还有一个是"看"，这是鲁迅的三个关键词。这三个字都是常用字，大家都非常熟悉的一个事物，人们往往就不去思索，所以最难的问题往往是我们最常见的问题。比如我问你什么叫洲际导弹，你可能会给我概括得很标准，你的文化水平、科学水平、语文水平，使你能够很标准地讲清楚什么叫洲际导弹。但我问你什么叫桌子，你就讲不清楚，而且我相信在座的没一个人能给我讲清楚什么叫桌子。因为你从来没有想过，桌子也存在问题吗，桌子还要定义吗。当然需要定义。或者你给我讲什么叫黑板，这个反而比洲际导弹还难。

示、众、看，这么常用的几个字，一较真儿问题就出来了，什么叫示？我们常用，指示、告示，示众这个词也常用，尽管今天已经不示众了——今天认为示众侵犯人权。我小的时候对犯人还要采取游街示众的态度，我们每年都能够看到游街示众。开来一排大卡车，每辆卡车上压着一个或者N个各种罪犯，他们挂着大牌子。我们就去围观，看牌子上写的那些罪名：反革命杀人犯、盗窃犯、强奸犯，等等。小时候我还问，为什么杀人犯里边老有反革命呢？为什么没有反革命强奸犯呢？大人说：不许胡说！有时候我也去看那些犯人的面孔，看他们的眼睛，他们的眼睛我也研究，我发现杀人犯往往气质很好，有时候你看他的时候他也看你，杀人犯敢于和人对视；气质最不好的就是强奸犯，全都耷拉着脑袋不敢看人。小时候不明白道理，但是留下了很深刻的印象。那种游街示众，真正起到了一个示的作用。"示"是什么意思？《说文解字》里边讲："天垂象，见吉凶。""示"的上边是天和地的意思，下边是天地垂下来象，天地让我们看吉凶的，这叫"示"。所以"示"从一开始就跟神有关系，甲骨文里边的"示"，就是一个祭台，所以凡是带"示"的字，以"示"为字旁的字，全都跟神有关系。我们现在写的神也是这个偏旁。

也就是说,"示"是大自然,是天地,是神给我们凡人看的东西,这叫"示"。日常用这个字我们浑然不觉,当我们说这个字的时候,里边就包含了严肃的感觉,一般的事情不能叫示。告示、启示等都带有很庄重的意思;展示,一听都很正式、很隆重,向人展示个什么东西。你不能说"我买了两个包子,回家示给我妈妈看",明显就用错啦。你翻译成外语就看不出区别来。"示"是不能乱用的。

"众",一般人说不需要解释,特别是简化字的"众"是三个"人",表示人很多,三者为多,很多"人"放一块儿就叫"众"——这只是它的表面意思。当我们说"众"的时候,跟说神一样,里面是有意识形态价值的,经常是与个体对立而言的,并不是简单地说很多人。特别是在两千五百年以前,中国精英群体崛起之后。在上古社会,不存在专门的精英群体,原始社会部落制,没有精英群体。到了两千五百多年前,我们出现了精英群体。精英群体突出自我的一个手段,就是发明一个词叫"众"。"众"和"我"是相对立的:"我"是高大上的,是阳春白雪,"众"是下里巴人。所以多数人的"众",一般就是不高级的代表。典型的例子就是屈原讲的"众女嫉余之蛾眉兮"。屈原发明了用女性、美女来比喻知识分子、士大夫,发明了士与美女之间的这样一种互喻关系。"众女嫉余之蛾眉兮",她们这帮女的都嫉妒我长得漂亮。当你这样说的时候,你的眉画得那么好看,可你不也是众女之一吗?加了一个"众",就把"我"突出了。所以人要表示高雅、入流,总是要解决我与众的关系。

到了近代,大众社会兴起,又形成一个反转,"众"得到重视,以"众"来压"我",以群体来压个体。那么这样是不是就完全使社会走到了一个新的阶段呢?如果前后联系起来看,好像不是这样的,这仍然是一个话语策略。鲁迅早期的文言——《破恶声论》《摩罗诗力说》等作品——中,就指出现代民主社会就是借多数人的暴力来压迫少数先哲、先觉，鲁迅认为这是所谓民主社会的一大罪恶。他说古代社会不过是一个暴君，现代社会是千万个暴君，人人都是暴君，而且你没有力量去反驳、反对他们。现代社会是万千无赖的无耻之尤，联合起来杀人不偿命。所以"众"，也是鲁迅的一个关键词。

我们看鲁迅的很多小说，其实就是指向众的问题。既然是鲁迅的关键词，当然也是现代化的关键词，就是说，中国怎么实现从传统社会到现代社会的转型，核心问题之一仍然是解决"众"。从最早严复讲的群己之关系（群就是众，是从近代以来人们开始思考的），然后经过孙中山这代人到鲁迅，加深对这个问题的思考。到了毛泽东，毛泽东思想的一个重要组成部分就是如何解决众的问题，解决了这个问题，革命就成功了。直到今天，习近平总书记也反复强调群众路线。这些都有着纵向的历史逻辑联系。

除了题目中的"示"和"众"之外，另有一个关键词叫"看"。这样一个最普通的动词，竟然是现代化的一个关键词。要深入理解"看"这个词的价值，我推荐大家看法国哲学家福柯的书。我们文学研究经常要用到福柯的理论。人和人之间充满了权力关系，大部分权力关系不是规定的，不是法律规定的，是我们彼此默认的。比如说此时此刻，只能我在这里说话，你们不能随便上来说话，这是我们默认的一种权力关系。我也不能随便跑到哪里，坐到那里什么也不管了，这都是我们默认的。我们每时每刻都生活在权力之下。为什么要用那么长的时间来上学呢？你真以为是学什么知识吗？不是，是训练你处在各种权力关系之下。其中看就是一种权力。我们以为"看"不就是一个普通的动作吗？不是，看是最重要的权力之一。比如看和被看就构成了一对权力组合，看者是居于权力的一方，居于统治的一方，居于优势的一方，被看是另一方，被看就是被统治、被支配、被管理。你坐地铁、坐公交车，能不能长时间地看着对面的一个人？你偶尔看两眼可以，你看他这羽绒服真漂亮，看三秒钟还可以，要老盯着看，在北京可能还行，没人理你，你如果到了东北——"你瞅啥啊？""瞅你咋的？"行了，下面要发生的事情我们都知道了。因为很多东北人性情比较直爽，其他地方的人其实心里也不高兴，东北人只不过说出来了。所以到了东北你不小心多看了别人，如果遇到"你瞅啥啊"的时候，千万不要说"瞅你咋的"，就说"大哥你这衣服真漂亮，在哪儿买的"这样去化解矛盾。为什么？就因为"看"触犯了权力秩序，人是不能随便乱看的。你到飞机场、北京站，看见武警端着枪在那里执勤，你能站在他前面使劲看吗？不能吧，看两眼算了。所以看和被看是不一样的。看很多高级的东西要花钱，花钱买的是什么呢？买的是看的权力——你到大讲堂去看节目，你到动物园去看动物，你获得了看的权力。

　　生命之间的交锋不一定非得是直接的肢体接触。我小的时候就做过这样的恶作剧，盯住一个人去看，然后对方也盯着我看，两个人就较上劲了，看谁先眨眼，谁先扭头，先眨眼先扭头的一方就算失败了。那个比打架还要考验人的毅力，有的时候真是坚持不住："唉，你凭什么看人家？"越看越觉得心虚。我小的时候也常去动物园，到动物园看一些猛兽，我看老虎，老虎根本不理你，不跟你对视，老虎不把你放在眼里，"你有什么资格看我啊"，老虎转头就睡觉。能够跟人对看的，而且喜欢作对的是狼，狼喜欢跟人对看，但是你看两秒钟就心虚了，你就知道你看不过它，它真可以永远看下去，越看你心里越毛，所以你知道狼是不好对付的，但是它毕竟不是老虎。看一些食草动物那很容易，食草动物看不过人，食草动物迅速地就认输。

　　所以看本身具有极大的阐释空间，而一些杰出的艺术家就悟到了这一点。鲁迅的很多文字都跟看有关系，大家读过《呐喊》自序，鲁迅为什么弃医从文,大家都知道那个典故,他弃医从文的契机转折是幻灯片事件。他在日本上学,讲课的间隙老师放新闻片,其实不是电影,就是幻灯片,放一组日俄战争的幻灯片,在中国的土地上日本和俄国打仗,抓了一个中国人奸细要砍头,周围围着的也是中国人,那些中国人麻木地面无表情地看着中国同胞被砍头,就是这一个"看",严重地刺激了鲁迅,而鲁迅在看这个时事片的时候,他周围的日本同学都发出欢呼。还是看——幻灯片里的中国人在看中国人被杀头,幻灯片外面的日本同学在看大日本帝国的辉煌武功,鲁迅也在这里看,他就受不了了,不学医了,他说我的医学得再好,我给这群混账治病,我凭什么给你治病?我给你们治完病你们不还是看杀头吗?更加身体健壮地看杀头,所以鲁迅决定不学医了,他说要去拿起灵魂的手术刀。这是鲁迅弃医从文的一个重要的转折,就是看。

我们想想熟知的鲁迅其他作品,《狂人日记》是不是看?《阿Q正传》是不是看?阿Q直到最后一刻被杀头被枪毙的时候还是看,周围的人看他,他看别人,别人就希望他唱一句"二十年后又是一条好汉",他唱出来大家喊好。阿Q并不是什么好人,可是阿Q最后看见周围那些看他的眼睛都是狼的眼睛,阿Q在生命的最后关头看透了人生,这哪是人哪,都是狼啊!这些眼睛在咬着阿Q的灵魂,可惜阿Q也就能想到这儿,轰然一声巨响,他的灵魂迸散了。《药》不是看吗?革命者为了这些人牺牲,这些人去看他的死刑,看完了再蘸他的鲜血。《孔乙己》的悲剧是什么?孔乙己的悲剧是科举吗?多少英雄好汉都是科举出来的,你怎么不说科举好啊?你专门说考不上,用几个考不上的说科举不好?《孔乙己》的悲剧是孔乙己也是一个被看的人,孔乙己来到咸亨酒店,大家都把他看成看的对象,就跟看一个动物一样,逗着他说话,用鲁迅的话,叫"赏鉴"——看就是赏鉴,赏鉴别人的痛苦。所以孔乙己真的是被什么人打死的吗?

是因为偷东西被打死的吗？孔乙己是被看死的。《祝福》写的什么？还是看。祥林嫂的同胞，她的无产阶级同胞都来赏鉴她几次的不幸、她的痛苦，让她再说，"你头上那个包怎么来的""你为什么又改嫁了""你怎么又听话了呢""说说你家阿毛怎么死的"……祥林嫂一遍一遍地说。

我们今天每当社会上有重要的事情，网上是不是充满了这些人？"孔老师你是怎么看某某事件的？""你为什么不发言？""你没有良心吗？"说这些话的人还多数是大学生，都是受过现代教育的，都毫无心肝、毫无人性，装得很关心社会，装作很关心灾难、关心人民痛苦，他其实就是要赏鉴，就是要消费，一有事他们就兴奋起来了，然后到处去问，问各个有一点名气的人，让人家发言。这种情况只在毛主席时代得到过扭转，有过好转，社会上有什么事情，大家直接去救灾救难，直接投入改变不好社会现状的行动中，而不是奔走相告，兴奋地作为谈资。今天又回到鲁迅的那个时代了，遍地看客，而且今天有了看的利器，不断升级的苹果5、苹果6、苹果7，这就是我们看的利器，天天要看这些事情，不看就难受，我们有看的权力，我们有知情权，还有帮助我们看得更过瘾的各种媒体记者。所以这才是一个民族是否有道德、是否能复兴的关键问题。

下面我们来看看这篇不长的作品的原文，开头这样写：

首善之区的西城的一条马路上，这个话一开头就含着讽刺，首善之区指的是首都，按理说首都应该建设得最好，最有道德，可是我们能这样认为吗？北京人就比上海人更善，比成都人更善，比广东人更善？北京建设得更好？特别是我们海淀区的一个口号，自己认为海淀区是首善之区。我也是海淀区居民，我很希望海淀区是首善之区，但我不同意自己说自己是首善之区。鲁迅故意这么用，鲁迅用好词都是坏的意思，"首善之区的西城的一条马路上"，直接将镜头拉到马路上了。

这时候什么扰攘也没有。火焰焰的太阳虽然还未直照，但路上的沙

土仿佛已是闪烁地生光；鲁迅要写一种气氛，三言两语就把你带进去，这是他这支笔的威力，了不起！你看他好像随便用一些词，但是你马上觉得热起来了，火焰焰的太阳，沙土闪烁着生光，而且带有地方特色，一看就知道这是北方的炎炎夏日。**酷热满和在空气里面，到处发挥着盛夏的威力**。写到这其实已经感到热了，但是还要再加强，用什么手段加强呢？**许多狗都拖出舌头来**，为什么不用吐出舌头来呢？一个"拖"字你就知道热成什么样了，舌头拿出来都收不回去了。我们知道狗没有汗腺，很可怜，狗散热只有靠舌头，猫还能靠爪子散热，狗只能靠舌头，所以许多狗都拖出舌头来。**连树上的乌老鸦也张着嘴喘气**，鲁迅在北京住了多年，终于会说一些北京话了，乌老鸦是北京话。——**但是，自然也有例外的。远处隐隐有两个铜盏相击的声音**，**使人忆起酸梅汤**，北京的酸梅汤是正宗的，而且老北京卖酸梅汤是用两个小铜碗，叫冰盏，一听那声就让人感到凉快。鲁迅可能还不知道那个东西叫冰盏，两个铜盏相击的声音，使人忆起酸梅汤。**依稀感到凉意，可是那懒懒的单调的金属音的间作，却使那寂静更其深远了**。写北京夏天之热，老舍是一流的，老舍《骆驼祥子》里那一段，骆驼祥子在烈日和暴雨下，那写得无法超越。但鲁迅用另一种笔触，同样写出北京之夏这种不可忍受，这两段都是可以比的，都是一流的描写大师写北京的夏天。

只有脚步声，车夫默默地前奔，似乎想赶紧逃出头上的烈日。我不知道这一段老舍有没有读过，老舍如果读过，虽然他是北京人，恐怕《骆驼祥子》那一段是受了这一段的影响。鲁迅早就看见过车夫在烈日下怎么奔跑。

"热的包子咧！刚出屉的……"鲁迅也是一写吃的就写得很传神，这也是正宗北京话，下面就是鲁迅式的描写了。

十一二岁的胖孩子，细着眼睛，歪了嘴，两个形容词当作动词在用，好像眼睛本来不细，用动作搞细了一样。**在路旁的店门前叫喊，声音已经嘶嗄了**，就是嘶哑的意思。**还带些睡意，如给夏天的长日催眠**。谁给谁催眠？本来是天气使人要睡觉，他反过来说人给夏日催眠，这样就加深了热给人的感觉，百无聊赖浑身没劲的样子，鲁迅写这个人没有力气，热得一片懒散，生命毫无意义。**他旁边的破旧桌子上，就有二三十个馒头包子，毫无热气，冷冷地坐着**。

"荷阿！馒头包子咧，热的……"难道他说的话是假的吗？馒头包子到底热不热？肯定是热的，他不会撒谎。为什么说"冷冷地坐着"呢？突出天气之热。你如果观察大夏天里摆在那里刚出锅的馒头包子，它是不冒热气的，因为显不出它的热来，看着好像是冷的。什么天气才能显示出包子是热的呢？冬天。你早上起来到路边看看那卖包子的去，一出屉，哗啦，白气往上冒，显得特别热乎，特别想吃。因为天冷。这说明鲁迅观察极细，天热显不出刚出屉食物的热来。镜头感特别强。可是到这里也没介绍什么人，什么事。

像用力掷在墙上而反拨过来的皮球一般，他忽然飞在马路的那边了。突然又是一个镜头，直击的镜头描述。**在电杆旁，和他对面，正向着马路，其时也站定了两个人：一个是淡黄制服的挂刀的面黄肌瘦的巡警**，鲁迅写人用白描的手法，制服、淡黄、刀、面黄肌瘦，几个词就写出了一个巡警。写巡警写得最好的是老舍。老舍的几个主要人物，车夫、妓女、巡警，这是老舍写得最好的。老舍写巡警，写了半天也无非就这样。我们读老舍笔下的巡警，就知道那个时候的巡警穿的是淡黄制服。因为巡警一般都很穷，社会最下层的小伙子找不到工作，只好当巡警。家里很穷，买不起衣服，巡警发制服，他们就日夜穿这身衣服，一年四季穿着这身淡黄制服。因为生活很苦，很底层，所以是面黄肌瘦。巡警好像有点权力，可以管人。可是巡警自己就是社会最底层的人之一。这写出了民国的警察制度。**手里牵着绳头,绳的那头就拴在别一个穿蓝布大衫上罩白背心的男人的臂膊上。**注意他牵的那个人——穿着蓝布大衫,罩着白背心。这装束很奇怪,怎么大衫穿里边,外面罩着个白背心呢?这是犯人的装束,白背心是囚服,上面写着他们的罪名。**这男人戴一顶新草帽,帽檐四面下垂,**草帽帽檐垂下来,**遮住了眼睛的一带。**眼睛是干什么的?是看的。他的草帽遮住眼睛,是他首先被剥夺和削弱了看的权力。**但胖孩子身体矮,仰起脸来看时,**出现"看"这个字了,**却正撞见这人的眼睛了。**"撞见",眼睛挨着眼睛,是你看别人,别人看你,叫撞见了。对看在北方、东北和老北京,有一个词叫"罩",这是非常带有战斗性的一个词,两个人互相罩,看谁能罩得过谁。带有一种碰撞的意味。**那眼睛也似乎正在看他的脑壳。他连忙顺下眼,去看白背心,**连续地看。只见,换了一个字,不用"看",用"见",**背心上一行一行地写着些大大小小的什么字。**说明这孩子不大认字。反正看着有字,什么字不重要。我们想知道一些有效信息的时候,鲁迅偏不写,下文还是如此。

刹时间,也就围满了大半圈的看客。"看"字又出现,不过加一"客"。我不知道"看客"如何翻译成英语,能简单地翻译成"看的人"吗?或者加一个er?好像"看客"只有在汉语的意义里面,我们才能够理解它的意思。某种人被叫作"客"的时候,好像意义发生转化了,就好像你如果去喝水喝酒,不能叫drinker。**待到增加了秃头的老头子之后,空缺已经不多,而立刻又被一个赤膊的红鼻子胖大汉补满了。**鲁迅爱写线条,爱写颜色,这是一个出色的画家,用颜色和线条来写人——赤膊、红鼻子,胖大汉。**这胖子过于横阔,占了两人的地位,**读鲁迅的作品读多了,就知道鲁迅讨厌胖子。他笔下的胖子都是很讨厌的人,因为他自己瘦,所以他写的胖子都往坏了写。**所以续到的便只能屈在第二层,从前面的两个脖子之间伸进脑袋去。**这么一个场面,被他写得如此之细。有一个文学流派叫"法国新小说派",这是鲁迅写《示众》几十年后新兴的流派。我们上大学的时候,专门阅读研究过法国新小说。法国新小说不讲究人物、情节、中心,用几乎说明文的方式,去不厌其烦地描写事物的细部。打开一部小说,它描写一只旅行箱,可以描写好多页,旅行箱上下左右都是什么样的,花纹、锁是什么样的,仔细地写,但是你又知道这不是说明书。这种文学,背后有它的哲学意义。而鲁迅显然不是受法国新小说的影响,可是你看他非常不厌其烦地去写那些无聊的细节。所以不能简单地说鲁迅的语言是精练的、是简练的,鲁迅很了不起的一点是做别人做不到的,他是反精练的,故意写啰唆,比比谁啰唆,这是鲁迅的一个伟大之处。

秃头站在白背心的略略正对面,弯了腰,去研究背心上的文字,终于读起来:

"嗡,都,哼,八,而……"

我读小说这么多遍了,也没解读出这几个字啥意思来。我想是不是原来有几个字,他故意谐音化了,我怎么想也想不明白,也许鲁迅故意的,随便写几个字,就这样造成意义的消失。让这个意义消失,本身就是他要解读的意义,要写作出来的意思——让我们期待的某些意义消失,才能突出另外的一些意义。你读得多,你老说这个作品怎么能这么写呢?当我们产生这种疑问的时候,其实就产生了一个陌生感。而优秀的文学作品,经常要给我们一个陌生化。这是高端文学与一般通俗文学的区别。

胖孩子却看见那白背心正研究着这发亮的秃头,胖孩子看白背心,秃头也看白背心,白背心看秃头呢。**他也便跟着去研究**,研究也是看。**就只见满头光油油的,耳朵左近还有一片灰白色的头发,此外也不见得有怎样新奇**。我们如果不了解鲁迅,会觉得作者在写什么呀,这作者是不是闲得"蛋疼",怎么写这些东西呢?**但是后面的一个抱着孩子的老妈子却想乘机挤进来了**;鲁迅在这里不分人物的阶层、阶级,都一样。抱着孩子的老妈子，按理说这是无产阶级呀，鲁迅不管，老妈子也这样，也要挤进来看。**秃头怕失了位置，连忙站直，文字虽然还未读完，然而无可奈何，只得另看白背心的脸：草帽檐下半个鼻子，一张嘴，尖下巴。**秃头还是没有看见白背心的眼睛，鼻子往下，看这些。读到此处，一个场景几乎写满了，我们大概知道是一个什么样的场景了。一个巡警在夏日炎炎的街头，牵了一个犯人过来，然后围了这些人来看，很仔细地看。而这个人到底是什么人，犯了什么罪，没人管。

又像用了力掷在墙上而反拨过来的皮球一般，一个小学生飞奔上来，学生也来了。我们今天看小学生，以为就是一个普通的孩子，不，在"伟大"的中华民国，小学生属于知识分子，大学生是国家栋梁，这是绝对的。因为全国没有几个大学生，小学生都很少，百分之九十的人都是小学以下的水平。所以我小时候，我爷爷、我姥爷告诉我，在中华民国小学生不得了，小学生可以打警察，警察不敢打他。因为小学生长大必然当官，十年之后就是警察局长，完全可能的。而那些警察都是文盲，所以小学生在"伟大"的中华民国都是知识分子。可是这样一个国家将来的精英也要看。小学生飞奔上来，**一手按住了自己头上的雪白的小布帽，**从这个雪白的小布帽已经知道能当小学生的人的阶层、身份了。**向人丛中直钻进去。但他钻到第三 —— 也许是第四 —— 层，竟遇见一件不可动摇的伟大的东西了，**鲁迅特别善于写具有漫画效果的画面。**抬头看时，蓝裤腰上面有一座赤条条的很阔的脊背。**我们要学写作，要从细部去学。谁看过脊背的量词是"座"的？形容脊背的一个量词是"座"？你会认为这是一病句，脊背怎么能用"座"呢？用"座"就写出了在小孩子面前，这个脊背是一座山。**背脊上还有汗正在流下来。**鲁迅开始写一些生理上让人厌恶的场面。我们知道，后来中国有一个很有名的作家叫莫言，善于写各种恶心场面，有很多人就骂莫言。我觉得这倒是从鲁迅那发展来的。小说中可以写一些让人生理上厌恶的，关键是你用在什么地方，你写它干吗，用在什么人、用在什么情节上，这才是重要的。鲁迅为什么要写这些讨厌的细节，我们可以去想。**他知道无可措手，只得顺着裤腰右行，幸而在尽头发现了一条空处，透着光明。**处处注意视觉效果。**他刚刚低头要钻的时候，只听得一声"什么"，那裤腰以下的屁股向右一歪，空处立刻闭塞，光明也同时不见了。**鲁迅的镜头上上下下，一会儿大人一会儿孩子，可高可低。他是一个非常出色的导演。

但不多久，小学生却从巡警的刀旁边钻出来了。读这些场面我很亲切，因为我小时候干过这些事，在大人堆里面钻来钻去，要看这个看那个。**他诧异地四顾：外面围着一圈人，上首是穿白背心的，那对面是一个赤膊的胖小孩，胖小孩后面是一个赤膊的红鼻子胖大汉。**那个时候夏天很多人是赤膊的，这是中华民国的一个街景，所以后来蒋委员长发动新生活运动，不许大家赤膊。他这个新生活运动失败了，他认为中国人不文明。我们现在没有人发起新生活运动了，但是夏天很少有人赤膊在街上走。为什么呢？这不是一个文明不文明的问题，不是大家想赤膊，是买不起衣服，穷人太多，正好天热就省了衣服。鲁迅要写可笑的事情，专门用高大上的词。**他这时隐约悟出先前的伟大的障碍物的本体了，便惊奇而且佩服似的只望着红鼻子。胖小孩本是注视着小学生的脸的，于是也不禁依了他的眼光，回转头去了，在那里是一个很胖的奶子，奶头四近有几枝很长的毫毛。**写得好恶心，这是鲁迅小说里比较令人厌恶的细节。后来的作家更加发扬光大，还要继续写五千字。鲁迅故意用这些描写使读者产生恶心感。这是一个什么样的场景，什么样的人，什么样的群体？如果到了中央电视台某位主持人的口中就会说——"我们不禁要问究竟是一种什么体制把它的人民逼到如此程度"。鲁迅不会说这么愚蠢的话，他把画面给你呈现出来。

"他，犯了什么事啦？……"这其实是我们读者想知道的，想知道怎么回事，可是小说偏偏不写这些。

大家都愕然看时，是一个工人似的粗人，正在低声下气地请教那秃头老头子。秃头老头子不是什么人，工人也来看。

秃头不作声，单是睁起了眼睛看定他。他被看得顺下眼光去，看与被看的权力，开始斗争了。过一会再看时，秃头还是睁起了眼睛看定他，第二个看定，而且别的人也似乎都睁了眼睛看定他。三个看定。这就是刚才我说的罩。你说生活到底有聊无聊，人和人要互相看，其实我们知道当时的中国都烂成什么样了。为什么那个国家没有救？人民自己能不能救自己？我们经常说要依靠群众，可是这样的群众怎么依靠？国破山河在，人民互相罩，这样的国家怎么能不被人侵略、不被人奴役！他于是仿佛自己就犯了罪似的局促起来，终至于慢慢退后，溜出去了。他在看与被看的斗争中失败了。一个挟洋伞的长子就来补了缺；秃头也旋转脸去再看白背心。还是要看。

长子弯了腰，要从垂下的草帽檐下去赏识白背心的脸，但不知道为什么忽又站直了。于是他背后的人们又须竭力伸长了脖子；鲁迅特别会写看的场面。有一个瘦子竟至于连嘴都张得很大，像一条死鲈鱼。鲁迅一方面写得很好玩，一方面他心里边是极度厌恶的。看这个场面，我推荐大家听一个黄梅戏叫《夫妻观灯》，一个小戏，很活泼地写很多人去看灯的场面。什么样的人怎么看灯，高个子怎么看灯，长子怎么看灯，矮子怎么看灯，小孩怎么看灯，怎么在人腿中间看，都描绘得很好。还有个苏州评弹，写祝枝山看灯，写得非常生动。我不知道鲁迅小时候有没有受到过影响，看地方的曲艺戏曲，从中吸取描写看的手段。

巡警，突然间，将脚一提，大家又愕然，赶紧都看他的脚；然而他又放稳了，于是又看白背心。这个手段像鲁迅写《社戏》，老要等一个角儿出场,老不来。**长子忽又弯了腰,还要从垂下的草帽檐下去窥测,但即刻也就立直,擎起一只手来拼命搔头皮。**

秃头不高兴了,因为他先觉得背后有些不太平,接着耳朵边就有唧咕唧咕的声响。他双眉一锁,回头看时,紧挨他右边,有一只黑手拿着半个大馒头正在塞进一个猫脸的人的嘴里去。读着很黑色幽默,很荒谬。**他也就不说什么,自去看白背心的新草帽了。**到此已经出场多少人物,如果不仔细查,已经数不清楚了。但是一个人物我们也不清楚,没名没姓没阶级,只有一个外貌,只有第一印象,合起来就是看客之国,合起来就是不管什么人都一样,什么老妈子工人小学生都一样,都是看客,这是看客群像。

忽然,就有暴雷似的一击,连横阔的胖大汉也不免向前一跄踉。同时,从他肩膊上伸出一只胖得不相上下的臂膊来,展开五指,拍的一声正打在胖孩子的脸颊上。动作描写之细致超过了动作本身发生的时间,很像武打小说中细细描写一个动作,说时迟那时快。

"好快活!你妈的……"同时,胖大汉后面就有一个弥勒佛似的更圆的胖脸这么说。光胖的就很多人,有胖大汉,有胖孩子,有弥勒佛似的更圆的胖脸。

胖孩子也跄踉了四五步,但是没有倒。鲁迅写中华民国不好,并不是写它的人民吃不饱,当然很多人吃不饱,但鲁迅的重点不在于写物质的贫穷,处处写精神。**一手按着脸颊,旋转身,就想从胖大汉的腿旁的空隙间钻出去。胖大汉赶忙站稳,并且将屁股一歪,塞住了空隙,恨恨地问道:**

"什么?"你想一个成年人,一个大汉,我们一般人会说干点什么个好啊,这个胖大汉在这种场合就和孩子是一样的。

胖孩子就像小鼠子落在捕机里似的,仓皇了一会,忽然向小学生那

一面奔去，推开他，冲出去了。小学生也返身跟出去了。有过类似经历的小孩很多，一直到我这一代人都有这个经历，没有人去想过把这个细节写下来，这有什么可写的呢？可是写下来本身就是对它的否定。

"吓，这孩子……"总有五六个人都这样说。

待到重归平静，胖大汉再看白背心的脸的时候，却见白背心正在仰面看他的胸脯；他们看白背心，白背心其实也在看他们，互看。他慌忙低头也看自己的胸脯时，只见两乳之间的洼下的坑里有一片汗，他于是用手掌拂去了这些汗。全是无意义的动作，没有一个单独拿出来有意义，所以合起来变成负负得正的效果，就使我们知道原来鲁迅要写别的意义——四万万国民，都过着这样的生活，灵魂是这样的。面对这样的国民，我们到底是一个什么样的态度呢？鲁迅是个什么样的态度呢？毛主席对人民群众那么好，毛主席不知道人民群众是这样的吗？他老人家最后是怎么想的？鲁迅是怎么想的？释迦牟尼是怎么想的？他为什么不当王子，要出来当佛祖，他不知道其实那些信佛的人也都是那些人吗？他们去烧香拜佛不还是要过这样的日子吗？我们今天的物质生活从表面上看不一样了，其实我们在别的空间用别的方式不还是在这样看吗？人生代代无穷已，看来看去只相似。鲁迅是把这个丑陋的人间写得太透彻了。

然而形势似乎总不甚太平了。抱着小孩的老妈子因为在骚扰时四顾，没有留意，头上梳着的喜鹊尾巴似的"苏州俏"，这老妈子看来还挺时髦，梳着一个很时尚的头型，叫苏州俏，便碰了站在旁边的车夫的鼻梁。这个高度写得也好，她的身高是到他鼻子。车夫一推，却正推在孩子上；孩子就扭转身去，向着圈外，嚷着要回去。老妈子先也略略一踉跄，但便即站定，我们看老妈子以为她岁数很大，老妈子多数都是二十多岁，我们容易受词语的影响，因为你不了解生活，老妈子就是保姆，今天叫月嫂，顶多三十岁。那时候的女子十七八都出嫁了，自己的孩子长到几

岁了,她出来当老妈子,有些老妈子是我们大学生的年龄,要搞清楚这一点。旋转孩子来使他正对白背心,一手指点着,说道:

"阿,阿,看呀!多么好看哪!……"她教育孩子也是要看这些。

空隙间忽而探进一个戴硬草帽的学生模样的头来,这可不是小学生了,中学生或者大学生戴硬草帽。将一粒瓜子之类似的东西放在嘴里,下颚向上一磕,咬开,退出去了。进来嗑个瓜子。这地方就补上了一个满头油汗而粘着灰土的椭圆脸。这个小说完全可以改编成漫画、动漫。

挟洋伞的长子也已经生气,斜下了一边的肩膊,皱眉疾视着肩后的死鲈鱼。刚才本来是一个比喻,现在变成借代。大约从这么大的大嘴里呼出来的热气,原也不易招架的,而况又在盛夏。秃头正仰视那电杆上钉着的红牌上的四个白字,仿佛很觉得有趣。胖大汉和巡警都斜了眼研究着老妈子的钩刀般的鞋尖。看什么在他们看来都有意义,而在读者看来都讨厌,无意义。大概这个年轻的老妈子穿的鞋比较时尚,他们又去研究她的脚。

"好!"

什么地方忽有几个人同声喝采。都知道该有什么事情起来了,只要有一个声响,人们的注意力又都被牵走。一切头便全数回转去。连巡警和他牵着的犯人也都有些摇动了。因为他们也是人,他们也要看。

"刚出屉的包子咧!荷阿,热的……"

路对面是胖孩子歪着头,瞌睡似的长呼;路上是车夫们默默地前奔,似乎想赶紧逃出头上的烈日。大家都几乎失望了,幸而放出眼光去四处搜索,这搜索还是看。终于在相距十多家的路上,发现了一辆洋车停放着,一个车夫正在爬起来。有另外一件事吸引大家看的目光,今天这叫吸引眼球。

圆阵立刻散开,都错错落落地走过去。胖大汉走不到一半,就歇在路边的槐树下;太热了,胖大汉都走不动了,还要去看热闹。走一半累倒了。长子比秃头和椭圆脸走得快,接近了。车上的坐客依然坐着,车夫已经完全爬起,但还在摩自己的膝髁。周围有五六个人笑嘻嘻地看他们。我们会想起鲁迅写的《一件小事》,车夫拉车的时候带倒了一个老妇人,那个小事是正能量的事,可是鲁迅生活中遇到的恐怕多数是《示众》里的这种场景。

"成么?"车夫要来拉车时,坐客便问。

他只点点头,拉了车就走;大家就怏怏然目送他。起先还知道那一辆是曾经跌倒的车,后来被别的车一混,知不清了。终于,"看"结束了。

马路上就很清闲,有几只狗伸出了舌头喘气;刚开始写的是拖着舌头,现在是伸出舌头喘气。胖大汉就在槐阴下看那很快地一起一落的狗肚皮。这是怎么观察的?鲁迅这么忙的人,有心思观察这个细节,那个人看狗肚皮就被鲁迅看在眼里了。那个人走不动了,还要看狗肚皮。同时也再一次补充天气的热。

老妈子抱了孩子从屋檐阴下蹩过去了。胖孩子歪着头,挤细了眼睛,开头说的是细了眼睛。拖长声音,磕睡地叫喊——

"热的包子咧!荷阿!……刚出屉的……"

一九二五年三月一八日。

首尾呼应,我们一般认为这是小说的开头也讲过的,下面应该讲这个巡警是谁,犯人是谁,但鲁迅没有,什么都不讲了,小说结束了。我们所期盼的一切意义全都落空,没有内容、没有故事、没有人物。所以很多人觉得这小说没什么可研究的。其实你要领悟了,不用多讲就知道,《示众》这个小说讲的就是一个看的故事,讲的是一个看的国度。我们统计一下"看"的密度。全文不到三千字,"看"字出现二十五次。除了看还有其他一些等于看的词：见、顾、望、视、窥测、赏识、研究、搜索、目送，这些都等于看。加起来一算，平均不到一百字就"看"一次，也就是不到一百字就有一个看的动作。所以这个小说整个写的是一个看的国度。

中国明末以来最主要解决的是一个知行的矛盾，知而不行是大事，所以从孙中山到蒋介石再到毛泽东都强调要行。你不行，光知，没用。可是在鲁迅看来，知也谈不上，我们不但没有行，也没有知，只有看。发生任何事情都是无聊地看。看阿Q，看孔乙己，看祥林嫂，看杀头，看判刑，看地震，看拆迁，看幼儿园虐童。

你如果想证明你不是无聊的看客，你真的关心那些事情，那你应该拿出行动来，或者你写文章也算行动。可是我们知道，大多数人不是，大多数人是眉飞色舞、兴高采烈地到处谈论，就代替了他的修养，代替了他的道德，代替了他对社会的关心，我想可能是从这个角度，钱理群老师说《示众》是鲁迅小说里最好的作品，代表了鲁迅的主要思想。那么在我看来还不止于此，从小说意义上讲，这是一个最早的最现代派的小说。

好，《示众》我们讲到这里。

今天已经是12月的第一周了，我们的课上到12月27号，大概还能讲两篇作品。今天布置一下期末作业，请选了这门课的同学，写一篇读书报告，作为本课的期末作业。我根据你的报告给你成绩。

写什么读书报告呢？总的题目叫《不同的声音》。你自己可以另选标题，不一定叫这个题目，我这个题目包含了总的要求。具体的要求是：请你任意选择一篇鲁迅小说，可以是我们讲过的，可以是没讲过的，可以是《呐喊》《彷徨》《故事新编》中的任何一篇，也可以是这三本小说集之外的，你又找到的鲁迅的什么小说，都可以。随便找一篇，一篇就够了。选一篇小说，进行细致的文本分析，要求分析得细，就像我们这学期讲课的形式一样。分析文本干什么？要抄袭很容易，网上有那么多分析文本的，我要求你通过分析文本，发现你选的这篇小说中存在的多重的鲁迅的声音，不论你选《孔乙己》《故乡》《在酒楼上》，还是《伤逝》，你要从中发现，鲁迅不是一个声音，是多重声音。要注意，这个多重声音必须都是鲁迅的。不能说我发现闰土有一个声音，杨二嫂还有一个声音，这不算。都得是鲁迅的声音，而且是多重的。就好像一个乐队里面，小提琴和定音鼓声音当然不同，这不算多重，多重是必须都在指挥指导下的旋律的不同。发现多重声音还没完，还得适当结合本课的内容，予以论述。可以自拟标题。这样说很严谨，其实分析起来、写起来很简单，我想占用的时间很少。字数两千字到五千字为宜。这是一个大概的要求。我们最后那一次课交来就可以了。

我建议同学们不必着急，首先，好好地去想选哪篇小说，你不要一拍脑袋，想你喜欢哪个、熟悉哪个，不要当天就决定了，你还是想上几天，而且跟别的同学分一下工。你认识的同学、周围的同学，如果一块儿选了这个课，最好不要大家选一个题目，除非你们选了一个题目变成一个系统工程，几个人联合作战做成一个大的题目，这可以，否则不要重复。你选了小说之后，虽然我们反对抄袭，但我倒建议你去适当地看看有关学者的论述，看人家都说过什么了，我们要少做重复性的工作。你想了半天，觉得自己有一个很好的发明，可人家早都发明过了。就像小学的时候，我就发明了高斯定理，老师在黑板上写"$1+2+3+4+5+\cdots+100=？$"。同学们都在那埋头算，我一看这里边肯定有窍门，我就自己算，"$1+99$，$2+98$，$3+97\cdots$"我是这么加的，我觉得自己发明了一个伟大的定理，特别高兴，后来才知道早有人发明了，那个人叫高斯，把我气死了——这个人真缺德！【众笑】所以人有时候老做重复工作。大家先查查人家有没有发明过，在参考前人劳动的基础上去发现自己的问题。这个过程应该占一个礼拜以上的时间，用一周的时间做前期的工作，不要着急写，要反复地去想，想得七八成熟了，再开始写。

本科生同学，我不要求你们有多深的思想，不要求你们做多厚实的学问，但是依样画葫芦得有个样子，要做到说话有根据，查一定的文献资料。一个是要依据作品原文，不能空想；另外，要和你查到的其他的学术研究资料有适当的对话，也可以跟我们这个课本身有对话。比如你说，哪天孔老师在课上讲哪个作品中的什么地方，我不同意，我另有其他的看法——这就叫对话，这就叫做学问。

注意要有论述，什么叫论述？不是我们准备高考作文的时候学的那套东西，高考作文的文体都写得太霸道，太霸气，硬说道理——就这么回事。其实背后的逻辑是这样的，真正的论述都是立足于我的言论不成立，我想办法试着让它成立，然后潜在的读者您看看是不是这样。这才是论述。我们的高考作文，还有现在网上和人辩论问题的那股文风都很恶劣，都是一定要让别人承认我说得对；即使引经据典，出发点还是先认为我说得对。真正的学术的态度是认为我说得不一定对，我只是试探着说了这么一句话，如果对了我再往前走半步，再对了，又往前走半步，是这样试着说下去。好，这是我们期末作业的布置。如果有不清楚的地方，同学们下课还可以再问我。

——本课为2017年北大通选课《鲁迅小说研究》第十二课

最大的力量是黄三

——解读《高老夫子》(上)

今天我们来讲《高老夫子》。

今天12月13号是南京大屠杀公祭日，我一听见铃声就疑心要拉响警报，从昨天到今天很多人在议论，有的说怎么还不拉警报，有的说为什么要拉警报，有人说应该纪念，有人说不应该纪念，有的人说应该公祭，有的人说不应该公祭。关于南京大屠杀有种种的议论，当然种种议论中，仍然少不了大量的看客，无论天下发生什么重大事情，他都用来消费，都要兴冲冲地去"碰瓷儿"，一大早跑到孔老师的微博留言："孔老师你忘了今天是南京大屠杀吗？你还有没有良心？"那么我们一笑之余继续深思一步——这种人的存在就是南京大屠杀得以发生的最根本的原因。我们学的鲁迅，我们读的鲁迅，为什么这么重要？鲁迅所思所写和南京大屠杀这样的民族悲剧没有关系吗？一个重要的日子记住当然好，也许有的人记不住，记不住的就是不爱国吗？记住了一定要到网上去发言吗？一定要早上起来见到人就问，"小张你知道今天是南京大屠杀的日子吗"？

怎么样才是有良心？怎么样才是爱国？这些问题都很简单，如果你学习好，真的有学问，我们民族早就应该揭过这篇儿了，这些问题鲁迅早都解决了。如果鲁迅不解决这些问题，我们怎么建立中华人民共和国？我们一生中大大小小的事情，无不跟鲁迅和毛泽东这两个名字有关。你学好了鲁迅就知道，中国所有的重要问题都是怎么回事，你好好地读一读毛泽东，就知道怎么解决这些问题。为什么会发生南京大屠杀？这六十多年来，为什么不曾发生北京大屠杀？当你觉得岁月静好的时候，是有多少人为了这个岁月静好付出了血、汗、脑细胞、精力、时间、生命？

我们上一次一块儿读的是鲁迅的《示众》，我引了钱理群老师的话，钱老师认为这是鲁迅最好的小说。我们怎么体会这句话，不在于它好不好，为什么钱老师这么重视这篇小说？想一想《示众》那个小说所描写的场景，鲁迅故意写得很恶搞，可那恶搞中有没有一种没有人能够比拟的巨大的痛？这个痛没有办法正常地表达，只能用恶搞来表达，最荒诞、最不正经的描写却有着最沉重的内容。当然鲁迅没有看见南京大屠杀，他不知道这件事，但是我想鲁迅假如活得长一点，他一定不吃惊，如果你好好看了《示众》，你就知道他不会吃惊。也有一些人说鲁迅是汉奸，为什么鲁迅从来不骂日本人？这种说法首先是无知，鲁迅有大量批判日本军国主义乃至批判日本民族有问题的文字，这样说的人是"瞎子"。我们退一步，假如鲁迅真的没有这样的文字，鲁迅爱日本就是赞成日本侵略中国吗？

我也从来不骂日本人，我也不骂美国人，我批评的都是那些当过殖民地的地方的人。我远没有鲁迅那么有学问、有思想，但是我知道鲁迅是不批判狼的，狼就是要吃羊，你在那眉飞色舞地渲染狼怎么吃羊，号啕大哭、捶胸大哭有什么用啊？客观上是为狼在做广告。我们要反思的是你咋就成了羊呢？人家怎么就成了狼呢？不都是人吗？我们中华民族不是龙吗？那时中国人为什么一百多个人，五百多个人，一千多个人，被绳子捆成一串，然后几个侵略者就押着去赴死，这是怎么回事？我们想一想上次我们读的《示众》，他们是怎么看那个犯人的，怎么互相看的，最后看客热得都走不动了，还要坐在槐树底下，去看一起一落的狗肚皮。

有一天，就是这些人成千上万地被杀掉了。他们被杀掉了，他们是我们的同胞，我们感到很心痛、很同情，但是，是不是感情不是那么简单，不是那么纯粹？为什么这件事我们放不下？在历史上，死过成千上万人的事件多了，为什么南京大屠杀这个坎儿总是过不去呢？我们中华民国英勇的军队在哪里啊？当时中华民国的主力国军全是德式装备，凡是借口武器落后而解释战败原因的，都是不讲道理。武器最落后的，从来都是共产党的军队。我们从古代到近代，到现代，这个国家的主力部队的武器，从来就不落后。晚清的时候，清朝军队用的是什么武器？你们是不是以为是大刀长矛？那就错了。晚清的军队，从曾国藩到李鸿章，使用的都是当时世界上最先进的武器，部队里装备着当时世界上最先进的轻机枪、重机枪、迫击炮、山炮。你们知道吗，只有后来这些被叫作"土匪"的队伍，才是小米加步枪。

所以，从鸦片战争开始，我们探索了八十年，都搞不清楚这个民族为什么被人家屠杀，所找到的那些理由，都是公知找的理由。从清朝的公知，到民国的公知，到现在的公知，找的理由其实都是说"屠杀合理"，因为你落后——你武器落后、科举落后、制度落后、文化落后，你不配当人！不管这些公知的立场是什么样的，不管他装的是"左"派还是右派。那我们民族，为什么后来不被屠杀了呢？难道说是出了一个会打仗的毛泽东，就不被屠杀啦？没有鲁迅，就没有毛泽东！你看，到了毛泽东时代，我们还有"示众"那样的场面吗？我从小生活在毛泽东时代，我去过好多地方，从小就观察生活，特仔细，特仔细，我从城市走到农村,发现看客的现象有,但是绝没有"示众"那种场面。发生了事件,群众是会从四面八方聚集而来,来了之后都是伸出援助之手,张开的是讲道理之口。所以那个国家是最有力量的国家,叫"七亿人民七亿兵,万里江山万里营",所以那个国家是不可战胜的。你要记住,那个国家可没有这么多的钱,那个国家依然在贫穷的基础上往前奋斗着,在给我们今天打基础。

当然,鲁迅的小说非常深邃,非常丰富,不只是指向我们所说的这一点意义。每当现实生活中,不论发生什么事情,你就随便翻翻鲁迅作品,总能受益。钱理群老师是这么说的,我也是感同身受,鲁迅作品就好像算命的书一样,你平时没事翻翻鲁迅作品,或者是随便翻小说,或者看杂文,或者看书信,随便翻翻,翻着翻着——这不说的就是今天的事吗?今天上午我在办公室为今天下午备课,看一遍《高老夫子》,我油然就想到了,今天不是南京大屠杀公祭日吗?看看《高老夫子》,也能知道为什么会发生南京大屠杀。

好,我们下面来按部就班地解读这篇作品。先简单说一下这篇作品的发表情况。这篇小说,鲁迅自己在文后标注的是,写于一九二五年五月一日,春天快要过去的时候,春末。发表得仍然很快,十天以后就发表在北京《语丝》周刊上了。这种情况我们已经看见不止一次了。鲁迅的作品,从写作到发表是神速的。又过了一年,他就出版了第二本小说集《彷徨》,1926年8月,《高老夫子》就收在《彷徨》里面了。《彷徨》一共十一篇小说,《高老夫子》是第七篇,第六篇就是上次我们讲的《示众》。《彷徨》从文学艺术性上说,被很多学者认为是高于《呐喊》的。当然,《呐喊》的影响更大,但是,把里面小说的质量平均起来看,《彷徨》似乎更成熟。这也许是因为鲁迅处于彷徨期。写出好作品到底需要什么条件?我以前讲过"穷而后工",正在逃命的时候,可能写不出好作品，得最困难、最危险的时期过去之后，物质上稳定下来。可是物质上稳定下来，精神上如果陷于堕落怎么办呢？还是写不出好作品。就是要有一个稳定的物质条件，相对稳定即可，但是精神上是要有追求的，最好是有痛苦的追求。鲁迅的彷徨期就是这样，鲁迅的《野草》，鲁迅的《彷徨》就是创作在这个时期。《高老夫子》写作于鲁迅的彷徨期，彷徨期的作品的思想比较深，手法也比较熟练。

我们先来看题目，题目是《高老夫子》。一看就知道这是一个人的称谓，虽然不是人名，但是是人的称谓，人被称作"高老夫子"，我们望文生义，大概知道这是一个姓高的人。知识分子，或者老师，才被叫作"夫子"。"老夫子"，或者年纪大，或者德高望重。中国人的称谓，也是一个博大精深的学问。称谓，不是中国人不好把握，初学汉语的人把握不了。比如说，男的叫先生，女的叫女士，可是有些女士被叫作先生。什么样的女士被叫作先生，这也是一个可议论的话题。岁数很大了，被认为德高望重，地位很特殊、很重要的女士，忽然就被称为先生了，这里边很有意思，也就是说，女人的高级阶段是男人，高级女性就获得了男人的称谓。那我说，是不是男的活到九十多岁，德高望重，就改叫女士了？男的活到高级，为什么不被叫作女士？女的活到高级就被叫作先生？这很有意思，这本身就是男女不平等。有些人还把这叫作男女平等，认为人家女的混得好，就应该叫作先生，他认为这是男女平等。

鲁迅以人物名称——并不是人的本名，都是称谓——为题目的小说一共三篇，一篇是《孔乙己》，我们知道，不可能有一个人真的名叫孔乙己，我们老孔家没有这么取名的，我们老孔家每个人名字的第二个字都是事先定好的，只有一个字的选择权。你看叫"孔庆"什么的特别多，叫"孔庆东"的数以百计，其中有十来个都是著名人物，还有一个女同志。我生来就必须叫"孔庆"什么。因为我出生在早晨，太阳刚出来的时候，所以我妈妈本来给我取名叫"孔小东"，我爷爷专门来信说："不可，我们老孔家不能随便取名，他必须叫孔庆东。"有些汉奸说我取名叫孔庆东，是为了巴结毛泽东，说"你看，这个无耻的家伙，竟然庆祝毛泽东"。我很喜欢听到这些言论，因为这些言论都证明了他们自己的人品和学养。不可能有一个人叫孔乙己，我们读过《孔乙己》就知道，这不是正式的名称，这也是鲁迅故意搞笑。"阿Q"就更不用说了，不可能有人叫"阿Q"。我们习惯于读"阿Q"，其实按鲁迅的本意可能要读"阿桂"（音）。"高老夫子"也是这样，这都不是一个简单的人物姓名。还有两篇小说的题目跟人物有关，那就连称谓都不是。一个叫《狂人日记》，"狂人"并不是称谓，是一种评价。还有一个小说《孤独者》，"孤独者"也不是称谓，你不能见人就管人叫"孤独者"，"张孤独""刘孤独"，那不行，那是对人物的评价。鲁迅基本不以一个人的本名作为小说的题目。

　　《高老夫子》看题目颇有几分平淡，但是，既然以"老夫子"作题目——我们知道，"老夫子"有一个系列漫画，很多同学可能看过"老夫子"系列漫画——这里面自然地隐藏着很多引申点，跟老师有关系吗？跟德高望重有关系吗？它隐含着这些问题，这就是含蓄性题目的文学性。如果把含蓄的东西，用明确的文字表达出来，那就是今天的标题党。我们且不说那些名不副实的标题党，哪怕这个标题确实是内容的反映，它仍然是低级的。凡是在标题里大量透露正文内容的，都是低级的东西，一定不是高级的。所以题目长的作品，我基本上不看，除非是翻译外国的作品，没有办法，题目翻译得很长，比如拉丁美洲著名的作品《胡利娅姨妈和作家》，那没办法，这是翻译的问题。

　　下面我们来看正文。小说的开头也很奇怪，仍然找不到另外一篇小说跟它一样。头半句很平常，**这一天**，用"这一天"开头，语言太平淡了，可是它就把时间给规定好了。**从早晨到午后**，一下子限定了叙事的节奏，就是早晨到午后中间，不进行细致的描写，用概括的方法叙述出来。**他的工夫**，贸然地出来一个他，鲁迅不介绍这个人的出身来历、姓甚名谁，细心的读者只能猜，这个人是不是就是题目讲的高老夫子，有可能是。好的作品是作者跟读者共同完成的，你不断地去猜测、参与、推想、证实、推翻，作品是这样完成的。"他的工夫" **全费在**，工夫费在什么事上呢？读完这一句知道费在三件事上，费在**照镜，看《中国历史教科书》**和查**《袁了凡纲鉴》**里；这三件事放在一块儿很有意思，费了从早晨到午后的时间。我是一个很敏感的人，我老怀疑这鲁迅是不是讽刺我的，因为我上午就在备课，我首先想，我长得不好看，所以不照镜子。我也不看什么教科书，我是反对看教科书的。我当年当中学老师，第一节课就让学生把教参都给撕了、扔了，课本也最好不看，因为我上课什么也没带就进去了，拿起粉笔就上课，一节课讲完，学生们五体投地地认为教参都是"猪狗不如"的东西。

"他"还要查《袁了凡纲鉴》，《袁了凡纲鉴》是一个历史指南，一般叫《了凡纲鉴》，是明朝的袁黄（号了凡）根据朱熹的《通鉴纲目》编纂而成。要真研究历史，应该直接读司马光的书，读司马光的《资治通鉴》，或者读袁枢的《通鉴纪事本末》；朱熹的《通鉴纲目》本来已经是简写本了，对于广大参加科举考试的青少年来说，这个简写本还不够，又有人编了更简单的历史指南叫《了凡纲鉴》，就是历史大纲，把历史大纲排一遍。当然这对于今天来说仍然是一部巨著，仍然很长很长。"他"在这查，如果是有历史修养的人看了第一句就知道，这里边很搞笑，你看《中国历史教科书》为什么要查《袁了凡纲鉴》呢？我们是在中文系讲课，这个效果不明显，如果到历史系去讲课，恐怕历史老师都会微微一笑。有没有历史系的教授要讲中国古代史，还要查一下《袁了凡纲鉴》，再对一遍某个教授的教科书？这样的人连北大本科生都不如。问题是鲁迅在前面加上"照镜",照、看、查,联系我们上一次课所讲的,都跟视觉有关系,都是视觉问题。鲁迅对视觉特别重视,这是"看"与"被看"的问题。"他"用了这么多工夫干这几件事,我们觉得好像不正常,但是还不敢下结论,只好慢慢地看。

真所谓"人生识字忧患始",这是苏东坡的诗。人为什么有忧患,就因为人有文化,人认识字了,人不认识字就没有忧患,这是人永远要羡慕动物的,成人永远要羡慕孩子的。孩子没有忧患因为他不识字,动物没有忧患因为它不识字。小猫小狗淘气,你不论怎么殴打它,它不会有心理阴影,它不记仇,明天继续干坏事,继续淘气,活泼健壮得很,它也没有忧患。我们因为活得高级了,就有忧患,这是得失相等的事情。可是"他"并不是说本来就有忧患,是因为这一天做这几件事让他感叹有忧患,**顿觉得对于世事很有些不平之意了。而且这不平之意,是他从来没有经验过的**。也就是说以前并非不平,以前对于世事是满意的,没觉得不平,今天觉得不平了,显然跟他从早上到午后的行动有关系。这一段使读者初步判断出,这个人真是个搞教育工作的,好像是教员,要教历史,但是不明白为什么他要照镜子,不明白他看书的时候为什么会不平。所以看上去很简单的文字,就包含了对"不平"二字的一个悬念,来引人去往下读他为什么不平。下面开始展开对他的心理分析,对世事怎么不平,下面这一段竟然议论的不是世事。

首先就想到往常的父母实在太不将儿女放在心里。往常的父母,以前的父母,不将儿女放在心里,不关心儿童。所以我们经常说五四才发现儿童。以前中国人不拿儿童当人,没有爱心,不知道孩子是祖国的花朵,你看我们今天多爱孩子,今天对孩子关照得无微不至。**他还在孩子的时候,最喜欢爬上桑树去偷桑椹吃**,这是所有孩子的天性,孩子就跟动物一样喜欢吃,没有财产归属观念,看见吃的东西就要拿,我们讲

《社戏》也讲过这点，不论谁家的。自己想偷桑椹吃，**但他们全不管**，父母不管，**有一回竟跌下树来磕破了头**，我们看这个事情，我小时候读没有觉得有什么问题，今天读它就生成了新的问题。今天的父母是不允许孩子自己拿东西吃的，即使在自己家的厨房、客厅拿什么东西吃，父母要严密地关注监管。万一吃坏了呢？卫生吗？干净吗？吃胖了怎么办？吃瘦了怎么办？我在刊物上看到，一个年轻的妈妈，为了保护孩子的绝对卫生，简直成了我们国家的卫生专家，日夜查各种资料，张口就是任何一种食品的所有数据。大家买个食品，知道上面印着很多它的营养成分等，我们一般不看，撕开就吃，她所有的都记得，知道任何一种我们吃的食品中含的这个酸、那个钾占多少比例。过去的父母，小孩上树都不管，摔下来也不给他好好治，"掉下来就掉下来吧，活该！谁让你偷东西吃，一边去！"，过去的孩子都是这么教育长大的。你看这么教育长大的，我们这民族出了什么大问题吗？因为教育出了什么大问题吗？

但是他不然，因为**又不给好好地医治**，磕破了头，**至今左边的眉棱上还带着一个永不消灭的尖劈形的瘢痕**。落了疤了，因为没给好好治。其实这样的事情也太平常，几十年前太平常了。人的一生怎么会不受伤、不留点瘢痕呢？身体上为什么就不能有一点瘢痕？有一点瘢痕就不美吗？这个观念是怎么来的？为什么看见哪儿出血就吓得昏过去了，就心里蒙上阴影了，我们为什么会这样？我家的几只猫里，其中有一只可能在哪儿打架，耳朵被咬破了，我看它浑若无事，就跟没有这件事是一样的。可是呢，小说中的这个他不一样，他很计较这件事，因为有了一个"尖劈形的瘢痕"，他就采取了措施。**他现在虽然格外留长头发**，他留长头发。

民国时期有很多男性知识分子留长头发。看到长头发，我们先想写这篇小说的这个人是长头发还是短头发？写这篇小说的人是短头发。还有人形容他的头发是"根根直竖，怒指苍穹"，后面这句可能是精神上的发挥，但是起码生理上他不是长头发。而一个人选择什么样的头发，显然是有着复杂的政治立场和内涵的。头发从来不是小事，大家读《头发的故事》，知道每个人休想藏匿你的政治立场。你穿什么衣服，头发是什么样的，这其实就是你的政治立场，当然也包括学养在里边。比如很多人整天提倡穿什么汉服，我们不去计较学问，但是提倡汉服表明了一种政治立场，这种政治立场就是正确的吗？穿中式服装的就不是汉奸了？请看抗日战争时期，哪个汉奸不穿中式服装？看过抗日电影吗？里边的特务队长穿什么衣服？最正宗的中式服装啊。所以衣服的问题、头发的问题是非常复杂的，这个问题又是鲁迅首先发现的。

这个人留长头发倒不是政治原因，他留长头发还**左右分开**，鲁迅写的是小说中具体的人物，但是看到这里，你如果熟悉现代文学史，熟悉现代史，马上会想起一系列的人物来。现代文学史上哪些文人喜欢梳那样的头发？长头发左右分开，我们马上就想起了徐志摩那类人，有一类人是很喜欢这样留头发的，"左右分开"，**又斜梳下来**。不过人家徐志摩是大文人，这个小说中的主人公不是，他有自己个人的心理，个人的需求。他把头发斜梳下来是为了遮住瘢痕，**可以勉强遮住了**，这属于爱美之心，也很正常。他很注意自己的面貌形象。遮住就遮住了嘛，**但究竟还看见尖劈的尖**，**也算得一个缺点**，到底算什么缺点呢？这一句话点破了——**万一给女学生发见**，这才是要害。原来想来想去，他心里边有一个沉重的东西是"女学生"。瘢痕，那是大家都可以发现的，你为什么不怕和尚发现呢？不怕农民发现，不怕老大嫂、老大姐、老大妈发现，专门怕当时社会上数量还很少的女学生发现？这才是他的隐秘心理，怕被女学生发现。发现了怎么办呢？**大概是免不了要看不起的**。他怕女学生因为看见了他遮得不太完美的瘢痕，而看不起他这个人。鲁迅观察人物心理之细腻，体会之细腻，是令人佩服的。可是这个事情又没有办法，当时韩国的美容又不发达，要不去韩国美容一下。当时韩国是殖民地。

他放下镜子，怨愤地吁一口气。他对世事不平，来源于他的一个具体的、个人的心理障碍。文学家和哲学家、思想家不同的一点在哪儿呢？就是文学家要把一个大的选择、大的事件，联系到一个小的、具体而微的个人生活事件中。比如五四运动，由于社会矛盾这样那样的发展，五四运动的产生有必然性、合理性，一定会发生五四运动，可是五四运动里的每一个学生，具体到每一个人，为什么参加这个运动，这是文学家关注的事情。文学家要关注张三、李四为什么要参加五四。大的叙述讲共产党一大，关注多么光辉的历史意义，文学家就要关注，毛泽东为什么去开这个会，张国焘为什么去开这个会，刘仁静为什么去开这个会，要关注他们每个人具体的事情。

而鲁迅恰好是思想家加上文学家，他能把大和小都结合起来。从大到小，从小到大，反复循环，来探寻它的合理性，探寻它的历史的秘密。小说里的人，我们还不知道叫什么，他内心的秘密，已经透露出来了，而且鲁迅只用了这么少的文字，这又是现代小说的妙处。用传统的白话小说，要讲很多事情才能讲到这一步。所以在平凡的语言中，我们看到鲁迅是整体上的精练。

第一，是因为自己这个瘢痕，担心被女学生看见，影响人家对他的看法，他产生不平。第二，还有一个事情，跟他要做的事有关。**其次，是《中国历史教科书》的编纂者竟太不为教员设想。**鲁迅给他这本书叫作《中国历史教科书》。这样的书太多了，我们不知道是哪一本。每个时代都有大量的这种在我看来不是书的书，这种实用类的工作指南、操作手册，大概是他上课要用的。可是呢，他现在又恨编纂者"不为教员设想"。**他的书虽然和《了凡纲鉴》也有些相合，**不可能完全不相合，都是讲历史的，肯定有些相合。**但大段又很不相同**，从这话里就知道，这本来不是问题，事先你就应该知道，两本书如果大段都相同，还看两本书干什么呢？他好像看了之后才发现，怎么不一样啊。**若即若离，令人不知道讲起来应该怎样拉在一处**。原来他看这两本书的目的是想把这两个拉在一处。他要用《中国历史教科书》上课，可是他不熟悉这本书，并且不熟悉这本书背后的学术体系。他稍微熟悉的是《了凡纲鉴》，也不一定熟，但知道查这个东西。我从小学的是查《新华字典》，我父亲查的是《四角号码字典》。我父亲非常熟练，随便说一个字，他马上就说出这个字的四角符号来，一查，比我快，一秒钟就可以找到他要找的那个字。我小时候以为他这种查字典的方法是落后的，我说我们现在都用《新华字典》了。很多年后，我上了北大中文系，才知道我父亲那种老八路的查字典方法，原来是世界上最高级的，需要到北大中文系的古典文献专业进行专门学习。可是我父亲一个普通的老八路，连新式学堂都没上过，张口就说出这个字在哪儿。"他"想把这两本书拉到一块儿，可是拉不到一块儿去，就像《新华字典》和我父亲查的那个《四角号码字典》，解释都不一样，怎么能拉到一块儿去。这是他第二个不平。

但待到他瞥着那夹在教科书里的一张纸条，里边有一张纸条，**却又怨起中途辞职的历史教员来了**，小说妙在信息量的巧妙控制，在叙述一个具体情节的时候，自然地透露出其他的讯息。原来有一个历史教员，中途辞职了，所以小说的主人公要接过他的课，接着上课。常有人问我，孔老师，你不代课吗？你怎么到处游山玩水呀？我说，老子又不是民办教师，我代什么课？什么叫代课？张老师死了，我给他代课？刘老师结婚了，我给他代课？我发现社会上，包括很多上过大学的人，竟然都胡乱使用"代课"这个词。我代什么课？我今天在这讲课是代课吗？这就是我的本职工作，这怎么叫代课呢？为什么就不能说人话呢？不会说

"上课"这俩字吗？不会说"讲课"这俩字吗？跟谁学的满嘴代课呢？

可是小说中的主人公却真是代课。因为这课本来不是他的，是别人的，原来中途有一个历史教员辞职。要按照传统小说的写法，就要原原本本地道来：某学校，某历史教员，因为什么原因辞职不干了，然后某学校又找了另外一个人，让他教，这个人不熟悉《中国历史教科书》，就找《了凡纲鉴》来查。传统小说要这么写。那么我们想一下，如果这样写，跟鲁迅此刻的这种写法相比，它优劣何在？原来那样写，它不构成一种情节，而现在这样写，却处处都有弹性。我们的分析未必就是结论。比如中途辞职的历史教员，为什么辞职？这可以不写，但是引人去思考：前面那个历史教员是怎么回事。人家辞职了，他来上课，他为什么怨呢，这个怨的理由是非常有趣的。**因为那纸条上写的是："从第八章《东晋之兴亡》起。"**这也就是人家给他留下的任务，从哪儿开始讲？从第八章开始讲，那个人讲完七章了，从东晋开始留下来给他，那人辞职了，让他讲东晋，东晋前面是什么，我们都知道，他怨在这儿。

下面是他的心理：**如果那人不将三国的事情讲完，他的豫备就决不至于这么困苦。**他的备课为什么这么痛苦呢？是那人把三国讲完了。**他最熟悉的就是三国**，他熟悉三国，假如让他讲三国，他怎么讲？**例如桃园三结义，孔明借箭，三气周瑜，黄忠定军山斩夏侯渊以及其他种种，满肚子都是，一学期也许讲不完**。哪个学校要是找了这种老师讲历史，那叫荼毒生灵，因为这几件事没一件事是历史，全是文学作品瞎编的。桃园三结义，不存在；孔明借箭，不存在；三气周瑜，不存在，所有这些都不存在。前人说《三国演义》是七分虚三分实，这本身也是一句谎话，《三国演义》连0.3分实都没有，只有几个人名是实的。如果都是实的，它就不是伟大的文学作品了。有的人在电视上讲三国，讲得眉飞色舞，拿《三国志》对照《三国演义》，越对照越说明他的知识不少，学识没有，拿着《三国志》来比："你看《三国志》是这么写的，你看《三国演义》瞎编！"文学作品就在于瞎编。《高老夫子》不是瞎编吗？《阿Q正传》不是瞎编吗？瞎编的东西就低级吗？新闻可不是瞎编的，假如记者是凭着良心写的新闻，那不是瞎编的吧，但是新闻基本都会被淘汰，有哪个新闻能留下去？瞎编的东西才万古不朽。历史书中，所有历史著作中，最伟大的是司马迁的《史记》，《史记》为什么这么伟大？就在于《史记》里边到处都是编。司马迁写的事他既没看过，前人也没留下什么史料，他自己凭着想象就写了。大家学的鸿门宴那一段，就是典型的瞎编。你想一想，任何一个情节他都不可能看见，什么樊哙闯帐，有录像吗？你怎么知道是那样的呢？所以伟大的历史，一定是文学作品。这也是鲁迅一眼看穿的，他说《史记》是"史家之绝唱，无韵之离骚"。《史记》就是《离骚》，所以它才伟大！

可是要讲历史课，却不能那么讲。历史课能讲桃园三结义吗？正像有一年，《百家讲坛》穷途末路，居然想出了要请单田芳来讲，这被我大大地奚落一番。我说单田芳当然是优秀的艺术家，可是单田芳来《百家讲坛》讲，你还是《百家讲坛》吗？你就直接改成《曲苑杂坛》多好啊，那更热闹，绝对有收视率。后来他们一想，是这个道理，就没有再请单田芳先生。可是只要他们动了这个心眼，就说明已经不尊重历史了。即使请了一些貌似懂历史的学者来讲，仍然会产生桃园三结义的问题。当然，这些学者比小说中的主人公的学识要高。所以他希望讲三国，一学期讲不完。那么如果那个辞职的人，把东晋讲完，后边让他接着讲，也可以，如果**到唐朝，则有秦琼卖马之类，便又较为擅长了**，他一个是熟悉三国，一个是熟悉隋唐，熟悉的全都是小说和评书。他看没看小说我们都不知道，评书大概是熟悉的，或者是看过戏——秦琼卖马，全都不是历史。但是我们不要因此嘲笑文学作品。老百姓其实不按照历史来生活,恰恰是按照文学来生活。比如老百姓门上贴着门神,一个就是秦琼,一个就是尉迟恭,这俩人没有那么英雄,历史上没那些事,可是老百姓相信文学,相信他们真的能保平安,就把他们的形象贴到门上。这是文学的力量。历史是改变不了老百姓的世界观的,多少历史早都证明,真正给中国人民带来幸福的是曹操,不是刘备,也不是孙权,可是戏曲舞台上曹操永远是大白脸的奸臣,永远是坏人,好人是刘皇叔,这是文学跟历史的"时间差"。

他熟悉的三国和隋唐都不让他讲,**谁料偏偏是东晋**。如果你真的喜欢读演义,中国二十四史都有演义,东晋也有,只是那个演义写得不好,写得乱。其实不在于历史乱,三国多乱,隋唐多乱,但是人家会写,能从乱中写出治来。可是东晋这个演义写得不好,他就不熟,所以**他又怨愤地吁一口气,再拉过《了凡纲鉴》来**。他满脑子都是桃园三结义、隆中对之类的事情。

读到这里,使我们想的不只是这个人本人的尴尬,我们会想这是什么学校,要请一个历史老师也不调查调查,竟然请了这么一位会讲故事的,说得准确一点就是能讲故事的,这不禁让我们对当时的学校产生了怀疑。假如你是曾经认为中华民国的学校不错的人,假如你真的认为北洋时代也好、国民党时代也好,是中国教育很好、很尊重知识分子的时代,我们看看什么叫知识分子?这样的就是知识分子了,就能到学校去讲东晋之兴亡了,那么我想在座的大多数同学都不是学历史的,请你们随便去讲东晋之兴亡,你们也不会产生这样的想法,给你几天备备课,大概也能讲个差不多,可是中华民国这样的人要去一个学校讲历史,到底什么是历史,这个问题就出来了。我们往下来看。他正在想,有人说话了。

"哙,你怎么外面看看还不够,又要钻到里面去看了?"没头没脑的一句话，鲁迅非常善于写这种破空飞来之言，突然来了一句话，很有分量，你为了知道它的内容就要向下看。

一只手同时从他背后弯过来，一拨他的下巴。但他并不动，因为从声音和举动上，便知道是暗暗躄进来的打牌的老朋友黄三。现代短篇小说就妙在它的情节是慢慢展开的，而且尽量不要作者出来介绍背景、介绍三要素。小说里面必须包含三要素，但是三要素最好不是由作者干巴地呈现出来，而是随着情节使你自然知道，一句话一个动作，然后从主人公的心理，反过来介绍这个话和动作的发出者，是他的老朋友黄三，是打牌的老朋友。打牌这件事是中华民国非常流行的。中华民国最有名的文人之一胡适先生——你看看胡适先生的日记，就知道他一天到晚在干什么——不是打牌就是去妓院，基本就是这两件事，从牌桌到妓院，从妓院到牌桌。再看另一个著名人物徐志摩，也是这两件事。很多人赞美徐志摩和谁谁谁的爱情，徐志摩情书里面就写着"今天又去逛窑子，请你原谅我"。下个礼拜又这么说，今天又跟谁去逛窑子，他们叫了几个姑娘，请你原谅我。他们的生活基本上就是妓院和牌桌，但是你不能光用这些事情来看人，人家写出东西来了，人家的东西留在历史上了。所以当年有一次我请张中行老先生来讲老北大，张中行就说了，不知道胡适先生什么时候做的学问，奇怪，他怎么有那么多时间写那么多本书呢？就没见他干过正事啊。每天高朋满座，要么是他上人家做客，要么就是他家高朋满座，喝酒、打牌、叫姑娘，就这几件事，可是人家的书一本一本地出来了，历史都是复杂的。所以说主人公有打牌的朋友，这很正常，这一点不奇怪。鲁迅虽然对打牌没有那么大的爱好，没有上瘾，但是他一定熟悉，一定打过，因为这是流行的娱乐。就像我长大的时代流行的是打扑克，我从小到大打过各种各样的扑克，都打腻了。特别到了北大之后，荟萃全国各省区的打法，北大打扑克首先要统一规矩，首先要"秦始皇统一六国",你说吧,按哪个宿舍的规矩。我本科时住32楼416,32楼有一个约定俗成的话,"今天打牌(按)416的规矩",都是按416规矩来打。416规矩综合了东西南北很多特点。打牌是一种文化,后来我当了老师发现,北大老师出去开会,晚上基本活动就是打扑克,而且也不赢什么钱,很难堪的,输了就往脸上贴纸条,有的贴了好多纸条,不影响第二天开会。有的学校打扑克输了的钻桌子,很著名的学者都爬来爬去。这是时代风尚不同。从这里我们知道主人公原来爱打牌,还有打牌的老朋友,看来这是为之已久的活动了。

他虽然是他的老朋友,一礼拜以前还一同打牌,看戏,喝酒,跟女人,"一礼拜",现在这是个常用词,在那个时候"礼拜"是个新词,用礼拜来计算时间,这是现代的一个证明,古代小说没有"礼拜"这个词,用七天做一个单元,这是现代了。现代的人干什么呢?他们的日常活动是打牌,看戏,喝酒,跟女人,我们一看这像中华民国吗?我们想象中一个很好的现代民主国家的知识分子应该过着什么样的生活?这其实跟清朝差不多,跟晚清不一样吗?!跟鸳鸯蝴蝶派不一样吗?!鸳鸯蝴蝶派其实很严肃。我昨天晚上刚从苏州回来,我们国家研究通俗文学的第一权威范伯群先生去世了,我赶过去参加追悼会,我代表中文系致悼词。范伯群先生所做的工作,很大一部分就是为鸳蝴派正名。其实鸳蝴派很严肃,而恰恰很多非鸳蝴派标榜自己是新潮人物的人,他们每天干着这些事。可是我们似乎又不能简单地根据他们做的这些事,就全盘否定他们的人生价值。我们知道了历史是怎么回事之后,只是让我们获得了一种观察历史、评价历史的复杂的态度,使我们出言更谨慎。

一个星期之前他们一块儿过的是这样的日子。**但自从他在《大中日报》上发表了《论中华国民皆有整理国史之义务》这一篇脍炙人口的名文,**他发表了一篇名文,名文的内容是他认为全体中华国民都要整理国史。从这里我们就知道这是针对胡适所写的，胡适发起一个运动叫"整理国故"。我们今天不是举国上下到处都在弘扬国学吗？我二十年前就大力批判崇洋媚外的主张，主张弘扬我们自己的本土文化，二十年前、十年前我的言论是受到围剿封杀的，有人认为我是余孽，认为我思想落后，不学习普世价值，犯下了反人类罪——你只要说中国好，美国不好，你就是反人类的，美国是人类啊。随着时间的流逝，我的话终于慢慢地被一部分人接受，被很多人接受，被大部分人接受，最后变成了国家的政策。可是所有事情都一样，这一旦变成国家政策之后，坏人马上把旗帜抢过去。

所以现实是最好的老师，你看了现实就知道鲁迅当年为什么对整理国故、弘扬传统文化有那么多的非议。是鲁迅自己不要传统文化吗？是鲁迅自己不整理国故吗？鲁迅在没有成为鲁迅之前，十几年的时间都在整理国故，跟鲁迅同时代的人没有比他更有学问的。他挣了那么多钱，主要用来买古董了，买汉砖的拓片，汉砖他买不着或者买不起，就买汉砖拓片，有一次花了160块大洋，他一个月挣300块大洋，花160块大洋买汉砖拓片。他编辑、校订、整理的那些古籍，都是今天看来令我们高山仰止的著作。他的学问，他的这部分学问我们没有，都没有资格评论。可是他却很愤怒有一些人要整理国故。我们看小说主人公写的这篇文章的"论中华国民"这个名字，这个文章听起来多好啊，听起来这么堂而皇之。当时的中华国民整个状态是什么？百分之九十以上都是文盲，他们整理什么国史啊？小说主人公都要去当历史老师了，他为什么能当历史老师？其实又不奇怪，绝大多数国民都是文盲。我们还不能计较文盲这件事，因为他们当时连饭都吃不上，挣扎在死亡线上，整理什么国史啊？所以发表这样文章的人，客观上是粉饰太平、迎合主流，说得客气点，不过是趋时。我们讲过《幸福的家庭》，《幸福的家庭》的主人公还是一个小知识分子，每天想的都是白菜和劈柴，他能整理国史吗？《高老夫子》里的"他"说所有的国民都有整理国史的义务，他的这篇文章还脍炙人口。所以鲁迅给他虚构的一个题目里，就包含了愤怒，包含了讽刺。

再想想今天各地乌烟瘴气搞的国学教育都是什么东西，可怜那些无知的家长，纷纷把孩子送到什么国学班去。我如果反对他们，他们就说，孔老师，你不是主张弘扬传统文化的吗？是呀，我是主张弘扬传统文化的，所以你们就把孩子送到高老夫子的班里去上课？什么是传统文化？是不是一个东西标榜了国学，写上"国学"两个字就是传统文化了？鲁迅又一次告诉我们——不论什么名称，只要好听，一定是坏人首先窃取过去。所以你要随时把握时代的风向，当一个东西正确的时候，它一定受到压制、围剿，忽然坏人都来抢那个东西了，你要警惕，它要变味了。就像我们刚吃一个好东西的时候，你觉得好好吃，到处奔走相告，后来这东西开了连锁店你就要注意。多少家著名小吃，只要遍地都是连锁店了，就不好吃了。现在到处看见"黄焖鸡米饭"，那还能吃吗？三年前可以吃。

他因为写了这么重要的一篇文章，接着又得了贤良女学校的聘书。有一个学校是女学校，因为女子受教育要一步一步来，为了让她们受教育，又不受男生骚扰，先专门成立女子学校，当她们已经成熟了，习惯于上学之后，再进行男女合校。这是男女平等的历史发展。可是很多人忘了这个历史，竟然认为女生学校是真正尊重妇女的，是历史的进步。我到了某个国家，某个国家的人问我："我们国家有很大的女子学校，你们中国有吗？"我说有过了，早就有过了，那是低级阶段，高级阶段应该是男女在一块儿上课。为什么非要把女的圈在一个特殊的地方，不见天日、偷偷摸摸地上课？我们看今天是不是女学又要兴起？前不久刚刚发生一件事，有一个女德培训班，公然讲早就被我们五四运动批判过的那些三从四德。女的就要完全服从男的,讲得非常露骨,女人对男人就要打不还手、骂不还口,而且说女生公然叫外卖是不道德的。因为讲得太过分,引起无论哪一派别的言论愤怒。但我想这个事情被揭露了,被批判了,被取缔了,他们省的领导检讨了,然而这种班有多少?这种班有很多很多,都在说他们弘扬的是传统文化。你听这女学校的名字叫贤良女学校,它的价值观已经昭然若揭了。男生学校为什么不叫贤良?为什么不说我这儿子可贤良了?所以说鲁迅厉害在于他处处都是刀锋,处处都是刺儿。你不注意就读过去了,以为是一个普通的名字。

我们现在有一些研究生做毕业论文,也在研究一些当时的妇女问题。比如我们国家从什么时候开始有新女性;新女性到底幸福不幸福;阮玲玉为什么自杀;今天的女明星们过着什么样的生活,她们是时代先锋吗;谁是女性先锋……种种问题,可能还要回到鲁迅那里。反正主人公写了弘扬国学的大文章,**接着又得了贤良女学校的聘书之后**,他现在地位不一样了,一个礼拜之前还跟他们一块儿混呢,一个礼拜之后,**就觉得这黄三一无所长,总有些下等相了**。他开始看不起他这朋友了,黄三没出息,是下等人,又来挑逗他,**所以他并不回头**,板着脸正正经经地回答道:他们已经是两个层次的人了,他觉得自己现在已经很高级了,是弘扬国学的人了。我们今天经常看见一些人办国学班,穿着汉服对襟儿褂子什么的,其实都是所谓"油腻男"。我发现很多"油腻男",跟国学紧密联系在一起。

他回答黄三什么话呢?"**不要胡说!我正在豫备功课……**"他说的话很正经,说很正经的事,你那是胡说。胡说的话是什么呢?我们回来看——"外面看看还不够,又要钻到里面去看了"。我们初看这句话,不知道什么意思,看到他说他胡说,又知道他去了贤良女学校,里面还有女学生,前后连接起来大概明白这句话是什么意思了。也就是说,黄三说的这句话被他说成胡说。被斥责为胡说的话往往是真理,黄三说的是"外面看看还不够,又要钻到里面去看",恐怕说中了他的心事,所以他才赶快转换说我正在预备功课。黄三因为跟他是老朋友,不客气,揭穿他。

"你不是亲口对老钵说的么:"还有一个人叫老钵,这外号很有意思。"你要谋一个教员做,去看看女学生?"现代小说妙在这,要把前后的要素连起来,自己建立一个系统。前面他恨他的父母,不给他好好医治,留下一个瘢痕,头发盖不住,怕女学生看见,到这里又联系上了,原来他要去看女学生,心里想的是女学生怎么看他。黄三说的话其实很准,"谋一个教员做","谋"很形象。他到底配不配做教员,暂且不论,反正要谋一个东西做,想办法钻营得到,使计策,叫谋。而谋教员是去干什么的呢?不是去上课,不是去做学问,当了教员是去看看女学生。

怎么说呢,客观点说也不能苛求于人。当一个社会原来是女性不能受教,不能公开出来上学,只有像林黛玉那样的贵族女孩子才能在家里上学,不能到社会上上学,好不容易社会开了一个口子,有了女学校了,女生可以上学了,那到这个学校去上课的男性老师,的确会有不同的心态,他想看看女学生,这本来也是正常的,问题是小说的主人公只有这一个目的,就是看看女学生,这不奇怪,问题是他主要目的就是要谋个教员去看看女学生。特别是没有当过教员的,没有当过老师的,觉得这个事情很新鲜、很刺激,所以一定要经历。

我本人在世界上最大的女子大学——韩国梨花女大——任教过两年。我2000年、2007年在梨花女大待了两年。我经常跟人说,到一个女子大学去任教是一种折磨,是一种残酷的折磨。一般的人觉得很新鲜,满眼都是女生怎么会是折磨。我说,"是啊,学校里面一万多个女生,男老师加起来十几个人,全校一共六个男厕所,都背下来了,因为很多楼里面没有男厕所。去了一段时间,你就知道这是一种折磨"。为什么呢?当你识别性别的时候,必须在异性的衬托下。比如说我们教室里有男生和女生，互相衬托，所以能很敏锐地知道这是男生，这是女生。可是周围都是一种性别的时候，几天之后就麻木了，就没有性别的概念了。你看的都是一样的人，甚至以为人类都这样。你老得提醒自己，说人类不是这样的。所以我一定要经常出去，经常去社会上逛一逛，哎呀，真好，还有男人。真是被折磨得变态了。离老远看到一个男老师，我特别高兴，"哎呀，你好你好"。在那个地方待了两年，我想，我的心态受折磨，那学生心态会好吗？满眼都是自己的同性，很少看见异性，这一定不好。这是我们到了现代社会产生的感觉。

而在那个时候，刚刚建立女校，清末民初的时候，恐怕很多人去女校当老师，就是要看看女生。黄三的胡说又一次说中了主人公的心理，所以主人公更加愤怒，"你不要相信老钵的狗屁！"愤怒的反驳，往往意味着承认。

黄三就在他桌旁坐下，**向桌面上一瞥**，看来黄三跟他真的不见外，这是老朋友，不分你我的。**立刻在一面镜子和一堆乱书之间**，一面镜子，一堆乱书，就被他翻乱了。**发见了一个翻开着的大红纸的帖子。他一把抓来**，从这些动作可以看他们两人之间的关系，他可以随便抓他的东西。**瞪着眼睛一字一字地看下去**：写得很准确，瞪着眼睛是吃惊，一字一字说明认真，"很奇怪，真有这事吗？真成功啦？"我们看他看的这个东西，就是贤良女学校的聘书。聘书是这么写的，原文都是竖排的，我们只能看横排的：

"今敦请"，另起一行，请的人的名字要放在最高的位置。我们要是写请谁参加什么活动，要注意这个格式，横排的要把你请的那个人的名字放在这一行的开端，被你请的那个人就知道你是懂礼数的，你不能请谁把那个人的名字放在最后。"今敦请"，请谁呢？"尔础"，"础"是一个不常见的字，经常跟哪个字放一块儿呢？基础。我们很少单独用这个字，看见这个字就想起这个字的兄弟——基，有个人叫高尔础。"**高老夫子**"，读到这我们就开始乐了。这个人姓高，被叫为高老夫子，他的名字可不是高老夫子，名字叫高尔础。读到这我们就明白了，因为这个世界上有另外一个伟大的人，叫高尔基，这儿来了一个高尔础。他果然是老夫子，了不起，确实德高望重。高尔基的兄弟来了，所以他获得了这个聘书。"尔础高老夫子"，我们过去对人的称呼都是这样的，不能够直接说高尔础，都得这么说：庆东孔教授。

尔础高老夫子"**为本校历史教员**"，学校聘他为教员。聘书是没有标点的。"**每周授课四小时**"，一周授课四小时，也就是讲四次，每次一小时。"**每小时敬送脩金**"，脩就是束脩，教师的工资叫束脩，束脩的钱叫脩金。每小时敬送脩金"**大洋三角正**"。从聘书可以大概知道当时的货币购买力。上一小时的课，才挣三毛钱。假如我们今天哪个地方办了一个贤良女校，请某个老师去讲历史，讲一节课得多少钱？你想一想办这么一个学校，多少钱能请来一个人讲历史，哪怕就是讲《三国演义》那种历史，所以你就知道三毛钱在当时是非常厉害的，恐怕值今天的三百块钱，值不到三百块也值二百块，绝对在一百五十块钱以上，才是一个普通学校一小时的课酬。所以当时劳动人民的收入是以分计算的，一分钱都很有用，都能买很多东西。一般穷人是没有见过大洋的。一块大洋，今天要印成人民币，得印一千块钱的票子。普通人没见过大洋，只见过铜钱。高尔础老夫子的课时费被定为一小时"三角正"。

"**按时间计算此约**"。他一个礼拜上四小时就一块二，一个月四周半，他也就挣五块多钱。也就是他一个月在学校当历史教员，就挣五块多钱。五块多钱今天咱们在食堂就只能买一个菜。我们要有那个时候货币的概念。我以前讲老舍的时候曾经讲过，那时到饭馆吃饭，花一毛二分钱，能买好几个菜，还有饭有汤，还有一壶白酒。今天到饭馆要来这么一顿，一百二十块钱不够吧。"**贤良女学校校长何万淑贞**",虽然是小说,是虚构的,但是虚构得都跟真的一样。这个人的名字是四个字,这个人本来姓什么?为什么叫何万淑贞?我们国家现在哪个地区还保留着这么野蛮的称谓?汉奸说它是先进的,要把丈夫的姓放在自己的姓的前边,表示自己文明,表示自己有人权,表示自己民主自由。

在座的女同学,你愿意这样吗?你愿意结婚之后把你老公的姓放在前边吗?当然我们现在有些人的名字四个字是把父母的姓放一块儿了,表达对父母的尊敬,跟这是两回事,这是把丈夫的姓放在自己的前边。那你万一改嫁了怎么办?改嫁一次加一个字,改嫁五次,成外国人名了。所以这种命名的方式充分说明这个学校的性质,它的封建性。今天日本女子出嫁之后,就使用丈夫的姓,但是去掉父亲的姓,这是日本人理解的传统文化。很有意思,我在日本看报纸,日本报纸没有希拉里,只有克林顿氏。我看了觉得很奇怪,我说克林顿氏是不是克林顿啊,仔细一看不是克林顿,是克林顿的媳妇,噢,我明白了,说的不就是希拉里吗?日本人不管她叫希拉里,管她叫克林顿氏,我看了觉得特别亲切,以后我也管她叫克林顿氏。所以称呼里面包含着孔子说的正名的含义,怎么样的名算正名?怎么叫"必也正名乎"?贤良女学校校长何万淑贞**敛衽谨订**,写的都是很规范的聘书的格式。但是从规范的格式里,我们可以看到这个学校的校风是什么样的。

我们可以想到鲁迅参与女师大风潮时他的态度,鲁迅为什么站在女学生的立场,反对她们的校长。鲁迅在女子师大兼课,在女师大风潮中他站在学生一面,反对婆婆式的校长。鲁迅认为他们那个校长以开新学为名,实行的是封建社会婆婆对儿媳的压迫,在他看来,那些女学生就是她的儿媳妇。所以鲁迅有这样一个复杂的文化立场,他支持"新"的本义,但是他反对的是假的新。新,他是支持的,他反对的是伪。可是任何新生事物都会出现伪，就像今天遍地的国学都是伪的一样，很多教育改革其实是倒退。所以当一个好事似乎胜利的时候，往往就容易伴随着真的失败。在胜利的时候失败了，那将有巨大的倒退。这是讲到高尔础的聘书。

在小说的正文中插入很规范的另外一个文本，这在小说中叫作超文本。今天网络时代很好理解，就是网络时代的链接，有一个聘书，他把聘书给你链接过来了，你一看就知道了。而且你看他用的计时，还用的是旧式的，"中华民国十三年"。十三年是哪一年，一九多少年？要记住，加十一就是了，中华民国多少年换算成公历，就加十一。一九二四年"夏历菊月吉旦立"，菊月就是九月。九月一号开学的时候，贤良女学校聘请他为历史教员。

瞪着眼睛一个字一个字读完了，黄三就问了，"'尔础高老夫子'？谁呢？你么？你改了名字了么？"黄三一看完，就性急地问。从黄三的话和语气，我们显然知道他原来不叫高尔础。黄三觉得这么奇怪，不认识。所以他为什么看不起黄三呢。

但高老夫子只是高傲地一笑；他的确改了名字了。然而黄三只会打牌，黄三的确不如他。到现在还没有留心新学问，新艺术。黄三是不懂新学问、新艺术的，他高尔础是懂的。**他既不知道有一个俄国大文豪高尔基，**这是他看不起黄三的根本原因。打牌都是朋友，但是他不知道高尔基，我知道高尔基。**又怎么说得通这改名的深远的意义呢？**很多新人物其实根本不懂新。我们前面讲《幸福的家庭》，那个主人公认为最好的书叫《理想之良人》，可是他自己没有读过，他幻想的是将来这个美好的家庭要有两本《理想之良人》，夫妻两人每人一本，想得这么美好。可是第一，他没有读过；第二，可能现在还买不起，他想有了稿费再去买这本书。可是在没有读过的情况下，他会宣传那本书，这就是伪士的危害。古代的人很淳朴，不会越位。他是农民就是农民，他是杀猪的就是杀猪的，是做买卖的就是做买卖的，不会装得有文化，去谈天说地。今天呢，人的身份和人的实际状况是混乱的，很多人都要以平等的口气来跟你谈文化、谈政治、谈人性、谈国际形势等，其实他什么都不懂，没读过、没研究过，这是我们今天的问题。我们用这样的思考去想想别人，想想自己。黄三不知道高尔基，那我们想，高尔础知不知道高尔基？我们大家可以推断一下，高尔础真的了解高尔基吗？要了解高尔基能起名叫高尔础吗？显然他认为高尔基姓高，是尔字辈，叫高尔基。估计如果有兄弟，应该叫高尔础，所以他就取名叫高尔础了。我们没有办法证明，但这是一个合理的解释。特别是早期我们翻译外国人名的时候，一般都翻译得第一个字像中国的某个姓，其实那不是人家外国人的姓。我们翻译果戈理的时候就翻译成郭戈里，姓郭，叫郭戈里，那就有人起名叫郭戈外。早期都是这么翻译的。这样翻译有利有弊。因为早期我们不熟悉外语，不熟悉外国文化的时候，这样翻译可能便于老百姓产生亲切感，一看就知道这是一个人名。时间长了，我们发现人家并不姓这个，才开始更尊重发音地翻译。

高尔基叫阿列克赛·马克西姆维奇·别什可夫，翻译起来一大串，俄国人的名字是非常难记的。从他的这个名字，可以看到高尔基在中国影响之大。自从高尔基的作品来到中国，鲁迅首先发明了一个高尔础，大家还知道有叫高尔什么的吗？有著名美学家叫高尔泰，还有一个著名的文人叫高尔品。叫高尔什么的还真多，高尔基家人丁兴旺。他起名叫高尔础，他自己认为改名的意义很深远。但是他如果真的受过高尔基的影响，怎么能干这事呢？八成是不了解高尔基的，就像《幸福的家庭》的主人公不了解《理想之良人》一样。

所以他只是高傲地一笑，并不答复他。他不了解高尔基，但他就因为改了一个高尔础的名字，就在黄三、老钵这一拨人里边，真的具有了文化优势。经常有人给我介绍什么文化大师，说孔老师你这么厉害，一定认识谁谁谁吧。我说谁啊，他说也是北大教授，可有学问了，经常在哪个学校讲什么什么。我说北大老师哪有每个礼拜都出去讲课的，没有，北大老师讲课都是一次性地到某地做讲座，哪有长年在某个班讲课的，这肯定不是北大老师。他说是北大的，有名片。我说名片印北大的有好几十万呢。学术界认为没学问的人，在社会上却可以忽悠无数的黄三和老钵，因为黄三、老钵是没有判断力的，他们往往把高尔础这样的人看成真正的文化大师，又由于他们在利益上有了某些共同性，出于利益，可能更要把他捧为文化大师。我们看这个小说觉得可笑，可是在现实生活中，没准正是这样的人活得如鱼得水，甚至能飞黄腾达。前面给他发聘书的女校长，真的是有学问的人吗？可能是家里有点钱，她就到外国去留学，留学回来镀了一层金就不得了了，就是著名教育家了。这样的人太多了，我们20世纪90年代不也满坑满谷吗？只要在外国念了书，一回来，有人就说自己在外国当过校长助理，别人一听，不得了啊，在中国，校长助理就相当于副校长，就是最著名的副校长，所以很多说自己在外国当校长助理的都当了校长、副校长。后来有人揭发，在国外什么叫校长助理呢？你某天帮助校长办公室打扫了卫生，校长办公室给你开个证明：某天某月他曾经助理过校长工作。这叫校长助理，回来就当了副校长了，甚至当了党委书记，这是时代的一个反讽。下面还有意思。

"喂喂，老杆，"突然出现了一个新名字，前面是那么高大上的高尔础，忽然出了一个老杆。"**你不要闹这些无聊的玩意儿了！**"哦，原来一个叫黄三，一个叫老钵，他叫老杆。别看鲁迅是南方人，他在北京住了一段时间之后，取的这些名字还是很接地气的，很像北方市井之间的称呼，这个人叫老杆。我不知道各个地区怎么理解"老杆"这个词，老杆含有土、直、笨等意思。黄三说，"老杆，你不要闹这些无聊的玩意儿了"，黄三虽然不懂高尔基，但是他能够总体把握高尔础的这些玩意儿是无聊的。

黄三放下聘书，说。"我们这里有了一个男学堂，风气已经闹得够坏了；他们还要开什么女学堂，将来真不知道要闹成什么样子才罢。你何苦也去闹，犯不上……" 黄三虽然是被他看不起的社会下等人物，但是同样能议论天下大事，这句话谈的是意识形态的重要问题，就是我表明的这个问题叫风气。

风气怎么翻译成外语？风气不是习惯，不是风俗，不是脾气，风气像风水一样是不能翻译的，只能体会，或者只能够翻译它的发音。一个社会最重要的问题是风气。我们今天这个社会也在方方面面取得很大进步，要肯定这些时代的进步，我们之所以对社会不满是因为风气，教育界的风气、文化界的风气，管理界、金融界方方面面的风气有问题。而黄三竟然认为风气不好，但是他认为风气不好是怎么形成的呢？他先说男学堂风气就闹得够坏了。从这个话里我们想，男学堂、女学堂不要紧，黄三为代表的人都认为学堂风气坏，看来我们就得思考学堂是干什么的，学堂的性质是什么，学堂是一个简单的传授知识的地方吗？多数人都认为学堂就是学知识、学技能的地方，学完了去工作，学完了去生活。

可是学堂的本来性质比这要重要得多，学堂从古代开始就是国家重要的意识形态场所、意识形态空间，学堂关系到风气。工厂不重要，商场不重要，卖场不重要，重要的是学堂。

显然晚清的时候我们的国家风气出了问题，所以后来废科举兴学堂。兴学堂的初心是学习西方的先进科学技术，把我们大写的"壹、贰、叁、肆"改成阿拉伯数字"1、2、3、4"，从这个开始学新学。可是社会上以黄三为代表的广大人民群众，认为开了学堂风气很坏，黄三这个话是不是污蔑？黄三似乎不是什么好人，但也不是什么坏人吧，他就是个庸俗的人,像他这样的人是以千万计的,他们就是劳动人民,有各种缺点像阿Q一样的,也是劳动人民,他们对历史事件的看法,如果和我们在历史书上所学的评价发生了矛盾,如何判断?看中华民国建立、看五四运动,我们认为那都是先进青年、爱国青年起来救亡图存。可是沈从文的小说里写得很清楚,沈从文笔下的劳动人民认为,女学生就是随便和人家睡觉的人,这是千千万万劳动人民的认识。你说这是污蔑,或者说这是严重失实、严重夸大都可以,但是老百姓的这个感觉是怎么产生的?你怎么跟他讲这个道理?如果只是朝廷的认识,这不重要,比如我们过去都把责任推到反动军阀头上——这些军阀残暴无知,他们污蔑进步青年。最大的力量不是朝廷,最大的力量是黄三。

所以我们体会,鲁迅,为什么横眉冷对千夫指,千夫是谁?我小时候学这个千夫,老师说是阶级敌人,是坏人——那绝不是,我越长大越发现不是。千夫,就是鲁迅呕心沥血要救的那些劳动人民,就是你要救他们、他们还要害你的劳动人民,华老栓、华小栓、柳妈、阿Q、黄三,你要救他们,他们认为你救错了。而黄三说的还不是没有道理,他绝对能指出很多风气坏的事实、证据。所以他说男学堂够坏了,你很难通过简单的道理来跟他辩论。在这种情况下,他说男学堂都这么坏了,还要开女学堂,"将来真不知道要闹成什么样子才罢"。我们已经是事后诸葛亮了,一百年后看这个历史,先有男学堂,后来有女学堂,后来男女一块儿上学堂,到今天我们觉得一切都正常,大家都这么上学,幼儿园、学前班、小学、初中、高中、大学、硕士、博士这么下来,找工作,我们认为这是一个正常社会,其实我们的生活方式已经跟古人完全不同了。

在这个过程中,特别是早期,如果可以进行社会学调查的话,中华民国早期上学的女生,是可以数过来的,一个一个的档案都可以追踪到,因为全国的学生没多少,女学生更少,一个一个都可以找到。某某女生学了什么，最后的归宿是什么，到哪工作去了，嫁给谁了，干什么了——一个都跑不了，都能找到。她们真的通过上学解放了自己吗？真的通过上学解放了别人吗？如果进行这样的一项社会调查是很有意义的。已经有人进行了局部的调查，调查的结果并不乐观。当然我们可以说那一代的女性是为时代的进步做出了巨大的牺牲，就像早期参加革命的女性一样做出了牺牲。最早上学成为新女性的，最早穿上高跟鞋的，最早一个人在城市里生活的，到公司里求职的，她们大多数人的命运都不能乐观地去想，但是有了那些人之后，一步一步终于到了今天。尽管男女还不是很平等，可是跟一百年前相比，我们能够很复杂地看风气变坏这件事了。我们要承认在某种标准映衬下，风气可能是坏了，但是这个坏，有时候是为了更好，而做出一种历史性的倒退，有了那个坏，可能才有后来的更好。而这一点黄三们是看不到的。假如高尔础能够看到，这个社会能进步得很快，但很可惜，当我们往后读的时候，发现高尔础也看不到。所以鲁迅对中华民国是持否定的态度。上天必须另外降下真命天子，才能拯救中华民族的风气。

——本课为2017年北大通选课《鲁迅小说研究》第十三课

鲁迅真有闲心

——解读《高老夫子》(中)

同学们好！不知道同学们的期末报告写得如何了，好像提问的不多，估计大家进展很顺利。也有一些同学问我写某篇作品行不行，我回复说都可以。只要是鲁迅的小说，不论是《呐喊》《彷徨》《故事新编》中的，还是这三本集子之外，你认为是鲁迅小说的作品，也不论是不是我们上课时候讲过的作品，都可以作为写期末报告的对象、文本，只要你从中发现不同的鲁迅的声音就可以。需要提醒的是要发现不同的鲁迅的声音，不是不同人物的声音，从这点能够看出大家上这门课是否真的有收获。因为在座的绝大多数学这个课，将来不会去考现代文学的研究生，考的连十分之一都没有，考了现代文学研究生的，将来从事现代文学研究的又不到十分之一。所以我一再说大多数人都是在陪"太子"读书。但是当了太子，命运就好吗？历史上太子的命运往往很不好。可是大家还要当太子，这就是人生的悲催之处，这是没有办法的。

由于到了1月，大家还有一些其他的课程，都是一些很高大上的课程，需要认真准备，所以我们这个不重要的课呢，就在本年度把它完成。完成之后忘了它是最好的，到了1月你就把这门课忘掉，不记得曾经上过这样一门课。"孔庆东？孔庆东谁啊？不认识。"你要达到这个境界就是最高境界了。最高的境界就是忘了，坐忘的忘，最后能够忘掉，最后没觉得学了什么东西。没有觉得学了什么东西，这是最高境界。就像给予我们最重要教育的其实是我们小学老师，但是你能够记得小学老师教给你什么本事了吗？是想不起来的，就记得哪个小学老师挺有意思，哪个挺好玩，他教给我什么了，不记得。小学老师给我们的东西是最重要的，是很难总结出一二三四五六七八的。这就涉及一个教育问题。

我们上节课学习鲁迅的《高老夫子》，讲的就是一个教育题材。我们知道中华民国和大清朝相比，一个显著的特征是教育文化体制的变化，一个大家都赞成的决定就是废科举兴学校。科举是很伟大的一件事，没有科举就没有人类的今天。全世界选拔人才的制度都是从科举这学来的，中国更不用说，自从我们有了科举就打破了门阀，打破了世袭，打破了"官二代""富二代"、官僚社会，才能"朝为田舍郎，暮登天子堂"。从隋唐开始，科举保证了我们国家一千多年雄踞于世界的最顶端。可是科举这套制度的精华经过耗散，出了事，所以到了晚清，到了民国，大家都认为科举不对，科举要改。

鲁迅的很多作品也是批评科举的，也是否定科举的，《白光》，还有大家熟悉的《孔乙己》，都在很大程度上被解读为对科举制度的批判。当然作品本身丰富的内涵没有那么简单，你说通过这个作品我们看到了科举有毛病这也没错。可是科举有问题，学校就好吗？这才是鲁迅伟大的地方。大家都一块儿抛弃一个旧的奔向一个新的东西的时候，鲁迅的态度是与众不同的，他也说那个旧的不怎么好，但是他说新的就好吗？大多数人都是等到新的又成了旧的东西的时候才发现它不好，而鲁迅在这个东西还崭新,还"嘎嘎新"的时候,他就说这不是个好东西。但是他说好不好呢,是复杂的,不好的事情、他看出毛病的事情,他仍然参与,他知道科举不好,他参与过科举;他批判新式的西式教育其实是新的奴隶教育,他也参与。所以在鲁迅的字典里,新啊、旧啊、革命啊、反革命啊,不是最重要的。鲁迅的字典里最重要的概念都是哲学级别的概念,都是宗教级别的概念,鲁迅最重要的一对范畴是很简单的两个字,就是真和伪。真伪是最重要的。

科举为什么原来那么强大后来就不强大了呢?科举不还是科举吗?我们看了陈士成的科举道路,就知道陈士成考试为了什么,它还是不是那个科举精神。我们因为发现了科举不好才想到要兴学校,可是学校遍布了之后,学校里的老师都是什么人?我们上次课上看到都是高老夫子这样的人,那是不是鲁迅专门挑一些坏的典型来写呢?恐怕未必。高老夫子恐怕不是坏的典型,可能还是中等以上的。因为当时的知识分子很少,学校很少,尽管在我们今天看来高老夫子没什么学问,他讲历史就想给人家讲《隋唐演义》,讲《三国演义》,可是能讲这个也不错了,通过这个我们也可以看到中华民国一般的教育水平。中华民国大部分学校如果开历史课的话,恐怕单田芳先生是优秀的教授,单田芳的水平绝对在高老夫子之上,所以我们才看到高老夫子这些可笑的情况。而鲁迅写的时候并不知道,他只是如实描写,读者看了之后,由于自己的知识结构,心里边涌现出很多画面,现在网上叫自己脑补,脑补之后,你才笑,鲁迅并不知道后世的人会脑补出来一些什么画面,他只是如实描写。这种写法虽然可笑,可是它并不虚,它很实,实际情况是就有许多这样的高老夫子。而我们从古至今,很容易把教师这个行业神圣化,幸好另有一条脉络总是调侃、讽刺教师这个职业,有一个神圣化的脉络,有一个"黑"老师的脉络,两者加起来才能够平衡,使我们知道这个职业应该有神圣性，还有另一个声音告诉我们，从事这个职业的人其实没那么神圣，他们也是凡夫俗子，说不定有些人比普通人还差。

我在读书期间，1988年是北京大学九十周年校庆，那个时候曹文轩老师写过一篇文章叫《圣坛》，曹老师认为北京大学的讲坛是圣坛，在北京大学的教室里上课具有神圣感。文章的具体内容我不记得了，但是他的这个思想我很赞同。即使我不在北大当老师，我在别的地方当老师（我曾经当过三年中学老师），我认为我在教室外边，在讲坛之下，不论怎么平庸怎么坏，只要一上讲坛，我觉得应该有一种神圣感。我要尽我所能地对得起这四十五分钟，这五十分钟，这一小时、两小时。所以我们中国人的牌位上为什么要写上"天地君亲师"？到了现代社会"君"的地位取消了，换成了"国"，仍然是"天地国亲师"。

毛泽东时代，我们上学的时候，心目中的所谓坏老师，拿到今天来都是优秀老师。所谓坏老师，就是老看着学生淘气的，抓住你这个缺点罚你站的，看你不好好学习，追到家里告状的。今天看来，不都是优秀老师吗？他凭什么耽误自己的时间，关心你的进步成长呢？上一节课老师没有下课，下一节课的老师拿着教材在门口等着呢——他是这么敬业，被我们看成坏老师，"那老师可坏了，不让我们玩"。到了今天这个时代，教师这个职业重新斯文扫地，你想有多坏的老师，媒体就能给你拿出例子，就有多坏的老师。一开始，听到的例子少，我们会恨这个老师，"这老师咋这么坏呢"，时间长了，就见怪不怪了，你再也不愿意拜什么"天地国亲师"了。它的根源在哪里？现在全国各地到处搞国学，我料定，过不了几年，"国学"就将变成一个恶心的词，"他家那破孩子，上什么国学班呢"，是个没出息的人的一个代表。

就像高老夫子这样的人，能够写这样的文章，《论中华国民皆有整理国史之义务》，大家要去对号、去想，它在今天相当于哪类文章？今天什么样的人写这类文章？哪些学校的教授爱干这事，他就是今天的高老夫子。其实，高老夫子是跟黄三这些人过着那样的生活。而一个人是凡夫俗子，有这一面，爱打牌，爱看女人，这也不算缺点，这本来是正常的。鲁迅的这个作品，并不是说高老夫子等人打牌不对，对女生感兴趣不对，不能这样孤立地看问题。

上一次我们讲高老夫子收到了贤良女学校淑贞校长的聘书。淑贞校长有两个姓，一个何，一个万，她大概可以竞选港督，有这样一个名字。最后我们讲到学堂与风气的问题。学堂与学校，不是一个简单的传授知识的地方，它被看成关乎国家风气。男学堂就被认为把风气搞坏了，现在还有女学堂，参与女学堂教育的被认为是去"闹"。"你何苦也去闹，犯不上"。我们知道，像鲁迅，还有他的兄弟周作人，一些五四的骨干和精英，都在女子学校兼课。兼课，一方面他的目的很庸俗，就是多挣点钱，多找一个职位，一个礼拜多几个钟点上课。鲁迅上一节课的钱跟高老夫子可不一样。高老夫子还是很不容易的，上一节课只有三角大洋，尽管三角大洋换成今天的钱不少，那跟鲁迅没法比，鲁迅挣钱绝不是论角挣的，那都是一块一块的，所以鲁迅的收入是很高的。鲁迅除了在教育部拿三百大洋，他最多的时候同时在八个学校上课，此外，他还有稿费、版税等。从人的普通经济需求来讲，鲁迅多上课多挣钱。但是，既然上了课，就要把这个讲坛看成圣坛，这是他不一样的地方。上了课，就关乎风气了，他就必然会卷入意识形态当中去，学校从来都是是非之地。

就在鲁迅上课的女师大，发生了女学生和女校长的矛盾。这个事很奇怪，一般是男女之间才有性别斗争，才有性别矛盾，一个女子办了一个学堂，招收女生，按理说，应该站在女生的立场上，不然为什么要办女学呢？可是，奇怪的是，校方和学生经常有矛盾，而这个女子学校的校长并不站在女生的立场上。这个事情是可以写论文的，这个话题是可以写很多博士论文来研究的。而拥护这些女学生的却是一些男教员，是一些男性老师，是鲁迅这些人。这里面就很复杂了，有性别的原因，这是必须承认的，但，又不只是性别的原因，不是简单的好和坏的问题。比如，鲁迅和女学生们一起反对的那个女校长，长期被认为是坏人，可是我们后来又知道，这个女校长在抗日战争的时候，是很有民族气节的，为了保护民族气节，受到日本兵的伤害。那么，有人就用这个材料来证明鲁迅是汉奸，说鲁迅残暴地打击民族英雄。我觉得这些人就是数理化都没学好的人，脑子里都是糨糊，稍微给出个二元方程就解不了了，一个方程式有x、y就不会解了，只会解"$x+5=8$"，只能解这样的题。这些原因，恐怕鲁迅早都有过深深的思考。所以，哪怕像《高老夫子》这样一个不太著名的小说，你随时读起来都感到事情很熟，如在目前。

好，我们往下看。他的老朋友黄三，他的狐朋狗友，来约他打牌，可是这个时候来约他，两个人已经有了文化差异，他跟黄三说："**这也不见得。况且何太太一定要请我，辞不掉⋯⋯**"我们看，前面聘书里是怎么写的，聘书里写的是何万淑贞，那么淑贞女士的父亲姓什么？【同学们答：姓万。】她本来叫万淑贞，出嫁了，叫何万淑贞。所以这里高老夫子称她何太太。怎么称呼一个女性？称呼是很有意思的。我们今天对一个已婚女士，你叫她什么老师？比如系里有一个女老师，你是用她丈夫的姓来称呼她，还是用她父亲的姓来称呼她？从称呼就知道，中华民国的文化观念是什么。**因为黄三毁谤了学校，又看手表上已经两点半，离上课时间只有半点了**，下午三点的课。只有半小时了。**所以他有些气愤，又很露出焦躁的神情**。黄三扰乱他的正经事，老说打牌的事，所以他很烦黄三了，本来是好朋友。

"**好！这且不谈。**"黄三是乖觉的，他们这个圈子里面，黄三是乖觉的。**即刻转帆**，说，"**我们说正经事罢：**"前面都是不正经的事。前面说的学校、上课、女学堂，这些都是不正经的事，下面是正经事，什么正经事呢？"今天晚上我们有一个局面。""局面"如何翻译？"局面"是个很中国的词。我们今天说，"我们有一个局"，什么叫"有一个局"？这个"局"很有意思。我们中国的干部系列里面有局级，有副局级，听到这个"局"感觉是很复杂的。一些人在一块儿吃饭，叫饭局，为什么非得叫"饭局"呢？曾经有一个大企业家，叫牟其中，他说，我跟人家混了很多年，才知道什么叫饭局，就是一伙人在一块儿吃饭。为什么叫饭局呢？他就觉得这个特高大上，就想往饭局的圈子里混，混了很多年，终于混明白了。黄三说"今天晚上我们有一个局面"，什么局面呢？**"毛家屯毛资甫的大儿子"**，看来毛资甫是个有点儿名的人，他的大儿子**"在这里了，"** 到我们这儿了，**"来请阳宅先生看坟地去的，"** 阳宅先生就是风水先生，看阴阳宅的。活着的人住的叫阳宅，今天叫房地产，死了的人住的叫阴宅，就是墓地。**"手头现带着二百番。"** 二百番就是二百个银元，"番洋"简称"番"，这人带着二百块大洋，不得了，这是非常有钱的。在今天，购买力不止两万人民币，得六七万块钱的样子。这人带了这么多钱。**"我们已经约定，晚上凑一桌，一个我，一个老钵，一个就是你。"** 这三个一向是联合作战的。**"你一定来罢，万不要误事。我们三个人扫光他！"**

  大家看明白了吧，这是黄三跟他传达的正经事。这才是人生真正重要的内容，别的不重要。在我们看来，打牌就是娱乐，打牌算不上什么正事。我们经常看民国那些著名的人物，什么胡适啊、徐志摩啊，成天打牌，除了打牌就是逛妓院，日记里基本是这两种主要内容。我们觉得这都是一般的娱乐吧，可是黄三告诉我们，这还不仅仅是娱乐，娱乐都不好好娱乐，这是一个害人的陷阱。大家如果看过《鹿鼎记》，会知道韦小宝怎么骗人，娱乐都是骗人的。四个人打牌，三个人一伙的，这不是打牌，这是谋财。三个人一伙，要把那个人赢干净，所以"我们三个人扫光他"。日常收入全仗着这个。所以这倒真是正经事。

我们算一算,上一次给大家算账,高老夫子上一节课,一小时三角大洋,一个礼拜上四节课才一块二。一个月下来才五块钱。他打一次牌挣多少钱?这当然是正经事。胡适先生他们怎么打牌我们不知道,但能够完全避免这种事吗?打牌时间长了,就毕竟有团伙,有流派。当然,胡适他们工资收入是很高的,不打牌,在北大也挣三百块钱,但是那也没有这个来得快啊!这一晚上就挣很多钱啊!鲁迅非常会于无声处听惊雷,在很自然的一个情节里,经过他的选择,就把人生的真面目给透露出来。而这样的一个人,他一会儿要去上课。这叫正经。鲁迅也很喜欢使用"正经"一类的词,《阿Q正传》里,阿Q调戏了吴妈,吴妈要自寻短见,要跳井,要保持贞洁,然后旁边其他的妇女劝她不要跳井,就说吴妈,"谁不知道你正经"。在鲁迅的心里,"正经"是个关键词。这个词是可以杀人的。

老杆——高老夫子——沉吟了,但是不开口。这很有意思,这句话是叙事者的话,代表了叙事者的态度,叙事者接着黄三对他的称呼——"老杆",他本来是老杆嘛,可是叙事者用了破折号,老杆就是高老夫子,指出了他两重身份。在这里叙事者特别强调他两重身份,一个是高尔础,一个是老杆。因为两重身份,所以他才沉吟,为什么沉吟?"但是不开口",又为什么不开口?"沉吟"表明这个话真的击中了他的要害,其实他心里知道,黄三说的真是正经事。怎么不是正经事呢?一晚上拿到几十块大洋,相当于今天一晚上挣一万块钱,肯定是正经事,比上课正经多了!他今天上课不论上得怎么好,就是三毛钱。但是呢,明明是正经事,他又不能够回答,又不能说"好,我一定去!",如果这么说就对不起"高老夫子"。这是老杆和高老夫子的矛盾,所以他只能不开口。

跟鲁迅写《彷徨》这个时期差不多的时候,有一个叫毛泽东的年轻人写了《中国社会各阶级的分析》,毛泽东运用他学到的马列主义理论,早已经把中国什么样子、什么德行都写得很清楚，特别是这种小资产阶级的软弱、动摇、两面性，他们一会儿觉得社会黑暗，一会儿又想投机取巧往上爬。这个时候的鲁迅可没有学过马列，更不认识毛泽东是谁，但是他就凭着自己的学养，凭着自己对生活的观察写出来了，他写的人物就是毛泽东著作的活生生的注解。毛泽东未必对这些人了解得这么深，也没时间琢磨这些事，他是要去干大事的人。毛泽东是站得高，在全局看清楚了；那鲁迅呢，他是看得深，他从一个老杆和高老夫子的两重身份，就能够写出他活生生的选择。所以为什么我说毛泽东和鲁迅的心是相通的？为什么他们相通？他们一谈一定会一拍即合，马上就谈到一块儿去了，鲁迅写的人，毛泽东一看都熟，都能给他做非常准确的阶级分析。

高老夫子不开口其实已经是表态了。黄三说："**你一定来，一定！我还得和老钵去接洽一回。**"黄三不容易啊，跟打仗一样布置这个队伍，跟高尔础接洽好了，还得去老钵那儿接洽，然后才能三个人同心协力。"**地方还是在我的家里。**"黄三说这些话的时候，他没文化吗？黄三是可以领兵打仗的，布置得周密，时间、地点、人物、原因、经过、结果，记叙文六要素清清楚楚，布置得妥妥当当。地点"还是在我的家里"，意思是在他家里边不止一次作案，家里是老战场。对方是什么呢？"**那傻小子是'初出茅庐'，**"敌人比较弱，"**我们准可以扫光他！**"还不是少赢，要扫光他。为了保证战斗的绝对胜利，"**你将那一副竹纹清楚一点的交给我罢！**"他们还有秘密武器，不光是三人合力作弊，武器看来很重要。麻将牌是他们都熟悉的，一抓牌的时候他们都已经知道是什么了。

老打牌的人这一点都很清楚，老打牌的人手感都特别好，特别是麻将牌有纹路，他们拿起一张牌假装一呻吟，其实这牌是什么已经摸到了。不但麻将牌是这样，老打扑克的，扑克牌一摸也已经知道是什么牌了。所以真正的赌场上扑克牌是每把一换的，每打一把扑克牌就换一把新的，不在乎这几块钱。我打麻将很少，我打扑克牌那是身经百战，所以扑克牌作弊的方法我是知道很多的，扑克牌只要让我摸上一把，重要的牌我全都做了记号。一个普通人都会这样，何况要指着这个赢钱的人呢。所以黄三布置晚上的这个事，看来真的需要学问，你别拿它不当学问，那是个学问。

高老夫子虽然不开口，可是，**高老夫子慢慢地站起来，到床头取了麻将牌盒，交给他**；高老夫子不说话，但是已经把牌交给他了，等于是默许，等于已经同意了，没说反对，把这个武器交给他。他不能开口讲是因为他还另有正经事，高老夫子认为还有真的正经事。这是小说的悬念所在。**一看手表，两点四十分了**。如果三点钟上课，两点四十分在北大也应该动身了。我就是提前二十分钟从办公室出发的。**他想：黄三虽然能干，但明知道我已经做了教员，还来当面毁谤学堂**，他讨厌黄三诽谤学堂，因为自己是学堂的人，这是立场问题。小资产阶级不容易跳出自己的阶级立场，他的摇摆性在于他的饭碗来自哪边。为什么无产阶级的革命性比较坚定，就在于饭碗问题。黄三不但毁谤学堂，**又打搅别人的豫备功课，究竟不应该**。高老夫子一面同意黄三的布置，另一方面对他并不感兴趣。**他于是冷淡地说道：**

"**晚上再商量吧。我要上课去了。**"他留一个余地，因为他不知道要上的这个课将有什么样的结果，也许下边的上课改变了命运呢，就是晚上不需要再去干这件正经事了呢，所以他留下一个余地叫"晚上再商量吧"，现在上课去。这个时候他还不失一个教员的身份，不失一个高老夫子的形象。

下面高老夫子就去学校了。**他一面说，一面恨恨地向《了凡纲鉴》看了一眼**，为什么恨恨地向《了凡纲鉴》看一眼呢？因为它没有解决他的问题。而上课是不能拿着《了凡纲鉴》上的，新学校要拿新的教科书。我们受西化教育一百多年，经历了无数的教科书，到今天我们才知道教科书是最没价值的。比如说学历史，我们有多少历史教科书啊？那么有名的学者做了那么艰辛的研究，写了那么多教科书，可是真正要学历史，最后还得去读司马迁，还得去读左丘明，还要从《春秋》读起，读二十四史，哪有读教科书的呢？不但历史是这样，文学也是这样。我们面试研究生，问他一个问题，听他的回答，只要里面有教科书的内容，基本就Pass了——这是看哪本教科书看来的，他没看过好东西。那我们的教育不是骗人的吗？我们这个学术怎么回事啊？我们现在知道这么多高深的理论，会写那么漂亮的文章，结果回过头去我们写的还不如古人写的那些东西。问题何在？高老夫子上课是要拿教科书的，不能拿《资治通鉴》上课。

拿起教科书，装在新皮包里，在很漫长的岁月里，皮包都是一个高端象征，既是精神象征又是物质象征，上课要拿皮包。我上北大的时候，知道有一些老先生仍然保留着一个很破旧的皮包，看着很有范儿。**又很小心地戴上新帽子**，都是新的，新皮包新帽子，新教员新岗位。**便和黄三出了门**。两个人一起出门，这个场面我们在鲁迅的小说里也见过，比如《在酒楼上》，两个人一块儿喝了酒一块儿出门，然后向着不同的方向走，这是有寓意的。他跟黄三出了门，他俩本来是一伙的，**他一出门，就放开脚步，像木匠牵着的钻子似的**，鲁迅的这个比喻既是随手拈来，又是无可模仿，谁能模仿出这么一个比喻来？你都没见过木匠的钻子。这个时候你就会知道小时候随便玩一玩，东看看西看看是多么重要，你不瞎逛不瞎玩，不干点不正经事，怎么知道什么叫木匠的钻子呢？鲁迅一定接触过各种不正经的事，随便一比喻"像木匠牵着的钻子似的"就非常形象，而且下边这个尤其形象，**肩膀一扇一扇地直走**，你看看木匠的工具就知道，就好像这魂儿被人牵着走似的，已经不由自主地、很快地、很直接地往前走。这个比喻用在这里，要表明他有一颗心像箭一样地往前飞，充满希望地、魂不守舍地，所以是，**不多久，黄三便连他的影子也望不见了。他快速地就忘掉黄三。**

　　这并不是高老夫子虚伪。很多解读这篇小说的文章，重点老说高老夫子虚伪，这一点其实不难看出来，我们能看到高老夫子是虚伪的，那么往下想，他是不是只有虚伪？这是第一；第二，虚伪是不是一定就是罪过？我们大多数人是不是在某些时空状态下都要不同程度地有所虚伪？这是一个值得考虑的问题。就看此时此刻他是虚伪吗？此时此刻鲁迅通过这样一个比喻，写出高老夫子是精神层面真的想永久地摆脱黄三、摆脱那种生活方式——几个人弄虚作假，用非常不光明正大的方式去赢人家的钱。尽管能赢很多钱，但是他心里必定有一个良知，知道这个不好，起码是档次比较低的生活状态。如果真能够光明正大地做教育事业，哪怕挣的钱少一点儿，高老夫子恐怕会选择后者，会选择做一个名副其实的很称职的很光明正大的教师。大家想一想，你比较一下，多数人会不会这样？多数人都有凡俗的一面、龌龊的一面，可是只要有一个机会过光明的生活，代价就是物质上稍微差一点，他还是愿意选择的。他真的不愿意一辈子就跟黄三这样的人过着那样的日子啊！所以这里写出他的决绝——有虚伪，同时有真诚，这才是鲁迅这个小说可阐释的空间之大。高老夫子有伪的一面，但是他也有真的一面。黄三说他到女学堂去当教员就是想看女学生，看女学生长得漂亮不漂亮，这恐怕说得也对，他内心可能是有这个想法，但是应该不完全是这个想法。假如他靠自己的真才实学，真的当一个受人尊敬的老师，那不是人生最幸福的事吗？这个人物的复杂就在于真伪混在一块儿，他自己的灵魂在交战。只要有可能，人是愿意往高处走的，就看这个社会、这个体制是否给他提供了这样的空间。

　　这个画面大家可以想，他后面有黄三拉着他，黄三的力量也很

大 —— 今天晚上可以扫光二百番。可是他拼命地要往前走，前面有一个无形的东西在召唤他，他恨不能赶紧摆脱黄三，走到一个新世界去，这就是这个画面的意义。现在决定他最终结局的是什么呢？黄三这一头鲁迅已经写清楚了，决定他命运的是走到前面去，前面是什么样子？高老夫子想摆脱黄三，好，如果他前面是延安，就摆脱啦！如果他前面是井冈山，就摆脱啦！前面不用是北大，他的水平不够来北大上课的。他命运如何在于前面是什么。很多作家都有这样一个结构：人物向前走，面临前面是什么的问题。而我们读鲁迅会发现，鲁迅很没劲，他经常告诉我们，往前走，结果前面是坟。我说鲁迅很不够意思就在于这一点，经常告诉我们这些纯洁的青少年：孩子，往前走吧！走走走，前面是坟。鲁迅有时候很气人，然而我们过了很多年之后，又重新感谢他，说："对，对呀！老头子早都告诉我们了，前面是坟哪。"我亲自走了这么些年，发现真的是这样，前面真的是坟。所以鲁迅自己的第一部杂文集就叫《坟》。

高老夫子往前走，走到什么地方去了？**高老夫子一跑到贤良女学校**，这用了一个"跑"字，其实未必真的是跑步去的，只是走得非常快，几乎是跑，跑到贤良女学校。看来学校离他家住的地方不远。**即将新印的名片**，都是新的，新皮包、新帽子、新名片，说明高老夫子真的想过一种新生活。假如生活从那一天开始新的面貌，那有多好啊！高老夫子印了新名片，是想拥有新身份。可是他将新印的名片，**交给一个驼背的老门房**。这个门房是个次要人物，怎么写都行，为什么非得写他是个驼背的老门房呢？本来可以写他是个新门房，也可以写他是个不驼背的老门房，也可以写他是个很高大的很慈祥的老门房。所以你看鲁迅不经意地对这个老门房的评价，心里会隐隐觉得不妙，事情恐怕不妙。

不一忽，就听到一声"请"，他于是跟着驼背走，鲁迅的笔法，先形容一个人的样貌，然后就用这个样貌来借代这个人。我们讲修辞手法的时候说，这是常用的，叫借代。比如前面说他看见一个花白胡子的人，下面就跟着花白胡子走，这是鲁迅常用的，现在高老夫子是跟着驼背走，**转过两个弯**，看来学校还有点面积，还要转过两个弯，**已到教员豫备室了，也算是客厅**。又是客厅，又是教员预备室。**何校长不在校**；这也是常态。虽然那个时候学校规模不大，但是校长基本上是不在学校的，因为校长主要忙于各种应酬，校长都是社会闲杂名流。校长是不是去打牌了我们不知道，在什么地方公干我们不知道，反正校长不在学校，倒是常见的。另外也可以看到，校长给他发的聘书写得很恭敬，可是他第一次来上课，校长就不在，也说明校长对他来上课这件事，不是很重视。请你来上课就可以了，第一次上课不必校长亲自接待，没有必要这样。我当年到中学当老师，先在北京二中当老师，然后在首师大附中当老师，我第一次上课的时候，是学校领导引导我进学校，要对我进行学校的介绍。

校长虽然不在了，也要找另外一个领导来接待他。**迎接他的是花白胡子的教务长**，鲁迅很喜欢写花白胡子。大家可以去找一找鲁迅哪些小说里有花白胡子，把这些花白胡子整理起来，够写一个本科论文的——"鲁迅笔下的花白胡子"。这个人是教务长，下面有一个介绍，**大名鼎鼎的万瑶圃**，大名鼎鼎说明他是有名的。这个名字一出来，"瑶圃"，很像鸳鸯蝴蝶派的文人，旧式文人，这个教务长是旧式文人。为了增加他旧式文人的证据，鲁迅另外给他加了一个"别号"，**别号"玉皇香案吏"的**，玉皇香案吏是古代诗人元稹的别号，这个别号放在他身上，就更增加了这个教务长的旧学气息。如果只看到这儿，我们还可以想：哦！他是不是一个善于写古代诗文的人，会写文言文的人，会作旧诗的人？这样的人做教务长，也挺合适，也可以嘛！虽然学校是新学校，可是老师是旧社会过来的，这没什么奇怪的。问题是鲁迅一句比一句要加重某种倾向性，直到加重到颠覆前面的形象。最后一句，大名鼎鼎、别号玉皇香案吏的教务长，最近干什么，**新近正将他自己和女仙赠答的诗**，果然会写诗，还会写赠答诗，跟谁赠答呢？跟女仙赠答。跟女仙赠答的诗叫《仙坛酬唱集》，还出了诗集，把这个诗集里的诗，**陆续登在《大中日报》上**。我们看前面《大中日报》登了高老夫子的作品，现在又知道《大中日报》登的是这样的诗作，不免就想到《大中日报》是个什么样的报纸，相当于今天的哪类刊物，一定是个弘扬国学的刊物吧，一定是个弘扬传统文化的刊物吧。弘扬传统文化很好，包括发表高尔础的文章也挺好，可是它的作品是一个玉皇香案吏和女仙赠答。

女仙这个事情，也是中国传统文化发展到一定阶段才涌现出来的。从屈原开始，他呼唤天上的女神、女仙，但是并没有跟女仙赠答，从李白到苏东坡也没这事。但是唐朝的时候有很多女仙，实际上，女仙是妓女的代称。而妓女的身份又很复杂，大家可以看我的一本书叫《青楼文化》，讲古代妓女的文化史。古代的妓女和今天的不同，古代的妓女是当时社会文化修养最高的妇女。古代的知识分子为什么要结交妓女呢？因为只能跟妓女有文化层面的交流，大多数妇女是没有受过教育的，所以古代的士大夫主要是跟妓女有着来往，妓女里边有很多真的是色艺双全的人。不像今天的妓女，都太专业了，别的事不会干。古代的妓女里边倒真有会写诗的女仙，包括我们知道名字的一些唐朝著名女诗人，实际的身份也是诗妓，比如说鱼玄机这样的人。

到了近代，鲁迅对这个事做过讽刺，很多士大夫自恋，想象自己是贾宝玉，可是周围找不到林黛玉，也没有湘云，连晴雯都没有，于是就跑到青楼里面，花团锦簇，鲁迅有专门的论文讲这个事情。另外与此相对应的有一种迷信活动，叫扶乩。这种活动到底是怎么回事，我至今也没研究明白。因为现实生活中没有，我们都是看材料，只能靠想象。比如说要研究跳大神，这个现在还可以研究，现在又恢复了，你到东北农村去，又能看见原汁原味的跳大神，可是最神秘的扶乩活动，找不着了。据说是弄一个沙盘，上边弄一个丁字架，两个人扶着，扶着扶着就神仙附了体。这个丁字架就自动地在沙盘上写字，号称是神仙写的，你就可以向这个神仙提问，神仙就通过写字来回答你。你说神仙写几个字回答你，这还有几分可信，那后来知识分子有更高的文化追求，知识分子写诗，神仙竟然也能用诗来回答。神仙是有各种身份的，其中就有一种是女仙，她的口气是女人的，是女仙子。这种活动，必须从文艺心理学包括性心理学的角度来加以分析，它满足了男性知识分子的什么样的心理。

而大名鼎鼎的万教务长是此中高手，他能够跟女仙作赠答诗，而且还把诗登在《大中日报》上。从这里就可以看出，鲁迅对当年国学届乌烟瘴气那种状态的态度。世界上只要什么东西一兴盛，一定是乱七八糟的。我们今天一看认为这是迷信，今天很多学校强迫学生给家长洗脚，那不是迷信吗？一两千学生在操场上进行跪拜，扑通跪倒，给父母行礼，说"孩儿不孝"——那不是杀人吗？那不是吃人吗？那怎么叫传统文化呢！所以要透过时代的迷雾看穿今天的迷信，看穿今天的杀人。而这个人因此能成为名流，他的地位比高老夫子要高，当了教务长。我们看两个人见面。

"阿呀！础翁！"因为他改名叫高尔础了，现在升级为础翁了。"久仰久仰！……"**万瑶圃连连拱手，并将膝关节和腿关节接连弯了五六弯，仿佛想要蹲下去似的。**鲁迅摩画出可笑的画面，其实这是打千的礼节，似跪非跪，似蹲非蹲，被他加了一个仿佛，就可笑了。

"阿呀！瑶翁！久仰久仰！……"**础翁夹着皮包照样地做**，这里的"础翁"可不是人家的话，"础翁"是叙事者的话。叙事者接过万瑶圃的称呼，把他叫"础翁"，明显是讽刺，这位础翁夹着皮包照样地做，**并且说。**

老舍有一部小说《牛天赐传》，牛天赐是个小孩，后来长大成少年，加入一个老朽的诗社，跟着一帮老头子一块儿写诗、唱和。那里边那个小孩就被其他的老头称为赐翁，互相叫翁。我不知道老舍有没有读过《高老夫子》，也可能是老舍自己有类似的经历，他们都写出了同样的一个现象，这种互称翁，是一种无聊的虚伪的举动。第一，他也并不老，第二，也不是发自内心地对人的尊敬。我刚才来上课，骑一辆单车往这边走，骑到未名湖东岸快到塔下的时候，看见灿烂的阳光照着前面一个老人很有力地在走路。我定睛一看，"哎呀"一声就从车上滚了下来，原来那是我敬爱的老师严家炎先生。严老师八十多岁了，一个人在前面走路，我很奇怪，马上过去，我说，"老师"，我的老师回过头来，并没有说庆翁啊，没有这样说，他就很简单叫庆东你干吗去？我说我正好要上课，您怎么一个人走啊，他说今天正好没事。我说您没事跑到学校来干什么？他说我告诉你呀，张颐武老师的材料一大捆寄到我那里去了，我给他送过来，可是资料实在太多，我路上一共休息了八次。我说老师您打个电话呗，让张颐武自己拿吧，您怎么给他送去。他说张老师也很忙，我还是亲自送来。这就是我们的老师。他那么德高望重，八十多岁了，张颐武老师是我这个年龄段的，在他眼里是小孩子，材料送错了，他从家里亲自把材料给张颐武老师送来。这种说话方式才是人和人之间发自内心的一种情感。它不需要那么多虚伪的客套。

所以很多生活中司空见惯的事情只要被作家一写，一重复，本身就显出可笑来。看上去是两个知识分子的对话，却显得那么空洞。**他们于是坐下；一个似死非死的校役**，这是鲁迅写的，很可恨，我们能不能说鲁迅污蔑无产阶级？校役是劳动人民，怎么说劳动人民似死非死呢？如果碰上那些极"左"的革命批评家，就会说鲁迅对无产阶级没有感情——你看他怎么写无产阶级。这里跟阶级有关系吗？这里跟阶级没有关系，写的是整个的氛围。前边门房是个驼背，这里这个校役呢？鲁迅也不写人家长什么样，直接写精神状态，叫似死非死。**便端上两杯白开水来**。为什么不端上两杯龙井茶、普洱茶、菊花茶，非要写白开水呢？这都不是随便虚拟出来的，白开水加重了无聊感，他们的谈话就是白开水，这种活动就是白开水。所以两个无聊的人坐在这里对着两杯白开水，这才是它的既可悲又可笑之处。**高老夫子看看对面的挂钟**，他老看表，看表表现出他复杂的心情，他到底希望这个表走得快点还是慢点呢，好像快慢他都不舒服。但是最不舒服的是眼前这个状态，对着一个瑶翁，对着两杯白开水。看了表才知道，**还只两点四十分，和他的手表要差半点**。原来他的表也不准。

时间也是小说叙述中非常需要注意的一个问题。大家有没有读过钱锺书的《围城》？钱锺书《围城》的结尾，妙就妙在写他家那个表。方鸿渐他们家有一只旧的座钟，他老爹每天修那个座钟，他老爹很爱那个表，说咱们家这只表啊，走得非常准啊，每天只慢几个钟头，他老爹认为这表很准，每天要调这几个钟头。你以为写这个细节只是为了调侃老头子落伍吗？可是到故事的结尾，又写到这个表，表已经慢了，它无情地看着故事的发展，好像在嘲弄着人间的一切。《围城》的结尾是很高妙的。这篇小说比钱锺书写得要早。现代教育是特别重视时间的。

我们讲《白光》，陈士成在县里看了榜回来，那些私塾教的孩子在那里闹，他说今天不上课了回去吧。私塾是不讲究时间的，私塾跟时间没有关系。而现代学校就要符合现代时间，几点钟上课，几点钟下课，是规定的。可是恰恰这个时间对不上，在这里体现出了时间差。时间差不是排球术语，它包含了叙事者对时代的态度，从时间差让人进一步体会到故事情节的无聊。一般的人写文学作品，都要尽量地写它热闹紧张，要写得有聊，而一流的大作家往往写无聊，写得没啥看头，这才是顶级艺术。

我前几天看了电影《至爱梵高》，一百多个当代非常好的画家，用手绘的办法画出来的电影。我在微博上推荐大家去看，有的人说看了之后无聊，看十分钟就看不下去了，还有看睡着的。我说这就对了，最高级的艺术一定会把一些人看睡着的。但是如果都睡着了，所有人都睡着了，那也不是高级艺术，它应该是让一部分人看睡着了，让另外一部分人看醒了——真的醒了，这才是高级艺术。而追求十分钟一个段子，五分钟一个紧张画面，二十分钟上一次床，那是最下三烂的艺术，毒害千千万万人民的，到了电影院里就要追求这个，那就可以说这不是艺术，那就是好莱坞下三烂——这电影好看、紧张、刺激、大片啊，这几句话在我看来都是骂人的话。一定是你要能看出白开水这个东西有意思，反复地琢磨。所以我们要培养自己一些高尚的艺术情趣，这样也使我们能够在这个白开水一样的时代，活得自我滋润一点，活得自我充实一点。

往下看。两个人不能老这么坐着，老看着白开水，得有话要说，下面的话是很精彩的。小说的很大篇幅就是高尔础来到学校之后，和万教务长的对话。"**阿呀！础翁的大作，是的，那个……是的，那——'中国国粹义务论'，**"说得不对，他一方面说他的大作，可是他竟然连文章的题目都没有背好，没有说准确，但大概意思是这个，《中国国粹义务论》。"**真真要言不烦，百读不厌！**"他可能一遍都没有读，但是他知道有这么回事，所以叫百读不厌。"**实在是少年人们的座右铭，座右铭座右铭！**"这文章都可以当成座右铭了。座右铭不可能是一篇文章，一篇文章怎么能当座右铭呢？座右铭应该只是一两句话，名言，刻在座位右边的，一篇文章不能成为座右铭，这是不通的，可是他还要强调座右铭，完全是非常虚伪的恭维。我们知道人和人见面，互相多说一些对方的优点，这是礼貌，也是修养，问题是，你说的对方的优点应该是对方真实存在的，第二你也真的是这么想的，才能这么夸奖。这些人之间互相并不真的佩服,甚至自己也不好好读人家的东西,不管人家真的写得好不好,全是虚伪的客套。这里鲁迅主要是戳穿虚伪,戳穿虚妄。

鲁迅为什么具有宗教般的力量、宗教般的意义呢?宗教是干吗的?宗教,主要是传播真理的。当然它传播的是不是真理,我们可以讨论,但是宗教的本心是要做照明灯。不管是佛教、道教、基督教、伊斯兰教,它真诚的初心是说我这是真的,要破除你们的虚伪。所以伊斯兰教才管自己叫清真教,汉字翻译成清真很好,它的本意是要给你真的东西,人家崇拜的主叫真主。而鲁迅在这个意义上和宗教是一样的,别的事情是他的二级概念,他的一级概念就是真和伪。他最讨厌的是假的、虚伪的。无论你玩什么,你能不能玩一回真的?瑶翁恭维础翁,把础翁的文章也没有说对,就赞美是座右铭,下面要说自己的话了,先赞美了对方。

"**兄弟也颇喜欢文学,可是,玩玩而已,怎么比得上础翁。**"这样的谈话,今天读到这里,我感到很熟悉、很亲切,因为我经常听到这样的话语,在很多场合遇见很多人,都先恭维我一番,啊,孔老师,孔教授,我太崇拜你了,你写的什么什么东西我百读不厌,然后说兄弟我也很喜欢文学,下面要说的是他的文学,下面要说很多。所以这个套路我读起来很亲切,使我想起很多场面来。**他重行拱一拱手,低声说,"我们的盛德乩坛**",开始介绍他这个圈子了。果然,他是在一个乩坛活动,叫盛德乩坛。

晚清、民国初期,这种乩坛遍布中国大地,一直到1949年新中国成立之后,还曾存在了一些时间,新中国成立之后,我们文化部门大力地去打击,才最后肃清,其实它在个别地方一直延续到"文革"期间。这也说明我们一方面知道西方传来的科学有问题,可是就连有问题的科学,我们都没有很好地普及,就靠求仙问神这种最荒谬的方式,忽悠成千上万的人。对于这种当场可以看见神仙写的字的事情,我们觉得不可思议就不信,但是对于没有文化的老百姓来说，越不可思议的他越信，只要神仙写的字，他就照办。神仙给你写一个字，要你把你们家房子献出来，你就把房子献出来了；要你把你的女儿献出来，你就把女儿献出来，所以一直到新中国政府来打击。大家看20世纪50年代的电影，专门拍过打击这些骗子的。

可是参与的人有很多是知识分子，万教务长就参加盛德乩坛。他参加乩坛干吗呢？天天请仙。这里倒没有写他们骗人。他是从一个老知识分子的角度，去满足他请仙的虚荣心。"**天天请仙，兄弟也常常去唱和。础翁也可以光降光降罢。**"他拉高尔础去，这还带有传销性质的，一个传一个，他想把高尔础拉进去，用了很客气的词，光降。"**那乩仙，就是蕊珠仙子，**"仙子有名叫蕊珠仙子，蕊珠仙子是什么人呢？"**从她的语气上看来，似乎是一位谪降红尘的花神。**"她是个花神，降到红尘来了，怎么知道的呢？是从她的语气来看。也就是说女仙是自己透露自己的身份：我是什么什么人。"**她最爱和名人唱和，也很赞成新党，**"这个话很有意思，我们应该知道这种现象，这种请仙唱和，应该在旧文化体系中也是居于边缘地位的，可是他特别强调她赞成新党，这可能一方面是万教长觉得高尔础有新党的嫌疑，觉得高尔础可能是偏于新党的，所以来拉拢他：不要因为你是新党，跟她就产生对立，她也赞成你。另外一层呢，这也是仙子的本意，仙子的本意可能就无所谓新旧，都要一网打尽，能忽悠谁就忽悠谁，不管新旧。因为整个"伟大"的中华民国期间，很多知识分子都信这个，很多政府要员都信这个，甚至中华民国政府有时候要打一仗，决定这仗打不打，都要请仙来做决定。国防部弄一大沙坛，然后两人扶乩——我俩要打共军，您给看看这个仗该不该打？这神仙说：准。然后就打了，就全军覆没了。中华民国很多事不好理解。"**像础翁这样的学者，她一定大加青眼的。哈哈哈哈！**"这个话是真的，不是忽悠，我相信高尔础去了会受重视的，所以万教务长很高兴地为他的蕊珠仙子拉一个新生力量，很像劝人入教，劝人入教就是这一套。

但高老夫子却不很能发表什么崇论宏议，没什么高论可讲。为什么呢？不是因为他对这个仙子有什么看法，**因为他的豫备——东晋之兴亡——本没有十分足**，他心里面另有忧愁，他备课就没有备好，本没有十分足，**此刻又并不足的几分也有些忘却了**。上课一开头，孔老师就说，学习的最高境界是忘了，高老夫子就达到了，他就达到忘了。我说的那个忘，是把一切都融到自己的血脉中，忘记了具体套路的学问的最高境界，而高尔础的忘是基本功还没入门，还没弄扎实的忘。好不容易准备的几分也快忘了，他心里紧张着。**他烦躁愁苦着；从繁乱的心绪中，又涌出许多断片的思想来**：他备课备不好，一方面是学问的原因，还有重要的原因是下面这些，他想的是什么呢？**上堂的姿势应该威严**；想着自己的姿势，**额角的瘢痕总该遮住**；很注意自己形象，**教科书要读得慢**；**看学生要大方**。

这好像是我嘱咐我的研究生第一次上讲台时说的话。我的研究生说，老师，我没有讲过课，今天让我讲的时候怎么办呢？我可能会告诉他，要说得慢一点儿，不要怕学生，要大大方方地看学生，特别注意不要盯住一个学生看，要普遍地看。我可能会嘱咐这些，但我不会嘱咐他，额角的瘢痕要遮住，这一看就是没有教学经验的人心里想的乱七八糟的念头，杂念很多。很多气功告诉我们要排除杂念，然后很多人练气功的时候，就拼命地在那里排除杂念，越排除杂念越多，人生一辈子的事都纷至沓来，坐了两小时还静不下来，两小时都用来排除杂念了。不讲气功的事，先说高老夫子心里边乱如麻，可是乱都不能静下心来乱，因为旁边有个捣乱的。

但同时还模模胡胡听得瑶圃说着话：瑶圃下面说的话都是断片儿的，一句不连着一句，这又是鲁迅先生最早发明的意识流。这不是他说话的原貌，是在高尔础先生的脑海里留下的断断续续的声音。这种写法我们还没有在别的小说里看见，一个人对另一个人说话，在听者的脑海里，留下了这些断片儿，而这些断片儿看上去是随便的，但又不然。比如说第一句：

"……**赐了一个荸荠**……"我每次读到这儿都要笑，甚至每次快读到这儿的时候，我就要笑了。他一方面把蕊珠仙子写得很神秘，很吓人，可是这句话呢，无形中把她揭穿了。这个仙子会奖励她的崇拜者，奖励这些粉丝，奖励什么呢？赐了一个荸荠。荸荠是一个多么俗的菜，土豆不是土豆，山药不是山药的这么个东西，竟然是女仙赐下来的。那么高雅纯洁的女性，赐给她的粉丝一个荸荠，我说，亏鲁迅想得出来，想到鲁迅写这一句的时候，我就觉得，他这人多坏呀。优秀的小说家必须有坏心眼，这是我一再强调的，没有坏心眼，你写不出生活的百态来。鲁迅挖空心思要糟蹋这个女仙，你看这个地方可以换成别的什么吗？赐了一瓣大蒜？好像不行，一定要赐一个荸荠，这事越想越可乐，它是这种偷着乐的乐，不是哈哈大笑的这种乐。

接着一句，"'**醉倚青鸾上碧霄**'，"鲁迅一定是大量接触过这类似通非通的诗词，所以他随便写一句就很像，它看着是一句诗，就像是在那个场合产生的，"醉倚青鸾上碧霄"，看上去很美，其实什么也没说。"**多么超脱**……"，这诗写得像仙子写的。"**那邓孝翁**"，他点了一个人的名字，那个人不知道叫邓孝什么，就称他为邓孝翁，"**叩求了五回，**"可见仙子的崇拜者很多，叩求了五回，"**这才赐了一首五绝**……"这句话倒是连着说的。五绝是什么呢？高老夫子就听见一句半不到，"'**红袖拂天河，莫道**……'"凡是有省略号的地方，都是高老夫子在想上课的时候应该威严，瘢痕应该遮住。要把这两段合起来，才能够脑补上高老夫子那个时候为什么烦躁着，为什么断片儿，才能明白。加起来看这个场合，我觉得高老夫子太可怜了，太值得同情了，旁边有这么一个人捣乱，说这些不着边际的话。"蕊珠仙子说……"说什么我们也不知道,"础翁还是第一回……"第一回干吗也没说,反正断断续续地,用看上去啰唆,其实恰好是精练的话,写出这漫长的等待上课的时间段里,两个人对话的状态。一个人说着自己的,一个人想着自己的,就把白开水的时光这么耗费着。"**这就是本校的植物园!**"万教务长说完了,下边介绍学校的景物了,学校有植物园。

"哦哦!"尔础忽然看见他举手一指,这才从乱头思想中惊觉,他的思想应该是停留在东晋呢,从东晋回到眼前。**依着指头看去,窗外一小片空地**,这是接着刚才教务长说植物园。植物园在哪呢?在窗外。两个人还坐在这里,没动,所以教务长指着窗外,有一片空地是学校的植物园。**地上有四五株树**,四五株树是他们的植物园,**正对面是三间小平房**。

"**这就是讲堂。**"瑶圃并不移动他的手指,但是说。鲁迅的用词是很独特的,瑶圃并不移动手指,但是说。这个画面就出来了,很固定地在那。学校说大不大,植物园是四五株树,课堂是三间小平房,这就叫贤良女校,在今天什么都算不上,就是一补习班,但是当年,这可能是很有名的一所学校,值得各大媒体宣扬的。不管学校学的是什么,这些女生很可能被誉为社会精英、时代先锋,很可能都嫁个议员、嫁个部长什么的。我们要这样去想中华民国的状态。

"哦哦!"高尔础其实不关心他说什么,只是机械地应付他,一片白开水。

"**学生是很驯良的。她们除听讲之外,就专心缝纫……**"教务长强调学生的优点,学生的优点是驯良。这个学校虽然是虚构的,但这一点却恰好是当时许多女学校共同的宗旨,办了新学堂,办了女学堂,但是要求女生驯良。而鲁迅等新文化运动的精英,他们到女校去上课,担任女校教员,他们的教育宗旨却并不是让女生驯良,当然也不是说让女生成为女汉子,不是那个意思,他们的意思是要把女生培养成跟男生一样的,独立思考,有独立人格,有分析能力,有批判精神,一样是新青年,是这个意思。你干吗把教育宗旨定为驯良呢?那驯良还上学干吗?不上学最驯良了。所以你看这个学校的学生听讲之外专心缝纫,这和我们今天很多女德学堂所宣扬的不一样吗?所以我们知道,今天社会对女性的要求也是两极化的,有极"左"就有极右,是两端的。有极端的女权主义——那女的就不是人,那就是女仙,女的就比男的强,男的就不是人;还有一端是女德的,女生就应该大门不出二门不迈,女的就是伺候男人的。像我上次说的,女生如果叫外卖就是不道德的,现在有这样公然在课堂上宣传,所以使我觉得这五四运动白过了,好像我们国家没有发生过五四运动。

我跟大家讲过,我在这个世界上最大的女子大学——韩国梨花女大——任教过两年,那个学校最重要的课就是家政课,就是教大家怎么把泡菜摆在盘子里,什么样的泡菜摆在什么颜色什么形状的盘子里。我讲课就够受欢迎的了,但是我的课永远没有对门那课受欢迎,因为对门那课是讲怎么做小蛋糕的,我讲着课,那蛋糕的味就飘过来了。家政课,什么烹饪、美容、插花、沏茶,这些课是最重要的。当然,我不反对这些课,人,艺多不压身,人多学点技艺总是好的,你也不能说你上了学就可以不做家务了,但是课与课之间是个什么关系?我很高兴的一点是,我所在的这个学校的同学,并没有因为学校让她们专心缝纫专心家政,她们就变得很驯良,我很高兴的是这一点,在我看来这学生们恰恰极不驯良。我有了这个经历之后,对性别问题,对女权问题,都有了很复杂的看法。

可是这一切,我们中国都经历过,在那个时候,主流的声音,又要女生上学,又要女生驯良,它背后的社会心理到底是什么?"哦哦!"不论教务长怎么说,高尔础并不关心,他只是不停地"哦哦哦哦"来应付。

尔础实在颇有些窘急了,他希望他不再说话,好给自己聚精会神,赶紧想一想东晋之兴亡。这才是他最关心的,到这个时候他知道着急了。就像演员第一次登台,教师第一次登台一样,这种心情是可以理解、可以同情的。可是教务长大人还要继续说下去。我们从他的话中,看到的不仅是无聊,其实可以看到社会主流的对女学的看法。

"可惜内中也有几个想学学做诗,那可是不行的。"这一句话里交代了两个信息,一个是女生有想学作诗的,这是人的本性,凭什么男的要作诗,女的就不能作诗呢?《红楼梦》里的香菱也要作诗,特别是青少年的女孩子要作诗,这是人的天性。可是他一句话,"那可是不行的",这很奇怪,既然不行,他那个仙子怎么作诗的?他不是仙子的粉丝吗?他崇拜女仙,女仙也是女的啊,他的逻辑是什么呢?

"维新固然可以,但做诗究竟不是大家闺秀所宜。"我们想一想《红楼梦》里作的那些诗,《红楼梦》里那些女子作的诗当然都是曹雪芹替她们作的,但是客观上也写出,在大观园那样的环境里,就有很多贵族青年女性写诗水平很高。不仅贵族女性写诗水平高,她们身边的丫鬟可能受她们影响,写的诗也不错。古代就有大学者家里的丫鬟会写诗的,有个段子说,一个丫鬟给主人送茶的时候,惹主人生气了,主人就让她在院子里跪着。另一个丫鬟过来一看,就问她:"胡为乎泥中?"问的是一句《诗经》里的话:你怎么跪在泥土里边。这个丫鬟也不凡,张口回答道,"薄言往愬,逢彼之怒",我有事去找主人,正好赶上主人生气,所以我就跪在这了。两个人的回答全出自《诗经》,两个丫鬟的水平高于今天任何一个北大教授,今天任何一个北大搞古典文学的教授没有这水平,但只能说是那个时代的氛围制造出了这样的现象。

从另一个方面我们看到,女孩子喜欢作诗、向往文化是天性,它有什么不好的呢?可是竟然就有议论说,大家闺秀不能作诗。我们看看

《红楼梦》里的薛宝钗，好像疑难点就集中在薛宝钗身上，薛宝钗就有这个观点，可是薛宝钗自己学问很大，自己有一套完整的文艺理论，她既有创作又有理论。要单讲学问，薛宝钗恐怕不在林黛玉之下，她跟林黛玉的差异不是学问，而是思想立场。也就是说薛宝钗自己也认为大家闺秀要老老实实，比如说她听见林黛玉说出了《西厢记》里的台词，就讽刺她，你怎么看《西厢记》了？因为《西厢记》是淫书，是扫"黄"打"黑"对象，所以她批评林黛玉不应该读这本淫书《西厢记》。可是问题来了，你怎么知道她读的是《西厢记》呢，怎么一耳朵就听出她说的是《西厢记》呢？说明你读得更熟。这本身就是矛盾，从这个矛盾中我们能够看出男女不平等真正的关键。

这个矛盾到了现代社会，到了中华民国并没有解决，甚至可能回光返照地更加固了。万教务长说维新可以，但是不能作诗，那维的什么新呢？那你说的这个维新是什么？就是让这些女孩子上一回新学堂，然后别的都不变，等于提高了一下她们的嫁妆。说白了不是很可怕吗？就是这些男人不希望女性有什么变化，希望她们还是三从四德，但最好有个北大研究生文凭，这样一想不是很可怕吗？这心里不是更阴暗吗？

"蕊珠仙子也不很赞成女学，以为淆乱两仪，非天曹所喜。兄弟还很同她讨论过几回……"所谓的乩台上的仙子，都是假的，一定是被人操纵的，只不过用某种变戏法的手段操纵的。这套东西我不会，但是我估计如果请司马南先生来他就会，他是专门打假的，会戳穿各种假气功、假魔术。这个蕊珠仙子是被人操纵的，之所以操纵出这么一个立场来，是因为她代表当时文化界的主流。我们不要以为鲁迅是主流，鲁迅他们是反抗主流，他们是边缘，是由边缘慢慢慢慢变成主流。最后到什么时候才变成主流的呢？到了中华人民共和国成立才追认他们是主流。我们学的历史，五四是主流，可是在五四运动当时，他们是极少数，他们周围都是这些势力，表面上要维新，骨子里要守旧。守的旧还不是我们说的旧文化的精华，守的是这些东西。一个以女性身份出现的仙子，竟然认为女孩子作诗就淆乱两仪。你要说女孩子打仗淆乱两仪我们还能同意，可她说女孩子作诗就淆乱两仪，把阴阳搞混了，非天曹所喜。所以有时候在时代看上去进步的时候，可能恰恰是加倍的倒退，这是历史的真相。

这个教务长还在继续喋喋不休。**尔础忽然跳了起来，他听到铃声了。**他心里特别敏锐，关心上课的事，他听到铃声了。

"不，不。请坐！那是退班铃。" 上一节课的下课铃，叫退班铃，高尔础比较敏感，上一节课刚下课，还有时间，他终于忍耐不住了。

"瑶翁公事很忙罢，可以不必客气……" 他下逐客令了，他是客人，他现在要赶对方走，说你很忙别陪我了，高尔础先生实在受不了了。可是教务长说：**"不，不！不忙，不忙！"** 他还要发挥他的高论。**"兄弟以为振兴女学是顺应世界的潮流，"** 他为什么要到女学当教务长呢？顺应潮流。顺应潮流这个话听上去是好话，其实颇可琢磨。我们很多人做事其实没有认清是非，没有考虑清楚该不该做，而是顺应潮流，潮流都这样我也这样。今年流行穿红色的我就穿红色的，流行穿蓝色的我就穿蓝色的，顺应潮流。我们中国文化的很多决定，经济政治的很多决定，都是为了所谓顺应潮流。当然能顺应上潮流也不错了，也不容易，很多个体、群体因为顺应不了潮流就灭亡了，所以孙中山先生才说"顺之者昌，逆之者亡"。可是顺应潮流本身具有真理性吗？像鲁迅、像毛泽东、像孔夫子这样的人，从来就不说顺应潮流，他们说的是要做中流砥柱。我们想想，从我们自己的个人命运到国家大事，我们做了多少顺应潮流的糊涂事啊。顺应潮流不见得都是错的，有对的，但是顺应不顺应之前，是不是应该先解决一些别的问题？

瑶翁说的话听上去都很辩证，顺应潮流，**"但一不得当，即易流于偏，**

所以天曹不喜,"他把新话语和旧话语自然地结合在一起,有个天曹,有天曹就有地府。"也许不过是防微杜渐的意思。只要办理得人,不偏不倚,合乎中庸,一以国粹为归宿,那是决无流弊的。"听上去好像很好,可是鲁迅的一支笔专门批判所谓的国粹,鲁迅早期一系列杂文都是批判讽刺国粹的。鲁迅说一个人脸上长了疮,看上去与别人不同,这就是他的粹。这个粹要不要保留?鲁迅说在他看来这个粹还不如去掉得好,不如跟别人一样的好。到底什么是粹?今天各地就把脸上长的疮全都当成粹保护起来了。我们想,在国家需要保护自己民族特性的时候,鲁迅为什么反对国粹?孔老师二十年前就主张弘扬传统文化,今天为什么到处批判假国学?

"础翁,你想,可对?这是蕊珠仙子也以为'不无可采'的话。哈哈哈哈!"万教务长很自信,一个是有自身的逻辑支撑他的自信,另外他有一个强大的团体,一个势力支撑他的自信,有一个宏大的声音都说我们认为这样才是对的。国家要维新,什么叫维新?就是让女孩子们上学堂,上学堂主要是学缝纫,不要作诗,主要教育孩子们听话、驯良,将来好出嫁,让婆家喜欢,这就是他们主张的学堂。

校役又送上两杯白开水来;鲁迅很"讨厌",这都是作者指挥这个非死不死的校役送上两杯白开水。**但是铃声又响了。**

瑶圃便请尔础喝了两口白开水,过去待客的礼节是,上了水、上了茶但是不能喝,什么时候喝呢?告辞的时候才能喝。如果主人不喜欢客人,怎么办呢?主人就端起茶杯来请饮用,主人带头喝了一口,意思就是送客,懂事的,喝了一口就起身告辞。我们现在都不讲这个礼仪了,主人倒上茶,客人端起来咕咚咕咚就喝了,喝完,主人很奇怪,咋还不走呢?当然今天不用讲这一套,但是我们读过去的文本,要知道什么时候这个水能喝,什么时候不能随便喝。比如我上了课,看见你们端起水来就喝,我以为你马上要走呢,这是过去的礼节。所以教务长便请他喝了两口白开水，虽然是水，喝了就要走了。**这才慢慢地站起来，引导他穿过植物园，走进讲堂去。**

高尔础告别黄三来到学堂，跟万教务长见面，这一段既不讲课又没有什么意思，可是占了小说的差不多三分之一的篇幅，这就是鲁迅小说，这就是一流小说艺术。这要是我们自己写作文，老师会不会说这一段应该全部删掉？这都是冗长的赘述，没有什么情节可讲，拍成电视剧这能够一集吗？这什么都没有啊，这也不能拍电视剧。能拍成电视剧的都是糟粕，高级艺术恰恰是拍不出来的，没人看，这有什么可看的呢？必须把人物对话、场景、心理、景物结合起来，慢慢地品味，所以艺术说白了，还需要有闲。

而当初很多人批判鲁迅，说鲁迅这个人特别反动，鲁迅的特点就是三个，第一个叫有闲，第二个叫有闲，第三个还是有闲。鲁迅是捡起敌人扔过来的手榴弹就扔过去了，他出了一本文集就叫《三闲集》，你不是说我三个有闲吗，我就是有闲，我就是闲得没事干，我就是闲，所以我就叫有闲。鲁迅虽然反击了敌人、对手，但是也从反面说明人家说的是对的。鲁迅之所以了不起，就在于他有这份闲心。艺术就要有闲心。凡·高那么穷，他有闲心，下着大雨不进屋，在外面打着伞，西服都浇透了，他要在雨中画画，这不是闲的吗？所以不论你多么有良心，多么有社会责任感，多么有正义的立场，在此之外要有一份闲心，你才能搞艺术，你才能做学问，你才能救民于水火。

——本课为2017年北大通选课《鲁迅小说研究》第十四课

黯淡的辉煌

——解读《高老夫子》(下)

如果还有交作业的同学,请把作业放到前边来,作业不要交得太迟,交得太迟了,我还有别的工作要做,很可能就遗漏了你成绩的输入。在我们现在这个科技信息管理时代,老师的权限是很小的,假如过了某一天,我想给你成绩是不可能的,因为教务处电脑系统就关闭了,不再接受新的成绩。上学期曾经有一件事,我的一门课,有一个同学因为要赶着毕业,先要成绩,我就先把毕业生同学的成绩录入进去了,过了几天,全班的成绩都出来了,结果一个都录不进去,人家说你的作业成绩录入已经终止。为了这一个同学,别的同学都没有成绩了。大家都知道这是不合理的,可是没有办法。可怕的事情恐怕还在以后,以后我们全要被机器人所操纵,没有地方讲理,就是这样规定的。

到时候依法治国,法在哪里?法在机器手里,或者在接近机器的那部分人手里,所以我们必须做好活在机器时代的准备。其实即使不是机器时代,这个世界上大多数事情是我们无能为力的。比如说时间走着走着,就走到年底了,这谁能拦得住呢?刚才有些同学拿着书来让我签名,一签日期,12月27号了,不禁心里很惘然,很悲切,这一年还剩四天了。我觉得才刚熟悉"2017"这几个字,我很容易写成2014,经常犯这个错误,2014年的时候还写2011,经常犯这个错误,我觉得老是跟不上这个时间。可能大家的生理时间跟我不一样,我现在觉得时间过得越来越快,怎么就2018年了呢!不能相信,但是回过头去一看,又的确充满了事件,这些事件怎么又呼呼地像列车甩在后面的风景一样。

往前想,小时候的岁月过得特别慢,一个学期好像过了半辈子一样,老也不放假,怎么老不放假呢?好不容易放了假,又老不开学,老在假期里待着,那真是无边岁月。人对时间的感觉,到底是由哪些要素影响的、决定的?除了生命个体的年龄之外,有没有时代的原因、文化的原因、政治的原因等,肯定都有。我们共同的感觉是欢乐的时间过得快,痛苦的时间过得长,从这个简单的现象可以推论,还有许许多多不同的时间。前不久在北大一个新诗日历的发布会上,我就谈了北大时间的问题。在中国应该有一种时间叫北大时间,活在北大时间里的人才是北大人。

时间过得这么快,回过头来,我们已经讲了六篇鲁迅的小说,最后一篇《高老夫子》,今天把它讲完。高老夫子这个名字本来是模仿孔老夫子的,中国传统文人把孔夫子带有亲昵意味地称为孔老夫子。可是在那篇小说描写过程中,高老夫子的可笑之处,是他竟然跟高尔基发生关系,他叫高尔础。这两条加起来,正体现出那个时代中西混杂的这样一种文化现象。到底是叫高老夫子好,还是叫高尔础先生好,这恐怕是小说的主人公以及当时很多其他的人都不能做结论的。

中西的矛盾体现在诸多的情节上,比如他要去讲历史,却要参考《了凡纲鉴》,小说的叙事者并没有明确指出到底怎么讲历史好,是按照现在的教科书讲好,还是按照传统的纲鉴体系讲好。我们大家学的历史都是按照西方的教科书编排方式，按照那种体系给大家讲的，用来考试。可是我发现考完试之后，大多数社会成员好像对历史一无所知，对历史一无所知并不体现在不知道一些人和事上，历史知识是无穷尽的，谁都有不知道的人和事，谁也不可能把历朝历代的皇帝都背下来，知道的事多，不意味着历史好，是基本的历史感都没有。历史感是怎么出来的？这和教育方式有没有关系？为什么我们从小学了那么多的数理化，却一脑袋糨糊，学了十几年的语文，一个邀请信都写不好，加上我刚才说的，没有历史感，没有地理感。

我经常跟很多人一块儿出行，我觉得这些人好像从来没学过地理，到任何地方连方向也不关心。我到一个城市去，这个城市的人接我，我就问他，咱们机场是在市中心的哪个方向，多数人不知道，当地人不知道他们的机场在他们市中心的哪个方向。这些人都是年轻人，都是大学毕业，有的还是市政府的干部。这个现象多了，我就会想我们古代的高老夫子，近代的高老夫子，现代的高老夫子们，是怎么讲课的？

今天时间过得这么快，忙忙碌碌，好像做了很多事，回过头一看，这一年开了多少会啊，出了多少书啊，这都被当成事业，都被记录下来，都可以写工作报告的。就像我们每一次的经济活动都被记录了GDP一样，看上去很热闹，其实都是空的。你从事过100次价值100块钱的活动，你的GDP就是1万块钱，可是你真的有1万块钱吗？你没有1万块钱，你可能最后连那100块钱也没剩下，最后一次100块钱还人家了，在国家的账面上又增加了100块钱。你最后剩下来的是什么？像我们学者一样，"我今年发表了15篇文章，我参加了几个重要的会议"，这有什么用啊？这就和那个GDP是一个道理。

一个老师能讲东晋之兴亡，学生能考试，把"东晋之兴亡"考到100分，又怎么样？我提的这些问题，当初高尔础先生他们有没有想过？我觉得我想的很多问题，鲁迅会想过。但是鲁迅想过之后，不一定说出来，鲁迅一定想得比我还远，因为想得比我远，所以觉得这是不能说出来的。我想得还比较浅，所以我说出来了，真的想明白的人，他就觉得不用说了，说了让孩子们痛苦，何必呢？所以，我不能告诉你们，"上北大是没有用的，知道不"，这会打击多少颗善良的小心灵。大家看一看每年的毕业生就知道了，我们北大仍然有大批的窝囊废，什么也不会干，还不如坐在这里旁听的人真正能够对社会有贡献，对人类有贡献。当然，这些都跟我说的时间有关系，每个人的时间是不同的。你是不是活在北大时间里面？

我们上次讲高尔础来到学校上课，小说用了很大的篇幅讲他和万教务长谈扶乩的问题。这一段写得越无聊，给人产生的悲凉感越多，才越有讽刺意义。讽刺不见得是说很多攻击人的刻薄话，那是很浅的讽刺，高级的讽刺不用讽刺者本人去说攻击性的话，只用抓住事物本来的面目，如实描写。当然，你的描写有你的观察角度，比如这个小说写校役似死非死，这并不是造谣，在他那个视角看来，他就是似死非死的。那么，换一种情节，同样的场面，他可以写"来了一个忠厚老实的校役"，也可以这样写，它都是真实的。关键在于你站在什么角度，以什么心境去写的。还有我上次强调的"白开水"，时间不一致的问题，时差的问题。读小说，时间问题是非常重要的，有无数的论文是专门研究小说中的时间问题的。

万教务长跟他大谈他们的蕊珠仙子，在盛德乩坛上跟他们的唱和，读起来使你觉得好笑，笑中含着可悲，可悲之后还是笑，这就是我们引进了现代西方文明之后的中华民国的情况。他们谈到"赐了一个荸荠"，又谈到女学的问题，女子学校的领导，认为女学生就应该驯良，他满意的学生是除了听讲，就是缝纫。幸好高尔础先生对这些不感兴趣，他恨不能他赶紧走，他好去上课。

而谈到国粹问题，这是五四之后一股很强的传统回潮。可是他们讲的国粹，到底是什么？鲁迅专门有一系列的杂文来批判这个国粹，鲁迅自己，是真正整理、保护、发扬国粹精神的人，可是他为什么要去大力批判那些人弘扬的所谓国粹呢？整理文物也好，整理国粹也好，在这些行动之前，是不是应该先搞清楚，什么是国粹？那些人认为一国所有他国所无的就是国粹，那鲁迅说，好比你脸上长了一个疮，别人没有，那这个疮就是你的粹吗？你的这个疮，还不如割掉的好，有些地方，大家一样才好。我上中学的时候，读了鲁迅关于国粹的这一系列文章，觉得鲁迅说得太好了，我们今天一看就明白了，我没有想到我长大了，鲁迅白说了。

我们今天遍地都是国粹，都是早被一百年前的五四新文化运动打倒、批判的旧社会恶心的东西，今天全都回来了，都当成国粹在弘扬。这个时代竟然不仅回到了鲁迅时代，还不如鲁迅时代，更加倒退。每一个高老夫子有没有责任？当然，我们不能揪住某几个具体的高老夫子来追责，他们要忙着自己的生存，忙着自己的吃喝，关于怎么评价岳飞和文天祥，他们恐怕也要结合自己的饭碗问题来决定。

上课铃终于响了，高老夫子又得喝白开水。喝完白开水，万教务长领他去上课。**他心头跳着，笔挺地站在讲台旁边**，一个新老师第一次上讲台，怎么写这个场面？鲁迅这支笔，是从高老夫子的眼中看出去的，假如这是一个电影，镜头是从高老夫子的肩膀后面拍过去的，要这样想。**只看见半屋子都是蓬蓬松松的头发**。首先是半屋子，他没有看全屋子，屋子估计也不大，他还没有看。没有看，可能因为是不敢看，但是又不得不看，所以看了半屋子，半屋子是蓬蓬松松的头发，没看见别的，看的全是头发。这是女子学堂，女子学堂可以有很多视角可写，这儿写的却是头发。鲁迅也确实非常注意头发问题，鲁迅说，写人物最重要的是写眼睛，鲁迅自己，也注意写眼睛，同时特别注意写头发。**瑶圃从大襟袋里掏出一张信笺，展开之后，一面看，一面对学生们说道：**

"这位就是高老师,高尔础高老师,是有名的学者,那一篇有名的《论中华国民皆有整理国史之义务》,"这是他写好了念的,"是谁都知道的。"吹捧得很高——谁都知道。《大中日报》上还说过,高老师是:"骤慕俄国文豪高君尔基之为人,"因为特别羡慕高尔基的为人,"因改字尔础,以示景仰之意,斯人之出,诚吾中华文坛之幸也!"万教务长把高老夫子提得这么高,说这个人出来是中华文坛之幸。"现在经何校长再三敦请,竟惠然肯来,到这里来教历史了……"下面是他的话。教务长负责介绍新老师上讲台。刚才的所见所听都是从高尔础的视角进行的。

高老师忽而觉得很寂然,这还是从他的视角来写的,大家把握住这个小说的视角。这个小说就像《孔乙己》一样,有不同的写法,我们知道《孔乙己》的视角,整个故事是在一个小伙计的眼睛里发生的。我曾经讲,如果把孔乙己的故事改成由咸亨酒店的老板来叙述,就是另外一个故事,由那个老板来叙述,开头就得说,"哼,孔乙己还欠十几块钱呢",得这么开始。那么《高老夫子》这篇小说很有意思,它可以从校长、教务长那个角度开始,可以从黄三那个角度开始,还可以从学生的角度开始——"我们学堂今天换了一个新老师,讲东晋之兴亡"。这里坚持用高尔础的视角,他忽而觉得很寂然,这儿写得很滑稽。你自己亲历的场面,一字一句你应该都很清楚,怎么忽而很寂然呢?这里写出这个人物的魂不守舍,他的精神是乱的。

为什么很寂然呢?**原来瑶翁已经不见**,他怎么不见了呢?他不可能突然就不见了,也就是中间有很多过程,高尔础没有注意到,不知道他在想什么。在想什么,如果用小说的笔触写出来就很啰唆,很麻烦,也不用再写,就忽然不知道怎么回事,他就剩自个儿了,这才有意思。**只有自己站在讲台旁边了**。不知道同学们有没有过类似的经历,你第一次出现在公众场合,第一次当众唱歌,当众表演什么,当众讲课——特别是当众讲课、当众发言，你会感觉那个时间空间很奇怪，就像高尔础一样，忽然觉得什么声音都没有了，大家看着你，都在等你说话。大家应该有过那样的时间，把那样的时刻记下来。既然只剩他自己了，他只得**跨上讲台去，行了礼，定一定神，要定一定神，又记起了态度应该威严的成算**，前面已经早想好了，态度应该怎么样，讲究教派，**便慢慢地翻开书本**，来开讲"东晋之兴亡"。

"嘻嘻！"似乎有谁在那里窃笑了。他讲着课听见下面的声音，其实他是很注意的。

高老夫子脸上登时一热，忙看书本，和他的话并不错，上面印着的的确是："东晋之偏安"，书脑的对面，线装书装订的地方叫书脑，"书脑的对面"，**也还是半屋子蓬蓬松松的头发**，又一次强调头发，而且是蓬松的头发。为什么要强调头发是蓬松的呢？这是在强调学生们留的都是短发，五四式的学生短发。传统妇女的头发不能蓬蓬松松的，传统女士的头发早上起来要用很多的时间去梳洗，要把它整理得很紧致，紧致不是从今天意义上讲的什么健康卫生，头发是关系着政治，关系着礼乐，关系着风化的，头发必须弄得很紧致，才表示这个人很规矩。妇女如果被人家看见头发是蓬松的，就被认为有伤风化。可是五四女学生，公然地流行短发，特别是那种清汤挂面头发，不需要把它扎起来，也不用编辫子，是最随便最自由的一种头发。我们今天觉得司空见惯，我们什么头发没见过啊，所以我们对头发感觉已经麻木了。

大家一定要有历史感，什么叫历史感？你想你是一个从清朝过来的人，看惯了妇女头发都弄得很规矩，忽然有一天看见一帮女学生、年轻女孩子，头发都是蓬松的，那是什么感觉？就像茅盾《子夜》里写的吴老太爷一样，心里蹦出一个词来，"妖孽呀！"那个感觉就出来了，这国家完了！的确，那是一个大的时代变化，同时它可以刺激起很多人的不正常的心理反应乃至生理反应。所以一些地方的军阀，只要看见留短发的年轻女子就杀，他们名义上是杀革命党，那谁是革命党呢？梳短发的女生就是革命党。在杀这种蓬蓬松松头发的女学生的过程中，他们满足了一种奇特的快感。所以头发从来都是天下大事。我十几年前在韩国当老师的时候，韩国的女学生就发起一场运动，要求政府允许她们发型自由。大家知道一些国家，包括韩国，学生的发型是不自由的，我们国家也有一些地方有这样的规定，穿衣梳头有规定的。应不应该自由？自由度是多大？这些全都是政治问题。

所以鲁迅才特意写在高尔础眼中"半屋子蓬蓬松松的头发"，这不是一个简单的场景。读了前面我们知道，高尔础为什么要到女学堂来当老师，真的是来满足他研究历史的兴趣吗？他来这里当老师，潜意识中本来有一部分目的，就是要看蓬蓬松松的头发的。而这个话如果小说的作者写出来就没意思了，它必须是我们读者自己品味出来。看见头发，**不见有别的动静。他猜想这是自己的疑心，其实谁也没有笑；于是又定一定神，看住书本，慢慢地讲下去。当初，是自己的耳朵也听到自己的嘴说些什么的，可是逐渐胡涂起来，竟至于不再知道说什么。**很多人第一次讲课是这样的，比如无论研究生第一次讲课，还是一些中学老师第一次上岗，都觉得准备了很多很多，准备得特充分，讲课开始之后才发现，准备的东西一会儿就念完了，根本就不禁念，一会儿就什么都没有了。而且最麻烦的是在这个过程中，不知道自己是怎么讲的，过后就好像做了一场梦一样，深一脚浅一脚地就结束了。鲁迅的这个写法恐怕有自己个人经历在里边，鲁迅从日本留学回来也是先在杭州，在家乡这边中学堂任教。他不知道再说什么，**待到发挥"石勒之雄图"的时候，便只听得吃吃地窃笑的声音了。**讲"东晋之兴亡"讲完了，一不小心就已经讲到石勒了，讲得很快，刚才是似乎有谁"嘻嘻"，现在是听着"吃吃"，程度加重了。我们看看"吃吃"是怎么回事。

他不禁向讲台下一看，情形和原先已经很不同，这个写得很好玩，鲁迅拿出他另一幅笔墨：**半屋子都是眼睛**，很可怕，**还有许多小巧的等边三角形，三角形中都生着两个鼻孔，这些连成一气，宛然是流动而深邃的海，闪烁地汪洋地正冲着他的眼光。但当他瞥见时，却又骤然一闪，变了半屋子蓬蓬松松的头发了。**本来他看了两次都是看到头发，听见吃吃地窃笑后，再一看下面这个场景，本来是说学生们都抬起头来看他的笑话，可能还互相做鬼脸，还嘲笑他，所以他看到的是另一幅场景：眼睛、鼻孔。这个场面写得非常奇特，其他任何小说中看不到这样描写一个课堂上女学生的群像，这是一个群像，是眼睛鼻孔连成一个三角形，闪烁汪洋着。为什么要这样写？他是写高尔础的这颗心，游荡在这样一个神秘的、没有安全感的、无着无落的、无边无际的海洋里。估计这一屋子没有多少女学生，可能几十个人，就把他搞得心神不宁。他一看，那些女学生又都低了头，就变成蓬蓬松松的头发。

他也连忙收回眼光，再不敢离开教科书。不得已时，就抬起眼来看看屋顶。屋顶是白而转黄的洋灰。人无聊的时候看一些场景，能看得特别仔细，看出别人平时看不出来的线条颜色，比如看墙角的蜗牛，看墙上的斑点。小说史上著名的一篇杰作，沃尔夫的《墙上的斑点》，就是讲盯着墙上的斑点看。小时候在家里，下了雪，窗户上有窗花，我就看窗花，能够看出千军万马的厮杀。这个时候的人得很有闲心，可是你正在讲课，怎么能看出屋顶是白而转黄的洋灰？**中央还起了一道正圆形的棱线；**可见一个高尔础在讲课，讲课的那一个不知是什么人，另外一个高尔础的神呢——神游八方，他这个"魂"早都离了它的"舍"，"魂"和"舍"早都不在一起了。

我们经常会发现自己有灵魂分裂的时候，你好像在干着一件事，这件事是机械地干着，完全是肉体动作在干，你真正感兴趣的在另一方面，你可以同时干好多件事。我和一个我不感兴趣、不喜欢的人聊天，我完全可以和他聊天聊得非常好，另一个我正在构思一部作品，这两个是互不影响的，甚至可以互相促进。还可能有第三个"我"，正在冷笑地看着这两个"我"：挺忙乎啊，你俩！这是可以做到的。有的人是主动地做到，能够主动地察觉到，多数情况下人们像高尔础一样，不知道怎么回事。

那一个肉身的高尔础肯定是在讲课呢，可是另一个他就不断地看线条，**可是这圆圈又生动了，忽然扩大，忽而收小，使他的眼睛有些昏花。他豫料倘将眼光下移，就不免又要遇见可怕的眼睛和鼻孔联合的海，他这老师当得真遭罪啊！只好再回到书本上，这时已经是"淝水之战"，苻坚快要骇得"草木皆兵"了**。这个写得尤其漂亮。其实是高尔础草木皆兵，他抬头也不是，低头也不是，看哪儿都不是，从里往外地难受遭罪，正像草木皆兵一样。他看书本上是"淝水之战"，好像不是他在讲课，是课本在拉着他走，他完全变成了一个游魂，行尸走肉一样，这是高尔础讲课可怜的过程。

他总疑心有许多人暗暗地发笑，但还是熬着讲，"熬"字写得很好，就是要坚持下去。对有些人来讲，上讲台比什么都可怕，都艰难，有些场合大家让一个人发言，有的人确实不敢发言，都要急哭了，大家催促他非要他说两句，他真的急得要哭，所以"熬"字写出他内心的痛苦。**明明已经讲了大半天，而铃声还没有响，看手表是不行的，怕学生要小觑；他心里有这么多的担忧。可是讲了一会，又到"拓跋氏之勃兴"了**。可见高尔础根本不是一个合格的历史教员，让他讲评书讲戏文，他可能有很多故事可讲，给你讲定军山，讲桃园三结义，就像他前边准备的时候自己所得意的一样。可是真的让他讲历史，他只能干巴巴地讲一个线条，从淝水之战到拓跋氏之勃兴，一会儿就讲到了，等于是念一个历史梗概，这不叫讲课。**接着就是"六国兴亡表"，**等于快讲完了，讲到六国兴亡表还讲什么呢，就没什么可讲了。**他本以为今天未必讲到，没有豫备的。**这也充分说明这个老师是完全没有讲课经验，不知道今天能讲多少内容。有经验的老师，一定是讲一次课要准备出两到三次的内容，你估计今天能讲到这里，一定要再多准备一节课的东西，这才万无一失，所以他起码的讲课经验是没有的，人家是往多了准备，他是往少了准备。

他自己觉得讲义忽而中止了。所有的情节都是在他的主观感觉中写出来的，都是高尔础主观地来看，如果是从第三者的角度来看，讽刺就比较硬，好像是故意贬低他而已。而这里用他自己的主观感觉来写，他自己觉得讲义中止了。其实这都是他自己可以控制的，讲课的节奏是自己可以控制的，讲课、演节目，时间都是可控制的。赵本山在春晚上表演，因为前面的节目占了很长时间，他如果按照原定时间去演，后面潘长江的节目就会被挤掉。所以他为了照顾潘长江，把自己的节目硬是压缩了五分钟，谁也看不出来，节目依然精彩，且保证了后边潘长江的节目不被取消掉。这就叫功夫！以前有一个老的评话演员叫王少堂，他讲武松为兄报仇，狮子楼斗杀西门庆，讲到武松看西门庆在狮子楼上喝酒，抬腿上楼要杀西门庆。正说到这儿，有人送来一封急信，说他老母亲去世，让他赶紧回家奔丧。他就跟他徒弟说，你替我接着说，我回家办丧事，一个月之后回来。他跟他徒弟撂下一句话：一个月后回来，我要从武松上楼杀西门庆开始说。他就走了。他徒弟在这讲一个月，这一个月武松不能上楼，武松上了楼他师父回来说什么呢，师父回来要接着说。这就看他徒弟的本事，讲一个月都是讲这武松在楼下这个那个，东西南北，古今中外，把这一个月敷衍下来。当然这是高级的要求。

可是高尔础，他自己不能控制讲义，觉得讲义自己终止了，那怎么办呢？那也没有办法，只好自己认栽。**"今天是第一天，就是这样**

罢……"他惶惑了一会之后，才断续地说，一面点一点头，跨下讲台去，也便出了教室的门。如果把这看成一场表演，或者看成一场赛事的话，高尔础今天的讲课可以说是完败，一个完败的讲课。从开头到结尾，没有任何得意之处，没有任何一个瞬间，是不难受的，所以说是一个完败的讲课。

他走了之后，"嘻嘻嘻！"又有笑声了。

他似乎听到背后有许多人笑，用一个"似乎"很妙，写出他恍惚的感觉。到底有没有人笑？我们推断肯定是有人笑的，学生肯定笑得不行。但是关键从他的耳朵里听来，他不希望有笑，但分明又有，所以写的是"似乎"。他拼命不往那个方面去想，可是呢，一种力量揪住他，使他不得不想。所以是——**又仿佛看见这笑声就从那深邃的鼻孔的海里出来**。他忘不了那片海洋，忘不了那个难忘的场面。他也许先前以为，这次讲课会给他带来多么温馨的好的记忆，留下那样一个记忆，没有想到，这可能使他终生受伤。**他便惘惘然，跨进植物园，向着对面的教员豫备室大踏步走**。所谓植物园就那几棵树。

他大吃一惊，至于连《中国历史教科书》也失手落在地上了，书也掉了，**因为脑壳上突然遭了什么东西的一击。他倒退两步，定睛看时，一枝夭斜的树枝横在他面前，已被他的头撞得树叶都微微发抖**。小说继续写他惊慌失措，他从树中间走过去，脑袋会撞到树，像陈景润一样的，脑袋会撞树。**他赶紧弯腰去拾书本，书旁边竖着一块木牌，上面写道：桑桑科**。鲁迅是学生物出身，他对植物、动物都有研究，但是此刻故意写的这些跟情节没关系的知识，其实属于一种超文本，突出文本正文的无意义。这个树是什么科，本来跟情节是无关的，但是突出要写它，就显出他的思维完全被打碎了。上一节课，受了这么大的刺激，快精神分裂了。

他似乎听到背后有许多人笑，又仿佛看见这笑声就从那深邃的鼻孔

的海里出来。于是也就不好意思去抚摩头上已经疼痛起来的皮肤，只一心跑进教员豫备室里去。小说又强调一遍这句话，强调他整个上课过程中，就抬头看了那么一次深邃的鼻孔的海，结果这个海就浸润到他的灵魂中去，使他终生不能自拔，他恐怕以后一想到上课一想到学校，就是这片海。这个太好玩儿了。

终于回到了刚才和万教务长谈话的教员预备室，**那里面，两个装着白开水的杯子依然**，我们再一次读到白开水的时候，味道就出来了。前面可能第一次写白开水，你没注意，第二次又强调白开水，等他回来之后，还是两杯白开水，这就叫笔法。很多人老以为自己有思想，你的思想再好再高再深，怎么表现出来你的思想？用哲学语言表现出来的思想，可能有高度、有深度，但永远是干巴巴的，世界上只有文学才是最伟大的。为什么？你看这两杯白开水就知道了，要表现此时此刻人物的精神状态，只有这两杯白开水。我在这里讲千言万语，都不如原文这一句话，无论我们怎么分析鲁迅写得怎么怎么好，都没用，都黯然失色。如果你是一个懂文学的人，懂文史哲、懂整个人生的人，你看到白开水，就佩服得不得了，说这老头子亏他怎么想出来的，鲁迅这老头子怎么这么坏。

又一次强调。**却不见了似死非死的校役，瑶翁也踪影全无了。一切都黯淡**，黯淡，是鲁迅喜欢的一个词。鲁迅对光非常敏感，《白光》中陈士成的前途是怎么黯淡的？高尔础先生前边备课的时候，那种精气神儿、那种希望、那种对一种新的工作环境的向往，在这里都黯淡了，而且这里是没有别的人才好。刚才他在这里，有校役，有瑶翁，现在都没了，一切都黯淡，有两个白开水的杯子。**只有他的新皮包和新帽子在黯淡中发亮**。黯淡，然后有两个东西亮，这个亮是多么刺眼，亮得都刺到心里去了。新皮包、新帽子，本来包含着新的生活、新的希望。高尔础这个人也不愿意一辈子就跟黄三他们在一块儿，他虽然习惯了，那样也好，但他心里有另一个声音、另一种力量,想把自己拔出来,过一种他想象中的历史教员高老师的生活。那个生活里边当然也有他一种庸俗的想象,但一定也有一些高大上的东西。可是这一节课讲下来,完败,一切都黯淡。这个时候再看新皮包和新帽子,那个新直往心里扎。而这时候,**看壁上的挂钟,还只有三点四十分**。三点四十分就讲到六国兴亡表了,再回过头去想他那一节课,实在是可怜。所以读高尔础的遭遇,一会儿我们觉得可乐,一会儿又觉得可恨,一会儿又觉得可怜。越往后读,可怜的地方越多。

高老夫子回到自家的房里许久之后,有时全身还骤然一热;为什么热,不知道。**又无端的愤怒**;也不知道为什么愤怒。这都是过程,最后的结果是:**终于觉得学堂确也要闹坏风气**,上了一节课回来,思想变了。前边说学堂要闹坏风气的是黄三,他本来很看不起黄三的,就因为黄三诋毁学堂,他要把自己从黄三们中拔出来。可是现在他上完课回来觉得,学堂确也要闹坏风气。**不如停闭的好,尤其是女学堂**,话说得跟黄三不一样,但思想一样,黄三说的那句话是:男学堂已经把风气闹坏了,还要搞女学堂,所以尤其要关闭女学堂。——**有什么意思呢,喜欢虚荣罢了**!谁喜欢虚荣?有的时候人的思想是怎么转变的?是有人给他做了工作吗?有人收买他吗?是他经过严格推理了吗?我们发现人的思想有时候在不经意中就变了,找不着原因。大家分析,分析来分析去也不知道为什么。很多人思想的变化,就因为他私生活中的一件事。我们如果不了解他的私生活,哪里找得出这个原因呢?

假如,高尔础先生明天发表一篇文章《论女学堂应该关闭》,谁能知道他为什么会写出这么一篇文章来?不了解他的人不知道,不知道还要与论文研究,去寻找他思想变化之间的各种逻辑。只有知道的人才知道,就因为上了这么一节课。上了这么一节课,就能导致人思想巨大转折吗?

能。生活中大多数事情的转折就是因为一件事,而能够说清楚这个道理的,只有文学。所以只有在生活中,把文学研究的功夫用好,才能够看人一看一个准,百战百胜,万无一失,文学研究的就是人跟事的关系。

高尔础回到家里之后,就觉得女学堂不好了。鲁迅特别善于写这个细节。在《肥皂》里边,写一家人吃晚饭,父亲拿着筷子,本来看准了盘子里的一个菜心要去夹,他没夹到,被他的儿子夹走了,当父亲的不能够表露这件事,不能说我看好的一个菜心你怎么夹走了呢,所以父亲就很不高兴,就说了很多孩子要孝的话。其实下面父亲的这篇议论,就跟刚才那个细节有关,孩子夹走了父亲的菜心,于是他就发了一通忠孝之论。一般人哪能知道他的这个言论从哪儿出来的呢。那么高老夫子也是一样。

"嘻嘻!"

他还听到隐隐约约的笑声。这使他更加愤怒,也使他辞职的决心更加坚固了。他刚上一节课就要辞职了。辞职有多种原因,其中一个也是他知道了自己不配当老师,课堂不是他工作的地方。尽管他读过书。但是他当不了老师。**晚上就写信给何校长,只要说自己患了足疾。**古代传统写辞职信,一般都称自己患了足疾,大家不要相信他们都是有足疾的,一般这是一个套路。大清朝请袁世凯出山的时候,袁世凯也是说自己足疾未愈,就是说我脚有病了,没好。很多人不懂文言,乱翻译,足疾就给翻译成脚气,不是这么回事。它是惯用的客套词,文雅一点,哪怕冠心病都说是足疾,找一个病的借口。

但是,倘来挽留,又怎么办呢?——也不去。女学堂真不知道要闹到什么样子,自己又何苦去和她们为伍呢?犯不上的。他想。他想的这些对吗?难道说他去女学堂真的是想跟女学堂为伍吗?跟谁为伍啊?是跟何校长为伍,还是跟万教务长为伍,还是跟那些三角形为伍,他跟谁为伍?其实都挨不上。就是他去了之后达不到自己的目的,自己又不配,在那里只有遭罪，只有羞辱，只有尴尬，所以他才决定不去。但是他找了一个借口，是女学堂不好，女学堂风气不好，自己不能跟她们在一起，所以说犯不上。

他于是决绝地将《了凡纲鉴》搬开；镜子推在一旁；聘书也合上了。他不要《了凡纲鉴》了，镜子也不照了，聘书合上。**正要坐下，又觉得那聘书实在红得可恨，**为什么不用讨厌之类的词呢？用"可恨"。本来他对聘书是觉得可爱的，聘书里面包含着他的新的前程，现在前程没有了，所以变得可恨了。**便抓过来和《中国历史教科书》一同塞入抽屉里。**这才表示决绝了。

立场坚定了之后，向何处去呢？**一切大概已经打叠停当，桌上只剩下一面镜子，眼界清净得多了。**他不教书了，眼界就清净得多了。**然而还不舒适，仿佛欠缺了半个魂灵，**这魂又来了，到底什么是他的魂灵？从去上课到下课回来，这道魂好像都不在，现在他决定辞职，忽然觉悟到自己魂不够，缺少半个魂。所以人就怕觉悟，一觉悟就好了。**但他当即省悟，**他找到自己的魂了，知道缺在哪了，**戴上红结子的秋帽，径向黄三的家里去了。**前面随便的情节的铺陈，到这里都变成伏笔了。因为看前边，不能料到他后边真的会去黄三家里，虽然他拿了一副麻将牌，竹纹清楚的。这里一看，嗯，竟然有这么自然的伏笔，最后他还是去黄三的家里了。

而去黄三家里，过程写得非常简洁明快，没有似死非死的校役，没有白开水，没有讨厌的万瑶圃说得乱七八糟的废话，一句话，我们就进入一个很热闹的场景。"来了，尔础高老夫子！"老钵大声说。镜头一摇，一个非常欢快的场面，这才是咱人应该过的日子，这人的日子出来了。老钵，前边介绍过，他们一伙的，老钵对他打招呼，非常有声势，先说"来了"。"来了"两个字，包含着他们可能认为他不会来，但是讨论过这小子一定还会来，如今看见他真的来了，"来了"包含着这么多的感情。我们可以想象，这条线索上，人家一定讨论过，甚至争论过高尔础来不来——真的来了。可是对他的称呼是什么，是带有调侃的、带有讽刺意味的称呼——尔础高老夫子，这两个连起来就有潜台词了，"你怎么来了呢？你现在不是高尔础了吗？你跟我们不一样了，你都是高老夫子了，还来我们这干吗啊"，所以叫"来了，尔础高老夫子"，这里面含着调侃，含着得意。

高尔础能听出来这话中有话，听出这里的含义，所以他说："狗屁！"他这一句话既是反击，同时又是故意说的一句粗话，等于把自己回归到原来的队伍中，他用粗话表示咱们还是哥儿们，我又归队了，又回到咱们这个队伍来了，咱们还是哥儿们，所以就不说那些道貌岸然的话了。**他眉头一皱，在老钵的头顶上打了一下，说。**照旧打打骂骂，回到使他舒服自由的旧环境中。

"教过了罢？怎么样，可有几个出色的？"黄三热心地问。黄三的话是颇有几分下流的，可是我们可以看到，在他们的这个圈子里，本来就是这样说话的，本来就是这个心思，只不过黄三的品位比老钵低。老钵说话很含蓄，一看就是老江湖，还道貌岸然地说"尔础高老夫子"，是含蓄地讽刺。这黄三没有那么高的文化水平，黄三是直指人心，一句话说到他心眼上，就是，你想的不就是这个吗？"教过了罢？怎么样，可有几个出色的？"把他去教书的目的给戳穿了。

好像高老夫子在这样的环境中反而适合，反而舒服。他不能顺着黄三的话说。"**我没有再教下去的意思。女学堂真不知道要闹成什么样子。我辈正经人，确乎犯不上酱在一起⋯⋯**"他还是端着架子，道貌岸然，说是他没有教下去的意思了，原因在于女学堂，不在于自己——女学堂不知道要闹成什么样子。其实他去讲这一节课，人家闹了吗？什么也没有闹啊，不是很驯良吗？他把自己打扮成正经人，不愿意和人家酱在一起。那他跟谁酱在一起呢？他跟这里的人酱在一起。柏杨先生继承鲁迅的精神，说中国文化是一个大酱缸，他很爱用"酱"这个字，他说人们在一个大酱缸里，互相浸染，慢慢地，国民性的劣根就这样养成了，这样普及了。关键还是你跟谁在一块儿。高尔础左右摇摆之后，还是回到他的老朋友那里去了。

下面的情节，**毛家的大儿子进来了**，前面有过伏笔，他是毛家屯的，毛资甫的大儿子。**胖到像一个汤圆**。鲁迅写次要人物往往一笔就够了，他的形容也确实厉害，我们一般人形容一个人胖，想不到用汤圆去形容，因为汤圆是很小的东西，真的没想到可以用汤圆形容一个人胖。可是他一旦形容了，你一想，对呀，这个怎么比喻得这么好呢？谁说小汤圆不能比喻成一个人呢？越想越像，"胖到像一个汤圆"。胖可以像很多很多东西，胖到像什么都可以，为什么不说胖到像一个皮球，像一个篮球？胖到像什么都可以啊。胖到像一个汤圆，这里有很多含义，首先汤圆是白的，他是个白胖子；第二呢，汤圆是"噼里噗噜"往下掉粉的，汤圆不是一个紧致的结实的东西，汤圆是一个稍微一碰，就往下掉渣的东西；第三，汤圆是可吃的，这个毛家大儿子，今天晚上干吗来了？就是要被人家吃的。人家已经布好了一个口袋阵，要扫光他，他自己还不知道，一个可怜的大汤圆掉锅里了。鲁迅在写的时候，未必像我说的想得这样清楚，他是靠直觉一笔就写到了，"胖到像一个汤圆"。所以，还不好随便地模仿，不好随便地写一个胖子就说他胖得像一个汤圆。

"阿呀！久仰久仰！……"满屋子的手都拱起来，**膝关节和腿关节接二连三地屈折，仿佛就要蹲了下去似的**。所有这些文明礼貌的场面，被鲁迅一写都是丑态百出。这明明是很正常的行礼打千，他写的都是丑角的图。

"这一位就是先前说过的高干亭兄。"老钵指着高老夫子，向毛家的大

儿子说。高老夫子,本来叫高干亭,这是他的本名。他在这个圈里混,他们给他取一个外号叫"老杆儿","老杆儿"从这儿来的,后来他给自己取了一个别号,叫高尔础。这些信息如果小说作者一开始就原原本本地写,就很枯燥,就很没劲,各种信息通过情节、通过人物对话自然地流露出来,自然地释放,不断地把我们脑海中一个人物形象丰满起来,才别有意趣。读到这,我们把高干亭、老杆儿、高尔础、高老夫子终于连起来了,这是一个人,这是一个统一的人,又是一个分裂的人,这个人是不是也像当时的知识分子一样,是统一的,也是分裂的?当然统一和分裂的情况不一样,鲁迅是不是也是自我分裂的?他怎么分裂,怎么统一的?

"哦哦!久仰久仰!……"毛家的大儿子便特别向他连连拱手,并且点头。毛家大儿子小说不怎么详细描写,给出一个使人印象深刻的画面就可以了。

这屋子的左边早放好一顶斜摆的方桌,我们想现在一些地方的麻将桌,**黄三一面招呼客人,一面和一个小鸦头布置着座位和筹马**。正经地要打麻将,很认真地准备着,要有座,要有筹码,布置怎么喝茶,怎么吃小吃等。**不多久,每一个桌角上都点起一枝细瘦的洋烛来,他们四人便入了座了**。洋烛为什么是细瘦的?首先是写实,一张桌子每一个角上点一支蜡烛,蜡烛不能占地方太大,占地方太大影响打麻将,所以细瘦比较合适。但是他写细瘦,同时也写这个场景的氛围,写这些人的精神,这是鲁迅小说与众不同的细节功夫。

万籁无声。**只有打出来的骨牌拍在紫檀桌面上的声音,在初夜的寂静中清彻地作响**。这写得很美呀。鲁迅肯定是否定这群人的生活价值的,可是鲁迅写他们干自己的事的时候,却故意用了很美丽的形容词——万籁无声,下面应该写什么什么多好多好,可是他写打牌,骨牌敲在桌面上的声音,"在初夜的寂静中清彻地作响"。看到这样的描写,很多人都想去打牌了，多好，多有诗情画意，在万籁俱寂中，几个人去打一圈牌。鲁迅为什么要这样写？他把这个场景写得很美，很有魅力，很吸引人，他实际上仍然在写人物的精神。这个场景是这么美好，和下午高尔础去上课的学校形成一个对比，那个地方是那么让人不耐烦，让人讨厌，不美，还不如这个地方，对高尔础来说，这里才能让他的精神感到愉悦，感到舒适。所以这里小丫头布置筹码、细瘦的洋烛，包括声音，加起来构造了一个真正使人灵魂得到安慰的空间。

而一般研究鲁迅的学者，只注意便于总结的鲁迅粗线条的思想，不会去注意这些细节。能够注意到这些细节的，自己都对文字有着非常的敏感。大家看曹文轩老师这段话，曹老师作为世界级的作家，对文字的感受是非常敏锐的，所以他能体会到许多鲁迅小说之中别人体味不到之处。曹老师说鲁迅，这样说：

> 他的目光横扫着一切，并极具穿透力。对于整体性的存在，鲁迅有超出常人的概括能力。鲁迅小说视野之开阔，在现代文学史上无一人能望其项背，这一点早成定论。但鲁迅的目光绝非仅仅只知横扫。我们必须注意到横扫间隙中或横扫之后的凝眸，即将目光高度聚焦，察究细部。此时此刻，鲁迅完全失去了一个思想家的焦灼、冲动与惶惶不安，而是显得耐心备至、沉着备至、冷静备至。他的目光细读着一个个小小的点或局部，看出了匆匆目光不能看到的情状以及意味。这种时刻，他的目光会锋利地将猎物死死咬住，绝不轻易松口，直到读尽那个细部。因有了这种目光，我们才读到这样的文字：
> 马路上就很清闲，有几只狗伸出了舌头喘气；胖大汉就在槐阴下看那很快地一起一落的狗肚皮。（《示众》）

鲁迅写下这么多精彩的文字，这么多精彩的细节，如果这个世界上没有知音，一百多年了都没有知音，那鲁迅岂不太惨了。鲁迅最深刻的地方被总结出来，最伟大的地方被总结出来，可它还不是最难的，当然把那些总结准了就不容易，比如毛主席高屋建瓴地说道，"鲁迅的骨头是最硬的"[1]，鲁迅的精神就是我们中华民族的精神，这是对鲁迅最伟大的评价，也是最到位的评价。但光有这个是不够的，硬骨头的人很多，怎么鲁迅的骨头硬就这么深入人心呢？必须结合这些细部，得有有心人去当鲁迅的知音，鲁迅这些地方都没有白写，我们不会买椟还珠。其实我们买的很多消费品，都有无数人花费了心血，你随便买的一件衬衫，一块香皂，一瓶洗发水，里里外外都有许多人的艺术心血凝结在里面，你随时都应该欣赏一下。那么像鲁迅文章这种超一流的艺术精品，我们真应该像曹老师说的这样，以三个备至，耐心，沉着，冷静，去好好地体会它。曹老师也发现那个胖大汉看一起一落的狗肚皮，这描写得多好。

我们看一些精彩的电影，多少年之后，你能不能记住几个细节，那些细节往往是撑起伟大作品的支柱，好的导演，一定要创造出几个经典的细节来。同样好的小说也是如此，高尔础打麻将，你该永远记着，四角点起四支细瘦的洋烛。《示众》写那些无聊的看客，最无聊的是没什么可看了，还要看狗喘气，一起一落的狗肚皮，这才是对中国人无聊看热闹最辛辣的讽刺，这人得闲到什么程度，去看那个。

好，小说的最后，最后称他为高老夫子了，也不是高干亭，也不是老杆儿，也不是高尔础，也不是高老师，而是高老夫子。**高老夫子的牌风并不坏，但他总还抱着什么不平。他本来是什么都容易忘记的，惟独这一回，却总以为世风有些可虑**；鲁迅写的知识分子，思想都是复杂

---

[1] 毛泽东：《新民主主义论》，见《毛泽东选集》第二卷，人民出版社1991年版，第698页。

的，虽然a，但是b，也不妨c，他总是这么一个套路，我们想想《幸福的家庭》,《高老夫子》也是。这一回他觉得世风有些可虑，显然和他下午讲课的经历有关。如何改变大多数人对社会的看法，这是社会学、政治学的问题，我们能不能通过集体学习、做报告等方式，改变多数人对政府的态度、对社会的态度、对教育的态度？人的态度是怎么改变的？高尔础假如有了女儿，他会不会送她女儿上女学堂？他的决定将如何做出来？比如我们今天有些人可能会排斥外地人，你对这个事情怎么看？你对这个事情的看法和你的生活状态之间是什么关系？诸如此类的社会现象，你的看法有没有发生变化？如果发生变化，原因是什么？是别人的说服教育，还是获得了新的信息？还是自己因为经历了一件偶然的事，等等。比如你一向是拥护要保障外地人权益的，可是今天下午，你就被一个外地人给骗了，它是不是会影响你的思想？对于个体有个体的判断，对于一个群体，我们要改变一个群体对一个事件的看法，怎么做？高尔础因为自己讲课的失败，所以他认为世风有些可虑。

虽然面前的筹马渐渐增加了，这个写得很妙，他面前的筹码渐渐增加了，说明他们三个人的计谋在得逞，汤圆正在一点点被吃。**也还不很能够使他舒适，使他乐观**。他还是认为世风是可虑的，还在想着正经事，筹码渐渐增加，还没有使他乐观。**但时移俗易，世风也终究觉得好了起来；**但他又变化，觉得世风又好了起来，**不过其实很晚，**他心情真的好了，觉得世风也好了的时候，是什么时候呢？**已经在打完第二圈，他快要凑成"清一色"的时候了。一九二五年五月一日**。他快要胡一把大牌的时候，要狠狠赢一把的时候，小说就结束了。小说好像结束在一个平静的夜里，牌局还没有结束，但是我们都知道牌局的结局是什么。结局就是把那个汤圆吃光了，把他带着的那200块大洋，他们三个给瓜分了，每个人赢个六七十块钱，是高尔础多少个月的教学收入。物质生活对他的思想有影响，决定他的立场；第二个影响因素是情感生活，他原来以为去女学堂能够获得一种新的情感生活，但是遭受挫折，所以高尔础虽然还知道高尔基，知道西学，知道新学，都没有什么用。

这些知识分子的思想立场为什么经常动摇来动摇去？我前面讲了，鲁迅并没有学马列，如果用马列主义分析起来，鲁迅所写是完全合乎阶级理论的。知识分子本身就是一个摇摆的阶级，除了其中一部分先觉者，坚定地站在某个阶级的立场上，大多数知识分子都是动摇的。而这个动摇就由于他自己生活的根基不牢固、不确定，他可以随时为某个利益集团打工。农民的立场是坚定的，他就在土地上干活，工人就在工厂里干活，最不稳定的就是知识分子。所以毛泽东说皮之不存毛将焉附，知识分子就是毛，毛是决定于皮的，你附在哪一张皮上，是这样一个问题。

那么后来，中国进行无产阶级革命，所以很多知识分子成了无产阶级知识分子，可是中国的无产阶级知识分子也有巨大的问题。因为中国没有那么庞大的无产阶级，中国的无产阶级革命主体是农民。中国革命的性质是很独特的，是毛泽东等先觉的知识分子带领广大农民，进行无产阶级革命，这三部分是不挨着的。毛泽东这批先觉知识分子并不因为他们是无产阶级而先觉，他们的先觉是来源于传统文化的先觉，是圣贤的先觉。圣贤觉得要搞无产阶级革命，可是找不到坚强庞大的无产阶级，中国没有那么发达的工业，大部分都是农民，所以领着农民革命。农民革命又不是农民起义，而是农民搞无产阶级革命，农民干工人阶级的事，领导他们的是圣贤。

在革命过程中吸纳了大量的知识分子，这大量的知识分子都跑到革命这张皮上来了，其实他们的内心还是高老夫子。一旦这张皮出了问题，毛就不存在了。他们随时可以去学堂里讲历史、讲哲学、讲数学，他们随时可以在这么好的夜色中去打牌，还不是老老实实打牌，是弄虚作假地坑人。虽然他们坑的那个人我们看来好像也不太值得同情，就是坑来坑去，就活在这么一个大酱缸里面。

所以鲁迅小说结尾，都不是让人笑，也不是让人哭，鲁迅小说的结尾都不煽情，从来不再加两句，把你的感情煽动起来。如果再加两句，那就失败了。比如再加一句，"看，这个可怜的高尔础，这个虚伪的知识分子"，加了就完了，小说就破坏了。小说就在平淡中结束了，好像夜色还在进行，夜是运动的，他的心情好起来了，觉得世风也好了，就接受了。我们看《故乡》的结尾，《孤独者》的结尾，《在酒楼上》的结尾，都很平淡，但就在这平淡中，它包含的那些感情才都不会丧失，紧紧地收纳着，使我们能够从中去很复杂地品味高老夫子到底是怎么回事。我们笑完了这个人物之后，会想现实中有好多这样的高老夫子，会想当时的中国为什么是那个状况。

我们评论历史、评论时代，往往最容易想到的是说政府有问题，政府不好，表面看来是这样的，政府经常有不正确的措施，可是政府的人是从哪来的呢？政府的人大多数不都是知识分子吗？政府的人都是从我们中成长出来的。今天政府的人，大多数都是我的同龄人，都是我们同学啊，当初一块儿在校园里，一块儿在宿舍里痛斥腐败，决心洗刷中国，要把社会建设得如何好、如何好，要怎么为人民服务。人家的思想就不如我们纯洁，人家对社会的观察就不如我们深刻？由于人家在官场里，说不定人家比我们看得清楚多了。那他们到了政府里，为什么社会还这样？鲁迅真正关心的是这些更根本的问题。鲁迅也批评政府，也批判各种时政，但他更多的、更有力的是写出这个民族的病根。我们有多少这样的高老夫子？这个情节，这些人物，在今天都是可以置换的，当然打麻将今天还存在，《高老夫子》有这么深的意义。

而这个小说的情节结构，非常简单地按时间顺序排列，还不是一天的事,是半天的事。虽然交代从上午开始,但是画面一出来是下午,写高尔础在备课,备课的时候踌躇满志,一个新的生活场景在前面招摇着。然后备课被黄三给打断,黄三来邀请他晚上去赌博,去一块儿设局害人。插入黄三是要写主人公高尔础在新旧两种生活中挣扎和决断,一个人要走向新生活,旧的生活来拉他,这是不一定能拉成功的,如果真的是一个新生活,也许他就走进去了。假如说高尔础是在新中国成立初,比如说是1950年、1951年,哪个学校请他去当历史老师,尽管他讲课经验不丰富,第一节课会讲得尴尬,他未必讲完之后会辞职。所以前面本来有不同的可能性,黄三邀赌之后,他并不打算回到黄三这些人的群落里,他还是想走向新生活的,于是他就去上课了。他到了学校遇到万教务长,这一段很有意思,写的是所谓新学界,万教务长代表的是新学界。

我们不要一想到新学界,马上想的就是鲁迅、陈独秀、胡适这些人,这些人是少得可怜的,这些人是在文化的制高点上,就这么几个人。这几个人不能代表中国,代表中国大多数知识分子的,就是高尔础、万瑶圃这些人,这些人才是中国知识分子的实际状况。为什么他们能代表知识分子呢?因为当时中国大多数人都不认字,他们就是知识分子了,中华民国就这水平。所以谈乩坛的事,谈蕊珠仙子的事情,是那么荒诞、那么无聊,但是它写出了中华民国的文坛,大多数人就那样。留给我们今天学习的,都是摘下来的那个尖儿,大多数老百姓是不看那些东西的。

中华民国那些能够欣赏文学作品的人,你以为他们成天看《呐喊》吗?他们是不看我们今天学的那些东西的,他们看的就是《大众日报》那种东西。正像今天一样,今天大多数的人,包括在座的人,你们每个月看《人民文学》吗,看《十月》吗,看《花城》吗,看《收获》吗,看《小说选刊》吗?你们也不看。就是说,人民群众在看的那个东西才是主流媒体,主流媒体不是学者或官方认定的。所以我曾经在一些会上,说我们的中央领导要认识到什么叫主流媒体,主流媒体第一不是《人民日报》,第二不是中央电视台,因为人民群众根本不看,主流媒体就是手机,得手机者得天下,认识到这一点,中华民族才能实现伟大复兴。有些同志头脑太陈旧了,还以为人民群众天天看《人民日报》呢。

乩坛的乱象,还不是最关键的,打断高尔础梦想的一个环节,最关键、最精彩的是上课。今天我们开始欣赏他上课的段落,上课彻底粉碎了他对新生活的梦想。第一,他自己不适合当教员,业务能力太差;第二,他自己心念不纯,一脑门子私心杂念,可是他的私心杂念都不能实现。按照黄三他们那些很不高尚的想法,你到女学堂当老师上课,不就是想看看女学生吗?看女学生漂亮不漂亮吗?可是在那个过程中他连一个人都没来得及看,一个都没看着。第一次看是头发,第二次看还是头发,第三次看是海洋,然后就不敢看了,就看天花板,看的都是水泥,然后就逃走了。连自己不高尚的这个想法,他都不能实现。

而这里面,又不只是高尔础一个人的事情,当时整个社会办女学堂,女学堂确实是时代新生事物,可是办这些女学堂的人,投资者,他们到底是什么心理动机,这就是另外一回事了,这就是时代进步之所以慢、之所以复杂、之所以进进退退的根本原因。上课是这篇小说的关键,上课使他的思想发生了转折,课后经过犹豫,他就认为风气坏了。对自己不利的事情,自己就不支持,这就是那个时候知识分子的普遍心态。

我们今天的价值观认为,一个事情应不应该支持,不能只从自己的角度出发,那是因为我们今天有了家国观念,而在中华民国其实是没有的。中华民国从它的最高领导到它的政府要员、下面的军队将领、各地官吏,没有人以国家为重,事事都从自己的个人感受、个人得失出发,自己摆在前面,国家是摆在最后的,先是自己,然后是自己的圈子,最后才是国家。所以它导致的是国家软弱、国家无能、国家落后,国家落后再反过来，最后变成每个人都落后。

可是他晚上赌博之后，心情又渐渐地好了起来，为什么好了起来？他又赢钱了。也就是还是回到过去那个状态更舒适。最后这个情节也蕴含着中华民国在很多方面反而倒退了。就很多平民百姓和知识分子的实际感受来说，中华民国还不如清朝。清朝有一个统一的意识形态，清朝这个国家是大一统的，国家没有分裂，阶层没有分裂，民族没有分裂，而到了中华民国，这个国家实际上是分裂的。

毛泽东的伟大不仅仅在于他完成了无产阶级革命，从现代民族国家的角度讲，毛泽东是把一个四分五裂的国家重新统一起来了。这个国家在蒋介石领导下，中央政府只能管几万平方公里的土地，连整个江苏省都管不了，哪个省听他的？这些省不是实际上独立了，就是联省自治。所以那个时候中华民国是个空的，是个虚的，人人自危，人人自安，人人自乐，所以从某些方面讲，比清朝还要落后。

而像高尔础这样的人，跟阿Q一样，是可以革命的。阿Q这个人我们不喜欢，可是阿Q是可以革命的，关键在于给他一种什么样的光芒去照亮他。人人都可以成为圣贤，在毛主席领导下，阿Q一样可以成圣贤，阿Q能成抗日英雄。高尔础不能当一个优秀教授吗？还要看条件，在一种正确思想引导下，高尔础可以好好做学问，可以好好研究历史，好好上课，当一个好老师，他现在这样，并不是这个人本质的问题。所以鲁迅的小说，从来不以作者的口吻出来全面地肯定或否定一个人、一件事。我们后世的解读，有时候为了写文章或者有时候为了讲得清晰一点，往往要做一个结论，这个结论往往可以再商榷。以往我们对《孔乙己》的解读，对《狂人日记》的解读，都可以再商榷。就高老夫子来说，怎么评价高老夫子？高尔础先生肯定有他虚伪的一面，可是这个虚伪好像也没有虚伪到不可原谅。你设身处地想让高尔础怎么办呢？他就这水平、就这思想、就这人际关系,当时社会就是这样的。想来想去,鲁迅写的还是最实在的,故事人物是虚构的,可是想来几乎是百分之百的合理,读完之后又是那句话——读书人一声长叹。

我们这个学期,欣赏了鲁迅的六篇小说,六篇小说都不是鲁迅最有名的。从这些小说里我们更能够深入地看到,鲁迅作为一个小说家了不起的一个地方。合起来想一想,这些小说有些什么共同特征,使它区别于其他的现代小说、当代小说,更不用说古代小说,也区别于大多数世界各国的小说?鲁迅小说的特点是说不完的,就这学期我们所欣赏的这些小说来说,我想提示大家这么几点,鲁迅小说有这么几个别致的地方:

第一个叫陌生的熟悉。小说创作中,我以前给大家写过,有一个术语叫陌生化,要想写优秀的文字,一定要注意,要给读者造成陌生化的效果,不要写人家都知道的故事,人家都知道的结局,人家都知道的句子,人家都知道的搭配。比如都会写灿烂的阳光,你就不要再写了,在你的心里,灿烂的阳光就要永远枪毙,这样的话不能出现在你的笔下,如果再写出灿烂的阳光,你还配当北大学生吗?那谁都会写。永远不要写灿烂的阳光、金黄的稻穗,一定要写乌黑的稻穗。为什么这么写,再说,反正至少要先写出来,你就记住打死都不能写金黄的稻穗,你只要往这个路上一歪,你就万劫不复了,你就永远好逸恶劳,沿着那条路走了,永远不会创新了。一定记住要——陌生!但是单讲陌生,也容易走火入魔,那变成生编硬造了。我们看鲁迅的小说,他能做到陌生中的熟悉,不论是知识、情节、语言,你读鲁迅总有陌生感。我们是研究鲁迅的,每次读鲁迅还是有陌生感,可是读着读着,那个熟悉就来了。这个熟悉是经过挖掘、经过回忆,好像从遥远的地方传来的那种熟悉,就好像你看见一个人,一开始不认识,说了两句之后才想起他,哎,你不是那谁吗?你不是那个老谁家的小谁吗？陌生之后的熟悉，这是鲁迅小说一个别致的地方。

　　第二个叫无事的悲剧。鲁迅写了很多悲剧，这些悲剧都不是炫耀那些惨痛，死多少人，流多少血，怎么被殴打，怎么跳楼，怎么自杀，鲁迅从来没写过那些东西。鲁迅写的悲剧好像很平常，事实上没发生什么事。你说孔乙己这算什么事儿，祥林嫂这算什么事儿，太家常便饭了，更不要说我们这学期去讲的这些，比如《幸福的家庭》《高老夫子》，看上去像喜剧，因为里面有讽刺，可是你读了之后，你的心情是悲伤的。他写的是这个社会的整个人生的悲剧。这些悲剧如果用那些很喧闹的刺激的情节来表现，是一种无能，写一个人全家都被人害死了，那是无能。最好的是让人觉得好像还挺舒服的、还挺快乐的那种悲剧。就拿高尔础来说，他今天晚上赢了钱，明天可能还赢钱，但他的生活真的是幸福的吗？无论他以后赢多少次钱，他已经忘不了那片三角形的海洋了，那是他心灵上永远的痛，对他来说那就是人生悲剧，以后他也可能会参与到诋毁女学堂的队伍里，好像无事一样，实则是一个大悲剧。

　　第三个我把它叫黯淡的辉煌。鲁迅小说整体的色调是暗色的，不是明色的，不是亮色的。统计鲁迅小说中他用的那些色彩的词，黑白居多，最喜欢用的就是黑白，偶尔加上红，黑白红是他喜欢的。可是他的小说，你读多了之后，会觉得他并不是说人生都是黯淡的，黯淡里面有辉煌，但是这个辉煌是要加入主观成分才能产生的，不加入主观成分就是黯淡的。这和其他的很多作家是不一样的。

　　这些加起来可以催生第四点，叫绝望的新生。鲁迅并不一开始或在中间就给人提供新的道路，他自己似乎也没有什么明确的新生的道路给你，他写来写去，都是说这个不行、那个不行，这个不好、那个不好，最后是一片绝望。可是我们总是觉得鲁迅很有力量，读鲁迅的人，我看好像也很有力量，喜欢鲁迅的人都是有力量的，可是这个力量是怎么来的？为什么我们读兴奋的昂扬的革命作家的作品，反而不能获得这种力量？为什么读了鲁迅却有这种力量呢？是因为鲁迅真实地写出了人生的绝望。你说办新学堂就好吗？不一定好。女学堂是什么样子的？女学堂是那个样子的。你看了贤良女学校，一定对女学堂绝望了，但是绝望了之后，你说这个学堂不该办吗？就应该取缔女学堂吗？好像鲁迅不是这意思。鲁迅说高尔础这种知识分子有毛病，不行，对他们应该绝望，那是不是说中国就完了？从鲁迅画一条线，能够画出汪精卫吗？为什么鲁迅的弟弟就跑到汪精卫那里去了呢？鲁迅的弟弟对人生的看法也很深刻，跟鲁迅差不多，就因为周作人那里只有绝望、只有黯淡，所以怎么活着都行，什么当不当汉奸啊，都一回事，不当汉奸中国也好不了。但是读了鲁迅你会知道，鲁迅这个人是不会当汉奸的，他的绝望中孕育着新生，就像一团星云中有太阳有恒星一样，这是鲁迅的哲学。我们虽然欣赏了不多的鲁迅的小说，我觉得我们仍然可以用这些原则去阅读鲁迅的其他作品，去理解世界上那些卓越的艺术，使我们获得一种超拔的艺术审美眼光。这对于我们欣赏艺术是有好处的，对于我们在人生中培养自己比较高端的品位，包括在我们具体生活中对人对事的看法，都是有很大裨益、有很大收获的。

好，今天带着深深留恋，希望我们这个课也能够在黯淡的辉煌中结束。

祝大家2018年元旦快乐，新年快乐。

——本课为2017年北大通选课《鲁迅小说研究》第十五课

守礼教的新党

——解读《孤独者》(上)

上课之前,还是向大家推荐点书。我上次推荐了一本日本学者丸山升的书《鲁迅·革命·历史》;今天再推荐一本日本学者的书。他叫伊藤虎丸,也是著名的鲁迅研究专家,是比较老一代的,现在(2006年)七十来岁了,是这样一位中日文学比较专家、鲁迅研究专家。他有一本书叫《鲁迅、创造社与日本文学》,这本书也写得非常好,他在鲁迅研究方面有很好的创见,对我们中国学者也颇有启发,有兴趣的同学可以去找来看一看。他别的著作你能找到的也可以看,他在中国现代文学研究方面是很有影响的,而且是对中国非常友好的,对整个亚洲的历史有比较深刻的思考的这样一位学者。《鲁迅、创造社与日本文学》,这样一本书,也就是说,他除了研究鲁迅还研究创造社等,注意中日文学之间的比较,这是一本很有价值的鲁迅研究著作。

由于近年来中国大地演讲比较火爆,出了很多演讲的书,也有人把鲁迅的演讲编成一本书叫《鲁迅报告》,是江力先生编的。《鲁迅报告》

这本书也很有意思，没有人编过这样一个集子。我们知道鲁迅是不擅长演讲的——也不能说鲁迅不擅长演讲，因为他普通话不好，所以鲁迅到哪个地方一说要演讲，也是相当的轰动，人山人海，但是大概轰动了二十分钟，人们就走了，因为实在听不懂老先生讲的是什么，【众笑】但是呢，把鲁迅的演讲听懂之后记录下来，都是非常好的文章。鲁迅演讲的一些文章，后来都成了他一些著名的篇章。《鲁迅报告》这本书也不错，新世界出版社出版，江力先生编的。今天推荐两本跟鲁迅有关的著作。

再顺便推荐一本别的书，我也是刚拿到的，是我们北大中文系专门从事民间文学研究的教授陈泳超老师编的，叫《北大段子》。我们大家知道每个大学校园里都流行很多段子，校园段子，社会上也有类似的这样的书，但是专门把北大的段子编成一本书，它显然有一点儿独特的意思，是陈平原老师写的序。这里边写了方方面面的段子——我看有师生关系的，有食堂的、网络的、鬼故事的、丢东西的、学术的。这些东西现在看起来好像都很幽默、很有意思，是笑话，过二三十年它就是历史。你们现在觉得自己很幼稚很年轻，二三十年以后的孩子就会仰慕你们，说你们那时候北大真有意思啊。他们看这本书就会非常仰慕你们。任何一个时代过去之后容易被神话，身临其境的人都会觉得很普通没什么。

这里有一些写老师的，其中写的一位老师是我们北大中文系的曲艺理论家汪景寿老师，他刚刚去世，我们系里正在办他的追悼活动。为了纪念我们尊敬的汪景寿先生，我正好从《北大段子》中找出一篇记他的，叫《奇怪的大学教授》，汪老师"1933年出生，北京大学中文系教授，曲艺理论家……知道他的人可能很少，但对曲艺感兴趣的人应该很熟悉他。他身材很魁梧，脸皮酱紫，长得像鲁智深，乍一看，你根本想不到他是教授，还以为他是个杀猪的。"其实这样的教授在我们北大很多，我当年就遇到很多,【众笑】我一说你们就明白了。

  他笑起来很爽朗,说话像个走江湖的;他善于逗笑,似乎随口一诌就是一段相声。我上过他的曲艺课,他的课太绝了,他自己只讲了几次,后面的全部让曲艺界的"腕儿"来现场表演,现场讲解。什么京韵大鼓、苏州评弹、山东快板、评书、相声,每一次课都是一次惊喜,一次绝佳的享受。后来我才知道这竟是他的告别课,上完那次课,他就退休了。我感到太遗憾了。

后面的我就不念了,我想我们用笑声来纪念刚刚去世的汪老师是非常有意义的。汪老师去世之后,我们目前还没有一位老师能够把他的事业、把他的专业继承下去。因为我们北大只有他,几十年跟中国的曲艺界交往,和曲艺界非常熟悉,曲艺界那些人都是他的朋友,包括当年侯宝林先生到我们这儿来当客座教授,他跟侯宝林合写了《曲艺概论》,他对中国曲艺、对曲艺的美学风格都有全面的研究,当然他对曲艺界也有很大的指导意义。

我们当前一方面要弘扬国粹,同时大家都对中国的曲艺很不满,所以在这个背景下,很多人才会这样喜欢郭德纲,认为郭德纲给中国带来了希望。当然郭德纲有他自己的问题,在曲艺界内部也是争论不休。中国曲艺到底向何处去?如何发展?继承哪些,扬弃哪些?这恐怕都不是曲艺界自己能够解决的问题。而我们现在高校内部又过于清高,没有人去关注曲艺,认为那是下里巴人,我们认为只有研究欧美的东西才是高尚的。在这样一种风气下,我觉得汪老师的事业,汪老师从事的学术是非常值得敬佩的。我对中国曲艺,也是从小就喜欢,但是上升到理论高度来认识，很多方面是受了汪老师的启发。

汪老师本身的段子非常多，我们中文系的很多人都能讲出来。有一次我到电视台去做节目，正好看见汪老师也在做节目，他穿得跟平时大不一样，平时穿得很随便，那天穿得很整齐，上边扎着领带，把后面的粗脖子使劲勒着——一个红领带，非常整齐，但是我往下边一看，下边穿一双解放鞋，还没穿袜子。【众笑】我说汪老师您太曲艺了，真是太曲艺了！他就是这样一个非常有真性情的老师。好吧，我就推荐这样几本书，我把我知道的一些事情，觉得有趣的事分享给大家，我愿意跟大家来分享，有空的时候就告诉大家。

今天我们要讲鲁迅的《孤独者》，这是鲁迅《彷徨》里的一篇小说。我想很多同学自学鲁迅小说，肯定是从《呐喊》开始看的，但是我不想从《呐喊》开始讲。我第一次讲一个深一点的，讲一个难的，我们先从难的开始，讲一篇大家没有接触过的，很不好理解的，但是我认为是非常重要的一篇作品——《孤独者》。这个作品比较长，大概鲁迅小说除了《阿Q正传》，能数得上这一篇了，篇幅比较长，如果讲不完我们下次再接着讲。

鲁迅是中国现代最重要的文人，或者说不仅是文人，加上思想家、革命家，都加起来，鲁迅是最重要的一个。要理解中国的当代现代近代，要理解中国一百多年的历史，有几个人是绕不过去的，你不读他的书，或者不读全了，你没法理解中国历史。李敖这么厉害，因为他没好好读过鲁迅，所以他才会口出轻狂之言，学问做得很不够。毕竟台湾这口井太小了，他在里边蹦跶蹦跶还算个英雄，刚一出来就口出狂言，一看就是读书读得不够，没怎么读过鲁迅。要了解中国一百多年的历史，不把鲁迅和毛泽东读它几遍，不要随便发言。

但是这只是说的第一层，往下说，你读了几遍之后，就敢发言了吗？你理解鲁迅吗？有的时候你觉得理解了，但是过两天过两年，你再看一看，好像又发现自己理解得有偏差。鲁迅到底是一个什么人？所以我想通过《孤独者》这一篇，不见得能解释这个问题，起码给我和大家提一个醒，鲁迅不是那么好理解的，尽管大家都想理解他，都想利用他。每逢大事，各个方面都要抢夺纪念鲁迅的权力，开鲁迅的纪念大会，让谁去不让谁去，这都是很有讲究的。围绕着鲁迅，说得玄一点，从来都是凝聚着中国最尖锐的思想斗争的。要想理解鲁迅，也不必开那些会，你自己好好地读他的书，结合他的书去读我们自己的人生，这样可能更有益于接近他。

孤独者这个形象，首先是个孤独的人。"孤独"这个词并不罕见，甚至可以说是现代社会的常用词。我们有很多同学也会不由自主地说，"我很孤独"。或者说在高校里面，在大学里面，孤独有时候成为一种时髦，孤独是一种时髦。就是说，哎，那个男生挺酷，他显得特孤独！孤独有时候是一种时尚。好像在我上大学的那个年头就是这样的，很多学生与众不同，或者人家留一头长发，或者把长发再编成小辫儿，或者穿一大褂儿，反正跟人是不一样的。人家都是上课提前五分钟来，他上课二十分钟以后再来，而且一定要假装找不着座位，把全教室晃一遍，让每个人都看见他，然后对世界万分不满地坐下去。但是这样的人我们有很多人崇拜他，说："哎呀，真有性格！"——有性格，孤独，与众不同，再加上王小波等人的推波助澜，什么"特立独行的猪"，【众笑】"一只特立独行的猪"，这都显得很有品位。

那么一个人当大家都知道你很孤独的时候，你还是不是一个孤独者？问题就在这里。真正的孤独者大家都知道你孤独吗？如果大家都知道这是一个孤独的人，说明大家都理解你啊，说明你并不孤独啊。从本质上讲，一个人如果真的孤独的话，其实大家不理解他，甚至不知道他是一个孤独的人，大家可能认为他很随和，很幽默，真逗，那么容易与人沟通，那么善解人意，我一说话他就懂了，他说的话我们也都懂。恰恰在这样的人中可能存在着真正的孤独者。我们大家都认为理解他了，其实我们根本就不懂他，或者说我们懂了一半儿，懂到某个层次，再往前就不懂了，这样的人才是孤独者。真正的孤独者往往我们认为很理解他。比如说金庸的小说，大家认为都能读懂，金庸小说有什么读不懂的啊？都能读懂。你懂得金庸吗？你知道他心里到底想的是什么吗？当金庸在所有的人面前客客气气地回答问题的时候，他心里到底想的是什么？谁知道啊！

所以我们不能把"孤独"这个词看得太轻易了。由于从20世纪80年代以来，中国号称提倡个人主义，号称提倡有个性，个性成了时尚，一个东西一旦成了时尚，它就会迅速地被污染，被搞笑，被解构，于是孤独就会走向它的反面，于是就出现了一首歌，《孤独的人是可耻的》，就会变成对孤独的调侃。孤独——孤独就是装大尾巴狼嘛，装什么孤独哇！孤独是装的。真正的孤独是别人真的不知道你，只有你心里面汹涌着一种波涛，这个波涛别人不知道，甚至连你的爱人都不理解你，这才叫孤独。

这样说完了孤独，我们回过头来想想鲁迅，我们真的了解鲁迅吗？我们理解鲁迅吗？鲁迅到底要干什么？我们都知道他的话后面还有话，话后面那个话到底是什么？我们很多学者花了很多时间去探究，写了很多文章，我们读了那些文章之后是不是就找到答案了？那么带着这样的问题，我们去看一看《孤独者》这篇小说。

鲁迅的小说从娱乐的角度来讲，有的时候是没什么意思的，是比较枯燥的，所以读鲁迅小说，有的时候是一场心灵的搏斗。有点像读陀思妥耶夫斯基一样，是一种心灵的拷问，你好像要拷问作者，有的时候又像拷问自己。我不知道在座的都有没有带着这本小说,我讲的时候必须要读原文,这样我们的速度可能会慢一点,那么我们就慢慢地来讲——假装在上语文课。

《孤独者》这篇小说收在鲁迅的第二本小说集《彷徨》里。对鲁迅有一些了解的朋友会知道,鲁迅小说一共有三个集子,《呐喊》《彷徨》《故事新编》。三个集子的小说的意义、分量、份额都是不一样的,其实用它们的名字也可以概括了。《呐喊》是鲁迅呐喊时代的作品,那个时候他主要是为了呐喊,等到我们讲《呐喊》的时候再说什么叫呐喊。反正就是那个喊:"冲啊!杀啊!"——这个时候的一本小说,当然影响很大,因为是呐喊嘛。《彷徨》的影响不如《呐喊》大,《彷徨》好像是革命失败以后,呐喊过去之后,剩了一片寂寞的战场。鲁迅说"平安旧战场",战场上没有声音,寂寞下来了,别人都走了,下海的下海,挣钱的挣钱去了,剩下鲁迅一个人在这儿溜达。这个时候写的作品,散文诗结集为《野草》,小说结集为《彷徨》,"彷徨"这两个字,也很能表现鲁迅此时的心境。所以《彷徨》里的作品跟《呐喊》完全不同,是另一个调子。

作家有的小说是先在杂志上、报纸上发表过了,然后收到小说集中,这样还可以多拿一次稿费。本人也是这样做的,【众笑】发表完之后再编成书,又拿一次稿费,鲁迅也难逃此例。可是他有一部分作品是没有发表过的,就包括《孤独者》,《孤独者》在收入《彷徨》之前没有发表过。我们用余杰的话说,这属于"抽屉文学",事先就放在抽屉里了,也许是不愿意发表,也许是不好发表。

本人也有一部分作品是这样的,本来想发表,可是哪儿也不给发表,哪儿都给退回来。有一次《中国妇女》杂志非得向我约稿,约了好几个月,我给他们写了一篇文章,痛斥天下的悍妇,结果迅速给我退回来了,【众笑】说"此文不宜在本刊发表"。可能这编辑生气了,觉得我对她不尊重，以后就不向我约稿了。有些文章是不好发表的，不好发表不要紧，编书的时候把它混进去就行了，编书的时候把不容易发表的文章混进去。我还有一篇评论法轮功的文章，也是到哪儿都发表不了，我就混在书里边直接出版。因为很多文章，编辑有时候脑子会糊涂，一放就过去了。

鲁迅这篇《孤独者》不知道为什么，它之前没有发表过，直接收在《彷徨》这本书里。不管它是什么原因，我觉得这是鲁迅自己很珍视的作品。我们有一个词叫"敝帚自珍"，这不是"敝帚"，这是一篇精品，大约是鲁迅很珍视的作品。这是我把题目讲一下。下面我来一章一章地讲，小说很长，有一万来字。是以第一人称来叙述的，小说的第一段这样说：

我和魏连殳相识一场，回想起来倒也别致，竟是以送殓始，以送殓终。小说的主人公叫魏连殳，"殳"是一种竹子做的兵器。我中学的时候有一个同学就姓殳，当时很多人不认识这个字，念这字"chū"，很多人管我同学叫"chū红"，这不对，这字应该念"shū"。"魏连殳"这个名字很奇怪，很奇古的这么一个名字。

小说人物起名字，其实是很难的一件事。假如你自己写过小说，你会发现，你要给小说中的人物起一个合适的名字，比较困难，甚至比给自己的孩子取名还要困难。因为孩子刚生下来还没有什么性格，你可以随便取，而你小说中的那个人物，你脑子中已经有他一个形象了，要给起一个符合那形象的名字，很难。好的小说家我发现他们起名都起得很绝，我有空应该专门写一篇这样的文章，我看鲁迅起的名就特好，"魏连殳"，这名好像真有这么一人似的，编得可真了，我们一看不像瞎编的，好像真有这么一个朋友。

它以第一人称开始，鲁迅很多小说以第一人称来写，那么这里，我顺便介绍一个人称方面的知识。可能有很多中文系的朋友已经知道了，小说中的第一人称"我"，不等于作者，但是经常会被混同于作者。小说中的这个"我"到底跟作者是个什么关系,这已经有很多人写了很多本书来探讨,这里面是大有学问的。通过这个"我"跟真实作者关系的远近,可以有效地调整读者的感受。每一个小说的作者是一个活着的人,比如说,周树人先生是一个活着的人,但是我们通过读每一篇作品感受到的那个作者,感受到的那个给我们讲故事的人,他跟真的那个作者其实是两个人。我们通过读自称鲁迅的这个人的小说,我们脑海中会形成一个关于鲁迅的形象,会觉得这个人很深刻啊,这个人很冷峻啊,很酷啊——我们会有这样种种的形象建构。这些形象是怎么来的?是通过他的小说构造出来的。任何一个作家在写作品的时候,同时在写一个虚构的自我,这个虚构的自我跟他真实的自我的关系是复杂的,有时候很接近,有时候不接近,离得很远,有时候甚至完全相反。很多作者不由自主地在写小说的时候、写文章的时候,会把这个自我虚构得比较正派,比较高大,比较有正义感。

我们总是很奇怪,为什么作家容易受人崇拜呢?难道说作家这个群体就真的比别的群体道德高尚?这是不可能的事。难道作家就比物理学家人品好?我们在生活中会知道这是荒谬的,这是不可能的。但是为什么我们总觉得作家值得钦佩,老去追星一样追他们呢?就因为他们通过自己的作品塑造了一个虚构的自我,这个自我跟他关系其实不是一致的,这个谜必须给它打破,有一部分是一致的。当然也有一部分人就给自己招来麻烦,比如我就给自己带来很多麻烦。我通过我的作品就使广大读者对我都产生了误解,认为我是一个很幽默的人,给我自己带来了无穷的麻烦,所以四面八方的人都向我约稿,要求我写幽默文章,我搬起"幽默的石头"砸了自己"不幽默的脚",【众笑】这个非常痛苦。我也没有办法说自己到底是一个什么人,因为越解释就越解释不清,就像狼不断地用尾巴在雪地上扫自己的脚印,脚印是扫掉了,尾巴这个痕迹又留下了。所以到底狼是什么样的，没有人会知道。

鲁迅小说中的"我"和鲁迅到底是个什么关系？这个是尤其复杂的。鲁迅经常企图把这个"我"混同于真实的自己，他有时候把自己生活中的真事、真的朋友的名字、真的地名、真的时间，就写到小说中去，使你觉得好像这就是他，这就是那个周树人，就是在教育部当一小官儿的那人。他这样做是为了使作品产生强烈的真实感，这是我们初步判断的一个意义，但是也许还有比这更深的意思在里边。我们能判断到哪里，就判断到哪里。这样呢，我们有的时候就可以把作品中的这个"我"，和我们掌握的生活中鲁迅实际的材料来互相印证，作为一种双重史料。陈寅恪先生讲"诗史互证"，唐诗和唐朝真实的历史是可以互相证明的，我们也可以用小说来和鲁迅的真实生活互相印证，所以我们看他的小说，也可以从他的小说探讨鲁迅的思想。

在《孤独者》这篇小说中，一开始就出现了"我"，"我和魏连殳相识一场"，第一句话出来得是这样突兀，好像在跟你说话说到一半儿的时候，小说开始了，真实感扑面而来，加上魏连殳这个又奇又古的名字。"回想起来倒也别致"，这个小说是以倒叙的手法写的，先说了"相识一场"，现在是"回想起来"，而且把开头、结果都讲了，说，"以送殓始，以送殓终"。送殓就是送葬，这是这篇小说的一个关键词。

鲁迅的小说，不是通俗小说。通俗小说很大程度上要依靠情节来卖关子，他不告诉你后面发生了什么事。金庸在《鹿鼎记》的开头不告诉你最后韦小宝娶了七个夫人，他一点点让你往后看。所以即使像金庸这样的大家，也要依靠情节上不断地制造悬念来吸引你。而像鲁迅为代表的这种作家的作品，我们所谓的纯文学，不依赖情节，它可以把情节提前都告诉你，因为它吸引你的或者小说最有价值的地方不在情节。他就告诉你，"以送殓始，以送殓终"，意思就是说，哦，原来一开始是一个送葬,最后又是送葬,这个人可能死了吧,他告诉你这人死了,不要紧。

下面开始他倒叙的主体部分——回忆。**那时我在S城**,S城是哪儿啊?对鲁迅有一点知识就知道,S城是绍兴。鲁迅在他的作品中经常写S城,这是鲁迅这老家伙一个阴谋诡计,他有意地让人们去想这是绍兴。如果他直接说绍兴呢,还没有神秘感,他让你猜一下,但是又很容易猜到,猜一下就知道这是绍兴,你会觉得这是个真事,"你看,鲁迅是绍兴人嘛",凡是要骗人,不能让人家一下子就知道,稍微让对方动一点脑筋,得到的那个欺骗的答案,是最可靠、最牢固的。所以他经常用S城暗示,好像这就是鲁迅身上发生的真事儿似的。

那时我在S城,**就时时听到人们提起他的名字**,说的是魏连殳。**都说他很有些古怪**,这个人一出场,给他的评价是古怪。本来这个名字一出现就让人觉得很古怪,哪有叫这破名儿的,起这名儿好像很有学问,但很奇怪,一般遇不到重名的。姓魏的还有第二个叫魏连殳的吗?没有。而且作者第一个给他用的形容词又是古怪,怎么古怪呢:**所学的是动物学,却到中学堂去做历史教员**;我们今天会认为一个人学了这个专业,别的专业就肯定不懂,但是这人不是,学的是动物学,却到中学去当历史教员。鲁迅的经历跟他差不多,鲁迅也是学得乱七八糟,最后也什么都干,也什么都教过。鲁迅是中国第一个开设生理卫生课的人,他从日本回来,在杭州首先开了一门课叫生理卫生,中国以前没人讲过。魏连殳学动物学却教历史,这是一件事,古怪,后面用了一个分号。

对人总是爱理不理的,这人很奇怪,不理人,**却常喜欢管别人的闲事**;他这很矛盾吧,不爱理人又爱管人闲事,这是一个事。**常说家庭应该破坏**,我们想,这是近代向现代转折的时候,个性解放的时候,大家都反对家庭,要破坏家庭,魏连殳常说家庭应该破坏,**一领薪水却一定立即寄给他的祖母,一日也不拖延**。凡是一个时代的改革者,特别是鲁迅那个时代的改革者，由于要破坏家庭，讲个人解放，所以经常被攻击者骂为不忠不孝，是禽兽。新文化运动的时候，攻击者写了一篇小说，来骂陈独秀、胡适这帮人，就在小说里边编了一副对联，他写有一个地方叫白话学堂，其实就是影射北京大学，北京大学门圕上写着"白话学堂"，旁边就写着几个字，"禽兽真自由，要这伦常何用"。你看那个时候的人认为新的人物都是禽兽，可是没有人想到这些要破坏家庭的人，却在实际生活中对家庭是那么重视，他们在生活中恰恰是忠孝两全的人。魏连殳要破坏家庭，但有了钱就寄给自己祖母，很孝顺。

此外还有许多零碎的话柄；总之，在S城里也算是一个给人当作谈助的人。 他就是被当作谈资的人，人们就谈论，这个人古怪嘛，中国人喜欢谈论别人。我们看这个概括的对魏连殳的介绍，说明他是一个矛盾的人，古怪的人，给人一种名士的感觉——现代名士。凡名士一般就是古怪，很多地方不被人理解，被人当作谈资。魏连殳就是这样的人。**有一年的秋天，我**——又出现"我"了，**在寒石山的一个亲戚家里闲住；** 出现了一个地名叫"寒石山"。小说中的人名不好取，地名也不太好取，除了那些真有的地名之外。鲁迅给这个地方取名叫"寒石山"。——从读小说开头到现在，你觉得这个小说的调子是什么样的？对，是冷的。小说是一个冷的色调。幸亏今天天气比较好，不然你们慢慢会打哆嗦的，这个小说会越读越阴冷，这里涉及一个寒石山的地方。

这个"我"是怎么认识这魏连殳的？在一个亲戚家里闲住，**他们就姓魏，是连殳的本家。但他们却更不明白他，** 本家也不明白他，**仿佛将他当作一个外国人看待，说是"同我们都异样的"。** 意思是，跟我们都不一样。这一段已经暗示出，像魏连殳这样的人，和周围的人群是有着深深的隔阂的。这里讲到鲁迅作品中反复出现的一个命题，先觉者与群众的关系。先觉者有了思想、有了东西，不是那么简单地说他发现了一个东西,告诉大家,然后大家跟上,社会就前进了——根本不是这么简单的。因为我们首先不知道谁是先觉者,历史上被证明是先觉者的人,在当时往往被认为是有病,是疯子。谁知道你是先觉者啊!我们在这里上课,有一个人说,快跑吧,马上地震了!一般来说没人信他的话,因为我没法证明你说的话要实现啊。魏连殳的本家都不理解他。他自己处在这样一个环境中,这里好像开始扣题目了,好像开始跟孤独者联系上了,他很孤独,没人理解他。

再下一段:**这也不足为奇,中国的兴学虽说已经二十年了**,从晚清开始,中国废科举,兴学校,中国人换脑筋,换新知识,换了西洋的知识了,**寒石山却连小学也没有**。寒石山没小学。我不知道今天中国还有没有没小学的地方,据说还有,**全山村中,只有连殳是出外游学的学生**,就出他这么一个学生。我们现在恐怕很多村子里也有这种情况吧,全村就一个出去上学的,还未必是上了大学,可能上了中专。**所以从村人看来,他确是一个异类**;因为别人都没上过学,他上过学,所以他跟别人不一样,是个异类,**但也很妒羡**,一方面觉得他不一样,但是又妒羡,妒羡什么呢?**说他挣得许多钱**。人和人之间总是能找到一个互相理解的共同点,他们说这个人还不错,挣很多钱,很可恨,这人能挣钱。我们中学都学过鲁迅的《故乡》,鲁迅回到故乡去,"豆腐西施"去看望他的时候,就说"阿呀呀,你放了道台了",他们还是能够理解他的,认为他挣了很多钱。这是他们对他的理解。

到秋末,山村中痢疾流行了;流行传染病来了,我也自危,自己感到危险,就想回到城中去。那时听说连殳的祖母——前面提到过,连殳寄给她钱的那个老太太,**就染了病,因为是老年,所以很沉重;山中又没有一个医生。所谓他的家属者,其实就只有一个这祖母**,他没别的亲人,就这一个老祖母,**雇一名女工简单地过活;他幼小失了父母,就由这祖母抚养成人的。魏连殳是孤儿，由祖母养大的。**听说她先前也曾经吃过许多苦**，说的是这个老太太，吃过很多苦，**现在可是安乐了。但因为他没有家小，家中究竟非常寂寞，这大概也就是大家所谓异样之一端罢**。他这个家庭也是很奇怪的，没有别的家庭成员，一个成年男子不在家，在外面游学，给这老太太寄钱生活，所以村里觉得奇怪。

寒石山离城是旱道一百里，水道七十里，专使人叫连殳去，往返至少就得四天。他写的细节这么详尽，增加了小说的真实性，你觉得好像真的一样。**山村僻陋，这些事便算大家都要打听的大新闻**，谁家的老太太病了，这在村子里就是大事，村中那些自发的媒体就会炒作起来，**第二天便轰传**——这个词用得很好，"轰传"，一个老太太病了，然后第二天就"轰传"——**她病势已经极重**，不得了，大新闻炒作起来了，"馒头血案"发生了。而且说：**专差也出发了**；鲁迅用了一个大词，你看鲁迅很喜欢小事上用大词，以突出这个事情的奇怪、荒谬，"专差也出发了"，其实就是派一个人去叫他。**可是到四更天竟咽了气，老太太死了，最后的话，是："为什么不肯给我会一会连殳的呢？……"** 老太太临死没有见到她这个孙子。

到此主人公还没有出场，到此为止都是铺叙的主人公出场之前的背景，制造气氛：老太太死了，这么一个山村，疾病流行，秋末。在这个背景下，主人公是不是要出来了？**族长，近房，他的祖母的母家的亲丁，还有娘家人，闲人**，鲁迅作品中很喜欢写闲人，他们都来了，我们今天一般把他们叫作革命群众，说是群众来了，但鲁迅一般不叫群众，叫闲人，没有被现代秩序组织起来的群众，在鲁迅心目中就是闲人。**聚集了一屋子**，他们都来了，来了干吗呢？不是帮人家办丧事吗？主要是干什么呢？**豫计连殳的到来，应该已是入殓的时候了**。他们想，这个孙子来了恐怕已经快要下葬了，**寿材寿衣早已做成，都无须筹画**；物质上的准备都有了，**他们的第一大问题是在怎样对付这"承重孙"**，什么叫承重孙呢？就是老人去世了，必须有孝子，长子来主办丧事。可是因为老太太是一个人，没有长子，直接就到孙子辈了，所以这个孙子叫承重孙，他要代替孝子、长子那个职位，他是主祭的人。那么怎么对付他，成了村里的一个大问题，为什么会成为大问题呢？**因为逆料**，就是估计、判断，**他关于一切丧葬仪式，是一定要改变新花样的**。因为这是一个反动派，这是一个新党，学了些稀奇古怪的东西的这么一个人。**聚议之后，大概商定了三大条件，要他必行**。我们看，改革者不用自己去碰社会，社会早都为你想好了对付你的办法。先给你排兵布阵，你不想斗争，他要跟你斗争，想好了三大条件，**一是穿白**，穿白就是穿孝服，**二是跪拜**，要跪拜，不拜不行，**三是请和尚道士做法事。总而言之：是全都照旧**。就是必须按照过去的这一些来。

我不知道大家有没有参加过传统的丧葬仪式，我小的时候是参加过的。我小的时候我祖父去世，我从哈尔滨奔丧回到山东老家，这一套过程是全部经历过的，当然我上面还有我父亲。我父亲是长子，我是长孙，披麻戴孝，从村子里到那个山上，那是一步一跪地去的。大人们都累得疲惫不堪，我是小孩觉得好玩儿，不觉得累，刚走了三步就跪下，磕头，我觉得特好玩儿，完了起来再走，再跪下。后来想起来，那些大人实在是太痛苦了。但是这样做之后会赢得大家的赞赏，说这是孝子贤孙哪，真好！村里就会"轰传"开来，说"你看人家！毕竟是哈尔滨大城市来的，那么懂规矩啊"，我们赢得大家的赞赏。

其实这些人设计好了一个圈套，要围歼魏连殳，已经排兵布阵好了，就等着你来对付你了，知道你是必来的。**他们既经议妥，便约定在连殳到家的那一天，一同聚在厅前，排成阵势，互相策应，并力作一回极严厉的谈判**。鲁迅说得很诙谐，说得有点调侃的意味，其实透过调侃，我们看到那个局势是挺紧张,挺剑拔弩张的。思想斗争不管形式上怎么滑稽好玩儿,它的本质上是严肃的。

这是那些主事的人,其他还有闲人,**村人们都咽着唾沫,新奇地听候消息**;他们知道连殳是"吃洋教"的"新党",向来就不讲什么道理,他们认为这些人是不讲道理的,**两面的争斗,大约总要开始的,或者还会酿成一种出人意外的奇观**。这是什么心理?看客心理。大家要斗争的准备好斗争,不要斗争的准备看热闹,当看客,这就是新思想在中国遇到的环境。你所遇到的或者是强大的对手,或者是看热闹的人,他们唯恐你们打得不热闹,唯恐你很快把对方打败,或者对方很快把你打败。一方很快被打败了,看客们不过瘾,要求你们再打。我们看现在的媒体和网络干的不就是这个事吗?不断说"某某某又骂你了,你还不还击他",然后就让两边打得尽量热闹,点击率就增加了,报纸就卖得更多了。

下面,魏连殳该出场了。**传说**——还不是自己亲见,鲁迅很会卖关子,**连殳的到家是下午**,是一个下午,**一进门,向他祖母的灵前只是弯了一弯腰**。他没有磕头,就是弯了一弯腰,作者没说鞠躬,就用弯了一弯腰来表示。**族长们便立刻照豫定计画进行**,战斗开始了。**将他叫到大厅上**,用了一个词"叫",不是"请",叫到大厅上,意思是摆出长辈的姿态,**先说过一大篇冒头**,像做文章一样,先有一个开场白,讲一个"根据什么什么的精神",讲一番,**然后引入本题**,我们今天要做一个什么事儿,**而且大家此唱彼和,七嘴八舌,使他得不到辩驳的机会**。这个战斗是完全按计划进行,进行得很顺利,不遗余力地要剿灭他。说了半天,**但终于话都说完了**,你准备再多,有说完的一天吧,**沉默充满了全厅**,原来在这个过程中,他没说话,大家的招数用完——有一个电影叫《地道战》,《地道战》里有一句话,叫"敌人的招数使完了,轮到我们动手了"。人们全数悚然地紧看着他的嘴。这个气氛写得非常好笑，只见连殳神色也不动，简单地回答道：

"都可以的。"完了，他们费了这么多劲，就是想逼迫他屈膝投降，答应他们那些条件，一切照旧，没有想到结果是这样，他一点战斗都没有，魏连殳说，"都可以的"，轻轻地，就好像武侠中的武功高手，轻轻一箭，挑过了所有的枪林弹雨，举重若轻，"都可以的"，完事儿。

这又很出于他们的意外，那些工夫都白费了。这种小说的描写方法叫作陌生化。大家都料到必有一场热闹可看，忽然没有热闹看，什么都没有，这是鲁迅惯用的伎俩，鲁迅是很擅长用这一手的，没有戏可看，大家的心的重担都放下了，但又似乎反加重，本来觉得轻松了，一下子就获得胜利了，没想到胜利得这么轻松，反而心情沉重起来，觉得太"异样"，这太奇怪了，这个人不是个禽兽吗？怎么都答应了？倒很有些可虑似的。打听新闻的村人们也很失望，口口相传道，"奇怪！他说'都可以'哩！我们看去罢！"都可以就是照旧，本来是无足观了，但他们也还要看，黄昏之后，便欣欣然聚满了一堂前。也就是说，不管什么结果，看客们是永远要看的，看不着好戏，看一般的戏也可以，总是要看。

我记得我那次去奔我祖父的丧，回到我的老家，也是在一个村子里面，就被村人们好好地看了三四天。那是我九岁的时候，被人们反复地看，反复地被他们考校，他们从各个方面来考校我，最后他们公社的象棋冠军来找我下棋，被我连杀三盘，从此老实。【众笑】

我也是去看的一个，刚才那段描写是"传说"，主人公"我"怎么跟魏连殳相识呢？"我"也是一看客，作者把"我"定位在这里边，"我"也是去看的一个，先送了一份香烛；待到走到他家，已见连殳在给死者穿衣服了。这时候由"我"的眼中来描写魏连殳，原来他是一个短小瘦削的人，作者描写他的外形，短小瘦削，个儿不高，瘦，长方脸，蓬松的头发和浓黑的须眉占了一脸的小半,只见两眼在黑气里发光。鲁迅非常善于描写人的外形,而且他不是用工笔描写,他三笔两笔写一个人的形象,就让你终生难忘,这真是大功夫,真是厉害,简直是学不到。鲁迅就写了这么几笔魏连殳,主要给人留下一个印象是"黑",黑色。我有一本书叫《黑色的孤独》,其中有一篇文章就是写鲁迅笔下的黑色,是我本科时候写的,并不是我后来写的。魏连殳给人的主要印象是黑,为什么把他这个人的色调定为黑?这都有美学上的讲究。黑和孤独有着天然的联系。

每一种色彩,不是简单的一个物理概念,每一种色彩在我们心中唤起的感觉是不一样的。你回家看看你们家装修,是不是墙都刷成黑的?为什么不那么刷?跟迷信没关系,这是感觉。我们一般都把家里刷成某种使自己感觉比较舒服的,能够欺骗自己,认为自己活得很幸福的那么一种环境,所以大家都想办法把屋里刷成什么黄的呀、绿的呀、乳白的呀,新婚夫妻刷成粉红色的等,那都有各种讲究。当年闻一多先生,把他的书房全部漆成黑色的,然后墙里边有一个墙洞,前边放一块小布帘儿,掀起布帘儿,墙洞里放一个头盖骨,这是闻一多先生的书房。那么只有他这么做别人能理解,因为别人都知道他是不一般的人,诗人、学者,知道他这么布置有讲究,但一般人敢这么布置吗?一般人是绝不敢的,他这样做是有他的道理的,他故意表露自己的某种心情。

魏连殳的形象在鲁迅笔下被突出的一点是黑,当然黑不仅仅是孤独,黑还有别的东西,黑除了孤独还有很多很多。比如说买汽车,你愿意买一个什么色的,买手机你愿意买什么色的,各种色给人的感觉是不一样的。黑色除了孤独之外,还给人一种坚硬的感觉,有质感,你觉得黑的东西好像很结实,好像摔不坏,其实是用一样的材料做成的。你觉得粉红色的就不结实,粉红色的像女孩一样,一碰就坏,你觉得黑色的东西很结实，跟石头似的，这都是人的自我欺骗。

那么写魏连殳在给死者穿衣服，那穿衣也穿得真好，井井有条，仿佛是一个大殓的专家，使旁观者不觉叹服。寒石山老例，当这些时候，无论如何，母家的亲丁是总要挑剔的；他却只是默默地，遇见怎么挑剔便怎么改，神色也不动。站在我前面的一个花白头发的老太太，便发出羡慕感叹的声音。

你看看，提倡新的人，提倡新思想、新道德的人，是不是就没有旧道德，就不懂旧的一套？事实不是这样的。真的有新思想、新道德的人，往往对旧的那一套玩得滚瓜烂熟。如果不是这样的人，而是对旧的东西根本不懂，在那里直着脖子每天嚷新的东西的人，我们不能一概否定，但是可以说大多数都是鲁迅所讲的"伪士"。他们不过是抓住新思想时髦这一点，证明自己与众不同而已。他们自己是没有信仰、没有操守、没有精神的人，在那里高嚷着一些新的口号。像鲁迅这样的人，对传统那一套是滚瓜烂熟，他是这方面的专家，他不是吃不着葡萄说葡萄酸，自己旧的不会，才来搞新的。一个人如果是理科学不好，才来学文科，或者文科学不好去学理科，那这都是很可虑的。旧的东西不会，文言文写不好，才来写白话文，那白话文也好不到哪儿去。

这里就写出魏连殳等人士，其实是真的礼教之士。有新思想的人为什么反对礼教，难道礼教真的有那么罪恶吗？在鲁迅的思考中不是这样的。不是礼教出了错，是礼教已经被坏人占据了，礼教被坏人占据，所以我只好反对礼教。好的东西人人都要抢，而且坏人抢得更快。你说民主好，人人都说民主好，都要拥护民主，最后他非把你打成不民主的人，逼迫你最后要反民主。像竹林七贤，魏晋那些名士，他们本来是最讲究忠孝的，但是忠孝这东西被坏人窃据了，他们只好讲不忠不孝，这是一个思想的辩证法。像魏连殳这样的人，给老人穿衣服穿得这么好，他不忠不孝吗?所以说理解他们是非常困难的。

这是穿衣服。**其次是拜;其次是哭**,凡女人们都念念有词。大家有没有经历过这样的场面?我小时候除了经历过给我祖父奔丧之外,我在哈尔滨的时候,周围的人家,邻居死了,我经历过很多次这样的场面。来奔丧的人都要哭都要拜,尤其妇女还不是一般地哭,我也不知道谁教给她们的,都有一套词儿,说得可好了,都合辙押韵的,都是:"哎呀!你怎么这么早走了!留下了我可怎么办!""哎呀,哎呀,我的天哪!"反正这一类的词很长很长,唱得特好听。【众笑】大人们都互相理解,在频频点头,就小孩想笑又不敢笑,如果笑会被大人打的。我总觉得她们好像都是腹构的作文,都是事先准备好的作文,也不知道谁教她们的,都会,来了就会唱,都是一套程序。

其次入棺;其次又是拜;又是哭,直到钉好了棺盖。一些老的俗套。沉静了一瞬间,大家忽而扰动了,鲁迅是这样,在要有事的时候他最后写没事,"都可以的",但在没事的时候忽然又出事了,**很有惊异和不满的形势。我也不由的突然觉到**:大家这时候发现了一件奇怪的事,什么事呢?**连父就始终没有落过一滴泪**,人家都哭,你是一个承重孙啊,你怎么不哭呢?这事太奇怪了,不哭肯定是不忠不孝,你怎么不哭,怎么不悲痛啊?**只坐在草荐上,两眼在黑气里闪闪地发光。**

我们今天很容易理解魏连殳为什么不哭,因为他不能像他们那样哭。那些人的哭都是假哭,没一个是真的,只不过是表演。元始,儒家孔子等人所讲的礼,必须是发自内心的,是你发自内心地觉得老师应该受尊重,你才尊重老师,而不是规定学生必须尊重老师,你才尊重,如果规定学生必须尊重老师,你见了老师鞠躬、点头、哈腰,这是表演,这是假的。所以这样的国家我是不喜欢的,它规定学生见老师要鞠躬,那他不是发自内心的,学生的心里可能骂你恨你,他还要鞠躬,这是干什么！中国封建社会的末期就是礼教走到了尽头，它僵化了，变成一套表演。

我小的时候我祖父死了，那些来哭来拜的人，有很多跟我们家里根本就没什么关系，他根本就不认识我爷爷，他对他毫无感情，但是哭得那么伤心，就因为他没出五服。当然还有一面，他要来参加丧事，他可以在这里吃喝好几天，为我爷爷办丧事我们杀了好几头猪，村里所有的人都得到好处了，周围的集市都因此繁荣起来了，成天从早到晚地吃在那里。我觉得很可气，这些人根本就不认识我们家，你哭什么呀，这哭明明是假的嘛！本来我挺伤心的，因为我小时候爷爷到哈尔滨来带过我，领我出去上街，给我买冰棍，我挺伤心，但他们这么一闹，我根本没法伤心了，他们就把我这个真正的伤心人撇在一边，完全变成一场游戏了。所以在这样的环境中，魏连殳怎么能哭得出来，他没有办法哭，而他不哭就是他不孝的证据，大家一看这人很奇怪。但是注意，这里强调他仍然是"黑"，"在黑气里"。

大殓便在这惊异和不满的空气里面完毕。就这样结束了，仪式结束了，大家觉得很不满足，这孙子居然不哭。**大家都快快地，似乎想走散，**结束啦，走啊，没什么戏可看啦。**但连殳却还坐在草荐上沉思。**下面，出现了一个很经典的场面，这是鲁迅小说里最经典的场面之一——**忽然，他流下泪来了，接着就失声，立刻又变成长嗥，像一匹受伤的狼，当深夜在旷野中嗥叫，惨伤里夹杂着愤怒和悲哀。**这几句话我想你不用特意背，你一辈子不会忘。这是别人描写不出来的一个场面、一个情境——一匹受伤的狼，深夜在旷野里嗥叫，夹杂着惨伤和悲哀地嗥叫。这样的一匹狼的形象，是历史上第一次有人塑造出来。

魏连殳在鲁迅的笔下，总不是他讨厌的人吧，总是一个正面人物吧，有谁用狼来形容过一个正面人物吗？在这里我们顺便知道，狼在鲁迅的笔下，和传统中国人印象中的是不一样的。我们一般是从人类狭隘的自私角度出发，把动物分成好的和坏的。能够随随便便给我们吃的，我们认为是好动物，【众笑】羊啊，牛啊，马啊，小白兔啊，我们都说它特别好；不那么老老实实给我们吃的，我们就说是坏蛋；甚至有的动物跟我们抢吃的，那就是大坏蛋，狼就是大坏蛋。所以包括我们喜欢狗，不喜欢猫，这都是很有问题的一种审美态度。但是鲁迅能够超越人分种类来看宇宙间的万物，在鲁迅的眼中，狼是英雄，不是一般的英雄，是孤独的英雄，是从来不被人理解的英雄。我们半夜里听到狼的叫声，只会恐惧和厌恶；而鲁迅是这样描写狼的，他能从狼的叫声中听出愤怒、悲哀、惨伤——讵是受伤的狼。后来齐秦唱的那首《北方的狼》，意象完全是从鲁迅这儿来的。

这样的话读出来，对烘托魏连殳这个形象起着至关重要的作用。你看人家的哭，都是按照规定的时间、规定的地点进行"双规"的哭，规定的时间、规定的地点，还得有规定的方式，还念念有词。这魏连殳完全不合规矩，大伙儿哭的时候他不哭，大家都走散了，这事都结束了，他忽然哭起来了，这很奇怪。**这模样，是老例上所没有的，先前也未曾豫防到**，他们想了那么多计划就漏了这一条，没想到他这时候哭起来。**大家都手足无措了，没办法，迟疑了一会，就有几个人上前去劝止他，愈去愈多，终于挤成一大堆。**场面就乱了，变成喜剧了。**但他却只是兀坐着号咷，铁塔似的动也不动。**

鲁迅很喜欢写这样的形象，这个人并不高大，瘦小，但是却那么有质感，铁塔似的，黑的，这样一个形象。这个时候写他这个哭，我们就知道这是一个真性情的人，他的哭是真的哭，不管为什么哭，他是发自内心的，真的是悲从中来，直欲一哭，像金庸《书剑恩仇录》的结尾，写陈家洛，有一种直欲放声一哭的这种感觉。不是为了别人规定要哭，而是真的一股悲情从胸中涌出来。这是鲁迅所赞赏的魏晋风度，所谓魏晋风度就是要讲真性情。我们现代文学学科的祖师爷王瑶先生去世的时候，我们系给他写的一副对联，上联是"魏晋风度，为人但有真性情"，下联是"五四精神，传世岂无好文章"。在我们王瑶先生身上，还是继承了很多现代文学以鲁迅为代表的这种真性情的精神的，不是按照世俗的规矩去做事去表达，而是按照自己的真心去表达。

大家又只得无趣地散开；他哭着，哭着，约有半点钟，哭了这么长时间，居然哭了半点钟，**这才突然停了下来**，他说哭就哭，说停又停了，这完全不合章法，**也不向吊客招呼**，哭完了也不说我哭完了。【众笑】我们现在干什么事都要跟人家打招呼，好让人家配合，就跟《天下无贼》电影里说的，"我们这儿打劫呢"，打劫还要告诉人家一声，好让别人配合，你必须配合。他，你看，他不需要别人配合，也不向吊客招呼，**径自往家里走。接着就有前去窥探的人来报告：他走进他祖母的房里，躺在床上，而且，似乎就睡熟了**。这很奇怪，这人你看，说不哭不哭，一哭哭得那么厉害，然后突然停住，回去就睡着了。鲁迅在这里写的正是人所应该具有的一种真实的状态，一种只有古代先民才具有的状态。在原始社会中，最早的亲人与亲人之间表达感情可能就是这样的。那时候没有圣贤出来立规矩，就是这样，你悲痛了就哭嘛，哭完了该睡觉就睡嘛，哭累了睡一会儿。小孩儿不就是这样吗？小孩要糖，要什么吃的，大人没给他，一时得不到他就哭，哭一会儿突然就停下了，停下就睡着了，毫无悲痛，第二天也不记仇，为什么说小孩儿是真人呢，真人就应该如此。但是我们受文明的污染太久了，我们不敢这样，谁敢这样！这里讲了人为何哭的这样一个道理。

这是"我"见到魏连殳的第一次，给他祖母送葬。**隔了两日，是我要动身回城的前一天，便听到村人都遭了魔似的发议论**，事儿还没完，**说连殳要将所有的器具大半烧给他祖母**，都用来纪念他祖母，**余下的便分赠生时侍奉，死时送终的女工**，这些东西他居然不分给大家，不让大家利益均沾，除了烧化给他祖母之外，就送给那个女工，在他家的那个女仆，**并且连房屋也要无期地借给她居住了**。他把房屋都借给女工居住，其实还是为了表达对老太太的心意，因为她照顾老太太了。这是一个具有真性情的人。**亲戚本家都说到舌敝唇焦，也终于阻当不住**。类似的事情在我的家里也依然发生过，我就不愿意细讲了，一样的，其实很多人来参加丧事都是要分一杯羹的，都是惦记着你家的房子，你家的东西，等等。

　　恐怕大半也还是因为好奇心，我归途中经过他家的门口，便又顺便去吊慰。他穿了毛边的白衣出现，他穿着丧服，该讲的规矩他都是讲的，要服丧他是服的，他虽然不是去假哭，但是这个丧服是穿的。**神色也还是那样，冷冷的**。他很冷，不随便跟人交朋友。我很劝慰了一番；他却除了唯唯诺诺之外，**只回答了一句话，是**：

　　"多谢你的好意。"非常客气的一句话，很冷，他不随便跟人拉近距离。这是他俩见的第二面。这是小说的第一节，第一节塑造了这么一个很孤独的形象，这个孤独的颜色又是黑的，是一个黑色的孤独。这是他们见的头两面，其实这两面都是在送葬的时候。

　　我们再来讲小说第二节。**我们第三次相见就在这年的冬初**，他把时间都说得很仔细，加上详细的描写，越发使我们觉得这好像是一件真事。**S城的一个书铺子里**，他们在书铺里遇到的，**大家同时点了一点头，总算是认识了**。这是又见了第三面。但使我们接近起来的，是在这年底我**失了职业之后**。叙事者"我"失业了，从此，**我便常常访问连殳去**。这不知道第几次了，开始常常交往了。交往是什么时候开始的呢？是"我"失业了，"我"变成一个倒霉的人的时候，成了朋友了。**一则，自然是因**

为无聊赖；二则，因为听人说，他倒很亲近失意的人的，虽然素性这么冷。你看，得意的人他不亲近，他亲近失意的人。我们能不能想起臧天朔唱的《朋友》，想一想那首歌，大概会明白真性情的人是怎么交朋友的。但是世事升沉无定，失意人也不会长是失意人，所以他也就很少长久的朋友。人家一时倒霉，过两天不倒霉了，所以他就又不是朋友了。当你活得好的时候，"请你离开我"，当你倒霉的时候，请你来找我，"请你告诉我"。

这传说果然不虚，我一投名片，他便接见了。"我"去了。两间连通的客厅，并无什么陈设，不过是桌椅之外，排列些书架，现在不是在寒石山，是在S城里边，在这儿认识。大家虽说他是一个可怕的"新党"，架上却不很有新书。鲁迅非常善于通过好像无关紧要的细节来写人物，不是新党吗，新党应该有新书啊，你看看我们的海归派的书架上都放的什么书，看看我们这些号称有新思想的人都放的什么书。他一定要放很多新的书，表示他有新思想。一个搞现代文学的人，一定要放很多现代文学的书，表示他是这方面的专家；一个搞古代文学的人，一定要放很多古代文学的书，表示他是古代文学专家。但是魏连殳号称新党，"书架上却不很有新书"，这个说得非常妥帖，也不是说完全没有，但是"不很有新书"，说得很恰当。也就是说人有什么书，和他的思想未必是成正比，新人不见得一定要有新书。很多人有新书不过是标榜而已，听说有什么书时髦，代表有思想，他就买来弄来放在书架上而已。

他已经知道我失了职业；但套话一说就完，主客便只好默默地相对，逐渐沉闷起来。我只见他很快地吸完一枝烟，烟蒂要烧着手指了，才抛在地面上。两个人就这么见面，"我"去拜访他，俩人没话可说，就在那儿抽烟，不怕场面尴尬。这俩人都是真性情的人，不说客套话。

"吸烟罢。"他伸手取第二枝烟时，忽然说。他就说吸烟。

我便也取了一枝，吸着，讲些关于教书和书籍的，但也还觉得沉闷。这种谈话没法进行了。我正想走时，门外一阵喧嚷和脚步声，四个男女孩子闯进来了。大的八九岁，小的四五岁，手脸和衣服都很脏，而且丑得可以。我们看鲁迅笔下写孩子，和别的作家很不一样，大多数作家为了表示自己有爱心，写的孩子都很好，天真活泼可爱，孩子——祖国的花朵。绝大多数作家都是往好了写孩子，恐怕别人说他没爱心。鲁迅不一样，鲁迅写的孩子中比较好的不多，但是不好的却有若干，他往往写这孩子很讨厌，很脏、很丑、很没礼貌。但是你说，鲁迅对孩子没有爱心吗？鲁迅对孩子的爱心是这个世界上数得上的，是最有爱心的，不但对自己的孩子完全溺爱，对周围的孩子，对生活中的孩子，他是真爱，是真的爱。但是爱孩子不表现在要把他们说得好，不表现在所谓快乐教育上。快乐教育的施行者其实大多数是虚伪的人，并不爱孩子。跟孩子讲民主的人，往往是不爱孩子的。

这个时候对魏连殳家来的这几个孩子是这样一番描写，**但是连殳的眼里却即刻发出欢喜的光来了**，"我"描写的孩子是这么一群并不可爱的形象，连殳却欢喜，**连忙站起**，向客厅间壁的房里走，一面说道：

"大良，二良，都来！你们昨天要的口琴，我已经买来了。"你看，这么一群孩子，魏连殳是这样对待他们的。口琴，在中国的20世纪20年代，恐怕也是顶级的奢侈品了吧，那时候他给孩子买口琴，大概也相当于现在买掌上电脑了吧，这是种奢侈品啊。

孩子们便跟着一齐拥进去，立刻又各人吹着一个口琴一拥而出，一出客厅门，不知怎的便打将起来。有一个哭了。

"一人一个，都一样的。不要争呵！"他还跟在后面嘱咐。魏连殳现在突然说了这么多的话，前边不说话，冷冷的，跟"我"都没话说，忽然说了这么多话。

"这么多的一群孩子都是谁呢？"我问。

"是房主人的。他们都没有母亲，只有一个祖母。"明白了吧，他们是他的房东的孩子，房东是一个老太太，这些孩子没有母亲，所以他对他们这么好。他对孩子是一片诚心。

"房东只一个人吗？"

"是的。他的妻子大概死了三四年了罢，没有续娶。——否则，便要不肯将余屋租给我似的单身人。"他说着，冷冷地微笑了。他心里不是不懂世故，全懂，他顺便也讽刺一下世态。

我很想问他何以至今还是单身，但因为不很熟，终于不好开口。以上讲了这一次遇见他给孩子买口琴的事。

只要和连殳一熟识，是很可以谈谈的。他议论非常多，而且往往颇奇警。又奇怪又有警醒作用——奇警。**使人不耐的倒是他的有些来客**，大抵是读过《沉沦》的罢，《沉沦》是郁达夫的小说，代表创造社那一类的自伤自怜的作品。我们都说鲁迅是青年导师，但是鲁迅笔下的青年也并非都是正面形象，鲁迅写过很多很多青年丑陋的一面，他说这些来客是读过《沉沦》的吧。**时常自命为"不幸的青年"或是"零余者"，螃蟹一般懒散而骄傲地堆在大椅子上，一面唉声叹气，一面皱着眉头吸烟。**这是鲁迅写的这些五四青年，用我们今天的话说，是一群假愤青，假装对社会不满，这个也不满，那个也不满，其实做不了什么实际的事，但是呢，都要攻击一切人。鲁迅对青年，早年其实也像魏连殳一样，是满腔热忱的，觉得是青年就是好的，他到了这个时候，到了"彷徨"时期，才看明白，青年是有好有坏的，孩子也是有好有坏的。这是他一个思想转折期。

还有那房主的孩子们，总是互相争吵，打翻碗碟，硬讨点心，乱得人头昏。但连殳一见他们，却再不像平时那样的冷冷的了，看得比自己的性命还宝贵。听说有一回，三良发了红斑痧，竟急得他脸上的黑气愈见其黑了；不料那病是轻的，于是后来便被孩子们的祖母传作笑柄。他写的魏连殳，很像年轻时候的鲁迅，很单纯地相信进化论，认为人一代比一代好，一代比一代可爱。青少年的时候，容易相信进化论。

"孩子总是好的。他们全是天真……"他似乎也觉得我有些不耐烦了，有一天特地乘机对我说。就好像我们今天说学生总是好的一样，有时候人太善良了，就会认为年轻人都是好的。

"那也不尽然。"我只是随便回答他。

"不。大人的坏脾气，在孩子们是没有的。后来的坏，如你平日所攻击的坏，那是环境教坏的。原来却并不坏，天真……我以为中国的可以希望，只在这一点。"他俩有了对问题的讨论。魏连殳的这番话是充满着理想主义的，把希望，中国的将来，寄托在他认为天真的孩子身上。但是这个叙事者"我"跟他观点不一样。

"不。如果孩子中没有坏根苗，大起来怎么会有坏花果？譬如一粒种子，正因为内中本含有枝叶花果的胚，长大时才能够发出这些东西来。何尝是无端……"这两个人不讨论则已，一讨论就是这般高深！对人性恶还是人性善、是内因是外因的问题，讨论到这来了。我因为闲着无事，便也如大人先生们一下野，就要吃素谈禅一样，正在看佛经。佛理自然是并不懂得的，但竟也不自检点，一味任意地说。"我"要跟他讨论道理了。

然而连殳气忿了，只看了我一眼，不再开口。连殳觉得道不同不相为谋，"这人太缺德了，竟然敢说孩子从小就是坏的！"我也猜不出他是无话可说呢，还是不屑辩。但见他又显出许久不见的冷冷的态度来，默默地连吸了两枝烟；他对待意见不同的人也不客套，也不虚伪，就不理你了，一个人抽烟。待到他再取第三枝时，我便只好逃走了。他也不赶你，就一个人抽烟，你没办法，只好走。

这是讲魏连殳和主人公叙事者"我"前期的交往。在这个交往的过程中，已经显现出某一种鲁迅对孤独者的认识，这个认识和我们惯常的认识是有所不同的。我们自以为理解孤独者的地方，往往是错的。比如说魏连殳，连他的本家，那些反对他的人都知道他是孤独者，专门针对他，布下了天罗地网，没想到都落空了。你认为他是新党，他一切都按着照旧的规矩做，他都同意了。他到底是新党呢，还是一个骑墙派，还是一个折中主义者，还是一个可左可右的人？什么是左，什么是右？这些都是当下的中国青年，我认为，值得认真思考的问题。不一定能思考明白，但思考肯定是会有好处的。今天思考的种子，也许十年、二十年之后会开出花来的。

今天就讲到这儿，下课！【掌声】

一匹受伤的狼

——解读《孤独者》(下)

我们开始上课吧。天气渐渐暖和了，使我们讲鲁迅显得不那么阴冷了。上课前还是给大家推荐一些书，有一个刊物叫《上海鲁迅研究》，是上海鲁迅纪念馆办的，是一本非常有质量的鲁迅研究刊物。北京有一个《鲁迅研究月刊》，上海有一个《上海鲁迅研究》，这是两个最权威的鲁迅研究的刊物。有对鲁迅感兴趣的，可以到图书馆找来看看。上面发表的一些文章，大多是专业研究鲁迅的学者的研究成果，有的时候也有研究生、青年学者的研究成果。真正探讨一些思想，做一些研究，还是要去看一些专业的刊物，不能依靠在网络上搜索一些道听途说的信息就妄下判断，那样的判断还不如不判断，吃坏的药、错了药还不如不吃药，要记住这个。

在我上学的那个时候，是信息匮乏的时代，所以我们到处去找信息、找知识，现在这个时候，是信息严重过剩的时代，你们的主要任务是淘汰信息。我的任务是到哪儿去找书看，你们的任务是要尽量知道什么书不看，每天要想把什么东西扔掉，现在是清理垃圾的一个时代，特别是对于经典著作，对于像鲁迅这样的思想家的东西，你把时间花费在听那些道听途说的消息上，就把时间浪费了。

还有一本书叫《王度庐评传》。我们知道李安凭《卧虎藏龙》第一次获奥斯卡奖，《卧虎藏龙》就是王度庐的作品。王度庐是20世纪40年代中国著名的小说家，大家都知道他是武侠小说家，其实他也写言情小说，也写侦探小说，这是在武侠小说家里面独树一帜的。但是几十年间，他的名声被埋没，没有人知道他。直到改革开放之初，20世纪80年代的时候，忽然有一个作家，其实是抄袭王度庐的作品，把王度庐的作品改头换面后出版了，风靡大江南北，那部作品的名字叫《玉蛟龙》，大家看了就知道。后来王度庐的家属要告这个作家，（王度庐先生当时已经去世了，）但私下和解了。这个时候人们才知道，原来王度庐有这么好的东西。我也是十多年前才接触到这个王度庐，后来就去拜访了他的家属，发现他作品的含金量的确是很高的，在中国武侠小说史上占有非常独特的位置。《卧虎藏龙》拍出来之后，正好我在韩国，那个时候可能中国还没放，我在韩国一看，他们说李安要拿那个片子去角逐奥斯卡，我说差不多，很有戏。因为拍武侠电影，拍武侠片能够超越武侠，挖掘出背后的武侠精神、人性的味道来，我至今仍认为《卧虎藏龙》是第一位的。至于他获奖之后，其他的著名导演一看这条路是终南捷径，也企图拍几部武侠片去获奥斯卡奖，这都属于不知天高地厚，既不懂历史也不懂武侠，更不懂文学的人，以为往上堆钱就能获奖，把自己原有的长处也都丢掉了，走到今年（2006年），这个结果我们大家都看到了，完全是一个捉襟见肘的状态。艺术这个东西，看上去简单，其实它可能比科学更来不得半点虚假，有时候科学弄虚作假别人不知道，比如说现在谁谁谁获个诺贝尔医学奖，获个诺贝尔物理学奖，咱也不懂啊，咱们不敢说话啊，但是艺术这个东西你弄虚作假，别人是能够看出来的，你下了功夫就是下了功夫，有学问就是有学问。

那是题外话，我们不说王度庐了，回到鲁迅这个问题上。其实像王度庐那一代武侠小说家，都受鲁迅他们很大的影响。我研究现代文学，我不是说甲重要乙不重要，或者乙重要甲不重要，或者谁高谁低，我们是探讨事物之间的内在联系，我们为了研究把他们分成一类一类的，其实在生活中没有那么多的类别。王度庐、白羽那代武侠小说家，都受五四精神很大的影响，所以那个时候才能出现那样的武侠小说。我们看看《卧虎藏龙》里边人物的对白、人物的思想，那显然不是几十年前的武侠小说所能有的，如果这些人不是受了五四的影响，就不可能写出这样的作品来，后来的金庸更不用说。任何一个大作家都不是从天上掉下来的，当然影响有深有浅，这也不见得就是正解，也可能是误解，像我们说的鲁迅的《孤独者》一样。

我们讲《孤独者》，能够引起大家对孤独问题的一点思考，这就已经算是有收获了。上一次我们讲了《孤独者》的前两节。前两节，开端讲得比较细一点，我想大家已经进入这个情境了，所以后面几节我们可以讲得快一点，很多地方我们读一下就可以了。

前两节讲叙事者"我"和主人公魏连殳从送葬开始见面，到后面结识，成为一种很有意思的朋友。他们对于孩子的问题发了议论，有不同的见解。下面我们来看第三节。魏连殳这样的与众不同，这样的冷峭，这样的孤僻，好像与世无争，他不去攻击别人，得罪别人，可是人们对他的印象好像不一样。其实，一个人，你有特点，你活得与众不同，你不必去攻击别人，你的存在就已经使别人不快活。我们有一些毕业生，特别是北大毕业生，其实为人特别好，他到了单位之后，他说，"我谁也没得罪呀，他们怎么都想办法给我穿小鞋？我感到周围的人都对我很不友善""我每天很勤快,我并不迟到,我来了之后给他们扫地还打水,怎么他们都对我不友好呢"。我说,"你是不是让人家觉得你很优秀啊?你不用得罪别人,你不用伤害别人,你只要让别人觉得你很优秀,你就要承担优秀的后果,谁让你优秀的!谁让你有思想!谁让你随便评价一个事物,一语中的,说得那么精彩的!你说得精彩,你表达得深刻,就已经伤害了广大人民群众了"。【众笑】他说:"那怎么办呢?"我说:"你找机会多犯几回错误不就完了吗!多犯几回错误,让别人教训教训你,经常在一些日常生活的小问题上请教别人,比如说做鸡蛋羹应该放多少水啊?什么时候去买大葱比较便宜啊?经常让周围的大哥大姐教育教育你,他们心里就平衡了。"有的时候孤独不是人追求能够追求到的,你追求孤独有时候得不到,你不追求,却有。

我们看第三节的一开始,**但是,虽在这一种百无聊赖的境地中,也还不给连殳安住**。你想沉浸在百无聊赖中,是很难的。只要你有特点,就会有人来找你,找你有可能是好事,有可能是坏事。鲁迅自己就长期地百无聊赖,最后他终于不能以此终老,还是有人把他找了出去。**渐渐地,小报上有匿名人来攻击他**,这是常见的现象,就是来向你挑衅的往往不是什么名人,不是真正的对手。真的孤独者假如遇到对手的话,他就不孤独了,最难受的是你遇不到对手,好像一只老虎漫步在森林里,遇不着别的老虎向它挑衅,连个豹子、连匹狼都遇不到,它遇到的都是躲在树林里,向它叫喊的,"两岸猿声啼不住",但是谁也不上前来真的跟它过招,这种就相当于匿名攻击,很像我们现在网络上的匿名的攻击一样。**学界上也常有关于他的流言**,"流言"是鲁迅的一个常用词,并没有人当面跟你辩论,并没有人当面指责你,只是有一种言论在流传着,这个流言的伤害性是极大的,它像传染病菌一样,没有一个人说拿着禽流感的病毒来对付你,可你不小心就会染上。**可是这已经并非先前似的**

单是话柄，大概是于他有损的了。这于你有损害，但是你不知道对手是谁，只有流言，只是匿名的状态，这叫什么呢？这就是鲁迅说的"无物之阵"。一个有思想的有点特点的人，当然就有对立面，当然就得罪别人、伤害别人了。但是你伤害的那个对象，并不现身出来跟你决战，你觉得自己陷入了一个大阵，"北斗七星阵"也好，什么阵也好，但是你看不见对手，这是个无物之阵。像过去迷信的人说的"鬼打墙"，你到处走，就是走不出去，到处都有伏兵，这是真正的十面埋伏。

我知道这是他近来喜欢发表文章的结果，倒也并不介意。喜欢发表文章，喜欢说话，就会有这个结果。**S城人最不愿意有人发些没有顾忌的议论**，前面我们说过，S城是绍兴，但是到了这里，S城恐怕又不仅仅是绍兴了，扩大为一切城，就是中国，就是那个时候的中国。是不是现在的中国呢？我们也可以想。反正这S城的人就不喜欢有人没有顾忌地发议论。**一有，一定要**——要怎么样？是要把他抓起来吗？是要把他杀掉吗？不是，一定要**暗暗地来叮他**，这个"叮"字用得非常好，蚊虫叮咬的"叮"，"暗暗地来叮他"，并不是出来跟你决战的。**这是向来如此的，连父自己也知道。但到春天，忽然听说他已被校长辞退了**。你看看，我们中国对付人的这个程序，是很有代表性的。真正恨你的人呢，不见得直接来伤害你，然后有一些流言，有一些暗暗的叮咬，给你造成了很多的负面影响，最后呢，你就会受到实质上的伤害。比如说校长辞退他了，校长未必真的不喜欢他，就算校长喜欢他，校长也受到了很大的压力，最后校长必定要辞退他。

这却使我觉得有些兀突；就是突兀，其实，这也是向来如此的，不过因为我希望着自己认识的人能够幸免，所以就以为兀突罢了，S城人倒并非这一回特别恶。这话说得很好，我觉得鲁迅这话说得很"恶"，【众笑】他并不是单就这一件事发议论，他并不是说对S城有看法，这里面包含着更深的悲愤。你如果说:"你凭什么看不起我们绍兴人?"不是那么回事,那说明你语文水平不够,你根本不会读文章,他不是对绍兴有意见,是说这是中国的普遍状态。

其时我正忙着自己的生计,一面又在接洽本年秋天到山阳去当教员的事,"我"要到另外一个县去当教员,竟没有工夫去访问他。待到有些余暇的时候,离他被辞退那时大约快有三个月了,可是还没有发生访问连殳的意思。他们精神上是相连的,精神上相连,但并不常常来往,自己忙自己的事情,这是好朋友的距离。常常来往的未必是精神上相连的人。

有一天,我路过大街,偶然在旧书摊前停留,却不禁使我觉到震悚,因为在那里陈列着的一部汲古阁初印本《史记索隐》,正是连殳的书。为什么看见他的这本书震惊,因为这个书是非常贵的,汲古阁初印的《史记索隐》。现在谁家里能有一部那不得了,你不必上北大了,不必找工作了,一部书差不多够吃了。初印本的《史记索隐》,那是非常值钱的。即使在那个时候,一百年前,这书换的钱还可以让人过一阵子。他喜欢书,但不是藏书家,这种本子,在他是算作贵重的善本,非万不得已,不肯轻易变卖的。难道他失业刚才两三月,就一贫至此么?这说明一个人非常穷了,才会把这种宝贝卖掉,而且肯定卖不了好价钱,便宜地卖掉了。虽然他向来一有钱即随手散去,没有什么贮蓄。他就是一个仗义疏财的人,他没想着攒钱,有钱大家花,是这样的。

于是我便决意访问连殳去,你看,叙事者"我"也很忙,"我"也知道连殳不得意,可是一直也不去看他,为什么现在去看他呢?"我"就知道他现在穷得不行了,这个时候是人最需要朋友的时候。我上一次为什么特意提到臧天朔唱的《朋友》?就是说这个时候"我"自己很忙,但是要决意去访问他,这个叙事者"我"也是真性情人。这个小说的主人公是魏连殳,但是在讲魏连殳的过程中,不知不觉地也把这个"我"烘托出来了。他要去访问魏连殳。**顺便在街上买了一瓶烧酒,两包花生米,两个熏鱼头。**我们发现鲁迅小说里写吃的写得很绝,他写吃的其实写的都是很简单的东西,但不知道为什么,颇为诱人。【众笑】鲁迅写吃的,你注意,他写得其实没什么好吃的,你仔细想想也不怎么好吃,特简单,但他随便这么一写,好像挺诱人的,搭配得比较好,"一瓶烧酒,两包花生米,两个熏鱼头",让人看了之后也想吃,也想尝尝。

他的房门关闭着,叫了两声,不见答应。我疑心他睡着了,更加大声地叫,并且伸手拍着房门。这是那时候访问朋友的方式,那时候没有电话之类的,不能事先通知。

"出去了罢!"大良们的祖母,那三角眼的胖女人,从对面的窗口探出她花白的头来了,也大声说,不耐烦似的。

"那里去了呢?"我问。

"那里去了?谁知道呢?——"一个破折号,表示转折,"他能到那里去呢,你等着就是,一会儿总会回来的。"我们看这话里房东对他的态度好像颇有些不屑。

我便推开门走进他的客厅去。真是"一日不见,如隔三秋",满眼是凄凉和空空洞洞,不但器具所余无几了,器具都卖掉了,**连书籍也只剩了在S城决没有人会要的几本洋装书。**不是说他舍不得卖,是没人要,就剩几本"托福考试材料"了,【众笑】别的都没了,没有人要。**屋中间的圆桌还在,先前曾经常常围绕着忧郁慷慨的青年,怀才不遇的奇士和腌臜吵闹的孩子们的,现在却见得很闲静,只在面上蒙着一层薄薄的灰尘。**这几句是写环境吗?其实写的是世态炎凉。他不用去评价那些青年,原来那些懒散的堆在椅子上青年,那些"零余者",通过刚才那个场景和这一场景的对比一看就知道了,现在呢,这个主人倒霉了,他们也就不到这儿来慷慨激昂了。

  我就在桌上放了酒瓶和纸包，拖过一把椅子来，靠桌旁对着房门坐下。鲁迅思想家的一面我们都知道，但是鲁迅文学家的一面——怎么体会他文学家的一面——在每个细节都可以体会，鲁迅几乎用的任何一个词，你都找不到比它更好的选择。"拖过一把椅子来"，"拖"字——鲁迅用动词，用得真是世界一流的！果戈理就讲，看一个作家的水平，主要看他怎么用动词。用动词是最见人的功夫的，用动词这一点，连古人都算上，没有人能超过鲁迅，鲁迅是最厉害的。

  的确不过是"一会儿"，**房门一开，一个人悄悄地阴影似的进来了，**他每提到魏连殳的时候，都是往黑了写，即使不写黑字，他都是写的黑的色调："阴影似的"。**正是连殳。也许是傍晚之故罢，看去仿佛比先前黑，**还是说他黑。**但神情却还是那样。**

  "阿！你在这里？来得多久了？"他似乎有些喜欢。到底喜欢不喜欢？"似乎有些喜欢"。因为这个人一直就是冷冷的，好像对什么都不在乎，好像心凉了似的，其实不是。你读多了就会知道，这种人是外表是冰，内心是火，他极力掩饰着心里的火，掩饰着心里的温情。但是有时候，人都是凡人，掩饰不住。我们想这个时候，他自己最倒霉的时候看见这样一个人，义气、性情比较相投的一个朋友来，他心里能不高兴吗？肯定是高兴的。他其实掩饰不住，但是又想掩饰，所以在表情上看起来是"似乎有些喜欢"。不像我们青少年会哇哇大叫："啊，你来了，我好高兴啊！"不会这样的。我们看港台电视剧已经看得没人味了，不知道怎么表达真正的感情了。

  "并没有多久。"我说，"你到那里去了？"

  "并没有到那里去，不过随便走走。"其实是无处去，所以随便走走。

  他也拖过椅子来，在桌旁坐下；我们便开始喝烧酒，两个人也不客

气，用不着客气，真正的朋友不要客气。**一面谈些关于他的失业的事。但他却不愿意多谈这些；他以为这是意料中的事，也是自己时常遇到的事，无足怪，而且无可谈的。**好像最应该谈的事情他反而不谈。他照例只是一意喝烧酒，并且依然发些关于社会和历史的议论。不知怎地我此时看见空空的书架，也记起汲古阁初印本的《史记索隐》，忽而感到一种淡漠的孤寂和悲哀。"我"本来是同情他，这时候感到的却是孤寂和悲哀。这是一种"相惜"的情绪、感情，"英雄相惜""惺惺相惜"的这"相惜"。朋友之间，有互相赏识的，有互相敬佩的，有互相利用的，等等，他们这个时候是相惜，由对方看见了自己，由他的孤寂看见了自己的孤寂。

"你的客厅这么荒凉……近来客人不多了么？"

"没有了。他们以为我心境不佳，来也无意味。心境不佳，实在是可以给人们不舒服的。冬天的公园，就没有人去……"他自己还会调侃自己，说冬天的公园没人去。他连喝两口酒，默默地想着，突然，仰起脸来看着我问道，"你在图谋的职业也还是毫无把握罢？……"他还关心对方，关心别人。

我虽然明知他已经有些酒意，但也不禁愤然，他说话太奇怪。正想发话，只见他侧耳一听，便抓起一把花生米，出去了。门外是大良们笑嚷的声音。你看，他本来是这么冷的一个人，忽然听见外面孩子的声音，抓起一把花生米就出去了。人的有些感情是没有办法掩饰的，上一节他已经说了，他对孩子充满了希望。我们都学过《孔乙己》，孔乙己在咸亨酒店的时候，孩子们来了，他就很高兴，分给他们茴香豆，虽然很穷，他还是分点儿。

但他一出去，孩子们的声音便寂然，而且似乎都走了。他还追上去，说些话，却不听得有回答。这个场面是从"我"坐在屋里，用听广播剧的方法描写出来的。他也就阴影似的悄悄地回来,仍将一把花生米放在纸包里。这段很平淡的话就写出了一个事情的变化。

"连我的东西也不要吃了。"他低声,嘲笑似的说。他低声嘲笑似的说这句话,透露他的心境其实是悲凉,此时此刻是悲凉的。世界是坏的,但是他还说孩子是好的,可是孩子连他的花生米都不吃的。

"连殳,"我很觉得悲凉,却强装着微笑,说,"我以为你太自寻苦恼了。你看得人间太坏……""我"帮他解剖自己。

他冷冷的笑了一笑。

"我的话还没有完哩。你对于我们,偶而来访问你的我们,也以为因为闲着无事,所以来你这里,将你当作消遣的资料的罢?"这句话说得是比较深的,不是好朋友,不能这样说,这样说很伤人的,——你以为我们到你这儿来是要找消遣的吧?

"并不。但有时也这样想。或者寻些谈资。"到底真相是什么,他也是矛盾的。

"那你可错误了。人们其实并不这样。你实在亲手造了独头茧,"这是蚕吐的茧子,独头茧。"将自己裹在里面了。"蚕,吐丝把自己裹在里面,"你应该将世间看得光明些。"我叹惜着说。"我"劝他看得光明些。

"也许如此罢。但是,你说:那丝是怎么来的?"高人啊,就是你给他用一个比喻的时候,他不是另造一个比喻,他是顺着你的比喻,把这个比喻展开,使这个比喻焕发出一种新的意味。你不是用"独头茧"吗,他就说:丝是从哪儿来的?"——自然,世上也尽有这样的人,譬如,我的祖母就是。我虽然没有分得她的血液,却也许会继承她的运命。然而这也没有什么要紧,我早已豫先一起哭过了……"照应前文,前文他那场大哭,到底为什么哭,当然是对他祖母的哀悼、哀伤,但是这里他说,"豫先一起哭过了",他连自己都哭了,把自己都哀悼了,所以叫"豫先一起哭过了"。

我即刻记起他祖母大殓时候的情景来，如在眼前一样。

"我总不解你那时的大哭……"于是鹘突地问了。

"我的祖母入殓的时候罢？是的，你不解的。"他一面点灯，一面冷静地说，天黑了，这个时候。"你的和我交往，我想，还正因为那时的哭哩。你不知道，这祖母，是我父亲的继母；他的生母，他三岁时候就死去了。"他想着，默默地喝酒，吃完了一个熏鱼头。鲁迅写这么严肃的事情的时候，不忘这些细节，这些细节照顾得都非常周密。鲁迅不写武侠小说，写武侠小说肯定也是一流的，细节照顾得非常周密，因为他在写一个大场面的时候，旁边的细事都不会落下。我们看金庸写武侠小说，有时候还有疏漏，有照顾不到的地方——他已经照顾得非常好了，但是还是有疏漏的。

"那些往事，我原是不知道的。只是我从小时候就觉得不可解。那时我的父亲还在，家景也还好，正月间一定要悬挂祖像，盛大地供养起来。看着这许多盛装的画像，在我那时似乎是不可多得的眼福。但那时，抱着我的一个女工总指了一幅像说：'这是你自己的祖母。拜拜罢，保佑你生龙活虎似的大得快。'我真不懂得我明明有着一个祖母，怎么又会有什么'自己的祖母'来。可是我爱这'自己的祖母'，她不比家里的祖母一般老；她年青，好看，穿着描金的红衣服，戴着珠冠，和我母亲的像差不多。我看她时，她的眼睛也注视我，而且口角上渐渐增多了笑影："一幅画像是不会动的，但是他看她的时候觉得画像上增多了笑影，这很像英国王尔德写的小说《道连·格雷的画像》，是一种唯美主义的写法。鲁迅的小说是非常自然地融合了他所知道的他所掌握的世界上最先进的文学知识、技巧。"我知道她一定也是极其爱我的。"

"然而我也爱那家里的，终日坐在窗下慢慢地做针线的祖母。虽然无论我怎样高兴地在她面前玩笑,叫她,也不能引她欢笑,常使我觉得冷冷地,和别人的祖母们有些不同。"他这个祖母是跟别人不同的,也是异类,也有孤独。"但我还爱她。可是到后来,我逐渐疏远她了;这也并非因为年纪大了,已经知道她不是我父亲的生母的缘故,倒是看久了终日终年的做针线,机器似的,自然免不了要发烦。但她却还是先前一样,做针线;管我,也爱护我,虽然少见笑容,却也不加呵斥。"我们设身处地想,这样一个老太太,应该怎么样对待这样一个孙子?我们可以体会这样一个女人,她的一生的孤独,在那样的社会里。"直到我父亲去世,还是这样;后来呢,我们几乎全靠她做针线过活了,自然更这样,直到我进学堂……"这个祖母是一个非常善良的、能干的、勤劳的妇女。但是她给人的感觉却好像是冷冷的。

灯火销沉下去了,煤油已经将涸,干涸的"涸",他便站起,从书架下摸出一个小小的洋铁壶来添煤油。

"只这一月里,煤油已经涨价两次了……"他旋好了灯头,慢慢地说。他现在开始关心煤油的价钱了。因为生活不行了。"生活要日见其困难起来。——"破折号,回到原来的叙述,"她后来还是这样,直到我毕业,有了事做,生活比先前安定些;恐怕还直到她生病,实在打熬不住了,只得躺下的时候罢……"

"她的晚年,据我想,是总算不很辛苦的,享寿也不小了,"她寿命也不短了,"正无须我来下泪。况且哭的人不是多着吗?连先前竭力欺凌她的人们也哭,至少是脸上很惨然。"魏连殳心里什么都明白,"哈哈!……可是我那时不知怎地,将她的一生缩在眼前了,"他哭的时候,眼前看着这个老太太的一生,"亲手造成孤独,又放在嘴里去咀嚼的人的一生。"这是他对老太太的概括,这个概括也很好,很精练,叫"亲手造成孤独,又放在嘴里去咀嚼",是这样的一个人的一生。我想这个老太太有这样一个理解他的孙子,也算值了,也算比较欣慰了,大家知道,这个孙子是真的理解她的,而且他不是她有血缘关系的亲生的孙子。"**而且觉得这样的人还很多哩。这些人们,就使我要痛哭,**"他先前这个哭的意义越来越大,原来我们认为他就是哭这个老太太,后来我们知道他连自己也"豫先一起哭",现在呢,还不仅是哭老太太和他,是哭这些人,这样的人。哪样的人呢?真正的孤独者,"亲手造成孤独",又自己"去咀嚼",去回味,去品尝孤独滋味的这些人,他都一起哭过了。

"但大半也还是因为我那时太过于感情用事……"他检讨自己那个时候控制不住感情,他哭的时候可以说是为普天下受苦人一哭。用一句李白的诗是"与尔同销万古愁",这是整个地把这些人的命运看在前面。所以他的哭,别人怎么能体会呢?别的人是体会不了的。那些"呜呜呀呀"念念有词的哭,显得就有些令人厌恶了,比较可笑,那些是假的哭,是封建礼教的哭。我们现在很多人看了韩剧,认为那是儒家文化,竟然希望我们中国回到那种状态去,一招一式按照某种仪式去做,见了老人要鞠躬等。那都是假的,那怎么叫儒家呢?那不是儒家。那正是革命的起因。

"你现在对于我的意见,就是我先前对于她的意见。然而我的那时的意见,其实也不对的。便是我自己,从略知世事起,就的确逐渐和她疏远起来了……"你读着鲁迅小说这样的段落,有时候心里很难受,有时候觉得很枯燥,有时候想读下去又不想再读了,很像读陀思妥耶夫斯基一样,觉得这人干吗把事情都写得这么真切,把人性那点事都写出来,写得太真实了。有时候鲁迅真是不招人喜欢,说实在的,我有时候也不喜欢他。所以我因此知道真理不得人心,真理是不得人心的,干吗非得这样写啊?你不能像我一样写得幽默点儿?【众笑】因此我知道,我离鲁迅太远了,我没有他这种勇气,真的没有。

他沉默了，指间夹着烟卷，低了头，想着。灯火在微微地发抖。

"呵，人要使死后没有一个人为他哭，是不容易的事呵。" 这到处都是警句，一个人死了，你想谁都不哭你，也不容易，也不太容易，人很难做到那么坏。**他自言自语似的说；略略一停，便仰起脸来向我道，"想来你也无法可想。我也还得赶紧寻点事情做……"** 他想到那个问题一闪就过去，回到现实问题中来了。但是刚才他说了句，"人要使死后没有一个人为他哭，是不容易的事"，他自己是不是有点这个想法，是不是想追求这个？假如一个人死了，还有人为他哭，那还说明他不是最孤独，还有人理解他。那这小子是不是真的想自己死了，一个人都不理解他，没有人为他哭？世界上好像也的确有这个人，他死的时候几乎没有人为他哭，甚至所有人都认为他是坏人。我们可以想一下，我们心目中认为的所谓"坏人"死的时候，似乎没什么人哭，这个时候我们想一想，他真的是坏人吗？一个人死的时候，所有人都不悲伤，这是不正常的。为什么人们都不悲伤？一定是被某种宣传笼罩住了，使我们认为他是"坏人"。这样的话是不能无限地去深挖下去的。

回到现实中来吧，"寻点事情做"。**"你再没有可托的朋友了吗？"** 我这时正是无法可想，连自己。

"那倒大概还有几个的，可是他们的境遇都和我差不多……" 可见，真朋友都是穷朋友，这个穷不见得是物质上的穷，穷是穷困的意思，大家都没什么办法，都有困难，都有困难的人可能更容易成为真朋友。这个对话到这儿就完了。

我辞别连殳出门的时候，圆月已经升在中天了，是极静的夜。 鲁迅这个人，会写开头，也非常会写结尾，他每一个段落的结尾写得真棒！你说他用什么词了吗？用什么华丽的辞藻了吗？什么都没用。这是很让人难受的一段对话，如果要烘托这段对话的话，应该把环境写得不美，应该把环境写得有暴风骤雨之类的,"哼!天上打一个雷,照见一个人惨白的脸",【众笑】这都是我们庸俗的导演最容易想到的办法,一般电影、电视剧会这样。但是鲁迅写得这么好,这样一段对话结束,"我"出了门之后,竟然是圆月当空,圆满的月亮挂在中天,最后竟说"是极静的夜",写得真干净!真厉害,干净利索!我在书上写了一句叫:"简净的千钧"。你看上去简净,实际上是千钧之力,好像这天上的一轮圆月是他一挥手打出来的一样。这真是大文豪啊!从这样一挥手中你能看出他的功夫。

这是第三节,我们看第四节。"我"不是去山阳了吗,**山阳的教育事业的状况很不佳。我到校两月,得不到一文薪水**,这也是一个倒霉的人。**只得连烟卷也节省起来**。越写越像鲁迅自己,他总是往这上边忽悠读者,因为大家都知道鲁迅是抽烟的,是个烟鬼,"连烟卷也节省起来",**但是学校里的人们,虽是月薪十五六元的小职员**,月薪十五六元,大概相当于现在几千块钱的收入。**也没有一个不是乐天知命的,仗着逐渐打熬成功的铜筋铁骨,面黄肌瘦地从早办公一直到夜,其间看见名位较高的人物,还得恭恭敬敬地站起,实在都是不必"衣食足而知礼节"的人民。我每看见这情状,不知怎的总记起连殳临别托付我的话来**。你看,本来这小说是倒叙,到这里又有一个倒叙中的倒叙。这在当时,八十多年前的中国现代小说中,是非常新的技巧,非常先锋的技巧。如果是中国传统小说,到此就要说"花开两朵,各表一枝""且说那日,鲁迅辞别了魏连殳",传统小说是一定要这样讲的,它为了让读者清清楚楚,但是现代小说不那样讲。**他那时生计更其不堪了,窘相时时显露,看去似乎已没有往时的深沉,知道我就要动身,深夜来访,迟疑了许久,才吞吞吐吐地说道:**

"不知道那边可有法子想?"你看,魏连殳这样的人——鲁迅在回忆的回忆中写出这段来，就显得分外的凄凉。"——**便是钞写，一月二三十块钱的也可以的。我……**"这样的话从这样一个英雄嘴里说出来，一分钱难倒英雄啊！他竟然想找一个抄写的工作。我们想想，孔乙己就做过抄写的工作，他只不过是每抄了几天就连砚台笔墨都一起没了，后来人家就不找他了。你看魏连殳要去跟孔乙己抢饭吃了。

我很诧异了，还不料他竟肯这样的迁就，一时说不出话来。我们想，假如我们有这样一个朋友来托我们办这样的事，心里是非常难过的。

"**我……我还得活几天……**"这是魏连殳说的。

"**那边去看一看，一定竭力去设法罢。**"我们看，"我"和魏连殳都有很凡庸的一面，都是平凡的人。

这是我当日一口承当的答话，后来常常自己听见，这个话说得非常好，凡是答应了别人的事情，答应别人的那句话，应该自己常常听见。这是什么？这是侠士，这就是侠肝义胆，你不管能不能做到，你应该自己常常听见。眼前也同时浮出连殳的相貌，而且吞吞吐吐地说道"我还得活几天"。到这些时，我便设法向各处推荐一番；但有什么效验呢，事少人多，结果是别人给我几句抱歉的话，我就给他几句抱歉的信。到一学期将完的时候，那情形就更加坏了起来。那地方的几个绅士，鲁迅笔下的绅士一般是贬义词，所办的《学理周报》上，这个报的名字很好听，属于核心刊物。"《学理周报》上"，竟开始攻击我了，自然是决不指名的，但措辞很巧妙，使人一见就觉得我是在挑剔学潮，鲁迅很厉害，挑剔学潮就是鲁迅的敌手攻击鲁迅的话。因为在"三一八"，还有师大风潮中，鲁迅是站在学生一面，所以那些人就攻击鲁迅是挑剔学潮。但是这句话本身是不通的，什么叫挑剔学潮？应该是挑动学潮，挑剔学潮是不通的，所以鲁迅老拿这句话开玩笑，动不动就说"我是挑剔学潮"，然后又用到小说里面，这里是有意地模糊叙事者与作者的距离。**连推荐连殳**

的事，也算是呼朋引类。

我只好一动不动，除上课之外，便关起门来躲着，有时连烟卷的烟钻出窗隙去，也怕犯了挑剔学潮的嫌疑。连殳的事，自然更是无从说起了。这样地一直到深冬。

下了一天雪，到夜还没有止，屋外一切静极，安静极了。静到要听出静的声音来。鲁迅是最善于写静的人，这句话是一个典型的例子。静到能够听出"静"，"静"还有声音，这是一种什么样的静？最善于写静的人，他才能懂得怎么写动。我在小小的灯火光中，闭目枯坐，如见雪花片片飘坠，来增补这一望无际的雪堆；故乡也准备过年了，人们忙得很；我自己还是一个儿童，在后园的平坦处和一伙小朋友塑雪罗汉。雪罗汉的眼睛是用两块小炭嵌出来的，颜色很黑，大家想起鲁迅的一篇文章来了吧，叫《雪》，写那个塑雪罗汉。这一闪动，便变了连殳的眼睛。他眼前出现这个幻想，想来想去想到连殳了。

"我还得活几天！"仍是这样的声音。

"为什么呢？"我无端地这样问，立刻连自己也觉得可笑了。其实这就是一种生的本能，再坚强的人，觉得最困难的时候，生的本能就出现了，"还得活几天嘛"。而这也体现出生的艰难，生的艰辛。

这可笑的问题使我清醒，坐直了身子，点起一枝烟卷来；推窗一望，雪果然下得更大了。安静的雪夜。听得有人叩门；不一会，一个人走进来，但是听熟的客寓杂役的脚步。他推开我的房门，交给我一封六寸多长的信，字迹很潦草，然而一瞥便认出"魏缄"两个字，是连殳寄来的。这是他写的平中见奇的一个情节，很平淡的雪夜，先烘托了这个雪夜那么安静之后，人没有来，一封信来了。

这是从我离开S城以后他给我的第一封信。我知道他疏懒，本不以杳无消息为奇，但有时也颇怨他不给一点消息。待到接了这信，可又无端地觉得奇怪了,慌忙拆开来。"慌忙"这两个字用得好。里面也用了一样潦草的字体,写着这样的话:下面是魏连殳的一封信。这封信写得很好。

"申飞……"大概是称呼,我们到此才知道,小说的叙事者"我",原来名字叫申飞,好像真有这么个人似的,其实是虚拟的一个名字。我还没有考证过申飞跟鲁迅有什么关系,不知道是鲁迅临时乱编的,还是有什么寓意。有空的时候,我还想去考证一下。

"我称你什么呢?我空着。"这是常见的一种写信方式,我最近收到的信里,经常是空着称呼,写个"孔",然后后边画几个空格,让我自己填上。"你自己愿意称什么,你自己添上去罢。"【众笑】完全一样。"我都可以的。"看了这个开头我们会想:魏连殳本来就是这样的人,不讲究名目的,你爱写什么写什么。

"别后共得三信,没有复。这原因很简单:我连买邮票的钱也没有。"他一贫如洗了,像马克思写《资本论》一样的,连邮票钱都没了。

"你或者愿意知道些我的消息,现在简直告诉你罢:我失败了。先前,我自以为是失败者,现在知道那并不,现在才真是失败者了。先前,还有人愿意我活几天,我自己也还想活几天的时候,活不下去;现在,大可以无须了,然而要活下去……"

另起一段:"然而就活下去么?"

"愿意我活几天的,自己就活不下去。这人已被敌人诱杀了。谁杀的呢?谁也不知道。"也就是说,他不知道谁是敌人。每个时候其实我们都很难找到敌人。我们知道有敌人,但是我们不知道敌人是谁。

"人生的变化多么迅速呵!这半年来,我几乎求乞了,实际,也可以算得已经求乞。然而我还有所为,我愿意为此求乞,为此冻馁,为此寂寞,为此辛苦。"这样的话非常像鲁迅同时期的作品《野草》里的话,鲁迅写《彷徨》的同时,就是写《野草》的时期。这样的语言跟《野草》

是一致的。"但灭亡是不愿意的。你看,有一个愿意我活几天的,那力量就这么大。"这是爱的力量。"然而现在是没有了,连这一个也没有了。同时,我自己也觉得不配活下去;别人呢?也不配的。"他一点儿都不虚伪。"同时,我自己又觉得偏要为不愿意我活下去的人们而活下去;"

熟悉鲁迅的人知道这是鲁迅的话,鲁迅给许广平写的情书里面说,与其说我是为爱我的人活着,不如说我是为恨我的人活着。我就是要给你们的世界增加一点不完美,我就活在你们这世界上,就让你们看着恶心!但是鲁迅这个话并不是我们现在专门骂人的那些人的思维,不是的,是非常庄严的、庄重的一种宣言,也就是说这其实是一种复仇。复仇也是鲁迅的重要思想之一,是鲁迅的一个关键词。在我们这个天天叫嚷宽容的时代,去思考一下鲁迅关于复仇的思想,是非常重要的。对什么应该宽容?对什么不应该宽容?应不应该复仇?

接着看魏连殳的信。"好在愿意我好好地活下去的已经没有了,再没有谁痛心。使这样的人痛心,我是不愿意的。然而现在是没有了,连这一个也没有了。"下面的话是这篇小说的文眼,非常重要,"快活极了,舒服极了;我已经躬行我先前所憎恶,所反对的一切,"躬行,鞠躬的"躬";"拒斥我先前所崇仰,所主张的一切了。我已经真的失败,——然而我胜利了。"我再读一遍:"我已经躬行我先前所憎恶,所反对的一切,拒斥我先前所崇仰,所主张的一切了。我已经真的失败,——然而我胜利了。"

当我第一次读这段话的时候,我就感到字字滴着血。我是上高中的时候第一次读这篇小说,读了之后就不想再读了,觉得太残酷了,而且跟我上高中时候那个社会太不搭界了,觉得这个旧社会怎么这么坏啊!那时候我坐在哈三中的教室里,看着窗外灿烂的阳光,想着"四化"就要实现了,社会主义真好!旧社会把人逼成什么样了!当然后来我不止一次地再读这一段,真是百感交集。

"你以为我发了疯么?你以为我成了英雄或伟人了么?不,不的。这事情很简单;"他前面说的都是思想,没说他的事,没说他的生活。怎么会这样呢?"这事情很简单","**我近来已经做了杜师长的顾问,每月的薪水就有现洋八十元了。**"他一下子发财了,一个月的薪水八十元,放现在是五六千块钱了。我们想这是魏连殳一个人的道路吗?不是。大家读这段为什么那么有感觉,这是我们中国社会千千万万青年的真实选择,对吧?你年轻的时候,满腔正义、理想,你拒不投降,你向生活抗争,可是最后你活不下去,被迫换了一种方法,你不去当杜师长的顾问,但是你当别人的顾问,你去别的衙门,你考公务员,你干这个干那个,反正最后你薪水八十元了,这时候你就"胜利"了!其实你这个时候是你真的失败,然而你胜利了——这就是胜利的辩证法。但是我们多数人不去这样想,所以我们不知道什么是孤独,当你这样想,或者一闪念的时候,那一刻,你会知道孤独的意义。

"申飞……"

"你将以我为什么东西呢,你自己定就是,我都可以的。"

"你大约还记得我旧时的客厅罢,我们在城中初见和将别时候的客厅。现在我还用着这客厅。这里有新的宾客,新的馈赠,新的颂扬,新的钻营,新的磕头和打拱,新的打牌和猜拳,新的冷眼和恶心,新的失眠和吐血……"

"你前信说你教书很不如意。你愿意也做顾问吗?可以告诉我,我给你办。"

他来帮他找工作了:教什么书咓,收入又那么低,说话又不自由,经常被校领导批评。"其实是做门房也不妨,一样地有新的宾客和新的馈赠,新的颂扬……"

"我这里下大雪了。你那里怎样?现在已是深夜,吐了两口血,使我清醒起来。"

你看他生活过好了,身体并没好,竟然得了肺病,得了痨病吐血了。他真的是要往好了过吗?他不过是在探求人生的某种奥秘,在探求什么是胜利,什么是失败。他有钱并没有去治自己这个病,好像身体并不好。

"记得你竟从秋天以来陆续给了我三封信,这是怎样的可以惊异的事呵。我必须寄给你一点消息,你或者不至于倒抽一口冷气罢。"

"此后,我大约不再写信的了,我这习惯是你早已知道的。何时回来呢?倘早,当能相见。"这句话很不祥,"倘早,当能相见",他不是过好了吗?"——但我想,我们大概究竟不是一路的;那么,请你忘记我罢。我从我的真心感谢你先前常替我筹划生计。但是现在忘记我罢;我现在已经'好'了。""好"加引号。"我现在已经'好'了"这句话,使我想起《狂人日记》,《狂人日记》里的狂人后来不是"好"了吗?他"好"啦。那么魏连殳就是一个"好"了的狂人,他"好"了,我们社会中很多青年最后都"好"了。"连殳。十二月十四日。"

这虽然并不使我"倒抽一口冷气",但草草一看之后,又细看了一遍,却总有些不舒服,而同时可又夹杂些快意和高兴;又想,他的生计总算已经不成问题,我的担子也可以放下了,虽然在我这一面始终不过是无法可想。忽而又想写一封信回答他,但又觉得没有话说,于是这意思也立即消失了。

我的确渐渐地在忘却他。在我的记忆中,他的面貌也不再时常出现。但得信之后不到十天,S城的学理七日报社忽然接续着邮寄他们的《学理七日报》来了。原来这个可能不给"我"寄了,现在又给"我"寄了,怎么回事儿呢?我是不大看这些东西的,不过既经寄到,也就随手翻翻。这却使我记起连殳来,因为里面常有关于他的诗文,如《雪夜谒连殳先生》，谒是参谒的"谒"，去拜访的意思；他雪夜去拜访连殳先生写了诗了；《连殳顾问高斋雅集》等等；——你看，他那里有很多新闻就出来了，还有作品，**有一回，《学理闲谭》里还津津地叙述他先前所被传为笑柄的事，称作"逸闻"**，你看，都是人们一张嘴。**言外大有"且夫非常之人，必能行非常之事"的意思**。世态之丑恶就是这样的。鲁迅早早地就看穿了媒体，什么叫客观、公正、透明，都是胡扯！客观、公正、透明要靠我们的眼睛，没有任何一种现成的媒体能告诉我们事实的真相，不然我们还上学干什么！

不知怎地虽然因此记起，但他的面貌却总是逐渐模胡；然而又似乎和我日加密切起来，往往无端感到一种连自己也莫明其妙的不安和极轻微的震颤。幸而到了秋季，这《学理七日报》就不寄来了；山阳的《学理周刊》上却又按期登起一篇长论文:《流言即事实论》。流言就是事实，你看，这道理讲得多"好"！流言就是事实。**里面还说，关于某君们的流言，已在公正士绅间盛传了。这是专指几个人的，有我在内；我只好极小心，照例连吸烟卷的烟也谨防飞散。小心是一种忙的苦痛**，这个定义很好，小心是一种忙的苦痛；**因此会百事俱废，自然也无暇记得连殳。总之：我其实已经将他忘却了。**

但我也终于敷衍不到暑假，五月底，便离开了山阳。

读到这里的时候，我想我们是不是可以大胆地把"我"和魏连殳的关系猜想一下。这两个人，从不认识到认识，后来两个人是惺惺相惜的朋友，是知心朋友，是知音。我原来没有学文学理论，读到这里，我也不知道怎么想，但总觉得怪怪的，后来学了些文学理论，上了北大中文系，我想：这两个人是一个"互文"的关系。说得明白一点，"我"是另一个魏连殳，魏连殳就是"我"，读到这儿好像有点儿意思了。这个话不能一开始就说出来，读到这，可以先说一点，我们自己去想，看"我"

跟魏连殳是不是有这样的关系。

小说的第五节，也是最后一节。从山阳到历城，又到太谷，一总转了大半年，终于寻不出什么事情做，你看这个"我"辗转了这么长时间，山东、山西转了一大圈，我便又决计回S城去了。到时是春初的下午，天气欲雨不雨，一切都罩在灰色中；鲁迅很注意写颜色。写颜色写得好的，有鲁迅、张爱玲。但是张爱玲写得太多，也可以原谅，女同志嘛，喜欢颜色，【众笑】确实写得好，张爱玲也是一流的写颜色的专家，鲁迅写得更好。旧寓里还有空房，仍然住下。在道上，就想起连殳的了，到后，便决定晚饭后去看他。我提着两包闻喜名产的煮饼，闻喜就是山西闻喜，走了许多潮湿的路，让道给许多拦路高卧的狗，鲁迅写的一些现实生活中的细节，总让人觉得好像不仅仅是生活，好像还有象征，"走了许多潮湿的路，让道给许多拦路高卧的狗"，总是让人觉得话外有话似的，好像是人生的路一样。这才总算到了连殳的门前。里面仿佛特别明亮似的。我想，一做顾问，连寓里也格外光亮起来了，不觉在暗中一笑。他笑自己这个发达了的朋友，但仰面一看，门旁却白白的，分明帖着一张斜角纸。过去的风俗，家里死了人，才贴一张斜角纸，要报丧的意思。我又想，大良们的祖母死了罢；同时也跨进门，一直向里面走。

微光所照的院子里，放着一具棺材，旁边站一个穿军衣的兵或是马弁，还有一个和他谈话的，看时却是大良的祖母；有时候我觉得鲁迅很坏，他能犯坏的地方尽量都犯坏，其实也可能是下意识的，就是不喜欢那个角色，就这样调侃她。另外还闲站着几个短衣的粗人。我的心即刻跳起来了。她也转过脸来凝视我。鲁迅写《彷徨》的时候，中国的汉语中已经出现了"女"字旁的"她"，我这里顺便介绍一下，可能有的同学在看书。鲁迅写《呐喊》的时候还没有，到写《彷徨》的时候，里面的女人已经用了"女"字旁的"她"了，此前是没有的，我顺便告诉大家一个语言学的知识。

"阿呀！您回来了？何不早几天……"她忽而大叫起来。

"谁……谁没有了？"我其实是已经大概知道的了，但还是问。其实"我"有预感，不敢承认预感。

"魏大人，前天没有的。"他死了。

我四顾，客厅里暗沉沉的，大约只有一盏灯；正屋里却挂着白的孝帏，几个孩子聚在屋外，就是大良二良们。

"他停在那里，"大良的祖母走向前，指着说，"魏大人恭喜之后，我把正屋也租给他了；他现在就停在那里。"

孝帏上没有别的，前面是一张条桌，一张方桌；方桌上摆着十来碗饭菜。我刚跨进门，当面忽然现出两个穿白长衫的来拦住了，瞪了死鱼似的眼睛，从中发出惊疑的光来，钉住了我的脸。鲁迅非常善于白描人物，白描功夫非常好。明明是两个人，被他写得像黑白无常一样，他的白描功夫太厉害了。我怀疑这是两个武侠人物，我慌忙说明我和连殳的关系，大良的祖母也来从旁证实，他们的手和眼光这才逐渐弛缓下去，默许我近前去鞠躬。这是两个守灵的人，守灵的人怎么这么凶恶、这么紧张呢？他们守的是财，守的不是人。

我一鞠躬，地下忽然有人呜呜的哭起来了，定神看时，一个十多岁的孩子伏在草荐上，也是白衣服，头发剪得很光的头上还络着一大绺苎麻丝。这孩子穿的重孝。人只要有了钱，不愁没有后代，你只要有了钱，儿子孙子有的是，自然有人为你穿重孝。鲁迅不用把这话说出来，他只是描写就行了。

我和他们寒暄后，知道一个是连殳的从堂兄弟，要算最亲的了；一个是远房侄子。我请求看一看故人，他们却竭力拦阻，说是"不敢当"的。然而终于被我说服了，将孝帏揭起。

这回我会见了死的连殳。但是奇怪！他虽然穿一套皱的短衫裤，大襟上还有血迹，大襟上有血迹，说明他是夜里咳血死去的。脸上也瘦削得不堪，然而面目却还是先前那样的面目，宁静地闭着嘴，合着眼，睡着似的，显得一点儿都不突然，好像他自己早有准备，几乎要使我伸手到他鼻子前面，去试探他可是其实还在呼吸着。他好像还活着一样，不是横死的，是病死的，慢慢病死的。

一切是死一般静，死的人和活的人。他又写"静"。我退开了，他的从堂兄弟却又来周旋，说"舍弟"正在年富力强，前程无限的时候，竟遽尔"作古"了，这不但是"衰宗"不幸，也太使朋友伤心。言外颇有替连殳道歉之意；这样地能说，在山乡中人是少有的。可见他们老家是特别重视这件事的，派了最有才华的人来。但此后也就沉默了，一切是死一般静，死的人和活的人。鲁迅非常善于用复沓的手法，小说里为什么常有诗意？因为说过的话不断地重复，加深那个意象。

我觉得很无聊，感到人生的没有意义：这些人都怎么活着呢！怎样的悲哀倒没有，便退到院子里，和大良们的祖母闲谈起来。知道入殓的时候是临近了，只待寿衣送到；钉棺材钉时，"子午卯酉"四生肖是必须躲避。这是过去的民俗，死人的时候属什么的人不能在这儿？属鼠的，属马的，属兔的，属鸡的，要躲避。她谈得高兴，说话滔滔地泉流似的涌出，说到他的病状，说到他生时的情景，也带些关于他的批评。

"你可知道魏大人自从交运之后，人就和先前两样了，脸也抬高起来，气昂昂的。"我们现在从大良祖母的回忆中看看魏连殳当了顾问之后，他怎么躬行他先前所憎恶的，怎么拒斥他先前所崇仰的？首先是脸抬高了，气昂昂的了。"对人也不再先前那么迂。"她把先前那样叫"迂"，"你知道，他先前不是像一个哑子，见我是叫老太太的么？后来就叫'老家伙'。唉唉，真是有趣。"叫她老家伙她高兴，说他有趣，什么人间!"人送他仙居术,他自己是不吃的,就摔在院子里,——就是这地方,——叫道,'老家伙,你吃去罢。'他交运之后,人来人往,我把正屋也让给他住了,自己便搬在这厢房里。"鲁迅非常善于知道选择什么人来讲故事,通过这个老太太来讲魏连殳发迹后的故事,视角非常恰当。"他也真是一走红运,就与众不同,我们就常常这样说笑。要是你早来一个月,还赶得上看这里的热闹,三日两头的猜拳行令,说的说,笑的笑,唱的唱,做诗的做诗,打牌的打牌……"

"他先前怕孩子们比孩子们见老子还怕,总是低声下气的。近来可也两样了,能说能闹,我们的大良们也很喜欢和他玩,一有空,便都到他的屋里去。他也用种种方法逗着玩;要他买东西,他就要孩子装一声狗叫,或者磕一个响头。哈哈,真是过得热闹。"他也懂得进行快乐教育了,这是魏连殳的快乐教育。"前两月二良要他买鞋,还磕了三个响头哩,哪,现在还穿着,没有破呢。"我们听了大良祖母的这番介绍,我们知道魏连殳这是对孩子好吗?这是复仇!此时此刻这个孩子在他眼里就像狗一样,这哪里是对待孩子的办法?这就是糊弄小狗小猫呢,这并不是爱孩子,可是愚昧的民众却认为这才是爱。

一个穿白长衫的人出来了,她就住了口。我打听连殳的病症,她却不大清楚,只说大约是早已瘦了下去的罢,可是谁也没理会,因为他总是高高兴兴的。他知道自己的病,却高高兴兴这么过,其实是慢性自杀。鲁迅就多次用过类似的词说自己,鲁迅说自己对待生命的态度是"消磨"。鲁迅有时候用"消耗",但更多的更准确的是用"消磨",消磨自己的生命,鲁迅就没想过长寿。到一个多月前,这才听到他吐过几回血,但似乎也没有看医生;后来躺倒了;死去的前三天,就哑了喉咙,说不出一句话。可见他就是死作,一点调养也不搞。十三大人从寒石山路远迢迢地上城来,问他可有存款,他一声也不响。这个人,你看那么远来了，问的是有没有存款。十三大人疑心他装出来的，也有人说有些生痨病死的人是要说不出话来的，谁知道呢……

"可是魏大人的脾气也太古怪，"她忽然低声说，"他就不肯积蓄一点，水似的化钱。"其实他的钱挣得也不算太多，但是在那个地方——县城——里算挣得多的了。但是他花钱跟《红楼梦》里似的，水似的；"十三大人还疑心我们得了什么好处。有什么屁好处呢？他就冤里冤枉胡里胡涂地化掉了。譬如买东西，今天买进，明天又卖出，弄破，真不知道是怎么一回事。"这种活法就是消耗生命，就是胡闹。"待到死了下来，什么也没有，都糟掉了。要不然，今天也不至于这样地冷静……"

"他就是胡闹，不想办一点正经事。我是想到过的，也劝过他。这么年纪了，应该成家；照现在的样子，结一门亲很容易；如果没有门当户对的，先买几个姨太太也可以；"你看，这是这老太太的想法。"人是总应该像个样子的。"她认为那是像样子。"可是他一听到就笑起来，说道，'老家伙，你还是总替别人惦记着这等事么？'你看，他近来就浮而不实，不把人的好话当好话听。要是早听了我的话，现在何至于独自冷清清地在阴间摸索，至少，也可以听到几声亲人的哭声……"她也很重视哭，大良的祖母也认为人死了，应该听到亲人的哭声。你不能说她的看法就是怎么恶或者不对，就是一般的俗见，老百姓就是这么看的。

一个店伙背了衣服来了。三个亲人便检出里衣，走进帏后去。不多久，孝帏揭起了，里衣已经换好，接着是加外衣。前边写魏连殳给他的祖母穿衣服，穿得非常好，现在是别人给他穿衣服。这很出我意外。一条土黄的军裤穿上了，嵌着很宽的红条，这是北洋时代的军服，军装，其次穿上去的是军衣，金闪闪的肩章，也不知道是什么品级，那里来的品级。到入棺，是连殳很不妥帖地躺着，他并不妥帖，脚边放一双黄皮鞋，腰边放一柄纸糊的指挥刀，这很有意思啊，骨瘦如柴的灰黑的脸旁，是一顶金边的军帽。他的这些死去穿的衣服和装饰,纸糊的指挥刀什么的,好像跟这人没什么关系,形成一种奇怪的对比。

三个亲人扶着棺沿哭了一场,止哭拭泪;头上络麻线的孩子退出去了,三良也避去,大约都是属"子午卯酉"之一的。

粗人扛起棺盖来,我走近去最后看一看永别的连殳。

他在不妥帖的衣冠中,安静地躺着,合了眼,闭着嘴,口角间仿佛含着冰冷的微笑,冷笑着这可笑的死尸。他笑什么?笑这个死尸。

敲钉的声音一响,哭声也同时迸出来。这个哭来得多及时哈!就是说什么时候哭是按照规定的。有的人把这叫作儒家思想,这是儒家思想的笑话,好像我们家孔子没这么说过。**这哭声使我不能听完,**为什么不能听完呢?这是假哭,这是规定的哭。我讲过一篇钱锺书的《说笑》,笑是不能规定的,凡是规定的笑,搞的笑,都是假的。哭也一样,哭也是不能规定的,所以这个"我"不能听完。**只好退到院子里;顺脚一走,不觉出了大门了。**你看"我"也不按照规矩去送葬。没意思就走了,一顺脚就出了大门。我们看出了大门之后的描写:**潮湿的路极其分明,仰看太空,浓云已经散去,挂着一轮圆月,散出冷静的光辉。**又是一轮圆月,世界是圆满的啊,是漂亮的,是美丽的,没有云彩的太空挂着圆月,散出冷静的光辉。但是这怎么使人感到不是很快活呢?我们看鲁迅写的这个太空,寥寥几笔写的太空,是一个充满宗教感的太空,这写的太空好像是一个大的教堂,即使不信宗教的人,到这里也有要追索上苍的这样一种心情——"为什么呀?"要问啊!如果是文化低的人可能会喊出来,如果是骆驼祥子会喊:"凭什么?"会喊这样的话。

我快步走着,仿佛要从一种沉重的东西中冲出,但是不能够。"仿佛要从一种沉重的东西中冲出,但是不能够",耳朵中有什么挣扎着,久之,久之,终于挣扎出来了,什么呢?挣扎出来的是什么呢?隐约像是长嗥，像一匹受伤的狼，当深夜在旷野中嗥叫，惨伤里夹杂着愤怒和悲哀。

小说要结束了，鲁迅又一次重复狼的意象，哀伤的狼的意象，用这个意象加深了对魏连殳的描写。

最后一段这句话是小说的最后一句：**我的心地就轻松起来，**——鲁迅要写的话总是让你意料不到，明明是沉重嘛，明明是悲伤嘛，嗥叫嘛，旷野嘛，怎么忽然轻松呢？**坦然地在潮湿的石路上走，月光底下。**

一九二五年十月十七日毕。小说完了，这样一个好像平淡无奇的结尾啊，最后几个字儿居然是"月光底下"，不禁要使人产生一大串的问号。即使我们这样细得像讲语文课一样从头到尾讲下来，我想，仍然有无数的问号留在大家的心里：为什么，为什么，为什么？怎么回事儿，怎么回事儿？

我也不能完全理解这篇小说，我只是由此知道，我离鲁迅很远。我只能做出这个判断来，因为我知道，凭我的能力，我写不出这样的小说来。我自认为我的思想啊，我的语文水平啊，还不差，但是这不是语文水平的问题，许许多多的问题，使我佩服这样的小说，佩服这样的文笔。那么我自己想，结尾为什么这样写，为什么"我的心地就轻松起来"？

我是这样想的：小说中的"我"和魏连殳其实是一个人，或者说是一个人的两面，是一个有自省、解剖能力的人，把自己剖成两个。人可以有两种选择，一种是"我"，一种是魏连殳；两个人可以一个看另一个，一个监视另一个。现在这个"我"，作为小说叙事者去看"我"想象的另一个自我，假如"我"选择魏连殳的道路，那经过一番虚构，故事自己活起来了，那是这样的结局。所以魏连殳死了，"我"活了。为什么要安排魏连殳死去？因为"我"要活，"我"要活，所以魏连殳要死。在这里我又想起我本来预备讲《祝福》的时候说的一句话，为什么祥林嫂要死？因为中国需要活，所以祥林嫂要死。在这篇小说里，为什么魏连殳要死，因为"我"要活；送走了魏连殳，留下了"我"，从此开始了另一个鲁迅。

1924年到1926年间的鲁迅是非常痛苦的，反复地自我折磨，思考世界、人生、宇宙种种的问题。他心里面可能不止一个"我"和一个魏连殳，有无数个鲁迅在那里，他一一地审问他们，把体内五脏六腑弄来的各种杂七杂八的这些内功凝聚成一种，最后一个新的鲁迅诞生了。那是1927年以后的鲁迅。

所以我觉得，未必我的解释是正解，但可以是进入鲁迅世界的一条道路，也许由这个道路，我们还可以跟从其他道路走来的人相遇。我想我们在人生道路上没有这么痛苦，但总有大大小小的孤独，我希望大家能够真的，在真正的意义上战胜和享受那个孤独，送走那个不好的自己，产生一个崭新的自己。

今天就到这里，下课吧。【掌声】

我是我自己的吗

——解读《伤逝》(上)

下个星期5月4号是校庆,再上课是5月11号,正好还有两次课,我们只能讲一篇作品。今天我把作业留给大家,我的要求是很低的,只有一个要求就是不要抄袭,说真话,说自己的话,而已。另外也避免到处去找材料,求爷爷告奶奶让别人代你写。我今天把作业题目写到黑板上,题目很简单,就是我偶然看到的一本书的名字,就作为作业的题目,叫"黑色的孤独",【众笑】可以加上副标题,"我读鲁迅",或者"我读鲁迅小说",或者我读鲁迅某篇小说,都可以,某一篇小说,某若干篇小说都可以。其实就是写你听课之后去读鲁迅作品的心得体会,你的感受。之所以加一个题目叫"黑色的孤独",并不是宣传本人的著作,是加一个诱导的方向,给你一个提示,我不愿意提示特别僵硬,有一个模糊性的提示就行,因为我们所讲的所有作品,我给大家挑选的所讲的作品,是有某种共通性的,所以我用"黑色的孤独"来概括鲁迅的某一侧面,希望给大家以提示。你可以从这个角度来写你读鲁迅的心得体会。要求是,不要写得长，一定要写得短，写五百字就可以，最好不要超过一千字。我知道北大同学以能写著称，但是能写的一个更高的标准是以少的字数传递多的信息，写出深刻的思想。

鲁迅这么伟大的作家，一辈子一共就创作了一百多万字，跟所有的二流作家比，他的创作量都是少的，很少。别看《鲁迅全集》那么多本，很多都是翻译、书信、日记，不是创作，创作很少。鲁迅的小说，也没有长篇小说，《阿Q正传》勉强算中篇，剩下都是短篇的。他杂文、散文诗多短。最厉害的高手是寸铁杀人，拿着长枪大戟，那不算本事，用坚船利炮不算本事，武侠小说里越是高手越是不使用兵刃。所以能够写五百字写出比较深刻的东西，那算你的本事，越短越好，你有本事写五十字，让我佩服你。就好像东方不败拿一根绣花针一样，那是最厉害的。【众笑】

再一次提醒同学们并转告没有来的同学，一定不要抄袭。五百字的东西，你到哪儿抄袭我都能发现，而且我发现你写的内容不合乎"黑色的孤独"，我就开始怀疑你，随便就能找出你从哪儿抄袭的。我要提醒大家，前几个学期抄袭的同学，我都给零分了，而且不予宽待，那影响你的毕业，这个没有办法。我打分并不格外严酷，也不格外宽容，按正态分布来打分。但是每学期有那么几个零分的，发现"罪行"确凿无疑，只好给你打零分。曾经有一个我特别痛恨，打零分都不够，居然抄的就是本人的文章，【众笑】但我一想也没有更深的惩罚了，也只好打零分。

随后就过五一劳动节了，也不知道你们去不去劳动，再见面就是两个星期之后，5月11号，然后这课就结束了。为了纪念这一段光阴，我们今天来讲《伤逝》。争取两次把它讲完。

《伤逝》也是鲁迅小说中的名篇，也是难篇，读了之后，很少有人不被打动，即使是没什么文化，文化水平不高的人，稀里糊涂地读一遍，肯定心情不好，不管你是小学毕业还是博士后毕业，读了《伤逝》，没有人不受感染的。大家讲不清楚,反正读完之后觉得特郁闷,那就对了。

《伤逝》在收入鲁迅《彷徨》这本小说集之前,没有公开发表过。当然一个作品发没发表过,对广大读者来说没什么,学者可能会研究为什么没发表过,怎么回事,会去琢磨。《伤逝》,"伤"在这里是动词,"逝"是它的宾语,逝去的是什么?伤的是什么?伤逝——仅仅是伤痛、伤感于过往的岁月吗?关于这篇小说到底逝去的是什么,伤的是什么,有很多种见解,有很多议论。大家都知道这是鲁迅的爱情小说,是鲁迅写爱情的小说。鲁迅很少写爱情,鲁迅参加五四运动的时候,已经是个四十来岁的人了,很快就被封为青年导师、青年领袖。其实还挺悲哀的,他本来想跟青年人混在一块儿,一不小心就被拥为青年导师了,所以也挺无趣的。他伤的是什么,这是可以研究的。

这篇小说有一个副标题,叫"涓生的手记"。涓生是个人名,"涓生的手记"这个副标题,对正标题和正文都有重要的影响。如果你读了正文,你会知道正文是第一人称叙述,假如没有这个副标题,读者有什么印象呢?读者又容易认为这就是鲁迅自己的事,就跟鲁迅写故乡、写什么什么东西一样,所以他一定要加这个副标题,把自己撇开,说这不是我们老周家的事,这是一个叫涓生的人的事。

就像《狂人日记》前边有一段小序,小序下边的正文,虽然是第一人称写的,但"我"并不是鲁迅。里面说"赵家的狗,何以看我两眼呢",狗看的不是鲁迅,看的是那个狂人,这是一个人称策略,小说就是利用人称来加强叙述的真实感。读者由于有了副标题,不再认为下边的故事是作者自己的故事,读者可以把自己代入进去,可以想象"我"是自己,也可以采取旁观的态度,认为在看作者发现的一个故事。茅盾有一部小说叫《腐蚀》,他前边写的引言也是假装说在重庆空袭的时候,在防空洞捡到一本日记,他的小说是用一个日记的形式写的,日记的主人公是一个国民党的女特务。这女特务原来是一个革命青年,受国民党宣传参加革命了,没想到这革命工作就是当特务,就是抓共产党,她把自己男朋友抓来了。所以它这样就增加了真实感:茅盾是在防空洞捡的日记,好像真是一个女特务丢了日记一样。"涓生的手记"的手法是同样的、类似的,使你觉得这是一个真事,好像这是鲁迅得到的一个什么日记。

而生活中也的确有很多这样的机会,前不久我在地摊上买到一本日记,是一个20世纪50年代出生的人,一个北京贫困人家的孩子,在20世纪70年代写的日记。里面写了他的非常纯洁的革命理想,他的学习,他的工作,他每天鞭策自己为共产主义而奋斗,然后他一步一步怎么入党,还写了他对当时社会的情况、现象发表的见解。我想这个日记的主人公现在(2005年左右)该有五十多岁了,看那情况,估计现在已经至少是中层的领导,因为他写日记的时候已经入了党,当了一个小领导。但是我不知道为什么这个日记他没有保存,是丢了,还是家里人给他卖了,还是他现在已经放弃纯洁的理想了,我就不知道了。但是读这个日记,我觉得非常感人,因为他写20世纪70年代,当时感觉自己的生活非常好,他说跟20世纪50年代比,20世纪50年代他家里很穷,家里孩子一大堆,父母生病等,经过了奋斗……从他的日记就能够看到一个社会主义国家是怎么强大起来的,看到那时候人的想法,他每天自我解剖、自学,包括读鲁迅作品、读党的文件,也读外国文学作品,他写了一些笔记,那个时候非常充实。所以有的时候你到地摊上可以花很少的钱,买到一些非常珍贵的文物。那天我在凤凰卫视,窦文涛问我:"你怎么不买点明清家具啊?"我说:"没钱啊,买不起那么贵重的古董,只能花几块钱买这个。"卖书的人并不知道这个东西值钱,只有到了我们的眼中,发现这个东西是值钱的。所以"涓生的手记"就仿佛是鲁迅在什么地方偶然得到这么一个珍贵的文稿一样。读者一开始就会想象，这是一个真实的日记，是像读书笔记一样的东西。

我们看正文，开头第一段，第一句是这样写的，**如果我能够，我要写下我的悔恨和悲哀，为子君，为自己**。鲁迅是非常厉害的一个人，一句话就可以把人带入一种情调，带入一种氛围、一种意境，就这么一句话，一下子就让我们好像进入一个别样的空间。

我们今天可能很多人都会模仿这种写作方式，可是在那个时代，这在中国是最新颖的写作手法——用一个"如果"开头。中国传统的小说可有这样的写法？"如果我见到宋大哥，我一定跟他上梁山"，李逵说。有这样的叙述方法吗？绝对没有。到了20世纪，现代，竟然有这样的小说，而且这一句话，你说是叙述吧，其实是诗，是诗一样的语言，给整个作品定下了一个诗的调子。这里还出现了人名——子君，小说叫"涓生的手记"，可是一开始出来了另外一个名字，子君和"自己"涓生是相对的。

如果你尝试过写旧体诗词，你可能会有这样的感觉，当你写下第一个词、第一个音节的时候，整个诗的调子差不多就定下来了。写小说也是这样，往往第一句话就把整个小说的调子定下来了。比如你写一个自己家庭生活的小说，小说的第一句叫"俺媳妇……"，那下面的部分可能就被这三个字决定了，下面整个小说的调子是可以想象的。假如第一句不这么写，而写"我的妻……"——马上下面调子又不一样了，小说的开头是非常重要的。那么《伤逝》的开头是不平凡的。当然现在这种写法已经被恶俗化了，完全变成一种戏仿，我们想象这句话如果让周星驰来说，就会变成那种大话西游式的语言了。

会馆里的被遗忘在偏僻里的破屋是这样地寂静和空虚。会馆，是人们在都市中由同乡或同业组成的团体，可以提供基本的住宿条件，有的还供应一点饭，相当于现在的驻京办事处。不过现在的驻京办事处都是政府建的，那时候会馆是同乡、商人出钱办的，像绍兴就有绍兴会馆。鲁迅自己就曾长期住在绍兴会馆，所以他有会馆生活的经历、经验，这让人觉得小说主人公好像跟鲁迅又有点关系。第二段的开头一句仍然是这样不平常，是这么长的句子，"会馆里的被遗忘在偏僻里的破屋"，这么长的定语，"是这样地寂静和空虚"，句子一长，定语一多，节奏自然就慢下来了。节奏一慢就有一种抒情的调子出来，小说像诗一样在抒情。有懂音乐的朋友，你试着给《伤逝》这篇小说配乐，或者你选一首乐曲，然后你在家里，在你的书房里，打开《伤逝》这篇小说读，同时放一首曲子，你放的这首曲子，你想象应该是什么风格的，或者是用什么乐器来演奏呢。好像小提琴曲比较合适；在某一种曲子的那种曲调中来读这篇小说，你一定会有别样的审美收获。

时光过得真快，我爱子君，仗着她逃出这寂静和空虚，已经满一年了。他在这种抒情的调子中来讲故事。很多小说是讲故事为主，然后来抒情，这个小说似乎从一开始就是抒情为主，故事还没展开，乐曲已经演奏出来了，耳边仿佛听着演奏，然后你知道原来他跟子君是恋人，他爱子君，可是这又写得很不寻常，我们一看他写的这个样子，就知道主要不是写他爱子君的故事。"仗着她逃出这寂静和空虚"，原来他爱子君是有一种形而上的东西，不仅仅是要写一个第一次亲密接触的故事，这马上就和那类东西区别开来。

事情又这么不凑巧，我重来时，偏偏空着的又只有这一间屋。依然是这样的破窗，这样的窗外的半枯的槐树和老紫藤，这样的窗前的方桌，这样的败壁，这样的靠壁的板床。鲁迅非常善于使用排比句，这是我们不容易注意到的，鲁迅使用排比句使用得特别好。我们现在写作文，老师也经常教我们写排比句，但是那个排比都排比得特别生硬，没有达到排比应该获得的文学效果。我们的排比句是"欢迎你啊，新同学。欢迎你啊，小张。欢迎你啊，小王"，这种排比句没有意思。你一看"这样的"三个字排比，排出这样的婉转的、凄婉的调子出来，你看他的"这样的"三个字用得多好。**深夜中独自躺在床上，就如我未曾和子君同居以前一般，**他写的是一个人的主观感受，在感受里你慢慢地知道了很多信息，其实你已经知道故事了，你起码知道他跟子君一年前在这里同居，但他主要不是讲这个事，他讲的是一个感受。

过去一年中的时光全被消灭，全未有过，我并没有曾经从这破屋子搬出，在吉兆胡同创立了满怀希望的小小的家庭。他们曾经从这里搬出去过，在一个胡同住过，那个胡同叫吉兆胡同。名字很好听，吉利的兆头，代表着希望的意思，但是我们从叙述中又分明感到，这是一场梦。讲《在酒楼上》和《孤独者》的时候我都讲过梦的框架，鲁迅的小说经常使用梦的框架。《伤逝》，其实还是一个梦，他讲一年前有过这么回事，但是无人能够证明的。

不但如此。在一年之前，这寂静和空虚是并不这样的，常常含着期待；期待子君的到来。无怪乎语文课的老师喜欢用鲁迅作品来讲修辞手法，鲁迅的修辞手法的确用得频繁，而且高妙。但是因为老师老这么讲，我们就把鲁迅更重要的东西给忽略掉了。我们更成熟一点之后，应该注意到鲁迅的修辞是非常棒的。你看，"常常含着期待；期待子君的到来。"这是什么修辞？这是顶真，他用来是这么自然，有的时候你不觉得，因为它太自然了，像两个音节相连一样，流水一样地下来。

在久待的焦躁中，一听到皮鞋的高底尖触着砖路的清响，是怎样地使我骤然生动起来呵！这些词在鲁迅用来，个个都是活的。根据心理学，至今仍然有很多人喜欢听高跟鞋走路的声音。可以想象民国初年的时候，大概是中国很早的一批女性，开始穿着高跟鞋走路的时候，这给当时的男性带来了一种崭新的生活中的音乐，生活中的音响。我想鲁迅一定亲自经历过，不然他怎么能描写得这么生动呢？他写得这么仔细，我们可以想象他听到这种声音的时候，曾经仔细地去想象过，想象那个清响，而且鲁迅说它是"骤然生动起来"，把人都写活了。**于是就看见带着笑涡的苍白的圆脸，苍白的瘦的臂膊，布的有条纹的衫子，玄色的裙**。这是白描一个人的形象，那就是子君的形象，典型的五四青年、五四女学生的装扮，五四女青年就是这样的装扮。我曾经有一篇文章叫作《百年回眸看女装》，写女人衣服的，其中有一段是写五四时期女性的穿着，这是典型的五四时期女人的穿着。**她又带了窗外的半枯的槐树的新叶来**，这写的是新叶，但是半枯的槐树的新叶又很有北方的特点，**使我看见，还有挂在铁似的老干上的一房一房的紫白的藤花**。鲁迅在北京住得长，北京的语言他都熟悉了，北京讲藤花，量就是论房的，一房一房的。**然而现在呢，只有寂静和空虚依旧，子君却决不再来了，而且永远，永远地！**……

我们读到这里不知道他们之间发生了什么悲剧，子君怎么样了，感觉子君永远永远都不来了，她是不是死了？这个节奏很像古人写的一种文体，叫作悼亡诗。中国古人，很少把爱情的作品写给自己的夫人、写给自己的太太，有一种情况就是夫人死了，他写诗来哀悼她，这种诗专门成为一种文体叫悼亡诗。悼亡诗就是指哀悼夫人的，至于其他的爱情诗篇一般都是写给夫人以外的女性的。《伤逝》不然。它有的时候写现在，有的时候写过去，是用感觉、感情把它连缀在一起的，不用说"花开两朵，各表一枝"，不用说完现在再说去年的事儿，不用这种手法。

子君不在我这破屋里时，我什么也看不见。在百无聊赖中，随手抓过一本书来，下面要写的是人在恋爱中的感觉，不管是谈过恋爱的，还是想象着在谈恋爱的，你看看鲁迅写得是否生动：女朋友没来的时候，他什么也看不见,百无聊赖中,随手抓过一本书来。**科学也好,文学也好,横竖什么都一样;看下去,看下去,忽而自己觉得,已经翻了十多页了,但是毫不记得书上所说的事**。如果没有亲历过,恐怕写不出来。**只是耳朵却分外地灵,仿佛听到大门外一切往来的履声,鞋子的声音,从中便有子君的,而且橐橐地逐渐临近,——但是,往往又逐渐渺茫,终于消失在别的步声的杂沓中了**。通过写听声音,来表达恋爱中的人一会儿失望,一会儿绝望的心态,写得非常好。恋爱的人的期待往往是通过听觉来表达的,古诗中也有这样的,但是古诗中写的经常是女性等待男性,古诗中更多写的是闺中少妇或者少女等着那个男人来,老去听。有一首古诗叫"雷隐隐,感妾心,倾耳清听非车音",听到"隆隆隆隆隆"响,以为是男朋友驾着马车来接她来了,她打开门一看,原来是要下雨了,打雷,并不是凯迪拉克来了。《伤逝》写的是男性等待女性的声音,也是这么生动。**我憎恶那不像子君鞋声的穿布底鞋的长班的儿子,我憎恶那太像子君鞋声的常常穿着新皮鞋的邻院的搽雪花膏的小东西!** 人家不像的他也讨厌,他也憎恶;像的他也讨厌,他也憎恶。人在恋爱的状态中,多多少少都是变态的,所以热恋中的人你别理他,别惹他,也别跟他一般见识,因为他这个时候处在异常状态,等他失恋了你再安慰他。

现在他就写,**莫非她翻了车么?莫非她被电车撞伤了么?**……写得这么感同身受,很令人感动,人在热恋中老去胡思乱想,对方迟到五分钟就想象她被车撞了。

我便要取了帽子去看她,然而她的胞叔就曾经当面骂过我。这里出现了爱情的障碍,原来她有一个叔叔,她这个叔叔骂过"我",好像是不同意他们的感情交往。

蓦然,她的鞋声近来了,一步响于一步,迎出去时,却已经走过紫

藤棚下，脸上带着微笑的酒窝。 终于，恋人来了。我觉得我跟现在的同学们可能开始有了代沟，我不知道现在的同学们还有没有这种谈恋爱的感觉，因为现在联系太方便了，不用每天等着人家走路的声音，你打一个电话就行了——"你到了吗？""到了。到楼下了，下来吧。"——非常方便，减少了很多等待的痛苦，减少了痛苦其实就是减少了爱情。你没有这样的等待，没有这样的失望，再希望，灭了再着起来，没有这样的反复，不会获得深刻的爱的感觉。一切都是快餐式的，那样便捷，那样不值钱。所以我觉得这种感觉要保留，你自己没有，就要去体会人家的这种感觉，去想象人物当时心里的喜悦。**她在她叔子的家里大约并未受气；我的心宁帖了，默默地相视片时之后，破屋里便渐渐充满了我的语声，** 这不是子君的说话的声音，是涓生的语声，"谈"——谈什么呢？**谈家庭专制，谈打破旧习惯，谈男女平等，谈伊孛生，谈泰戈尔，谈雪莱……** 下面写得就比较俗了，这是文学青年谈恋爱惯用的内容，千万个青年总是如此开始的，现在只不过是换了一批作家而已，当然现在还可以谈明星。**她总是微笑点头，两眼里弥漫着稚气的好奇的光泽。** 这是一种纯真的对文学生活的仰慕。**壁上就钉着一张铜板的雪莱半身像，是从杂志上裁下来的，是他的最美的一张像。当我指给她看时，她却只草草一看，便低了头，似乎不好意思了。** 因为雪莱是非常英俊的一个诗人，她一个少女看了，低下头不好意思。**这些地方，子君就大概还未脱尽旧思想的束缚，** 可见子君还是从旧时代走过来的女青年，看见一个英俊的男人肖像，她感到害羞。这种感觉好像今天绝对没有了，已经恍如隔世了。今天的女孩子看到这样一个英俊的男性的肖像，会赶快跑过去照一张相，完全不一样了。**——我后来也想，倒不如换一张雪莱淹死在海里的记念像或是伊孛生的罢；但也终于没有换，现在是连这一张也不知那里去了。** 不知不觉小说已经展开一些画面，展开一些故事，但整个的调子还是抒情的,好像是一池抒情的碧波,里面荡漾着一些故事。这是《伤逝》这篇小说的美学基调。

由于不用按逻辑线索讲故事,所以这个小说就自由了,它有很多自由,它想写一个画面就可以写一个画面,想写一句话就写一句话。下面就出来一句话,加了引号的一句话:

"我是我自己的,他们谁也没有干涉我的权利!"

这是我们交际了半年,又谈起她在这里的胞叔和在家的父亲时,她默想了一会之后,分明地,坚决地,沉静地说了出来的话。在一个并不讲故事的小说里面,出现了这样一句,听上去很冷静很平淡,但其实又是斩钉截铁的,在那个时代可以振聋发聩的话。鲁迅不怎么写爱情,一写就这么厉害,这句话读了之后,没有人能够忘记,这是那个时代的女性宣言,是最斩钉截铁的宣言,所以很多人看了,就会记住子君的这句话,"我是我自己的,他们谁也没有干涉我的权利!"这是五四时期被压抑了多少年的中国女性发出的呼声,自由的呼声,发出这么多年了,其实现在也没有完全实现。我们现在有多少女性能说,"我是我自己的,他们谁也没有干涉我的权利"?当我看《神雕侠侣》的时候,我想让小龙女说出这句话来,想让杨过说出这句话来——"你们有什么权利干涉我的感情生活?"但是这是一种理想。这句话为什么可贵?就是因为它不容易实现,即使在现在我们号称全球化的这样一个时代,这句话好像更不容易实现了。我们受到越来越多的压迫和束缚,越来越不自由,有那么多的老板在管着我们,所以今天好像是谁都有干涉我的权利,说话要小心谨慎。

可是这是子君说出来的,并不是涓生说的,什么时候说的呢?**其时是我已经说尽了我的意见,我的身世,我的缺点,很少隐瞒;**很少隐瞒的意思是还多少有点隐瞒,你要注意这个,其实他还不能完全不隐瞒。

她也完全了解的了。这几句话很震动了我的灵魂，此后许多天还在耳中发响，而且说不出的狂喜，在恋爱中听到女朋友说出这样的话来，他是狂喜，知道中国女性，并不如厌世家所说那样的无法可施，在不远的将来，便要看见辉煌的曙色的。在五四那个时代有一个女性能说出这样的话，那越来越多的女性，就会越来越自由，越来越能够掌握自己的命运。所以有无数的子君走出家庭，走向辉煌的曙色。当然在历史中并不是一条道越走越好，它中间会有很多曲折，需要走来走去。现在有很多人号召女性要回到厨房，回到家庭去，已经有这个论调出来，说她们反正不如男人挣钱多，那就在家里相夫教子嘛。也许各有道理，也许时代需要这么一个曲折，但是在那个时候，子君的话就是伟大的声音。

送她出门，照例是相离十多步远；在那个时候，虽然说已经风气开放，男女可以自由交往，但是环境的压力是很大的，两个人在屋里可以谈易卜生，谈雪莱，但他出门送她，俩人不能在一块儿，要相离十多步远才行，即使子君说出那么坚决的话来。所以鲁迅在哪篇文章里提到谁说柔石，说类似于"只要发现离他七八步远有一个女性，我便疑心是他的女朋友"的话，这完全可以类推的。其实不只是那个时候，我小的时候也是这样，男女同学不能随便交往，所以你发现有一对男女同学相离七八步远在走路，基本可以判断出什么东西来。子君、涓生周围果然有压力，照例是那鲇鱼须的老东西的脸又紧贴在脏的窗玻璃上了，连鼻尖都挤成一个小平面。他写脏的玻璃窗实际上是写"老东西"脏的心灵，心灵肮脏，这是一个象征。到外院，照例又是明晃晃的玻璃窗里的那小东西的脸，加厚的雪花膏。这是一老一少两个人。她目不邪视地骄傲地走了，没有看见；我骄傲地回来。在那个时候能够有勇气自由恋爱，虽然离着十多步远，但这也是足以自豪的事情。虽然这是个人感情的事，对于时代来讲他们就是先觉者，开出了新的路。

"我是我自己的,他们谁也没有干涉我的权利!"这彻底的思想就在她的脑里,比我还透澈,坚强得多。半瓶雪花膏和鼻尖的小平面,于她能算什么东西呢?涓生在这里对子君是非常赞赏、肯定,甚至有几分钦慕、钦佩的。在恋爱中往往女性比男性更坚决。特别在热恋的时候,女性经常要比男性更坚决,男的有时候反而犹豫,想这个想那个,女性很多时候是义无反顾的;但是也可能由于女性义无反顾更坚决,会产生别的问题。所以我在这个小说这里写:"女人对于恋爱,往往比男人坚决,但……"

我已经记不清那时怎样地将我的纯真热烈的爱表示给她。岂但现在,那时的事后便已模胡,夜间回想,早只剩了一些断片了;他在回忆怎么向她求爱的这个场面、这个过程,但是记不清楚,为什么记不清楚?因为人在那种时候是非理性的。如果记得特别清楚,那他可能是很理性的,可能是事先盘算好的,有计划按步骤进行的。我们现在的人经常都是有计划按步骤进行的,精心设计好的,买多少钱的花,在什么时刻说什么话。同居以后一两月,便连这些断片也化作无可追踪的梦影。我只记得那时以前的十几天,曾经很仔细地研究过,他都是研究过的,并不是事先没有研究过,研究的什么呢?**表示的态度,排列过措辞的先后,以及倘或遭了拒绝以后的情形。**因为恋爱中的人患得患失,都要设计一番,不管自己有没有那个能力,反正要设计一番。**可是临时似乎都无用,他都忘了,在慌张中,身不由己地竟用了在电影上见过的方法了。**这写得很可笑但又是非常典型的,无数青年人可能都经历过这种场面。那个时候还是20世纪20年代,中国有电影的时间还不长,但是已经可见电影的魔力。电影是好东西,也是坏东西,电影进入人们生活,给人带来娱乐,但同时就控制了人,人慢慢地很多东西都模仿电影。原来我曾经抨击过,我说现在的青年人不会谈恋爱,连接吻的方式都是好莱坞的,因为他从没有谈恋爱的能力的时候起，从小就已经在电视上看熟了；所以有一天他具有了这个能力之后，已经没有自己的发明创造，一律都是好莱坞式的。在鲁迅的20世纪20年代就这样了，20世纪20年代，原来涓生向子君求爱都是用的电影上的方法。**后来一想到，就使我很愧恧，但在记忆上却偏只有这一点永远留遗，至今还如暗室的孤灯一般，照见我**，下面是一个可笑的场面，**含泪握着她的手，一条腿跪了下去……**原来这也是好莱坞式的，电影的魔力太大了，你会认为只有这种方式能够表达你的那种感情。

他写了这一段，你会感到涓生又可笑又可怜，但是又可钦佩，又可敬佩。因为他有勇气，尽管知道这样做是可笑的，事后想起来都觉得可笑，但是当时尽管是模仿的，这是真诚的模仿。我们现在很多青年人谈恋爱，尽管模仿别人的话语，模仿一个贺年片上的一句诗，"如果加上一个期限是一万年"，周星驰的话都可以说出来，但是不妨碍他的感情是真挚的，因为他没有能力发明自己独创的话，他感情是真的就可以了。涓生的举动，是有可值得钦佩的一面的。

不但我自己的，便是子君的言语举动，我那时就没有看得分明；仅知道她已经允许我了。但也还仿佛记得她脸色变成青白，后来又渐渐转作绯红，——没有见过，也没有再见的绯红；孩子似的眼里射出悲喜，但是夹着惊疑的光，虽然力避我的视线，张皇地似乎要破窗飞去。他把一个听到向自己求爱的话的女子，那个神态，那个眼神，写得何等生动，这几句话绝对超过《红楼梦》里写林黛玉的眼神。你可以比较一下贾宝玉初见林黛玉，《红楼梦》写林黛玉的眼睛，形容林黛玉的样子，那一段写得也非常棒，但是我觉得不如这一段写得好。这一段写的是活的，有具体情境的，写子君的眼神是那样的"悲喜""惊疑"，然后似乎要"破窗飞去"。她是一种什么样的心情，用科学的语言是无法概括的，你现在概括一下子君的心情，用科学的语言，现在心跳多少？一百四，一百五？**然而我知道她已经允许我了，没有知道她怎样说或是没有说。**这些他都忘记了，这是庄子讲的"得鱼忘筌"，鱼已经打到了，忘了打鱼的篓子。这种状况说明他们两个人感情是真挚的，这是一种真爱。鲁迅特别重视"真"这个东西，不论好坏，不论左右，"真"就是好的。涓生自己是非理性的，不记得了，那么反过来呢，下一段说：

她却是什么都记得：这是男性和女性不同的恋爱心理。我记得我们上大学时，中国刚刚开始大讲爱情问题，我们那一代学生经常看《爱情心理学》之类的书，中国的，外国的，看了很多爱情心理学的书。学校有各种讲座，讲爱情心理学，"怎样树立高尚的爱情观"，三角地贴出海报，大家都去看，主要是去看爱情观，高尚不高尚就不管了。那个时候听那些讲座，慢慢地也知道一些男性女性的差异，知道男性谈恋爱的时候稀里糊涂的，什么都记不住，而女性什么都记得。大家慢慢地去体会。谈恋爱的时候，要小心女性，她像电脑一样记得你每一次错误，你稍微触犯了她，她就给你死机了。

"她却是什么都记得"，**我的言辞，竟至于读熟了的一般，能够滔滔背诵；**她能够滔滔背诵涓生的言辞，但涓生自己却忘了。**我的举动，就如有一张我所看不见的影片挂在眼下，叙述得如生，很细微，自然连那使我不愿再想的浅薄的电影的一闪。**从他很优雅、忧伤的叙述中，我们仍然能够感到幽默，子君在嘲笑他，由当时下跪的那一幕，我们能想象很多很甜蜜的场面。**夜阑人静，是相对温习的时候了，**这两个人还要温习，**我常是被质问，被考验，并且被命复述当时的言语，然而常须由她补足，由她纠正，像一个丁等的学生。**这一段，我们看两个人感情很深，形容夫妻感情好的话、那些词都可以用到这里，风光旖旎之类的，但是我们隐隐能觉得这两个人怎么老要复习呢，老要复习当初谈恋爱时候的事，一遍一遍不厌烦地说那个时候的事，说得不对还要纠正。

这温习后来也渐渐稀疏起来。但我只要看见她两眼注视空中，出神似的凝想着，于是神色越加柔和，笑窝也深下去，便知道她又在自修旧课了，子君很愿意沉浸在对那一幕的回忆中，只是我很怕她看到我那可笑的电影的一闪。但我又知道，她一定要看见，而且也非看不可的。我们看他写出了一对年轻人的纯真，这种恋爱是何等的纯真，老想着那点事儿，她没有别的功利性的想法，特别纯真，这很难得。

然而她并不觉得可笑。即使我自己以为可笑，甚而至于可鄙的，她也毫不以为可笑。涓生觉得不好意思，真丢人，怎么还有那种场面啊，那么俗，但是子君很认真，觉得这很好。**这事我知道得很清楚，因为她爱我，是这样地热烈，这样地纯真。**从这个话里也能知道，涓生是爱子君的，当一个人那么热烈而又纯真地爱你，她会激发出你的这方面的真爱，可见子君和涓生的爱是没有功利心的。

我们从现代开始，更近一点从五四开始，中国人树立了新的爱情观，核心的一点是与功利脱节。我们向往的，我们崇尚的，我们赞美的，就是这种不带功利目的的爱，就是喜欢这个人本身，喜欢她说话，喜欢她的神态，喜欢这个人，这是没有功利的。我们并不去想，你有多少存款啊，不去想这些问题。没有功利心的爱，是跟传统的主流爱情观不一样的。这种东西也是人的一种本能，只不过在不同的经济模式下，它以不同的形式来展露。本来我们以为人类越发展越进化，应该越能够得到这种无功利的爱。然而现在，这种爱反而大面积地消失了。这种无功利的爱，在中国，也就流行了那么几十年，还不是大多数人都能够得到，大多数人能够向往、能够肯定它就不错了。到了20世纪90年代以来，无功利的爱不但大面积地消逝，而且被大面积地嘲弄，凡是追求这种爱的，往往被人认为是"傻帽"，被周围的人、被自己的家长认为太傻，于是这样的人就越来越少。像子君这样的爱是很少的，也许现在只存在于早恋的中学生人群中，我不是提倡中学生早恋，而是说这种纯真的爱，恐怕真的只存在于中学生身上了，他不考虑未来的事情。

去年的暮春是最为幸福，也是最为忙碌的时光。我的心平静下去了，但又有别一部分和身体一同忙碌起来。我们这时才在路上同行，也到过几回公园，最多的是寻住所。纯真的爱过去之后，他们开始面对现实问题，住所问题出来了。爱要有结果啊！有结果就要有衣食住行，现在住所问题出来了。**我觉得在路上时时遇到探索，讥笑，猥亵和轻蔑的眼光，一不小心，便使我的全身有些瑟缩，只得即刻提起我的骄傲和反抗来支持。**原来两个人离得很远，现在一起同行了，就要提起反抗和骄傲来支撑自己，这是一个斗争的时代，谈恋爱居然需要斗争。**她却是大无畏的，对于这些全不关心，只是镇静地缓缓前行，坦然如入无人之境。**可见这是一个爱的力量，不然子君怎么能够坦然如入无人之境呢？这是爱的力量。

寻住所实在不是容易事，大半是被托辞拒绝，小半是我们以为不相宜。那个时候寻住所还比较容易，北京有很多空房，有很多人叫作"吃瓦片儿"的，现在也还有，就是靠出租房屋为生的。**起先我们选择得很苛酷，——也非苛酷，因为看去大抵不像是我们的安身之所；后来，便只要他们能相容了。**因为当时北京出租房屋的有很多条件，有的不租给单身的，有的不租给单身男人，有的不租给单身女人，有的不租给夫妻，有的不租给没有履行法律手续的夫妻，它有很多条件，所以最后他们只能不挑了。**看了二十多处，这才得到可以暂且敷衍的处所，是吉兆胡同一所小屋里的两间南屋；主人是一个小官，然而倒是明白人，自住着正屋和厢房。他只有夫人和一个不到周岁的女孩子，雇一个乡下的女工，只要孩子不啼哭，是极其安闲幽静的。**他们租了一个普通的人家，鲁迅故意淡化这家人的特点,避免故事生格外的枝蔓。

我们的家具很简单,但已经用去了我的筹来的款子的大半;子君还卖掉了她唯一的金戒指和耳环。我拦阻她,还是定要卖,我也就不再坚持下去了;我知道不给她加入一点股分去,她是住不舒服的。这里一个是表现子君有独立的观念:这里面一定要有我的奉献,不能都是花你一个人的钱,虽然我没有钱,但我有首饰,可以把首饰卖了。但是这里毕竟还是出现了像"股份"这样的词,好像是幽默吧,但又让人觉得不太舒服。如果我们延续先前的比喻,说这是一首小提琴曲的话,这首曲子慢慢慢慢加进了一些奇特的音符来,开始有一些不舒服的音符冒出来了,"股份"冒出来了。刚开始出现一个"住所"还可以,现在有一个"股份",有些东西开始出来。这个乐曲在慢慢变化。

和她的叔子,她早经闹开,至于使他气愤到不再认她做侄女;我也陆续和几个自以为忠告,其实是替我胆怯,或者竟是嫉妒的朋友绝了交。为了爱情啊,有的时候要牺牲其他的人际关系,即使在我们今天这个时代,这份勇气也是很难得的。你要交一个女朋友,或者交一个男朋友,要跟别的朋友断绝关系,这个不容易。**然而这倒很清静。每日办公散后,**原来涓生是办公的,**虽然已近黄昏,车夫又一定走得这样慢,**车夫为什么走得这么慢呢?有走得快的,走得快的比较贵,说明涓生还坐不起骆驼祥子那样的车,大概只能坐一个三十岁以上车夫拉的车,这种车走得慢,还可以少花点钱,省一毛钱。如果坐骆驼祥子那样年轻力壮的车夫的车,拉起来就跑的,可能比较贵,相当于今天打出租车一块二一公里和一块六一公里的差别。**但究竟还有二人相对的时候。我们先是沉默的相视,接着是放怀而亲密的交谈,**鲁迅用词确实厉害,他每用一个词,你都觉得换一个词不会比他用得更好,他用的那就是板上钉钉,就是最好的。"放怀而亲密的交谈",普通的词在他这里用得简直是点土成金，一个石头到他手里都能变成精美的武器。**后来又是沉默。大家低头沉思着，却并未想着什么事**。俩人感情特别好时，特别是好到一定程度的时候，会变成无聊，因为没什么可说的了，对方的事全都知道，两个人跟一个人似的，在那里沉思，如同一个人在沉思，没什么事，就在那儿想事呗。我有一个同学，夫妻感情非常好，感情非常好就没什么可说的，就说点无聊的话："你干吗呢？""我看电视呢！""你看什么电视呢？""我看索尼电视呢！"——非常无聊的谈话，但是这么谈话说明感情非常好，实在没什么可说的了，只能这么谈。下面涓生讲他们恋爱的深度，爱的深度，这种过程可能很多人都体会过，但是你就写不出来这么好的文字。**我也渐渐清醒地读遍了她的身体，她的灵魂**，说他们亲密的程度，他用一个"读"字，读书一样地"读遍了她的身体，她的灵魂"。许多年以后有一首歌，有一句歌词是"读你千遍也不厌倦"，很多人还说这首歌写得好，这首歌不过是借鉴而已。这个"读"字早都活用过。**不过三星期，我似乎于她已经更加了解，揭去许多先前以为了解而现在看来却是隔膜，即所谓真的隔膜了**。他写着写着开始不对劲儿，"隔膜"这个词出来了。三个星期他对她完全了解了，达到最好的状态。但世间任何事物不会停留在一种状态上，永远在变化。为什么中国古人强调事情不要做满，不要做到顶峰，就是因为知道做到顶峰就要变化。两个人爱到不能再爱的时候，不是吉兆，所以说《书剑恩仇录》里边乾隆讲"情深不寿"，有这样的话。这里"隔膜"出来了。

据说美国科学家研究过，爱情最多只能维持18个星期，他说爱情是一种纯粹的生理活动，分泌了某种东西就有爱情了，这个东西顶多能维持18个星期。很多人好像相信，我不知道这东西是否科学，但是看实际生活中好像爱情是很难维持的，再好的爱情也会变化，大多数白头偕老的夫妻，不是靠爱情维持下来的，一定要找到其他的生命的支柱，感情的支柱。

但是这首乐曲还在缓缓地演奏着，没有变化得这么快，**子君也逐日活泼起来。但她并不爱花，我在庙会时买来的两盆小草花，四天不浇，枯死在壁角了，我又没有照顾一切的闲暇。然而她爱动物，也许是从官太太那里传染的罢，不一月，我们的眷属便骤然加得很多。**喜欢花草和喜欢动物，如果在生活中讲可能没有太大的区别，这里他这么写，恐怕是强调爱花草——小花小草——是女学生的标志，是年轻女性知识分子的兴趣；而爱动物，活生生的动物，养动物，这好像已经告别女学生时代，要过日子了，要变成家庭主妇了。家庭主妇才开始养动物，养宠物。现在的有些女孩子，结婚以后开始养一只"京巴"，结婚以前女孩子时代不养"京巴"，顶多买一个毛茸茸的狗熊什么的，经常进行一下抚摸。这是不同时代的特点。那么子君现在，买来的花草四天不浇水，死了，她爱动物，而且受官太太传染。"不一月，我们的眷属便骤然加得很多"，**四只小油鸡，在小院子里和房主人的十多只在一同走。两家的鸡混在一同走，但她们**——两家的女主人，**却认识鸡的相貌，各知道那一只是自家的。**这是养小鸡，**还有一只花白的巴儿狗**，这是著名的"京巴"，北京的巴儿狗，非常有名，**从庙会买来，记得似乎原有名字，子君却给它另起了一个，叫作阿随。**好像原来人家主人给狗起了名字，子君不管，给重新命名了，叫阿随。**我就叫它阿随，但我不喜欢这名字。**因为子君叫狗阿随，他爱子君，就跟着子君叫它阿随，但是他又说不喜欢。

为什么不喜欢？因为这个"随"好像没有主体性。人必须有主体性，必须有一个多少跟自己的精神主体有关联的名字，叫阿随就没有主体性。20世纪80年代初电影《乡音》里面有一个贤妻良母，她的丈夫说什么，她都说，"我随你"，影片不断重复这句话，讽刺传统女性没有主体，都是"我随你"。这里涓生显然是出于这样的思想，不同意这只狗叫阿随。

看一个人给他的宠物起什么名字，这是很有趣的。你可以调查一下你家邻居，都给他们家宠物起什么名字。现在很多人都养猫养狗，带猫狗出去之后增进了邻里关系，都拿猫狗来互相聊天。我有时趴我家窗户上做无聊的看客，看看这些人怎么聊天。有的人牵着狗出来，别人说："小胖的爸爸出来啦？"他家的狗叫小胖，养狗的主人就叫小胖的爸爸。现在都是这样的，直接说某某的爸爸、某某的妈妈，这个很有趣。现在有一个画家叫韩美林，韩美林家养了两只猫，他给这两只猫起了名字，那只公猫叫"刘富贵"，母猫叫"张秀英"，一看你就知道这是艺术家干的事，一般人干不出这事来。这显然有他的某种人生观、世界观放在里头。他一喊"富贵！"，那只猫就过来。

这是真的，爱情必须时时更新，生长，创造。请大家记住，这是《伤逝》这篇小说里的名言，"爱情必须时时更新，生长，创造。"我们的生活越来越好——似乎，吃喝玩乐的内容越来越多，机会越来越多，但是爱情却不是越来越幸福。爱情这东西跟国民生产总值是没有关系的，跟全球化不全球化都没有关系，照样每天有那么多的人失恋，有那么多的情杀。怎么来保持爱情？是不是人家说爱你了，这事就完了，你就可以睡大觉了，一辈子就幸福了？不是这样的，鲁迅告诉我们，鲁迅通过涓生的口告诉我们，"爱情必须时时更新，生长，创造"。这句话不好理解，弄不好我们就理解为爱人必须时时更新，这是我们今天很多人的理解。那就不对劲儿了，完全不对，要把爱情看成是一个有生命的东西，爱情是有生命的，像花草一样，不浇水它就死了。你不要以为人家说了一句"我爱你"，你就可以再不理它，以为他一辈子就会爱你的。他说了他爱你之后，是希望你每天给他浇水，你必须浇灌他的灵魂，两个人互相浇灌，这才能更新，生长，创造，爱情才能长成大树。大多数人是不懂得这个道理的，还像古代一样，以为爱情就是结婚的一个手段，通过谈恋爱跟人家结了婚，以后就什么都不管了，那以后就会出事，这是无数人的惨痛教训，这些人得出惨痛教训也不见得能说出鲁迅那么精辟的话来。**我和子君说起这，她也领会地点点头。**他们好像都能沟通。

唉唉，那是怎样的宁静而幸福的夜呵！鲁迅是非常贪恋幸福生活的。没有人天生愿意做一个战士，没有人天生愿意在外面枪林弹雨地那么活着！谁不愿意有无数个宁静而幸福的夜啊！谈谈雪莱，谈谈哈耶克，谈谈海岩，谈谈超女，多好，谁不愿意过这样的生活？但是不行，为了很多人能过这样的生活，包括为了自己、自己的亲人能过这样的生活，就免不了要战斗，但是，"树欲静而风不止"，那个战斗的人，心里不是没有这一份"宁静而幸福"，那个战斗的人，可能更渴望、更知道安宁的可贵。所以我们要经常看到鲁迅心里边的大爱，特别柔软的那一面，像徐志摩说的"浓得化不开"。徐志摩标榜自己"浓得化不开"，鲁迅不用标榜，鲁迅心里才有像蜂蜜一样"浓得化不开"的那种甜蜜的东西，他因为有这个甜蜜的东西支撑着他，他这么热爱生活，所以有人破坏这种生活的时候，他才能义无反顾地去战斗。

安宁和幸福是要凝固的，永久是这样的安宁和幸福。从哲学上讲，没有什么东西可以凝固，只要不保护，马上就变化。现在国家与国家之间都和平了，签订条约了，但你要是把解放军解散，国家马上就变样了，今天解散，明天和平就没有了。**我们在会馆里时，还偶有议论的冲突和意思的误会，自从到吉兆胡同以来，连这一点也没有了；我们只在灯下对坐的怀旧谭中，回味那时冲突以后的和解的重生一般的乐趣。**这写得非常好，"重生"，爱情有时候给人的就是这种重生的感觉，人失恋以后像死掉一回一样，一旦失了恋，又重新燃起爱情的火焰，那就像重生。两个人起冲突，有的时候觉得没有路可走了，再和解，这种乐趣，就是死去活来的乐趣。

下面一段，**子君竟胖了起来，脸色也红活了**；如果你对鲁迅小说有感觉的话，应该知道在鲁迅的小说中，如果一个人胖了，恐怕并非吉兆。鲁迅还写过谁胖了？祥林嫂。鲁迅写祥林嫂也是到鲁四老爷家之后居然胖了，胖，看来不是什么好事——当然鲁迅不是宣传减肥。**可惜的是忙。管了家务便连谈天的工夫也没有，何况读书和散步。我们常说，我们总还得雇一个女工。**

这就使我也一样地不快活，傍晚回来，常见她包藏着不快活的颜色，终于，"不快活"这样的字出来了，他们不快活了。**尤其使我不乐的是她要装作勉强的笑容。**他们心里边开始有不快活，但是刚结婚，怎么能不快活呢？所以要装作快活。前面的"音乐"那么好，我们读到这儿，不想再听下去了，不想再看了，知道他要写一些生活中残酷的东西了。但是没有办法，生活就是残酷的。**幸而探听出来了，也还是和那小官太太的暗斗，导火线便是两家的小油鸡。但又何必硬不告诉我呢？人总该有一个独立的家庭。这样的处所，是不能居住的。**他想宁静，但是生活不容宁静，生活是非常现实的事情，是一个铜板一个铜板组成的，你想自己独立生活，那你得买房子，买房子得有钱。鲁迅和一切虚伪的知识分子、虚伪的学者的区别在于，他从来不忌讳谈钱，他把钱这个问题看得很重要，钱在人的生活中是非常重要的，所以凡是有人假装清高不谈钱，甚至贬低别人说"你怎么谈钱"的时候，鲁迅会说，那你是欠饿，应该饿你两天，摁摁肚皮，然后你再来跟我谈钱的问题。

鲁迅重视钱的问题，重视物质生活的问题，并不是因为他读了马列主义，那个时候他还没接触马列主义，那些是他从自己的人生体验中得出来的真理，只不过和马列主义巧合了而已，与马克思暗合。马克思也是从吃饭的问题，物质生活的问题，展开他全部的思想体系。人首先必须吃饭，这是他整个哲学的起点。鲁迅强调的也是这个，爱情，好，理想、文学,都好,但是人必须吃饭。你承认吃饭很重要,才不至于有朝一日遇到吃饭问题的时候,就变为吃饭的奴隶,你承认吃饭的重要性,有一天你才可能宁愿不吃饭,而去做革命烈士。

我的路也铸定了,每星期中的六天,是由家到局,又由局到家。在局里便坐在办公桌前钞,钞,钞些公文和信件;涓生原来就是一个小公务员,当然那个时候公务员不像现在需要全国考试,但是也不容易,在北京谋得一个公务员的差事也是不容易的了。**在家里是和她相对或帮她生白炉子,煮饭,蒸馒头。我的学会了煮饭,就在这时候。**一对年轻人在社会上像一对小鸟一样生活,今天我们也看到很多刚毕业走出校园的小白领,在某个胡同租个房子这样住着,情景大概差不多。有时候你到高楼大厦的旁边走一走,就会发现有很多毕业几年的小夫妻在那里住着,弄个小炉子在那里做菜,很甜蜜,但是很辛苦,很辛苦地生活,可能若干年内他们都买不起一个一居室。所以《伤逝》这样的爱情小说,在今天仍然有巨大的意义。

但我的食品却比在会馆里时好得多了。做菜虽不是子君的特长,然而她于此却倾注着全力;对于她的日夜的操心,使我也不能不一同操心,来算作分甘共苦。况且她又这样地终日汗流满面,短发都粘在脑额上;两只手又只是这样地粗糙起来。他这样写并不是写子君不好看了,而是写她变成了一个主妇。通过写她的手、外貌的变化,鲁迅写她的精神开始变化了,问题开始复杂了。

况且还要饲阿随,饲油鸡……都是非她不可的工作。

我曾经忠告她:我不吃,倒也罢了;却万不可这样地操劳。她只看了我一眼,不开口,神色却似乎有点凄然;我也只好不开口。然而她还是这样地操劳。两个人之间开始有一点点隔膜了,他不希望子君这样操劳、这样变化,但是她不这样操劳又能干什么呢?她别无所为。我们已经看到，现在出现了一点小小的问题，这个问题的一个很重要的原因是什么？最重要的原因是子君没有工作。现在有一种舆论，说女孩不用找工作，将来找个有钱的老公就行了。我不同意这种论调，我认为任何女性绝不要把希望放在男性身上，无论你如何爱他，你越爱他越应该有自己的工作。女性怎样才能幸福？这个问题五四的时候已经讨论过了，鲁迅用这篇小说——这篇小说当然意义很丰富——也回答了这个问题。

因为子君没有工作，她不这样做又能做什么？她不这样做又怎么向涓生表达她的爱？她唯一向涓生表达她的爱的方法，就是沉迷于全部的家务。而涓生却又不满，这不满又不是故意的，一切都是自然而然发生的，每一个细节都是合理的，这就是生活。生活中悲剧的发生不需要制造巧合。一般的人为什么认为武侠小说不好，武侠小说档次低呢？就是因为大多数武侠小说都是制造巧合。而像鲁迅这样的精英文学为什么被认为好，就因为它不是巧合的，它写的是生活本来的面目，生活就是这样的，只不过你没写出来，他写出来了。

我所豫期的打击果然到来。下边要掀起一个小高潮。双十节的前一晚，我呆坐着，她在洗碗。听到打门声，我去开门时，是局里的信差，交给我一张油印的纸条。我就有些料到了，到灯下去一看，果然，印着的就是：小说里突然出现了一个方框，好像代表着那张纸条。在小说叙事中可以不要这个方框，直接写纸条上写的什么字就可以了，但是鲁迅却画了这么一个方框，这叫"超文本"，插入的一种奇特的文本，像今天在电脑WORD文档里，插入一个对话框、文字框一样。这在当时是非常新奇的手法，小说里突然有了一个形象，这是当时能够掌握的最高级的手段了。你不要说鲁迅不时髦，他非常时髦，非常有创新能力，当时能够想到这一招，也就类似于今天在文章里加一段乐曲了，类似于这个手法。

纸条上写的是："奉　局长谕史涓生着毋庸到局办事　秘书处启　十月九号"；写得完全合乎规矩，就像一个完整的纸条一样。从纸条里我们知道涓生原来姓史，叫史涓生，他有姓了。纸条写得很客气，是公文。我们看过去一个公文写得多么文雅，连开除一个人都写得这么客气，其实就是把他开了，不让他上班了，但是写得这么客气。我们今天的人写纸条，写得既啰唆又不准确又不客气。

这在会馆里时，我就早已料到了；那雪花膏便是局长的儿子的赌友，赌博的朋友，一定要去添些谣言，设法报告的。到现在才发生效验，已经要算是很晚的了。其实这在我不能算是一个打击，因为我早就决定，可以给别人去钞写，或者教读，或者虽然费力，也还可以译点书，况且《自由之友》的总编辑便是见过几次的熟人，两月前还通过信。但我的心却跳跃着。涓生受了这么一个打击，被炒鱿鱼了，但是涓生说自己不怕，还有很多办法，这个办法在一定程度上是对自己的安慰。**那么一个无畏的子君也变了色，尤其使我痛心**；她近来似乎也较为怯弱了。你们两个人不是新青年吗？不是个性解放吗？不是那么勇敢吗？"我是我自己的"，不是谁也没有干涉你的权利吗？是！谁也没有干涉你的权利，但是生活就来慢慢地干涉你了。打击来了。

"那算什么。哼，我们干新的。我们……"她说。

她的话没有说完；不知怎地，那声音在我听去却只是浮浮的；灯光也觉得格外黯淡。人们真是可笑的动物，一点极微末的小事情，便会受着很深的影响。我们先是默默地相视，逐渐商量起来，终于决定将现有的钱竭力节省，一面登"小广告"去寻求钞写和教读，一面写信给《自由之友》的总编辑，说明我目下的遭遇，请他收用我的译本，给我帮一点艰辛时候的忙。他认识一个杂志的编辑，想让编辑接受他翻译的稿子。但是鲁迅给这杂志起的名很好玩，叫《自由之友》，自由，这分明是一个反讽。自由，什么是自由？你这样的人哪有自由？在这样的社会里，没有钱就没有自由。所以说像鲁迅、像郁达夫这样的人，都是直面人生的猛士，他把人生的真相告诉给青年。

20世纪20年代，曾经有一个文学青年写稿子发表不了，北京的冬夜他写得鼻子直流血，很穷，实在没有办法，就给大作家郁达夫写了一封信，说，我很穷，怎么办，我的文章发表不了！郁达夫是才子，给他写了一封公开信回答他，说这个社会就是万恶的，你要想生活好，你去偷，去抢，去怎么怎么样，这个社会就是这样——把人生的真相指给他。当然郁达夫并不是写完就完事，郁达夫还是很真诚的人，去找了这个青年，送给他几块钱，领他吃了一顿饭。后来这个青年果然有了出息，成了大作家，他的名字叫沈从文。这是在那样的时代，有这样的作家给他们指出人生的真相来。

"说做，就做罢！来开一条新的路！"你看，受到打击之后两个人并不是一下就被打垮，两个人还是有希望的，要开新的路。

我立刻转身向了书案，推开盛香油的瓶子和醋碟，子君便送过那黯淡的灯来。鲁迅，我们说他是大文豪大手笔，大手笔往往体现在细微之处，哪个细微之处？就是"推开盛香油的瓶子和醋碟"，就这样的话，他能够在这里写出来。假如不要这句话，只写"我立刻转身向了书案，子君便送过那黯淡的灯来"，也通，但是境界立刻就下去了，那就是一般的作家——二流作家可以写出来的。在这样的情况下，能够加上这一句，"推开盛香油的瓶子和醋碟"，不得了。高手和低手的差别，我们不容易发现差在哪里，就说金庸和一般的武侠小说家差在哪里，他经常写一个词叫"好整以暇"，就是人物打得最激烈的时候，他可以写一段风花雪月，而且写得那么从容不迫。鲁迅写这个也是这样，两个人被打击成这个样子，准备开一条新路，可是这一句话里边有多少丰富的痛苦和幽默，旁边这些香油瓶子和醋碟，就是他们人生中最重要的问题，是推不开的，你想推，就推得开吗？

我先拟广告；其次是选定可译的书，迁移以来未曾翻阅过，每本的头上都满漫着灰尘了；最后才写信。

我很费踌躇，不知道怎样措辞好，当停笔凝思的时候，转眼去一瞥她的脸，在昏暗的灯光下，又很见得凄然。我真不料这样微细的小事情，竟会给坚决的，无畏的子君以这么显著的变化。她近来实在变得很怯弱了，但也并不是今夜才开始的。我的心因此更缭乱，忽然有安宁的生活的影像——会馆里的破屋的寂静，在眼前一闪，刚刚想定睛凝视，却又看见了昏暗的灯光。

这里我们去想，子君为什么会显得比涓生更受打击？这似乎和她先前那样纯真的无畏勇敢是有关联的。正因为她先前那么单纯，认为只要有爱情，我爱他、他爱我就万事大吉了。她对生活中将要到来的打击，是毫无准备的。人活着必须想到各种天塌地陷的事，天塌地陷的事情可能一辈子不会来，来的可能是一些小的打击，但是你想到过大的打击，当小打击来的时候，就不怕，无所谓，你还会说，老子死都不怕还怕这个！因为你想过。当然你偶尔也能遇到生死大事。小的事情，什么开除，什么不及格，这算什么啊？什么失恋啊，决不要为此而跳楼，或者跳未名湖，你一想那都不算什么！真的遇到困难的时候你这样想，过不了几天这个疼痛就过去了，你这样想就能渡过一切困苦。

许久之后，信也写成了，是一封颇长的信；很觉得疲劳，仿佛近来自己也较为怯弱了。于是我们决定，广告和发信，就在明日一同实行。大家不约而同地伸直了腰肢，在无言中，似乎又都感到彼此的坚忍倔强的精神，还看见从新萌芽起来的将来的希望。青年人不是一下子就能打败的。

外来的打击其实倒是振作了我们的新精神。局里的生活，原如鸟贩子手里的禽鸟一般，仅有一点小米维系残生，决不会肥胖；日子一久，只落得麻痹了翅子，即使放出笼外，早已不能奋飞。 这些话写得多精练，多好！现在不也一样吗？你好不容易找一个小公务员的工作，在里边抄抄写写，当一个跑腿的，当一个某某局的或某某部委的"牛马走"，时间一长你就会干这个，什么也干不了了，所以你不能不趋炎附势，因为你放出笼子之外不会找食儿吃。所以有一些人，为什么就愤然要自己干呢。**现在总算脱出这牢笼了，我从此要在新的开阔的天空中翱翔，趁我还未忘却了我的翅子的扇动。** 这里，涓生作为这个手记的主人公，受到了这样的打击，失业的打击，但是没有被打垮，他现在还要去扇动这个翅子，他还是一个五四青年。这是他主观的想法，社会怎么来应对你的想法，你怎么跟社会一个回合一个回合地打？

这个咱们下次再讲，因为在五一放假之前不宜讲得太悲观。

祝大家过一个好的五一劳动节。

逝去的是什么

——解读《伤逝》(下)

大家没有完全安静下来,我就再说点闲话。正好我带了一套司马翎的小说,给大家推荐一下。司马翎的小说很多,有一本叫《剑海鹰扬》,是他比较有代表性的一部,喜欢读武侠的同学可以读一读。司马翎也是20世纪六七十年代非常著名的武侠小说家。一般提到新派武侠,香港的就以梁羽生、金庸为代表,很多人认为台湾武侠小说代表是古龙,但是也有相当一部分人认为,台湾武侠小说的第一人,古龙根本配不上,应该是司马翎。无论从文化修养,还是从小说艺术上来讲,古龙写的都是歪门邪道,堂堂正正的武侠精神是在司马翎这里。的确,古龙还没出道的时候,司马翎已经是大师了,司马翎的作品有非常突出的特点,那种推理的精神、雄辩的特点。司马翎小说非常多,水平也参差不齐,《剑海鹰扬》是他水平比较高的一本。喜欢司马翎的人也非常多,有的人喜欢得不得了。在我看来他比梁羽生、金庸还差得多,但是在台湾来讲,写这种传统路子的武侠小说,应该说司马翎是一流的。当然古龙也是一流的，古龙的一流是另外一种，是歪门邪道的一流，古龙是邪派高手。好，给大家顺便推荐了一本书。

下边我们开始讲今天的课。今天我们继续来把《伤逝》的后半部分讲完。

上一次课后有同学提问题，其中有一位同学提的是关于语言的问题，我当时没有回答得很充分。有的同学问，鲁迅的语言为什么那么别扭，那么多毛病，他觉得胡适的语言好。其实背后有这么一个问题：鲁迅为什么不如胡适？这个问题可能是具体的问题，但是背后反映了当下的一种很"雄厚的、雄伟的、伟大的"思潮，就是不断有人举出另外一个人来打倒鲁迅，这是现在弥漫在整个社会的一种思潮。比如说，有人认为鲁迅是偏激的，甚至鲁迅是堕落的。

具体说到语言问题，胡适有什么好的语言吗？胡适的哪句话你记得住？哪句话有特点？哪句话说得特别好？具体地讲一下，鲁迅也好，胡适也好，他们那代人处在一个转折的时代，他们是开创现代语言的一代人。我们今天所使用的这一套白话文，是从他们那个时候发轫的，是那个时候的人开创的。在这个开创的过程中，许许多多的人做出了贡献，做出了探索。当然这个探索不都是成功的，有失败的，探索中各个人的功劳是不一样的。胡适在这个过程中，最大的功劳是写了一篇文章叫《文学改良刍议》，说文学要改良等，这也被当成他的一个功劳。但是实事求是地说，没有胡适这个人，历史便也这么过，胡适的作用不过相当于咸丰酒店的孔乙己——孔乙己是这样使人快活，但是孔乙己不来的时候，大家便也这么过。

也就是说，五四运动可以没有胡适，但是不能没有陈独秀，不能没有蔡元培，不能没有鲁迅，不能没有周作人。当然人越多越好，有胡适，有钱玄同，有刘半农……但是他们都是可以替代的，有一些人是不可替代的。就拿语言来讲，胡适给中国贡献了什么新的语言吗？贡献了哪个词汇吗？哪个句子是他说的，我们都记住了，影响了我们的人生？没有。莫名其妙这么多人崇拜胡适，到底崇拜他什么，不知道。

你为什么觉得鲁迅的语言别扭呢？是鲁迅有问题，还是我们有问题？比如鲁迅说"绍介"，我们现在说"介绍"——"你看我们都是说'介绍'，鲁迅说'绍介'，鲁迅错了嘛"。这个过程是怎么回事呢？原来没有"介绍"，也没有"绍介"，鲁迅那代人，那个时候开始使用双音词，双音词大部分是从日本来的，我们现在所使用的绝大多数双音的现成的词，都是日本人的功劳。比如说"科学""干部""社会"，这些词全部是日本人发明的，是大批的留日学生——包括鲁迅、郁达夫——把这些词带回了我们中国。他们有的时候用"介绍"，有的时候用"绍介"，都一样。我们今天只选择了其中的一种，作为我们常用的习惯性的用法，这是为了减少复杂性，让事情变得简单，这是为了给我们这些智商不太高的人用的，因为我们不能适应那么多复杂的情况，我们必须标准化。民主嘛，让我们多数人都能打工嘛，就得标准化，不能让大家无所适从。比如说我们今天都用"直接"，不是用"直截"等。我们今天用"介绍"并不等于"绍介"是错的。你一看到"介绍"，应该看这里边有"介"有"绍"，你一看到"绍介"也应该知道，这里边有"绍"有"介"，意思是一样的。为什么看到"绍介"不能理解呢？这说明我们的理解力有问题，不能以今去贬古。

今天常用的词汇是大师们给我们规定好的一些快餐，一些便捷的东西，大师们给我们制作了方便的筷子、碗、勺让我们吃饭，但大师们可以不用这些去吃饭，我们不能因此说他们比我们野蛮，是因为我们水平很低，没有勺不会吃饭。现在很多小孩，没有标准的卫生间不会上厕所。

我们常用这些语言，就像我们今天都用钢笔一样，现在普遍用钢笔，大家就去贬低用毛笔的，我们不能看见书法家写的匾额上面少了一点，就要说他写的是错别字。做人要永远记住，绝不能轻易地去贬低一个人，除非你对他有非常多的了解，掌握了很多的材料才行。

我们今天所使用的这套标准的语言，主要是朱自清、冰心、叶圣陶这个体系下来的，朱自清、叶圣陶、冰心这些人所写的语言是流畅的、标准的，适合于我们写作文用的。你看哪个老师提倡学生写鲁迅那样的作文？不是说鲁迅不好，而是你学了之后画虎不成反类犬，根本就学不了。鲁迅是现代中国第一语言大师，有鲁迅不认识的字吗？他是章太炎的学生，他早期写的文字，很多我都不认识，得查查字典去读鲁迅的文章。所以从语言角度来说，朱自清、冰心、叶圣陶这些人是一路的，他们的语言适合于我们广大中学生练习作文。我们一想起朱自清的文章，那么美，"曲曲折折的荷塘上面，弥望的是田田的叶子。叶子出水很高，像亭亭的舞女的裙"，非常美，是我们稍一跳脚就能够着的这种美，是我们能够理解的。但是像周氏兄弟，像张爱玲，像钱锺书，这些大师的语言，你模仿得来吗？根本就模仿不来，因为你没那个学问，没有那么深刻的对生活的领悟。他们是矫矫不群的，我们只能去欣赏，他们的语言像一座爬不上去的高山一样，我们远远地，看着山顶皑皑的积雪，是这样的一个心情。不要因为自己爬不上去就贬低这座山——"其实上边什么也没有"，不能这样。

还有一些是词汇本身的不同，比如说"年青""年轻"——两个"年qīng"的问题。有的同学问怎么用"年qīng"，鲁迅为什么用"青春"的"青"，不用这个"轻"，是不是鲁迅用错了？这也不是错的，这两个"年qīng"都可以用，但是意思是不一样的。一个是"轻重"的"轻"，带有比较的意味；一个是"青春"的"青"，用"青春"的"青"的"年青"指的就是青年时代。"我年青的时候",那就是指青年时代;另外一个"年轻",是一个相对的,一个比较级的概念,两个老太太在一块儿,七十岁的跟八十岁的说,"我比你年轻啊",她必须用"轻重"的"轻",不能用"青春"的"青"。所以这两个qīng是不一样的。

至于胡适,胡适是现代文化史上非常有影响的人物,胡适的学问很高,为现代文化、现代文学做出了很多的贡献,但是他的贡献到底大到什么程度?他是在哪个数量级上做的贡献?现在已经到了像当年神化鲁迅一样的地步来神化胡适。我学现代文学出身,我就不知道胡适有什么成就,胡适哲学上有什么学说吗?胡适有哪一条至理名言?不要说系统的哲学思想,他有哪一条至理名言?就类似于鲁迅最低级的话,比如说"其实地上本没有路,走的人多了,也便成了路"——胡适哪怕能拿出这样水平的一句话来也行,可没有嘛。我就不记得胡适有任何一句话对我的人生有任何正面的帮助。胡适文学上有建树吗?胡适什么都写过,写过诗、新诗、旧诗、解放诗,剧本、小说什么都写过,有哪一篇有三流以上的文学价值吗?有哪一篇大家都说胡适这篇文章写得好,有艺术价值?胡适的作品之所以能够留在文学史上,只不过是他适逢其时,就赶第一拨,就像博客上的坐沙发,坐了几回沙发和板凳而已,没什么水平,你在人家那写个"沙发",当然你就留下来了,写个"板凳"就留下了,但是你没有什么东西。

胡适政治上独立吗?胡适政治上长年趋附于专制政府,赞成国民党政府对自由人士的屠杀,这是胡适的政治表现。在学校里,胡适作为北大教务长,打压进步学生,比如,著名的"冯省三事件"——冯省三为了抗议学校乱收学费,跟学生一起闹学潮,后来运动胜利了,但冯省三本人被开除了,他去找胡适,胡适说他活该。这算什么教育家,算什么思想家?在每一次事情上,他能和稀泥就和稀泥,和不了稀泥必须表态时，一定站在政府一面。

个人生活方面，现在有很多人推崇胡适的个人生活，推来推去也没什么值得赞扬的，不就搞了两回婚外恋吗，这也成了自由精神的代表了？我没觉得胡适有多坏，但是也没觉得他有多好，他就是一个很聪明的、比较博学的、又适逢其时、命运很好的这么一个学者，在很多方面起了开风气的作用，而且不揣自己的水平低下，勇于尝试。胡适先生很有自知之明，人家写第一本诗集叫《尝试集》，取名取得很对，这个人比较坦诚，他对自己政治上的幼稚、无所作为都知道，他就是一个比较坦诚的人，承认自己水平不高。

就拿跟我们今天要讲的《伤逝》有关的一个胡适的作品来说吧，在那个个性解放的浪潮中，胡适写了一个剧本，很有名，叫《终身大事》，我上个学期讲戏剧就讲过了，《终身大事》的思想就是要学习易卜生，提倡走出家庭，个性解放，男女平等。《终身大事》写的是一个叫田亚梅的小姐，爱上了陈先生，这属于自由恋爱，家长反对。这还是老生常谈，反正自由恋爱家长一定是不同意的。家长不同意，就找些理由：一个是说属相不配，说"猪配猴，不到头"之类的，反正就是中国的这些迷信的陈芝麻烂谷子；再一个是说姓陈的跟姓田的不能结婚，因为姓陈的和姓田的在春秋战国时代是一家，两千年前姓陈的就是姓田的，他们是一家的，这也不行，具有乱伦的危险。这就是一套封建礼教，阻止年轻人自由恋爱。家长不同意怎么办啊，人家田亚梅女士不管这一套，愤然离家出走，给父母留了一张纸条，写着："这是孩儿的终身大事，孩儿该自己决断，孩儿现在坐了陈先生的汽车去了，暂时告辞了。"小说就结束了，戛然而止。你看，多么伟大的艺术作品，这么轻易地把问题就解决了，男女恋爱这个问题解决得多好，你只要找到一个有汽车的男朋友，就可以了，坐上他的汽车就走了。你想想，在将近一百年前的中国，你必须得有汽车，有这样的一个水平，才能够有资格谈个性解放，也就是现在你得有一架直升机才行。你要没有直升机，不要讲什么个性解放，不要谈平等，必须有这样的条件才行。胡适的这个思想，我不知道当年人们怎么评价，他讲的这些别人都想不到吗，有什么深刻之处吗？我也不好意思说他浅薄到小学生的水平。可这个作品无论思想、无论艺术都乏善可陈，只不过那个时候在新文学初期，没什么作品，他写了这么一个，那时候写什么都能够留在文学史上。所以人为什么要生逢其时呢？假如你在1977年写一篇研究鲁迅的文章，那你现在就是鲁迅研究权威了，所以人要生逢其时。胡适就是生逢其时，写了这么一个《终身大事》。胡适的这种男女平等、个性解放的思想，不要说跟鲁迅比，跟当时很多的人比，那都没法儿说。

再有，胡适的诗有什么？"两个黄蝴蝶，双双飞上天，不知为什么，一个忽飞还。剩下那一个，孤单怪可怜。也无心上天，天上太孤单。"全国能背下来的就我一个吧？【众笑】那些吹捧胡适的人没一个能背下来这么糟、这么烂的诗，我因为是搞现代文学的，怀着一种敬业精神，多么烂的东西我都得背它。当然这不是胡适最好的诗，胡适最好的诗已经被谱成台湾校园歌曲了，是"我从山中来，带着兰花草，种在小园中，希望花开早"。这是胡适先生最伟大的作品，写这烂的东西，都能被吹为国学大师，我为那些人感到害臊。

鲁迅的思考正是从田亚梅女士坐了汽车，走出家门之后开始的。其实父母不同意，自己说要反抗就走出去了，这种思想唐朝人就有了，元朝人就有了，还用得着五四的人来说吗？《西厢记》不是比你深刻得多吗？《西厢记》根本没有汽车，"隔墙花影动，疑是玉人来"，那才是伟大的作品。而鲁迅要问的就是，个性解放了又怎么样呢？走出家门又怎么样呢？涓生和子君，一开始那一段过去了，那一段不演了，直接就到吉兆胡同来了，问题就出在搬到吉兆胡同之后，问题一点点来了。你说这两个人不好吗？他们有文化、有学问、有共同信仰、有共同的情趣，又能够吃苦，在一块儿奋斗。可是悲剧就一天天不知不觉地发生了，这才是直逼人生的真相。

上一次讲到外来的打击，他被炒鱿鱼了。下面说，**小广告是一时自然不会发生效力的；但译书也不是容易事，先前看过，以为已经懂得的，**以前以为容易，现在，**一动手，却疑难百出了，进行得很慢。然而我决计努力地做，一本半新的字典，不到半月，边上便有了一大片乌黑的指痕。**看来他外语水平也不是特别高，这么频繁地翻字典，把字典都翻黑了。然后说，**这就证明着我的工作的切实，《自由之友》的总编辑曾经说过，他的刊物是决不会埋没好稿子的。**青年人总是往乐观了去想。其实我们知道，有多少好稿子，都被编辑部埋没了，古今一样。

可惜的是我没有一间静室，子君又没有先前那么幽静，善于体贴了，屋子里总是散乱着碗碟，弥漫着煤烟，使人不能安心做事，生活是非常具体的，这些具体、琐碎的生活细节，如果不能事先有心理准备，就会觉得它是跟理想矛盾的，跟理想尖锐冲突的，这里就写出青年人的简单、幼稚、天真。但是这自然还只能怨我自己无力置一间书斋。然而又加以阿随，加以油鸡们。加以油鸡们又大起来了，更容易成为两家争吵的引线。

另起一段：**加以每日的"川流不息"的吃饭；**鲁迅的这个排比句用得非常好，又一次提醒大家，你看他的排比句用得，"加以……加以……"，不但可以跨越句号（我们一般用排比句是在一个句子里面），还跨越自然段，到另一段又开始"加以每日的'川流不息'的吃饭"。"川流不息"也非常具有讽刺意义，"'川流不息'的吃饭"。如果子君看到他这么描写会非常生气的。**子君的功业，仿佛就完全建立在这吃饭中。**

吃了筹钱，筹来吃饭，这写的痛苦中的幽默，就像鲁迅当年上学在矿业学堂所说的，他说我们这个学堂，抽的水就够采煤的，采来的煤够转动抽水机的，两相抵消。还要喂阿随，饲油鸡；她似乎将先前所知道的全都忘掉了，也不想到我的构思就常常为了这催促吃饭而打断。即使在坐中给看一点怒色，她总是不改变，仍然毫无感触似的大嚼起来。他开始有意写子君不优雅的一面，写出生存的本来面目，生存本来就是这样的，人、人生没有那么多优雅的一面。你经常要想到生活中不优雅的一面，才会使自己坚强起来。你要想一想你的爱人，他吃面条的时候什么样，他吃西瓜的时候什么样，你必须能够接受这些场面，才懂得什么叫生活。

使她明白了我的作工不能受规定的吃饭的束缚，就费去五星期。可见两个人的沟通是存在问题的，先前的沟通很流畅，因为谈论的都是美好人生的一面，一谈到很世俗的一面，沟通就不流畅。她明白之后，大约很不高兴罢，可是没有说。我的工作果然从此较为迅速地进行，不久就共译了五万言，只要润色一回，便可以和做好的两篇小品，一同寄给《自由之友》去。注意杂志的名字跟自由有关系，象征着他的希望。只是吃饭却依然给我苦恼。菜冷，是无妨的，然而竟不够；有时连饭也不够，小知识分子已经挨饿了。虽然我因为终日坐在家里用脑，饭量已经比先前要减少得多。这是先去喂了阿随了，有时还并那近来连自己也轻易不吃的羊肉。她说，阿随实在瘦得太可怜，房东太太还因此嗤笑我们了，她受不住这样的奚落。子君的观念，在涓生看来变得比较幼稚、比较世俗，但这是没有办法的。不论你读过硕士博士，只要结婚以后不工作，在家里待着，跟官太太们在一个院里住着，慢慢慢慢就有这样的意识，因为你没有别的兴趣，就要跟她斗一斗谁家的宠物更胖一点，此外还有什么人生价值呢？

于是吃我残饭的便只有油鸡们。这是我积久才看出来的，但同时也如赫胥黎的论定"人类在宇宙间的位置"一般，自觉了我在这里的位置：不过是巴儿狗和油鸡之间。这是涓生无奈的自嘲。这些会发生是因为谁犯了什么突然选择的错误吗？不是，是一天一天慢慢演变成这样的。后来，经多次的抗争和催逼，油鸡们也逐渐成为肴馔，我们和阿随都享用了十多日的鲜肥；他们把鸡杀了，吃了。

可是其实都很瘦，因为它们早已每日只能得到几粒高粱了。从此便清静得多。只有子君很颓唐，似乎常觉得凄苦和无聊，至于不大愿意开口。我想，人是多么容易改变呵！真正的悲剧就是无事的悲剧，没有发生什么重大变故的悲剧。为什么说武侠小说、言情小说是通俗小说呢？就因为它所写的悲剧都是有事的悲剧，都是有重大变故的悲剧。比如说杨过被削掉一条臂膀，这是悲剧，这很重大，这是人生中发生了重大变故的这种悲剧。但是像鲁迅这样的人写的悲剧，是你漫不经心、没有发现发生什么惊天的风波就出来了，这样的悲剧其实是更伤人的。生活中那些惊天动地的大悲剧很少，天灾人祸从比例上来说是很少的，虽然听新闻天天有，但是摊到我们头上的概率很小，但是你为什么痛苦呢？是因为无事中每天发生很多悲剧，每天那些无事的悲剧使我们痛苦。

现在是把鸡杀了，但是阿随也将留不住了。我们已经不能再希望从什么地方会有来信，子君也早没有一点食物可以引它打拱或直立起来。冬季又逼近得这么快，火炉就要成为很大的问题；它的食量，在我们其实早是一个极易觉得的很重的负担。于是连它也留不住了。喂一只小巴儿狗都喂不起了，说明家里确实很穷。

现在我看到有一些同学在校园里喂宠物，那是利用我们食堂大量的残羹冷炙，咱们学校里这些猫狗都挺肥，似乎比清华的要肥一些，我观察过，我不知什么原因，也许北大的同学更多一点爱心吧。可是他们家连阿随也留不住了。

倘使插了草标到庙市去出卖，也许能得几文钱罢，然而我们都不能，也不愿这样做。好像一般喜欢宠物的人不愿意把它卖掉，都愿意转送给另外一个有爱心的人。**终于是用包袱蒙着头，由我带到西郊去放掉了**，大概他把它就带到海淀这片儿来了，可能就在北大这一片放掉的。**还要追上来，便推在一个并不很深的土坑里**。这狗对他有感情了，他把它推到坑里，但是其实他不懂的，猫狗都有很强的记忆能力，这种扔掉的方法都不保险，它们都能找回来。我曾经有一只猫，从北郊放到南郊，居然就找回来了，多厉害。

我一回寓，觉得又清静得多多了；但子君的凄惨的神色，却使我很吃惊。那是没有见过的神色，自然是为阿随。但又何至于此呢？我还没有说起推在土坑里的事。

到夜间，在她的凄惨的神色中，加上冰冷的分子了。由生活的衰落变成两个人感情的隔膜，现在感情开始出问题。有些人，情人、恋人、夫妻，感情出了问题，别人问他们从什么时候开始出问题的，当事人往往不知道，因为没有一个明确的界限。

"奇怪。——子君，你怎么今天这样儿了？"我忍不住问。

"什么？"她连看也不看我。

"你的脸色……"

"没有什么，——什么也没有。"

我终于从她言动上看出，她大概已经认定我是一个忍心的人。其实，我一个人，是容易生活的，虽然因为骄傲，向来不与世交来往，迁居以后，也疏远了所有旧识的人，然而只要能远走高飞，生路还宽广得很。"远走高飞"出来了，两个人现在各想各的事，开始出现重大的隔膜。叶圣陶有一篇小说就叫《隔膜》，在五四时期，很多敏锐的作家观察到，人、人性的一个基本问题，超越民族、阶级的一个根本性的问题，就是人和人是有隔膜的,即使是爱人,不论多么相爱的人,你以为两个人心有灵犀一点通,可能就通那一点,其他九十九点都是有隔膜的,就那一点通了,觉得挺快活。人和人真的是有隔膜的。**现在忍受着这生活压迫的苦痛,大半倒是为她,便是放掉阿随,也何尝不如此。**在涓生看来这是为子君好,子君却并不知道。**但子君的识见却似乎只是浅薄起来,竟至于连这一点也想不到了。**

我拣了一个机会,将这些道理暗示她;她领会似的点头。然而看她后来的情形,她是没有懂,或者是并不相信的。

《伤逝》这篇小说,整个调子本来就是冷冷的,不昂扬,不温暖,越读越冷,读到一半以后,会感到整个小说冷下来了,像从春天到了秋天一样。下面一段就是写冷的。**天气的冷和神情的冷,逼迫我不能在家庭中安身。但是,往那里去呢?大道上,公园里,虽然没有冰冷的神情,冷风究竟也刺得人皮肤欲裂。**自然环境的冷,人心的冷,整个制造一个冷的世界,冷的氛围。**我终于在通俗图书馆里觅得了我的天堂。**那时候有通俗图书馆——大众图书馆可以去。

那里无须买票;阅书室里又装着两个铁火炉。纵使不过是烧着不死不活的煤的火炉,但单是看见装着它,精神上也就总觉得有些温暖。鲁迅的感觉真是好,很多感觉他写出来了,如果没有亲历过很难感觉到。冬天的时候你看见一个火炉,其实火炉没有点着,可你会感到温暖,这个感觉不知道大家有没有。我小学的时候,我们教室里就点着煤炉子,学校并不提供燃料,我们早上上学的时候自己捡燃料,老师规定,同学上学路上必须自己捡一些木头来点着,结果我们六点半就去把炉子点着。当老师来的时候,炉子已经烧得通红通红。那个时候,炉子不看的时候,你看见炉子都觉得是温暖的。**书却无可看:旧的陈腐,新的是几乎没有的。**

好在我到那里去也并非为看书。另外时常还有几个人，多则十余人，都是单薄衣裳，正如我，各人看各人的书，作为取暖的口实。这里颇有一点英雄末路的感觉，觉得自己很有才华的小知识分子，沦落到这个程度，跑到图书馆里边并不为了看书，只为了取暖。**这于我尤为合式**。道路上容易遇见熟人，得到轻蔑的一瞥，但此地却决无那样的横祸，因为他们是永远围在别的铁炉旁，或者靠在自家的白炉边的。

他在这里，虽然是躲避寒冷，但是慢慢地能够想一些问题。**那里虽然没有书给我看，却还有安闲容得我想。待到孤身枯坐，回忆从前**，下面他有一段重要的话，想明白了一个问题，**这才觉得大半年来，只为了爱，——盲目的爱，——而将别的人生的要义全盘疏忽了**。这句话要怎么分析？这样的话绝对是胡适之流写不出来的。"这才觉得大半年来，只为了爱，——盲目的爱，——而将别的人生的要义全盘疏忽了。"他没有说爱不是人生的要义，爱肯定是人生的要义，但是人生的要义不只是爱，还有别的。为了这个盲目的爱，而将别的人生的要义全盘疏忽了。这里直追爱情的本质问题，这里跟五四没有关系了，跟中国没有关系，真正地直逼爱的核心，爱是什么东西。所有好的爱情作品，比如爱情小说，都必须去直接追问那个本质，达到"问世间情是何物"的境界，这才是好的爱情小说。有人说，"我的爱是最伟大、最高尚的，为了爱，别的我宁愿放弃，我这不是很好吗？我就为了爱，别的我不要，世界啊、家庭啊、别的什么我都不要，金钱、权力都不要，就为了爱，多好哇，我不爱江山爱美人"。这似乎很好，但是鲁迅接着说，**第一，便是生活**。他讲人生的要义，第一件事是生活。"生活"，这么一个普通的、世俗的词，很多词你觉得世俗，如果有大师把它擦一擦，把它擦亮了，我们会感觉到这个词像刚诞生时的那样光鲜。像"生活"这样的词，在鲁迅笔下就显出它独特的意义。

"第一，便是生活"，接着有一句应该背下来的话，**人必生活着，爱才有所附丽**。附丽，依附的意思。鲁迅净讲一些不好听的话，鲁迅是一个很不得人心的人。得人心的人总是讲爱是浪漫的，为了爱可以舍弃一切，别的都是俗的。鲁迅这个老家伙动不动就讲人要吃饭，动不动就讲人要挣钱，爱情这么好的东西，他也来糟蹋，居然说"人必生活着，爱才有所附丽"。鲁迅说的话是很难听的，但是你又不能回避它，你觉得难听之后你一想，老家伙说得太对了，就是这么回事。因为爱这个东西，就像火苗一样，没有脱离其他一切事物的火苗，火，必须燃烧着某种东西才有火，有脱离燃烧物的燃烧吗？没有。爱也是这样，爱是挺美好的，但是爱要有所附丽，爱一定是跟别的东西结合在一起的，没有抽象的爱。鲁迅这里可不是讲马克思主义的阶级斗争，不是从那个意义上讲的，他讲的跟毛泽东讲的还不一样，不是毛泽东讲的"世上绝没有无缘无故的爱，也没有无缘无故的恨"[1]，他不是那个意思，他是从更深刻的人性的本质意义上讲，"人必生活着，爱才有所附丽"。这里把"生活"和"爱"这两个概念都凸显出来，使我们去思考。这里他反省出来了，两个人爱并没有错，错在忽略了生活。你以为舍弃了其他东西来保卫这个爱，这样可以成功吗？不然，因为你舍弃了其他的东西，这个爱反而也会随之破灭。一个系统内所有的因素都被放弃了，最后剩下一个因素，这个因素是不可能继续存在的。**世界上并非没有为了奋斗者而开的活路；我也还未忘却翅子的扇动，虽然比先前已经颓唐得多**……他一旦想明白这个道理——"人必生活"，那么他觉得自己还有力量，还能去找活路。

屋子和读者渐渐消失了，我看见怒涛中的渔夫，战壕中的兵士，摩

---

[1] 毛泽东：《在延安文艺座谈会上的讲话》，《毛泽东选集》第三卷，人民出版社1991年版，第871页。

托车中的贵人，洋场上的投机家，深山密林中的豪杰，讲台上的教授，昏夜的运动者和深夜的偷儿……他用这一组意象，跳跃的跨越式的组合，像蒙太奇组合一样，组合起来的是他眼中的社会、沸腾的人生，这个人生不都是正面的，什么人都有，还有小偷，有战士，有有钱人，有学者等，这是他组合起来的社会。**子君，——不在近旁。她的勇气都失掉了，只为着阿随悲愤，为着做饭出神；然而奇怪的是倒也并不怎样瘦损**……他老提子君不瘦。

　　冷了起来，火炉里的不死不活的几片硬煤，也终于烧尽了，已是闭馆的时候。又须回到吉兆胡同，领略冰冷的颜色去了。近来也间或遇到温暖的神情，但这却反而增加我的苦痛。记得有一夜，子君的眼里忽而又发出久已不见的稚气的光来，笑着和我谈到还在会馆时候的情形，时时又很带些恐怖的神色。我知道我近来的超过她的冷漠，已经引起她的忧疑来，只得也勉力谈笑，"勉力"用得很准，两个人谈笑，是勉力，努力地、竭力地去制造欢快的气氛，其实很悲伤，**想给她一点慰藉。然而我的笑貌一上脸，我的话一出口，却即刻变为空虚，这空虚又即刻发生反响，回向我的耳目里，给我一个难堪的恶毒的冷嘲。**

　　这些话真是神来之笔，只有鲁迅能写出来，对于人性这样深刻的剖析。自己勉力谈笑，一般人只能写到这个程度，他赔着笑脸跟她说话，但是他下面讲"笑貌一上脸"，"话一出口"，"却即刻变为空虚，这空虚又即刻发生反响，回向我的耳目里，给我一个难堪的恶毒的冷嘲"。这样的话，孔夫子也写不出来，古今中外只有鲁迅一个人能写出来。这样的话是不标准的，你只有跟鲁迅境界差不多，才能够理解它，才能够模仿它。而到了那个时候你又不需要模仿了，因为你已经有自己的话可说了。就像武功高手到了一定境界，不去模仿别人的武功，有自己的武功，他们互相欣赏就是了。所以我们在学习阶段，只需要模仿朱自清、模仿冰心、模仿叶圣陶就够了，写一写"景泰蓝的制作"，就可以了。

子君似乎也觉得的，从此便失掉了她往常的麻木似的镇静，虽然竭力掩饰，总还是时时露出忧疑的神色来，但对我却温和得多了。忽然有一个"温和"出来，这好像不是什么吉兆。冷了冷了，突然有一个温和，似乎要坏事。

我要明告她，但我还没有敢，当决心要说的时候，看见她孩子一般的眼色，就使我只得暂且改作勉强的欢容。但是这又即刻来冷嘲我，并使我失却那冷漠的镇静。人有时候就怕太清醒，就怕太深刻，在困难来临的时候，有时候糊涂点、简单点的人，反而能够做出正确的及时的反应、决断。知识分子往往不能成事，为什么呢？他知道得太多，反复地自我解剖，看清楚自己的一切虚伪和怯懦，反而就不能振作。现在我们来分析涓生的心情，他到底是一个什么样的态度，这很复杂，说不清楚，连我们也说不清楚。但是我们如果把这个情节简单地讲给一个普通的文化水平不高的劳动者，讲给一个农村人，讲给一个建筑工地的工人，让他评价一下，他可能会评价得很简单，他会说，"这小子，没良心嘛"或者说，"这有什么了不起的啊？走了就是嘛"。他们会很决断地来下判断，而我们不会，因为我们知道的事情太多。

她从此又开始了往事的温习和新的考验，逼我做出许多虚伪的温存的答案来，他俩又复习过去的电影了，**将温存示给她，虚伪的草稿便写在自己的心上**。我们能够体会到当时两个人那种情境，但是如果换成我们，我们写不出来。有一些事情你能够意会到，但是写出来，就是文学家做的事情。什么叫文学家，文学家就是能够写出别人写不出来的东西。鲁迅怎么能想出来这些话呢？"将温存示给她，虚伪的草稿便写在自己的心上"，当读到这样的句子的时候，你会心头一动："对，就是这样的，写得太好了！"通过这样的语言，我们百分之百地了解了当时的情况，但是再扪心自问,"我写不出这样的句子",无论你语文水平多高,你对人生感悟多少,这个时候你就知道鲁迅了不起。鲁迅了不起,不在于那些人吹嘘的那些空洞的话——伟大。伟大,是落实在字里行间的,他就伟大在这些地方。他对人性把握得是如此的精致,如此的细腻,一万个学者加起来也不如他,一万个研究鲁迅的人加起来也不如他,不如他,没办法,最后恼羞成怒只好骂他。

我的心渐被这些草稿填满了,常觉得难于呼吸。他觉得自己虚伪,当他跟别人说好话的时候,他看见自己的虚伪,**我在苦恼中常常想,说真实自然须有极大的勇气的;假如没有这勇气,而苟安于虚伪,那也便是不能开辟新的生路的人。不独不是这个,连这人也未尝有!**鲁迅上纲上线,把这问题提得很高,"连这人也未尝有",其实这就是一个能不能、敢不敢说出真实的问题。

所以我们在无数的地方都发现鲁迅把人的价值等同于真,在鲁迅那里真就等于人,不真就不是人。鲁迅不管你是左派右派,不管你的主张是前进是落后,不管你爱还是不爱,不管你胆大胆小勇敢懦弱,这些都不管,鲁迅看中的人的第一价值、核心价值是真,所以鲁迅才说真的人、真的战士,这是鲁迅常常用的话。真实在鲁迅这里特别重要,他一辈子反对的就是做戏,不论你是革命也好,反革命也好,不要做戏。我们用王朔的话说,你到底是不是右派?你是右派,干吗让人家给你平反?这批判到人性最核心的层面。假如你是右派,你就不应该说自己是冤枉的,人家说你是右派就是对的,你是好汉你就应该承认你是右派。难道你不是右派?不是右派干吗要求人家给你平反,然后又以自己当过右派为荣?鲁迅反对的是这种做戏,虚无党。而中国的知识分子为什么糟糕,就因为里面有无数做戏的虚无党,永远随着时代摇来摆去。当右派倒霉的时候,他说自己不是右派;当右派光荣的时候,他们纷纷都说自己是右派,都说自己被打成右派怎么怎么冤枉。中国知识分子永远是这样的话,中国就没有救!

子君有怨色,在早晨,极冷的早晨,这是从未见过的,但也许是从我看来的怨色。我那时冷冷地气愤和暗笑了;她所磨练的思想和豁达无畏的言论,到底也还是一个空虚,而对于这空虚却并未自觉。因为小说的叙事者是涓生,一切都是涓生讲的,我们是透过涓生的眼睛去看子君,在涓生看来,子君思想没有他深刻。他俩都有空虚,但区别是,涓生是一个有自我反省能力的人,他能够感到自己的空虚,而子君感觉不到。涓生正因为自己能够感到空虚,所以他更痛苦,他有两层的痛苦。而子君感受不到第二层的痛苦,子君现在只是为生活而痛苦,而涓生每天有另外一种痛苦。**她早已什么书也不看,已不知道人的生活的第一着是求生,向着这求生的道路,是必须携手同行,或奋身孤往的了,倘使只知道捏着一个人的衣角,那便是虽战士也难于战斗,只得一同灭亡。**涓生在心里面终于说出了这个真实,真实说出来是这样残酷,读到这里我们大概已经知道涓生什么意思了。他心里面很清楚,要活不要活。要活下去就不能这么过了,或者两个人携手同行,如果两个人不能携手同行,那只能奋身孤往。

记得20世纪80年代有一个老师,开讲座讲爱情心理学,那时候讲爱情是很时髦的,很多学生都去听,挤得水泄不通,听爱情嘛,那个老师讲爱情的几种模式,挺有意思,老师是山东口音,"这个爱情,第一种叫比翼双飞,第二种叫单飞,第三种叫不飞"。【用山东口音讲,众笑】他讲爱情有三种模式,一个叫比翼双飞,一个叫单飞,一个叫不飞。当然他讲得比较简单,所以讲座进行了一半,人都走得差不多了。他讲得虽然简单,还是颇有道理,其实涓生提出的就是这个问题:到底是比翼双飞还是单飞。因为这样继续下去肯定就是不飞,肯定就是双双死去。现在最好是比翼双飞，但是在涓生看来，似乎比翼双飞很难了，只有一条路就是单飞。生活是很残酷的。

我觉得新的希望就只在我们的分离；他把话说出来了，有时候一些事情就怕某个词说出口，一旦说出口，离实现就不远了。**她应该决然舍去**，念到这句话的时候我心里是很不忍的，——**我也突然想到她的死**，**然而立刻自责，忏悔了。幸而是早晨，时间正多，我可以说我的真实。我们的新的道路的开辟，便在这一遭。**

我和她闲谈，故意地引起我们的往事，提到文艺，于是涉及外国的文人，文人的作品：《诺拉》《海的女人》。称扬诺拉的果决……也还是去年在会馆的破屋里讲过的那些话，但现在已经变成空虚，从我的嘴传入自己的耳中，时时疑心有一个隐形的坏孩子，在背后恶意地刻毒地学舌。他做这些事的时候不断地自我解剖，这个小说可以说是复调结构。严家炎先生有一本书专门讲鲁迅小说的复调结构，除了严先生所讲的那些之外，鲁迅的这种作品里面，常常有多个旋律在同时行进。《伤逝》，我们在知道这个故事的同时，也知道了涓生的心灵史，他的心灵的变化，你还可以想到其他很多问题。

她还是点头答应着倾听，后来沉默了。我也就断续地说完了我的话，连余音都消失在虚空中了。一个人，当专注于自己说的话的时候，是听不见自己说的话的。假如你跟别人说话，你听见自己说话的声音，这个时候是另有问题的，也就是这个时候你处在自我分裂状态。一个人必须处在自我分裂状态，才能一个说，一个在听，你不断地审视着那个说话的"我"。你可以回去做做实验，你跟你宿舍同学说话的时候，故意去听一听自己的话，你体会一下那个感觉。我现在说话，我听到我的声音是音箱回响给我的，我并没有听到我自己说话的本来的声音。如果我故意去听的话，我会忘了我在讲什么。

"是的。"她又沉默了一会，说，"但是……涓生，我觉得你近来很两样了。可是的？你，——你老实告诉我。"

我觉得这似乎给了我当头一击，但也立即定了神，说出我的意见和主张来：新的路的开辟，新的生活的再造，为的是免得一同灭亡。

临末，我用了十分的决心，加上这几句话：

"……况且你已经可以无须顾虑，勇往直前了。你要我老实说；是的，人是不该虚伪的。我老实说罢：因为，因为我已经不爱你了！但这于你倒好得多，因为你更可以毫无挂念地做事……"

这句话他终于说出口了，就是"我已经不爱你了"。怎么理解这句话？我想千千万万的人可能各有各的理解，因为大家的恋爱观、恋爱史都是不一样的，大家的恋爱经历都不同，也许很多人一辈子也没有说出过这句话，"我已经不爱你了"，但是可以去想他们这句话怎么说得出口。还有，我们如何判断涓生到底是不是真的不爱子君了，怎么去判断它？现在的文学研究都不研究这些问题了，现在的文学研究，研究得很学院化，很技术化，这些跟人生有关的内容，学者们大部分都放弃了，因为太难，不好研究，研究出来见仁见智，没有一定的规范。那么我们不是当学者的，可以去想，涓生到底爱不爱子君？即使在他说这话的时候，这是可以琢磨的。

我同时豫期着大的变故的到来，然而只有沉默。她脸色陡然变成灰黄，死了似的；瞬间便又苏生，眼里也发了稚气的闪闪的光泽。这眼光射向四处，正如孩子在饥渴中寻求着慈爱的母亲，但只在空中寻求，恐怖地回避着我的眼。读到这里，我在这旁边写了两个字叫"痛煞"。因为心里边是非常非常痛的，你可以看到一个受了伤的孩子一样的无助。她显然听到涓生说不爱她，她的眼神向空中寻求援助，但是躲避着涓生的眼睛。这个时候，她是那种可怜的状态，真是让人读了非常不忍。曾经说过前面那样的话的一个女青年，现在是这样的一个情况，这真是最大的悲剧。五四时期有那么多的作家写过爱情题材的作品，全部加起来也不如半部《伤逝》，鲁迅唯一的一篇写爱情的小说，写得这么惊天动地。

我不能看下去了，幸而是早晨，我冒着寒风径奔通俗图书馆。

在那里看见《自由之友》，我的小品文都登出了。这使我一惊，仿佛得了一点生气。我想，生活的路还很多，——但是，现在这样也还是不行的。《自由之友》发表文章了，给他一点希望。

我开始去访问久已不相闻问的熟人，但这也不过一两次；他们的屋子自然是暖和的，我在骨髓中却觉得寒冽。夜间，便蜷伏在比冰还冷的冷屋中。

冰的针刺着我的灵魂，使我永远苦于麻木的疼痛。生活的路还很多，我也还没有忘却翅子的扇动，我想。——我突然想到她的死，然而立刻自责，忏悔了。很多事情聪明人是不可能想不到的。

在通俗图书馆里往往瞥见一闪的光明，新的生路横在前面。她勇猛地觉悟了，毅然走出这冰冷的家，而且，——毫无怨恨的神色。我便轻如行云，漂浮空际，上有蔚蓝的天，下是深山大海，广厦高楼，战场，摩托车，洋场，公馆，晴明的闹市，黑暗的夜……这时候人心很乱，但是他不断地有希望，希望的幻象。

而且，真的，我豫感得这新生面便要来到了。鲁迅把人最真实的心理活动都写出来了，这真叫直面人生。

作家有两种，一种是把生活中不好的东西隐去，尽量写光明的一面，带给人们美好的希望、美好的理想，这是一类作家。我们不能批评这类作家，因为他的努力就是朝这个方向。比如说孙犁先生，孙犁的小说写得非常美，他在他的创作谈中说，他在生活中看到的那些妇女并不是那样的，他在生活中看到的那些妇女可能说话很厉害，吵架，会骂人等，但是他写作品的时候,要把那些东西都去掉,写她完美的一面,他是要给读者一个好的影响,他是这样努力的。还有一类作家,是要去揭露生活中黑暗的一面、真实的一面。鲁迅要跟这类作家比,在跟这类作家相比的过程中,只有鲁迅做到最大限度地直面人生。很多人以为自己在揭露一个什么东西,其实揭露得都不正确,或者揭露"左"的同时掩盖了右,揭露右的同时掩盖了"左",不能直逼人生的底色。鲁迅把涓生就给写得无法评价,你说涓生是个好人还是个坏人?反正鲁迅把所在那个情境中人的心理活动,都写得活灵活现。

然后小说下面写他们度过了冬天,写给《自由之友》的几封信得到回信,《自由之友》并没给他稿费,给了他两张书券,两角的和三角的,他单是催,就用了九分钱的邮票。生活还没有好转起来,还在恶化下去。下面——

这是冬春之交的事,风已没有这么冷,我也更久地在外面徘徊;待到回家,大概已经昏黑。就在这样一个昏黑的晚上,我照常没精打采地回来,一看见寓所的门,也照常更加丧气,使脚步放得更缓。但终于走进自己的屋子里了,没有灯火;摸火柴点起来时,是异样的寂寞和空虚!"异样",忽然很不一样。

正在错愕中,官太太便到窗外来叫我出去。

"今天子君的父亲来到这里,将她接回去了。"她很简单地说。

这似乎又不是意料中的事,我便如脑后受了一击,无言地站着。

"她去了么?"过了些时,我只问出这样一句话。

"她去了。"

"她,——她可说什么?"

"没说什么。单是托我见你回来时告诉你,说她去了。"

我不信;但是屋子里是异样的寂寞和空虚。他这才明白先前为什么感觉异样。我遍看各处,寻觅子君;只见几件破旧而黯淡的家具,都显得极其清疏,在证明着它们毫无隐匿一人一物的能力。这是写涓生希望,她还在屋里。我转念寻信或她留下的字迹,也没有;只是盐和干辣椒,面粉,半株白菜,却聚集在一处了,旁边还有几十枚铜元。这是我们两人生活材料的全副,现在她就郑重地将这留给我一个人,在不言中,教我借此去维持较久的生活。"几十枚铜元"大概相当于现在的几百块钱,她给他留下来。

我似乎被周围所排挤,奔到院子中间,有昏黑在我的周围;正屋的纸窗上映出明亮的灯光,他们正在逗着孩子玩笑。我的心也沉静下来,觉得在沉重的迫压中,渐渐隐约地现出脱走的路径:深山大泽,洋场,电灯下的盛筵,壕沟,最黑最黑的深夜,利刃的一击,毫无声响的脚步……他反复地重复这些画面组合,用这个来解脱自己眼下的困境,他走投无路。

心地有些轻松,舒展了,想到旅费,并且嘘一口气。我们看,鲁迅总是在这个人物最不好的时候,写他心情舒展了,《孤独者》的结尾也是这样的,《在酒楼上》也是这样的,这是鲁迅一个很有规律的现象。

躺着,在合着的眼前经过的豫想的前途,不到半夜已经现尽;暗中忽然仿佛看见一堆食物,这之后,便浮出一个子君的灰黄的脸来,睁了孩子气的眼睛,恳托似的看着我。我一定神,什么也没有了。其实他念念不忘的还是子君,他想用那些幻想来把子君这些东西排走,可是那些幻想有想完的时候,想完了,子君就出来了。

但我的心却又觉得沉重。我为什么偏不忍耐几天,要这样急急地告诉她真话的呢?现在她知道,她以后所有的只是她父亲——儿女的债主——的烈日一般的严威和旁人的赛过冰霜的冷眼。此外便是虚空。负着虚空的重担,在严威和冷眼中走着所谓人生的路,这是怎么可怕的事呵!他对子君的命运概述得很好,叫"负着虚空的重担",这样的组合,是重担,但又是虚空的,这叫"不能承受之轻",用现在的话说。"在严威和冷眼中走着所谓人生的路",而况这路的尽头,又不过是——连墓碑也没有的坟墓。

下面涓生开始他的内心的忏悔。**我不应该将真实说给子君,我们相爱过,我应该永久奉献她我的说谎**。这里有个"真实",还有一个"说谎"。那么在鲁迅看来,"真"是人生最大的价值,"真"就等于人,可是这里涓生又讲,"应该永久奉献她我的说谎"。一个把真看得高于一切的人,想到自己其实应该说谎,这好像人爬到泰山顶上之后,忽然又发现上面还有一个高峰,突然又出来一个新的境界,现在探讨真实和说谎之间的关系。人应不应该说谎?为了爱,能不能说谎?**如果真实可以宝贵,这在子君就不该是一个沉重的空虚。谎语当然也是一个空虚,然而临末,至多也不过这样地沉重**。我觉得绝大多数哲学家都深刻不到这个程度,来探讨真和谎的关系。

我以为将真实说给子君,她便可以毫无顾虑,坚决地毅然前行,一如我们将要同居时那样。但这恐怕是我错误了。她当时的勇敢和无畏是因为爱。这说得一针见血。当初子君为什么那么勇敢?是因为有爱。勇敢也是需要有所附丽的,勇敢附丽在爱上,因为有了爱,才勇敢,可是他就以为子君永远是勇敢的,现在他告诉子君,"我已经不爱你了",情况变了。

我没有负着虚伪的重担的勇气,却将真实的重担卸给她了。她爱我之后,就要负了这重担,在严威和冷眼中走着所谓人生的路。他开始忏悔。

我想到她的死……我看见我是一个卑怯者,应该被摈于强有力的人们,无论是真实者,虚伪者。鲁迅在这里还提出一个"强有力的人",鲁迅反对卑怯的人，他赞扬强有力的人，赞扬强者，这是受尼采哲学的影响。尼采是弘扬超人的、弘扬强者的，卑怯的人、弱者、愚众是他们所看不起的。人必须努力，否则就要被强有力的人们抛弃。**然而她却自始至终，还希望我维持较久的生活……子君走的时候仍然是非常爱他的。**

我要离开吉兆胡同，在这里是异样的空虚和寂寞。我想，只要离开这里，子君便如还在我的身边；至少，也如还在城中，有一天，将要出乎意表地访我，像住在会馆时候似的。他是要离开当下，离开当下的生活，要走。

然而一切请托和书信，都是一无反响；我不得已，只好访问一个久不问候的世交去了。他是我伯父的幼年的同窗，以正经出名的拔贡，寓京很久，交游也广阔的。

大概因为衣服的破旧罢，一登门便很遭门房的白眼。好容易才相见，也还相识，但是很冷落。我们的往事，他全都知道了。人们是关注他们这个事情的，因为当时这事儿比较出格。

"自然，你也不能在这里了，"他听了我托他在别处觅事之后，冷冷地说，"但那里去呢？很难。——你那，什么呢，你的朋友罢，子君，你可知道，她死了。"

我惊得没有话。

"真的？"我终于不自觉地问。

"哈哈。自然真的。我家的王升的家，就和她家同村。"可能子君是个地主家庭的女儿吧。

"但是，——不知道是怎么死的？"

"谁知道呢。总之是死了就是了。"你看这个人，从他对子君死的态度可以看出，他对他们这种爱情的关系是不屑的。

我已经忘却了怎样辞别他，回到自己的寓所。我知道他是不说谎话的；子君总不会再来的了，像去年那样。她虽是想在严威和冷眼中负着虚空的重担来走所谓人生的路，也已经不能。她的命运，已经决定她在我所给与的真实——无爱的人间死灭了！"无爱的人间"！子君是没有爱不能活的，涓生是没有真不能活的；涓生要活在真实的世界里，子君要活在有爱的世界里；有了爱，子君就能够干这干那的，如果涓生不说"我不爱你"，她会那样过下去，虽然很惨，但是会一直过下去。

自然，我不能在这里了；但是，"那里去呢？"

四围是广大的空虚，还有死的寂静。死于无爱的人们的眼前的黑暗，我仿佛一一看见，还听得一切苦闷和绝望的挣扎的声音。鲁迅不是否定爱，他不是说爱是错的，爱是不对的，他没有否定爱，他想得很复杂，他说爱要有所附丽，但是他没有否定爱是人生的要义。

我还期待着新的东西到来，无名的，意外的。但一天一天，无非是死的寂静。这是种在绝望中等待，不知道生活有没有转机、有没有机会的心情。这个事情跟鲁迅没关系，但是鲁迅有类似的经历，鲁迅在北京孤独地过了十年，过了十年小公务员周树人的生活。那个时候他还不是鲁迅，也没有留下很多材料，谁知道那十年鲁迅都干了些什么。所以鲁迅为周树人先生成为鲁迅，把一切人生都准备好了，一切人生体验、经历都准备好了。忽然有一天钱玄同来找他，他就成了鲁迅，他才能写出这些文字来。

我比先前已经不大出门，只坐卧在广大的空虚里，一任这死的寂静侵蚀着我的灵魂。死的寂静有时也自己战栗，自己退藏，于是在这绝续之交，便闪出无名的，意外的，新的期待。他能够把所有的感觉都写活，寂静也是有生命的，他能把寂静写出生命来。

一天是阴沉的上午，太阳还不能从云里面挣扎出来，这显然是象征的手法，不是简单的写物写景，连空气都疲乏着。耳中听到细碎的步声和咻咻的鼻息,使我睁开眼。大致一看,屋子里还是空虚;但偶然看到地面,却盘旋着一匹小小的动物,瘦弱的,半死的,满身灰土的……

我一细看,我的心就一停,接着便直跳起来。

那是阿随。它回来了。阿随是先前被写得那么不可爱的一只狗,但是在这里,一只不可爱的狗都被写得这么动人,这才显出他生活之悲惨,如果这只狗本来是很可爱的狗,是人见人爱的狗,那显不出他的悲惨来。这个时候,这么惨的一只"破"狗,他看了心都跳起来,他知道生活的真实情况。

我的离开吉兆胡同,也不单是为了房主人们和他家女工的冷眼,大半就为着这阿随。其实涓生是不喜欢这阿随的,他连它的名字都不喜欢,但是现在他却很关心阿随,当然是为了子君,我们知道。但是,"那里去呢?"新的生路自然还很多,我约略知道,也间或依稀看见,觉得就在我面前,然而我还没有知道跨进那里去的第一步的方法。有时候人有远大的目标,但是缺乏方法,不知道怎么去做;远大的目标要和眼前的这个方法、途径、手段结合起来,你想考大学,那你得好好看书、学习。

经过许多回的思量和比较,也还只有会馆是还能相容的地方。依然是这样的破屋,这样的板床,这样的半枯的槐树和紫藤,这里回到了小说的开头。但那时使我希望,欢欣,爱,生活的,却全都逝去了,只有一个虚空,我用真实去换来的虚空存在。这里写得何等精练啊!他又一次回到会馆,还是虚空,但虚空中是真实的生命,虚空是用一段真实的生命换来的。所以假如把《伤逝》拍成电视剧,把里面所有的东西、地方给它展开,把这么精练的地方都展开,能拍成许多集电视剧,里面有无数的故事可讲。但是一旦那样,作品就糟蹋了。

新的生路还很多,我必须跨进去,因为我还活着。但我还不知道怎样跨出那第一步。有时,仿佛看见那生路就像一条灰白的长蛇,自己蜿蜒地向我奔来，我等着，等着，看看临近，但忽然便消失在黑暗里了。他写长蛇写的是什么？写的是他的欲望，鲜活的欲望，生存的欲望。

初春的夜，还是那么长。长久的枯坐中记起上午在街头所见的葬式，葬礼，出殡的仪式。**前面是纸人纸马，后面是唱歌一般的哭声。我现在已经知道他们的聪明了，**这是多么轻松简截的事。人们，特别是中国人，为什么要搞这么一套仪式呢？说是为了表达悲伤，不如说是为了淡化悲伤，这些仪式，使人忘却了悲伤。正像人们说话的时候听不见自己的话一样，人们在表达悲伤的时候就忘记了悲伤，人陷于仪式里了。人按照宗教仪式去拜神、拜佛、拜上帝的时候，已经忘了上帝，忘了佛，因为那是别人给你规定的仪式，不是你的真心。

然而子君的葬式却又在我的眼前，他由别人的葬礼想到子君的葬礼，子君的葬礼是什么样的呢？是一个精神性的，**是独自负着虚空的重担，在灰白的长路上前行，而又即刻消失在周围的严威和冷眼里了。**子君是这样死去的，他想象中。

我愿意真有所谓鬼魂，真有所谓地狱，这里我们明白鲁迅为什么答不上祥林嫂的问题，祥林嫂问"我"，可真的有地狱，真的有鬼魂，死去的家人可不可能见面的时候，这一个无神论的知识分子不知道如何回答。由此也可以想到鲁迅为什么说要给人民保留迷信，鲁迅为什么反对以科学的名义扼杀迷信。迷信是人民的精神需要，人民需要有鬼魂，需要有地狱。可是你知道没有，你知道没有那是科学上的事情，那是知识，知识不是精神的全部，连涓生，都希望有鬼魂、有地狱。**那么，即使在孽风怒吼之中，我也将寻觅子君，当面说出我的悔恨和悲哀，祈求她的饶恕；否则，地狱的毒焰将围绕我，猛烈地烧尽我的悔恨和悲哀。**这段话表达了他对子君的真正的感情，这个感情用爱、用恨、用那些现成的词是无法概括的，就用鲁迅的原话说出来最好，我们还能想象出比他说得更好的一段话吗？我想不出来。

我将在孽风和毒焰中拥抱子君，乞她宽容，或者使她快意……这样一对悲欢、生离死别的爱人啊，涓生其实对子君怀有这样的情感。你说他们到底有什么错，错在何处，他们的爱情到底出了什么问题？这个问题可以永远想下去。

但是，这却更虚空于新的生路；现在所有的只是初春的夜，竟还是那么长。虽然是初春，但是夜还很长，这说得非常准确。**我活着，我总得向着新的生路跨出去，**"新的生路"这个词组出现了很多次，就是"新生"。鲁迅在日本和他的同志们要办的一本文学刊物，名字就叫《新生》，后来流产了，没有办成。这是鲁迅的一个心病。**那第一步，——却不过是写下我的悔恨和悲哀，为子君，为自己。**这样的话，像诗的语言一样，像悼亡诗，像挽歌一样的旋律。

我仍然只有唱歌一般的哭声，给子君送葬，葬在遗忘中。这里出现了一个词"遗忘"，这是鲁迅常用词，"遗忘"。

倒数第二段，**我要遗忘；我为自己，并且要不再想到这用了遗忘给子君送葬。**这个句子很复杂，到底什么意思？"我要遗忘；我为自己，并且要不再想到这用了遗忘给子君送葬。"所以这样的句子，特定的语言组合只能表达特定的思想，是不可复制的。涓生在这里有一种冲动，他要否定过往，为了新生，要对过去加以处理。正像我们无论多么悲伤，也不能老把死去的亲人放在屋里，要把他埋葬，埋葬是处理过去的一个方法。鲁迅的第一个杂文集为什么叫《坟》？要有一个仪式，要用一种东西表达或者希望遗忘，然后去新生。

最后一段。**我要向着新的生路跨进第一步去，我要将真实深深地藏在心的，心灵的，创伤中，默默地前行，用遗忘和说谎做我的前导……**小说就结束了。一九二五年十月二十一日毕。

我们看这个小说故事，我们随着情绪的流动，故事已经了然于胸，但是这个情绪却缓缓地没有停止，尤其到最后。他不是认为"真"是最宝贵的吗？但是现在他要去寻找新生的时候却说，要将真实藏起来，"藏在心的，创伤中"，"默默地前行"，是用"遗忘和说谎做我的前导"。意思是说，以后我要想好好活着，我要遗忘和说谎了。涓生以后如何发展？涓生以后会成为什么样的人？是吕纬甫，是魏连殳，是那个去候补的狂人？以后是什么样的一条道路？这是涓生的此后的命运。

还有，鲁迅自己的命运，这个小说作者的命运如何？1925年10月，天气冷起来了，鲁迅这个时候处在寂寞孤独期中，五四的高潮早都过去，陈独秀他们开始搞共产党，搞共产主义运动，搞革命了；胡适他们开始反革命了，都忙自己的事去了，都有自己的组织、经济来源。所以"两间余一卒，荷戟独彷徨"，剩鲁迅一个人，在那儿扛着大笔摇摇晃晃的，没什么事干，他在考虑自己的路。

这固然是一篇非常出色的爱情小说，是五四时期最深刻的爱情小说，但是读了这个小说，我们不仅仅想到这是爱情的问题吧？这是整个人生的问题。我们可以想到很多奇思妙想。那么给大家介绍一个观点，许多许多年之后，鲁迅的弟弟周作人先生，说了一句让所有人都吃惊的话，他说鲁迅的《伤逝》写的是兄弟之情。——没想到吧？当然我们不能简单地就认同周作人的观点，周作人也许是故意给自己贴金吧，因为新中国成立以后，他是靠"吃"鲁迅活着的。他本来是汉奸，被国民党抓在监狱里面，共产党打了南京，把他放出来以后，他当汉奸的事共产党就没再提，反正是在家待着了。周作人挺聪明，趁机给有关部门写信，说可以写一些关于鲁迅的回忆资料，于是就每个月从国家那儿拿很多钱，后半辈子靠写写这个那个，写写回忆的文章，也翻译点东西，生活着。他提出《伤逝》是写兄弟之情的，这个值得注意，这里面到底怎么回事？

因为文艺创作是非常复杂的，虽然你一听，觉得风马牛不相及，说"你这就是给自己贴金嘛，想说鲁迅好像觉得对不起你，你是子君？"但好像也不能说完全不沾边儿。由此可以启发我们，这不是一个简单的爱情小说，起码和它相关的不仅仅是爱情的问题，这关系到整个人生的抉择。鲁迅在写完《彷徨》和《野草》的同时，他的人生的最后一次抉择，在这里就定了。就像《孤独者》和《在酒楼上》结尾一样，他决定要去走新的道路，但是要走新的道路，手段是要用遗忘和说谎。

我想，既然我们今天是最后一次课，我们可以想一想，鲁迅到底遗忘了什么，他到底说了什么谎。当然首先，他有没有遗忘？有没有说谎？这是一个问题。如果遗忘和说谎，他遗忘了什么？他说了哪些谎？

我们这学期细读了鲁迅的五篇小说，从《孤独者》开始，鲁迅最重要的定位，就是一个孤独者。他从来就是孤独的，他小时候就是孤独的，留学的时候，搞文学的时候，一直到后来，他参加左联，支持共产党革命，他始终都是孤独的。没有人能够真正理解他，即使瞿秋白、冯雪峰，也都不能理解他，包括他的爱人许广平。许广平回忆说，鲁迅跟她生气的时候，鲁迅就一个人躺在阳台的冰冷的水泥地上，不跟她说话，然后他们的孩子海婴看见，也跑过去并排跟他躺在一起。没有人能够理解鲁迅，他心里到底经过了多少的波涛……

倪匡评价《天龙八部》，说《天龙八部》是千百个惊天波涛，但是那个波涛我们看小说都看到了，鲁迅的心里边，是谁也看不到的经历过的千百个惊天的波涛，有了这些波涛，他才是鲁迅。他是把这些东西，都像练功一样，最后凝聚成一种东西，他才变得铁一般坚强，最后真的默默前行了。他通过写魏连殳，写吕纬甫，写祥林嫂，写涓生、子君，他百炼成钢了。所以对于我们这些人来说，《狂人日记》《阿Q正传》，那些是社会意义非常伟大；但是对于鲁迅自己来说，也许这些小说更使他的心怦怦直跳。特别是鲁迅给这小说起的名字叫《伤逝》，我一开始就提出，逝去的是什么，人生总是要伤往事，但是逝去的东西是有所不同的。

我们这个课马上也要逝去了，各位的大学生活也不久就要逝去。怎么保存？怎么让逝去的东西增值，让它有价值？这是我们每个人都应该考虑的问题。

最后祝大家有一个无比美好的逝去，不是伤逝，而是欢逝。

谢谢大家。

哪一个是我

——解读《弟兄》

今天我们来讲鲁迅的一篇有点奇怪的小说,叫《弟兄》。和我们前面讲过的若干篇小说有相同之处的是,这也是鲁迅的一篇非著名小说,在鲁迅的本来就不多的小说里面很不起眼,很不受重视。即使有人全部地阅读过鲁迅的小说,读过之后,可能对这篇的印象也不太深。

一个文学作品人们读过之后印象不深,可能跟这个作品本身就没那么大重要性关联在一起。但是有些也不然,有些是普通读者和专家都觉得不甚重要,无所谓,读过也就读过了;有些是在一定的时期、在一定的空间和时间内不受重视,转换一个时空可能焕发出重要的意义;还有一些作品,由于本身的层次结构使得一部分读者觉得不重要,而另一部分读者觉得重要,特别是普通读者觉得不重要的作品,专家学者觉得重要,这种情况倒是常见的。

所以我经常把专家学者叫作"阴谋读者",这不是一个贬义词,包括我在内,由于职业要求,我们阅读任何文本都是带着一种阴谋心态去读的，就是要认为这里面一定有阴谋。这个阴谋不是要害人的意思，"阴"是不阳光、不光明、不显露、看不出来的，这个"谋"是智慧的意思，"阴谋"是在暗中潜伏着一种特殊的智慧，文本一定潜伏着别的意思。就拿"弟兄"这两个字来说，普普通通的两个字，太常见了。我们今天活在一个标题党的社会，每天一睁眼有那么多的信息抢着让你阅读，过去是自己去找信息读，现在是信息扑到你面前，用尽各种办法死皮赖脸让你去读它，所以今天很少看见这么朴实的题目。今天你随便打开小说也好，散文也好，新闻也好，没有一个东西标题叫《弟兄》或者《兄弟》，开头就是"他为什么杀了他六个哥哥"，今天都是这样的标题，不然不能吸引人。《弟兄》这个题目就不引人注意。而不引人注意的东西、平平淡淡的东西，可能包含着更多的普遍意义。

我前几天刚去了我们国家一个重要的城市，说它重要不是从级别上说的，从级别上说它只是一个县级市——外国人没有办法理解中国的县级市、地级市的概念——这个城市叫义乌。一说义乌，大家都知道了不起，马上就会想起一幅图景。我到义乌的时候首先就说，义乌在我们国家只是一个县级市，可是外国人认为它是一个国际大都市，一百多个国家在义乌做生意，义乌最近刚刚被列进三线城市，我们国家许多二线城市也不如义乌。义乌的小商品批发市场本身就是一个城市，从一号区走到五号区要四公里左右。

在义乌这片土地上，光阿拉伯人就有十多万，黑人有若干万，那么怎么处理这个关系？我见了他们的统战部部长，我说你这个统战部部长和别的地方的都不一样，在很多其他城市，统战部部长是个闲差，没有什么统战任务可做。每个市都要有个统战部部长，但很多地方没有什么海外人士等，你统战干吗，统战谁啊？黑社会不归你管，归公安局管，用不着你统战。而义乌不一样，义乌的统战部部长是该市常委，是常委级别的。我说你这个统战部部长当得可够累的，每天光读书得读多少啊，这里什么教派都有，你得读《圣经》，得读《古兰经》。如何处理民族宗教问题？所以我在义乌的讲座，重点讲了阿拉伯和穆斯林。当我要去做报告的时候，当地的党和政府想问问我讲什么问题，我说我讲这么几个问题，其中一条叫穆斯林对人类文明的巨大贡献。我在讲座中，非常简单地讲了一些常识，阿拉伯穆斯林对人类文明的重要性，对人类文明的巨大贡献。在场的穆斯林朋友热烈鼓掌，还有一些国外的穆斯林不懂汉语，坐在那里，但他旁边的人给他介绍说，"他在讲咱们穆斯林的好话"，那些外国人热烈鼓掌。

从这个意义上我们去理解什么叫兄弟。翻开《古兰经》，看看《古兰经》里真主讲的"兄弟"的意思；再看看我们的《论语》，看看我们中国的圣人讲"四海之内皆兄弟"；好像基督教本来也应该讲兄弟。打开每一种宗教的典籍，好像里边说的都是好话，那为什么每一种宗教、每一种主义大旗下面都有很多坏人？我们中国也有很多坏人，每个民族都有坏人。那些以一种信仰、一种主义为旗号，干的却是杀人放火的事儿的人，怎么理解？是那个经错了，还是他错了？一方面我们说"四海之内皆兄弟"，可是这些千千万万的兄弟里边，有的人起来杀害别的兄弟的时候，怎么处理？这些问题都不是新问题，古代的圣贤一定有过许多焦虑，不论孔子、老子、孟子、庄子，不论柏拉图、苏格拉底、穆罕默德，他们都要解决这些问题，在解决这些问题的过程中，产生了文明的经典。

可是不见得圣人说了之后这问题就一劳永逸地解决了，后代还会不断地遇到这些问题，一直到鲁迅——现代圣人，中国现代圣人鲁迅同样遇到了这个问题，而且这个问题一直纠缠着他本人，他自己就产生了兄弟之间的巨大的问题，幸好他有一篇小说就叫《弟兄》。这小说不是写他自己的，这小说又不太引人注目，我们看看他这篇不起眼的小说，虽然费解，我们勉为其难地浅尝辄止地稍微解一解，囫囵吞枣地把作品浏览一遍。

这个作品是1925年写的，1926年年初发表在北京的《莽原》半月刊第3期。《莽原》是几个年轻人办的一个刊物，曾经发挥过重要的作用，上面登载过一些重要作品。到了1926年这个时候，鲁迅兄弟已经失和很长时间了，1923年兄弟开始失和，经过1924年、1925年，到1926年这个时候，兄弟失和已成定局。当然他们表面上并没有在舆论界媒体上冲突，相反还在一些场合一些事件上互相配合、互相声援，但是毕竟兄弟失和已成事实。这不单是他们老周家的一件大事，他们哥儿俩掰了，这是全中国，是全人类的一件大事，这个事如此重要——如果他们哥儿俩没有这件事的话，整个人类的文明不是今天这个样子。你不佩服英雄不行，英雄家里出一点事，影响到成千上万的人，影响到全地球，这就是英雄。他自己可能没有意识到，我们想假如他兄弟两个在一块儿，那后边许许多多事都要改变了，我们学过系统就知道，系统里一个重要因素改变，其他因素都会改变，最后系统都改变了。这是这篇作品发表的一个时间上的特点。

好，下面我们来看这篇啰啰唆唆的小说，小说开头是这么说的：

公益局一向无公可办，几个办事员在办公室里照例的谈家务。小说开头开门见山，事情发生在公益局。公益局很有意思，无公可办，办事员在办公室里谈家务。今天如果有记者报道这样的事情，那就会说是官僚主义——你看政府公务员不办事，我们今天会经常揭露这样的东西。可是这并不是今天才产生，"伟大"的中华民国就这样，这就是民国范儿，我们再往下看这还不如今天呢。**秦益堂捧着水烟筒咳得喘不过气来，人家也只得住口。久之，他抬起紫涨着的脸来了，还是气喘吁吁的，说：**

"到昨天，他们又打起架来了，从堂屋一直打到门口。我怎么喝也喝

不住。"他生着几根花白胡子的嘴唇还抖着。"老三说，老五折在公债票上的钱是不能开公账的，应该自己赔出来……"

谁说公益局不谈公事，他们谈的是公事，谈的是他们家里的公事，他家里俩孩子，老三老五打架，为什么打架呢？跟财产有关，老五在公债上亏本了，要用公账去顶，就是用全家的账去顶，老三说不行，这就是矛盾。所以鲁迅一开始讽刺公益局无公可办，可是引出的话题是一个公共财产与私有财产的问题。这是一个老问题，家里边兄弟两个怎么处理公共财产？一个人赔本不能够让另一个人跟着他一同遭受损失，这是一种观点，但一定会有另一种观点认为，大家应该有难同当，有乐同享。其实，千层之塔起于毫末，根子就是"老五折在公债票上的钱"能不能开公账，这就是《弟兄》的含义。我们回到小说具体的情节上来：

"你看，还是为钱，"张沛君就慷慨地从破的躺椅上站起来，这公益局有躺椅，躺椅是破的。**两眼在深眼眶里慈爱地闪烁。"我真不解自家的弟兄何必这样斤斤计较，岂不是横竖都一样？……"** 我们看这叫张沛君的，第一他有慈爱，第二他不理解兄弟为什么斤斤计较，他认为兄弟应该过社会主义生活——"都一样"。

"像你们的弟兄，那里有呢。"益堂说。这里涉及一个慈爱的问题。通过两人的对话，我们觉得好像益堂这人很不幸，沛君有另一种生活。

"我们就是不计较，彼此都一样。我们就将钱财两字不放在心上。这么一来，什么事也没有了。有谁家闹着要分的，我总是将我们的情形告诉他，劝他们不要计较。益翁也只要对令郎开导开导……"

"那——里……"益堂摇头说。

这是普通的很日常的对话，是两种财产观，而这种观点似乎自古以来就有。过去有的传统社会的大家族，这个问题处理得比较好。我们去参观山西大院,那儿有四世同堂、几世同堂的,过着一种有钱大家花的生活,彼此关系处理得不错。但是我们想那是靠什么能够做到这样,是不是靠每个兄弟都觉悟很高?大家怎么能够做到相安无事地过社会主义生活?一定是他们家的家长非常能干,他们家的家长很有威严,他们家的家长既能干又有理论,又能够笼络住大家,也就是说,他们家有一个坚强的为人民服务的"执政党"。没有党的领导,靠个人觉悟是不可能实现社会主义的,因为人心都有自私的一面,都想自己多吃多占。所以必须首先有一个老爷子或者一个老奶奶,有的老爷子不在了,老奶奶还能维持一段。我们看《红楼梦》就知道了,贾母有那么高的威严能够笼住大观园,但下面已经乱了,像王熙凤这样有才能的人首先就把钱往自己家里弄。这是两种财产观的矛盾。

"这大概也怕不成。"汪月生说,于是恭敬地看着沛君的眼,"像你们的弟兄,实在是少有的;我没有遇见过。你们简直是谁也没有一点自私自利的心思,这就不容易……"

"他们一直从堂屋打到大门口……"益堂说。

"令弟仍然是忙?……"月生问。

从益堂家两个儿子争和打,引到沛君家的兄弟,然后一个叫汪月生的问到沛君弟弟的问题。

"还是一礼拜十八点钟功课,外加九十三本作文,"我们一看就知道,原来他弟弟是个国文教员,语文老师。"简直忙不过来。这几天可是请假了,身热,大概是受了一点寒……"这是一个普通的中小学语文老师的生活。

"我看这倒该小心些,"月生郑重地说。"今天的报上就说,现在时症流行……"

"什么时症呢?"沛君吃惊了,赶忙地问。

"那我可说不清了。记得是什么热罢。"

沛君迈开步就奔向阅报室去。

对话透露了他兄弟是个普通的小知识分子,职业是老师,很累,一个礼拜有18个学时的课,这放到今天也是非常累的,现在的老师一般也就有十来个学时课,18个学时确实累,还有93本作文要看,是两个班的作文。我是当过几年中学语文老师的,我知道中学老师确实很辛苦。现在很多老师确实也不负责任了,老师出了这样那样的问题。但是老师出问题,师生关系被破坏,首先是因为我们的游戏规则坏了,以改革的名义越改越坏。我小的时候师生关系是天堂般的师生关系,那是老师追着学生补课一分钱不要的时代,那真是老师晚上到你家里给你补课,全家人对他非常热情,然后在月光下把老师送走。现在哪儿有这样的老师,没有。可是他这个弟弟病了,汪月生一说正好现在是"什么热",这很吓人,所以你看沛君的两个动作,"迈"和"奔",表现了他对兄弟的关心。

"真是少有的,"月生目送他飞奔出去之后,向着秦益堂赞叹着。"他们两个人就像一个人。要是所有的弟兄都这样,家里那里还会闹乱子。我就学不来……"

"说是折在公债票上的钱不能开公账……"益堂将纸煤子插在纸煤管子里,恨恨地说。

益堂有点像九斤老太,被俩儿子折磨成这样,看来这点事每天都是在他脑子里转。

办公室中暂时的寂静,不久就被沛君的步声和叫听差的声音震破了。他仿佛已经有什么大难临头似的,说话有些口吃了,声音也发着抖。他叫听差打电话给普悌思普大夫,请他即刻到同兴公寓张沛君那里去看病。

月生便知道他很着急,因为向来知道他虽然相信西医,而进款不多,平时也节省，现在却请的是这里第一个有名而价贵的医生。于是迎了出去，只见他脸色青青的站在外面听听差打电话。

他叫局里的听差打电话去请医生，到他住的公寓去给他兄弟看病，他请的医生是非常贵的。从这一句话我们也就知道，西医在一百多年前进入中国，是高等人治病的一个象征，有人宣传西医好，把中医的市场完全破坏掉，把中医摧毁。直到现在还有很多人完全否定中医，包括我一些很好的朋友，都绝对不相信中医，如果他上医院看病，医生好心开的药里面有一味中药，他出门就扔掉了。我们姑且说西医好，可是西医是要钱的，所以不但是穷人看不起西医，现在的中产阶级也看不起西医。

"怎么了？"

"报上说……说流行的是猩……猩红热。我我午后来局的时，靖甫就是满脸通红……已经出门了么？请……请他们打电话找，请他即刻来，同兴公寓，同兴公寓……"

他听听差打完电话，便奔进办公室，取了帽子。汪月生也代为着急，跟了进去。

"局长来时，请给我请假，说家里有病人，看医生……"他胡乱点着头，说。

"你去就是。局长也未必来。"月生说。

这句话说得很好，忙中一闲笔，这是大作家的功夫，说一个事顺便讲另外一个——"局长也未必来"，也就是说光这帮公务员在忙。

但是他似乎没有听到，已经奔出去了。

他确实很着急，即使今天我们听说谁家里哪个人得了猩红热，还是要为他担心的。因为在那个时候得猩红热基本是必死。当然在我小时候，猩红热也比较危险，不是必死，有一定的死亡率。今天猩红热虽然基本都能治愈了，有特效药了，但还是挺吓人的。

他到路上，已不再较量车价如平时一般，一看见一个稍微壮大，似乎能走的车夫，问过价钱，便一脚跨上车去，道，"好。只要给我快走！"他叫车夫的这个过程，说明他平时收入不高，平时还是要讲讲价钱的，现在因为着急，他来不及讲价钱，不在乎钱了。

公寓却如平时一般，很平安，寂静；他住的是公寓，并不是个人的住房，是租的房子。一个小伙计仍旧坐在门外拉胡琴。他走进他兄弟的卧室，觉得心跳得更利害，因为他脸上似乎见得更通红了，而且发喘。他伸手去一摸他的头，又热得炙手。通过他在办公室那个着急的状况，打电话，一直到请假回家，我们都能够看到他的心是真的为他兄弟的病而跳动。

"不知道是什么病？不要紧罢？"靖甫问，眼里发出忧疑的光，显系他自己也觉得不寻常了。

"不要紧的……伤风罢了。"他支梧着回答说。

他平时是专爱破除迷信的，但此时却觉得靖甫的样子和说话都有些不祥，仿佛病人自己就有了什么豫感。这思想更使他不安，立即走出，轻轻地叫了伙计，使他打电话去问医院：可曾找到了普大夫？

鲁迅非常善于细致地把握知识分子那点儿小心思，鲁迅最看不起知识分子动不动就破除迷信，高喊科学，其实心里比谁都迷信，鲁迅在多处都讲到破除迷信的荒谬。

"就是啦，就是啦。还没有找到。"伙计在电话口边说。

沛君不但坐不稳，这时连立也不稳了；但他在焦急中，却忽而碰着了一条生路：也许并不是猩红热。然而普大夫没有找到……同寓的白问山虽然是中医，或者于病名倒还能断定的，同寓有一个中医。但是他曾经对他说过好几回攻击中医的话；况且迫请普大夫的电话，他也许已经听到了……他心里很犹豫，西医没到，是不是要找中医呢？可是他平时攻击过中医，说中医不行，可能他刚才打电话找西医，中医也听见了。

然而他终于去请白问山。病急之下他顾不得面子了，顾不得平时自己言行的矛盾——你不是不信中医吗？还得去请。不过鲁迅挺坏，他给这中医起的名字叫白问山，不起别的名，起了个白问山。

白问山却毫不介意，立刻戴起玳瑁边墨晶眼镜，同到靖甫的房里来。他诊过脉，在脸上端详一回，又翻开衣服看了胸部，便从从容容地告辞。态度很好。沛君跟在后面，一直到他的房里。

他请沛君坐下，却是不开口。

"问山兄，舍弟究竟是……？"他忍不住发问了。

"红斑痧。你看他已经'见点'了。"一张口是术语——红斑痧。

"那么，不是猩红热？"沛君有些高兴起来。

"他们西医叫猩红热，我们中医叫红斑痧。"这个关子卖得。

这立刻使他手脚觉得发冷。

"可以医么？"他愁苦地问。

"可以。不过这也要看你们府上的家运。"

我们知道鲁迅自己就是攻击中医的，鲁迅在很多场合都攻击过中医，鲁迅攻击中医有他自己的切肤之痛，他自己家人——他的父亲——是被中医给耽搁的，他自己也被中医给耽搁了。鲁迅从小虫牙，馋嘛，爱吃零食，从小把牙吃坏了，老闹牙疼，他就找医生看。医生根据阴阳五行，说牙是连着肾的，牙归肾管，这肾不好牙就不好，牙疼你得补肾，给他开了一大堆补肾的药，让一个年轻小伙子天天补肾，补得很痛苦，牙也没好。后来他到了日本找日本大夫，大夫一看，说牙上有个窟窿，把牙窟窿一堵，牙不疼了，没事了。鲁迅恨死中医了，补了这么些年肾，牙疼不补牙，所以鲁迅对中医的看法有着自己的切肤之痛。

但是，如果我们撇开这个具体的事情来看，中医讲阴阳五行，牙确实是归肾管，这是有道理的，肾好牙就好，肾不好牙不好，这在理论上是没错误的。只不过给他治牙那个大夫是个教条主义者，不好好看看牙到底是怎么坏的，他牙坏跟肾没关系。像这个白问山，第一，他搞名词游戏；第二，他说，能不能治你弟弟的病，"要看你们府上的家运"。我们国家最早那批受西方教育的人为什么不信中医？就是中医用的是两套术语，能治不能治，西医一定用别的理由来说，而中医说"要看你们府上的家运"，人家越听越觉得不科学，跟家运有什么关系呢，中医喜欢说这套话。所以两套话语不能够成功地接轨，就造成观念上的对立，但是鲁迅并没有因此从理论上全盘否定中医。

他已经胡涂得连自己也不知道怎样竟请白问山开了药方，他根本不相信中医，还是请人家开了药方。从他房里走出；但当经过电话机旁的时候，却又记起普大夫来了。他仍然去问医院，答说已经找到了，可是很忙，怕去得晚，须待明天早晨也说不定的。然而他还叮嘱他要今天一定到。

他走进房去点起灯来看，靖甫的脸更觉得通红了，的确还现出更红的点子，眼睑也浮肿起来。他坐着，却似乎所坐的是针毡；在夜的渐就寂静中，在他的翘望中，每一辆汽车的汽笛的呼啸声更使他听得分明，有时竟无端疑为普大夫的汽车，跳起来去迎接。但是他还未走到门口，那汽车却早经驶过去了；惘然地回身，经过院落时，见皓月已经西升，邻家的一株古槐，便投影地上，森森然更来加浓了他阴郁的心地。

这一段等待写得非常生动，好像是等待恋人一样。如果有很激动地谈恋爱经历的，会想起自己等待恋人来的时候，老怀疑所有声音都跟她有关系。如果再读读鲁迅写的《伤逝》，你会读到涓生等子君的时候就这么有病，人会在等待中变态的。

突然一声乌鸦叫。这是他平日常常听到的；那古槐上就有三四个乌鸦窠。但他现在却吓得几乎站住了，心惊肉跳地轻轻地走进靖甫的房里时，见他闭了眼躺着，满脸仿佛都见得浮肿；但没有睡，大概是听到脚步声了，忽然张开眼来，那两道眼光在灯光中异样地凄怆地发闪。

"信么？"靖甫问。

"不，不。是我。"他吃惊，有些失措，吃吃地说，"是我。我想还是去请一个西医来，好得快一点。他还没有来……"

鲁迅写这种神经脆弱的状态其实是在写兄弟之情，沛君好像比他自己得病还要着急。有时候得病的那个人，比如说他兄弟靖甫，自己并不那么张皇失措，他却那么张皇，他们真是好兄弟，真是感情好。

靖甫不答话，合了眼。他坐在窗前的书桌旁边，一切都静寂，只听得病人的急促的呼吸声，和闹钟的札札地作响。闹钟的声音描写得很好。忽而远远地有汽车的汽笛发响了，使他的心立刻紧张起来，听它渐近，渐近，大概正到门口，要停下了罢，可是立刻听出，驶过去了。这样的许多回，他知道了汽笛声的各样：有如吹哨子的，有如击鼓的，有如放屁的，有如狗叫的，有如鸭叫的，有如牛吼的，有如母鸡惊啼的，有如呜咽的……他忽而怨愤自己：为什么早不留心，知道，那普大夫的汽笛是怎样的声音的呢？

鲁迅自己一定有过这样的体会，在深夜里去品那些汽车的各种声音的分别，就顺便写到这里来了，这样的描写显然是西方小说的描写。但是这种听声音听出变态来，却是中国古代诗文中早就有过的，有一首诗"雷隐隐，感妾心，倾耳清听非车音"，是以一个妇女的口吻写的，非常棒的一首诗，一共12个字，就把一个等待恋人的少女的心情写得活灵活现。听见远处打雷"哗哗哗哗哗哗"，雷隐隐的，少女马上就高兴起来了，仔细一听是打雷，不是车的声音，不是他来了，原来以为他来了。

对声音的这种错觉，鲁迅写的这一段就是从这化来的。

对面的寓客还没有回来，照例是看戏，或是打茶围去了。打茶围就是去妓院，过去的青楼文化里有很多规矩，要一道一道的，先要打茶围，也就是先要请客。我写过一本书叫《青楼文化》，古代的青楼其实是很高雅的场所，不是我们今天想象的那个随随便便做生意的地方，在今天的这个场合中，大家太专业了，太简单了，都是康大叔说的"一手交钱，一手交货"。即使到民国初年，青楼还保留着传统，非常麻烦，双方大概相当于谈恋爱。这是让大家都知道，有一个打茶围的程序。

但夜却已经很深了，连汽车也逐渐地减少。强烈的银白色的月光，照得纸窗发白。鲁迅会写光，会写色，银白色月光照得纸窗发白，我们想想《明天》里写单四嫂子那一段。

他在等待的厌倦里，身心的紧张慢慢地弛缓下来了，至于不再去留心那些汽笛。但凌乱的思绪，却又乘机而起；刚才这一系列完全是不过脑子的，本能的关心，本能的紧张，本能的奔忙，现在他既然厌倦了，有一些思绪起来了。**他仿佛知道靖甫生的一定是猩红热，而且是不可救的。那么，家计怎么支持呢，靠自己一个？虽然住在小城里，可是百物也昂贵起来了……自己的三个孩子，他的两个，养活尚且难，还能进学校去读书吗？只给一两个读书呢，那自然是自己的康儿最聪明，——然而大家一定要批评，说是薄待了兄弟的孩子……**

当人真正地安静下来，真的现实、事情来了。看这样子靖甫是猩红热，而猩红热肯定是要死的，死了之后怎么办呢？家里剩他一个人挣钱，原来哥儿俩挣钱，现在是一个人挣钱。一个人挣钱，可是有两个人的孩子——一个有仨、一个有俩，一共有五个孩子。五个孩子能养活就够呛了，因为那个"伟大"的中华民国，基本五个孩子要死三个的。孩子如果都大了，那上学怎么办？让谁上，不让谁上？如果说五个孩子不能都上学，只能两个上或者只能三个上怎么办？按理，他说，"那自然是自己的康儿最聪明"，他的康儿应该上，可是别人会说闲话。这才是现实的问题，于是就又来了我开始说的社会主义与资本主义的问题，私有制下怎么解决这个问题？当然这是他胡思乱想。

后事怎么办呢，连买棺木的款子也不够，怎么能够运回家，只好暂时寄顿在义庄里……

这些义庄就像会馆一样，是一种民间自发的社会主义团体，相当于同乡会，今天搞的商会。今天各地为什么起来这么多商会？商会是一种民间自发的社会主义团体，也就是说人心中一方面有自私自利的一面，另一方面又本能地有社会主义的一面。当人吃了亏之后，就发现要团结互助，先从同乡开始团结互助。比如说两个商贩打架，这种事天天在发生，成千上万地发生，警察累死也管不了，而且会把事情搞大，而通过同乡会来解决、通过商会来解决就比较有效——比如有一个河南人和一个江西人打架，他们可能会通过河南商会跟江西商会解决，当然这后面还会产生很多复杂的问题。

忽然远远地有一阵脚步声进来，立刻使他跳起来了，走出房去，却知道是对面的寓客。

"先帝爷，在白帝城……"这唱的是京剧里面诸葛亮的一句唱词。这句话虽然是随便唱的一句，分明是很不吉利的，"先帝爷"，人已经不在了。

他一听到这低微高兴的吟声，便失望，愤怒，几乎要奔上去叱骂他。但他接着又看见伙计提着风雨灯，灯光中照出后面跟着的皮鞋，我们看这是一个镜头，从灯光中，特写皮鞋。**上面的微明里是一个高大的人，白脸孔，黑的络腮胡子。这正是普悌思。**

我们想象这样一个镜头是怎么摇的，摇到下面再升起来，这是一个仰视的镜头,用鲁迅的话说是"须仰视才见"。伟大的代表西方民主与科学的普大夫来了,高大、白脸孔、黑络腮胡子,不得了,救星来了。

他像是得了宝贝一般,飞跑上去,将他领入病人的房中。两人都站在床面前,他擎了洋灯,照着。"擎",这个场面画得多好。

"先生,他发烧……"沛君喘着说。

"什么时候,起的?"普悌思两手插在裤侧的袋子里,凝视着病人的脸,慢慢地问。这个大夫的姿态和白问山是不一样的。

"前天。不,大……大大前天。"

普大夫不作声,略略按一按脉,西医也是要按脉的。又叫沛君擎高了洋灯,照着他在病人的脸上端详一回;又叫揭去被卧,解开衣服来给他看。看过之后,就伸出手指在肚子上去一摩。

西医来看也是按按脉,他看的过程不完全是中医所讲的那四个字吗?望、闻、问、切,一个字都不差,只不过他名字叫西医,他看的办法不就是望闻问切吗?结果答案出来了,疹子。

"Measles……"普悌思低声自言自语似的说。

"疹子么?"他惊喜得声音也似乎发抖了。

"疹子。"

"就是疹子?……"

"疹子。"

"你原来没有出过疹子?……"

他高兴地刚在问靖甫时,普大夫已经走向书桌那边去了,于是也只得跟过去。只见他将一只脚踏在椅子上,我们看普大夫开药方的这个姿势。拉过桌上的一张信笺,从衣袋里掏出一段很短的铅笔,就桌上飕飕地写了几个难以看清的字,这就是药方。

这个时候西医固然非常昂贵,非常高端,可是毕竟还不唬人,医生没有说先到医院里做个CT吧，抽抽血吧。要是今天，还不折腾你楼上楼下化验6次才能饶了你？"输液一吨吧"，【众笑】肯定是给你折腾得要命。我自己多少年不去医院了，偶尔去医院看别的病人，那真是地狱一般。无数的我们的同胞在里面挣扎着，被折磨着，被羞辱着。我不反对科学，我热爱西医，但是我们今天的医院是地狱，不但病人被折磨，医生也被折磨，护士也被折磨，大家没有一个满意的，一天累得要死，医患关系完全断裂。我们看这个时候，毕竟还是能解决问题的，人家来了也没让你多花钱，也是采取望闻问切的方法，看一看、摸一摸，人家看出来了，说不是你说的什么热，就是出疹子。这个大夫开药方的时候，很牛，一只脚踩在椅子上，不坐在他们家椅子上，椅子是用来踏脚的，拿一根儿破铅笔随便写几个看不清的字，就开了药方了。

"怕药房已经关了罢？"沛君接了方，问。

"明天不要紧。明天吃。"

"明天再看？……"

"不要再看了。"这大夫还是很诚信的，很好，不骗人说需要再看。"酸的，辣的，太咸的，不要吃。热退了之后，拿小便，送到我的，医院里来，查一查，就是了。装在，干净的，玻璃瓶里；外面，写上名字。"毕竟还是要化验一下。

普大夫且说且走，一面接了一张五元的钞票塞入衣袋里，大夫就这么看了一下，没有拿出任何东西来，要了五元钱。知道五元钱相当于现在多少钱吗？你可以乘以两百，五元钱要乘以两百。这只是票子与票子之间的对比，如果换成购买力的话，那个时候北京一个普通劳动者，一个月的收入是两元钱，两块大洋。鲁迅家里雇的保姆，他们家里雇的仆人，一个月是两块钱，也就是说一个普通劳动者，五元钱是两个半月的收入。所以大夫为什么有钱啊？什么人喜欢民国啊？如果我是一个大夫，我喜欢民国,我愿意这样,到人家里随便说这么两句话,踩着椅子写俩字,五块钱拿走了。我愿意这样。**一径出去了。他送出去,看他上了车,开动了,然后转身,刚进店门,只听得背后gö gö的两声,他才知道普悌思的汽车的叫声原来是牛吼似的。但现在是知道也没有什么用了,他想。**他的汽车的声音是牛吼似的,突出他的牛,威严、权威,都包含在这里面。但是为了兄弟沛君要花这个钱。

房子里连灯光也显得愉悦;沛君仿佛万事都已做讫,周围都很平安,心里倒是空空洞洞的模样。这写得很好,这里大家注意,他写心情,越往后的小说,越是写的人的心。忙碌的时候沛君顾不上自己的心,现在呢,有心了。**他将钱和药方交给跟着进来的伙计,叫他明天一早到美亚药房去买药,**一看美亚药房这名字我们就知道,这是个西药房,不是传统的药房,传统的药房不会叫这个名字的。传统药房都叫什么堂、什么居之类的。**因为这药房是普大夫指定的,说惟独这一家的药品最可靠。**普大夫跟这药房什么关系我们不知道,反正是他指定的。这个他们也不能问,只能把这个事实写出来。

"**东城的美亚药房!一定得到那里去。记住:美亚药房!**"**他跟在出去的伙计后面,说。**

院子里满是月色,白得如银;怎么不说白得如钱呢?"白得如银"。"**在白帝城**"的邻人已经睡觉了,**一切都很幽静。只有桌上的闹钟愉快而平匀地札札地作响;**这闹钟又响了,还是这声,但是愉快而平匀了。**虽然听到病人的呼吸,却是很调和。他坐下不多久,忽又高兴起来。**高兴什么呢?

"**你原来这么大了,竟还没有出过疹子?**"**他遇到了什么奇迹似的,惊奇地问。**

"**…………**"

把疹子误判成猩红热是很容易的，一直到我上大学，我们班还有同学有这事，这加强了我那个时候读这篇小说的感受。那同学也认为他得的是猩红热，到校医院一看，校医说是出疹子。他回来我就拿这个小说来笑话一番。出疹子就不要紧了，当然出疹子也得好好照顾几天。

"你自己是不会记得的。须得问母亲才知道。"

"……………"

"母亲又不在这里。竟没有出过疹子。哈哈哈！"

沛君在床上醒来时，朝阳已从纸窗上射入，刺着他朦胧的眼睛。但他却不能即刻动弹，只觉得四肢无力，他醒来之后不能动弹、四肢无力，这是做了噩梦，梦魇过。而且背上冷冰冰的还有许多汗，而且看见床前站着一个满脸流血的孩子，自己正要去打她。写梦境，这是现代小说的特点，古代小说写梦不是这么写的，古代小说写梦都很写实，而且古代小说这个梦，跟梦前、梦后的现实是连起来写的。现代写梦，是单独当成一种阴谋来写，这是现代写梦的方法。为什么会有这样的梦呢？

但这景象一刹那间便消失了，他还是独自睡在自己的房里，没有一个别的人。他解下枕衣来，这是不是枕巾呢？拭去胸前和背上的冷汗，穿好衣服，走向靖甫的房里去时，只见"在白帝城"的邻人正在院子里漱口，可见时候已经很不早了。

靖甫也醒着了，眼睁睁地躺在床上。

"今天怎样？"他立刻问。

"好些……"

"药还没有来么？"

"没有。"

下边开始写他的深层心理。

他便在书桌旁坐下，正对着眠床；看靖甫的脸，已没有昨天那样通

红了。但自己的头却还觉得昏昏的,梦的断片,也同时闪闪烁烁地浮出:

下面就是那梦:

——靖甫也正是这样地躺着,但却是一个死尸。他忙着收殓,独自背了一口棺材,从大门外一径背到堂屋里去。堂屋,那肯定不是这儿了,是家里。**地方仿佛是在家里**,看见许多熟识的人们在旁边交口赞颂……赞颂什么呢?一定是赞颂他们兄弟感情好,你看,弟弟死了,他把他弄回家里来,给他办丧事。他哥哥亲自背棺材背到堂屋里来,周围的邻里一定会赞颂。好,这是第一个场景。第二个场景:

——他命令康儿和两个弟妹进学校去了;却还有两个孩子哭嚷着要跟去。他已经被哭嚷的声音缠得发烦,但同时也觉得自己有了最高的威权和极大的力。他看见自己的手掌比平常大了三四倍,这是变成如来神掌了,铁铸似的,向荷生的脸上一掌批过去……

这荷生肯定是他兄弟的孩子。他自己三个孩子——康儿和两个弟妹——上学了,那两个孩子是他兄弟的孩子,不能上学,来闹。这个时候,我们看前面描写的沛君,在他的梦里完全是另一个形象。他自己看得见自己的形象,用那么大的手掌去打了兄弟的孩子。鲁迅这样来写人性,《弟兄》这篇小说让我们可以想到金庸的《连城诀》。《连城诀》就是人间地狱,人和人之间的真实面目是什么?什么是真实的兄弟情、夫妻情、师生情、父子情、父女情?它涉及了人生的终极问题。鲁迅是敢于撕破这些东西来写的,只有小人才哼哼唧唧地"世上只有妈妈好"。因为我们不能承担真相,我们甘愿活在一个小人的互相欺骗的世界里。但是鲁迅并不是20世纪80年代以后的作家,20世纪20年代他就写出了这样深的东西。

他因为这些梦迹的袭击,怕得想站起来,走出房外去,但终于没有动。也想将这些梦迹压下,忘却,但这些却像搅在水里的鹅毛一般,这个比喻太好了，没有办法替换。**转了几个圈，终于非浮上来不可：你去找点毛在水里边搅一搅，看看那个心理感觉。**

——荷生满脸是血，哭着进来了。他跳在神堂上……那孩子后面还跟着一群相识和不相识的人。他知道他们是都来攻击他的……

——"我决不至于昧了良心。你们不要受孩子的诳话的骗……"他听得自己这样说。

——荷生就在他身边，他又举起了手掌……

我们传统的小说大概有两种写法：一种是写兄弟感情真的很好，舍己为人，把孩子照顾得好好的；再一种就写坏兄弟，钩心斗角，打得一塌糊涂，最后告到衙门里去，一般是这两种写法。或者写坏的最后打算变好了，或者好的最后坏了。鲁迅的《弟兄》完全不是这样。这个场面没有发生，都是梦，都是在梦里。在梦之外的现实中一切好好的，大家都认为他们是好兄弟。但是这是被称为好兄弟的人自己做的梦。我们现在学过心理学固然知道这来源于弗洛伊德，来自奥地利那个精神病医生，可是我读弗洛伊德所有的著作和西方人写的挖掘人潜意识的小说，我觉得没有鲁迅挖掘得好。鲁迅也许受了他一点启发，但是鲁迅之所以能写出这样的小说来，更多的是因为他对人生真面目观察得深和无比地大胆，敢于把它撕开，因为撕开的时候，首先自己会疼。

我们为什么喜欢听《世上只有妈妈好》？我们明明知道那是假的，可是这样说自己很舒服，所以我们很多人特别喜欢说那种小清新的话。我为什么最烦小清新？我为什么喜欢在微博上模仿那些小清新？因为我知道说这些小清新的话，特别是早上起来强迫自己来一段小清新的人，心里都很不干净。他睁开眼睛第一件事是骗，自我欺骗，再骗别人："迎着阳光走出去，生活是这般美好……"为什么有些人强迫自己说这些话？当然我们也不要走另一个极端，天天说这些话也不对。怎么样找人生的中庸之道，这是一个哲学上的难题。

他忽而清醒了，觉得很疲劳，背上似乎还有些冷。靖甫静静地躺在对面，呼吸虽然急促，却是很调匀。桌上的闹钟似乎更用了大声札札地作响。

闹钟老响，但是每次响发挥的作用是不一样的。这个闹钟恐怕用影视是没有办法表现的，只能用文字来表现，因为它的响是一样的。

他旋转身子去，对了书桌，只见蒙着一层尘，可见书桌很久不用了。再转脸去看纸窗，挂着的日历上，写着两个漆黑的隶书：廿七。

伙计送药进来了，还拿着一包书。

"什么？"靖甫睁开了眼睛，问。

"药。"他也从惝恍中觉醒，回答说。

"不，那一包。"

"先不管它。吃药罢。"我在这里除了联想到鲁迅的《明天》，还可以联想到《风波》。寄来的是一包药、一包书。他给靖甫服了药，这才拿起那包书来看，道，"索士寄来的。一定是你向他去借的那一本：Sesame and Lilies。"《芝麻与百合》，是一个英国政治家的文集。

靖甫伸手要过书去，但只将书面一看，书脊上的金字一摩，便放在枕边，默默地合上眼睛了。过了一会，高兴地低声说：

"等我好起来，译一点寄到文化书馆去卖几个钱，不知道他们可要……"

那时候的小知识分子我们看着可怜，一个星期上十八个钟点的课，兄弟俩生活还很困难，还得想办法另外再挣钱。他水平可能还不错，能够翻译书，想翻译书去卖几个钱还不知道"他们可要"。但从另一方面也说明这个社会挺可怜，这个社会上那些卖出来的书是怎么翻译出来的呢？不是专业的翻译家翻译的，是一种无序的生产。比如有人翻译了这个东西,他拿它们到出版社、文化书馆这样的机构去,被人家挑选,被人家选中。我们不要以为那个时候翻译的东西都像鲁迅翻译的水平那么高,有许多就是这种中学老师、小学老师翻译的。或许他们急等钱用,自己翻译了之后,卖给一个有名的人,算这个有名的人翻译的,这种事太常见了。这就是民国的文化繁荣,文化是这样生产的。好,总算风波一场过去,猩红热变成了出疹子,这个挺搞笑。

这一天,沛君到公益局比平日迟得多,其实这是发生在二十四小时之内的一件事,折腾了一宿。**将要下午了**;好像他也没有什么固定的上班时间,想什么时候去就什么时候去。**办公室里已经充满了秦益堂的水烟的烟雾**。这老秦每天在这儿抽烟,每天都把公益局弄成烟馆。**汪月生远远地望见,便迎出来**。这是几个挺好的同事。

"嗄!来了。令弟全愈了罢?我想,这是不要紧的;时症年年有,没有什么要紧。我和益翁正惦记着呢;都说:怎么还不见来?现在来了,好了!但是,你看,你脸上的气色,多少……是的,和昨天多少两样。"

沛君也仿佛觉得这办公室和同事都和昨天有些两样,生疏了。虽然一切也还是他曾经看惯的东西:断了的衣钩,缺口的唾壶,杂乱而尘封的案卷,折足的破躺椅,坐在躺椅上捧着水烟筒咳嗽而且摇头叹气的秦益堂……

"他们也还是一直从堂屋打到大门口……"

他还说昨天那点破事呢。这一切都没变,就连他这个唠叨都没变,可是沛君觉得有点两样了。怎么两样了?是他的心情两样了。这一夜过去,外面世界没发生什么变化,但是他看见了人生的真面目。就因为他做了一个梦,因为这件事老天爷赐给他一个梦,他看见了人生的真面目。所以鲁迅《呐喊》自序里的那句话永远是让人难忘的,就是"在这途路中,大概可以看见世人的真面目"。我很小的时候读这句话,就老想人生还有真面目?我们看见的不是人生?人生真面目是什么呢?最后就老想去看人生的真面目。我为什么最后混到这些坏蛋知识分子堆里来了呢?我本来跟工农群众过得好好的,我就是想看人生的真面目。我小时候看司汤达,司汤达有句话说,我的职业是"人类心灵的观察者"[1],我就想像司汤达一样,做人类灵魂的观察者。到哪儿去观察呢?最坏的人在哪儿呢?一定在北京大学,【众笑】我从小我就断定一定在北京大学。我想北大一定有最好的人,也一定有最坏的人,要观察人类的灵魂,必到北大去。所以我在北大混了几十年,苍天不负我,看见了许多人生的真面目。然后我再用这个本领去看别人的书,觉得很幸福,终于看懂了很多很多的事情。那么这里呢,沛君看明白了一点。

"所以呀,"月生一面回答他,"我说你该将沛兄的事讲给他们,教他们学学他。要不然,真要把你老头儿气死了……"

"老三说,老五折在公债票上的钱是不能算公用的,应该……应该……"益堂咳得弯下腰去了。你看他们把老头折磨成这样了,这点财产的事能把老的害死。

"真是'人心不同'……"月生说着,便转脸向了沛君,"那么,令弟没有什么?"

"没有什么。医生说是疹子。"

这好像变成一个喜剧了。

"疹子?是呵,现在外面孩子们正闹着疹子。我的同院住着的三个孩子也都出了疹子了。那是毫不要紧的。但你看,你昨天竟急得那么样,叫旁人看了也不能不感动,这真所谓'兄弟怡怡'。"这是《论语》里面的话,兄弟感情这么好。

---

1 《东西方跨世纪作家比较研究》,张承举主编,北京图书馆出版社1997年版,第221页。

"昨天局长到局了没有？"他很关心他昨天擅自离岗，局长知不知道。

"还是'杳如黄鹤'。你去簿子上补画上一个'到'就是了。"我们看民国的官员是怎么办公的，这些人还不是坏人，还是好人。好人都是这么办公的，局长不来，局员爱来不来，昨天没来今天补一"到"。弄虚作假，这个假映衬着别的假，这就是鲁迅的手法，这都是中国古代文学的手法叫互文见义。很多东西原来都有另一层面目，我们总结的时候再说。

"说是应该自己赔。"益堂自言自语地说。"这公债票也真害人，我是一点也莫名其妙。你一沾手就上当。"说到公债也是假的。"到昨天，到晚上，也还是从堂屋一直打到大门口。老三多两个孩子上学，老五也说他多用了公众的钱，气不过……"这儿又涉及孩子上学的事情，在另一个家庭。

"这真是愈加闹不清了！"月生失望似的说。"所以看见你们弟兄，沛君，我真是'五体投地'。是的，我敢说，这决不是当面恭维的话。"月生的话真是发自肺腑，因为两家对比，这家打成这样，一看沛君兄弟这么好，他真的是佩服得五体投地。月生的话代表我们大多数人的想法，我们羡慕这样的家庭，兄弟如果真的这么好，多么理想啊！也就是说，人其实愿意过社会主义的生活，但为什么过不上呢？问题在这：

沛君不开口，望见听差的送进一件公文来，便迎上去接在手里。月生也跟过去，就在他手里看着，念道：

"'公民郝上善等呈：东郊倒毙无名男尸一具请饬分局速行拨棺抬埋以资卫生而重公益由'。"过去的公文，都得有一个具体的形式，按照这个形式来写。当公务员只要会写这套东西就能办公，就能够高人一等，过上公务员生活。"我来办。你还是早点回去吧，你一定惦记着令弟的病。你们真是'鹡鸰在原'……"这是《诗经》里面的话，表示兄弟之间有了急难互相照应的意思。

哪一个是我——解读《弟兄》 | 427

"不!"他不放手,"我来办。"

月生也就不再去抢着办了。沛君便十分安心似的沉静地走到自己的桌前,看着呈文,一面伸手去揭开了绿锈斑斓的墨盒盖。一九二五年十一月三日。这个墨盒盖是绿锈斑斓的,可见他平时不怎么办公,轻易不动笔墨,好容易来一件事要办了,这一句映衬了小说的第一句"公益局一向无公可办",这终于来了一件事给他们办了。有人发现郊区有一具男尸倒毙,请求政府给他埋了。就这么件事,然后他就随便回一句,处理了就完了。这样的人如果给他高工资,国家也够亏的。一方面我们说这些小公务员挺可怜,收入这么少,可是他们成天干什么活?这样的人给他高工资不可能啊。

这个小说写在1925年年底,11月写的,次年2月发表的。我们下面看看这个小说里面能总结出什么东西来。开头我就说这部小说是费解的小说。费解的小说大概有三重的线索:一重讲的是公益局的故事;一重讲的是生病的事,兄弟生病了;一重讲的是兄弟之间的关系。这三重线索交织在一个故事里,作者又不肯自己站出来评论、抒情。这是鲁迅小说的最大特点,也最符合马列主义所讲的现实主义文学的特点,就是作家不出来表态。作家出来表态的,按照马克思主义、现实主义,那都是二流小说,恐怕读者智商都不够,在旁边紧着煽乎,"看,这是个坏蛋,下面一个坏人要出场了",这都是二流作品;"多么可怜的一个老妇人啊",这都是二流作家的写法。当然浪漫主义不这么看,浪漫主义认为应该那么写。鲁迅的小说自己是不表态的,就把故事写出来。在这一点上和金庸是一样的。金庸也不在小说里出来表态,只把故事写出来,你爱谁谁,金庸从来没有说过"欧阳锋如此的恶毒",没有说过这样的话,他好不好你自己看。正因为鲁迅小说的这个风格,使我们看不出他主要表达的是什么,所以我觉得这有点像三只猫的表情,你不知道它心里盘算的是什么东西，也搞不清它们仨的关系。

这三重线索我们只能一个一个地来看，它能给我们什么样的联想。先说公益局，公益局这个似乎好看一点儿，公益局的线索前后连起来看就是一个反讽。公益局的反讽让我们想起老舍的长篇小说《离婚》。老舍的《离婚》也是写一个衙门里的一群办事员。你把老舍《离婚》里写的那个衙门，跟鲁迅的公益局合起来，看到这就是中华民国的行政缩影。我们不说中华民国上层什么四大家族、那些大官贪污腐败，就说中层这些不怎么贪污腐败的人，这些人是怎么办公的，我们就可以知道中华民国为什么是一个弱国，它为什么民不聊生，它的普通干部是怎么上班的？就这么上班的。而这种上班的状况今天是不是消灭了呢，今天是不是还有？我们大家都深有感触。所以鲁迅开头一句话就说，"公益局一向无公可办"——养了一群不能说是废物，反正是尸位素餐的人。公益局首先局长是不上班的。我们今天大大小小的城市，直辖市、省级市、单列市、地级市、县级市，有那么多的局、那么多的科，他们的领导上班不上班？我们没有统计过。但是这么些年来，我是一个经常跟"衙门"里的人吵架的人，一方面有大量官员是我的朋友，另一方面我自己去办事的时候，我还真跟他们吵架，我吵架的时候经常让他们的一把手出来。我说把你们局长叫来。如果最后真逼急了，你会发现局长真的不在，他说局长不在不是骗人的，局长真不在。所以有时候发生矛盾，你固执地要求他们局长出来，他们就怕了，因为会揭露出局长从不上班的事实。局长、科长可能从来不上班，不信你现在就找个什么邮局，你找个碴儿和他们吵架，然后说叫他们局长出来，看看局长在不在。这职员呢？职员倒是在，职员上班谈家务。这也不能完全怪职员，因为无公可办啊。他们坐那不能沉闷着，得表示自己很敬业。在日本的时候，我表扬过日本政府，我一去日本政府里边办事，"啪"站起来十几个人，一律鞠躬,我当时受宠若惊,我说认错了吧,我也不是来访问的领导。就是因为这是表现他们自己敬业的一个机会,他们公务员怎么这么敬业呢?因为这屋里装满了摄像头,每一个公民进来,他们都要表示自己很负责任,"啪"都站起来鞠躬。然后我说我就是问一点儿事:我找一个地方,现在不知道怎么走。"啪"就好几份地图拿过来了,都塞给我,我当时很感动,我说你们太敬业了。也就是说如果我们不去的时候,他无公可办,他坐着是很无聊的,又有摄像头管着他,他又不能谈家务,这怎么办呢?所以有时想想,可以谈家务还挺人道的。【众笑】你想如果这时候没有"东郊倒毙无名男尸",没有家里两个孩子吵架,确实挺无聊的。

我们再看老舍《离婚》里写的,就知道这个事情、这个状态不能够单怨一个衙门,是整个国家体制有问题。这些人没有工作热情、没有敬业精神,在这里唯一的目的就是混饭,既然是混饭,这饭肯定是混不好的,没有多少收入。这些可怜的公务员本来收入就不太高,他们一个月大概能收入几十大洋,来个普大夫就拿出去五块钱,一个月可能收入五十块钱,来个病人看个病就没了,吃饭怎么办?所以他们得想办法另外去赚钱。这点工资有时候还不能全额发,经常欠着,欠薪是太经常的了。公益局"无公"和弄虚作假是联系在一起的。这条线好理解,是关于公益局的。

第二条线是通过他兄弟得的病折射出"民国"的医疗问题。

从这里我们可以看到民国卫生状况,这是民国卫生状况的一个缩影。首先疾病流行,结尾出现一个"倒毙无名男尸",沛君在结尾办一件事,怎么不办别的事呢,办一"倒毙无名男尸"?当时的人倒毙是常有的事,但是不一定非得汇报到他们这个局来,这只不过是偶然有好事者报告到他们那个局里去了。街头巷尾大量的倒毙尸体、大量的死孩子,都老百姓自己处理了,这个是没人管了,不知道是谁家的,有好事者写了这么一个呈文让他们来办。这就是我说的"生生死死遂人愿",上次我讲《兔和猫》也说,人活着就这样,死了就这样,生多少死多少,中华民国就这样。猩红热等病在当时是绝症,不光是猩红热,肺炎、肺结核都很严重,得肺结核基本就是死,那时候得肺结核活下来都是奇迹,所以得了个病,大家都心惊肉跳。一场感冒也能死好多人。我们今天即使得了绝症,大家觉得可能还有希望,这是时代的进步。那时候得病,马上死的阴影就上来了。

再有一个是讲到医疗的问题。中华民国政府明显支持西医,其实就是现在,政府也基本是支持西医的。这也有它的原因,在漫长的战争岁月里,很多人受的是枪伤、外伤,对付外伤当然西医更有效,医生一看流这么多血,赶紧截肢,砍了,病人就活了。所以西医的办法来得快,不截肢死了怎么办?要是到野战医院里去看,你得有非常坚强的意志,前线打着仗,后方截着肢,为了保命啊。所以长期下来,这些从战场上下来的干部很相信西医,觉得西医有办法,西医有特效药。中医有优点,但是就像鲁迅指出的,中医里边有很多庸医,中医的优点很多人没体会到,都体会到它的缺点了。乡间有很多半通不通的人,说一些带有迷信色彩的话,中国的哲学太博大精深,博大精深的缺点就是容易被坏人、水平低的人钻空子,说些什么"跟你的家运有关系"的话。所以民国的病和医疗的问题,在这篇小说里也得到一个折射。

说到西医能不能治病的问题,不知道大家知道不知道纪小龙这个人,这是我知道的我们国家现在最牛的大夫,是"每年在病理会诊中解决疑难及关键诊断一千例以上"[1]的专家。他说:"医生的诊断有三成是误诊。

---

1 《肿瘤专家纪小龙》,http://fashion.ifeng.com/health/disease/detail_2014_02/07/33590241_0.shtml(访问时间:2012年1月12日)

如果在门诊看病,误诊率是50%,如果你住到医院里,年轻医生看了,其他的医生也看了,大家也查访了、讨论了,该做的B超、CT、化验全做完了,误诊率是30%。"[1]就是说全部论文"答辩"完了之后,还有30%误诊。"人体是个很复杂的东西,每个医生都希望手到病除,也都希望误诊率降到最低,但是再控制也控制不住。只要当医生,没有不误诊的,小医生小错,大医生大错,新医生新错,老医生老错。因为大医生、老医生遇到的疑难病例多,这是规律。"[2]他说是不是中国不好,外国就好呢?"中国的误诊和国外比起来,还低一点儿。美国的误诊率是40%左右,英国的误诊率是50%左右。"[3]我们应该正常看待这个,中国的固然不好,不要因此以为外国就好,一样误诊。我知道纪小龙很多经典的病例,他救了我们国家很多领导人——被别的有名的专家给误诊的。所以什么叫科学?我们再一次提出这个问题,鲁迅为什么说迷信可存?世界上出现了一个叫科学的东西之后,我们就要把迷信掐死,全身心地拥抱这个叫科学的东西?这才是迷信——掐死迷信,拥抱科学,是最大的迷信。但是鲁迅不是说要拒绝科学,这给我们提出了一个问题,什么叫真正的科学。这是医疗问题,但这不是这篇小说的核心。

小说的核心,我们要回到题目上谈"弟兄",什么叫弟兄?众人眼中,沛君靖甫是"兄弟怡怡",《论语·子路》里讲"朋友切切偲偲,兄弟怡怡"。朋友和兄弟是不一样的,朋友在一起还能够提点意见,兄弟之间是非常愉快、和谐、友善的。所以我们受儒家影响的中国人都努力去做到"兄弟怡怡",如果家里有兄弟或者有姐妹,家长、亲戚、邻居,

---

[1] 《转帖:专家吐真言:医生的诊断其实有三成是误诊 心惊!》,http://goucaixia.blog.sohu.com/137670440.html(访问时间:2021年1月12日)
[2] 同上。
[3] 同上。

都在向这个方向引导我们、教育我们，我们也这样去引导别人、教育别人。《诗经·小雅·棠棣》一章说："鹡鸰在原，兄弟急难。"鹡鸰是一种水鸟，它离开水在土上，就是有难了，所以"鸰原"成了一个单独的词，郁达夫有一首诗，里面讲到"与君念载鸰原上，旧事依稀记尚新"（《寄养吾二兄》）。旧体诗里边有好多用这个典故的。

我们表面上是这么做的，是这么建设兄弟关系，这么赞美兄弟关系的，可是实际上我们发现，总有很多人家兄弟不和，兄弟打得一塌糊涂，亲兄弟打，叔伯兄弟打，堂兄弟表兄弟打，再扩大，人类之间的战争不都是兄弟在打吗？从人类发生学上说，我们好像有共同的祖先，现在考古学有研究人员说黄河流域的人的祖先是从西部来的。原来有一种说法，说我们现在的全人类都是非洲一个老奶奶的后代。也许这种说法过于独断，中间也许省略了太多的变迁的过程，但是很多专家都认为我们的祖先是从小亚细亚来的，从两河流域来的，也就是说，我们大多数人都能找到血缘关系。如果我们查自己家谱，查到三皇五帝那儿，就发现大家都很接近，最后都能发现我们不是黄帝的后代就是炎帝的后代，再一查，黄帝和炎帝还有蚩尤可能都有亲戚关系。也就是说，我们人类本来是兄弟，可是正好我们这种最讲文明的物种，最残酷地互相厮杀。而其他物种不是这样的，猫和猫打架、狗和狗打架，不会要对方的命，两只老虎打架，一般不要对方的命。它们从小就被训练出来，知道分寸在哪里，咬到什么程度不能再咬了，不能因为对方的宽容就死缠烂打。两只同物种的动物打架只是要比谁力量大，已经证明了我力量大，你就不能再挑战了，你不能利用我的宽容逼我下死手。而人好像不是这样的，有的时候确实是兄弟的一方很宽容很慈爱，另一方不是这样。怎么办呢？有了文明好像反而出了问题。

这个弟兄的事情，我想我们这样说恐怕还是隔岸观火，还是站着说话不腰疼，对这个问题最有切肤之痛的是作者本人。鲁迅早年丧父，他自己一方面受传统文化影响，想建立很好的兄弟关系；另一方面，他是半兄半父的角色。他一个弟弟一个妹妹死了，还剩俩弟弟，他一手把这两个弟弟抚养大，带他们到日本留学，给他们娶日本媳妇，带他们回来，让他当教授，让他们成名，替他们写文章，等等。然后他以为自己的家庭是一个美满的家庭。我想起曹禺写的《雷雨》里，周朴园最爱说的话，"我的家庭是我认为最圆满、最有秩序的家庭"。这不是虚伪，这是他的理想，他多么希望自己家庭好，不出事啊。鲁迅也是这样的，他们家多好啊，三兄弟都是名人。特别是他跟二弟周作人，那是一流名人，超一流名人，是全国青年的领袖，声名显赫，收入丰厚。在一个普通劳动者一个月挣几块大洋的情况下，他挣三四百大洋，这是天文数字的收入，而且哥儿俩都这么能挣钱。哥儿俩住着一个好几进的大院，大家可以到阜成门那儿去看看鲁迅故居，这四合院现在要卖多少亿，现在的作家写一百本长篇小说都买不下来这院子。多好的兄弟关系啊！但是，没想到有一天，这个关系彻底破裂了。我们这节课不是专门讲鲁迅兄弟失和问题的，不是讲鲁迅生平的，我们大概地提一提这个事。

1923年7月14号鲁迅日记："晴。午后得三弟信。作大学文艺季刊稿一篇成。晚伏园来即去。"鲁迅这个时候写日记都写得非常平平淡淡的，你得自己去体会他心中的波澜，看鲁迅日记首先要有看《新闻联播》的功夫。"是夜始改在自室吃饭，自具一肴，此可记也。"平平淡淡中出了一个滔天的波澜——从这天晚上开始，他在自己屋里吃饭，自己弄一摊儿菜吃，"此可记也"。这是平淡中的波澜，发生大事了，开始自己吃饭了，也就是说，原来不是这么吃饭的。

到7月17号，周作人日记："阴。上午池上来诊。"池上，一个日本大夫。"下午寄乔风函件，"他们有一个好朋友叫乔风，不是金庸笔下那个。"焦菊隐、王懋廷二君函。七月《小说月报》收到。得玄同函。"玄同，是钱玄同。以下《周作人日记》影印本空了一行，周作人后来在《知堂回想录·不辩解说（下）》中说，在他的日记七月十七项下，他用剪刀剪去了原来所写文字，大概有十个字左右。周作人的日记他剪掉了十来个字，这十来个字是什么，谁也不知道了，这是永远的谜，因为他们都不在了，没有人见过这十来个字，看来这十来个字引人无限的联想。假如哪天有一个人发现了这十个字，那了不得，马上可以评教授了。【众笑】

又过两天，7月19号鲁迅日记："昙。上午启孟自持信来，"启孟就是周作人，他自己拿着一封信来，"后邀欲问之，不至"。我请他来想问问他，他不来。"下午雨。"日记结束。

周作人日记："阴。"你看他对天气的记载跟鲁迅是不一样的，鲁迅说是"昙"，"昙"是有少量的云的意思；周作人直接写"阴"。"上午得斐然函。寄乔风函，凤举函，"他每天写这么多信，"鲁迅函，"这里含糊其词，"鲁迅函"不是寄走的，是他自己拿着到前院送给鲁迅的，但他在日记里含糊过去，用了一个动词多个宾语。"世界语会函。下午马巽伯君来访。译坪内儿童剧了。夜大雷雨。"鲁迅写的是"下午雨"，周作人写的是"夜大雷雨"，所以最高级的学问是研究日记，这才有意思。那么周作人那封信写的是什么呢？下面是周作人这封信的内容：

> 我昨日才知道，——但过去的事不必再说了。我不是基督徒，却幸而尚能担受得起，也不想责难，——大家都是可怜的人间。我以前的蔷薇的梦原来都是虚幻，现在所见的或者才是真的人生。我想订正我的思想，重新入新的生活。以后请不要再到后边院子里来，没有别的话。愿你安心，自重。

七月十八日，作人。

这是石破天惊的一封信。没有这封信，也许鲁迅后来不会到上海；没有这封信，周作人可能不会当汉奸。这封信的意义是如此之重大，到底发生了什么，今天大家都想知道，可是没有一个人能给出铁定答案，因为当事人销毁了最重要的证据。他们哥儿俩虽然失和了，但在这件事上万分默契，配合得非常好，让你们谁也猜不着。

你们不让我们猜我们就乱猜呗，于是大家只好乱猜，所以现在学界、媒体就是乱猜。大家最愿意听的就是调戏说，八卦永远是最吸引人的，而且也最容易解释——这哥儿俩吵掰了那还能有别的事？没别的事，你看鲁迅一个人嘛，他肯定调戏兄弟媳妇。这事最容易解释。跟这个差不多的解释就说，周作人的日本媳妇羽太信子，说洗澡的时候被鲁迅偷看了。你看这大哥什么样啊，偷看兄弟媳妇洗澡。这个解释很容易征服大众，大家愿意这么相信，但它没有证据。你仔细分析它也不成立，因为大家知道在日本这不算个事，日本人男的女的都一块儿洗澡，谁没见过女人洗澡？大家随便看，鲁迅不需要偷看女人洗澡，他们那阵儿人真是什么事都见过了，更不需要在自己家里面破坏这种伦理。那么，还有一种说法叫思想说，思想说你是驳不倒的：兄弟俩的思想不一致，早晚得掰。这理由太能成立了，因为太能成立了，所以不能解释这个具体的事情。兄弟俩一开始就不一样，慢慢慢慢地周作人羽翼丰满了，他不想受鲁迅的压迫，不想活在鲁迅的阴影里，他自己是北大教授，自己是独立思想家，所以两个人早晚要分道扬镳，等等。但为什么非得那一天分道扬镳？肯定那一天还有什么事，发生什么事，我们不知道，而且你看周作人那个信就知道，还是有一件重要的事，也许不只一件，也许是一连串。

那么目前为止最有说服力的一种说法，多数鲁迅专家采用的是一种经济说。就是说这家里主要是经济矛盾，这也符合人情物理，兄弟两个确实很能挣钱，但是他那兄弟媳妇，周作人的夫人太能花钱了，我们都想不到那样花钱如流水，花钱原因有很多：第一，羽太信子有精神病，就是有歇斯底里，周作人傻了吧唧娶回来一个精神不正常的女人。因为在日本，他们那种留学生跟房东的女儿经常会有这种关系，但一般毕业了就都分开了，毕业之后他们就回国了。周作人大概怀有人道主义的博大胸怀，把她带回来了，而且结了婚。结了婚之后呢，她全家都靠他们养活着，他们不但要养活着羽太信子，还要养羽太信子一大家人。而她们家是特别爱国的，周家的一切消费全要消费日本商品。家里大人孩子生了病，一定请日本大夫。我们刚看那个普大夫就知道，随便那么看一看就要五块钱。你看周作人日记就知道，池上医生经常来，来一次可不是五块八块能打发的。他们家经常做满满一大桌子菜，突然羽太信子说不好吃，就全部送给仆人，再来一桌。所以鲁迅有一句话说，钱是我用黄包车拉回来的，他们是坐汽车送出去的。【众笑】在经济上他们有许许多多的矛盾，鲁迅可能有意见，也许鲁迅有封建家长观念吧，他以半个父亲的身份，可能说了一些批评的教训的话。他们在孩子的教育问题上可能也有矛盾，等等。羽太信子曾经对孩子说，不要到前院去，不要理那个老头子，有一句话叫"让他冷清煞"[1]。我们看鲁迅对很多孩子的描写，有他自己生活中的经历在里边。所以很多学者倾向经济说。但是毕竟也没有铁证，也是根据其他一些人的回忆，根据周作人日记里写到的那些人——张凤举、乔风、郁达夫等人——的回忆，推测的。

也有人说既然猜不着就别瞎猜了，咱们存疑吧，反正清官难断家务

---

[1] 《闲话周作人》，陈子善编，浙江文艺出版社1996年版，第2页。

事。钱理群老师就说清官难断家务事,家里事乱七八糟,过过日子的人就知道,这些事是说不清楚的,除了当事人谁也不知道,当事人也未必能判断清楚。这些线索可以给我们大家来参考,反正兄弟失和了。兄弟失和这件事,我刚才强调对中国文化史很重要,但是给他们当事人造成了极大的痛苦。他们以后再不见面了,虽然在一些事情上,文化事情上还互相配合,比如一块儿骂军阀、骂政府、骂日本,这是基本的,虽然周作人后来当了汉奸,那是后来的事情,在此之前,他们都是抗日的,都是批判日本文化的,但是他们也都有很多日本朋友,他们不是那种愤青式的骂日本的态度。

可是毕竟这两个人知道以前过的是什么日子,以前是在一个大院里,一家真是"兄弟怡怡",现在兄弟不好了。鲁迅还多次伸出暗示的橄榄枝,比如鲁迅曾经给一个朋友写过"渡尽劫波兄弟在,相逢一笑泯恩仇"。这个话固然是写给别人的,但是这个话周作人肯定会看到,这些都是鲁迅在发出信号。鲁迅写文章写小说,小心翼翼,从来不敢给人物起名"老二",他避开这个二兄弟,省得他有想法。在很多重大事件上,他生怕周作人表态错误,总是托朋友捎信,等等。而就在鲁迅去世的第二天,周作人在课堂上一字一句地讲了一篇文章,讲的是颜之推的《兄弟》。这兄弟俩都不是把感情放在表面的人,特别是周作人,特别能装,装得不食人间烟火似的,可是偏偏那一天,他讲颜之推的《兄弟》。读读《兄弟》这篇文章,我们可以想象,周作人那是一字一血,学生未必知道他讲的是什么,但是讲课的这个老师,心里肯定在流血,我们没有时间去讲颜之推的《兄弟》,我们看看里边一些句子:"夫有人民而后有夫妇,有夫妇而后有父子,有父子而后有兄弟,一家之亲,此三而已矣。"这是儒家讲的重大伦理。"自兹以往,至于九族,皆本于三亲焉,故于人伦为重者也,不可不笃。兄弟者,分形连气之人也。"兄弟是一个人,只不过分成两块，肉体上分开了，其实是一个人。所以儒家强调孝和悌。"……惟友悌深至，不为旁人之所移者，免夫！二亲既殁，兄弟相顾，当如形之与影，声之与响，爱先人之遗体，惜已身之分气，非兄弟何念哉？兄弟之际，异于他人，望深则易怨，地亲则易弭。""望深则易怨"就是说，兄弟之间如果互相寄予的希望太高，反而容易产生仇怨。我们想想周作人信里面说的，"我以前的蔷薇的梦原来都是虚幻"。是不是两个人原来对这种社会主义的理想寄予太高的幻想，觉得兄弟一大家人可以一辈子这么过下去？周作人年轻的时候和毛泽东他们一样，都搞过新村主义，现在韩国首都还有一个地方叫新村。新村是人们的一种理想，就是过共产主义生活，一些青年男女，找一块地方，大家一块儿过，不分你我，有钱大家花，有饭大家吃，晚上一块儿睡觉。他们想得特别好，马上就可以实现共产主义。可是最后还是失败了，为什么失败了呢？还是一个字——钱。谁来挣钱啊？一开始都很高兴，都抢着做饭，"我来做饭吧，我做得好吃"。一个礼拜之后呢？一个月之后呢？谁出去干活？谁在这挣钱？最后维持不下去。所以一部分搞新村主义的人清醒了之后，决定先搞社会主义，不能一步实现共产主义，没有足够的物质基础，不可能实现共产主义。要脚踏实地。后来又从社会主义再退一步，叫社会主义初级阶段，我们现在是社会主义初级阶段，先解决吃饭问题、钱的问题。我想，下边这句对周作人也有启发："譬犹居室，一穴则塞之，一隙则涂之，则无颓毁之虑；如雀鼠之不恤，风雨之不防，壁陷楹沦，无可救矣。仆妾之为雀鼠，妻子之为风雨，甚哉！"他说兄弟关系就像一个房子，要防雀鼠和风雨。但谁是雀鼠，谁是风雨呢？他说，仆妾是雀鼠，妻子是风雨。周作人读这一句，或者他讲这一句的时候，能不能有所感怀，他们兄弟关系是被谁破坏的？是被家里的仆妾妻子破坏的。鲁迅的一篇著名小说叫《铸剑》，里面塑造了一个主人公叫"宴之敖者"，"宴之敖者"后来又被鲁迅写杂文的时候直接作为一个笔名。这是鲁迅的一个笔名，这个笔名很费解，为什么起这么一个笔名"宴之敖者"？鲁迅是玩儿文字的，跟章太炎学的文字，后来只有他自己能解释。敖，古代是赶出去、驱逐的意思。明白这个字，这个词就解释出来了。宴是什么？宴是一个家，家里有一个日本女人，被家里的日本女人赶出去的人，这就是鲁迅。所以从这个笔名看到鲁迅心里深深的伤痛，他不恨他的兄弟，虽然周作人写了那么一封信，他不恨周作人。他只说他的兄弟糊涂，但是他起了这么一个笔名，谁也看不懂的，让后人去解锁、去猜谜。他们兄弟俩都去过日本，后来鲁迅终于在中国的土地上被日本女人赶出了家门。那么颜之推这篇文章就说："人之事兄，不可同于事父，何怨爱弟不及爱子乎？是反照而不明也。"兄弟再好，弟弟对兄长肯定不能像对父亲那样，所以你不能怨他爱弟弟不如爱儿子，弟弟对哥哥不能像对父亲那样，反过来，兄长对弟弟也不能像对儿子那样。能不能做到这个境界——无怨？所以，在这篇小说里尽管写的是一个不相干的人，但这里能够透射出鲁迅心底的那份隐伤。

合起来我们看看这个小说。这几条线索合起来，涉及一个很大的命题，是公与私的问题。第一就是"公益"。公益是我们今天经常挂到嘴边的一个好听的词，到处都讲公益，开展公益活动。三天两头就有人请我去搞一个"公益讲座"，我就很奇怪，我说你搞公益讲座为什么要请我呢？他也觉得很奇怪，公益活动你为什么不参加呢？我说很有意思，你搞的公益活动让我去参加，我说这不是"私益"了吗？你搞活动你就自己搞，我愿意搞公益我也自己搞，你搞公益让我去给你当志愿者，让我去给你打工，这似乎就是举着公益的旗号来无耻地满足私欲。你搞公益是对你有好处的，比如你是一个学生会主席，你搞一个活动，请了北大著名教授孔庆东来讲座，这是在你的功劳簿上写上浓墨重彩的一笔的。

所以不要说你搞的是什么公益活动，是公益活动就自己搞公益。

再者，我们不能对公益活动要求得太纯洁。比如有些大企业家捐款，我就支持他捐款。很多人说他的钱来路不干净，那我说还有那么多来路同样不干净的人不捐款，在他们两者中比较，是不是我们要鼓励捐款的这个人？这些人跟那些人比，毕竟他有觉悟。你不能要求一个人成为圣人，我们才能表扬他，这一个人不甘堕落到地狱里，他觉得我有这么多钱应该拿出来为社会服务，这就是我们这个体制下的好人。如果连这个都不鼓励、不表扬的话，人都退回到自己的潜意识中去，那就是地狱。地狱天堂不在于我们死后，而在现实中。

第二个是这里涉及的疾病问题，还是公与私的问题。从疾病的诊断到医治，今天为什么出了这么多的问题？这还是把医疗私有化的问题。我们今天的医院在很大程度上都私有化了。比如说一到医院，为什么医生就让你去化验呢？因为那些昂贵的医疗器械、化验设备、检查设备都是租来的，或者是花高价买来的，它必须迅速赚回成本。

医院是最大的市场，所以我们不能去骂大夫不好，骂护士不好，骂院长不好，也许确实有不好的，但那不是根源。凡是医院搞得好的，必定是它里边有社会主义因素，即使资本主义国家，医疗问题处理好的，必定有社会主义因素。所以疾病的问题，还是跟公与私有关。

兄弟问题，就更涉及私有制的问题，亲兄弟与私有制，这是我们古人孔孟老庄就意识到的问题。想建立"怡怡"的关系，可是被私有制限制。所以古代既要强调道德，又要强调家产制度。怎么继承？古代女孩子大多都不能继承，只有男孩子能继承财产。这就有一个分家的制度，这一分家就会分出许许多多问题来。今天我们国家很多的南方地区，还是女儿不能继承家产，像我刚才说的莆田地区，江浙、福建、广东很多地区，女儿不能继承家产。很多企业家很有钱了，他女儿出嫁的时候，他给女儿许许多多的钱，给她房产，给她汽车，给她一大笔钱，意思就是这是一次性的，以后你进这家门一分钱没有了，都是你兄弟的。所以到南方去当个上门女婿挺好的，一次给你两千万，给你五辆宝马，五套房产，但你以后不能再要钱了。因为它是传统的，儿子继承。中国儒家搞了一套家产制度。

世界上还有很多别的文明是用宗教的方式来处理兄弟关系。也有的民族是采取一妻多夫制，今天我们还有一些地区是一妻多夫制。

《弟兄》这篇小说通过一个梦境挖掘到人物的潜意识，在潜意识中，人性都是分本我、自我、超我的。我们平时活在这个自我中，被超我的镜像所迷惑，经常忘了本我是谁。而沛君就做了这么一个梦，梦中他看见的那个本我，不是同事眼中的张沛君，他自己看见了自己举起凶狠的手去打兄弟孩子的那个人，那是他的本我。这是一个铁的事实，我们与人交际是要处理这个问题。不同的文明也许有不同的解决方式，作为一个中国人，作为一个受儒释道教化的中国人，受儒释道加上马列主义教化的中国人，我觉得我们的人生态度是：不掩盖本我，要直面本我，要承认自己不那么干净，自己有私心杂念，自己想多吃多占，自己有好吃的想多吃一口，看见美女想多看一眼，有这个本我存在。要直面它，不能撒谎，硬说自己是圣人，那是不对的。但是直面本我不是要堕落到本我，而是要做好现在这个自我。人家说你是一个好人，你真的要做好这个好人，即使其实你没那么好。人家说你是个好学生，你就做一个好学生，说你是好老师，你就做一个好老师。努力去做吧，最后要走向那个超我，走向那个理想的你，走向那个社会主义、共产主义的你。做好自我和走向超我，才不耽误你直面本我，不会使你堕落回那个本我，这才是人高于禽兽的地方，这才是文明。这是一种健康而科学的人生态度。

芭蕾舞剧《牡丹亭》这个剧作很有创意，它把主人公杜丽娘分成三个"我",穿三种不同的衣服,表现她意识形态的三个层次。处理得很好,正好用来解释我讲的——直面本我,做好自我,走向超我。我们大家共同努力吧!【掌声】

奇异的上访

——解读《离婚》

天气越来越冷了，越来越适合讲鲁迅。外边天气虽然冷，我们室内环境还是很温暖，在温暖的环境中去讲一些很寒冷的故事，讲一些似乎是冷笑话的故事时，当我们对这种差异有一种自知之明的时候，可能更有利于我们来理解鲁迅，也有利于我们理解当下。我记得我在某次课上说，我们坐在这里灯火通明地上课，学文化、学知识，可是这些灯火通明是怎么来的呢？是有许多矿工被砸死在井下换来的。你不要以为这是旧社会，这是新社会，太阳底下没有新事，现在还是会发生矿工被砸死、砸伤的事情，我们北京大学的学生在这里，窗明几净，灯火通明地上课。我不要求你到矿底下去慰问那些矿工，至少你要知道这样一个事实，才对得起你的考分，对得起让你进这个校门的所有的人。

现在已经到了12月份，我们在讲课之前，首先按照这个课的进程要求给大家布置期末考察报告。我们中文系的许许多多课程，只要不是基础课，一般都不进行闭卷考试。这样不是完全否定闭卷考试，闭卷考试有它的必要性，我们要区分课程。我们这样的课程一般来说就是请同学们来写文章，来总结、提升你一学期的所得。我们北大中文系的学生是怎样训练出来的？就是写这样几十篇文章写出来的，你写十篇左右的时候和刚入学时就不一样了；你写到二三十篇的时候，已经和你原来的同学是天壤之别了。所以我们这个学期依然最后布置这样一个期末读书报告，报告的具体内容我重复一下。

因为我们这个课是中文系本科生选修课，和通选课不一样，和研究生的课也不一样，所以请选这门课的同学按照中文系本科生选修课要求来完成读书报告，你衡量一下是什么要求。当然没有选这门课的同学愿意严格要求自己写一个读书报告，那也很好，事实总是证明，旁听生里面的优秀学生的水平在非旁听生的平均水平之上。这是一个模糊的要求，具体的要求是这样的：请你影印一页你自己本学期的课堂笔记，附上签名。在座的同学一定说这不是多此一举吗？这句话是为那些不在这里坐着的同学准备的，特别是为某些国家的学生准备的，所以我不揣冒昧再次强调这个问题。所以特别请这个国家的同学注意这一条，你影印一页你本学期的课堂笔记，签上你高贵的姓名！但是有些笔记是有用的，因为这个读书报告要求要对应你自己选的这一页课堂笔记，这堂笔记涉及本教授所讲授的哪篇鲁迅小说，你就针对这个鲁迅小说篇目写一篇读书报告。比如你这页记的是《离婚》，你就写《离婚》；你这页针对的是《明天》，你就写《明天》；当然不限于一篇，你愿意写《离婚》同时兼顾《明天》更好。这是给你提供一个方便，让你有一个写作范围、写作指向，写一篇读书报告。

读书报告的内容是极其宽泛的，用最俗套的话说，就是论述鲁迅小说的思想和艺术。其实这是个废话，就是论什么都行，思想，什么都是思想；艺术，什么都是艺术，在这个范围里就行。题目自拟。我并不是说命题作文一定不好，但是我们这个课，我觉得还是自拟题目，给你更多的发挥空间比较好。字数，我大体说一下，3000字左右吧。这不是一个硬性规定，你有本事写300字，写得非常好，有重大的科研发现，那我五体投地，我非常佩服这样的人；你说你这个人字字珠玑，写10000字也保证文章读起来引人入胜、让人爱不释手，那更好。其实字数是一个对大多数人的限制。我们老系主任陈平原先生说得好，北大要为天才预留空间。我们的一般的讲课、一般的要求都是对中才而言。你这么讲课，肯定有天才是不满的，因为天才就是超群的，所以我们允许天才不上课，允许天才不按照要求做，允许天才不好好考试，但是只有一条，最后你得用某种方式证明你是天才，只有这一条。这是期末读书报告的要求，大家记一下，告诉因故没来的同学。

那我们就回过头来讲今天的内容，今天我们要讲鲁迅的一篇小说《离婚》。这篇小说不太著名，但其实对学术界来说挺重要，研究鲁迅的学者还是很重视这篇小说的，但是一般的文化界不太重视，我估计大多数人不知道鲁迅写过一篇小说叫《离婚》。离婚在今天是个太司空见惯的常用词，可能城市居民离婚率已经超过1/3了，每天到办事处办婚姻事情的，有两对是结婚的，可能一对以上是离婚的，农村离婚比例也是急剧上升。现在我们身边到处都有离婚的人，特别是所谓的名人，现在要没离过婚都不好意思说自己是名人，当然他不见得是因为离婚而成为名人的。在名人圈子里，大家互相一见面就说"还没离呢""长痛不如短痛，遭那罪干啥啊，赶紧离吧"。这个事情在现在已经变成大家可以这样互相调侃的、再平常不过的事情。可是在百八十年前，这是个大事，而且"离婚"是一个新词，是个时髦的词。古代人们不说离婚，古代说什么？古代就是一个字：休！我们知道这是一个动词，动词就有它的主语和宾语，你把主语和宾语一加上就知道它不是现代概念，不是现代意识。它只能是男方休女方，没有人说把老公休了的，那也不合法。只有现在这个离婚不存在谁休谁的问题，离婚有一个谁提出来的，谁要离谁，这样一个问题。所以离婚是一个现代概念。

《离婚》，这题目当时就很吸引人。当然了，鲁迅不是标题党，我给它加上一个副标题，叫"奇异的上访"，我是标题党，我给标题浪漫化一下。其实我这个标题党也还是太老实，这标题也是一种形容式的，现在标题党都不能是形容式的，要直接扒皮，直接把里边某个吸引眼球的情节说出来。按照现在标题党的这种思维，古代的书、现代的书都没法看，你说《离婚》有什么可看的呢？一点都不吸引人。"奇异的上访"也没什么可看的，四大名著没一个可看的。《三国演义》，谁知道里边写的什么东西啊，不看！《三国演义》一定要改成《大奸臣曹操如何迫害刘备一家真相大揭秘》，【众笑】得改成这样的东西才能卖出去。可是这种标题党的行为其实对作品是有巨大的伤害的，因为即使这个标题党说的是真的，这标题也只是作品中蕴含的千万层意思中的一层。比如我说《离婚》是"奇异的上访"，这说明我有一个解读的角度，如果鲁迅先生九泉有知，他一定会冷冷一笑："这个没学问的，我这写的是上访吗？"我一说"奇异的上访"就已经给他老人家窄化了，这只是我们解读的一个角度而已。

那么最保证原汁原味的方法就是不乱解读，为什么古人说诗不可解，一解便错呢？最高明的接受就是原盘原汁原味地接受，不要解释。可是我们学习是需要解释的，所以如何解释，过后再去掉这个解释，就是庄子告诉我们的过河要拆桥，过了河不要还记得那个桥。就像笑话里讲的，和尚过河背一个姑娘，你把她背过去就算了，不要过河之后还一路想着那个姑娘，这就是过河拆桥的道理，在这里用来比喻我们如何解读作品。

《离婚》这个作品看上去好像比较简单，也容易进行简单的解释，可是你越读它，发现里面意蕴越多。我在今天上午又重新读了一遍，我觉得我上个礼拜的备课还有意犹未尽处，我上个礼拜备课时本来想了些意思，今天上午我把窗户打开一看，晴空万里，这么好的北京的冬天，然后我坐下泡一杯茶看《离婚》，又看出了新的味道。好的文学作品就是这样，你每次读可能都有不同的收获。

好，我们下面来介绍这篇小说。《离婚》在鲁迅全部为数不多的小说中属于最后一篇写实小说，不是最后一篇小说，他以后还有小说，他后面的小说写的是历史小说，《离婚》是以现实生活为题材的最后一篇小说，放在《彷徨》里面，是《彷徨》的最后一篇。我们上次讲《弟兄》的时候，涉及鲁迅自己的弟兄问题，那么今天讲《离婚》，是不是也可以联想鲁迅自己的婚姻问题？当然这可能是我们漫无目的的自由联想，我们做学问不能这么做，先要老老实实地把脑袋清空了，去读作品。这个作品发表于1925年年底，大概是在我们今天上课的这个节气、这个季节，刚过小雪，所以我们还可以感受到大概九十年前的那个气氛，九十年前鲁迅写了这么一篇《离婚》。下面先来欣赏原文。小说的开头很有意思，开头是一帮人的对话：

"阿阿，木叔！新年恭喜，发财发财！"

"你好，八三！恭喜恭喜！……"

"唉唉，恭喜！爱姑也在这里……"

"阿阿，木公公！……"

开头是一帮人乱七八糟的说话，是个众声喧哗的开头。但他们不能老这么说下去，然后叙事者的声音出来了：

庄木三和他的女儿——爱姑，一个人名出来了。——刚从木莲桥头跨下航船去，船里面就有许多声音一齐嗡的叫了起来，其中还有几个人捏着拳头打拱；同时，船旁的坐板也空出四人的坐位来了。庄木三一面招呼,一面就坐,将长烟管倚在船边;爱姑便坐在他左边,将两只钩刀样的脚正对着八三摆成一个"八"字。

以前学术界对这篇小说还是比较重视的,但是我感觉我们学界很多学者号称学问严谨,但是读书其实颇有不细之处。20世纪80年代有人还号召我们去学习西方的细读法,我学了半天,读了不少书,发现这个办法不需要到西方去学,我们东方自己就有,读书就老老实实地一字一句地去读,毛主席号召我们"三老四严"[1],还要到别的地方去学什么老老实实的这些东西吗?关键是你做到没做到。我们以前对很多文学作品的那种解读,那种定性,那种判断,多数其实都是印象式的。人家经常批评我们中国人不认真、不严谨,我觉得应该接受这个批评——虽然这并不意味着外国人就一定严谨——我们严格要求自己。文字在这里,好好读文字,什么都装在里头了。

首先,这是鲁迅小说一个别开生面的开头,传统小说没有这样开头的,开头是几个人乱七八糟地说话,有点像《明天》的开头,《明天》的开头是那几个酒鬼在咸亨酒店里说话。这个开头一开始,通过人物的对话,告诉了我们这是过年的时候,大家互相拜年。说话的第一个人管对方叫"木叔",通过对话介绍一个"木叔",他向"木叔"拜年,"新年恭喜,发财发财",对方回答他,我们知道这第一个人叫"八三"。如果读过鲁迅的一些书,一些作品,特别是读过《风波》,我们大概能估量出来这个人为什么叫"八三",大概生下来的时候他是八斤三两,所以叫"八三"。"恭喜恭喜!……""唉唉,恭喜!爱姑也在这里……"他就直接向"爱姑"拜年,说"爱姑也在这里",好像对爱姑有格外的重视。另

---

[1] 中共大庆市委党史研究室:《中国共产党大庆历史(上)》,中共党史出版社2008年版,第348页。

外一个人说:"阿阿,木公公!……"

下面这段话很重要,这段话介绍庄木三和他的女儿,说的是两个人,父女两个人,从一个叫木莲桥头的地方下到航船里面去,坐船要旅行,要出门,相当于我们坐公共汽车。他们刚一下去,"船里面就有许多声音一齐嗡的叫了起来",这说明什么?这说明庄木三很受重视。一个人一上船,里面"嗡的叫了起来","其中还有几个人捏着拳头打拱",这受的不是一般的重视。下面说"同时,船旁的坐板也空出四人的坐位来了",上船的有几个人啊?上船两个人被空出四个座位来,说明这两人的地位在这帮人里面格外重要。第一,这个叫庄木三的要占两个位置;第二,他的闺女也要占两个位置,所以要空出四个位置来。这就是细节的重要——鲁迅是一个伟大的细节家。我们容易经常去分析一个作品里面的思想,如果思想能代替艺术的话,那只要把思想直接说出来就完了。文学为什么重要呢?孔老师为什么说文学比哲学还伟大呢?因为哲学只能具体地说一条一条的哲理,文学里包含着千万条哲理,只是你没看出来。你能不能看出来,两个人上去有四个空位。

"庄木三一面招呼,一面就坐",人家尊重他,他招呼对方,他坐那,"将长烟管倚在船边",抽着一根长烟管。我们这学期学的作品里边还有谁抽长烟管,还记得吗?【学生:七斤】航船七斤抽长烟管,他在村里多少有点地位,他有一个长烟管。就是说一个人属于劳动人民,但是劳动人民是分很多阶层的,很多人笼笼统统地简单地划分一下阶级,把自己塞进劳动人民中,你知道劳动人民分多少种吗?劳动人民里面分的种类数不过来,不要以为你学了几个阶级、阶级斗争的词就可以闹革命了,你很可能根本就不懂什么叫阶级,阶级是个非常复杂的哲学体系。

他把长烟管倚在船边,"爱姑便坐在他左边",下面这个细节写得格外耐解读,记住这个细节你才能把它跟后面的情节结合起来,"将两只钩刀样的脚"——什么叫"钩刀样的脚",这是什么意思?"正对着八三摆成一个'八'字"。她对面坐着一个叫八三的人,她对着他坐,把腿摆成"八"字。我们尽管不一定能想象出具体的那个画面,但起码知道这是一个不雅的坐姿,不论在古代、在现代,这好像都是一个不雅的坐姿,一个女性近距离地对着一个男性坐,坐成这样一个姿势,首先这是一个不雅的姿势。其次作者有意这么写,一个人坐在那里可以有一万多种写法,为什么非得写这个细节呢?通过这个细节,表达了叙事者对人物的态度。也就是说不往下看,看到这里,有没有人对爱姑产生好感?这是一个问题。我觉得我们很多老一代学者都没有好好读这篇小说,所以以前对这篇小说的分析,好多都落不到实处。好,我们往下看:

"木公公上城去?"一个蟹壳脸的问。鲁迅这笔下的人物太鲜活了,各种人都有。这叫蟹壳脸,什么叫蟹壳脸?蟹壳脸应该是青的,青白色的,没有血色的,还瘦,有点光滑——大概是这样的一个脸。"木公公上城去?"这个庄木三被尊称为木公公,让我们以为回到《鹿鼎记》了,想起了《鹿鼎记》里的海公公。这公公不是太监的意思,这个公公显然是当地的尊称,他竟然被尊称为木公公。

"不上城,"木公公有些颓唐似的,但因为紫糖色脸上原有许多皱纹,所以倒也看不出什么大变化。木公公紫糖色的脸有很多皱纹,颓唐也看不出变化,这个细节写出他第一有地位,第二也是一个辛劳的人,第三是一个稳重的人。**"就是到庞庄去走一遭。"**

合船都沉默了,只是看他们。他一上船大家热烈地打招呼,有一个人问了一句,不得要领,他说了不上城是到庞庄去,大家沉默了,也就是说人家好像对他家的事,对他们的事有所了解。下面接着来:

"也还是为了爱姑的事么?"好一会,八三质问了。总得说话啊,于是八三又挑起这个话题。

"还是为她……这真是烦死我了，已经闹了整三年，打过多少回架，说过多少回和，总是不落局……"这好像透露出情节来了，这是现代小说的特点，随着人物对话的进展透露情节——这是为爱姑的事，爱姑有一个事闹了三年，打架、说和了，还没结束。

"这回还是到慰老爷家里去？……"这儿提出一个人叫慰老爷。

"还是到他家。他给他们说和也不止一两回了，我都不依。这倒没有什么。这回是他家新年会亲，连城里的七大人也在……"

原来以前慰老爷参与过这件事，现在他们又到他家，他以前说和不成功，为什么不成功呢？"我都不依"。看来没有说到一块儿去，双方意见不统一。"这倒没有什么"，第一，他说没依，第二，他又说没什么，这回他们怎么又去呢？"他家新年会亲"，这可能是当地一个风俗，新年的时候把大家都叫来聚会。"连城里的七大人也在"，刚才庄木三说不上城去庞庄，庞庄是慰老爷所在地，现在来了一个好像更重要的人——城里的七大人。鲁迅的小说里面数字用得出神入化，如赵七爷之类的。这个七大人是个厉害的人物。小说到这里，我们知道原来他还是上访去，虽然不是到城里上访，是到一个老爷家里去，为了他个人家庭的什么纠纷，去要求解决。那个时候没有信访制度，但是这就类似于我们今天的上访。

"七大人？"八三的眼睛睁大了。"他老人家也出来说话了吗？……那是……其实呢，去年我们将他们的灶都拆掉了，总算已经出了一口恶气。况且爱姑回到那边去，其实呢，也没有什么味儿……"他于是顺下眼睛去。

我们看八三的话，第一，他认为七大人很重要，从他的话里透露出他很崇拜七大人，七大人"也出来说话……那是……"，他觉得好像这事情对己方有利，对"我们"有利，七大人出来说话好；第二，他顺便讲了一个事情，"去年我们将他们的灶都拆掉了"。有些农村地区的风俗，就是两边闹了纠纷，把对方的灶拆掉，是给对方一个极大的羞辱。灶代表祖宗，代表饭碗，把你们家灶拆掉了，就是不让你们家好好吃饭了，能把对方的灶拆掉是一种胜利。当然对方一般也不会让你拆除他的灶的。去年八三等人已经把人家的灶拆掉了，我们不知道"他们"是谁，八三说"总算已经出了一口恶气"，已经出气了。"况且爱姑回到那边去"，"那边"好像说的是爱姑的婆家，我们能猜出来，"其实呢，也没有什么味儿"，于是他"顺下眼睛"。这很有意思，他干吗要顺下眼睛去？有没有读出味道来？也就是说，这个叫八三的人，不愿意爱姑回到那边去，他说回到那边去也没什么味儿，所以"他顺下眼睛去"。

"我倒并不贪图回到那边去，八三哥！"爱姑忿忿地昂起头，说，爱姑说话了，第一，她不贪图回到那边去，第二，她管八三叫"八三哥"，你再想想"他顺下眼睛去"，这很有意思。我觉得我们今天的人都活得太粗糙了，都不会品味文学作品了，作者都白写了，他为什么不说八三瞪着眼睛说，而说他顺下眼睛去？一句"八三哥"就呼应了。"我是赌气。你想，'小畜生'姘上了小寡妇，就不要我，事情有这么容易的？'老畜生'只知道帮儿子，也不要我，好容易呀！七大人怎样？难道和知县大老爷换帖，就不说人话了么？他不能像慰老爷似的不通，只说是'走散好走散好'。我倒要对他说说我这几年的艰难，且看七大人说谁不错！"

这一番爱姑的话，有点让我们想起《风波》里的七斤嫂。我们分析《风波》里的七斤嫂，七斤嫂真是伶牙俐齿，具有外交才干。但是你仔细一分析，爱姑又不是七斤嫂，我们不用往下看，就看这段话，她跟七斤嫂相比，好像不是一个类型。七斤嫂虽然也骂人，但是，第一，七斤嫂骂的是自己的丈夫，骂中带爱，是亲切地骂；第二，七斤嫂说话其实非常合情合理，有理有据。爱姑这一番话，第一，很有气势；第二，很泼辣；

第三，很自信，但是我们好像还看不出有什么逻辑来。她对着八三哥表态"不贪图回到那边去"，这话好像是八三爱听的，她不回婆家去了。她是要赌气，从她赌气的话里我们知道了事情大概原委："小畜生"大概是她的丈夫，姘上了小寡妇，小畜生爱上另外一个小寡妇了，就不要她，她认为事情没有这么容易，不可能让他成功；那么"老畜生"大概就是她的公公，她的公公要帮儿子，也不要她，公公不要她了，"好容易呀"，意思是这事没这么容易；现在有七大人了，七大人怎么样呢？七大人是跟知县大老爷换帖的，换帖的就是把兄弟，七大人是知县大老爷的把兄弟，跟知县大老爷是把兄弟"就不说人话了么"，她认为七大人不能像慰老爷那样不通；慰老爷怎么不通呢？原来慰老爷说的是"走散好走散好"。以前的处理方式是他们找慰老爷，慰老爷说，就散了吧，你俩离了吧，慰老爷是这么处理的。

我们不往下看，先看慰老爷的处理有问题吗？我们想想一家两口子，丈夫有外遇了，不管他外遇的是谁，反正有外遇了，他跟他法定的妻子感情不好，然后妻子找一个德高望重的人，比如说这妻子找了校长，说你看他有外遇了怎么办？校长说走散好走散好，干脆离了吧，他也不爱你了，你还跟他过什么，我建议干脆就离了吧。校长这么说有错吗？我之所以要这样去问同学们，是因为多少年以来，这篇小说就被解读为一个革命妇女反封建的故事，凡是跟革命妇女不是一个阵营的人，都是封建势力的代表，都是坏人，都是镇压妇女的刽子手。我也很喜欢这种明快的解读，它让我们老师讲课很省事，一介绍就是反封建，闹革命，农民愚昧，妇女要解放。

事情不是那么简单的，文学之所以伟大就在于它涌动着跟整个生活一样丰富的血液。我们想慰老爷说"走散好走散好"，我们得设身处地去想，他怎么就不对了呢？也可能他真不对，但是这个不对一定另有原因。

那么爱姑要干什么呢?她要找七大人说说"我这几年的艰难"。我们为什么觉得她说话好像逻辑上有问题——你的艰难和你的婚姻感情有什么联系吗?所以要理解这篇小说,我们会越读越感到它复杂,首先要承认它的复杂。"且看七大人说谁不错",她虽然很泼辣,但是从她的泼辣中,我们感到大家对七大人寄予很高的期望,包括爱姑。爱姑是不是反抗权贵呢?她不同意慰老爷就是反抗权贵?因为慰老爷说走散好,她不接受这句话,她并不是反对慰老爷这个人,她现在寄希望于七大人,认为七大人有可能跟她是一伙的,有可能支持她。

八三被说服了,再开不得口。

只有潺潺的船头激水声;船里很静寂。庄木三伸手去摸烟管,装上烟。 鲁迅很喜欢写潺潺的水声——船头潺潺的水声,他有多少次这样的经历,写船里边说话和水声的关系。

斜对面,挨八三坐着的一个胖子便从肚兜里掏出一柄打火刀,打着火绒,给他按在烟斗上。 那个时候还没有火柴,不但没有打火机,也没有火柴。从这个细节我们可以知道当时是怎么抽烟的,得有打火刀,还得有火线,这就是中国当时的生产能力、工业水平。

"对对。"木三点头说。作者原来注:"对对"是"对不起对不起"之略,或"得罪得罪"的合音;未详。

鲁迅愿意写一些别人不知道的、需要解释的字或词,就像《故乡》里写的那个猹似的,到现在学界都有争论什么是猹,最近还有一个视频叫《周树人与猹》,很搞笑。其实这个"对对"不用解释也行,并不妨碍阅读的顺畅。可以看出来,八三也好,这船上其他人也好,都认为他们是一伙的,而且是正义的一方——我们代表正义,满腔正义地去上访。今天有许许多多的人去上访,但是另一方面我们都知道,上访将近百分之百是失败的,"据《南方周末》2004年11月4日关于社科院对访民一份调查报告的评论文章披露：'调查显示，实际上通过上访解决的问题只有2‰。'[1]。就算这个数字不缩水，即使百分之一又能怎么样呢，扩大五倍不过是百分之一，也等于说上访几乎无效。可是我们大多数知识分子都是站在困难群体一面，不管左派右派都认为政府不对，都说上访必有冤情。我们很多领导干部也都说上访必有冤情，不然人家为什么上访啊，花钱费力还挨打受骂，有时还被抓起来。可是为什么上访解决不了问题？除了贪污腐败、除了官僚主义等，还有没有别的问题，特别是上访者自己有没有问题？

  前几年我们北大有一个著名教授，他的一句话被无良记者断章取义，他说"对那些老上访专业户，我负责任地说，不说100%吧，至少99%以上精神有问题"[2]，于是数千上访者就包围了北大东门，要求这个教授出来，找他算账。后来东门经受不了压力，就说那个老师在西门，【众笑】几千愤怒的访民又跑西门去，搞得这个老师当时很难堪。我们在很多场合都帮他做了解释：他的话不是那么说的。我也接触过大量的上访者，有的时候课后就有人把上访材料塞给我。我不敢说有多少比例，但是我接触的上访者告诉我，上访者里面有许许多多的人，由于常年上访，问题得不到解决，备受打压，心理真的出现了这样那样的问题。即使心理没有出现问题，为什么一件小事会越闹越大，最后真的闹得解决不了？本来就是两个人打架，你踩了我一脚，本来是我的摊位把你的摊位挤了一尺，这么点的事，最后就弄到双方家族互有死伤，弄到成为两个市的所有官员的矛盾，要解决你们家这点事，要摘一百多个顶子，要罢二百多个官，才能处理你这点事。这期间为什么没有人去研究正义的一方在

---

[1] 《上访的成功率是多少？》，中共武汉市武昌区委党校，http://www.wcdx.net/index.php?app=Core（访问时间：2021年1月14日）
[2] 同上。

多大程度上、在哪些层面是正义的，在哪些层面上未必？我为什么要把这篇小说加个副标题叫"奇异的上访"，我们可以从这个角度来解读上访问题。

好，这个胖子说话了：

"我们虽然是初会，木叔的名字却是早已知道的。"胖子恭敬地说。"是的，这里沿海三六十八村，谁不知道？施家的儿子姘上了寡妇，我们也早知道。去年木叔带了六位儿子去拆平了他家的灶，谁不说应该？……你老人家是高门大户都走得进的，脚步开阔，怕他们甚的！……"

我们看这个胖子说的话，从他的话里知道，庄木三在这一带很有名，沿海三六十八村谁都知道他。庄木三到底是个什么阶层的人？他是劳动人民不假，但是显然是劳动人民里面不一般的。我们经常在各种交叉的范畴中来论人，比如说共产党员可不可能同时是商人？只有我们这样交叉地思考问题才能真正明白阶级问题的实质，才能知道滥用阶级斗争理论所造成的恶果。

庄木三在这里势力很大，那么施家——通过他的姓我们就知道了，一家姓庄一家姓施——这个儿子有姘寡妇的事，大家也都知道，去年这个事是怎么解决的呢？"木叔带了六位儿子去拆平了他家的灶"。所以大家知道，中国人民为什么希望多生儿子，儿子就是战斗力，六个儿子就是多半个班，十个儿子就是一个班。有一个电视剧里面，主人公就对他媳妇说，生孩子，多生，给我生一个班。他随口说的这句话，表达了一种人民的愿望，家里的儿子多，在这种社会就有用。不但在这种社会有用，在现在社会没用吗？现在我们多数人家都是独生子女，你家里一定遇到过许许多多的困难，你想一下，假如你有五个哥哥，你们家是什么情况，那完全不一样，整个国家都不一样了。你的父母生病了怎么办？

你家的安全问题，一些不法的人要去你家骚扰，怎么办？事情太多了。

当然这庄家因为有了六个儿子，可以率领这半个班的人，到人家里去把人家灶给拆了，这不是一般贫下中农能做到的。可是灶拆了，对方并没有屈服，说明对方也不是一般人家，也就是说，这两家的矛盾，实际上是都很有势力的两家之间的矛盾纠纷，不能简单地看成贫下中农反抗地主老财，它显然不是一个贫下中农反抗地主老财的故事。而我们多年的那种革命教育，容易把鲁迅的作品做那样牵强的解释。正因为那样的解释不符合事实，牵强，后来才会遭到反革命疯狂的报复，把鲁迅作品再往另一个方向歪曲，因为你的解释本身也是站不住的。而且他这话里还说了，这个木公公"是高门大户都走得进的"，这个话说得很准确，说明他们家不是高门大户，但他走得进高门大户，也就是说他是贫下中农和高门大户中间那一阶层的人。

我不知道大家能不能想象出这种具体的阶层，因为我是三教九流的朋友都有，你随便说一种人，我都有朋友，我马上就知道这是一种什么人。比如在我们北大里面，我哪个朋友是这种人？他不是北大最基层的，也不是领导干部，但是他是高门大户都走得进的，是这样的人，有什么事情可以找他帮忙。当年我刚毕业留校，学校分给我一间宿舍，这个宿舍是有厨房的，可是厨房被一家邻居所霸占，这邻居就不把厨房让给我，这怎么办呢？我找北大后勤部门，北大后勤部门管不了他，北大后勤部门有一个好心的老师说："他就欺负你是个博士，你要是工人他就不敢欺负你了。"我是那种阴谋读者，我就把这大姐的话往阴谋方面引，我说，哦，大姐启发我嘛，我是个博士他就欺负我，那老子今天不是博士啦，我今天就是工人啦！于是我采取工人阶级的办法对付他，迅速地就把厨房拿到手。【众笑】我说当工人我太会了，我就是从工人堆里长大的嘛，这才叫灵活地去理解什么叫阶级。你要认为对方是个工人阶级，那就没有办法维权了；你要认识到对方是个流氓，就知道怎么对付他了。

"你这位阿叔真通气，"爱姑高兴地说，"我虽然不认识你这位阿叔是谁。"爱姑说话没头没脑，想一句说一句，因为这个胖子说话是向着他们家的，赞美她爸爸，她很高兴，就说这个叔叔很通气，但是又马上说不认识他是谁。

"我叫汪得贵。"胖子连忙说。他报上名字来，原来是个汪星人。【众笑】鲁迅绝对不会随便取名字，这人是个胖子，是个趋炎附势的人，鲁迅给他起了这么个名叫汪得贵，他怎么不叫汪精卫呢？因为他就不配叫那种高雅的名字，他一定要叫汪得贵。

"要撇掉我，是不行的。七大人也好，八大人也好。我总要闹得他们家败人亡！慰老爷不是劝过我四回么？连爹也看得赔贴的钱有点头昏眼热了……"

这个话，让我觉得爱姑有可爱的一面，心直口快，想什么说什么，她把她的目的说出来了，她的目的就是要闹，要闹得人家家败人亡。爱姑的"闹"，以前被解释为革命斗争精神，革命斗争精神和爱姑的"闹"是什么关系？推荐大家去读毛主席的《湖南农民运动考察报告》。在革命运动中可能少不了这样那样的闹，有些闹可能还是胡闹。在革命运动起来的时候，革命党要站在劳动人民一面，要从整体上去支持他们这种闹，比如他们把地主抓起来戴上高帽子游街，让地主威风扫地等。但是这种闹本身是不是革命？这是要解决的理论问题。我们想，如果爱姑是一个革命妇女，她所进行的革命是不是带有阿Q的性质？她首先要革命的对象是谁？所以革命在整体上的策略和它具体的手段之间如何调整，是一个问题。而爱姑话里又透露出一点信息：慰老爷不光劝她，而且还答应有"赔贴的钱"，她的爸爸庄木三曾经被这个赔贴的钱打动过，甚至头昏眼热。这里边还有经济问题。

奇异的上访——解读《离婚》

比如说你们大家成天闹，说这黑板不好要求换。然后我就跟学校去申请：同学们闹啊，要换一个黑板。人家说你换吧，一个黑板多少钱啊？我说五十万，然后批给我五十万，我花二十万买几块好黑板，然后我再想办法怂恿你们继续闹。也就是说我表面上是稳定你们的，其实咱们两个之间是互相供养的关系。万事万物不是那么简单的，不是我们靠着一种激情断然去站在某个人的立场上反对另一个人的，可能他俩才是一伙儿的。所以老百姓告诉我们，不要随便给夫妻劝架，你随便给夫妻劝架，可能两口子合起来揍你，这种事我都亲眼看过的。原来这里边有经济利益。她前边说闹是为了赌气，现在看不光赌气，这里还有钱。

"你这妈的！"木三低声说。木三显然对她提到钱很不满。不满说明这是他的一个软肋，他不让人家提这个事，庄木三不许提钱。

"可是我听说去年年底施家送给慰老爷一桌酒席哩，八公公。"这应该是木公公。蟹壳脸道。

"那不碍事。"汪得贵说，"酒席能塞得人发昏吗？酒席如果能塞得人发昏，送大菜又怎样？"大菜就是指西餐。"他们知书识理的人是专替人家讲公道话的，譬如，一个人受众人欺侮，他们就出来讲公道话，倒不在乎有没有酒喝。去年年底我们敝村的荣大爷从北京回来，他见过大场面的，不像我们乡下人一样。他就说，那边的第一个人物要算光太太，又硬……"

"汪家汇头的客人上岸哩！"船家大声叫着，船已经要停下来。

汪得贵的这一番话里有一个重要的中心思想，叫"读书识理的人是专替人家讲公道话的"。劳动人民中不知道有多少人有这样的见解，反正有很多人有这样的见解。这个见解大家能够判断它对不对。读书识理的人是专替人家讲公道话的吗？当然这是一种理想，这是东方和西方共同的理想，这是柏拉图和孔夫子共同的理想。人类理想的社会应该是这样的：读书识理的人替大家讲公道话。大家花了钱供你读书，让你不种地不上班，成天琢磨一些理论问题，那我们有了纠纷，你给我们主持公道嘛！这是理想社会。可是这样的理想社会实现过吗？好像不曾实现过！只有一些老百姓和一些知识分子，自己这么想象罢了！如果说传统的读书人给人家主持公道的比例还比较高的话，那是因为他们读的是圣贤书。我们今天大部分号称知识分子的人读的是什么书？读的是技术书。按照古代的标准这些人就不曾读书——四书五经都不读怎么叫读书呢？你读些《计算机概论》，读些《新概念英语》，这怎么叫读书？这不叫读书！你指望着这些人能够替人家讲公道话吗？他自己都不知道什么叫公道，道是什么他不知道！我们今天是为了糊弄大家，说咱们都算知识分子，上了大学的就叫知识分子。大学和大学一样吗？那北京大学和某某什么学院能一样吗？那是天壤之别。所以说知识分子明白道理，这是最大的谎言。恰恰由于他们把大量的时间，特别是青少年的时间，都用于读那些"垃圾"的东西上去了，把应该懂得道理的时间荒废了，所以很多知识分子反而不懂道理，还不如那些不上学的人。由于他们多年时间游走在人间，跟千万人打交道，他们反而懂得公道。

我上个礼拜去参加了一场土豪的宴会，有一个大土豪，他的第三个儿子一百天，他给他的儿子办百天宴席，在一个豪华的大酒店，来了五六百人。我去体验一下生活。【众笑】我进大厅一看，这厅里站着好几十个都剃了光头的小伙子，马上你就知道这是来到什么场合了，他们看上去都是横着膀子走的人。然后就有一个人过来说，"孔大哥来了"，一帮人说，"孔大哥、孔大哥、孔大哥"，全都这样儿。所以在那个场合，你得说那个场合的话。你觉得这是一些没文化的人吧，但是在具体交往中，我不敢说百分之百，但他们大多都是懂得什么叫公道的人。大多数人初中都没毕业，就在市场上卖菜，摆摊儿，看自行车，打架，很多人有伤,脸上有伤或脖子有伤,这样的人混到三四十岁,他就懂得什么叫公道了。他不一定主持公道,他可能还犯罪、还犯法,但他懂什么叫公道,比我们知识分子懂得多啦!

所以认为知识分子、"知书识理"的人懂公道,这个谎言耽误社会进步太多了。毛主席为什么号召知识青年上山下乡?因为你们在北京、上海、哈尔滨、广州这些城市里待着,不可能懂得什么叫公道。推荐大家好好看看习近平同志回忆他上山下乡的文章,他怎么知道什么叫人民,什么叫国家,什么叫担当?他怎么能够成为今天这么优秀的领导者?没有上山下乡就没有今天的习近平。因为上山下乡,他才懂得公道,而不是因为他上了大学才懂公道。

汪得贵说他们村——他说的是病句——"我们敝村",说"敝村"就不用说"我们",他是不通文化的人。他说有一个荣大爷,从北京回来见过大场面的,说"那边的第一个人物要算光太太",光太太咱也不知道说的是不是光绪的夫人?大概他是把光绪的妃子叫光太太。没容他说完,他就要上岸了,船家大声地叫。

"有我有我!"胖子立刻一把取了烟管,从中舱一跳,随着前进的船走在岸上了。我在这里加了一句:"公道上岸了。"公道只在他嘴里这么含含糊糊地一说,没了!

"对对!"他还向船里面的人点头,说。

船便在新的静寂中继续前进;水声又很听得出了,潺潺的。八三开始打磕睡了,渐渐地向对面的钩刀式的脚张开了嘴。鲁迅很坏。**前舱中的两个老女人也低声哼起佛号来,她们撷着念珠,又都看爱姑,而且互视,努嘴,点头。**这是两个念佛的老女人,念佛的人真的是清心寡欲吗?不是,他们都是装的。什么清心寡欲,我就没见过一个,信佛教的这些人我都大量打交道,好多人只是找一个心灵安慰而已,找一个向人炫耀的新的领域而已,"我学佛了""我吃素了""看这串珠子,多少钱请的?一万多呢",这是念佛的人说的,他们其实很关心别人的家长里短。你看她们两个人,在那挤眉弄眼的,在这里笑话爱姑。

爱姑瞪着眼看定篷顶,大半正在悬想将来怎样闹得他家败人亡;"老畜生""小畜生",全都走投无路。慰老爷她是不放在眼里的,见过两回,不过一个团头团脑的矮子:这种人本村里就很多,无非脸色比他紫黑些。鲁迅也不高,鲁迅个儿也挺矮,但鲁迅好像格外不喜欢"团头团脑的矮子",矮可以,如果瘦一点也很精神,但是矮如果加上团头团脑好像就比较可恶。鲁迅多次这么描写,可能他对人的外形跟内心有研究。

庄木三的烟早已吸到底,火逼得斗底里的烟油吱吱地叫了,还吸着。他知道一过汪家汇头,就到庞庄;而且那村口的魁星阁也确乎已经望得见。村口有个魁星阁,魁星阁是代表文化的,在这里他不说关帝庙,要说魁星阁。庞庄,他到过许多回,不足道的,以及慰老爷。他还记得女儿的哭回来,他的亲家和女婿的可恶,后来给他们怎样地吃亏。想到这里,过去的情景便在眼前展开,一到惩治他亲家这一局,他向来是要冷冷地微笑的,这是很得意的战斗经历。但这回却不,不知怎的忽而横梗着一个胖胖的七大人,将他脑里的局面挤得摆不整齐了。来了一个未知数,新的七大人是个新的系数,这个系数决定着前途。

船在继续的寂静中继续前进;独有念佛声却宏大起来;念佛声宏大表示着前途未卜,不知道前途怎么样。此外一切,都似乎陪着木叔和爱姑一同浸在沉思里。这就是小说的悬念,本来没多大点事,他却写成了有悬念的故事。

下边会怎么样呢?七大人是什么人呢?

"木叔,你老上岸罢,庞庄到了。"

木三他们被船家的声音警觉时,面前已是魁星阁了。魁星阁到面前了,到了"文化"面前了,知书达理的人到了。

他跳上岸,爱姑跟着,经过魁星阁下,向着慰老爷家走。朝南走过三十家门面,再转一个弯,就到了,早望见门口一列地泊着四只乌篷船。鲁迅很会写这家的气派,通过门口泊的船,"门泊东吴万里船",来写这家的气派 ——门口泊着四只乌篷船。

他们跨进黑油大门时,便被邀进门房去;我们看鲁迅怎么写庄木三的地位 —— 他是能够进高门大户的,确实进去了,进去之后被邀请到哪儿去呢?门房。大家明白了吧,在高门大户他是有地位的,他是先得到门房待着。就好像这人能随便进北大,一进去就被邀请到门卫室,他是这样一个位置。**大门后已经坐满着两桌船夫和长年。**长年就是长工,他和船夫、长年在一块儿。**爱姑不敢看他们,只是溜了一眼,倒也并不见有"老畜生"和"小畜生"的踪迹。**看来"老畜生""小畜生"爷儿俩今天也来。

当工人搬出年糕汤来时,爱姑不由得越加局促不安起来了,连自己也不明白为什么。"难道和知县大老爷换帖,就不说人话么?"她这么想,其实对七大人到底说不说人话这个事没把握。**她想,"知书识理的人是讲公道话的。我要细细地对七大人说一说,从十五岁嫁过去做媳妇的时候起……"**

她准备讲自己的光荣历史,讲自己的革命历史,寄希望于"知书识理"的人同情她,理解她。我看过无数的上访材料,接触过许许多多上访的人,他们有一肚子冤情要说,他们往往先不说自己到底为什么要上访,都是从自己"十五岁做媳妇的时候"开始说起。我们想想人之常情,哪个信访领导要看你这个材料?你千辛万苦,托了很多人花了很多钱把你这材料送到信访局去了,那人一看这么厚一沓子,一开始说的是你小时候的事,这事就不可能解决,还有那么多上访材料呢,不是这么多人伺候你一个上访者啊。如何上访是一个问题。难道说要有一个教师教大家怎么上访吗？我为什么多次强调劳动人民要有文化，自己要有文化？这个文化不是说去上大学那个文化，而是你自己要懂得人情物理，懂得人情物理并不需要考试，并不需要经过高考。我不知道爱姑长什么样，我想起唱《忐忑》的那位女演员，她的眼睛一眨一眨的，那个心情表现的就是爱姑的心情——表面上很自信，很横，其实心里边很虚弱，这是真正的忐忑。

她喝完年糕汤；年糕汤喝得这么不舒服。**知道时机将到。好像要上刑场一样。果然，不一会，她已经跟着一个长年，和她父亲经过大厅，又一弯，跨进客厅的门槛去了。**

我们注意叙事者怎么写这一段的，明明主语是爱姑，可是你看着她好像是一个游魂。她跟着一个长年和她父亲经过大厅，又一弯，跨进门槛去了。这些动作都不是她主动的，也就是说，爱姑完全是一个丧失了主体的人。鲁迅深刻地写出劳动人民真正的被压迫、被损害，是因为你没有主体。毛主席是怎么完成鲁迅的任务的？毛主席没有给劳动人民钱，他也没有钱，他就给了劳动人民主体。爱姑路上很横，到这儿一碗汤喝下去，好像喝的是迷魂汤，这喝的是年糕汤吗？好像现在我们邻国也是很爱喝年糕汤的，我在韩国待了两年，经常在路边看见谈恋爱的男女在一块儿，弄一小盘年糕拿一个牙签在那扎着吃，我说这也太容易了，一盘年糕就忽悠人家。这年糕汤真是迷魂汤。可是这个迷魂汤就对爱姑管用，她现在就跟一个游魂似的进去了。我们看进去之后，爱姑的思想状况：

客厅里有许多东西，她不及细看；还有许多客，只见红青缎子马褂发闪。这写的分明是一个游魂的视觉，这不是一个有思想的人的视觉。**在这些中间第一眼就看见一个人，这一定是七大人了。**鲁迅这个笔简直是神笔，我们想写这个场面写不出来。**虽然也是团头团脑，却比慰老爷们魁梧得多；七大人也是个大团头团脑。【众笑】大的圆脸上长着两条细眼和漆黑的细胡须；头顶是秃的，可是那脑壳和脸都很红润，油光光地发亮。爱姑很觉得稀奇，但也立刻自己解释明白了：那一定是擦着猪油的。**

鲁迅写出爱姑很愚昧的一面。金圣叹早就告诉我们怎么写一个粗人，就是写这个人细，写这个人想事情很细，越写他细就越能表达出他的粗。写一个人粗一定要往细了写，写一个人细一定要往粗了写，这叫写人的辩证法。比如说怎么写出李逵和张飞很粗呢？要写他们经常想一些很细致的事，想得很可笑，表示他们很粗。爱姑就是这样，想很多不必想的事，别人不必想，她就研究头为什么这么亮，她就自己解释一定是擦了猪油了。这样爱姑的性格就出来了。我课件上加了颜色的这些字都是她的视觉形象，也就是说，爱姑一进客厅，眼睛就迷迷瞪瞪地被各种视觉形象所夺魂、夺魄，主体没有了。一进大厅她就不是她了，下边精彩的段落到来：

"这就是'屁塞'，就是古人大殓的时候塞在屁股眼里的。"七大人正拿着一条烂石似的东西，说着，又在自己的鼻子旁擦了两擦，接着道，"可惜是'新坑'。倒也可以买得，至迟是汉。你看，这一点是'水银浸'……"这是在欣赏古董。古董有多少种可欣赏，这鲁迅多坏，非得搞这么一个古董来欣赏，通过这个古董的选择造成一个喜剧效果，同时他是为了形容这群人的人格，故意地来讽刺七大人，拿一条烂石。同时这也引发我们关于古董的思考，只要是古代的东西挖出来就值钱吗？它为什么值钱？这个人说的话倒是很专业，新坑、旧坑，新挖掘出来、后挖掘出来的，水银浸等，因为有些古代贵人尸体上会撒一些水银粉，后来尸体腐烂了，挖出的金银上面会有水银浸过的痕迹。

"水银浸"周围即刻聚集了几个头，一个自然是慰老爷；还有几位少爷们，因为被威光压得像瘪臭虫了，爱姑先前竟没有见。 厅里有这么多人，爱姑没有看见这些人。这很像印象派大师们画的画，我们知道印象派所画的画不是客观存在的图景，而是观察者眼睛中的图景——观察者的主观想象。他们画的莲花不是我们用照相机拍下的莲花，是主体眼中的莲花。所以刚才爱姑看不见这几个人，这几个人跟瘪臭虫差不多，因为有威光，威光是中心。

她不懂后一段话；无意，而且也不敢去研究什么"水银浸"，便偷空向四处一看望，只见她后面，紧挨着门旁的墙壁，正站着"老畜生"和"小畜生"。 原来冤家见面了，"老畜生"和"小畜生"也来了，但是和他们地位差不多，也是在门旁站着。他们是一个阶级的。**虽然只一瞥，但较之半年前偶然看见的时候，分明都见得苍老了。**

为什么要写他"见得苍老了"呢？也就是说，爱姑他们半年前把对方收拾得确实不轻，对方很受打击，很操劳、很辛苦。叙事者没有说她们这一方怎么样，反正对方是苍老了。另外这是爱姑眼中看见对方苍老了，这其实也反映某种潜意识。爱姑虽然表面上对对方恨得咬牙切齿，要弄得对方家败人亡，可是毕竟是一家人，一见面发现对方苍老了。我们想象一对离婚多年的夫妻，在一个场合偶然见面，一定也会发现对方苍老了。这个苍老包含着很复杂的感情，复杂的感情由他们具体的现在的关系所决定。这个苍老绝对准确。不过1925年的鲁迅，自己还没有那种离婚的感受，他怎么去想象这种心理？他是靠天才。所以我说这是一段绝妙的譬喻，古董和人物之间的关系，历来为人所激赏，写得太棒了。

接着大家就都从"水银浸"周围散开；慰老爷接过"屁塞"，坐下，"屁塞"大概是他淘来的，他找七老爷帮他鉴定，七老爷说可以买。**用指头摩挲着，转脸向庄木三说话。**

| 奇异的上访——解读《离婚》 | 467

"就是你们两个么？"

"是的。"

"你的儿子一个也没有来？"

"他们没有工夫。"

我们看双方对话的关系显然是一尊一卑，也就是说，庄木三能进高门大户，但跟人家是两个阶级的，是上等人和下等人的关系，人家跟他说话一点不客气，直呼你们，没有尊称，但是对方还特意问了他一句："你的儿子一个也没有来？"没有来，好！看来儿子很重要，对于下层阶级来说，儿子的数量真的很重要，如果今天来了六个儿子，可能情况又当别论。但是儿子没有来，那你就没有别的长处了。

"本来新年正月又何必来劳动你们。但是，还是只为那件事……我想，你们也闹得够了，不是已经有两年多了么？"前面庄木三说三年整，他这里说两年多，庄木三喜欢往多了说。"我想，冤仇是宜解不宜结的。爱姑既然丈夫不对，公婆不喜欢……也还是照先前说过那样：走散的好。我没有这么大面子，说不通。七大人是最爱讲公道话的，你们也知道。现在七大人的意思也这样：和我一样。可是七大人说，两面都认点晦气罢，叫施家再添十块钱：九十元！"

"…………"

叙事者通过人物的语言把情节介绍清楚了，这是写小说的一个功夫。作者不要出来讲故事，作者自己出来讲故事是很笨的，高明的作者都是通过人物对话，让读者曲折地了解背后的故事。我们看鲁迅是这样，茅盾是这样，老舍是这样，金庸是这样，巴尔扎克是这样，雨果是这样，大师都是这样，不要从头到尾去讲故事。经常有一些文学青年把自己写的小说寄给我看，我经常给他们指出来这个问题：要善于通过人物来讲你要说的话，而不是你在那里喋喋不休地讲，翻来覆去把自己讲得很累。慰老爷的话既讲了故事又表明了他的态度,我们看他的态度,他说的话好像不合逻辑,但其实又是事实。"爱姑既然丈夫不对,公婆不喜欢……"这说的是什么话呀?他承认了这丈夫有不对的地方,这丈夫那么做事肯定不对,他们也都认为不对;可是公婆不喜欢——公婆显然不喜欢的是爱姑,那意思是说爱姑也有不对的地方,两边都不对。原来爱姑可没说公婆不喜欢她,爱姑的意思是自己都对,是他们向着儿子,所以才一起反对她。但是现在慰老爷认为两人都不对,既然这样,他认为走散好;原来就说走散你们不同意,现在又有一个大的公道人了——七大人。

七大人"和我一样",态度表明了,可是七大人和"我"又有不一样的地方,七大人说"两面都认点晦气"。这个话讲得很有意思,它不是法律语言,我们今天法律语言不能说你们两个人"都认点晦气罢",不会这样讲。所以很多问题需要非法律途径解决,让人认晦气,这有点像党团组织解决问题,比如两个同学吵架,团支部书记给你们调解:你俩都认点儿倒霉吧,你把他电脑弄坏了,他也把你胳膊打伤了,你俩谁也别赔谁了,算了,两个人都认点晦气。具体方法是:"叫施家再添十块钱:九十元!"也就是说原来答应给她八十元赔偿,现在又加了十元,九十元。不知道这是哪一年的九十元,换算成今天的购买力大概乘以两百,两万块钱左右,就了了这件事,这是慰老爷处理信访工作。这相当于原来爱姑到市信访办没办了,现在市信访办给你请来省信访办,说省里跟我的意见是一样的,但省里的意思是说给你们再加五千块钱,接受不接受?现在是这样一个处理结果。我们想想,设身处地,你是老庄家的人,你同意不同意?根据你的人生阅历,你觉得这样如何?然后再想想爱姑同意不同意。

"九十元!你就是打官司打到皇帝伯伯跟前,也没有这么便宜。这话只有我们的七大人肯说。"

七大人睁起细眼，看着庄木三，点点头。

这里人物语言前后都没有标明主语，所以很容易读错，我们有一些著名学者读错了，把这些话读成是七大人说的话。这句话不是七大人说的，它还是慰老爷说的，慰老爷说"这话只有我们的七大人肯说"。七大人没有发言，只是睁起眼点头，七大人要动不动开口说话，那就没有威严了。贵人要少说话，越是一把手越不能说话，一把手只谈些乱七八糟的事情，主要的事情由下边的人来说。这都是慰老爷说的，而且慰老爷还给她讲九十元多么不容易，说"你就是打官司打到皇帝伯伯跟前"，我不知道老百姓为什么把皇帝叫伯伯，不知道老百姓是什么思维，一定要拉上亲戚关系。慰老爷说到皇帝伯伯那儿也没这么便宜，而且七大人睁起细眼点头，说明他真的同意慰老爷的说法。

爱姑觉得事情有些危急了，她很怪平时沿海的居民对他都有几分惧怕的自己的父亲，为什么在这里竟说不出话。我们看，沿海的居民确实怕她爹，可是她爹到了这里却说不出话来。我们设想，一个在白道黑道都能混的人，在江湖上挺横的人，一旦真到了政府里面，能说出话来吗？他真的说不出话来。我刚才说我参加那个土豪的聚会，他花了巨款请了我们国家很多著名的歌星、歌唱家，请了著名的主持人，可是当主持人请他上台讲几句话的时候，他真的说不出什么来。但是毕竟得说话呀，我在台下坐着，就知道他要说什么，他说的果然和我想的一模一样：大家吃好喝好。【众笑】他说的和我的判断一模一样，因为别的话他真的不会说，可能也会说，但在那个场合就说不出来，无数的歌唱家、作家、教授，完全把他镇住了。这个时候，除了自己那个钱之外，他别无长处，他只有花钱，弄了这么一个场面而已，大家都是来凑热闹的，都是来体验生活的。所以庄木三在这个场合说不出话是很正常的。可是爱姑还不理解她的父亲，爱姑是初生牛犊不怕虎。

她以为这是大可不必的；她自从听到七大人的一段议论之后，虽不很懂，但不知怎的总觉得他其实是和蔼近人，淳朴的老百姓没有跟官打过交道的时候，很容易相信那个满脸和气的、笑眯眯的、对老百姓显得很和蔼的人，是很平易近人的人。我们过去经常用来描写领导干部有一个好的素质的词叫"平易近人"，而我们理解的那个平易近人，不过是会哄老百姓而已，看见老百姓的孩子抱起来亲一口，听说老百姓工资没拿到，帮老百姓讨个工资，这是很容易做到的。这是真正对老百姓好吗？我倒认为，可能敢于跟老百姓拍桌子吵架的才是好干部，因为他是真正地跟你一块儿在处理问题，拿出一个真我来跟你处理问题，不是敷衍你、糊弄你，为了保自己的面子、保自己的官。而老百姓却恰恰容易上前一种官的当，认为那个跟她说话细声细气、使用文明术语的干部是好干部。这个道理你怎么讲都讲不通的，老百姓永远是老百姓。像爱姑，她就认为七大人和蔼近人。**并不如先前自己所揣想那样的可怕。**

老百姓往往这样，没见领导的时候觉得领导挺可怕，一见发现领导很和蔼，马上又疯狂地热爱领导，然后领导再做点什么亲民的事，免除你们的税，免除你们什么什么东西啊，那就是青天大老爷了。这就是劳动人民的悲哀！不能够以"人"去看待领导，领导应该是人。什么是好的领导？不必要的和蔼、装出来的和蔼，一定是阴谋。我不认识你凭什么对你和蔼？有事说事嘛，这才是儒家精神。

我们看看这位和蔼的七大人吧。于是爱姑开始斗争了，这是小说最精彩的一段。

"七大人是知书识理，顶明白的；"她勇敢起来了。她开始发言。"不像我们乡下人。我是有冤无处诉；倒正要找七大人讲讲。自从我嫁过去，真是低头进，低头出，一礼不缺。他们就是专和我作对，一个个都像

奇异的上访——解读《离婚》

'气杀钟馗'。那年的黄鼠狼咬死了那匹大公鸡,那里是我没有关好吗?那是那只杀头癞皮狗偷吃糠拌饭,拱开了鸡橱门。那'小畜生'不分青红皂白,就夹脸一嘴巴……"

这就是给了劳动人民言论机会的时候,劳动人民是如何把握言论机会的。爱姑很勇敢,勇敢是好的,她敢说话,敢于发表自己的言论,终于有机会来畅诉自己的革命历史了,她讲的是这样一番话。即使我们大家都是革命者,我们怎么看待这位阶级姐妹?

七大人对她看了一眼。她不知道七大人为什么看她,继续说:

"我知道那是有缘故的。这也逃不出七大人的明鉴;知书识理的人什么都知道。他就是着了那滥婊子的迷,要赶我出去。我是三茶六礼定来的,花轿抬来的呵!那么容易吗?……我一定要给他们一个颜色看,就是打官司也不要紧。县里不行,还有府里呢……"

过去对这段话的解读就是爱姑有大无畏的革命斗争精神,这个话说的也不能说不对,也靠谱,说爱姑有斗争精神,我赞同,这还不是一般的斗争精神,她真敢闹,县里不行还有府里,确实敢闹。可是她闹的到底是什么?我们分析她的话,沿着她的话说,她除了恭维七大人的话之外,都是讲自己的革命历史,她说她"低头进,低头出,一礼不缺",意思是她是一个非常和顺的贤惠的好媳妇,可是我们看她说的这些话,你相信她是一个那样的媳妇吗?你相信她是一个贤惠的好媳妇吗?且不说我们同意不同意贤惠,先把那个立场抛开,不说贤惠对不对,爱姑是不是那种封建礼教之下合乎规矩的、孝敬公婆的、和睦一家大小的好媳妇,你看她说的那些话就知道。"他们就是专和我作对",原因我们不管,反正她跟一家人关系不好,一家人都和她作对,而且不是一般的作对,一个个都是"气杀钟馗"。那年的黄鼠狼咬了大公鸡这一件小事,无穷地追究,她连狗都骂,骂狗是"杀头癞皮狗",狗偷吃鸡的糠拌饭,黄鼠狼把鸡咬死了,然后她丈夫打了她一嘴巴,因为养鸡、看鸡是妻子的责任。黄鼠狼咬死大公鸡,家庭财产遭受损失,丈夫打了老婆一个嘴巴,这是千千万万劳动人民家庭都会发生的。我们今天可以说男女不平等,那个时候男人欺负女人,家里丢失东西了,丈夫打老婆这事不对,可是这个事情在封建礼教之下是个很正常的事情,是拿不到台面上说理的。如果我们今天说,这样有家庭暴力,这是我们今天法律改了,在那个时代不存在家庭暴力一说,难道这个鸡被吃了就没有人负责吗?

她接着说的话里全是攻击性的语言,没有证据的攻击性语言。特别是她这句话表明,她自己的优越感在哪儿呢?"我是三茶六礼定来的",她完全是按照传统婚姻的程序明媒正娶来的,"花轿抬来的",有三茶六礼,有花轿。读了这句话我们就知道了,爱姑是反封建礼教吗?那爱姑维护的是什么呢?她维护的恰恰是封建礼教,麻烦就在这儿,复杂在这儿,如果我们认为这篇小说是反封建的,或者说爱姑是反封建的话,那什么叫反封建呢?她骂的那个人不才是反封建吗?她骂的那个跟他家"小畜生"乱搞的小寡妇,人家才是反封建呀!所以小说不能随便地乱解读,我们不是说"小畜生"做得对,也不能随便说爱姑做得就对,那不是写小说的意思。文学之所以复杂是它不简单地站在某个人物的立场上,所以我们想想到底是谁在反封建。爱姑言之凿凿地以自己封建礼教老资格自居,她的光荣历史就来自"三茶六礼",她要反对的是破坏这个"三茶六礼"的。看看我们今天这个社会很有意思,一方面反封建,可是网上成天铺天盖地都去赞扬妻子去打小三,我们在网上看到多起妻子在街上调见小三,拖着头发就拖了好几里长,使劲打,然后大家喊好的事件。我们到底是一种什么样的价值观?我们有的时候顾东不顾西,今天站在这个立场上,明天站在那个立场上,所以今天活得很混乱。

"那些事是七大人都知道的。"慰老爷仰起脸来说。"爱姑,你要是不转头，没有什么便宜的。你就总是这模样。你看你的爹多少明白；你和你的弟兄都不像他。打官司打到府里，难道官府就不会问问七大人么？那时候是，'公事公办'，那是……你简直……"

慰老爷把话都给她说清楚了，你往上告没什么用，关键在于"官府就不会问问七大人么"。

"那我就拼出一条命，大家家败人亡。"这句话是最具有革命精神的了，假如爱姑真的是这样想的并且能这样做，那劳动人民的事情解决起来也简单、也容易了，尽管解决得不一定对，反正能解决，问题是爱姑得真能这么做。

"那倒不是拼命的事，"七大人这才慢慢地说了。七大人到这时候"这才慢慢说"。"年纪青青。一个人总要和气些：'和气生财'。对不对？我一添就是十块，那简直已经是'天外道理'了。要不然，公婆说'走！'就得走。莫说府里，就是上海北京，就是外洋，都这样。你要不信，他就是刚从北京洋学堂里回来的，自己问他去。"于是转脸向着一个尖下巴的少爷道，"对不对？"我们看这才是大人物说话，有条不紊、慢条斯理、非常文明，而且引经据典：不只我们这里，比我们更高的地方，北京、上海就这样，洋人都这样。然后还有人证，他问一个刚从北京学堂里回来的少爷。

"的的确确。"尖下巴少爷赶忙挺直了身子，必恭必敬地低声说。这就是新知识分子，从北京学堂回来的新知识分子，他一样站在七大人一面。我们今天以为上了北大，上了什么学校，青年人就好了吗？得毕业以后看。毕业工作以后，大多数青年人还是站在七大人那个立场。

爱姑觉得自己是完全孤立了；爹不说话，弟兄不敢来，平时他们去拆人家灶的时候，六个儿子都去了，到这个地方来，六个兄弟不敢来了。慰老爷是原本帮他们的，七大人又不可靠，连尖下巴少爷也低声下气地像一个瘪臭虫,还打"顺风锣"。但她在胡里胡涂的脑中,还仿佛决定要作一回最后的奋斗。

"怎么连七大人……"她满眼发了惊疑和失望的光。"是的……我知道,我们粗人,什么也不知道。就怨我爹连人情世故都不知道,老发昏了。就专凭他们'老畜生''小畜生'摆布;他们会报丧似的急急忙忙钻狗洞,巴结人……"她开始发牢骚,这已经是斗争精神打折了,她开始发牢骚,往后退了。

"七大人看看,"默默地站在她后面的"小畜生"忽然说话了。"她在大人面前还是这样。那在家里是,简直闹得六畜不安。叫我爹是'老畜生',叫我是口口声声'小畜生''逃生子'。"逃生子就是私生子。

"那个'娘滥十十万人生'的叫你'逃生子'?"爱姑回转脸去大声说,便又向着七大人道,"我还有话要当大众面前说说哩。他那里有好声好气呵,开口'贱胎',闭口'娘杀'。自从结识了那婊子,连我的祖宗都入起来了。七大人,你给我批评批评,这……"我们已经可以判断出形势会如何发展了,劳动人民为什么打官司打不赢,即使你真有了机会,最后让你到法庭上去打官司,劳动人民还是会败得一塌糊涂。为什么?

她打了一个寒噤,连忙住口,因为她看见七大人忽然两眼向上一翻,圆脸一仰,细长胡子围着的嘴里同时发出一种高大摇曳的声音来了。她想继续倾诉自己的道理,可是对方根本不接你的招,对方是不讲劳动人民话语的,对方始终另有一套话语,这个话语才是对方的核武器。

"来——兮!"七大人说。

她觉得心脏一停,接着便突突地乱跳,似乎大势已去,局面都变了;仿佛失足掉在水里一般,但又知道这实在是自己错。

立刻进来一个蓝袍子黑背心的男人,对七大人站定,垂手挺腰,像一根木棍。

全客厅里是"鸦雀无声"。七大人将嘴一动,但谁也听不清说什么。然而那男人,却已经听到了,而且这命令的力量仿佛又已钻进了他的骨髓里,将身子牵了两牵,"毛骨耸然"似的;这段写得像武侠小说。一面答应道:

"是。"他倒退了几步,才翻身走出去。

这才是真正压倒爱姑的最后一根稻草,这个才是秘密武器。

爱姑知道意外的事情就要到来,那事情是万料不到,也防不了的。她这时才又知道七大人实在威严,先前都是自己的误解,所以太放肆,太粗卤了。她非常后悔,不由的自己说:

"我本来是专听七大人吩咐……"

全客厅里是"鸦雀无声"。她的话虽然微细得如丝,慰老爷却像听到霹雳似的了;他跳了起来。

"对呀!七大人也真公平;爱姑也真明白!"他夸赞着,便向庄木三,"老木,那你自然是没有什么说的了,她自己已经答应。我想你红绿帖是一定已经带来了的,我通知过你。那么,大家都拿出来……"

形势一瞬间急转直下,完全逆转。我们读到这里会非常痛心,但这又是每日每时都在发生的事情。就在此时此刻,祖国不定有多少地方,维权的劳动人民已经屈服,已经投降,这是事实。

爱姑见她爹便伸手到肚兜里去掏东西;木棍似的那男人也进来了,将小乌龟模样的一个漆黑的扁的小东西递给七大人。爱姑怕事情有变故,连忙去看庄木三,见他已经在茶几上打开一个蓝布包裹,取出洋钱来。

七大人也将小乌龟头拔下,从那身子里面倒一点东西在掌心上;我们看两个动作是并行的,人家那边是进行一种事,他们那边进行一种事。木棍似的男人便接了那扁东西去。七大人随即用那一只手的一个指头蘸着掌心,向自己的鼻孔里塞了两塞,鼻孔和人中立刻黄焦焦了。他皱着鼻子，似乎要打喷嚏。那是鼻烟壶。人家那边在玩鼻烟壶，谈笑间樯橹灰飞烟灭，灭你们这点穷霸王小菜一碟，玩玩鼻烟壶，事情就平息了。他们这边忙着数钱呢。这写得太棒了。

庄木三正在数洋钱。慰老爷从那没有数过的一叠里取出一点来，交还了"老畜生"；又将两份红绿帖子互换了地方，推给两面，嘴里说道：

"你们都收好。老木，你要点清数目呀。这不是好当玩意儿的，银钱事情……"

"嗳啾"的一声响，爱姑明知道是七大人打喷嚏了，但不由得转过眼去看。只见七大人张着嘴，仍旧在那里皱鼻子，一只手的两个指头却撮着一件东西，就是那"古人大殓的时候塞在屁股眼里的"，在鼻子旁边摩擦着。鲁迅太损了。

好容易，庄木三点清了洋钱；两方面各将红绿帖子收起，大家的腰骨都似乎直得多，原先收紧着的脸相也宽懈下来，全客厅顿然见得一团和气了。共建和谐社会固然是一个好的愿望，"和谐社会"也是一个好词，但怎么样和谐，我们要什么样的和谐？这也算是一种和谐，一团和气了。小说最后——

"好！事情是圆功了。"慰老爷看见他们两面都显出告别的神气，便吐一口气，说。"那么，嗡，再没有什么别的了。恭喜大吉，总算解了一个结。你们要走了么？不要走，在我们家里喝了新年喜酒去：这是难得的。"客气话其实是逐客令：事办完了，赶紧滚吧。

"我们不喝了。存着，明年再来喝罢。"爱姑说。

"谢谢慰老爷。我们不喝了。我们还有事情……"庄木三，"老畜生"和"小畜生"，都说着，恭恭敬敬地退出去。

两灶，打架、打官司的两灶，现在分明是一拨人，真像七大人说的，两面都认点晦气，一方面拿了钱，一方面了了事，走了。

"唔？怎吗？不喝一点去吗？"慰老爷还注视着走在最后的爱姑，说。

"是的，不喝了。谢谢慰老爷。"

一九二五年十一月六日。

小说圆满结束。我很希望把这篇小说印给所有上访的同胞去看，但是我也知道他们看不懂。这真是一篇活的教科书，这里边要讲的也绝不仅仅是上访的故事，它讲了非常深刻的阶级问题、革命问题，劳动人民为什么世世代代受压迫的问题，为什么革命之后革命成果还会丧失的问题。我们死了那么多的人，抛头颅洒鲜血，建立了一个劳动人民的国家，为什么三十年之后，我们又从雄赳赳的红色娘子军变成了爱姑，变成了单四嫂子，变成了祥林嫂？为什么有满街的妻子去打小三？为什么说鲁迅是永远不朽的？这并非他一流的小说，它里面蕴藏着如此丰富的东西。所以，通行的这篇小说的解释恐怕有些问题，比如说这小说是"塑造反封建英雄的，是批判辛亥革命的，批判革命不彻底的"；有的说，作品中女主人公"爱姑是一个性格泼辣、敢作敢为的人，她为了维护自己独立的人格和权益，在封建势力面前进行了激烈的抗争，但在交锋后，她的梦想全部化为了泡影，属于一个乡下女人的不幸"[1]。这些话都似是而非，你也不能完全说它不对，它有对的地方，但是显然有重大不对的地方。还有人用女权主义解释说，这是鲁迅歌颂一个英雄的妇女，妇女要解放，就像爱姑这样。妇女解放了之后都像爱姑这样，那不是男人的地狱吗？【众笑】这显然是盲目搬用理论，对鲁迅的另一种误读，滥用女权主义理论和滥用阶段斗争理论是一样的。

这篇小说我们不要去匆忙做结论，而是要去思考如何看待小说中的

---

[1] 赵怀俊，周泓树：《命运的固守与放逐——娜拉和爱姑人物的比较分析》，《名作欣赏》2019年第17期。

这些人物。首先，你如何看待爱姑。这是一个很复杂的形象，爱姑有她可爱的一面，如果在一个好的社会组织下面，这个社会组织规则是好的，领导是好的，爱姑这种敢做敢当的性格得到正确引导，她能成为一个好的妇女。我们想如果爱姑被培养去当一个女足队长，我相信她是一个好的运动员；她去当一个妇女队长，也可能是一个好的劳动妇女——前提是得在一种什么制度下。在这里爱姑显然不是那么可爱的，身上有巨大的缺点，她的父兄庄木三和她的兄弟在劳动人民里面很威风，但是到了统治阶级面前就很怂，他的兄弟都不敢来。所以你看黑社会好像很厉害，其实黑社会也就是欺负贫弱的普通的百姓，或者欺负欺负一般知识分子。慰老爷是七大人的影子，换一个更小的场合，他就是七大人，七大人在更大的场合就是慰老爷，他代表着统治阶级统治劳动人民的权术，他们到底靠什么镇压住劳动人民呢？

鲁迅从来不写统治阶级弄一帮如狼似虎的人出来打人，不是那样的。真正统治劳动人民的武器就是话语，统治阶级说一种话，劳动人民说另一种话，是一种话在压迫另一种话。

施家的"小畜生"和"老畜生"，过去人们就把他们当作封建势力的罪恶的夫权的封建的代表，可是我们细读这个小说，他们两个人虽然是被影影绰绰的暗线描写，他们是不是也属于被害者？我们设身处地地想，他俩犯了什么罪了？爱姑嫁过去，不管爱姑好不好，反正性格不合这是事实，两口子没有感情，某个机缘下，这个"小畜生"爱上另一个女人，如果换另一篇小说，那是一个感人的爱情故事。但是在这篇小说里不提了，反正人家是有婚外恋，为了婚外恋，全家三年来鸡犬不宁，两家可能势均力敌，庄木三家坚持要闹，人家儿子多，到他们家把灶还拆了。最后没有办法，他们只好请大人物出来评理，最后他们给了庄木三家九十块钱，那给慰老爷多少钱啊？慰老爷还得孝敬七大人吧。也就是说，他们家损失的钱财是数以百计的，他家得着什么好处了？也没得到什么好处。这就叫吃了原告吃被告，两边都是被吃的，干吗非得说"老畜生"和"小畜生"就因为带了这两个外号就一定是坏人？他们也未必是坏人，也是被损害的人。剩下是一帮闲人，加起来是整个社会的缩影。这是看待人物。

这里边涉及的情节很多，从这些情节，第一，我们怎么看婚姻与家庭的关系？鲁迅写的是转折的时期。第二，怎么看词讼与乡村的关系？中国传统基层社会的词讼基本是由乡绅解决的，所以特别需要乡绅这个阶层有德有才。中国传统社会是靠儒家训练出来的成千上万的知识分子统治着这个国家的社会基础，可是到了近代，这些乡绅，第一，自己不是读书识理的人了。那个少爷到北京去上学堂，学的是什么？学的是数理化，学的是英语、日语、德语，他怎么叫"知书识理"的人呢？他学了些"畜生"的东西，枉称知识分子。第二，这些人已经和国家的意识形态断裂了，跟这个国家断了血脉，所以这个时候留在乡村里的乡绅，变成了土豪劣绅，劣绅是这么来的。一旦出现了劣绅统治，农村就崩溃了。这个事情虽然这样平息下去了，可是农村的问题解决了吗？解决不了，礼崩乐坏解决不了。与此相关的，就是草民与精英的关系。这是我们从小说里看出来的涉及的关系，但是鲁迅作为小说作者，他最想表达的其实是奴性与主体的关系。

我们原来从小说里解读出爱姑的反抗性，可能不太准确，但是这个路子是对的，我们的确看见了爱姑的反抗性，但是我们轻视了鲁迅的伟大。鲁迅绝不是要写爱姑的反抗性多么伟大，鲁迅恰恰写的是她这么激烈地反抗，骨子里还是奴性，这才是鲁迅的深刻之处。我们恰恰是在这么激烈的反抗中，看出爱姑"尿"。她那么看中自己的三茶六礼、花轿抬来的，她那么寄希望于七大人，然后七大人一个"来——兮！"就把她彻底摧毁,马上就换了一副面目,"我本来是专听七大人吩咐……"这才是骨子里那个爱姑,外表不过是虚张声势。有时候表面上显得特别吓人的那些人,其实骨子里反而是虚弱的。爱姑其实没有斗争主体,她并不知道为什么而斗争。而毛主席写的《湖南农民运动考察报告》所反映的一代崛起的农民,为什么能够洗刷山河?是因为他们获得了主体,他们有了理论,知道我们是被剥削、被损害的,你剥削我就是不对的。当然有时候农民做得有点过分,把一些没有那么大罪恶的地主抓起来游街,那是过"左"了。但是他们获得了主体,这才是鲁迅关心的最重要的问题。鲁迅最忧患的,他说是"哀其不幸,怒其不争",怒的是什么?哀的是什么?是劳动人民的奴性问题。

最后,希望大家能换位思考。小说确实很复杂,假如你是爱姑,你想想你应该怎么办?你做得对还是不对?再换一个角度,完全相反,假如你是七大人,你是一个干部,你如何处理这件事?你如何解决此类社会问题?再换个角度,假如你是庄木三,你是一家之主,要把这个家弄好,这也是一个问题。再假如你是鲁迅。说爱姑是反封建,我们刚才已经分析了,不准确。但鲁迅却是反封建的,鲁迅是通过挖掘爱姑身上的奴性,发现了真正的封建在哪里,真正的封建并不只是在统治者那里,统治者和被统治者是合谋的关系。奴隶主和奴隶合起来才建立了奴隶社会,那些奴隶反抗的时候幻想着自己当奴隶主,那就永远不可能解放。当然你还可以换位思考,假如你是其他的角色,这才是《离婚》这么一个暧昧的题目下面,包含的如此丰富的内涵。这并不是一个标题党改成"奇异的上访",就能解决的。

好,让我们继续"两间余一卒,荷戟独彷徨"。

致谢

本书经东博书院书友会、月刊编辑部整理校对,我们对此深表感谢!